那些喜真的信了，你要信了!!

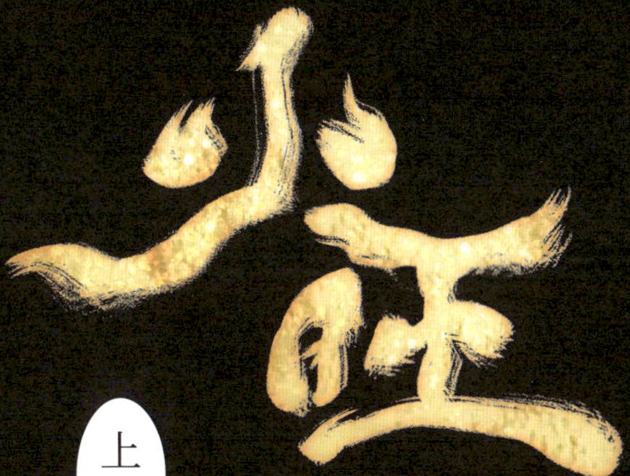

上册

狐尾的笔／著

SPM 南方传媒 | 花城出版社
中国·广州

图书在版编目（CIP）数据
火旺：全两册 / 狐尾的笔著 . -- 广州：花城出版社，2024.10（2025.12重印）. --ISBN 978-7-5749-0314-2
Ⅰ . I247.5
中国国家版本馆 CIP 数据核字第2024B6J872号

火旺：全两册
HUOWANG： QUAN LIANG CE
狐尾的笔 / 著

出版人	张　懿
项目统筹	金丽红　黎　波　常　飚　孙　硕　冯　娟
特约策划	长沙硬核文化
责任编辑	陈　川　欧阳佳子
特约编辑	田　云　夏　欢　刘莹莹　夏寿艳
责任校对	梁秋华
技术编辑	凌春梅
封面设计	费　且
插画绘制	格　子　Lia　不周仙　三　仝
责任印制	张志杰　王会利
媒体运营	刘　冲　刘　峥　洪振宇
出　　版	花城出版社
发　　行	北京长江新世纪文化传媒有限公司
经　　销	全国新华书店
印　　刷	天津盛辉印刷有限公司
开　　本	710 毫米 ×1000 毫米　16 开
印　　张	38.25　8 插页
字　　数	640,000字
版　　次	2024 年 10 月第 1 版　2025 年 12 月第 7 次印刷
定　　价	99.60 元(全两册)

目录

精神病患者李火旺被幻觉所困扰，
直到某天，他将幻觉里的物件带
到了现实世界……

白塔精神病院

门诊病历

姓　名：　　性　别：　　门 诊 号：

年　龄：　　就诊科室：　　就诊日期：

主　诉：

现病史：

既往史：

个人史：

家族史：

精神检查：

初步诊断：确诊为坐忘道

白塔精神病院
(住院)
诊断专用章

主治大夫：易东来

第一章 丹阳子

李火旺举起手中的捣药杵，百无聊赖地一下一下砸在捣药罐里，把里面夹杂着淤泥的流光青石慢慢碾磨成粉末。

虽然这个溶洞潮湿寒冷，他身上只穿着一件粗糙的布衣，但他满不在乎，似乎并没有把这一切放在眼里。

洞内不止他一个人，还有其他男男女女，他们同样束发，穿着粗布麻衣。

他们与李火旺唯一不同的就是，身体上都有明显的外在缺陷，有的是白化病，有的则是小儿麻痹症，还有的是残疾。

各种先天后天的身体畸形都可以在这里找到，不大的料房溶洞内仿佛一座畸形博物馆。

这些人的工作跟李火旺的一样，都是捣东西，只是捣的东西不同，有的是金石，有的是药物，但很显然有些人并不安心工作。

“啊！”一个女人刺耳的尖叫引得所有人朝那个方向望去。

只见在溶洞的一旁，一个兔唇的胖子脸上露出不怀好意的笑容，企图把一个白化病少女拉进自己的怀里。

李火旺无视这些嘈杂，闭上眼睛继续一下一下地干自己的活儿。

听着耳边女人的哭声越来越凄惨，恼火的李火旺暗暗地骂了一句，单手拎起石制的药罐站了起来。

“咚！”石头和硬物撞击在一起，发出一声闷响。

被砸到的兔唇胖子一屁股坐在地上愣住了，显然是被这一下砸蒙了，过了两秒后，他表情痛苦地捂着自己的伤口哭号起来。

从险境中逃脱的白发白肤少女捂着自己的衣服畏惧地躲在李火旺的身后。

“俺告诉你，你完‘擦’！你知道俺是师父的什么‘仁’吗？让他老人家知道‘擦’，他打死你！”兔唇胖子表情异常愤怒地威胁道。

“他算个什么东西，他就是个屁！”李火旺这话一出，全场惊骇得鸦雀无声。

在场的其他人从来没有想到面前这个男人居然敢说出这样的话来。

看着面前这些所谓的师兄师弟的神色，李火旺深吸一口气，把心中的怒火压制下来。

“我这是怎么了，怎么跟这些人生气，自己的性格明明不是这么张扬的，不能让这些家伙影响自己的心情，刚刚的我不是真正的我，冷静冷静。”

就在李火旺还在平息自己的怒火之时，他听到门口有人喊他。

“李师弟，王师妹，师父叫你们过去。”喊话的高个青年明显地与李火旺的地位不同，身上穿着一件青色长袍。

虽然那件长袍看起来很旧，袖口都洗得发白，但它远比李火旺身上的破麻布好上不知道多少倍。

此人单手环抱着一根马尾鞭，看着面前的后辈们，眼中带着一丝傲慢。

看到年轻修士出现，那个挂了彩的胖子顿时露出幸灾乐祸的表情：“哈哈！你完‘撩’！今天轮到你‘撩’。”

但是李火旺完全无视他，转身就要跟着一个嘴巴歪斜、流着口水的女人向门口走去，女人脸色苍白，看起来很不健康。

李火旺刚走两步却发现有人在拽自己的衣袖，拉住不让他走。他回头，发现是那个被自己救下的白化病少女。

泪眼汪汪的她不断摇头，用眼神恳求他不要去。

冷漠的李火旺不为所动，用力一甩袖子，大步流星地向前走去。

从料房出来是一个更大的溶洞，溶洞洞壁上还有不少跟料房一样的溶洞充当其他用途，看那坑坑洼洼的样子，当初建造这个地方的人手艺明显不怎么样。

整个溶洞很大，大大小小的隧道四通八达，犹如放大版的蚁穴。

一块块腐朽的木板被钉在每一个小溶洞上面，上面用入木三分的力道刻下了每个洞窟的名字：灵殿、律堂、祖殿、御殿。

一个天然形成的溶洞居然被装饰得像一座古代建筑。

就在两人顺着溶洞继续往前走的时候，旁边的歪嘴女人从口袋里掏出了一块黑乎乎的东西来，忽然递到李火旺的面前，用很呆滞的声音询问道：“吃……糖吗？”

李火旺眉头微微一皱，似乎察觉到对方的傻气，不耐烦地接过来直接塞进自己的衣袖里。

见李火旺接过去，她又从兜里掏出一块塞进自己嘴里，傻呵呵地继续说道：“师父好……跟师父有糖吃……”

对此李火旺并没有打算说什么，两人继续走着，就这样走了差不多一刻钟，一座古香古色、通体发黑的高大炉鼎出现在他们的面前。

冒着青烟的炉鼎直冲洞顶，看起来就像一座金属小山。

由远到近地看着那炉鼎逐渐变大，最终炉鼎的阴影直接笼罩了自己，这让李火旺倍感压抑。

让他感到压抑的除了那巨大的炉鼎外，还有炉鼎面前的一道背影。

从背面看，他身穿青蓝色长袍，簪发戴冠，两鬓白发，看起来十分仙风道骨。

盘坐在地上的他似乎也在做着跟李火旺之前相同的事情，拿着捣药杵一下一下地捣着，只是他手中的捣药杵明显大得多，看起来像一根巨柱。

随着一起一落，金石撞击之声在溶洞内不断回荡。

“师……师父！”歪嘴女人笨拙地用右手掐住左手的拇指，左手的四个指头放在右手的指头上面，把双手放在胸口对着那背影作揖。

她一开口，那刺耳的撞击声便停了下来。

那人一转身，虽然心中早有准备，可李火旺的瞳孔还是被惊得微微一缩。

这人的正面跟背面截然不同，从背面看仙风道骨，从正面看，却是一个恶心的癞子头老头，地包天的嘴里零星几颗黄牙就这么暴露在空气中。

“来了？好徒儿，让我好等。”

脏兮兮的长袍一挥，癞子头腾空而起。

下一秒，李火旺身边的女人就突然消失了。李火旺还没弄明白是怎么回事，那个癞子头就已经坐回原来的位置。

“丁丑延我寿，丁亥护我魂，甲子护我身，甲戌保我形，甲申固我命，甲午守我魂，甲辰真我灵！”

石瓮中不断传来石头撞击的声音。

念完后，他单手举起那重达几百斤的石瓮，把里面的东西全部倒进面前的炉鼎里，紧接着双手向着空中猛地一举。

“起炉！”

两个涂着夸张腮红的小童从阴影中走出，一边扇风一边向着炉鼎内倒入各

种配料，其中有各种金石粉末，也有不少活着的蠕动的东西。

没过一会儿，一种奇怪的浓郁香气在空中弥漫。

此时此刻，那个癞子老头闭上眼睛深深地吸了一口气后，抚着自己下巴上仅有的几根胡须，肮脏丑陋的脸上露出满意的神情。

他缓缓睁开眼睛，把双手背在身后，转头向着李火旺看去：“听说你称呼本尊是个屁，可有这事啊？”

刹那间，四周的空气仿佛凝固了起来。

看着面前这位举止行为都不能用常理解释的师父，李火旺不为所动，缓缓闭上眼睛平息自己有些急促的呼吸，心中默念：“你们骗不了我，这都是假的，都是假的。”

“说话！哑巴吗？嗯？”伴随着师父的脚步声越来越近，他身上的恶臭气味扑面而来，叫人实在无法恭维，颤抖的李火旺咬紧牙关，用尽全身的力气猛地睁开眼。

刚刚还昏暗、充满压抑的洞穴瞬间消失了，一间明亮干净、空气清新的病房出现在他的面前，而他的下半身则被布带死死束缚在床上。

“呼，终于醒了。”松了一口气的李火旺对着床头的麦克风呼喊起来。

没过一会儿，他的主治医生托着一个白色平板电脑，带着护士从病房门口走了进来。

“小李，感觉如何？这一次的幻觉有什么新的变化？”医生坐在凳子上，十分和蔼地问道。

“还是同样的环境，我做着相同的事情。”李火旺详细描述着自己在幻觉中看到的一切。

“嗯嗯。”主治医生一边点头一边用手指在平板上迅速记录。

李火旺思索了一会儿后，有些犹豫地问道：“医生，这些不同的幻觉代表着什么呢？对我的内心和心理而言，包含着什么含义？”

“不，你不要关心这些，你更应该关注每一次幻觉的长度，以及精神稳定状况。”医生摇头否定了李火旺的问题。

“既然是幻觉，那就一定要记住，那都是虚假的，你已经摆脱了幻觉感知综合障碍，可千万别再陷进去了。只要你每次陷入幻觉，都牢记不要被幻境中的条条框框困住，再配合本院的治疗，很快就能痊愈。”

李火旺听到这话，心中顿时一紧，这关系到自己能否尽快出院，可千万不

能马虎。

紧接着，医生还不忘给自己的患者加油打气。

“其实现在你已经很好了，刚来的时候你连现实跟幻想都分不清，以后都会好起来的，继续保持，加油。”

两人交谈的时候，就听到病房门口传来轻盈的脚步声。

两人闻声同时望去，只见一个身穿高领黑色毛衣的少女，偷偷地向里面看。

少女看起来年纪不大，正是含苞待放最美好的年龄。

她皮肤白皙如玉，乌黑的头发瀑布般垂直地披在肩上，如同花骨朵绽开的她是如此美好。

看着两位青年欲言又止的样子，主治医生很知趣地呵呵笑了一下，他用手指轻轻一推鼻梁上的眼镜，转身向门口走去。

“我那边还有事，你们先忙。对了，小李啊，记得等会儿按时把药吃了。”

医生刚离开，少女就走了进来，两人相视一笑，李火旺顿时感到心中甜丝丝的，对自己疾病的顾虑迅速被抛到了脑后。

“别笑了，笑起来真丑！你看我给你带来了什么？老师们亲自布置的课题作业！”面带狡黠的少女从身后拿出一个帆布挎包。

听到这话，李火旺的脸顿时垮了下来：“娜娜，好歹我们从小玩到大，你就是这么报复我吗？”

名叫杨娜的女孩子转身关好门，又拿出一台小巧的掌上游戏机，得意地晃了晃：“还有这个呢——嘻嘻，乖，叫声姐姐，我就给你。”

“姐！你是我亲姐。”李火旺激动地冲上去，抢过对方手中的游戏机。

天天憋在精神病院里太无聊了，没有疯都快要憋疯了。

“你少玩点，记得多看看书啊。”杨娜侧坐在床边，对着正在开机的李火旺嘱咐道。

“嗯嗯嗯。”李火旺的注意力都集中在掌机屏幕上。

纤细白皙的手指掐着他身上的蓝白病服，依恋地扯了扯：“喂，你别忘了，你答应过我什么。”

李火旺停下手中的动作，抬头看向她，脸上忽然变得十分认真：“嗯，我们说好的，以后要在一个城市生活。”

杨娜被他的目光看得有些羞涩，垂下脑袋，声音变得细弱：“嗯，好好治病，我等你……”

李火旺忽然伸手一拽，把她搂在怀里。

两人并没有做什么，仅仅是抱在一起，温存片刻，就很开心了。

杨娜就要离开了，毕竟她现在很忙，能挤出半天时间来已经是很不容易了。

虽然每次见面都很短暂，但是对于李火旺来说，这是他苦难日子里的一道曙光。

“我送你到医院门口吧。”穿着蓝白条纹病服的李火旺掀开被子，穿上医院专用的白色拖鞋。

他跟着杨娜向着门口走去，却总感觉到哪里有点不对劲，赫然发现幻觉中自己用来捣药的捣药罐就放在旁边的床头桌上。

李火旺的身体顿时猛地一颤，后退两步，等再次定神一看，发现那捣药罐已经变成了自己吃饭的饭盒。

“怎么了，你没事吧？”看到李火旺应激的举动，杨娜脸上露出一丝担忧。

看到对方脸上的担心，李火旺马上嬉皮笑脸起来：“哈哈，怎么样，被我吓到了吧？”

杨娜气得皱起眉头，鼓着腮帮子，伸手用力向着他腰间的肉掐去：“都多大了，还当自己是小孩子吗？还干这么幼稚的事情。”

“别生气啊，我就是想让你开心一下。”李火旺伸手想要牵住对方的手，却被对方直接甩开。

不过在甩开几次后，两人的手最终还是牵在了一起。

院子里正在晒太阳的其他患者看到这一幕，纷纷露出了祥和的笑容，想着年轻真好。

虽然走得很慢，可最终还是到了尽头，杨娜站在医院大门口依依不舍地看着李火旺：“下个星期我再来看你，你在里面要好好的哦。”

“要不你下个星期别来了，我知道现在你压力很大，每个星期总共就半天的休息时间，还要浪费在我这里。”

杨娜抬起匀称的小腿，在李火旺那医院专用的拖鞋上轻轻踩了一脚，纤细的秀眉轻轻蹙在一起。

“学渣，不要随便以己度人好不好，我时间安排得好好的，哪有什么压力。”

“啊——”李火旺用手捂住自己的心脏，装出满脸痛苦的模样，“扎心了，妹子。”

杨娜被他逗得咯咯直笑，举起拳头在他身上轻轻捶了一下后，转身如同小鹿般向着院门对面的公交站台跑去。

一直看到杨娜乘坐的那辆公交车彻底消失，李火旺脸上的笑容也逐渐消失。

回想起刚刚看到的东西，他忧心忡忡地向着医生办公室走去。

一个小时后，躺在床上翻来覆去睡不着的李火旺烦躁地思索着他和杨娜的未来，一旁的桌子上是医生开出的治疗新症状的新药。

白天那个捣药罐还有杨娜的笑容不断在他脑海中轮换。

“如果病情加重了，我出不了院怎么办？那我就无法和杨娜在一起了。”

虽然待在这里，但是李火旺非常清楚外面的流言蜚语，自己这样的人在街坊邻居眼里就是彻头彻尾的疯子。

而面对自己这样一个疯子，在入院前一天，杨娜却还来看他，她对自己的情感一切尽在不言中。

对方是个好女孩，作为男人的自己不想辜负对方。

“不应该啊，我这些日子里完全按医嘱做了，怎么病情还会加重呢？难道又要转院吗？这已经是第三家了。”

“李医生应该没问题吧，他是老爸找到的最好的医生了。”

这些烦心事越想越烦，最终他索性如鲤鱼打挺般直接坐了起来，把杨娜的书都倒了出来，开始研究起来。

他想要用这些复杂生涩的知识冲淡心中挥之不去的担忧。

看着看着，不知不觉中已经到了深夜。

他刚看完一本书，用力伸了一个懒腰后，用手指揉了揉发胀的太阳穴。

“哈——几点了？应该很晚了吧？”李火旺穿上拖鞋，准备上完厕所回来睡觉。

就在他哈欠连天地向着门口走去的时候，挠痒的右手忽然一停，李火旺感觉到自己胸口怪怪的。

李火旺拉开衣领一看，发现一摊黑褐色的东西软趴趴地粘在自己胸口。

那莫名有些熟悉的颜色，让他脑海中一个念头闪过。

李火旺用手指轻沾了一下，放进自己的嘴里。那苦涩中带着丝丝甜味的感觉让他的瞳孔微微一缩。

这是之前那位幻境中的傻子师姐给自己的糖块！幻境中的东西居然出现在现实世界了！

当确定自己胸口的糖块确实是真实的时候，李火旺的心怦怦直跳，下意识的第一个念头出现在他的脑海中：“我要告诉李医生！”

可他右脚刚抬起来就悬在了半空中，其他思绪在他脑海中乍然出现。

他知道，自己的幻觉里面可不只有糖块，还有别的东西，还有其他更有价值的东西！

李火旺一边品尝着口中化开的甜蜜，一边在病房内缓缓徘徊。

“这是一个机遇！一个可能让杨娜和我一夜暴富的机遇，甚至可以让我登上人生巅峰！”激动不已的他很快确定了这一点。

“不能告诉李医生，我可不想被当成怪物研究，再说这种事情也不归他管。”

李火旺心中暗道。

“不过，对于这件事情还不能这么快下定论，我要彻底弄清楚这到底是怎么回事才行。”他在心中暗自确定了自己想要做的事情。

就在他这么想的时候，四周的环境开始扭曲变化，干净整洁的病房开始消退。

面对这种情况，李火旺早已经习以为常，他先是赶紧把卷子和书放进挎包里，扔到远处的墙角，以免被陷入幻觉的自己撕碎。

紧接着，他按下床边的红色按钮，几秒钟过后，他看到的最后一幕是几位护士走了进来，把他用束缚带捆在床上。

等他再次睁开眼睛之时，那简陋的冷冰冰的洞窟环境再次出现了，旁边的“师弟师妹”们正好奇地看着自己。

从冰冷的石面上坐了起来，李火旺再一次用特殊的视角审视着四周无比真实的一切。

这里虽然是幻觉，但现在在他眼中就是一座堆满宝藏的宝库。

自己或许并不是得病了，而是拥有了罕见的特异功能，只是那些庸医检查不出来罢了。

“也许我压根没病，对，没错，我没病。”

这些年，他真的受够了“精神病”这个头衔，每个人都用异样的眼神看着自己。

仿佛自己在得病的那一瞬间就不再是人类，而变成了异类。

一想到自己在未来可能摆脱这个头衔，李火旺顿时激动得不能自已。

心情十分不错的他伸手在一个凑过来的大光头上欢快地拍了起来：“哈哈，这可真有意思。”

“聚在一起做什么？还不快干活？”某个极其讨厌的声音从洞口传来。

李火旺扭头一看，发现说话的那个人是之前传话的高冷青年，他脸上依然带着傲慢，仿佛看李火旺一眼，都会弄脏了他的眼睛。

李火旺记得这个家伙的名字好像叫玄阳。

面对李火旺肆无忌惮的打量，玄阳明显感觉到了挑衅，他走到李火旺面前：“李师弟，你这次没有被师父选中，还真是遗憾啊。”

李火旺懒得理他的阴阳怪气，注意力都集中在他腰间悬挂的一块圆形玉佩上。

“这东西应该是古董吧？如果把这东西送到现实世界卖掉，肯定值不少钱吧？”

“不过我该怎么做呢？跟那块糖一样，放在胸口？”

说了几句见李火旺没反应，玄阳觉得对方是怕了，他轻蔑地一仰头，转身离开。

看着他的背影，李火旺心中有了一个想法。这块玉佩是他用来尝试传送的下一个试验对象。

至于怎么得到，那再简单不过了。

“那块玉佩很好，但很快就是我的了。”

一只白得有些发光的小手从旁边伸过来，轻轻地拉了拉李火旺的麻布衣袖。一道软糯的声音在他耳边响起：“李师兄，快干活吧，要是没完成的话会没饭吃的。”

李火旺扭头一看，发现是那个自己之前帮助过的患有白化病的少女。

想了想后，他伸手从怀里掏出剩下的半溶化的黑糖放在她手中，转身来到自己的位置拿起捣药杵开始干活。

目前情况下，无论是这里还是医院那边，他还是决定不做得太出格。

这种惊世骇俗的事情无论告诉谁都不合适，自己必须慢慢摸清其中的规律后再做其他打算。

当天的工作在沉闷的捣药声中结束了。深夜，听着身边的打鼾声和磨牙声，躺在大通铺上的李火旺缓缓睁开了眼睛。

没有窗户的洞穴内伸手不见五指，李火旺摸索着向门口走去。

他先来到自己工作的地方，拿起一块自己碾磨的青石。它发出的轻微荧光可以让李火旺不至于在漆黑的溶洞里摸黑走路。

虽然说在黑灯瞎火的情况下，拿着这么一块石头有点过于醒目，但是李火旺一点也不在意。

“被人发现，大不了我直接退回医院去，我有退路我怕什么？”独自走在溶洞中的他得意地自言自语道。

整个幻觉都是因为他而出现的，他难道还会怕自己创造出来的幻觉不成？虽然他现在自己还无法控制。

整个溶洞被开发得很大，李火旺来到这里也有段时间了，对于这里他轻车熟路。

很快他就摸进玄阳的洞穴，虽然这里依然很简陋，但是单独一人躺着的大床足以证明他跟李火旺这些人的根本区别。

但是让李火旺感到意外的是，玄阳并没有在洞内。人没在，衣服却在，李火旺懒得管那么多，右手摸进衣袍里，把那块玉佩揪了下来。

偷偷跑到洞外后，对着手中的萤石，李火旺仔细打量着手中的圆形玉佩。

这块玉佩晶莹剔透，圆润细滑，上面雕刻着非常精美的云彩花纹，哪怕他对这方面不了解，也看得出来这是一块好玉。

李火旺越看心里就越开心。如果自己真的能把这块玉佩带到现实世界，这块玉佩最起码能够解决自己和杨娜的生活费问题。

“嘿嘿——杨娜啊杨娜，你就准备好当小富婆吧。”李火旺说完，把玉佩往怀里一揣，就往回走。

这一切都很顺利，但是有些事情并不会一直那么顺利。就在他快走到门口的时候，在石阶梯上一个转弯，跟一群人撞了个正着。

那是一群跟李火旺差不多年龄的少男少女，他们的脸庞在手中火匣子的照映下忽明忽暗。

双方都被彼此吓了一大跳，愣在原地半天没人出声。

最终还是李火旺开口了，他用手中的萤石指着人群中穿着一身麻衣的玄阳，问道：“玄阳师兄，你这一身打扮，是被发配到料房来了吗？”

这些人中不仅有玄阳，还有负责其他事情的小童，之前给炉鼎扇风的一位小童就在其中。

可不管他们之前是干什么的，现在他们全都穿着麻衣麻裤，除此之外什么都没有带。

此时的玄阳并没有白天那副傲慢得意的样子，他神情迅速变幻了几下后，走到李火旺面前压低声音：“走！跟我们一起走！我们从这鬼地方出去！看门的师兄已经打通了。”

“走？哦！原来你们这是要……”

李火旺口中的“逃”字还没有说出口，就被玄阳用手死死地捂住。

看到玄阳捂住李火旺的嘴巴，拿着火匣子的其他“师兄师弟”迅速冲上来，眼神不善地把李火旺围在中间。

“不走是吧？那你今天就留在这里吧！我们绝对不可能让你去给癞子头通风报信的！”

对于自己目前的处境，李火旺一点都不慌张，他无语地翻了一个白眼后，心中暗骂一句这幻觉的剧情走向，直接闭上了眼睛深吸一口气。

等他再次醒来时，发现自己已经被宽皮带束缚在病床上，围着自己的那些“师兄师弟”已经消失了。

“王阿姨，我醒了，能不能帮我松开啊？”李火旺对着床头的麦克风呼喊着夜班护士，他迫切地想看看那块玉佩现在是不是在自己的衣服里。

然而喊了半天没有反应，李火旺明白，王护士又在值夜班的时候偷偷追玛丽苏电视剧了，她总是这么喜欢偷懒。

李火旺低头看着自己那被蓝白色条纹病服裹着的胸口，拼命扭动，想要通过挤压来感知胸口到底有没有玉佩。

可是他现在身体被束缚得死死的，既感觉有，又感觉没有，试了几次后就无奈地放弃了。

打了一个哈欠的李火旺现在只能躺在床上，祈祷王护士追完剧后，大发慈悲地看一下监控摄像头。

深夜环境下，哪怕是关护重症患者的二楼也十分安静，李火旺昏昏沉沉地睡了过去。等他再次醒来时，发现自己已经躺在了冰冷的溶洞地上。

自己还在原地，但之前那些企图逃跑的家伙已经一个不见了。

“啧，就你们这帮 NPC[1] 也想对付我？”李火旺从怀里掏出玉佩，在手心

① Non-Player Character 的缩写，是游戏中一种角色类型，意思是非玩家角色，指的是电子游戏中不受真人玩家操纵的游戏角色。

轻轻掂了掂，重新塞进怀里。

半炷香过后，他回到自己住的大通铺，躺在干草堆中耐心等待着白天的到来，一想到玉佩的价值，他现在兴奋得根本睡不着。

没有时钟的情况下，李火旺也不知道过了多久，当他看到两旁的师兄弟开始醒来，自己便也坐了起来。

“天都亮了啊！不知道那个敬业的艾护士来换班了没？要不先睡一觉？”就在李火旺正在犹豫的时候，门口传来一阵急促的脚步声。

一个身穿黑色袍子，头顶束发的小童慌张地从外面钻了进来。

“快点！师尊让所有人去惠安殿集合！”

这突如其来的消息让所有人都摸不着头脑，但既然是师父让去，他们也没有拒绝的理由。

很快，在所谓的惠安殿最大的溶洞内，所有弟子都到齐了，火把的光芒把所有人脸上的疑惑都照得清清楚楚。

李火旺敏锐地察觉到了一点，人群中少了一些人，除了玄阳，癞子头师父的几个亲传弟子居然也不见了。

“哎哟，这是跟着一起逃跑了？”他看热闹不嫌事大地想着，眼前的一幕让他有种追剧的感觉。

当一个癞头老人从黑暗的隧道中探了出来，除了李火旺外，所有士童都下意识地垂下脑袋。

那是他们的师父，名号丹阳子。

“咳——”一声咳嗽让所有人浑身一紧。

“昨晚二更天的时候，有人要逃跑，其中还包括本道爷两位亲传弟子，本道爷很是心痛！”

口中说的是心痛，可他脸上的戾气显而易见，几乎快要凝聚成实体。

“这就被发现了？玄阳这些家伙真够逊的。”李火旺撇了撇嘴。

“所谓无规矩不成方圆，犯错必受罚，这就是我西山东华派清风门的规矩！都跟我来。”

所有弟子大气不敢喘，默默地跟在丹阳子的后面向前走。

穿过大小不一的溶洞，又从一条湍急的地下河边穿过，很快他们来到了一个不大的潮湿溶洞内。

李火旺看到，昨天晚上逃跑的那些人，已经一个不落全被五花大绑地堆在墙角。

表情萎靡的他们看到自己的师父，顿时激动地挣扎着，似乎想要诉说什么，但是嘴里的碎布让他们什么都说不出来。

丹阳子仿佛也不想听他们的辩解，单手内翻结出个复杂的手势，向前一指："开！"

溶洞那被冲刷得光滑的地面，忽然打开一个大洞，逃跑的这些人瞬间掉了进去。

"靠近点看！这就是他们逃跑的下场！"

师父的命令谁也不敢违背，所有人推搡着走到洞边。

洞里很黑，非常黑，漆黑一片。

漆黑的圆形洞穴如同一个旋涡，仿佛要把所有人都吸进去。

李火旺仔细辨认后，看到洞内有一口大黑鼎，鼎口的边缘铸着某些模糊的符箓。

鼎内似乎有什么东西在动，但是李火旺始终看不清楚，一股刺鼻的古怪气味直往他鼻孔里钻。

"幻觉里的东西按理来说不会伤害到我才对，以前从来没有发生过那种事情。"

话虽然这么说，但是他的心悬了起来，随时准备退回到医院去。

"唰——！"一圈蠕动的黑影瞬间从洞里钻出，裹着李火旺身旁的一位师弟猛地缩了回去。

所有人被这一幕吓坏了，纷纷后退到溶洞那光滑的墙壁边上，要不是丹阳子就在旁边盯着，他们怕是早就跑出去了。

在场几乎所有人都在猜测刚刚那东西是什么。

可这些猜测的人中并不包括李火旺，因为刚刚他站得最近，所以他看清楚了。

那是一团有着肉质纹理黑色的物质，滑腻黏稠的皮肤上长着一丛丛短小的、不断颤动的黑色触手！

单凭这一点，李火旺可以肯定，丹阳子在这洞里饲养的东西绝对不是世间存在的正常生物。

至于究竟是什么，李火旺猜不出来，也不想再走过去看一遍。

虽然知道这些东西都是他大脑里冒出来的幻觉，但李火旺真想不明白自己为什么会虚构出这种东西。

李火旺打量着四周无比真实的一切，心中忽然有了一个可怕的猜想：“难道这一切都不是假的？”

这个猜想瞬间让李火旺的身体颤抖起来，他想到了之前死去的那些人，如果那些人都是真的而并不是自己的幻觉的话，那自己刚刚……

李火旺用力地深吸了几口气，马上按照李医生教导的方式进行自我开导。

“这些都是幻觉，哪怕再真实都是幻觉，李火旺，你绝对不能再迷失在这些幻觉中了，它们都是你创造的，你怕什么？”

“杨娜还在等我呢，我不能辜负她。我能战胜这一切！一定能！”

经过李火旺的自我开解，他的情绪逐渐稳定下来，足以坦然面对眼前的一切了。

此时的丹阳子完全没有理会李火旺在想什么，他正在对着已经受到教训的徒弟们训话。

“以后谁要是有什么不轨之心，记得想想今天看到了什么！”

丹阳子的这句话让所有人的心头顿时一紧。

他背着手踱着方步，在自己的徒弟面前走过，那如鹰隼般的目光在所有人的脸上扫过。

“我告诉你们，助我事成可是大功德，要是我达成心愿，我自然不会忘记你们的好，但是谁要是坏了爷的好事，哼哼！”

话音刚落，他忽然在李火旺面前停了下来，打量着眼前这个神态与其他徒弟不同的小子。

“你这么一个幻觉中的假人，我怕你？你就是我脑海里的一个念头！”李火旺想到这儿，双目平静地与眼前的癞子头师父对视。

当丹阳子抬起指甲缝中满是污泥的右手时，溶洞内的气氛变得有些凝重起来，其他人的目光都看向这位胆敢冒犯师父的师兄，等着看师父会如何处置这家伙。

谁知丹阳子表情忽然舒缓，抬起的右手轻轻地拍在李火旺的脑袋上，那凝重的气氛瞬间消散得无影无踪。

“昨晚那些叛徒邀你一同离去，你为何不肯啊？”

这句话看起来是问李火旺，实际上却是对他的赞扬。

李火旺刚要开口，就看到丹阳子抬起右手。

“莫要说些虚头巴脑的话，虽然你未能及时通报爷，但是跟那些心怀不轨的孽徒相比，你已经很不错了。”他的手放了下来，继续开口说道，“我看你天赋不错，你不用在料房干活了，你以后就是爷的记名弟子了。”

李火旺一愣，自己这是地位提升了？不过他马上反应过来，这家伙是因为身边的帮手不够用了才提拔自己。

“对了，既然你成为爷的记名弟子，没有名号可不行，以后你的名号就是玄阳。”

李火旺瞥了一眼角落的圆洞，上一位玄阳的模样在他脑海中一闪而过，心中暗道：“嚯，这名字可真不吉利。”

虽然这个待遇李火旺不怎么在乎，但是此时料房的其他人顿时两眼放光，十分羡慕，成为丹阳子的记名弟子，待遇可就不一样了。

但是这在丹阳子看来还不够，大棒后面必须多给几颗枣，才能勾得住人。

“玄阳啊，既然成为爷的记名弟子，那爷也要意思意思一下。”

听到有人喊自己，李火旺连忙走到他身边，听着语气似乎是要送东西了。

丹阳子从腰间葫芦里倒出五颗黝黑的药丸，放在李火旺的掌心。

“拿好了，这五枚乃本道爷炼制的神仙药丸，吃下去不但可以让你延年益寿，还能让你暂时获得大力神通保命。”

道爷，是这个世界对修行之人的尊称。

李火旺眉头微皱地把这几颗药丸放在自己面前：“这东西该不会是用什么奇怪的材料炼制的吧？”

就在他这么想的时候，李火旺忽然看到，手中的一颗药丸微微滚动了一下，从圆形变成椭圆形，似乎有什么东西想要从里面钻出来。

等他再定睛观察，却发现那药丸并没有任何变化。

“呵，我是不是神经过敏？我在乎幻觉里的事情干什么，这都是假的，我绝对不能再陷进去了。”

李火旺懊恼地用手拍打着自己的脑袋。

丹阳子没有理会李火旺的异动，而是扭头看向剩下的人。

“瞧见没有？跟爷作对就是死路一条，但是只要帮爷的都有赏，而且是重重有赏！”

所有人的目光躲闪地在丹阳子和药丸之间跳跃，此时每个人心中都在想着各自的事情，但至于想的是什么，只有他们自己知道。

见自己的目的达到了，丹阳子挥了挥污秽的长袖，让所有人散去继续干活。

李火旺此时也不用再去料房了，他的名号是玄阳，那么之前玄阳拥有的一切都是他的了，地位、袍子，甚至那个小溶洞。

不过此时的他并不在乎这些幻觉中发生的一切，他更在乎的是他的所得。

他双手抱胸，看着白色的病房床单上的两样东西，玉佩和药丸。

“我的天，居然真的都带出来了。”

可现在的李火旺犯难了，一个老问题再次摆在他的面前，让他不得不面对。

“如果我把这药丸吃下去后真的有效果，那这一切到底是不是幻觉啊？自己这到底是怎么一回事？”

他之前真的很认真地遵循医生的医嘱，坚定地把那边的一切都当成幻觉，可当这些东西千真万确地出现在李火旺面前时，他的内心开始动摇了。

如果这真是幻觉，那这东西是因为什么变成实体的，对自己本身有什么危害？

如果那边是另外一个世界，那……“啊！好烦啊，连个商量的人都没有。”烦躁的李火旺伸出双手抓挠自己的脑袋。

发泄了一通后，李火旺还是要面对现实，思索了很久后，最终他确定了自己的应对办法。

幻觉那边，不管是真的还是假的，自己还是跟以前一样尽可能配合下去，完全当真来。

万一是真的，那自己也能安身立命。

如果是假的，那自己也没什么损失。目前先验证这些送过来的东西的真伪和价值，再做进一步打算。

确定好应对办法，李火旺深吸一口气，用食指和拇指捻起一颗药丸放在眼前。

“不行，自己吃太危险了。”他的目光投向了外面花园里晒太阳的患者。

心中短暂的一秒挣扎后，他颓然地放下了药丸。他们跟他一样都是可怜人，怎么能让他们试药呢，以后有时间想个办法找只小白鼠吧。

紧接着，李火旺把目光投向了那块圆形的玉佩。相比药丸，这东西的处理就好办多了。

“说吧，什么事情，我可是翻墙出来的，要是恶作剧的话，哼哼！”杨娜握住白皙的小拳头，对着李火旺威胁道。

“妹子，哥哥这是万不得已才请你过来帮忙的，你也知道我根本出不去。”李火旺说着走到病房门口，关好门拉上窗帘。

杨娜看着李火旺的这一举动，有些慌张地小退半步：“你要干什么，我们在这里说话，护士站可是听得见的。”

她话音刚落，床头的喇叭里就传来护士们偷笑的声音：“哈哈哈，没事，我们听不见，小李弟弟，要加油哦——”

“姐姐们，你们能不要这么八卦吗？把多余的注意力集中在重症病房吧。”李火旺对着床头喊完后，拉着杨娜到房间的另一角。

他从口袋里掏出那块玉佩塞进她的手心，紧接着把嘴巴凑到她耳边轻声嘱咐着，杨娜的眼睛也随着他的诉说越睁越大。

“这怎么可能，这——”话没说完，李火旺伸手直接捂住了她的嘴。

两人的目光相接，李火旺眼中带着强烈的渴望注视着杨娜。

“帮帮我，我说的都是真的，外面的人包括我父母都不信我，他们都认为我疯了，我能找的只有你了，全世界我只信任你，我真的没疯！”

杨娜看了李火旺几秒后，最终咬着嘴唇点了点头。她离开的时候，眼睛红红的，一步三回头，似乎十分担心李火旺的精神状态。

李火旺心情复杂地看着她离去的背影，其他人怎么想他已经不在乎了，但是杨娜不一样。

“娜娜，你信我一次，就一次！”

等待的时间总是漫长的，李火旺忐忑不安地在病房内来回徘徊。

其间他的眼前再次出现幻觉，但是李火旺以最快的速度回来了，按照医生的话来说，这样很不好，但是他怕错过了杨娜。一天、两天、三天，时间一天天过去，李火旺的心情越发地忐忑不安。

“小李，你那小姑娘来看你了哦——”听到护士的通知，李火旺直接一个鲤鱼打挺从床上蹦起来，向着院门口冲去。

在医院内的花园里，李火旺又跟杨娜相遇了。他们激动地相拥在了一起。

杨娜压抑自己的声音在他耳边喊道：“火旺，真的，那玉佩是真的！”

“我没病！哈哈！我没病！”李火旺激动地搂着少女的细腰，不断地转圈。

两人兴奋了好久后，终于平复了自己的心情。

“我让你帮忙，没有影响到你吧？”李火旺关心地对着侧坐在花坛边的杨娜问道。

杨娜却没有正面回答，而是岔开了话题，她对着李火旺伸出四根葱白纤细的手指：“你知道那玉佩值多少钱吗？这个数！”

“四……万？”

“四十万！而且我觉得他肯定报低了，如果我多问几家，肯定还会更高一些的。”

“四十万……四十万啊……”李火旺傻呵呵地笑着，这不仅可以抵消掉自己这些年的治疗费，还能多剩出一些来，更重要的是这才刚刚开始。

“杨娜，准备好当小富婆了吗？”

李火旺的调侃让杨娜脸颊微微一红：“少贫嘴了，这种事情也太奇怪了，真的不会对你身体有伤害吗？”

“没事，我能有什么事情，好得很。如果是这样的话，我的治疗时间恐怕要缓一缓了，这可是宝贝啊，我不能这么快被治好。”

听到这话，杨娜表情紧张起来，她担忧地对着李火旺说道：“火旺，这是两码事，我不要钱，你的治疗绝对不能停，药也不能断，你答应我，否则我以后再也不帮你了。”

李火旺心中想到了很多理由反驳她，可看着她那关心担忧的双眸，心中涌上一股暖流：“好，我答应你。”

杨娜笑了，伸手在他脑袋上轻轻地拍了拍：“这才乖嘛，臭弟弟。”

就在两人正在商量着如何把这块玉佩变现之时，几个五大三粗的中年人拿着防暴叉从旁边匆匆走过。

“赵师傅，怎么了？是出什么事情了吗？”李火旺疑惑地对着其中一位熟人问道。

“别问那么多，小李，你赶紧回病房去。还有，如果碰到了老刘头，记得马上汇报啊，这家伙肯定又偷偷吐药了。”那人匆匆地说完，转身向着楼梯赶去。

“重症区不是有两层铁栅栏围着吗？老刘头那小体格也能逃出来？”李火旺疑惑地向着那边看去。

当初他幻觉与现实不分的时候，在那里住过一段时间，那是一段不怎么好的回忆。

看到其他患者都被护士们接回病房，李火旺扭头对着杨娜说道：“这里有点乱，你先回去吧。晚上你打电话到医院来，我们用电话联系。”

“嗯，那你在这里好好的，还有，记得刚刚答应我的话。”杨娜说完，转身向着远处的医院大门走去。

“四十万啊……”转身向着病房走去的李火旺感慨道，当确定那块玉佩真的值这么多钱后，他的心里开始有了很多新的想法。

幻觉又如何，现实又如何，那边的东西能值这么多钱，管他幻觉还是现实。

刚走没几步，一声熟悉的尖叫声从身后响起，李火旺一回头，就看到一个秃顶的干瘦老头把杨娜扑倒在地上。

看到这一幕的李火旺顿时气血上涌，咬着牙，表情狰狞地向那边冲了过去：“老刘头！你给我放开她！”

“呼呼呼——”呼啸声骤然响起，一块掀起的六边形地砖翻滚着飞了过来，直接砸在了李火旺的脑袋上。

一阵天旋地转，李火旺重重地摔在了地上，他的视线逐渐被红色覆盖。

在红色的视线中，李火旺看到一双被病号服束缚的臃肿大脚从自己眼前走过，迈向挣扎尖叫着的杨娜。

听着那沉重的脚步声逐渐向杨娜的方向而去，李火旺脑海中嗡的一声，只剩下一个念头：不能让他们伤害杨娜！！

他颤抖地从口袋里掏出一颗药丸，塞进嘴里，心中竟开始祈祷它真的有什么神奇的作用。

不知道是不是想象产生了作用，一股极其炙热的暖流从胃部涌出，进入了李火旺的四肢百骸，他瞬间感觉到充满了力量，昏昏沉沉的脑袋变得无比清明。

“砰！”他一拳头抡了过去，狠狠地砸在胖子有点肥胖的下颌上，刹那间满口的黄牙松动飞出，没一会儿就不剩几颗了。

混沌中的李火旺没有理会倒地不起的胖子，大步走到老刘头面前，一脚踏在他干瘦的胸膛上。

“咔嚓。”关节错位的声音响起，老刘头的身体如同面条般软绵绵地飞了出去。看着地上泪眼汪汪的杨娜，李火旺牙齿死死咬在一起，牙龈都咬出了血。

他那双布满血丝的眼睛死死瞪向旁边倒地不起的两人，单脚重重地在水泥地上一踏，如同猎豹般向着他们扑去。

“火旺停下！你要干什么！停下来啊！”

…………

李火旺身穿着医院专用的束缚衣躺在床上，默默地看着头顶上挂吊瓶的挂钩，似乎在等待着什么。

“嘎吱”一声，病房的门打开了：“哎，小李啊，你之前不是恢复得挺好的吗？这又是怎么回事？”

李火旺的主治医生走了进来，一脸失望地看着他。

听到这话，脑袋被白纱布包住的李火旺顿时一急，开口解释道：“医生，是他们先对杨娜动手！我是为了保护她才被迫出手反击的！”

医生食指弯曲推了推脸上的眼镜：“你那叫反击吗？刘建业现在至少半个月下不了床，你那一脚差点把他直接送走，你也是在这里待了不少时间了，大家的事情都知道，动手前难道就没有考虑到刘师傅的病情吗？我原本以为你是一个懂事的孩子。”

想到被吓得梨花带雨的杨娜，李火旺显得有些不服气：“他是病人怎么了？是病人就可以为所欲为吗？我不允许任何人伤害杨娜。”

“你……”主治医生被李火旺顶撞得说不出话来。

他最终叹了口气，摇了摇头：“算了算了，院长已经给双方家属打了电话，这些事情就不用你操心了。”

李火旺听到这话，微微蜷缩着身体，向着无人的另一侧躺去，心里开始估算那块价值四十万的玉佩是否够赔偿了。

不过此时的他一点都不慌，当看到那药丸真的有作用后，李火旺忽然发现自己的人生多了很多种新选择。

感觉到自己的小患者情绪不高，医生开口安抚道：“小李啊，别担心，你不会被追究的，院里会给你开具证明，别想这些了，安心养病，其他的事情，我们会处理好的。”

李火旺察觉到了医生话语间对自己的关切：“谢谢你，医生。”

“谢什么，谁让我是你的主治医生呢。你又这么小，当然要对你多照顾一些。”李火旺感觉到对方的手在自己肩膀上拍了拍。

“不过小李，你实话告诉我，当时你是怎么把他们伤成那样的？那可不是一般人能够办到的，你当时是正常状态吗，还是说又陷入了什么新的应激障碍？”

听到这话，李火旺心中一紧，注意力马上集中在自己上衣的口袋。

“那个……我……”

“我是搞心理的，而且对这方面还颇有心得，别想隐瞒病情，你最好想好了再回答，我很讨厌我的患者欺骗我。”

虽然医生语气和蔼，但李火旺感觉到房间内那无形的压力。

“怎么办呢，药丸的事情不能让他知道啊。”

就在李火旺焦急地寻找着脱困办法的时候，四周的一切开始变得不稳定，医生的声音也变得越来越朦胧。

没过几秒，他发现自己再次陷入幻觉，此刻正躺在玄阳的单间溶洞的石床上。

捂着脑袋坐起来，李火旺看着四周简陋的摆设笑了起来：“嘿嘿，不管怎么样，这也是一种解决办法。”

他这次不打算那么快回去了，免得医生守在旁边没走。

走出房间，李火旺看着溶洞隧道内进进出出的师兄弟们，心中开始盘算接下来自己该怎么办。

既然那些药丸是真的，那么自己就不能像之前那样随意了，必须好好经营这里才行，以求从这个地方薅出更多的羊毛。

好在自己现在的身份变成了癞子头的记名弟子，在行动方面自由了许多。

当看到一位身穿同样袍子的留须弟子从自己面前走过，李火旺眼前一亮，连忙追了过去：“这位师兄，这位师兄！”

那位留须弟子扭头发现说话的是李火旺，态度不咸不淡道：“玄阳师弟，何事？”

李火旺学着他们说话的样子回答道：“师兄，我刚刚成为师父的弟子，还请师兄解惑，我接下来该做些什么？”

“别怪师兄说话不好听，虽说你是师父他老人家亲自收入门下的，可你资历最浅，现在也就只能跑跑腿。”

“想让师父教授修行之术，那是亲传弟子才有的待遇，你还不够格。现在先随我去丹房外候着。”

“修行之术？”李火旺喃喃自语。

“师父真的会修行之术？”

留须弟子脸上露出一丝自满：“那是当然，师父可是有大神通的人，好好伺候着就是。”

从这位叫玄阴的师兄口中，李火旺弄清了整个溶洞内的人员构成，记名弟子一共五位，亲传弟子一位，师父也就是丹阳子一位。

除了这些人之外，剩下的人都是一些外围人员，比如做饭的伙夫、干杂活的小童等，这些人加起来有一百八十号。

这是李火旺第一次对这里有全新的了解，这里人数比较少，甚至可以说是相当简陋。

交谈间，那座充满压抑的炉鼎再次出现在李火旺面前，袅袅白烟从炉内飘出，似乎在炼着什么东西。

炉前除了丹阳子外，还有他的亲传弟子，一位表情阴郁的青年。

跟着玄阴在旁边候了一会儿，李火旺接到了自己的活——拿着料单去料房清点配料，就跟当初的玄阳干的活一样。

当拿着白色马尾鞭的李火旺来到料房时，正在干活的所有人都看了过来。

那个白化病少女抿着嘴唇迫切地上前两步，但是最终什么话都没说，缓缓退了回去。

李火旺望着他们，思绪活络了起来。他的身份已经发生了变化，自己或许可以从这方面找点好处。

“那个，你们身上有钱吗？”这话一出，所有人都愣住了。

“钱啊，听不懂吗？就是银子、金子、玉佩也行。”

说实话，李火旺现在确实需要钱，老刘头的赔偿金还不知道需要多少，自己家只是普通家庭，要是赔偿多的话，他妈恐怕就要卖房了，这是他迫切需要解决的。

“反正在这里也花不了，不如都给我吧，以后你们有我罩着了。”

话说得这么直白，其他人也听懂了，料房里的人开始在身上摸索起来。

半块拇指大小的发黑的碎银子，一根铜簪子，四十几个外圆内方的铜钱，这就是他的所有收获了。

望着这些东西，李火旺唉声叹气，自己似乎打错算盘了，这些家伙哪里还有什么钱啊。

就在李火旺转身往回走的时候，他看到那个白化病少女羞涩地褪下一只鞋子，从自己白皙到几乎透明的脚踝上摘下来一个缠着红线的金脚环。

睁大眼睛接了过来，李火旺把那金脚环放在自己手心掂了掂。这脚环虽然有些细，可这怎么说也是金子做的，估计能值不少钱。

他满意地把这些东西塞进衣袍宽大的袖口后，用手指着那白发少女说道：“你们听着，以后料房归她管，什么事情都听她的。”

看到所有人迟疑地点头，李火旺提着配好的丹料向着丹房赶去。

他一边走着一边偷偷瞄向其他人的腰间，企图寻找另外一块玉佩。可惜他失望地发现并没有找到。

当李火旺重新来到丹房的时候，就看到那炉鼎缓缓打开了。

几颗暗蓝色的药丸随着丹阳子大袖一挥，迅速排列整齐进入了他腰间的土黄色葫芦。

这场景看得李火旺眼热不已，这应该就是玄阴口中所说的神通了，自己不知道能不能想办法学会。

“如果能把这能力带到现实去，那……”

李火旺弯腰把手中的丹料放下，准备站在一旁眼观鼻，鼻观心，现在自己还什么都不了解，还是多听多看。

“玄阳——”

“又来活了？这么快吗？我还真成跑腿的了？也不能老跑腿啊，得想个办法让这癞子头把神通教给我才行。”

李火旺双手合拢对着喊话的丹阳子作揖：“师父，您有什么吩咐？”

“去，把料房里一个叫白灵淼的带过来。”

李火旺的心咯噔了一下，作揖的右手伸进袖子里摸了摸那带着红线的脚环，白灵淼似乎是那个白化病少女的名字啊。

“嗯？”丹阳子扭头看向半天没反应的新弟子。

李火旺顿时感到一阵牙疼，说真的，自己刚刚还说要罩着她呢。

“我说的话你没听见吗？”

感觉到丹阳子的语气开始变得不善起来，李火旺无奈地叹了一口气，闭上眼睛睡了过去。

醒来后，他已经重新回到洁白的病房内。

“这可怎么办？”

如果在过去，他二话不说直接就照办了，可问题是在那个世界发生的事现在很有可能是真实的。只是不知道最后带去给癞子头的人，消失后都去了哪里。

等护士们把自己放开后，李火旺咬着自己的拇指指甲，在房间内来回走着。

“怎么办呢？怎么办呢？”

没等想好办法，病房门被人从外面推开了，李火旺看到自己的主治医生从门外走了进来。

他顿时一阵苦笑，得，这下两边都堵上了，跑都没法跑了。

医生带着恨铁不成钢的表情用手指了指他：“你啊你，等探病家属离开，我们单聊。”

“探病家属？”

没等李火旺反应过来，他就看到脸色憔悴的母亲行色匆匆地拎着提子从外面走了进来。

“我听说你在医院里跟人打架了？你的头怎么了？为什么包得这么严实？疼不疼？”妇人冲上来，表情紧张地打量着。

“妈，不疼，我没事，我真的没事，有事的是他们。”李火旺连忙安抚道。

安抚了好一阵，李火旺总算是没有让母亲的眼泪掉下来。

在自己的至亲面前，无论那边的麻烦多大，此刻都要往后放放了。

“你放心，我很好，我的病好多了。”李火旺尽可能地报喜不报忧。

“别瞒着，医生都告诉我了，说说吧，那天到底发生了什么事情？是谁先动的手？”

李火旺用尽可能和缓的语气把事情的来龙去脉告诉母亲，不过这似乎并没有缓和多少。

“我们是占理的一方，赔什么钱！是他们做得不对，就是有病，那也是医院看护的责任！我们家从来不欺负人，但是也绝对不能让别人欺负我们！有能耐打官司去！到了法院也是我们有理！”激动的孙晓琴把桌子拍得砰砰直响。

看着一旁尴尬地摸鼻子的医生，李火旺继续安抚：“妈，妈，别激动别激动，你好不容易来一趟，就陪陪我吧。”

孙晓琴压制住自己心中的愤怒，弯腰把袋子里的水果拿出来。

“这件事你别管了，妈来处理。来，这是你喜欢的提子，多吃点，你看你都瘦成什么样了，医院的伙食不好吧？”

“没有没有，医院伙食还是很不错的。”李火旺坐在母亲身边吃了起来。

听着母亲的抱怨，吃着甜丝丝的提子，李火旺的心静了下来。

他喜欢这种感觉，自从进入医院后，他已经很久没有体会到家人的温馨了。

看着自己的母亲，李火旺几乎张嘴就要把发生在自己身上的一切都说出来，可话到嘴边了，又咽了回去。

不行，母亲跟杨娜不一样，自己如果说了，她只会认为自己的病情加重了，不能再让她担心了，等一切稳定后再告诉她。

就在母子俩聊得开心的时候，一旁的主治医生的手机响了：“孙女士，刘患者的家属也到了，您看……”

“儿子，安心待着，多吃点啊，吃完了我再给你买。”

孙晓琴和颜悦色地对着李火旺说完，一挺胸，一转身，如同一只即将决斗的公鸡向着门口走去。

不知道为什么，看到她离去的背影，李火旺就感到无比安心。

母亲虽然强势，但只要待在她身边，李火旺就感到很安心。她就像一把大伞罩在自己头顶，给自己遮风挡雨，之前的一切麻烦引起的焦虑在这一刻都消失了。

“呵呵，待会儿大厅肯定很热闹。”李火旺又摘下一颗黄青色的提子放进自己的嘴里咬开，鲜甜的汁液在他口中炸开。

刚这么想的时候，李火旺身体猛地晃了一下，四周的一切重新开始变色。

“哎呀，老妈过来让我忘记了思考该如何蒙骗癞子头了，这下怎么办？”

当四周的一切重新稳定下来，李火旺就看到自己站在料房内了，丹阳子脸色不善地站在不远处。

丹阳子脏兮兮的右手一翻，一团黏稠蠕动的黑色的东西出现在他手中，每一次的扭动都发出癞蛤蟆舔舐眼珠子的声音。

“嗯？这是翻篇了？”

李火旺短暂地犹豫了一秒后就开口问道：“师父，这是什么？”

“哼，好东西，太岁，黑太岁。”丹阳子那冷冰冰的声音在不大的料房内响起。

李火旺微微仰头，再次看了一眼他手中那恶心的东西。

仔细辨认下，他发现这东西似乎跟黑鼎里面的东西有几分相似，不，丹阳子手里的东西就是那黑鼎里面的东西。

“这东西叫黑太岁？他该不会打算用这东西炼药吧？口味真重啊。”李火旺心中暗道。

随着丹阳子手腕轻轻一抖，那团蠕动的黑太岁在空中划出一道弧线，直接砸在他的脚面上。

那黏糊糊、软绵绵的触感让李火旺头皮发麻，下意识地往后退。

盯着那掉在地上裹上灰尘的黑太岁，李火旺错愕地抬起头来看向眼前的丹阳子，一时间没有明白对方到底什么意思。

“赏你的，捡起来咽下去。以前你怎样我不管，现在你是爷的记名弟子了，那就不能这么随意了，它能压制你的癔症。”

李火旺似乎没听懂他在说什么，也不想听懂，少年脸色变得煞白，不断向后退去。

“我不吃！我没病！！”

“不吃？哼，这可由不得你，长明，长仁。”

丹阳子微微一扬下巴，一旁两个身背佩剑的青年疾步来到李火旺面前，一人一边抓住他的胳膊。

紧接着，丹阳子右手一招，地上正在向着墙角爬动的黑太岁径直飞到了他的手中。

望着丹阳子端着那令人作呕的东西向着自己走来，李火旺的身体开始不受控制地颤抖起来，从里到外感到刺骨的寒冷。

他本能地想要挣扎逃跑，可身旁两位师兄的双手如同铸铁般牢牢锁住他的双肩。

不过好在他还有最后一种办法，随着李火旺的急促呼吸，他的胸口剧烈起伏，抗拒的他咬紧牙关用力闭上眼睛，把内心和肉体用尽全身力气向中心一缩。

“火旺？火旺！你怎么了？很难受吗？”杨娜那轻柔的声音在此刻的李火旺听来如同天籁。

他睁开眼睛，看到眼前换了一件高领白毛衣的少女时，情绪激动地直接扑了上去，如同抓住救命稻草般把她死死搂在怀里。

青涩少女的脸颊上泛起一丝绯红，一边挣扎一边用蚊子般细小的声音劝说道：“火旺，火旺你快放开我，阿姨他们在后面看着呢。”

李火旺抬头看去，这才看到母亲正站在主治医生的一旁，一脸欣喜地望着这边。

“哎哟——我儿子真棒。”

看着干净整洁的病房、窗外明媚的阳光，以及自己至亲至爱的家人，李火旺那被未知笼罩的心逐渐平静下来。

一旁的主治医生用手推了推眼镜，眉头微皱地走上前来：“小李啊，在幻觉中看到了什么？你这情绪波动有点大啊，最近到底怎么了，你到底有没有按照我说的去做啊？”

想到刚刚自己遭遇的一切，李火旺的心猛地缩了一下。他有些焦急地对着自己的主治医生说道：“医生，有药能暂时克制住那些幻觉吗？我真的受不了，我想暂时休息休息。”

“哎，好吧，我给你开点助眠的药，但是小李啊，药物治疗只能起到辅助的作用，想要完全摆脱幻觉，你还要按我的方法来。”医生说完，就用手中的平板开了药。

当看到护士送来的几颗蓝色胶囊时，李火旺冲上去，连水都懒得喝，直接放进嘴里。

什么师父、什么药丸，他都不想去想了，他现在就想安静地待一会儿。

胶囊口感黏糊糊的，沙沙的，吃起来很恶心，但他还是强行忍着不适咽了下去。

“小李啊，告诉我，你刚刚在梦里看到什么了？”

吃了药的李火旺轻松多了，他笑着回答：“没什么，只是那边的家伙说话的语气怪怪的，听起来好像在说那边的一切都是真实的，才不是我说的什么幻境！哈哈。”

这话一出口，四周的空气仿佛冻结般安静下来，异常鲜艳的颜色变得暗淡无光，杨娜、母亲、主治医生，还有送药的护士在这一刻都僵在了原地。

四周的突变让李火旺身体颤抖，呼吸变得越来越急促，他无助地看着窗外。刚刚阳光明媚的天空已经变得漆黑一片，安全平和的环境消失了。李火旺凭借着本能，拉着杨娜向着母亲的怀抱里扑去。可跟母亲一接触，她的身体如同泡沫般炸开，任何时候能替自己遮风挡雨的可靠母亲也消失了。

“火旺……”李火旺的身体猛地一颤，他猛地一回头，眼睁睁地看着杨娜的身体在他眼前彻底虚化。自己唯一的所爱也彻底消失了。

在此刻，李火旺心中在乎的所有正面美好都消失了，留给他的只有绝望、压抑跟痛苦。

医院那四周洁白的墙壁如同退潮般迅速退去，他重新回到了群山之中昏暗的洞穴。

双眼通红，额头青筋暴起的李火旺想要呐喊，想要号叫，想要把心中的一切绝望和苦难都倾泻出来。

可是他做不到，因为他的喉咙里已经被黑太岁堵得严严实实，发不出一点声音。

看着跪在地上狂吐不止的弟子，双手背在身后的丹阳子一边摇头一边向着料房的门外走去。

“啧啧啧啧，癫成这样还说你没癔症？整个料房里就数你病得最重。”

“行了，癔症没了，现在能好好干活了，记住，这里不养闲人。每月初一来我这儿领药。”

说完，丹阳子的其他弟子也跟着他离开了，整个料房里除了地上的李火旺，就剩下四周被抓来的人。

大家相互张望着，一时间不知道该怎么办。

过了半炷香的时间，李火旺嘴里的黑太岁终于滑下去，他那撕心裂肺的哭声在洞穴里不断回荡。

“为什么！为什么我都到了这个鬼地方，这个病还是不放过我！”

李火旺蜷缩成一团，像未出生的婴儿一样，一动不动地自闭在料房的一角。

其他人不敢也不想去打扰他，都在安静地做着自己的事。

夜晚不知不觉地降临，墙上的油灯全灭了，黑暗像棉被一样覆盖在李火旺的身上。

他像一具尸体躺在那里，对外界的变化毫无反应。

三更天的时候，微弱的蜡烛光芒从门口亮起，照亮了旁边的货架，也驱散了李火旺身上的黑暗。

胆怯的白灵淼卷着一团枯草走到李火旺身边，小心翼翼地把枯草铺在他的身上。

紧接着，她又从怀里掏出一个杂粮馒头放在他嘴边。

见李火旺依然一动不动，她抿了抿嘴轻轻推了推他：“师兄，吃点吧，你今天一天都没吃东西。”

李火旺的眼睛是睁着的，他已经好几个小时没有眨眼了，麻木地盯着冰冷的地面，一动不动地，目光没有向白灵淼身上移动半分。

白灵淼想走，可是她犹豫片刻后，最终还是从怀里掏出一块玉佩，放在李火旺的手边。

“师兄，这是你的东西，你拿回去吧。”

这一次李火旺终于有了反应，他望向那东西，发现是自己从上一位玄阳那里偷来的圆形玉佩。

李火旺还记得自己把这东西交给杨娜，拿去换钱了。一想到杨娜，他那千疮百孔的心再次开始渗血：“这东西……怎么会在你这里？”

“是……李师兄你给我的啊，我说不要，可是你非要塞给我。”

李火旺缓缓坐了起来，借着蜡烛昏暗的光，仔细打量着这块云纹圆形玉佩。

在这一刻，他无比清晰地感到一切是如此的真实。可这份真实中只有绝望和痛苦。

如果可以选择，他多么想一直陷在那美好的幻觉之中。

见李火旺有了回应，白灵淼轻声地开口问道：“李师兄，你是从哪里被师父抓来的？我是梁国的，你是哪儿的？”

李火旺愣了一会儿后颓然地摇了摇头：“不知道。”

他是真的不知道了，对于过去他确实有记忆，可是经过白天的事情，李火旺自己都无法分辨那些记忆中到底有多少是真实的，有多少是虚幻的。

哪怕到了这里，自己也是一个疯子，一个分不清现实跟幻觉的疯子。

就在摇头的时候，李火旺忽然感觉到脑袋有点异样，他用手一摸，发现自己的头发被一些血痂给粘住了，自己之前受过伤。

看李火旺摸头，白灵淼开口解释道：“那是王师兄干的。”

李火旺知道，这王师兄就是之前想要对白灵淼动手的那个兔唇胖子。

“姓王的人呢？”

“被你……被你……一脚……”

听到这番话，李火旺脑海中闪过了在梦中被自己踢飞的老刘头，他垂下头来无声地笑了笑，觉得自己还真是有够疯的。

李火旺伸手从怀里掏出一个缠着红线的金脚环，递给白灵淼。

“这是你的东西，你拿回去吧。”

白灵淼看着自己的脚环，双手成掌推了回去：“李师兄，你之前说的没错，这东西在这里没什么用，你拿着吧。”

李火旺双眼看着这金环发愣，可这东西现在对他来说也没有一点用处，他在乎的一切都消失了。

“那个，李师兄，我能用这东西当报酬，请你帮我一个忙吗？”白灵淼的话让李火旺把目光投向了她。

“如果你能从这里出去的话，可以帮我给爹娘带句话吗？他们住在梁国牛心山脚下。”说到伤心处，白灵淼的声音变得哽咽起来。

“李师兄，我真的不想麻烦你，可是我真的没别的办法了，我……”

满脸颓废麻木的李火旺听到这话，心中一凝，无神的眼睛再次有了光。

他看了看身上盖着的枯草，又看了看一旁的馒头，手一拉，重新把那红线金环塞进自己的怀里。

“我说话算话。既然之前拿了你的东西，我就会帮你。”

白灵淼忧伤的眼睛瞬间亮了起来，但很快又黯淡下来：“李师兄，这样不行，会让你也陷入麻烦。”

“呵呵……你觉得我现在还怕这个吗？”此刻李火旺已经看开了。他已经彻底豁出去了，既然在乎的一切都不在了，那还有什么可怕的？

“好，李师兄威武！”一个男声忽然在料房门外响起，把房间内的两人都吓了一跳。

随着烛火把那人照亮，他们就看到一张嬉皮笑脸、尖嘴猴腮的脸，他的脸上黄一块白一块的，看起来患有类似白癜风的皮肤病。

这人从怀里拿出两个杂粮馒头，讨好地放在李火旺的身边。

“嘿嘿，李师兄吃馍，吃晚饭的时候，我就想到李师兄还没吃饭，特意给您留了两个。”

“您可能不认识师弟，小子我天生天养，没有大名，您叫我狗娃就行，嘿嘿，就在昨天，我还孝敬给您十七文钱呢。”

狗娃坐立不安地搓手，几乎就把献媚挂在脸上了，很显然他想把李火旺当

靠山。

聪明人哪里都有。

李火旺没有说什么，抓起那三个有些发硬的馒头狼吞虎咽起来，他已经饿了一天了。

因为吃得太快，有些被噎到了，狗娃马上懂事地跑出去给李火旺拿来一杯水。

就着冰冷的地下水，李火旺把三个杂粮馒头塞进了肚子。

他摇晃着挣扎地站起来，在地上躺了这么久，他的腿都麻了。

白灵淼伸手想要搀扶，但是李火旺推开了她。

他的目光死盯着远处漆黑的料房出口，摇晃着走了出去。

此时他的敌人不再是自己那突变的疾病，而是丹阳子。

当丹阳子那张丑陋恶心的大脸出现在自己脑海中时，李火旺的眼中逐渐浮现出浓烈的愤怒，他的牙齿开始咬得咯吱作响。

刚刚还生无可恋的他，此时充满了动力，现在唯一要做的就是想办法扳倒丹阳子！

“剑气归一——吐纳自然——气沉丹心……”

抑扬顿挫的朗诵声在宽敞的溶洞内不断回荡，包括李火旺在内的五位弟子都盘坐在蒲团上，跟着师父上早课。

所有人面前都没有书，早课的内容李火旺只能含糊地跟着师兄们念。

一边诵读，李火旺一边抬头，视线凝聚在坐在最前面的丹阳子身上，他眼中的怒意刚浮现出来，就被迅速压制下去。

对于这恶心的家伙，李火旺现在恨不得吃了他的肉，扒了他的皮，但是李火旺知道，自己现在太弱小了，根本不是他的对手。

对方实力强大，他不能鲁莽，自己现在最主要的就是忍耐下来，暗中寻找机会。

这或许困难重重，也许还会被丹阳子发现，下场很惨，但是李火旺什么都不在乎了。

当看到丹阳子微微侧身，李火旺的视线迅速向上移去，越过三炷高香，看向摆放在掏空的岩壁内的三尊神像。

三尊神像样貌各异，眼神不悲不喜。

至于这三位神像是谁，李火旺当然不认识，但是他把这三位的长相深深地记在自己的脑子里。

此时朗诵声开始变缓，当最后一小段文字脱口而出后，一旁的童子重重地在红鼓上敲了三下，早课结束。

所有弟子跟着丹阳子站了起来，同时用右手掐住左手的拇指，左手的四个指头放在右手的指头上面，把双手举过头顶对着神像行礼。

行完礼，丹阳子缓缓转过身来，打量着自己身后的弟子。

当看到身穿弟子袍的李火旺表情平静地站在人群最后面的时候，他满意地点了点头。

“玄元，玄阳刚入本门，肯定有很多不懂的地方，你作为师兄教教他。”

“是，师父。”一位脸型圆润、表情微胖的中年人对着丹阳子行礼。

“行了，过了卯时，没什么事了，都去用饭吧。”丹阳子说完双手背在身后，向着一旁的洞口走去。

一位头戴葛巾、表情阴郁的青年人，跟在他的身后一同出去。

“那是正坤师兄，自从正坎、正震两位师兄叛逃后，他就是师父唯一的亲传弟子了，以后山门内遇见了，记得尊敬点，他可不像师父那样好脾气。”

玄元走到李火旺身边，对着他解释那人的来历。

李火旺点了点头道：“多谢玄元师兄为我解惑，那他也会像师父那样的神通吗？”

别的不知道，但是李火旺知道丹阳子有一手御物的能力，而且力大惊人，能举起几百斤的石瓮。

这些还不是他最忌讳的，最让李火旺忌讳的是溶洞内发生的任何事情他都知道，无论是自己说他是个屁，还是之前自己并没有答应一同逃跑。

如果真的想要对付他，这一点必须弄清楚。

“他是亲传弟子，他跟师父学了什么我哪里知道。”李火旺察觉到对方这话里面的嫉妒。

“一个人的力量太弱小，我要不要在清风门内找别的盟友？”李火旺心中泛起一个念头，但是这个念头马上熄灭了。

有反抗之心的人估计早就已经没了，如今剩下来的哪怕不是对丹阳子死心塌地，估计也是胆小懦弱之辈。

“走吧，我们边走边说。”玄元说完转身带着李火旺向着厨房方向走去。

“我知道你在想什么，别惦记师父的修行之术，要从上面轮下来，你是最后一个。”

“你呢，就安心干你的活，师父吩咐你做什么，你就去做就是了，等按资排辈到了时候，自然就轮到你了。”

此时他们已经来到了吃饭的洞穴，早到的其他师兄已经开始喝粥。

其中三位他认识，两位背长剑的是长明、长仁，还有一位是之前有过一面之缘的玄阴。

再加上一旁的玄元，还有自己玄阳，门内五位记名弟子如今都在这里集合了。

“清风门的规矩，食不言寝不语，用饭过后我再教你别的。”玄元说完就坐下来一起喝粥。

李火旺坐下来端起黑陶碗喝了一口，目光默默地观察着其他师兄的行为举止。

这些人长相各不相同，样貌没有太显眼的，也没有太丑陋的。可身穿同样衣袍的他们坐在一起，李火旺总感觉有点怪怪的。

当看到玄阴按住鼻子的一侧用力对着地面擤鼻涕，而另外两位师兄眉头微皱的时候，李火旺终于反应过来了，他们的气质不一样。

这些人中有的书生气多一些，而有的手脚关节粗大，看起来像是干粗活的。

“这五位弟子都是丹阳子从哪里找来的？”

一个个空碗放下，其他师兄没有看新来的玄阳师弟一眼，大步向着门口走去。

等吃完饭，玄元带着李火旺继续在清风门内转悠，从他那里得知，五位记名弟子分别负责门内不同的岗位。

有人负责管理小童，有人负责出山门采购，还有人负责饲养黑太岁，甚至资历深的几位还要身兼多职。

李火旺的责任自不必说，料房的一切事务都是由他负责。

就这样兜兜转转一整天，李火旺终于从玄元处对这里有了详细的了解。

李火旺把这些事情牢牢记在心里，这里不再是随时可离开的幻觉了，自己能否干掉丹阳子，这些信息说不定能派上大用场。

相处一天下来，玄元跟李火旺的关系稍微有些活络，两人正在从正殿往回走。

“玄阳师弟啊，其实没必要那么紧张，你的活儿不会那么忙，师父也不是每天炼药。”

“哦？还请玄元师兄解惑。”

“炼药这种事情是跟天象、时辰有着密切关系的，有些药材的丹丸必须在固定时辰才能发挥出最大作用。就比如说吧，今日跟明日就不宜炼药，但后日的子时就是非常好的时辰。”

“哎呀，反正跟你说了你也不懂，其中的奥妙很是繁杂，跟着师父好好看、好好学吧。”

“哦，原来如此。”假装沉思的李火旺此时在想着别的事情。

丹阳子给自己的那药明显是有用的，这也代表这个世界的法则跟自己所在的世界完全不一样。

如果想要对付丹阳子，他还需要更多地了解这个陌生世界的事情。

“小说里的修行者？不像，哪有这样的修行者？哪有还要奴役凡人的修行者？”

“而且按照惯例，修行者不是应该送一本基础功法给我吗？为什么也没有？”

随着李火旺对这个地方的了解越来越深入，他越发觉得这个门派很奇怪。

“对了，玄阳师弟，师兄我教你一个诀窍，你最好在师父开口前，把事情都准备好。”

“就比如昨天，因为你的癔症发作，错过了时辰，如果你在后天子时之前，把人提前送过去，不就等于向师父道歉了吗？”

“别看师父喜怒无常，但只要你让他开心了，自然会有好处。”

“昨天？”李火旺愣了一下。

“对啊，怎么了，你忘了？昨天师父让你送什么了？”

“白……白灵淼。”李火旺的瞳孔瞬间缩小，之前发生了那么多事情，但这件事情还没解决。如果自己没有在后天之前想到办法，那个白化病的姑娘就会有危险！

李火旺不知道怎么回到自己的住所的，他躺在石床上，那缠着红线的金脚环就像烧红的铁块一样压在他的胸口，催促着他想出办法来。

但现在丹阳子和李火旺的实力相差很大，整个清风门内都是丹阳子的人。

之前那些师兄的下场也表明，盲目逃跑是没有用的。

就在辗转反侧之中，一晚上就过去了。

在上早课之前，李火旺穿上衣服，走向洞外。

他想去料房看看，去那边找找其他办法。

举着油灯刚走出来，一张尖嘴猴腮的脸便从黑暗中冒了出来，把李火旺吓了一跳，那是狗娃的脸。

“嘿嘿，李师兄，没什么事，我就是看昨天您一天都没来料房，实在有些担心，就过来看看您。”

“白师妹没事吧？”李火旺后退一步问道。

“没事没事，您亲自开口说让白师妹来代管料房，谁敢不听话。嘿嘿，李师兄就是厉害，您看，自从您掌管料房后，大家都安心多了。”

听到狗娃说这话，李火旺感到十分烦躁，他用油灯挡住这家伙，大步走了出去。

当李火旺来到炼房时，发现一些起得早的童子已经开始拿着麻布清洗炉鼎和地板了。

一个童子甚至是站在石瓮里，拿着猪毛刷子，用力刷着石壁。

作为丹阳子的记名弟子，他进入炼房，自然没有人敢多说什么。

李火旺装作随意走动，向四周仔细观察。

整个炼房陈设简单，除了占去三分之一空间的巨大黑色炉鼎外，就只剩下一个石瓮和一个石棒了。

别说书籍了，墙上连字画都没有一幅，而且整个房间非常空旷，没有任何掩体。

“你在看什么？”一个熟悉但又让人猝不及防的声音突然在他身后响起。

李火旺回头一看，来人正是他的师父，连忙双手行礼：“师父。”

“我问你在看什么？”

李火旺心中迅速思索了一秒，马上想到了一个借口。

“弟子看师父炼炉之道如此厉害，所以心生仰慕，就想着弟子什么时候也能达到那种地步。”

丹阳子对李火旺的态度转变很是满意，看来这小家伙彻底想通了。

他双手背在身后，围着黑色炼炉转着圈。

“有上进心是好事，但不是爷不教你，而是此道并没那么简单。”

“寻常药材还好说，可如果你想修习此道，必须内外一起修炼。爷修炼到现在可是花了好一番功夫。”

丹阳子的脸上露出一丝得意和兴奋，仿佛在畅想自己大功告成后的神仙日子。

“师父……马上要成功了吗？”

李火旺这话一出，丹阳子脸上的表情收了回去：“这事没那么简单，路途漫长，但爷肯定能成功，你知道为什么吗？”

“不知道。”

丹阳子的神情变得有些激动起来：“因为此法是天书上所写，还是位鹤发童颜的老神仙亲自送到我手上的，试问全天下还有谁能成功？他说我能成功，我肯定能成功！”

“鹤发童颜的老神仙？这是哪位？”李火旺有点听不懂这类似神话的描述。

虽然一点也没听懂，但是李火旺还是奉承道：“师父所言极是，您定能成功，与天地同寿！”

丹阳子显然非常乐意听这话，丑陋的脸上笑开了花。

“哈哈，好好好，既然你想学，那我就先教你一个简单的润血的方子吧，你记下来。赤丹十二两，香附子五两，阳起石二两四钱……①”

莫名其妙有了意外收获，李火旺当然不会说不要。

他连忙想找笔墨记录下来，可是左右张望一圈，整个房内什么笔墨都没有。

情急之下，他从炉鼎下找了一块炭渣，干脆在自己衣袍下摆上记录下来。

“……丑时三刻起炉，正当沐浴；以目寂照，以息吹嘘，以神熏蒸，以文火慢慢养之。卯时四刻开炉。”

“这个方子拿去慢慢练习，爷先看看你的天赋如何。”

李火旺扔掉手中的炭渣，双手捧着衣摆送到丹阳子面前：“师父，您看弟子记的可有遗漏？”

可看到那写满炭字的下摆呈现在面前时，刚刚还眉开眼笑的丹阳子脸上瞬间晴转多云，右脚一抬，直接把李火旺踹飞了出去，撞在炉鼎上嗡的一响后，又重重地摔在地上。

丹阳子铁青着脸，骂骂咧咧地背着手直接离开了，就这么把李火旺晾在

① 此为虚构的小说豪言，读者切勿照方炼药。

原地。

当心中情绪化的怒意逐渐散去，李火旺感觉到这件事情非常蹊跷，自己并没有做什么，他为什么忽然这种态度?

李火旺低头看着手中的药方思索起来，自己的字虽然难看，可这明显还是能辨认得出来啊。

忽然，李火旺想到了什么，他张望着四周没有任何字画摆设的炼房，紧接着又想起上早课时，所有人都没有任何经书。

一个念头在李火旺的脑海中蹦了出来：“难道说这癞子头是个文盲，他不识字？”

李火旺小心翼翼地看着眼前的小炉，旁边还竖立着用来计时的三炷香。

在这种没有闹钟的环境下，李火旺只能靠这种简陋的办法来计算时间。

当最后那一炷香彻底燃尽，他马上熄灭炉火打开了炉门，一股混杂着奇特草药香气的味道从里面飘了出来。

李火旺心中一喜，炼成了！炼好的料在一个箩筛内不断晃动，当无用的成灰药渣被全部筛去后，最终盒子里就剩下一些大大小小的黑色药丸。

这些药丸就是丹阳子口中所说的润血药丸，这是一种非常简单的药丸，其用途是止血。

一次吃下去不能超过一两，否则全身血液会有完全凝固的危险。

听起来很鸡肋，用来害人说不定比治人好用。可正因为这药丸是最简单的，丹阳子才会给李火旺练手用。

仔细数了数，最终李火旺获得了十三颗大润血药丸，二十六颗小润血药丸。

李火旺的收获不仅仅是这些，通过炼制润血药丸的过程，他还了解到了炼药的一些基本知识。

炼药远比他想象的难，除了时间上的区别，甚至生长方向不同的草药都要仔细分辨。

只要其中错一步，药丸的药效和成丹率就会天差地别，旁边的一堆焦黑的废料就是证明。

李火旺拿出一个小竹筒把这些药丸都收了进去，紧接着深吸一口气，穿上一旁的衣袍向着门外走去。

“时间差不多了，子时快到了。”

当李火旺伸手推开料房的门时，正在劳作的所有人齐刷刷地站了起来，目不转睛地看着他。

现在的他在其他人的眼中，就是丹阳子的走狗。

李火旺表情复杂地看着他们，在所有人的注视下从他们面前走过，最终来到了白灵淼的面前。

少女的白发随着她的身体一同颤抖着，她想要强忍着不哭，可是最终还是没忍住，泪水从她那白化病特有的淡粉色瞳孔边流了下来。

表情凝重的李火旺伸手拉住她的手，离开料房向着炼房走去。

湿答答的溶洞隧道内，白灵淼向着李火旺哽咽地说着什么。

李火旺沉默地听着，什么话都没有说，当他特意来到自己住处门外时，身体一转拉着她进了屋子。

“脱裤子。”

白灵淼的眼睛倏地瞪大，瞬间僵在原地，似乎被对方的举动吓住了。

子时前三刻，李火旺带着白灵淼来到了药房，而此时的丹阳子也才刚刚到。

当他看到李火旺不用自己吩咐，就提前带了人过来，丹阳子的脸上露出一丝满意，他看这位最小的弟子稍微顺眼了一些。

“呵呵，好徒儿，过来吧。”随着丹阳子随手一招，白灵淼直接飞了过去。

看到这一幕的李火旺心扑通扑通直跳，双手握紧。

这时候，丹阳子却忽然停了下来。

“哎，怎么偏偏这个时候落红呢？”丹阳子眉头微皱地看着白灵淼那渗出血迹的裤子说道。

看到这一幕的李火旺顿时松了一口气，自己的计划成功了。

他找到了破局的办法——让白灵淼假装来月经，就是他的应对手段。

而且这种事情为了避免对方怀疑，不能让别人说，必须让丹阳子他自己发现才行。

现在看来，自己的目的达到了，白灵淼脱险了。

丹阳子宽大的衣袍一挥，白灵淼直接飞了出去，重重地摔在地上。

这一摔很重，白灵淼半天才捂着膝盖爬起来，李火旺却不能帮忙，他只能在一旁冷漠地看着。

“玄阳，把白灵淼带回去。”

听到丹阳子说这话，李火旺这才彻底放心，恭恭敬敬地对着丹阳子行礼：“遵命，师父。”

当白灵淼走到自己身边时，李火旺这才发现对方的头似乎被磕破了，有血流了出来。

即便如此，白灵淼依然对李火旺充满感激之情，在生命危险面前，受这点小罪已经不算什么了。

“不管怎么样，总算是蒙混过一关了，下次轮到白灵淼估计要很久。”李火旺带着白灵淼向着门外走去。

可就在他们即将走出那巨大炉鼎的阴影时，丹阳子一道轻飘飘的话从后面响起。

“玄阳啊，你再去带一个过来吧，速去速回，别误了时辰。”

这话让李火旺的身体轻微地颤了一下，紧接着，他转身尊敬地对着丹阳子再次行礼：“是，师父。”

李火旺不知道自己是怎么走到料房的，他只能麻木地走到另一个白化病男人面前，伸手拉着他向外走。

把人送到之后，李火旺转身刚要走，就被丹阳子喊住了：“你不是向往炼药之道吗？过来，仔细瞧瞧，这么复杂稀有的药丸炼制，别的地方可看不到。”

李火旺走了过去，仔细地观察着，聆听着丹阳子讲解什么时候放什么材料，什么时候加大火力，就像一个好学的孩子观察整个炼药过程。

当炉鼎下的火焰熄灭时，炼炉打开，七颗炼成的黑色药丸被丹阳子收入掌中。

“不错，不错，你很有天赋，其他徒儿根本没你这么好学。来，师父赏你的。”丹阳子从自己的掌心拿出一颗药丸。

“谢师父赐药！”李火旺郑重地向丹阳子行了一个大礼，双手颤抖地捧着那颗药丸。

刚吃下这颗药丸，李火旺就感觉到丹田像被一团温暖的火包裹着，并且这团火似乎越烧越旺，烧得他都顾不上内心涌出的恶心和反胃。

“玄阳啊，回去歇着吧，这药效很烈，想要完全吸收需要一段时间呢。”

“是，师父。”

跌跌撞撞地回到自己的住处，李火旺扶着门框大口干呕起来，然而他只能呕出一些清水，整颗药丸早就已经完全吸收了。

“咔嚓咔嚓。”李火旺浑身的关节发出咔嚓作响的声音，身体不由自主地抽搐着。

此时他丹田的那团火已经顺着脉络窜到了四肢。现在的他就像大夏天穿了一件大棉袄，浑身上下热得不行。

热量让他的脑海昏昏沉沉，李火旺躺在床上看着上方不断旋转的屋顶，想到刚刚发生的一切，想起料房内所有人的目光。

丹阳子或许不识字，但并不愚蠢。在绝对的实力面前，自己做什么都是徒劳的。

“我一定要推翻他，必须想办法！”李火旺在心中疯狂咆哮着。

他的右手不自觉地抓住了石床的边缘，随着最后一句话在心中喊出，他的手背上青筋暴起。

咔嚓一声，坚硬的石床被他生生掰下来一块。

这一变化让李火旺始料未及，他看了看自己的手，又看了看自己手中抓住的石块，马上反应过来，这是那药丸的作用。

不仅是力量，其他方面也变得不一样了，李火旺甚至觉得自己的眼睛都能看得更远一点。那颗药丸让李火旺有种脱胎换骨的感觉。

可一想到这种能力是丹阳子给的，李火旺心中再次泛起恶心。

“李师兄，你没事吧？”白灵淼小心翼翼地从门口探进头来。

李火旺抬起头，表情复杂地看着她，一时间不知道该说什么。

白灵淼上前一步说道：“李师兄，其实你不用自责，我们都知道你身不由己，如果……我是说师父如果再让我去的话，你就别换别人了。”

李火旺不想跟她聊这个，看着她流血的额头，掏出之前炼制的药丸递过去：“吃吧，能止血。”

白灵淼看到李火旺手中的药丸，却用力摇了摇头道：“我不吃药丸，绝对不吃。”

李火旺干笑了几下，把那药丸随手扔在地上：“是啊，是药三分毒，吃了确实不好。”

白灵淼咬了咬嘴唇，思索了一会儿后对着李火旺问道：“李师兄，你是想对付师父吗？”

李火旺脸色一变，紧张地看向门口，连忙冲过去关好门。

“没事的，师父现在听不见我们说的话，师父是靠‘游老爷’来盯梢的。每次赶大集的时候，‘游老爷’都要回去赶集。”

“‘游老爷’是什么？”李火旺疑惑地问道，这是他第一次听到这个词。

“‘游老爷’就是‘游老爷’啊，它看不见摸不着的，我听我爷爷说过，只有高人能调令它们。”

“哦？”李火旺心中一动，把这个信息记在心里，这对自己非常关键。

“赶大集的时间是什么时候？”

听到这话，白灵淼疑惑地看着他：“初一、十五赶大集啊，李师兄，你怎么连这都不知道？你爹娘没有带你去赶过集吗？”

李火旺摇了摇头，他脑海中那些不知是真实还是虚幻的记忆，证明他之前只生活在城市里，从来没有参与过赶集这种乡村物资交流大会。

“李师兄，聊回正事吧，你真的想对付师父吗？”

李火旺表情一凝：“当然，我恨不得将他踩在脚底下！”

白灵淼深吸一口气，用力地点了点头：“师兄，算我一个吧，这种事情我也想帮忙！”

李火旺看向眼前的少女，看着她坚定的目光，白灵淼或许并没有他想象的那么柔弱。

“好，算你一个。”李火旺答应下来，自己现在确实需要帮手。

仔细思索了一会儿后，李火旺表情凝重地对着她说道：“我们两个人不够，你先去料房看着，找找其他心怀不满的人。”

别的人或许不敢反抗丹阳子，可是料房里的人肯定有不甘心的，这些人中肯定有自己可以争取的对象。

“嗯。”白灵淼点了点头，转身离开了。

李火旺坐了一会儿后，拿起绑在自己腰间的那块圆形玉佩，他想起了那位逃跑失败的师兄。

“玄阳啊玄阳，当初你们这么一批人也是这样聚集起来的吗？但愿我不会落得跟你一样的下场吧。”

经过一段时间，李火旺开始全身心地融入整个清风门，把料房的事务管理得井井有条，无论是人还是物。

面对如此上进的弟子，丹阳子自然要有所赏赐，把各种基本药丸的炼制方法都告诉了他，仿佛真的把他当作弟子来培养。

这些寻常的药丸效果不怎么样，最多能让李火旺治疗点小伤寒和外伤。

而且李火旺不知道是只有丹阳子的药丸这样，还是这个世界的药丸都这样。药丸这种东西都有度的，吃多了，治病就会变成害人。还有忌讳，不能混着吃，混着吃也容易吃出事来。

与其说李火旺现在可以成为一个蹩脚的医生，倒不如说他现在是一位合格的下毒人。

药丸不是关键，关键的是李火旺在这些接触中与丹阳子的关系逐渐升温。

对方甚至有时候炼药，还会让李火旺在一旁打下手。

当丹阳子再次把一位童子收为弟子后，李火旺不再是最小的那位，已经彻底融入清风门中去了。

通过如此近距离的接触，李火旺确定了自己的猜想，丹阳子确实不识字，并且还非常排斥别人识字。

他不允许自己的徒弟在任何事情上超过自己，因此他找的徒弟基本上都不识字。

这让李火旺感觉到一丝不对劲，他还记得当初丹阳子跟他说过的话。

“因为修行之术是天书上写的，而且天书还是老神仙亲自送到我手上的，试问全天下还有谁能成功？他说我能成功，我肯定能成功！”

既然他口中的老神仙给了他一本天书，其他徒弟都不识字，他自己也不识字，那到底是谁读给他听的呢？

“我家在下梁东城门宝禄坊二十二号，你告诉我媳妇，床下面第三个腌菜坛子的夹层里有两条小金鱼，省着点用，应该能用到宝儿成年。”

一个满脸长满痘疮的中年人哽咽着对李火旺交代着。

李火旺点点头，把这些话记在心里。

看着中年人走进炼房，李火旺转身离开，表情有些烦躁地往回走。

这已经是第八个人了，更让他感到痛苦的是，自己似乎已经习惯了。

自己正在被丹阳子这种令人作呕的家伙同化，他不想这样。

李火旺迫切地想要摆脱现在这种异常折磨人的处境，他在寻找解决方法，可是这并不容易找，单凭自己和料房的一些残疾人，想要对付高深莫测的丹阳子，几乎是不可能的。

他现在唯一知道的是丹阳子控制的“游老爷”初一、十五不在，无法盯着他们，另外就是丹阳子不识字，清风门内有一个“人”在帮他看天书。

“我去丹阳子的住处找到那个‘人’让他没法帮丹阳子？全洞内他的弟子中只有我识字，他肯定只能让我帮他翻译天书，到那时候，扳倒丹阳子岂不是轻而易举？”

这个念头刚从脑海中蹦出来没一会儿，李火旺就将其否决了。

虽然他知道丹阳子住的溶洞是哪一个，但第一不知道里面有什么陷阱，第二不知道替丹阳子看天书的存在实力是否强大，自己就这么莽撞地进去，怕是不现实的。

“往他的药料里下毒？不行，我的炼药技术都是他教的，这样只会搬起石头砸自己的脚。”

李火旺一边往回走，一边不断思考着有什么新的办法来对付丹阳子。

就在这时，对面走来一位身着亲传弟子服饰、头戴方巾的表情阴郁的青年，李火旺认识他，他是丹阳子的亲传弟子，名叫正坤。

对于正坤，李火旺了解得并不多，除了平时吃饭的时候偶尔遇上，其他时候根本看不到正坤的影子。

而且他还跟李火旺这些记名弟子不同，不用费心思来料理清风门上上下下的事务，至于他平时在忙什么，李火旺并不知道。

两人一左一右地交错而过，随着正坤肩膀轻轻一靠，李火旺直接撞在了他的身上，碰到他身上的瞬间，李火旺仿佛感觉自己顶到了一块生铁。

正坤忽然站定，侧过身来皮笑肉不笑地看着他：“玄阳，你最近在门内很活跃，师父他老人家被你哄得很开心啊。”

李火旺眉头微皱地看了他一眼，并没有说什么就转身要离开。

可他还没走两步，就感到身后猛地传来一股巨力，把他直接推了出去。

李火旺踉跄了几步，稳定了好一会儿，总算是没有摔成狗吃屎。

“怎么，玄阳师弟，本师兄说话都不好使了是吗？”双手抱胸的正坤一步一步上前，走到李火旺面前问道。

“正坤师兄，我还要去帮师父整理药料呢。”李火旺表情平静地说道。

“少拿师父来压我，当年我陪着师父被人追杀，你还不知道在哪儿呢！我告诉你，平时老实干好你的活就好，其他事情最好就闭嘴，别那么没眼力见儿。”正坤的语气再次严厉一分。

李火旺并没有感到生气，而是愣愣地看着眼前的正坤，似乎在思考着什么事情，对方确实如玄元口中所说，脾气很差，不过这岂不是说这家伙比较冲动？

“怎么？哑巴了？说话啊！”

刚刚一直表情木讷的李火旺开始生动起来，他的语气中开始带上了一丝讥讽。

“师父器重我是师父的打算，哪怕是师父把修行之术教给我，那也是他的事情，正坤师兄恐怕是管不了吧。”

正坤愣了一下，一时没有反应过来，对方居然敢这么对自己说话。

当他回过神之后，表情狰狞地双指并拢单手捏诀，如同一把小凿子般隔着衣袍直接捅在李火旺的左肋上。

“就凭你也配？修行之术师父都没告诉我，他会告诉你？你以为你是什么东西？”

突来的疼痛让李火旺皱起了眉头，他脸上却笑了起来，他猜对了。

“呵呵，师父没告诉你，也许是你的悟性低呢。正坤师兄，这种事情是看天赋的，既然你的天赋不行，那就别让师父在你身上浪费时间了。”

这话仿佛触到了正坤的逆鳞，他的双指再次探出，对着李火旺的身体连捅三下。

“你闭嘴！”

剧痛之下，李火旺的笑声却越来越大：“哈哈，来啊，看看师父知道门内弟子起内讧，会有什么反应。”

看着眼前李火旺从大笑变成了狂笑，正坤右脚一踢一蹬，直接把他踹到墙上。

“哼！不知死活的疯子。”

李火旺躺在地上半天没缓过劲来，过了一盏茶的工夫，旁边一双宽大的手伸过来，把他搀扶起来。

“哎，玄阳师弟，你怎么不听劝呢，我不是说了让你对正坤尊敬点吗？你怎么还招惹他呢？”

说话的是老好人玄元，他性格随和，是清风门内唯一跟李火旺说得上话的人。

李火旺捂着自己的腋下，忍着疼痛说道：“怎么？他还能下狠手不成？师父的‘游老爷’可在旁边看着呢。”

“什么‘游老爷’？”玄元表情有些诧异。

他不知道？李火旺心中忽然闪过一个念头，难道其他人不知道师父监控整个清风门的办法？

联想到之前被投进洞里的有两位亲传弟子，李火旺意识到这些人说不定还真不知道。

“没什么，我就是说他不敢动手。”

“话不是这么说的，他是亲传弟子，你是记名弟子，虽然他不敢直接害你，但他想给你穿小鞋，那简直易如反掌。”

“哈哈，我脚小，天生就适合穿小鞋。”

跟玄元说话间，李火旺的眼神却透露出一丝笑意，刚刚正坤透露了一个信息，哪怕作为亲传弟子，依然没有资格修行。

丹阳子这家伙谁也不信任，这不是重点，重点是李火旺看到了对方的眼神，刚刚对视的时候，他明确感觉到了他眼中强烈的不甘心。

丹阳子教育出来的弟子，不可能忠心耿耿到哪里去。

这或许是一个可以利用之点。他想试试看。

被正坤这么一弄，李火旺的肋骨还有些麻麻的，身上也留下了好几个乌青的凹坑。好在这不算什么，凭借着药丸，他勉强能治疗这点小伤。

相比伤势，他更在乎自己的布局。

李火旺借着与正坤的再次冲突，把从白灵淼那里得知的“游老爷”的情报看似无意地告诉了他。

当看到他的神情微变之后，李火旺顿时心中一喜。

其实李火旺也不知道对方得到这信息会怎么做，他只是想试试罢了，反正没事干，有枣没枣打三竿子再说。现在看来自己成功了，对方肯定有自己的私心。

溶洞内的日子日夜不分，初一很快就到了，这一天是丹阳子炼炉的最佳时辰，他要在炼房待上一个上午，而且刚好也是“游老爷”不在的时候。

整个清风门虽然不大，但也不小，生活了这么长时间，李火旺早就摸清了正坤的行动轨迹。然而正坤并没有做什么事情，安安静静地待在正一殿内双腿盘坐。

“难道我猜错了？这家伙并没有这么贪婪？”李火旺躺在自己的床上思考着哪里出了差错。

十五天过去了，来到了二月十五，正坤依然没有任何动静。

就在李火旺以为自己算错了的时候，这一天，正坤常去的正一殿没有人，他最终还是按捺不住了。

就在看到丹阳子开炉的时候，李火旺按照原定计划急匆匆地向着丹阳子的住处靠近。

就在快抵达洞口的时候，李火旺忽然停住了脚步，他看到正坤就在远处守着，却没有进去。

看着正坤站在门口小心地观察着，李火旺马上知道有人替代正坤进去了，他在望风，这家伙疑心比自己想象的还要重。

过了大约半个时辰，李火旺看到玄阴偷偷摸摸地从里面走了出来。

正坤看了他一眼，掏出黑色符纸贴在两人的膝盖上，如同一阵风般迅速消失了。

门仅仅虚掩着，仿佛就是一个诱惑人进去的陷阱。

看到对方已经替自己当了探路人，李火旺知道哪怕房间里有陷阱，估计也被正坤给解除掉了，他缓缓靠了过去，这是自己的机会。

丹阳子的住处十分宽敞，但是里面很乱也非常脏，而且屋内散发出一股死老鼠的味道，十分难闻。

虽然环境恶劣，但李火旺还是一眼看出最明显的、最有价值的东西，是一个被黑色铜线网罩着的石板。

不出意外的话，那石板就是丹阳子口中说的天书了，他小心翼翼地走过去，隔着黑色铜线打量着上面的内容。

正坤肯定是来偷学功法的，不过从现场看来，他没成功。

李火旺仔细辨认着天书上的内容，它们十分晦涩难懂，勉强能看出是象形文字，但似乎更为古老。

李火旺越看越觉得不对劲，丹阳子不是说要内丹外丹同时练习吗？看起来这家伙根本没有按照上面的方法练习啊。

“韩约能作樱桃，其色不变……团团秫粉，点点蔗霜，浴之沉水，清甘且香……”这东西怎么看都不像是所谓的功法，而是一本食谱。

“嘻嘻。”一声突然出现的窃笑让李火旺后颈发凉，他迅速转身，却发现

身后并没有人。

被挖出一个坑的墙壁上，只有一个小臂般粗细的青花瓷竖瓶。

“有些不对劲。”做贼心虚的李火旺开始原路返回，因为正坤似乎并没有清理掉所有的危险。

“不准动哦。”一个尖锐又纤细的女声从身后响起。

李火旺缓慢地再次回头，眼前的一幕让他觉得不可思议。刚刚那窄小的竖瓶的瓶口处顶着一个女童的脑袋。

说是女童，但是皮肤颜色又不太像人类，尤其是那左右两边的腮红，不似人工点缀上去的，倒像是一条白鳞红腮的锦鲤，头大躯干小，被养在花瓶里。

盯着她额头中央的那点红到极致的小红点，李火旺越看越觉得不对劲。

在这一瞬间，他也明白了丹阳子是靠什么来替他看天书的，就是眼前这家伙。

“你跟刚刚那个人是一伙的？嘻嘻，你们麻烦大了，我只要摇一下铃，我爹就会回来。”她的额头上用红线绑了几个铜铃铛。

眼看着对方说出这话，李火旺顿时心急如焚，但下一秒他的表情突然淡定下来：“你摇铃吧，正好让你爹知道，是你骗了他。”

当看到那花瓶姑娘脸上露出一丝慌张的时候，李火旺心中顿时冷笑。自己猜对了，没错，想愚弄不识字的癞子头的不只是他一个，这个不知道是什么的东西早就已经这么做了！

上梁不正下梁歪，整个清风门内个个心怀鬼胎！

“这……这也不能怪我啊，那些字写得太难看了，我根本看不懂啊，爹逼着我读给他听，我能怎么办啊！”花瓶姑娘委屈地说完，就要掉眼泪。

看到花瓶姑娘彻底慌了神，李火旺思索片刻后迅速做出了决定。

“那好，我们‘约法三章’，我现在离开这个地方，你当没看到我，我也当不知道你的事情，这样对谁都好。”

花瓶姑娘最终同意了：“那好吧，你赶紧走吧，我就当你们没来过。”

李火旺一边抬脚缓缓向着门外挪去，一边说道：“既然天书是假的，那炼药的方子都是你编给他的？”

花瓶姑娘脸上露出憨笑：“是啊，因为我只记得那些东西，就假装它们是书上记载的，告诉爹了。你放心，那药是无毒无害的，吃了就当补充营养。我就是怕爹知道我没用了，不要我了……”

就在花瓶姑娘说得兴起的时候，李火旺忽然右手高举，握紧玉佩对着瓶子用力一砸。

圆形玉佩带着一道白影瞬间撞在瓶身上，裂缝出现，花瓶姑娘直接重重地摔在地上。

瓶子碎了，混杂着泥土的、被黑色简珠缠住的身体就这么直接暴露在空气中。

果然不出他所料，这小女童脖子以下部位都有鳞片包裹，分明是一条锦鲤！

看样子应该是被丹阳子喂了药丸进化成人形，不过药效并不理想，才导致她这副半人半妖的模样。

“呜呜——爹啊！！我疼，爹啊，我好疼啊！”花瓶姑娘的哭声越来越微弱了。

“谁！！是谁！！！”一道极其暴虐的咆哮声在整个溶洞内回荡，那是丹阳子的声音，这是他第一次如此大动肝火。

之前有人逃跑的时候，丹阳子没有生气，李火旺无意间用字冒犯他的时候，他也没有生气，但是他现在生气了。

整个清风门内的气氛变得极其压抑，连墙上挂着的油灯都感觉比平时暗淡许多。

在丹阳子的命令下，所有人陆陆续续地来到早课的大殿内。

“吧嗒——”一团看不清本质的东西猛地摔在所有人的面前。

那是李火旺之前打破的那个花瓶。

“这是谁干的？是谁趁着我炼药之时，偷偷闯入我的屋子！”

丹阳子此时声音低沉压抑，如同一头爆发前夕的狮子。

“你现在老老实实站出来，爷给你个痛快，要是等会儿被我亲自逮到，哼哼，我会让你跪着求爷！”

整个洞内鸦雀无声，没有一个人敢动。

“好！都不说是吧？那我就一个一个来问！长明、长仁，在我炼药的时候，你们在干什么？”

背着长剑的两个弟子马上对丹阳子行礼：“禀师父，我们二人按您的吩咐，把守清风门大门，一刻也没有怠慢！”

面无表情的丹阳子走到他们面前，仔细地看着他们的神态。直到盯得两人冷汗都要流下来时，丹阳子这才缓缓地看向一旁：“玄元，你呢？”

而此时站在玄元旁边的李火旺心中一紧，他知道下一个就要轮到自己了，连忙在心中给自己打气，坚持住！只要别让他看出破绽来，自己就赢定了！

“玄阳！轮到你了，你今天去哪儿了？”

听到这话的瞬间，李火旺马上脱口而出：“师父，弟子在料房，为您准备下次需要的药料。”

“是吗？”丹阳子走了过来，他身上令人作呕的臭味和威压感让李火旺身体紧绷到了极致，他终于明白刚刚其他师兄为什么会流那么多汗了。

时间一分一秒地过去，在威压下，李火旺额头的汗珠也越来越多。

忽然身体一轻，就在他以为自己逃过一劫的时候，丹阳子的声音再次响起：“你们这些人真的看到玄阳在料房？”

李火旺的目光投去，他看到丹阳子已经来到了白灵淼他们这些料房的人面前，他这话是对那些人说的。

“想好再说，谁要是能帮我找到是谁干的，爷不但送他回家，还发盘缠。”

这话一出，料房剩下的十多个残疾人顿时睁大眼睛，他们想回家，做梦都想离开这个鬼地方。

“师父……李师兄当时确实跟我们在一起……”感觉到人心有些浮动的白灵淼第一时间开口了。

丹阳子深深地看了她一眼：“哦？其他人呢？”

此时的狗娃呼吸有些急促，表情有些挣扎，最终他一咬牙一跺脚站了出来：“那个，我说！玄阳那家伙今天根本就没来料房！那人肯定是他！”

这话一出，人群中吓得脸色惨白的玄阴嘴角微微上扬，几乎都要笑出声来，自己躲过一劫了！

丹阳子回头看了李火旺一眼，缓缓走到狗娃面前，右手一抡，啪的一下直接甩在他的脸上：“放屁！今天早上的人是玄阳亲自送过来的！他没有去料房，那去哪儿找的人？你是想找死吗？”

狗娃仿佛被吓坏了，连忙跪在地上涕泗横流地不断磕头：“丹阳子爷爷，我错了，我是一时被猪油蒙了心，才撒谎的。”

丹阳子面无表情地看着地上吓得都要尿出来的狗娃，下一刻，忽然转身望向玄阴：“你刚刚笑什么？玄阳被诬陷，你很高兴吗？”

这话一出，顿时吓得玄阴身体一抖，丹阳子身上传来的强大压力压得他几乎要喘不过气来。

随着丹阳子缓缓向他走去，玄阴的表情也越来越慌张，慌到旁边不知道真相的人都看得出他明显不对劲。

就在丹阳子走到他面前时，他彻底支撑不住了，直接瘫在地上：“师父！这不是我想做的啊！是正坤师兄逼着我这么做的！”

这话一出，旁边的正坤表情一凝，双脚在坚硬的地面用力一蹬，如同一头猎豹般带着残影向着洞口方向冲去。

“居然是你！”丹阳子冷哼一声，右手衣袍一挥，伴随着清脆的丁零零声，一枚带着铜绿的铜钱翻滚着落到地上，如同陀螺般旋转起来。

眼看着正坤即将逃出洞口，丹阳子那穿着布鞋的右脚猛地一抬一踏，尘土被高高扬起。

咔嚓一声，整枚铜钱瞬间四分五裂，飞射而出，直逼远处的正坤。

“娃啊，你是跟我最久的，怎么偏偏是你啊！我早该想到，我屋内的禁制也只有你解得出来。”

“师父，我……我错了！师父，您就饶了我这一次吧！”

“师父，当初我们被人追杀的时候，是我两个胞弟拿命才换来我们逃生啊！师父！”

丹阳子的脚微微下移，把正坤的脸直接压在地上，让他彻底说不出话来。

“娃啊，你知道吗？你心里想什么，其实爷知道得一清二楚，你跟你那两个弟弟一样，都是养不熟的白眼狼！”丹阳子一字一顿地说着，他的脚也在不断加大力度。

不一会儿，正坤彻底没了声响。

打破瓶子的人找到了，但是丹阳子一点都高兴不起来，他表情复杂地看着地上躺着的正坤，狠狠地抬脚一踹。

“老子几乎把你当半个儿子来养了，结果你却这么对老子！”

整个洞内鸦雀无声，只剩下丹阳子急促的呼吸声。

这种情况维持了两炷香的时间，丹阳子缓缓抬起手来，伸手一指，直接指向了人群之中的李火旺：“你，过来，给祖师爷磕头。”

李火旺微微愣了一下，最终在所有人的目光下走了过去，跪在地上对着墙上的那三具雕像进行跪拜。

当一套三拜九叩的流程结束，此时举着三炷香的李火旺已经明白对方要做什么了。

“以后你就是爷的亲传弟子了！”

“是，师父。”李火旺此时兴奋得几乎心肝都要颤抖了。

“这一刻终于来了，放心，癞子头，我绝对会助你‘成功’的！”

“跟我来，为师有件事情要你做。”丹阳子小心翼翼地把那花瓶姑娘的残骸捧在手心。

跟在丹阳子身后，李火旺重新回到了他的住处。

“咻咻咻！”缠绕石板的黑色铜线如同长蛇般迅速飞舞，钻进了丹阳子的袖口，那所谓的天书完全呈现在他的眼前。

“上面写的是什么？你看得懂吗？”

李火旺装模作样地仔细辨别了一下后，有些疑惑地问道：“师父，您之前跟我说成功之法是内外双修，可是不对啊，这上面没有什么内药之法啊。”

“嗯？什么?！”丹阳子阴晴不定地看向一旁的花瓶残骸。

“千真万确。”李火旺斩钉截铁地说道。

天知道花瓶姑娘之前跟丹阳子编了什么，自己如果接不上的话，怕是要直接露馅，与其那样，倒不如索性坦白，直接推倒重来。

而且自己又没说谎，这就是事实。之前丹阳子所谓的功法确实就是那花瓶姑娘编的，根本就是假的。

当然了，接下来自己编的也不会是真的就是了。

丹阳子阴晴不定地思索起来，刚开始他还不想相信李火旺说的，可是多疑的他越想疑点就越多。

难怪自己这么长时间都没有成功，难怪这丫头说这天书上写的东西会变，根本无法硬背，原来是这么一回事。

“咔——呸！”一口恶心的绿色浓痰被丹阳子直接吐到花瓶姑娘的脑袋上，他转过身看向李火旺，“那你说，这天书上写的是什么？”

“嗯……是一套内功功法。上面说，必须在旧年未去、新年未来之际，配合好几种外药同时服用修炼，才能把天道注入凡间的那一股来自修行界的灵气截下，吸入体内让自己成功。”李火旺看着那石板，眉头紧锁地说着。

“吃的药丸还有好几种呢，就比如说其中一种药方吧，需要朱砂二两四钱，白蔹子一钱，砒霜一两二钱，还有……‘游老爷’？师父，这‘游老爷’是个什么药材啊？”

丹阳子没有回答，而是静静地看着李火旺：“娃啊，那小囡囡能骗我，你该不会也骗我吧？”

李火旺回答得斩钉截铁：“师父，我怎么能骗你呢！我也想修炼啊！”

“好！”丹阳子重重地一拍巴掌，大笑起来，“那这一次，咱们师徒一起修炼。”

李火旺表情愣了一下，紧接着表情变得极度亢奋：“这是真的吗？师父，这真的可以吗？多谢师父！多谢师父！！”

丹阳子仔细观察着他的表情，并没有发现任何异常后，肯定地点了点头。

“嗯，药丸先不急，你先把那套功法告诉我，等我们师徒两人练熟了，再炼制外丹，离过年还有段日子呢。”

“是，师父！”李火旺随口将一套所谓内外大周天的功法告诉了丹阳子。

当天李火旺在丹阳子的房间内待了很久，一直到深夜才回来。

李火旺提着灯笼在隧道中走着，心中高兴，计划正在顺利进行，自己的目的很快就能达成了。

压抑了这么长时间，终于有一件好事发生了。

当他来到料房时，发现剩下的人果然没睡。

看到是李火旺，所有人顿时一拥而上，他们的眼神中带着兴奋，所有人都明白今天发生的事情代表着什么，之前李火旺已经特意给他们透露了消息。

“放心，等我有好消息，你们马上就可以回家了。”

李火旺这话一出，所有人几乎都要激动得哭出声来，他们终于可以回家了。

“李师兄，你就是我的再生父母！”其中一个患有小儿麻痹症、手脚不便的人激动地跪在地上，就要向李火旺磕头。

他似乎起到了一个带头的作用，其他人纷纷效仿。

李火旺劝了好一会儿后，终于让这场闹剧停下了。

“今天中午，要不是靠各位，我就完了。难道我还要向你们磕头吗？”

当他们从地上爬起来，个个喜笑颜开，就像过年一样开心。

李火旺看着眼前的这一张张笑脸，心中泛起一丝暖意，在这陌生的世界中，他们这些长相千奇百怪的家伙算是自己的同伴了。

“李师兄，我演得不错吧？那癞子头跟个傻子一样，被我骗得团团转。”

狗娃拍打着干瘪的胸膛，嬉皮笑脸地向李火旺邀功。

“确实演得不错，要不是你那么来一下，丹阳子没那么容易善罢甘休。”

就在其他人围着李火旺七嘴八舌地问话的时候，有人却在担心着其他的事情。

“李师兄，你没事吧？他真的没有为难你吗？”白灵淼走过来，有些担忧地问道。

听到这番话，李火旺回想起丹阳子说的话，丹阳子企图拿自己试药这种事情，自己知道就好，没必要说给她听。

“他现在都让我给他翻译天书上的内容了，我能有什么事情，放心吧，我好得很。”

相互闲聊了一会儿后，李火旺表情一正：“初一马上就要过了，那些‘游老爷’马上要赶集回来了，我们长话短说，我这里还有需要你帮忙的事情，你爷爷之前还告诉你什么别的故事没有？”

天书上的药方他还没编全呢。

单纯的朱砂这种汞矿石已经无法满足他了，他要往里面放别的东西，要多奇葩有多奇葩的那种。

丹阳子的实力，李火旺没有忘记，必须让他彻底不再是威胁。

听到李火旺的话，白灵淼睁大眼睛说道：“有啊，有啊，我爷爷还跟我说，别往村子外面跑，村外的人坏得很，抓到小孩子，就会让他们去演杂技，那小孩就惨了，一辈子都回不了家了。”

李火旺微皱着眉头摇头：“不，我说的不是那些老太太吓唬小孙子的故事，我是说像‘游老爷’这样的。”

“‘游老爷’那样的？让我想想……”白灵淼皱起眉头开始思索起来，“我爷爷平时讲的故事都很乱，但大部分都是山里的长虫吃人之类的，像‘游老爷’这样的真的很少。”

“那是谁告诉你爷爷‘游老爷’的故事的？”

白灵淼无辜地瞪大眼睛：“那当然是我爷爷的爷爷告诉他的啊，然后我爷爷再告诉我，我将来也会告诉我的孙子。”

李火旺挠了挠头，没想到这个故事还是祖传的，看起来自己失算了。

“李师兄，我知道一个。”一位扶着墙旁听的虚弱青年忽然开口说道。

此人关节畸形，一个肩膀高一个肩膀低，整个身体十分不协调，哪怕在料房内也算得上是比较“突出”的。

“李师兄，我姓赵，在家排行第五，你叫我赵五就行了。”

别管谁讲都行，李火旺走到他面前说道：“行，你说。”

赵五左右看了看，特意压低声音说道：“你说的那种东西，我听老一辈说过一种，那玩意儿叫‘大姥姥’。”

“‘大姥姥’？长什么样？”李火旺迅速在脑海中搜索了一遍，并没有找到与之相关的图片，从字面意思上来猜，也完全没有线索。

“嘘——李师兄，别这么大声，小点声，这东西很怪的，我听说啊，‘大姥姥’会听到的，你要是经常说的话，它会过来找你的！”

“哦？”听到这话，李火旺来了精神。

“我听我表舅说，它在所有人眼前的样子都不一样，有的像长耳朵的魑魅，有的长得像自己家里过世的老人，但是唯一相同的是，任何人只要在它们旁边待一会儿，也会变成‘大姥姥’！”

李火旺摸着下巴若有所思。

“这地方还真奇怪，什么莫名其妙的东西都有，行，还有吗？”

“有，还有，还有‘公婆鱼’，这东西也……”

在赵五那里，李火旺知道了不少稀奇古怪的名词，而这些都是他将要放进成仙药丸里面的材料。

“你知道的还真不少啊，多谢了，这些消息对我很有帮助。”单独只说剧毒的药料，丹阳子也许会发觉，但是加入这些连他都无法分辨的东西，可信度就高多了。

要的就是听不懂，任何东西只要是听不懂了，那就显得高深起来了。

听到李火旺说这话，赵五喜悦地笑了：“这都是我从我表舅那儿听来的，他是个货郎，哪儿都去过，知道的也多。”

“行了，马上就要到点了，我回去了，你们安心等我的消息。”李火旺深吸一口气，站起来向外走去。

刚走没两步，一个最起码一米九的高大身影挡在他的面前。

“我我我……”

李火旺认识眼前这个光头，料房的人都叫他傻子，斗鸡眼流口水的那种。

说他完全是傻子不一定准确，他只是有些口吃、反应迟钝加上智力低下。

“我……我……我……也知道！”

李火旺叹了一口气，伸手在他的大光头上拍了拍，转身向着门口走去。

第二天一早，李火旺便被丹阳子早早叫到住处。

“你说的内外大小周天功法，我练得差不多了。你把搭配功法服用的药方说出来吧。”

“是，师父。”李火旺走到那石板前再次装模作样地观察起来。

“嗯……‘大姥姥’心两颗，炼其精华？师父，这是什么意思？”

表情阴晴不定的丹阳子在屋内来回走着，嘴里喃喃自语地说道：“原来是这样吗？修行之道居然要用到这种东西？”

“师父，‘大姥姥’是什么？”

“你别管，继续往下说。”

“‘公婆鱼’一只，取其鳃，浸泡银水二两……”

从赵五那里得知的东西，再结合李火旺从现代学到的知识，最终在他的口中融合出了一套系统的修炼方法。

李火旺说完自己编好的一切后，就看到丹阳子十分兴奋，喃喃自语地说着什么。

然而当他仔细辨别出来后，顿时感到十分惊讶。

“对，错不了，银水偏寒，必须用‘公婆鱼’这种燥热之物中和。妙啊！还有这居然用‘大姥姥’入药，我之前怎么没有想到呢？”这家伙居然开始构思药丸的药性平衡了。

李火旺发现，丹阳子聪明的时候很聪明，但是愚昧的时候是真的愚昧，他谁都不信，只信自己心中构想不出来的一套。

如果用一个词来表达的话，那就是迷信。在没有神鬼的世界，迷信鬼神代表着愚昧；可在有神鬼的神话世界，迷信依然是愚昧的，只是迷信的对象不同罢了。

就在这时，丹阳子右手伸进自己的袖口一提，缺了一角的铜铃出现在他手中，正是那种李火旺在地摊上看到出售的铃铛。

随着他开始用力晃动，刺耳的铃声瞬间响起，李火旺顿时感到头晕目眩，他本能地捂住脑袋，咬紧牙关。

这种刺耳的铜铃声不仅影响到他的听力，还影响到他的视力。

四周的一切都开始扭曲变形，整个世界仿佛地震般剧烈摇晃。

“怎么回事？丹阳子这是在搞什么名堂？是我有什么疏忽吗？难道被他发

现了？”

就在李火旺这么想的时候，他看到桌子的桌角，丹阳子的衣袍边缘，甚至是旁边天书的一侧，整个房间内，任何他所看到的东西的边缘和角落，如同活了一般随着扭曲缓缓在丹阳子面前凝聚。

很难描述这团由物体的边角形成的东西是什么样子，但是唯一肯定的是它是活的。

李火旺以为自己看错了，他用力地晃动脑袋，结果不晃还好，一晃之下，那东西随着李火旺的晃动居然变成了两个。

当看到这两个东西匍匐在同样不断扭动的丹阳子面前时，李火旺心中有了一个猜测。

“这两个东西是来帮他找丹料的？”

就在他这么想的时候，李火旺看到丹阳子弯腰从地上抓起一把泥塞进自己嘴里，然后开始对着这两团东西叽里呱啦说了起来。

声音很怪，听起来完全不像人能发出来的声音，可那两个东西好像听懂了一样，上下沉浮了一下后迅速散去。

随着它们的离开，不断扭曲的天昏地暗的一切也逐渐恢复了正常。

“娃啊，别着急，虽然天书上的东西很难弄到，却难不倒你师父我，在外面，为师还是有人脉的。”丹阳子得意地说道。

“那是，师父都是要成仙的人了，世间恐怕没有什么事情能难得倒您！不过师父，刚刚那是什么？”

“哼哼，娃啊，你还有很多东西要学，这个东西就是天书上说的‘游老爷’啊。”

过去的危机始终让李火旺绷紧神经，一直没有时间思考一个问题，这个地方到底是怎样一个世界。

什么“大姥姥”，什么“游老爷”，怎么看都不像是寻常的东西。

要不是吃饭的时候，吃到过正常的猪肉和羊肉，他真的差点以为这世上的活物没有一个是正常的。

“哎，这东西可是好宝贝，爷当初为了抢到它，可是花了好些功夫。”丹阳子重新把那铜铃放进自己的袖口。

“抢？”

“当然要抢，不抢别人难道会白送给你吗？哼！咱们没有的别人有怎么

办？抢！”

“这是我五岁那年，被一个比我大的乞丐从手里抢走馊馒头后学到的。”

“年轻的时候，我抢婆娘、抢马、抢银子，后来我抢功法、抢法器、抢弟子，甚至整个清风门都是我抢来的！你看那泥塑的祖师爷说什么了吗？哼哼。”说到这里，丹阳子的脸上露出一丝得意。

“娃啊，大人说话你要听，这是教你乖呢，知道吗？我这是把你当自己人，才告诉你的。”

“但是师父，抢不过怎么办？”

“抢不过？抢不过你不会搭伙抢？你这会认字的脑袋怎么这么死脑筋呢？合伙抢不过就下药，下药弄不过就来阴的！”

寥寥几句话让李火旺知道了眼前这位癞子头的处事风格，也让他知道了为什么这家伙各种手段都不挨着，合着他的一切都是东一榔头西一棒子抢来的。

“师父……师父活得明白。”

“哼！我不识字怎么了？我没悟性怎么了？说我旁门左道，说我没有心，等我修炼成功后，我要掀开那些家伙的眼皮让他们看看，到底是谁没悟性！是谁没有心！”丹阳子说到这里，表情咬牙切齿，丑陋的脸上满是恨意。

李火旺不知道那些人是谁，但可以肯定双方的恩怨很深。

随后一段时间，李火旺几乎都跟丹阳子吃住在一起，全身心地钻研天书上的方法。

借着这段时间，李火旺也在暗中不断地完善，让整个体系显得越发可信。

李火旺说出来的东西很快就被送来了。

看着那覆盖着黑色软毛、又黏又滑的庞然大物，以及旁边一团无定形、闪着隐约微光的黑色肿泡，李火旺除了惊叹这些东西的存在外，就是惊讶于丹阳子的实力了，居然能搞到这些东西！

“师父，我们开炉吗？”李火旺问道。

“不急，离过年还有一段时间呢，走，我们先去吃年夜饭。”

丹阳子的话让李火旺有些意外，这怎么就吃年夜饭了？这两者之间有关系吗？

话是这么说，可看到丹阳子都起身离开炼房了，李火旺连忙跟了上去。

来到用餐的溶洞，其他弟子都已经到了，说是其他弟子，其实也就长仁、长明还有玄元三个人。

一看到有些空荡荡的大圆桌，丹阳子脸上瞬间阴沉下来：“怎么没给其他的弟子摆碗筷？都摆起来！供给他们。”

没过一会儿，空位子上多了几副碗筷，整个圆形桌子显得满满当当。

重新露出满意笑容的丹阳子点了点头，坐在正座上，李火旺坐在他的右侧，另外一侧是空的，那是正坤的位置。

“来啊，上饺子。”

一锅热气腾腾的饺子被童子们抬了上来，散发出阵阵扑鼻的香味，他们用铁勺子盛着小心翼翼地放进每个人的碗里，包括那些空座位前的碗。

“呵呵，过年了，都放松点，多吃点啊。”话是这么说，可包括李火旺在内的四人，都是等他动了筷子后才动口。

丹阳子拿起一双筷子，夹起一个白饺子放进自己嘴里，眼睛微闭，陶醉地嚼了起来：“嗯——猪油渣韭菜馅的，香！哎！这是什么？一文钱？好兆头好兆头，哈哈！”

李火旺看着眼前碗里的饺子，愣了好一会儿，才狼吞虎咽地吃了起来。

丹阳子笑眯眯地看着大口吃饺子的李火旺：“你们遇上了好时候啊，吃得上这么好吃的饺子。我像你们这个年纪的时候，连饺子长什么样都不知道，只是听说它有多好吃，呵呵。后来啊，有一年过年，我闻到别人家的饭香味，闯进去一看才发现饺子原来长这样，当时就蹲在炕头上呼哧呼哧把两斤饺子吃了个精光，那家人包的也是这猪油渣韭菜馅的。”

其他弟子讪讪地赔笑着，只有李火旺依然在那里狼吞虎咽。

丹阳子看着眼角有泪光的李火旺，他小心地端起碗来，把自己的饺子倒进他的碗里。

“唉，也是苦命人家的娃啊，慢点吃，别噎着。”

在吞咽声和碗筷撞击声中，只有五人的年夜饭落下了帷幕。

就在李火旺以为要开始炼药的时候，他看到丹阳子用手拍了拍自己的癞子头，从袖口里掏出一沓红包，给长明、长仁还有那些碗筷代表的不在了的人发了过去。

“来来来，过年了，记得放枕头下面压着，都拿好，我像你们这么大的时候，可从来没有长辈给我发压岁钱。”

丹阳子把最后一个红包放在正坤的碗旁，紧接着扭头笑呵呵地对着李火旺

说道：“你就不用压岁了，咱们师徒二人一起，从此天地同寿！”

李火旺笑了，笑得很是开心：“师父所言极是。”

“走，回炼房，起炉炼药！娃啊，你来掌火！”

“好嘞，师父！”

看着眼前两颗泛着金属光泽的拳头大的红丹，两颗蠕动的如同活物的肉丹，还有两颗腐朽、气味十分辣眼睛的黑丹，李火旺满意地点了点头，他能想到的东西都放进去了，放了这么多料，绝对一点生机都不会给丹阳子留。

旁边插上了一炷香，代表着今年剩余的时间，按照他胡编的功法，必须在跨年的那一刻练习才可以吸收天道降下来的灵气。

李火旺双腿盘坐，先是拿起拳头大小的红丹，时刻准备着。马上就要见分晓了，他却发现自己出人意料地平静。

是的，他压根就没准备什么后手。

李火旺明白，这些药丸自己肯定是要吃的，自己不吃，丹阳子肯定是不会入口的。

别看刚刚吃年夜饭时，他装作一脸和蔼的样子，可是他口中所说的与天地同寿，其实就是来拿自己试药的。

可是丹阳子千算万算怎么也算不到，李火旺根本就不在乎什么修行之道。

李火旺早就对尘世看淡了，自己本来就不属于这里。

自己现在唯一存在的目的，就是看着丹阳子这样恶心的垃圾，在自己的引导下走进墓地。

此时的丹阳子就坐在他对面，同样先拿起一颗红色药丸。

在两人的注视下，那炷香的火点逐渐降低了。

就在这炷香快燃尽时，李火旺深吸一口气，把手中的药丸塞进自己嘴里，整个囫囵吞了下去。

而此时的丹阳子准备吃药丸的动作却停了下来，全神贯注地盯着李火旺的举动。

此时表情有些亢奋的李火旺仿佛没有看到，继续把剩下的两颗也直接吞下去后，闭上眼睛双手掐诀放在自己的膝盖上。

汗水从他脸上流下，打坐的李火旺身体开始颤抖起来，但是他的脸上逐渐露出难以抑制的狂喜。

“好多先天灵气！这……这些是……原来如此，我悟了，我悟了！我要成

功了！”

丹阳子听到这句话，眼神中流露出一丝焦虑，但他依然没有立即服药，直到看到李火旺的头顶开始冒出缕缕白烟，才匆匆地将三颗药丸吞下肚。

当双腿盘坐的丹阳子闭上眼睛，开始运行大小周天的时候，李火旺却慢慢地睁开眼睛。他看着眼前的师父，笑容比刚才更加灿烂了。

当看到丹阳子的脑袋上也跟自己一样冒出白烟，某些黑色的东西顺着他的血管爬满全身之后，他盘坐的腿松开了，李火旺捂着自己剧痛无比的肚子，疯狂地哈哈大笑起来。

“哈哈，癞子头啊癞子头！你修行不成了！你只能成鬼了，奈何桥上我们一起结个伴啊，哈哈哈哈！”

丹阳子似乎已经听到了，可是他没有任何反应，双眼紧闭，咬紧牙关，盘坐在原地疯狂地运转着内外大周天功法。

“你还练呢？那都是我瞎编的！都是我从武侠小说里面抄来的，哈哈，哎哟，肚子好疼，哈哈哈哈！”

李火旺匍匐在地上，缓缓地爬到丹阳子的旁边，狰狞地看着对方那惨白的面孔，他颤抖地抬起右手来，一巴掌甩在他的脸上。

“喂，你聋了吗？大爷跟你说话呢。”

反手又是一巴掌甩过去，丹阳子依然没有任何动静。

李火旺颤抖地掏出一颗药丸塞进自己的嘴里，随后他浑身青筋暴起，感觉自己充满了力量。

“我说了别再练了！你没听到吗？”李火旺一拳捶在丹阳子的脸上，直接把他那地包天的嘴巴跟鼻子捶凹了进去。

丹阳子猛地睁开眼睛，恶狠狠地瞪向李火旺，衣袍一挥，直接把李火旺掀飞了出去。

“滚开！你们这些心魔休想妨碍老子！老子马上就要成功了！祖师爷马上就要来接我了！”

被掀飞出去趴在地上的李火旺没有再坐起来，就这么躺在地上看着他，口中喃喃自语地说道：“疯了，这家伙被自己的执念彻底逼疯了，哎哟，我肚子真的好痛啊。”

就这样，一个盘坐着，一个躺着，时间一点点地过去，而李火旺腹部的疼痛也越来越剧烈。在本能的驱使下，他的身体弓成了虾状。

“咝，怎么这么痛啊，这要受罪到什么时候，真后悔刚刚没带把刀来抹脖子。”弓成虾状的李火旺疼得满地打滚。

在剧烈疼痛下，李火旺的意识逐渐陷入了模糊，迷糊之间，他再次看到了杨娜那张脸。

“杨娜，你来接我了吗？”

杨娜的脸迅速融化，又拼接成了自己的主治医生的面孔。

“14号床意识模糊，初步判断为食物中毒！快！把电动吸引器拿过来，进行洗胃！”

李火旺缓缓闭上了眼睛，一道极其轻微的声音从他的嘴唇中滑出。

“洗你大爷的胃……你别忘了，你那小破疗养院……哪有……洗胃机器……你们这些幻觉能不能……逻辑自洽一点……”

说完这最后一句话，李火旺的意识失去了对四周的感觉。

他现在感觉很舒服，因为他的肚子终于不再疼了。

李火旺感觉到自己的身体在不断向下坠，却一直触不到底。

“火旺，坚持住，你答应过我的！”一道朦胧而迫切的女声在他耳边炸响。

不知道过去了多久，李火旺猛地睁开了眼睛，双手撑地的他开始大吐特吐。

一团混杂着黑水的秽物被李火旺直接呕了出来。

这突然发生的一切让李火旺愣在原地，自己还活着？这怎么可能呢？既然自己还活着，丹阳子岂不是也还活着！

一想到这里，李火旺顿时冷汗都流了下来，他下意识地马上扭头望去。紧接着，他的嘴巴不由自主地张到了最大。

“我去，他这是成了个……什么？”

李火旺看到自己的那位便宜师父身体已经完全畸变，三张狰狞大嘴从脑袋里面伸了出来，满嘴恶心黄牙的它们相互纠缠对着屋顶大张。

除了他的脑袋，他的身体也发生了巨大变化，皮肤上长出了许多羽毛。

“这是个啥？三花聚顶，羽化登仙？”

就在这个念头从李火旺的脑海中迸发出来的时候，那张嘴张到了最大，里面同时传出丹阳子少年、中年、老年的三种声音：“原来如此，我悟了，我悟了！哈哈！”

“砰！”伴随着一声巨响，丹阳子消失了。

清风门炼房内，李火旺愣在原地，明显没有反应过来。

“这三颗药丸这么厉害吗？自己跟丹阳子炼的到底是药丸还是炸弹啊！”

他趴在地上好一会儿后爬起来，用手摸了摸脸，弯腰在地上挑来挑去。

挑了半天，李火旺这才松了一口气，丹阳子真的是被自己彻底消灭了。

“他消失了，我接下来干什么呢？”李火旺站在原地，一时间不知道该往哪边走。

李火旺本以为自己报仇雪恨后会很开心，可是当这一刻真正来临时，他却发现自己陷入了迷茫。

这些天所有的计划都是围绕着消灭丹阳子来做的，根本就没想着自己会活下来。

现在丹阳子消失了，白灵淼安全了，自己承诺的事情都做到了。接下来该干什么呢？

就在他想着这个问题的时候，炼房的门忽然被人推开了，长仁和长明单手举起长剑警惕地走了进来。

左右看了看，发现没有找到丹阳子，他们把警惕的目光投向了迷茫的李火旺：“呔！何方妖孽！说！我们师父呢？”

“师父？你们脚下的就是啊，另外，我是玄阳啊，二位师兄。”

这番话让长仁和长明下意识地低头抬脚，两人的瞳孔瞬间缩到了极小。

李火旺左右看了看。“看，他真的消失了，我干的。”李火旺自言自语地说，“按理来说，这是他罪有应得。”

就在李火旺要向眼前的两人说明自己这么做的原因时，长明、长仁两人对望一眼后，二话不说，迅速把长剑插回剑鞘，转身向门外冲去。

“喂，你们等我说完再走啊。”李火旺无奈地对他们喊道。

喊了半天没有任何反应，李火旺苦笑着捂着还在隐隐作痛的肚子，向门口走去。

“癞子头消失了！都出来吧，你们可以回家了！”李火旺手中拿着那个凹下去的铜铃用力摇晃，对四周大声喊着。

今天是大年初一，但刺耳的铃声并没有吸引来任何“游老爷”，而是引来了童子们。

当他们看到李火旺手中的铜铃时，纷纷欣喜若狂，倒地向四方叩拜。

李火旺顺着溶洞的隧道缓缓地走着，他要把这一消息传递到清风门每一个人的耳朵里。

越来越多的人加入了他的队伍，开始跟着他一起大喊：“癞子头消失了！我们可以回家了！”

就在这时，李火旺感觉到身旁有人伸手过来搀扶自己，他扭头一看，发现是喜极而泣的白灵淼。

李火旺对着她笑了笑，用力地挥舞着手臂：“癞子头消失了，你们都可以回家了，过年了！你们都可以回家了！”

“嗯！李师兄！你也可以回家了！我们都可以回家了！”

李火旺的表情一僵，紧接着继续用自己最大的力气挥舞着手中的铜铃，用最大的力气吼道：“丹阳子消失了！都出来吧！你们可以回家了！”

然而，并不是清风门内的所有人都这么高兴，就在李火旺走到丹阳子住处附近的时候，听到了远处传来金石之声。

李火旺带着众人走了过去，在丹阳子那肮脏的住处，看到了玄元正在与长明、长仁对峙，双方都拿出了武器，气氛十分紧张。

李火旺看着被黑色铜线缠绕的所谓的天书，自然明白他们在争抢什么。

“玄阳师弟！快来！这两个帮凶也该消失了，我们一起分享这天书！”脸上不再随和的玄元对着李火旺劝说道。

一旁的长明右脚向前一踏一划，直接把长剑对准了门口的李火旺。

“不想死就滚远点！在这种场合，你真觉得能对付得了我们两人？”

李火旺轻叹一口气，有些无奈地看着眼前的一幕。

“那根本就不是什么天书好不好，上面只是官家食谱罢了，我之前说的都是瞎编出来骗癞子头的。”

“你们别太信癞子头的胡言乱语，这家伙瞎话连篇，什么老神仙亲手送的，按他那性格，说不定就是哪里杀人越货抢来的。三位师兄，咱们走吧。”

长明、长仁左手手指一夹，两张符纸对着自己的长剑一抹，整个房间内顿时变得昏暗。

“玄阳师弟，既然你不想掺和进来，那就别废话了，你走吧。”

长明、长仁一提长剑，异口同声地说道。

感觉到白灵淼胆怯地用手指拉着自己的衣袍，李火旺向着双方拱了拱手后，带着所有人向着清风门的洞口走去。

“那三位师兄，你们继续，我们后会有期了。”

当李火旺贴心地把门关上的那一刹那，里面开始响了起来。

黑暗的隧道中，一群归家的人兴奋又激动地走着，每个人提着油灯的手都颤抖起来。

这条隧道很陌生，很崎岖，时不时还要用绳子攀爬，记忆中李火旺从来没有来过。

但是他明确地知道这就是清风门的出口，因为他看到四周其他人的手抖得越发厉害。

走了差不多两炷香的时间，溶洞隧道的远处开始出现了光。当看到光的那一刻，所有人的步伐开始凌乱起来，由走变成了跑。

随着跑动，那远处的光越来越大，最终将所有人的视野囊括进去。

出洞口的那一瞬间，几乎所有人都眯着眼睛。在洞内生活了这么长时间，外面对他们来说实在是太亮了。

当眼睛逐渐适应光明，清风门外的风景呈现在所有人面前。

远处的天空刚露出鱼肚白，山和林子在远方，一切都纯净得让人心旷神怡，仿佛一幅淡淡的水墨画。

也就在这时，大年初一的第一缕晨光穿透薄雾，打在了所有人的脸上。

李火旺眯着眼睛看着天上的日出，喃喃自语地说道："我跟癞子头在炼房待了一晚上吗？这都出太阳了，今天的天气真不错啊。"

突然旁边有人动了，那是一位童子，泪流满面的他双脚连忙摆动，埋头向着旁边一条没入林中的小路冲去。

他这一跑，引起了羊群效应，越来越多的人开始朝着那边跑去，他们想要跑得远远的，远离这块伤心之地。

没过一会儿，洞门口就只剩下了料房的七八个人，他们此时的目光都望向了李火旺。

"李师兄，我们也走吧。"脸上留着泪痕的白灵淼此时笑得很开心。

"先等等。"李火旺说着，从口袋里掏出一些纸条，塞到白灵淼的怀里，"这些都是那些人留下的书信和地址，你们出去后，顺路找个镖行给他们带过去吧。"

白灵淼双手捧着那些纸条，愣在原地，一时间无所适从。

李火旺再次对着剩下的人笑了笑，提着手中的油灯转过身来，孤身一人向着漆黑一片的清风门走了进去。

“李师兄！”白灵淼那带着哭腔的呼喊声，让黑暗中提着油灯的李火旺转过身来，看向门外站在阳光下的其他人。

他再次向着他们挥了挥手：“都走吧，都回家去吧。”

“李师兄，那你也一起来啊，路上一起走也安全些，你这是还忘拿什么东西了吗？”趴在傻子背上的赵五说道，他神情有些紧张，似乎感觉到了一丝不对劲。

“呵呵，一起去哪儿啊？”李火旺转过身来，把自己的脸重新隐藏在黑暗中。

“一起回家过年啊，李师兄，你家在哪儿？”

黑暗中的李火旺无声地笑了笑，开始提着油灯向着来路走去。

“家？我现在哪里有家啊，我的家早就回不去了，回不去了！”

李火旺在黑暗中默默地走着，此时的清风门很安静，唯一跟他做伴的只有他的脚步声。

忽然李火旺开始哼起歌来，脚步变得轻快起来，他手中的油灯有节奏地左右摇晃着。

在自己歌声的陪伴下，李火旺重新回到自己的住处，他关上门把油灯放在桌子上，连脸上身上的血都懒得擦，就这么缓缓地躺在石床上闭上了眼睛。

“今天是初一，这个月我没吃那恶心的黑太岁，应该很快就能再次见到杨娜了吧？”想到这儿，李火旺的嘴角微微上扬。

他安静地等待着，等待着自己那最好的小青梅，带着自己回到属于他的世界。

一晚上没睡的李火旺意识开始逐渐消散，可就在他即将入睡时，门忽然被打开了。

李火旺揉着眼睛坐了起来，发现门口站着狗娃、赵五他们。

白灵淼忐忑不安地站在那里，眼神躲闪一会儿后最终坚定下来。

“李师兄，如果你回不了家，那你就来我家吧。我家很宽敞的，而且东厢房也是空的……”

李火旺看着眼前善良的少女，微微摇了摇头：“这里也挺好的，我已经习惯了。”

一个自言自语、手舞足蹈的疯子，唯有待在这种阴暗的地方，才不会吓到其他人。

白灵淼的嘴唇微微颤抖着，似乎对李火旺的话有些难以置信。

“我曾经有过家，也有过家人，可是啊……”李火旺仰头看向漆黑的屋顶，表情复杂地开始回想起什么。

狗娃思索了一会儿后，小声对其他人挤眉弄眼：“既然李师兄都说要待在这里，要不我们走？”

“你闭嘴！”白灵淼的一句话将狗娃吓了一大跳，这可不像过去那个唯唯诺诺的小姑娘。

白灵淼迅速上前，表情十分倔强地走到李火旺面前：“你这样对得起你的家人吗？如果过去的家人知道你现在这个样子，他们会怎么想？”

李火旺脸上露出一丝苦笑：“他们怎么想，我怎么知道，我连他们到底是不是真实存在都无法确定！”

“我也许只是一个一无所有的疯子，我什么都没有，一切的一切都是我幻想出来的。”李火旺的表情变得十分痛苦。

白灵淼那白皙得近乎透明的双手伸过来，握住李火旺的手：“李师兄，你不是一无所有，你还有我们啊。”

李火旺怔怔地看着眼前的少女，注视着她那张执拗的精致面孔。

一瞬间，他发现自己对眼前这位女孩了解得很少。

“她为什么要对我这么好？”

突然四周的一切都开始变幻，溶洞和医院洁白的墙壁开始交替出现。

白灵淼的五官开始融化，重新凝聚成杨娜的样子，泪流满面的她此时充满担忧。

“娜娜！”李火旺扑过去，表情极其痛苦地紧紧抱着她。

“火旺，你不能放弃自己，你要活着，无论遇到什么，一定要好好活着，好不好？”杨娜的声音颤抖着，“你要坚持下去，无论你遭遇到了什么，都永远别趴下。”

随后那张脸再次变成了他母亲的脸。

“儿子，你不能死啊，你要是死了，我跟老头子可怎么活啊！”

那张脸不断变化着，变成了李火旺认识的各种人，给他加油打气。

忽然间，四周的一切迅速定格，明亮的病房迅速黯淡下来。

李火旺缓缓松开自己的手，发现自己搂着的是白灵淼。

此时被搂住的少女明显有些羞涩，但她的眼神没有躲闪：“李师兄，我们走吧，这个地方我待着难受。”

紧接着，她又从腰间荷包里掏出那些纸条放在他的怀里：“李师兄，你把这些给我没用啊，我们都不识字。”

“对啊，李师兄，这事情就得你干，别人干不了。”其他人也在门口纷纷帮腔。

“我……我……我识……”

傻子这话刚出口，就被赵五捂住了嘴巴，他凑到傻子的耳边说道：“就算你识字，这会儿你也要装作不识字！”

李火旺默默地看着眼前那些人写的书信，不知道在想些什么。

白灵淼双手把那些纸条再往前推了一些：“李师兄，你可是亲口答应过他们，男子汉大丈夫可不能食言啊。”

现实和幻觉在他脑海中不断转换，最终李火旺伸手把那些纸条接了过来：“我们走。”

李火旺决定了，无论自己在哪里，都要尽可能地好好活下去，这不仅仅是为了自己，还是为了那些可能存在又可能不存在的家人。

这话一出，所有人顿时舒心地笑了。

他们不知道李火旺是怎么想的，但只要对方不继续待在这破地方就行。

一群人拥着李火旺从昏暗的洞里走了出来，就要向着洞口走去，然而刚走没几步，李火旺就喊住了他们。

“等等，既然决定要离开，那这个地方要好好搜刮一下才行。傻子，你背着赵五，带其他人去厨房，拿些粮食，路上没吃的不行。”

紧接着，李火旺亲自带着白灵淼来到炼房，去取一些自己认识的药丸。李火旺修炼药道已经有一段时间了，有了这些东西，自己也算是半个医生了，也不知道离他们家有多远，带着以备不时之需。

不过他只拿了自己认识的，其他丹阳子炼制的他不认识的药丸，李火旺碰都不敢碰，更别说拿了。

一行人在正一殿集合后，李火旺继续开口说道：“先等一会儿，我还有一样东西要拿。”李火旺说着，提着手中的油灯，小心翼翼地向着关押黑太岁的溶洞走去。

既然已经打算出发了，李火旺当然必须压制幻觉再次出现，否则自己始终在幻觉跟现实中穿插，什么事情都做不好。

想要压制住幻觉，丹阳子饲养的黑太岁就是关键。

当一群人来到那溶洞时就停住了，他们看到那黑太岁居然从黑鼎里面爬出来了，这是他们第一次看到黑太岁真正的样子。

那是一大块沾满黏液、黑色的黏滑巨体，身体上的覆盖物乍看之下像是毛发，但仔细检查后便会发现那是一种浓密生长的暗色修长触须，或是尚未成熟的细丝。

整个身体如同一条巨蟒，可以自由地扩张、收缩。

臃肿的身体上还长着一些口子，随着那一下一下的蠕动，从里面喷出令人作呕的恶臭。

这一幕让所有人都看呆了，他们手脚发软，几乎就要转身逃跑。

然而李火旺敏锐地察觉到了一丝不对劲，这黑太岁瘦小了一大圈，而且身体下还在不断渗出液体。

“怎么回事？难道它跟丹阳子的命是连着的？”李火旺的心不断下沉。

想到这儿，他迅速跑了出去，等他回来时，他的手中抓着一些丹阳子的残骸。

李火旺冲到黑太岁旁边，单膝跪地，吃力地把地上那摊蠕动的肉抱进怀里，将手中的残骸往黑太岁身体上的一些缝隙中塞去。

李火旺不塞还好，一塞之下，更多的黑水从它的身体中渗了出来，它的身体萎缩得更小了。

此时李火旺满脸焦急，仿佛怀里躺着的不是黑色怪物，而是自己生病的孩子。

焦急的他抓住黑太岁两侧，轻轻地摇晃起来。

“喂喂喂，你可别吓我啊，你要是死了我怎么办?！”

黑太岁没有任何反应，它身体上的任何器官再也没有动弹的迹象了。

眼看黑太岁越来越小，李火旺顿时发狠，张开嘴巴用力咬在黑太岁身上。

李火旺的这一番举动实在让白灵淼等人目瞪口呆，他们只能站在原地，看着疯狂的李师兄。

在他们看来，相比黑太岁，此时李火旺的行为更为诡异。

狗娃挪到赵五旁边低声说道：“要不……我们分开走吧，跟他在一起，我真怕睡觉的时候，他咬我一口。”

所有人看向李火旺的眼神中开始多了一丝戒备。

浓缩后的黑太岁明显更加紧致了，李火旺咀嚼起来有种啃轮胎的感觉。

但是此时他顾不上这么多，大口大口地吞咽着，但他哪怕吃得再多，也赶不上黑太岁自我溶解得快，没多久，李火旺的怀里就只剩下一层黑皮。

“那个，李师兄，您吃饱了吗？吃饱了咱们可以出发了吗？”狗娃小心翼翼地问道。

李火旺惋惜地把手中的这一层又腥又臭的黑皮扔在地上，他也不知道这次能坚持多长时间，只希望在自己幻觉出来之前，找到另一只黑太岁，或者有其他办法。

“我去换件衣服。”剩下的东西基本上没有什么价值了，至于什么功法、秘籍之类的就别想了，丹阳子压根就不识字。

李火旺把身上黏糊糊的衣袍脱了下来，换上了一套全新的青色衣袍后，顿时感觉浑身清爽。

换好衣服的李火旺带着其他人一边向着门口走去，一边向其他人解释自己为什么这么做。

当明白李火旺是想借着黑太岁的肉压制幻觉后，他们暗自悬着的心终于落了下来。

“嘿，原来是这么回事，我还以为李师兄是饿了呢。”狗娃在一旁插科打诨，嬉笑着缓和气氛。

走着走着，隧道的一旁出现了新的岔道，李火旺鬼使神差地停了下来，这条隧道的尽头是丹阳子的住处。

“要不要进去看看三位师兄打得怎么样了？”

虽然不想理会他们狗咬狗的事，但是如果可以的话，他不想再出现一个新的丹阳子。

“走，过去看看。”李火旺带着一群老弱病残，向着那边走去。

来到门口，李火旺发现之前关上的门并没有被人打开，这证明里面没有人出来。

“师兄，你们打完了吗？我们走了啊。”李火旺对着屋内扬声喊道。

等了半天没动静后，李火旺推开了房门，刺鼻的味道扑面而来。

所有人的视线向上移，就发现玄元躺在地上，长仁也倒在一旁，身后插着自己的长剑。

而奄奄一息的长明处境一样不好，他的身体被那挂着铜钱的黑线钉在了墙

上，看起来他似乎是触发了丹阳子的后手。

长明喘着粗气，依然用那充满欲望的双眼死死地盯着那所谓的天书。

“咳咳……咳……”看到李火旺走了进来，墙上的长明似乎想说点什么，却什么话都说不出来。

李火旺走到他身边，对着他笑了笑，弯腰把他的剑拿了起来。

这是一把长一米二的长剑。在油灯的照射下，刀刃泛着寒光，看起来非常锋利。

单手吃力地挥舞了几下后，李火旺对着长明说道：“好剑，师兄看起来应该暂时用不上这把剑了，那师弟就先用着了。”

“虽然师弟不是剑修，但出门在外，手里有个铁器总比赤手空拳要好，师兄，你说是吧。”

长明企图用眼神示意什么，但是很显然李火旺根本理解不了。

李火旺从长明身上拿来剑鞘，把长剑插入其中直接背在背上。

随后就是最重要的东西了，天书。

李火旺转身向着此时没有任何保护的天书走去。

也就在这时，长明忽然剧烈挣扎起来。随着他的挣扎，那些黑线上的铜钱陷得越发深了。挣扎了没几下后，他眼中的光芒迅速黯淡下来。

“李师兄，长明师兄他……”狗娃瞪大眼睛惊讶地说道。

李火旺看着眼前所谓的天书，轻轻叹了一口气。就是这么一个不知道从哪儿来的东西，多少人因为它而疯、而亡。

李火旺再次把脑袋靠近了一些，仔细观摩起来。这一次比在丹阳子的威逼下还要认真。

可是他反复看了几次，依然觉得这不过是一则宫廷食谱罢了。

李火旺后退一步，紧接着单手伸向身后缓缓拔出剑，锵的一声，削铁如泥的长剑重重地劈在那刻满符文的石板上。

“锵——”长剑与天书撞击，发出极其刺耳的摩擦声，让屋内的其他人下意识地捂着耳朵后退两步。

“连个印子都没砍出来，长明的这把剑不行啊。”李火旺举着剑思索了几秒后，双手抓住剑柄，抡圆了再次重重砍了下去。

咬牙一连砍了好几下，情况终于发生了变化，可这变化不是来自那所谓的天书，而是李火旺手中的长剑。

当的一声，剑刃从撞击处一分为二，好好的长剑变成了一把断剑。

看着手中的断剑，李火旺顿时有点茫然，刚刚到手的武器就这么没了。

左右看了看，李火旺快走了几步，把长仁身上的那把剑抽了出来。

“还好有备用的。”

“飒——”长剑入鞘，李火旺围绕着那本天书思考着下一步该怎么办。

他本来打算毁掉这所谓的天书，但现在看来这本天书还真有点价值，很难说不是什么宝贝。

既然已经下定了决心不再自暴自弃，那么这么有价值的东西自然不可能随意丢弃。

“不管怎么样，先拿着吧，再不济拿去当铺换点钱也行啊。”

至于靠这东西修炼的不切实际的想法，李火旺完全抛弃了。他已经看到了之前尝试之人的下场，他不想成为下一个。

李火旺吃力地抱起石板掂了掂，这块石板远比他想象的重，但是在可以承受的范围之内。

用布把这块石板包好后，往身上一背，他对着一旁等待的其他人说道：“走吧，我们离开这里。”

油灯被摔进丹阳子这臭烘烘的溶洞，火焰顺着灯油在地上蔓延，点燃了屋内一切可燃烧的东西。

他们一边顺着原路往回走，一边逐渐点燃所有的房间。炙热的火焰摇摆着，开始逐渐会合，燃烧着清风门内一切可燃烧的东西，熏黑了这里所有不易燃烧的物品。

“咳咳——”浓烟让其他人咳嗽起来，所有人都开始加快步伐。

三炷香过后，所有人站在阳光下，默默地看着正往外冒着浓烟的清风门洞口。

浓烟滚滚上升，笼罩着清风门内的所有阴暗，消失在明亮的天空中。

李火旺仰头再次笑了笑，背着长剑和石板，转身向着远处的林间小道走去。

“我们走吧。”

背着粮食的其他人纷纷跟了上来，不知不觉中，李火旺已经成了他们的领头人。

看着远处逐渐接近的树林小路，李火旺此刻的心情不再低沉。

“啊，这个地方看起来很奇特，也不知道未来还会遇到什么样的人、什么样的事呢，忽然之间好期待啊。”

阳光照在他的脸上，再呼吸着清新的空气，他的心情开始向好的一面转变。

“李师兄，你慢点，我眼睛疼。”

李火旺扭头望去，这才发现阳光下的白灵淼捂着自己的双眼。

他走过去，捧着她的脸仔细观察起来，惊讶地发现，自己可以从她的瞳孔中央看到眼球后面的血管，粉色就是暗红色血管被光线照亮后的颜色。

“这……应该是某种缺陷吧？”李火旺心中猜想。

他不是行医的，不懂这些，但是他能猜得到一些，因为李火旺记得那些算命、按摩的老年人中，患有白化病的，绝大部分都是视力受损的。

看起来白灵淼的这种病会让眼睛有缺陷，比普通人的眼睛脆弱得多。

这样可不行，李火旺从自己青色衣袍上撕下一块布条，轻轻地蒙住了白灵淼的双眼：“以后只要是出太阳，你就蒙上。”

“但是……这样我就看不见了。”

“没事，我拉着你。”李火旺抓住白灵淼柔软的右手，带着其他人大步向着林子里走去。

白灵淼踉跄了几下后，跟着李火旺小跑了起来。

第二章　吕状元

“嗒嗒——”满脸褶子的吕状元拿着自己的旱烟管在戏箱上用力敲打着。

把里面卡住的黑烟丝都敲出来后，他再从烟袋里掏出新烟丝放进去，用火匣子点燃。

美美地抽上一口后，他对着马头方向的林子喊道：“细娃子，好了没有？”

“快了快了！”那边传来一声少年的回应。

“懒驴拉磨屎尿多，拉个屎还这么慢，不知道的还以为我亏待你，让你吃观音土呢。”吕状元一边抽着旱烟，一边不满地抱怨着自己的小儿子。

他的视线移到车后，看向林间小道上属于自己的整个戏班子。除了一辆拉着放戏服和乐器箱子的马车外，还有自己大儿子一家三口，以及从村里带出来的两个远房外甥。别看班子小，可这都是他这些年来辛辛苦苦攒下来的家当。

就是靠这小戏班子，在这不景气的时候，才能让全家吃上饱饭。

“爹，喝水、吃馍。”吕举人拿着吃的和水葫芦，递给他爹。

“吃什么吃，没到饭点吃什么！当粮食白捡来的吗？你知道现在粮食什么价了吗？你闺女都两岁了，还当你是小娃娃呢！怎么这么不懂事！”

被父亲责骂了一顿，吕举人也不生气，傻笑着退了回来，把手里的东西交给媳妇收起来。

“怎么样，又挨骂了吧？你就是贱骨头，找骂。”罗绢花把吃食放回到车上，又用手指头逗了逗坐在箱子上的宝贝女儿。

“骂两下又不会掉块肉，骂就骂呗，自从娘不在了后，爹脾气就这样。”

“哎，当家的，我昨晚跟你说的话，你到底跟爹说了没有啊？”

“等过些时间再说吧，最近没赶上场，爹手头也紧。”一说到这话题，吕举人脸色苦了下来。

“啧！手头紧连给孙女买布做衣裳的钱都没有吗？她现在穿的都是戏服。”

“戏服……其实也能……”

“啊啊！鬼啊！！！”一声划破天际的尖叫打断了夫妻俩的交谈，也让整个戏班子的气氛顿时紧张起来。

不多时，其他人就看到一个光屁股的少年郎哭爹喊娘地从林子里冲了出来，扑向吕状元的怀里。

“鬼什么鬼！大白天的哪来的鬼！赶紧把裤子穿起来！”

虽然口中训斥着自己的小儿子，但吕状元依然把吕秀才护在自己身后，握紧手中的烟杆，目光警惕地看向林子的方向。

林子里人影晃动，看起来有人来了。

“有……有……有……有屎！”

“我眼睛没瞎，别往前凑了，你这是要吃啊？说你傻，但也没傻到那份上吧。”

“狗娃别说话，路上有人。”

“嘿嘿，听您的，李师兄。”

不多时，吕状元就看到从林子里走出来的那些人。

当看到那些人的模样时，吕状元顿时松了口气，难怪刚刚小儿子会说有鬼，这几人的打扮的确有些不同寻常。

脸上黑一块白一块的瘦子、白头发的女人、躺在一个人背上罗圈腿的怪人，甚至还有一个满脸都长满了毛的怪人。

走南闯北的吕状元也算得上是见多识广了，可还是被眼前的一幕吓到了。

“爹，这些人什么来头啊？”吕秀才不断地往后缩着，似乎是想把身体尽可能地缩到自己父亲的身后。

“你问我，我问谁？”吕状元在心中对着自己小儿子狂骂，要不是这群人中有一个俊修士以及几个小童模样正常，他怕是早转身跑了。

吕状元面带疑惑地对着李火旺作揖：“敢问这位道爷，那个……这些都是你降伏的魑魅吗？”

这话一出，他顿时收获了一大批敌意的目光。

“老东西说什么呢！讨打是吧，说谁魑魅呢？”

吕状元看到那俊修士一摆手让咄咄逼人的黑白脸魑魅停口，心中更是确定了自己的想法。

“这位老丈，劳烦问下，这条路通往哪里啊？”

“五里岗！前面就是五里岗，不远不远，呵呵。”

这话一说完，吕状元用手中的旱烟偷偷一烫马屁股，马嘶叫一声，拉着箱子顺着林间小路跑去。

“哎！我的马！我的马！快跟上。”吕状元带着其他人假装焦急地向着马追去。

他们跑得飞快，没一会儿工夫就把那些东西甩在了身后。

这一跑就是一个时辰，看到自己的小儿子都跑吐了，吕状元这才吹了一声口哨让马停下来。

等停下来后，他没有理会小儿子，而是第一时间去看拉车的马怎么样了。在这个戏班子里，马可比人金贵。

此时天色已经慢慢变暗，已经快到晚上了。

“我的亲娘啊，那些到底是什么东西啊？可吓坏我了。”满头大汗的吕举人大口大口地喘着气。

吕状元踢了他一脚：“没看见天黑了吗？快去林子里找些柴火去！”

在林间小路旁，暖和的火堆升了起来，烤得软乎的杂粮馒头被送进所有人嘴里，粮食的香甜抚慰着他们那担惊受怕的内心。

“看你们吓得那副熊样，出门在外的，碰上点怪事算什么，越是这种时候越是不能慌，我告诉你们。”吕状元对着其他人说道。

“爹，那些或许不是什么魑魅呢，我看挺像人的，而且那人还叫你老丈呢。”

听到儿媳说这话，吕状元晃了晃手中的水葫芦。

“管他是啥，咱们都别掺和，你们都给我记牢了，出门在外，想要活得长命些，有些东西只要能躲开就别沾惹。”

这可以说是吕状元的人生哲理。不管怎么说，靠着这一点，他活到了这么大岁数。

而且他也打算把这一点传授给自己的小儿子和大儿子，毕竟等自己老了，这个戏班子也要靠他们接班赶场。

把手中的水葫芦递给一旁的外甥，吕状元看向了正躺在自己儿媳怀里的孙女。

看着她用刚长出来的乳牙磨着一小块馒头，吕状元越看越觉得欢喜。

他转身从车上的一个圆坛子里掏出一枚咸鸭蛋，小心翼翼地拨开一个口子后，把那冒油的蛋黄送到孙女的嘴边。

“来来来，囡囡，吸这个，这个香啊。”

看着孙女卖力地吮吸着，吕状元双眼顿时笑得眯成一条线。

虽然可惜不是个孙子，但是毕竟隔代亲，他还是对这个小孙女珍惜得不得了。

感觉到这是一个好机会，罗绢花马上开口说道：“爹，你看，翠儿都这么大了，是不是该有新衣服了？天天拿戏服套着也不是个事啊。”

一听儿媳提到钱，吕状元的笑脸立马消失了，五官皱到了一起。

刚要回绝，可看到小孙女身上松松垮垮的戏服，他的心又软了。

吧嗒吧嗒地抽了几口旱烟，脸上褶子更多的他走到车前，拿出长条铜锁钥匙来打开箱子。

伸手在里面摸索了好一会儿后，他数了五十枚铜钱出来。

“别去镇上买布，贵，等过两天到了五里岗，你去问问谁家女人织布的，去他们家买个几尺，记得多问几家啊，找最便宜的那家。”

“还有，记得买棉布，别买麻布，翠儿的皮肤嫩，买麻布磨得难受。”

“我知道了。”罗绢花眉开眼笑地接过了铜钱，她本以为能要到买麻布的钱就很不错了，没想到这一次铁公鸡居然打鸣了。

小孩个头小，做衣服要不了多少布，自己这次兴许还能省点下来。

等看到孙女把蛋黄吃干净了，吕状元把剩下的蛋白给大人们分吃了。

虽然每人没分到多少，但尝了点咸味还是吃得很是高兴，这可是好不容易才能吃到的荤。

天已经黑了，吃完饭也没什么事情做，听吕状元讲了几个不知道从哪儿听来的老故事，就要睡觉了。

今天守上半夜的是吕举人，走了一天了，吕举人已经很累了，但他还是强打着精神，盯着眼前的火堆，别让它熄灭了。

“儿啊，你去睡吧，我盯着呢。”吕状元坐在儿子身边，又开始吧嗒吧嗒抽起旱烟。

吕举人打着哈欠说道：“爹，我不困，你去睡吧。”

“废什么话，赶紧去睡。我老头子睡得少。”

就在两人在篝火前争执时，吕状元忽然用手捂住了儿子的嘴巴，用手指向远处黑暗中的树林。

“嘻嘻——”一道又尖又细的笑声忽然在他们的右侧响起。

吕状元跟他儿子下意识地望去，除了黑暗却什么都看不到。

“嘻嘻——你们说，我像人还是像神啊？”声音从林子里传出来。

吕状元顿时被吓得一身冷汗，见多识广的他知道，这是有东西在向自己讨口封了。

这可不能乱答，要是答错了，会有大灾祸的。

可现在问题就是，林子里到底是什么东西在向自己讨口封啊?

夜间林子有节奏地摇晃，发出密集的沙沙声。

“嘻嘻，你说啊，我是像人还是像神啊？”

林子里的东西把树枝弄得不断摇晃，那声音越发尖细。

“你像人！你像人啊！魑魅爷爷哎，我们一家都是苦命人啊，就是出来混口饭吃啊！”

吕状元顾不上其他，连忙匍匐在地上，对着林子那边不断地磕头。

磕着磕着，他忽然停住了，因为他在林子的边缘，看到一双套着绣花鞋的小脚就跟两根锥子立在那里。

他错愕地缓缓抬起头，就看到一个身上套着崭新的花棉袄的小脚女人孤零零在那站着。

她那大脸盘子很白，嘴巴却极小，眼珠子仿佛镶在脸上的黑珠子般一下都不眨，整张白脸隐藏在黑暗中，如同飘在半空中的小气囊。

“嘻嘻，你说我像人吗？”小脚女人捂嘴轻笑，迈着轻盈的脚步开始向篝火靠近。

当看到这女人走起路来，身体如同没有任何骨头般扭来扭去时，吕状元心中最后一丝希望被彻底浇灭了，自己这是碰到真的魑魅了！

“细娃子！细娃子！快别睡了！快撒童子尿啊！”吕状元的哭腔吵醒了其他人。

一根点燃的柴火被惶恐的吕状元哆哆嗦嗦地挑起，用力扔了过去。

然而这攻击没有任何效果，柴火直接在女魑魅的身体前停了下来。

眼看着那小脚女人即将靠近火堆，她的身体却忽然僵住，脑袋骤然向着东面的林子扭去。

树枝晃动，李火旺等人手中举着几枚发光的萤石从里面走了出来。

“嗯？”此时已经把布条摘下来的白灵淼发现了一些端倪，“李师兄，你看，

这女人真不简单！她没有后脑勺的，正反两边都是脸！”

锵的一声，长剑出鞘，李火旺目光警惕地看着远处的小脚女人。“你是什么东西？魑魅？”

“嘻嘻，我是人啊，难道我不像吗？”极其纤细的声音响起后，小脚女人如同蜈蚣般扭摆着自己纤细的身体，开始靠近目标。

李火旺自然不可能坐以待毙，当机立断左手一掏，一个凹下去的铜铃出现在他手中。

“丁零零——”刺耳的铃声响起，在场所有人，包括李火旺自己，都表情痛苦地捂着脑袋。

李火旺没有停下，继续用力摇着，因为他看到视线内，所有人和东西都在剧烈地扭曲，包括那小脚女人。

在持续的晃动下，她那崭新的花棉袄开始裂开，黑气不断从里面冒出来。

这铜铃对这魑魅有效果！

突然间，小脚女人尖叫一声，那逐渐崩溃的身体疯狂摆动着向着林子里退去，没过一会儿，就消失在李火旺的面前。

铃声渐渐停下了，李火旺低头意外地看着手中的铜铃。

“虽然没招出‘游老爷’，但真没想到你还有这种用途。”

不知道是不是因为被砸瘪了，还是有别的原因，李火旺虽然拿到了丹阳子的铜铃，但每次摇晃铃铛，四周的线条都是乱晃，并没有像之前一样凝聚成“游老爷”。

随着对这个世界见识得越多，他反而更加迷茫了，这乱七八糟的到底是什么？

“高人啊，高人啊！多谢出手相助！我真的有眼不识泰山啊，来来来，过来烤火。”

感激涕零的吕状元拱手迎上来，十分热情地拉着李火旺向着篝火旁走去。

跟刚刚那个东西比，这位爷身后跟着的这些怪物无疑面善多了。

“哎，这该死的畜生！要不是它忽然发疯一样逃跑了，老汉我怎么会怠慢高人呢。”吕状元掏出烟杆，装模作样地对着马鞍上敲打着。

敲了几下后，他又转过身来大喊：“那个，绢花啊，快快快，快烤馍拿水！拿顶大的白面馍！再拿三个……不！五个咸鸭蛋！”

吕状元忽然这么热情，让李火旺实在有些不适应。

“老丈，不用麻烦了，我能问您几个问题吗？”

“问！随便问！小道爷刚刚可是救了我们一家老小的命啊！呵呵，想问啥都行！”吕状元拍着胸脯满口答应道。

似乎感觉还不够热情，他又把烟杆嘴塞进自己的腋下用力擦几下后，重新点燃，带着讨好地双手捧到李火旺的面前。

“呃……多谢老丈，我不抽烟。您知道刚刚我们遇到的是什么东西吗？它叫什么？”李火旺用手把这磨得起包浆的旱烟杆挡开。

对于这个世界，他目前是一无所知，想要安全地活下去，必须尽可能地多了解才行。

吕状元明显被问蒙了：“啥？这……这我怎么知道，道爷，那讨厌的东西不是被您赶走的吗？您不知道？”

看着他那疑惑的眼神，李火旺发现自己问错了，在这方面，这老人未必比自己知道得多。

“我听到您说用童子尿，童子尿可以伤害刚刚的那个东西吗？”

“嗯嗯嗯！那些玩意儿怕秽物！听说擤把鼻涕抹过去也有效果。要说最有效果的，还得是童子尿，这玩意儿，阳气最足，而且又是秽物。”

“真的？老丈之前用过？”

刚刚还斩钉截铁的吕状元被李火旺这么一问，讪讪地笑了笑，目光有些躲闪：“兴许有用吧，村里的老人都是这么传的，既然大伙儿都这么说，那肯定错不了。”

李火旺无奈地叹了一口气，怎么又是祖传下来的，这里的人传授经验都这么落后吗？

“那好吧，老丈，那我问您知道的，像这种东西，您遇到的多吗？”

“没有，这种邪门的事情哪能天天遇上，真要天天晚上来这么一回，我早卖了家当，带着儿子回去耕田了。”吕状元把旱烟放在自己的嘴里，吧嗒吧嗒地抽着，“老汉我出来也有这么多年了，也就遇到过四回。”

“原来是这么回事啊……”李火旺看着四周黑暗的林子，对这个世界有了新的认识。

跟在丹阳子身边久了，他还以为外面到处都是黑太岁这种东西，现在看来根本不是这么回事。

这些东西，普通人有所耳闻，距离现实生活却很远。

“哎！这种事情怕不着的，出远门只要聚在一起人多点就行。”吕状元对着李火旺说着自己的经验。

“哦？人多阳气旺，那些东西就不敢动手？”

“哪里啊！”吕状元重新上好烟丝，继续抽了起来，“真要遇上了，跑得比别人快不就行了？担心这些，倒不如担心抢银子杀人的响马跟林子里吃人的大虫。”

李火旺一时间不知道该怎么接下去了，自己跟他似乎聊不到一块儿去。

“来来来，馍烤好了，趁热吃。”几个用树枝串起来烤得焦黄的白馒头被罗绢花送了过来。

李火旺接过来，递给一旁的童子，这几个人都是他半路捡回来的。

这些家伙一看能离开清风门了，什么都不管，直接就冲了出去，一点都没有为后续考虑。

等自己在路上遇到他们的时候，他们都快饿晕过去了。

同门一场，李火旺也不能真的眼睁睁地看着他们饿死，就顺道把他们都带上了。

看到有热乎的吃的，其他人也不客气，这么晚了确实有点饿了，众人抓起来大口吃了起来。

看着那傻大个一口一个馍，吕状元眼角直抽搐，这可都是白面馍啊，自己平时都舍不得吃呢，早知道刚刚就不这么大方了。

就在这时，李火旺的一句话让他顾不上心疼。

“老丈，您有地图吗？实话说，我们不是本地人，在这片林子里走着有些迷糊，不知道这是在哪儿。”

是的，李火旺之前迷路了，到处都是一样的林子，他根本无法确定自己的方位，问其他人也是一无所获。

他们来自天南地北，说起自己家在哪儿头头是道，可一问目前在哪里，都说不上来。

“啥？地图？没有，不过这里的路我都认识，你们要去哪儿，问我啊！”

“嗯，很多地方，您老看看哪个地方最近。”李火旺从袖口中掏出一大堆纸条。

“啥啊？这写的是啥啊？”吕状元把纸条拿远，满脸的褶子堆在一起，吃力地看着。

虽然他名字叫状元，可要真是状元，也不会出来唱戏了。

吕状元认字，但是认识的字并不多。在李火旺的帮助下，他终于理解了上面所有的地址。

好歹是走南闯北这么多年的老班主了，其他不说，对于地理方面，吕状元还是很了解的。

然而就算他知道这些地方在哪儿，也不意味着李火旺可以轻松前往。

“好嘛，怎么连梁国都有，他们不是前些年跟咱们齐国打仗来着吗？”

吕状元蹲下，用旱烟杆头在地上划拉着，一个简单的地图呈现在李火旺面前。

如果用一句话来形容他画出来的地图的话，那就是一块大饼摔在地上，整个摔得稀碎。

此时他们的位置在大饼的左上角，从左往右移动，各个大小不一的国家相互交错。

“看起来这有点像诸侯国割据的时候，并没有大统一。”李火旺看着地上的地图心中暗道。

虽然说没有抱任何希望，可是当他看到这个地图时，他才确定下来，自己所在的地方或许更古老更特殊。

“老汉我赶场子也就在这地界北边跑跑，这一块我是晓得的，但是出了国，我还真是弄不清哪儿跟哪儿。我就听说他们唱的戏跟我们这儿不一样。”

一旁的白灵淼听到这儿顿时心中一紧，她家在梁国的牛心山，听起来自己家离这里很远很远。

李火旺敏锐地感觉到了她的异样，给了她一个安定的眼神。

“别慌。”

吕状元看着面前千奇百怪的十几人，因为恐惧压下去的心思顿时又活络了起来。

“那个，这位爷，您看，您纸条上面有个建邺城，我们吕家班刚好也顺路！”

“嘿嘿，不如我们搭个伙怎么样？”

“建邺城？这是哪个人的？”李火旺翻找着纸条。

“李师兄，我家在建邺城。”一旁的赵五忽然开口说道。

“而且城里还有镖局，你只要给他们银子，南平的条子可以给他们代送。”

听到这话，李火旺没有犹豫，把纸条重新塞进怀里。

“那好吧，老丈，这一路上还得依仗您指路了。我们搭伙去建邺。”

无论是地图信息还是其他，仅凭这位老班主的一面之词，实在有点让人难以信服。

但不管是寻找能抑制自己幻觉的黑太岁，还是给其他人送信，自己都得先去镇上这种信息流通的地方再说，而且粮食也吃得差不多了。

如果可以的话，李火旺还想寻找所谓的名门正派。

这么危险的地方，没有实力可是真不行，谁都可以随意蹂躏自己，他可不想被另外一个丹阳子随意抓去。

笑眯眯的吕状元连连摆手：“哎哎哎，客气客气，哪里的话哪里的话。”

嘴上这么说，吕状元心里却乐开了花，身边有这么一位高人做伴，这就是免费的镖师啊！

这一趟下来，最起码把刚刚那些白面馍还有五个咸鸭蛋赚回来了。

“哈——”一旁的傻子打了一个大大的哈欠，他吃饱了，想睡觉了。

看着其他人双眼迷离，吕状元知趣地站起来：“一不留神都聊到二更天了，小道爷，那你们先歇着吧，我来守夜。”

“不用，今天还是我来守夜吧。”李火旺这倒不是真客气，只是防人之心不可无。

折腾了这么久，所有人也累了，两拨不同目的的人围着温暖的篝火陷入梦乡，而孤坐在那里的李火旺和吕状元相视无言。

第二天一早，李火旺是被守后半夜的狗娃叫醒的。

“李师兄，戏班子他们在收拾东西了。”

“走吧，我们也出发。”背着长剑和石板的李火旺站了起来，带着其他人跟上戏班子的脚步。

刚上路，双方明显有些拘谨，都没有任何人说话，时不时偷望对方几眼，跟自己的同伴低声念着什么。

不过这不包括领头的李火旺和吕状元，一路上，两人相谈甚欢。

李火旺想要从吕状元这里打听更多关于这里的信息，而吕状元更是想要跟高人拉近关系，反正说漂亮话又不要花钱，多说几句没坏处。

“哎呀呀，小道爷，您年纪轻轻就如此厉害，将来成就不可限量啊。哈哈。”

“哪里哪里，敢问老丈，我们这里有什么知名的门派吗？”李火旺问出自己最在意的事情。

“有！当然有，西京城里有个莲华门，门下有个叫正德楼的祠礼堂，里面供奉着他们的祖师，听说那里求子可灵验了！”

正德楼？李火旺想起之前丹阳子曾经提到过，他曾经被眉心画有莲花印记的人追杀过，也不知道是不是这家。

李火旺在心中把这一点记下来，不管怎么说，跟丹阳子这畜生作对的，那应该都是好人吧。

“老丈最近生意怎么样？还行吧？”

感觉到李火旺在转移话题，吕状元立马接过话茬。

“嗨，行什么啊，咱们这地界大旱过后又是大涝，这年景老百姓都没钱，舍得看戏打赏的就更少了，有钱人白事舍不得请戏班子，都是吃顿席就完事，呸！真不孝顺！”

“总会过去的，等熬过这几年就好了。”

“是啊，熬吧，日子总要想法子过下去不是。”

“我就想啊，要是年景好了再狠狠地多跑几百趟，等老汉我攒够了钱，在西京城买下属于我吕家的戏楼，嘿，那就是死了都能瞑目了。”

“有了戏楼，我的儿子、我的孙女就再也不用出来跟我一样受苦了，他们可以老老实实在家念书，说不定过些年，我老吕家祖坟上冒青烟，真读出一个状元郎呢！到那时候……嘿嘿。”吕状元端着烟杆傻笑着。

李火旺安静地听着吕状元对未来的畅想，他其实蛮羡慕对方的，活到这么大岁数了，还能有一个能为之努力的目标。

在李火旺和吕状元的带领下，双方的气氛缓和了许多。

至少吕举人和吕秀才不再把狗娃他们当魍魅了，他们已经知道那些是人，只是生了大病。

生病有什么办法，谁不会生病呢，都是苦命人。

当他们来到五里岗的时候，罗绢花已经熟到可以让白灵淼抱自己的女儿了。

站在晒稻谷的平地上，吕状元看向屋檐下抱着碗吃晚饭的村民们：“行了，五里岗人多，咱们就在这儿撂地画锅吧，吕家班开箱，把台子搭起来！”

他们要唱戏，李火旺也不打算急着走，赶了这么长时间的路，大家都累了，正好可以让其他人休息一会儿。

对于唱戏这种古老的娱乐方式，李火旺是不感冒的，但是很显然其他人非常好奇，纷纷跑过去搭把手。

被砍得高高的竹竿撑起几块大红布，整个戏台子初见雏形。

躺在田地黄灿灿的稻秆堆上补觉的李火旺，忽然感觉到有人在捅自己的鼻子，他睁开眼睛，发现是笑盈盈的白灵淼。

她双手一举，一个金灿灿的东西出现在李火旺的面前，她兴奋地说道：“李师兄，你看！好亮的铜镜啊！人被照得清清楚楚呢！他们唱戏的就是拿这个东西化妆的！”

“天还没黑呢，你这么早就把眼罩摘下来了，也不怕……”

李火旺的话戛然而止，他看着铜镜里的自己愣住了，镜子里的自己好陌生。

“李师兄，你怎么了？”白灵淼察觉到了一丝不对劲。

“白师妹，我在清风门的时候，就长这个模样吗？”李火旺用手迟疑地摸上了自己的脸。

“对啊，你一直长这样啊，怎么了？镜子里的你有什么不一样吗？”

李火旺摸了摸脸，放下手，伸向面前的铜镜，看着镜中的自己。他的脸还是那张脸，但他已经不再是少年了。他来到这个世界已经有一段时间了，不是刚来的。

“那我现在多少岁了？”李火旺问出了这个问题，但无法回答。除了混乱的记忆，他还丢失了自己的年龄。

他只能从自己的样貌勉强判断出，自己应该还不到三十岁。

李火旺努力在混乱的记忆中寻找，但依然一无所获。

“李师兄，你怎么了？你没事吧？别吓我啊。”看到李火旺的反应，白灵淼有些紧张地问道。

“我没事，只是想起了一些事情而已。赶紧把铜镜还给人家吧，吕家人马上要用了。”

“嗯。”白灵淼抱着铜镜，跑向已经搭起来的戏台后面。

“咿咿——啊——”看着正在远处吊嗓子的吕举人，李火旺自嘲地笑了笑，重新躺在稻秆上。

“哎……我这人活得可真像一个笑话。”

他本以为自己会情绪更激烈一点，却意外地非常平静，只是心中又多了一个目标，弄清自己的年龄。

夜晚，天空无云，明月当空，简陋的戏台被照得清清楚楚。

听说有戏班子来了，整个五里岗的人差不多都来了。

对于平时除了耕田就是睡觉、没有任何娱乐的农家人来说，听戏班子唱戏可是十分有诱惑力的。

吕家戏班子很小，除了一个两岁还不会说话的孩子，一共只有六个人。他们既要吹拉弹唱，又要化妆演戏，根本忙不过来，所以只能适当地减掉一些项目。

好在农家人也不挑剔，他们坐在自己带来的凳子上，看得津津有味。

李火旺和其他人一起躺在稻秆堆上，远远地看着他们咿咿呀呀地唱着。他没听过戏，也不知道他们在唱哪一出。

他只认出了画着黑脸、挂着胡子、举着大刀的吕状元。这么大年纪了还要在台子上又唱又砍的，看起来十分卖力。

“好！！！”喝彩声突然响起，把李火旺吓了一跳。

一场又一场的演出过去，整个晒稻谷的场地站满了人，台上的吕家人满头大汗地演出，台下的观众看得满面红光，只有李火旺仿佛一位旁观者。

不知不觉中，月亮已经升到了中天，吕家班的表演也接近尾声了。

就在这时，李火旺看到身穿破烂衣服的吕状元的儿媳妇带着妆，抱着自己的女儿，提着一个草篮子，哭丧着脸上了台。

“狠心叔公把我赶——”

“好似那孤雁一只任飘零——啊啊——”

“好比路边野草任人踩啊——啊啊”

“我母女饥寒交迫，实难忍——实——难——忍——”

“只能大街把饭要——”

唱到这儿，罗绢花用手轻轻在女儿屁股上一掐，两岁大的小孩子顿时应景地哇哇大哭起来。

就在李火旺不知道眼前这到底唱的是哪一出的时候，下面坐着看戏的农家人动了，他们纷纷掏出一枚两枚的铜钱，向着台上抛去。

看戏的都是田里讨生活的农家人，丢钱的始终是少数，更多的是一些玉米

棒、马铃薯之类的粮食，家里条件好一点的也顶多扔些咸鱼、腊肉。

不过罗绢花也来者不拒，纷纷拜谢。

“原来唱大戏的都是这么要报酬的吗？”李火旺心中了然。

看着罗绢花就这么卑微地跪在台上，抱着女儿一边用哭腔继续唱着，一边伸手把地上的东西捡起来，放在篮子里，时不时还要向下面喝彩的人鞠躬行礼，他顿时感叹道：“赚这碗饭吃也是不容易啊。”

就在罗绢花捡东西捡得不亦乐乎的时候，一小块碎银子扔了上来。

她眼前顿时一亮，伸手捡起银子轻轻掂了掂，发现最起码有五钱重，顿时掐着戏腔，一边唱着一边对着人群中唯一穿绸缎的胖老翁磕头。

“好好好！唱得太好了！”满脸红光的老翁一抬头，又是一块碎银子飞上来，迎来罗绢花阵阵道谢。

李火旺对眼前的闹剧有些倦怠了，他打了一个哈欠躺倒在稻秆堆上，对着旁边相对稳当的赵五说道：“我眯一会儿，你看着点。”

“好的，师兄。”

等李火旺再次睁开眼睛时，发现已经是日上三竿了，其他人正在四周闲聊着，看起来昨天晚上大伙儿都窝在这个稻秆堆里凑合了一晚。

远处的戏台已经拆了，吕家的人正在把那些行头往马车箱子里塞。

“赵五，我们还有几天粮食？”李火旺忽然开口问道。

“不多了，省着吃最多三天。”赵五张口就答。

李火旺从怀里把当初从料房里拿来的几十枚铜钱和一小块黑银子递给了他。

“去村子里换点粮食吧，估计路上要够走呢。”

十几个人，而且都是年轻小伙子，粮食消耗非常大，从清风门里带了那么多袋，到现在已经吃得差不多了。

躺在傻子背上的赵五刚要让傻子进村，但想了想后，伸手唤来了一个模样较好的小童，一边把钱放在他的手中，一边轻声嘱咐着什么。

李火旺单手在稻秆堆上一撑，向着远处的戏台走去。

“老丈，我们什么时候启程？”李火旺向着吕状元问道。

吕状元此时神情却显得有些焦急：“劳烦您先等一会儿，我儿媳带着翠儿今天一早不知道跑到哪里去了，等她回来我们立刻启程。”

李火旺顿感疑惑：“嗯？不见了？那不就是吗？”

当吕状元顺着李火旺的手指向村头望去时，就看到手中拿着几尺布的罗绢花，抱着女儿笑盈盈地向这边走来。

看到这不着调的儿媳妇，吕状元顿时火冒三丈，拿着烟袋杆冲过去就劈头盖脸地痛骂。

面对公公的愤怒，罗绢花显得非常无辜。

“爹，不是你让我去村子里扯布的吗？说镇上的布贵……”

猛地发泄了一顿怒火后，吕状元转过身来，对着李火旺笑眯眯地说道：“没事了，那咱们走吧。”

“哎！爹，先别走啊，我刚刚去买布的时候，可是揽到生意了。”

听到这话，李火旺跟吕状元同时看向了罗绢花。

“什么生意？”

“咱们能做什么生意，当然是唱戏的生意了。雇主可是昨天晚上给赏钱最多的那位老爷！你去看看嘛，他说有些事情要跟你细谈。”

一听到这话，吕状元顿时走不动了，他缓缓转过身来，讪讪地对着李火旺笑着。

虽然对方没有说话，但是看这表情，李火旺当然明白对方的意思了。

“不打紧，吕班主赚钱要紧。多等一天的事。”

“哎呀哎呀，罪过罪过，老汉我去去就回。”吕状元说完，把手中的烟杆往脖领上一插，乐滋滋地拽着儿媳妇向村里走去。

李火旺重新回到稻秆堆上，闲来无事，他把那干瘪的铜铃拿了起来，细细打量着。

如果自己真的能驱使“游老爷”，那无疑能让自己的实力大大提升。

可惜这东西现在召不出来了，必须想办法修好才行。

翻来覆去仔细看了好几遍，没有发现其他问题，凹陷下去的铃壁是唯一的可能。

“那如果把它复原了，是不是就能用了？”

李火旺思索片刻，在铜铃下面垫了一块方石头，紧接着拿起一块石头对着凸起的一侧用力敲下。

可是石头一敲，刺耳的铃声马上响起，李火旺顿时头晕目眩，手中的石头都要拿不稳了。

“这样弄不行，得问问这村子里面有没有铁匠。”李火旺用力晃着昏昏沉沉的脑袋。

就在这时，李火旺看到那几个士童拖着两个袋子向着这边走来。

他把铜铃收了起来，跟着傻子背上的赵五一起，向着那边赶去。

“李师兄，我们只换到这些。”小童稚嫩的脸上满是不安。

李火旺伸手扯开麻袋，发现里面都是地瓜干。

“师兄，这些没油水的东西也顶不了几天，傻子一顿就能吃掉一斤半，而且这东西吃多了烧心。”

赵五这话让憨厚的傻大个羞愧地垂下了脑袋：“你们……你们……别……别……扔下我……我……我少吃！”

粮食不够了，李火旺看着眼前的麻袋，思索着对策。

听吕状元说，到建邺城还有不少路呢，这要是半路没粮食，自己这十几号人总不能去啃树皮吧。

他再次把手伸进怀里掏了掏，一个缠着红绳的金环被他掏了出来。

拿着这东西想了想，李火旺伸手把它塞到了身后牵着自己衣摆的白灵淼的手中。

“拿这东西去换吧。”李火旺把玄阳的那块玉佩掏了出来，递给了赵五。

“师兄，这怎么换啊，村子里又没当铺，别人也找不开啊，而且这些耕田的泥腿子未必识货。”

“玉佩也换不了粮食，那该怎么办？”就在李火旺为粮食危机困扰的时候，他看到吕状元带着儿媳正向着自己这边走来。

“那个，小师父，老汉我生意上碰到点麻烦，能劳烦您帮个忙吗？”吕状元表情显得十分不好意思。

“吕班主，我也不会唱戏啊，您的麻烦我恐怕帮不上忙。”李火旺感到非常荒谬，难道他还想让自己上台子去舞一段剑不成？

“不是，不是，是您能帮得上忙的，就是……”吕状元说到这儿，偷偷摸摸地左右看了看，凑过来压低声音说道，“那胡老爷叫我唱社戏……”

“社戏？”

“其实也没什么，就是去祠堂前唱戏。”

“既然没什么，那吕班主为什么不自己做这个买卖？”李火旺马上反问道，这一看就知道没这么简单。

“哎呀哎呀，您看我这也是头一回啊，心里有点虚不是，所以想请您这位

高人在旁边镇着，我们才能安心做这趟买卖不是。”

“吕班主，这个忙在下还真帮不上。”他平时躲都来不及，这会儿怎么还有空上赶着招惹。

虽然说也有可能什么事情都不会发生，但是他不想去赌。

自己跟吕状元最多只算结伴同行，再说这里可是光怪陆离的地方，谁知道会突然冒出什么东西来。

他要真因为这件事不愿意继续当向导，大不了一拍两散，自己去村子里问问就行，村子里这么多人，还怕没有认识路的？

“哎哎——您别急啊，我还没说完呢，这趟戏的酒水钱，我们对半分怎么样？”

一说到钱，吕状元手舞足蹈地比画着：“我先前也不想接来着，可这不是小钱啊，那胡老爷可大方了，给了足足十两纹银啊！”

“一两银子就是一千枚铜钱，十两纹银就是一万枚铜钱啊！我的小道爷！十两银子啊！您就是想修行，可您没成功之前总要吃饭不是？”

李火旺顿时停住了，看着旁边的两袋地瓜干，他现在确实需要银子。

不仅是因为粮食，等到了建邺城，同样可以预料到也要花不少钱，只要是人构成的世界，没有钱就是寸步难行。

“小道爷，算老汉我求您了行吗？实在不行，您六我四怎么样？这年头赚这么多钱可不容易啊！”吕状元哭丧着脸，围绕着李火旺继续劝说着。

要是高人不来，他是真的不敢接这个活。

李火旺忽然扭头看向吕状元：“这村子里有铁匠吗？”

“啥？”

在吕状元的带领下，李火旺被带到了五里岗唯一的铁匠铺。

“你们要打什么？”赤裸着上半身的大胡子打量着李火旺身上的衣袍，粗鲁地问道。

“不打铁器，修个东西，不能敲也不能熔，你能把这东西复原吗？”李火旺把铜铃掏了出来问道。

要是能修好，自己能召唤“游老爷”，那这笔钱或许真的能拿，否则这钱拿着烫手。

“不能敲也不能熔？什么臭毛病。”铁匠伸手把铜铃接过来稍微摆弄了几下后，拿出两个铁钳子来。

“来，过来搭把手。”

大钳子很长，轻松地就伸进了铜铃凹下去的两侧，两人咬着牙用力，那铜铃却纹丝不动，这个结果出乎意料又在情理之中。

“咦——稀奇了嗨，你这玩意是什么铜做的，怎么这么硬啊？”好奇的铁匠弯曲手指关节就要敲打，被李火旺阻止了。

看着夹住铜铃铃壁的两把钳子，李火旺想了想，从腰间的一个巴掌大的小葫芦里倒出一颗药丸来塞进自己嘴里。

这是丹阳子当初赏给他的药丸，之前救杨娜时吃了一颗，和丹阳子对决的时候吃了一颗，今天再吃一颗，就只剩下两颗了。

“嗡——”一股热气瞬间从丹田爆发，涌遍李火旺的全身。

他深吸一口气，一只手抓住一边的钳子用力一拉。

“两个人都弄不开，你一个人还想——”铁匠的话刚说到一半，就听到嘎吱声响起，那干瘪的铜铃居然就这么稳稳地撑开了。

当铁匠嘴巴张到最大时，那铜铃也恢复成了原样。

“嘿，这有啥，我告诉你，小道爷神通高深着呢。”吕状元得意地向铁匠显摆着，仿佛在他心中，李火旺无所不能，做什么都不意外。

李火旺离开了村子，孤身一人重新来到了外面的树林。

看着手中的铜铃，他心中带着几分期盼地摇了起来。

随着铃声响起，那种天昏地暗、头昏脑涨的感觉立马就出现了，这一次李火旺没有停止，反而咬着牙用力地摇着。

他感觉到四周的一切都在旋转，四周树枝的线条开始扭曲，脱离了原先的位置，开始逐渐凝聚成形。

“有戏！”李火旺此时心跳得飞快。

在那刺耳的铃声陪伴下，许久不见的“游老爷”重新出现在他的面前，只不过这一次只有一只。

“游老爷”看起来像是各种线条扭曲拼接而成的一团高频颤抖的东西，身体完全不定型。

李火旺无法死盯着太久，他感觉自己如果盯太久的话，会把它给盯散了。

他刚要张嘴说话，忽然想到了什么，弯腰从地上挖起一块湿泥塞进嘴里。

烂泥的滋味不好受，但是他还是强忍着开口了。

“曩䜪知蕤鍪邪？”他是想问这“游老爷”是不是能听得懂自己说话，结

果说出的声音经过这扭曲的环境处理，变成一种非常怪异的旋律。

不管李火旺说了什么，“游老爷”居然回应了。“飚滹之。”

这让李火旺心中狂喜，有了“游老爷”帮忙，那自己的实力大涨啊！

“蕤能囐龠必炁其嚽？”李火旺身体前倾，用同样的语言问出了最关键的问题。

“游老爷”停在原地，不骄不躁，缓慢但坚定地回应着：“嫦崴，懠寿扂嶎邦，玃。”

李火旺的眉头逐渐皱起：“攋攮，蘖。”

“嫦崴，懠寿扂嶎邦，玃。”

当看到“游老爷”继续重复着上一句话时，李火旺心中轻叹了一口气，果然天上不会掉馅饼，驱使“游老爷”是有代价的。

而且这个代价还不小……

当李火旺再次询问对方，当初丹阳子是否也是这么交换的时候，“游老爷”却不说话了。

铃声逐渐停歇下来，李火旺捂着疼痛不已的脑袋，在原地缓了好一会儿后，重新回到了五里岗。

“小道爷，您这是……”吕状元看着他满嘴的泥，欲言又止。

“您刚刚跟我说的买卖我答应了。”李火旺握紧手中的铜铃说道。

“哎呀！那太好了！我这就去跟胡老爷回话！”吕状元听到这话，顿时喜不自胜。

请得起给祖先唱戏的人，都不是什么普通人家，胡在五里岗也算是大姓，全村差不多有三分之一的人都姓胡。

李火旺已经从吕状元那里得知，出钱请唱戏的就是整个五里岗最有钱的地主，同样也是辈分最高的，胡清河。

此时他正陪同吕状元一行人向着胡家祠堂赶。

“胡老爷说了，没什么大事的，他往年也请过其他戏班子唱戏，什么事情都没有。”

李火旺瞥了他一眼，也不知道他说这话，到底是在安慰谁。

用手按了按腰间的铃铛，李火旺心中稍微安定了下来，就算有什么事情发生也没关系，有了这东西心里就踏实多了。

当然了，最好是别出什么事，毕竟请一次“游老爷”来，可不是那么容易的事情。

在村中小道上走着，他们很快就到了挂满红灯笼的胡家祠堂。

这时人很多，李火旺等人都挤不进去，越过重重的人头，他看到有许多人正在对着祠堂磕头。

“那就是胡老爷了，他还说了等演完戏让我们先别走，请咱们吃饭呢。”

吕状元用手指着磕头的人最前面穿着绸缎衣服的老人说道。

就在他说话的时候，那些磕头的人起来了，恭恭敬敬地往后站成一排，最前面的几张桌子拼在一块儿，把宽敞的三进门的祠堂都塞满了。

拼接在一起的桌子并不是空的，上面放着美味佳肴，很多种类的红烛、香、金元宝、黄纸，整齐罗列在端菜的盘子里，供祖宗享用。

似乎唯恐照顾不周，祠堂的墙边上还立着十几个端茶倒水的纸人，估计一会要摆到桌子旁边候着。

“嘿，胡老爷可真敞亮，亲自花钱请戏班子给祖宗们唱戏。”

“是啊，难怪胡老爷家那几房都没病没灾的，这都是祖宗们保佑得好啊。”

“哎，百年后，我也不知道能不能有这份福气。”

“等你的后辈也能跟胡老爷一样赚大钱吧，请人唱戏可要花老多钱的。”

听着这些胡家人的话，看着眼前庄严的场景，李火旺心中稍定。听胡家人的意思，花钱请人给祖宗唱戏似乎是当地的一种风俗，主要作用是祈祷，希望祖宗能庇佑自己，这怎么看也不像是会出事的情况。

他微微侧身靠向一旁的吕状元：“吕班主，您过去走南闯北这么多年，遇到的怪人多还是这样的古怪事情多？”

“嗯？怎么了，这原来不是一回事吗？”吕状元瞪大了眼睛，表情十分惊讶。

“这怎么能一样呢……”李火旺说到这儿，也不知道该如何解释。

但是李火旺可以肯定的是，无论是丹阳子拿来炼丹的“大姥姥”，还是“游老爷”，甚至是那天晚上的小脚女人，它们绝对不是鬼，至少不是他印象中的鬼。

就在这时，胡清河带着一大帮胡家人向着吕状元这边走来。

“吕班主，还请多多辛苦啊。那个，浇良啊，你带其他人帮着吕班主搭台子吧。”

“哎呀哎呀，这多不好意思，胡老爷可真的太客气了。”

“吕班主，唱戏的规矩你也知道，等时间一到，请戏的后辈就要离开，要在家里闭门不出。祠堂这里就还请你多多照顾了。”胡老爷满脸和善地嘱咐道。

“应该的，应该的。胡老爷放心，有我在，祠堂肯定没事。”吕状元拍着胸脯，斩钉截铁地说道。

虽然没有一个人在看着，但吕状元真不敢出差错，要是祠堂出了事，胡家人能把整个吕家班给掀了。

“还有啊，等开始唱戏的时候，旁人就不能跟唱戏的人说话了，免得打扰他们。”

“戏嘛，就挑点欢喜的就行。也不用唱一整晚，等过了五更天，我儿子来传话的时候，你们就可以歇着了。”

吕状元如同小鸡啄米般点着脑袋：“哎哎，胡老爷放心，我们绝对不会坏规矩。”

在胡家人的帮助下，台子很快在祠堂搭好了。今天晚上登台唱戏的只有五个人，罗绢花没来，因为她要照顾小孩。

紧接着，在胡清河的吆喝下，刚刚密密麻麻看热闹的人群纷纷散开，回家去了。

“锵锵——锵锵！呔！”吕家人开始登台唱戏的时候，李火旺则待在后台候着。

时间一点点过去，整个五里岗都安静了下来，庞大的村子陷入黑暗，只有祠堂这一处地方亮着灯光。

李火旺拉开后台帘子向外面看去。

台上热热闹闹，台下却一片死寂。没有掌声，只有猎猎的风声响起。

在清风门里走了一遭，这些场面还是吓不住他的，但是吕家班就不行了，没一会儿工夫，唱戏的吕举人就忘了好几次词，看得敲锣的吕状元急得直跺脚。

不过随着时间一点点过去，他们开始进入状态，演出就顺畅起来了。

寂静的深夜里，唱戏的声音传出去老远，背着剑的李火旺在这声音的陪伴下，坐在后台闭目养神。

听着听着，真别说，有些无聊的李火旺还真听出一丝韵味来，跟着咿咿呀呀的唱腔摇起头来。

在这种环境下，二更天不知不觉地过去了，来到了三更天。

李火旺此时也已经弄明白了，三更天就是半夜十一点到一点，四更天就是一点到三点，而五更天就是三点到五点，一般过了五点，村子里的鸡就要打鸣了。

他打了一个哈欠，不知道为什么，来这里后他总是比别人更容易困。

拿钱办事总不能真睡着，李火旺索性把天书放在手中，琢磨起它来缓解困意。

最近一段时间，晚上守夜的时候，他也会拿出来研究，但是除了确定这不是一本宫廷食谱外，别的什么收获都没有。

看着看着就要过了三更天，整个祠堂一切正常，什么都没有发生。

李火旺抬头看着眼前对着铜镜换装的吕状元，心中暗道："吕班主估计现在心都在滴血吧，平白无故少了六两银子。"

想想也对，按理来说也不应该出什么事情，这可是胡家祠堂，这样庄严肃穆的地方能出什么幺蛾子。

就在李火旺以为今天晚上就会这么过去的时候，意外发生了，他听到外面咿咿呀呀的戏声毫无征兆地忽然停了。

感觉到情况不对，后台的李火旺表情一凝，立刻把手中的天书收起来，拉开后台帘子向外看去。

结果发现，无论是台子上唱戏的还是旁边吹拉的，都一脸惊讶地停下了手中的动作。

他的视线转向台前，瞳孔瞬间缩到最小，只见那天在林子外遇见的小脚女人，此时就在台子下面的凳子上，跷着二郎腿饶有兴趣地看戏。

"这魑魅居然还跟过来了，难不成黏上了我们不成？"

"别停，继续唱。"李火旺拉来木板凳，放在戏台的正下方，大马金刀地坐在那儿，盯着那小脚女人。

李火旺的背影给了吕家人勇气，他们艰难地吞咽了一口唾沫，相互使了一个眼色，唢呐声和唱戏声再次响起。

小脚女人的目光始终注视着戏台，面对李火旺的敌意没有在意半分，仿佛她这次来的目的真的是听戏。

"敌不动我不动，我就不信了，等到了白天，这家伙还能待得住。"

李火旺是这么想的，也是这么做的。

过了一会儿，祠堂里的地上开始升起淡淡的薄雾。

突然，小脚女人动了，她缓缓伸出那修长白皙的右手，抓起盘子里的两根红蜡烛，塞进自己的嘴里。

她吃得很快，没过多久，她身旁那八仙桌上的宝烛就被吃光了。

紧接着，唱戏声突然又停住了，台子上扮演小生的吕秀才更是被吓得哭出声来。

只见被胡家人放在八仙桌之间的纸人毫无征兆地开始动了，头上戴着黑色西瓜帽、脸上涂着大红色腮红的它们，伸手从其他桌子上端走盛有红色宝烛的盘子，送到小脚女人面前。

“嘻嘻嘻——”小脚女人忽然发出极其惊悚的极尖极细笑声，让吕家班所有人身体剧烈抖动起来。

“别停！继续唱！”李火旺的怒吼声在寂静的祠堂内炸响，驱散了所有人心中的不安。

“唱啊！”随着老生打扮的吕状元的一声吆喝，乐声再次响起，并且比原先更响亮了。

每个人用尽全身力气唱了出来，他们唱得青筋暴起、满头大汗。

这一下，小脚女人却不笑了，反而阴沉着脸死死地盯着李火旺。

李火旺毫不在意，继续回瞪着。

三更天就在这种怪异的气氛下过去了，进入了四更天。台子上唱得十分卖力的吕家班此时声音都快要唱哑了，但是他们根本不敢停。

“它还要跟我耗？这东西到底要跟我耗到什么时候？”李火旺心中暗道。

就在他犹豫到底要不要干脆直接请“游老爷”出马，彻底解决这个女人的时候，情况再次发生了变化，台子下面所有的牌位莫名其妙地开始颤抖了起来。

“嗒嗒、嗒嗒——”牌位齐刷刷地敲打八仙桌面，声音如同雨点般连绵不绝。

这一次，吕家人彻底绷不住了！

看到这一幕，小脚女人开始笑了，并且笑得异常开心，那极细的笑声刺得李火旺的耳朵生疼。

然而，看着眼前的小脚女人，李火旺嘴角上扬，也轻轻地笑了起来。

“我好像弄明白怎么回事了，你这几次的举动似乎都是想让他们怕你。”

“如果说你不像人一样有着这种恶趣味的话，那我只能猜到一点，你的食物不是那些蜡烛，而是他们心中生出的恐惧感吧？”

当李火旺看到小脚女人猛地站了起来，极其阴毒地瞪向自己，他知道自己肯定猜对了。

“吕班主，别停啊，接着唱，胡老爷不是说了吗，他家祖宗要听欢喜点的，如果觉得风大怕晃了眼，就闭上眼接着唱。”

“嘻嘻，你说啊，我像不像人啊？”见自己的计划彻底破产，小脚女人狞笑着站了起来，开始摆动身子向李火旺靠近。

“我看你像个二愣子成精！”锵的一声，李火旺单手从背后拔出剑，向着那女人冲了过去。

弄明白这家伙的目的后，李火旺瞬间打消了顾虑，这装神弄鬼的东西远没有自己想的那么厉害。

刚刚只是麻秆打狼——两头怕。

三两步，双方就接触到了一起。李火旺挥剑就砍，寒光闪过，那女人被劈中，红色宝烛从她肚子里掉了出来。

可那魑魅并没有死，也没有消失，好像那一剑并未对她造成任何伤害。原本浮在空中的身体飞快地挪到李火旺的身后，就要向着他背上摸去。

当距离李火旺的后背还有一点距离的时候，却仿佛烫到了一般缩了回去。

“哦？”当李火旺敏锐地察觉到这一点时，心中顿时一喜，这东西忌讳天书！

李火旺把手中长剑一扔，直接掏出天书，挥舞着向着小脚女人的脸上直接拍去。

面对天书的逼近，那小脚女人面露恐惧，转身开始逃跑。

此时双方的形势瞬间倒转了过来，变成了拿着天书的李火旺让对方感到恐惧。

在胡家祠堂内，李火旺跟小脚女人兜兜转转好一阵子。

对方移动速度很快，追了半天，愣是一点儿都没碰到。

李火旺喘着粗气隔着桌子看着对面的小脚女人。这样下去不行，得想办法把她赶走。

“给我滚！听到没有？别让我再看到你！”

那小脚女人用阴毒的眼神死死地瞪了他一眼，然后摇摆着身体缩到墙角的黑暗中去了。当李火旺提着灯笼靠近那墙角时，发现那里已经什么都没有了。

吕状元从地上拾起李火旺扔下的剑，小跑着过来，双手递到李火旺面前。

李火旺抓住剑柄，反插到背后，就看到吕状元脸上堆着笑容，讨好地对他说道：“嘻嘻，你说啊，我像不像人啊？”

李火旺心中一震，不对！唱戏声还没停！这个吕状元是假的！

就在他反应过来的瞬间，眼前的“吕状元”扑了过来，双手直接穿过了李火旺的身体。

刹那间，他浑身感到刺骨的寒冷，情绪渐渐低落，四周的一切都朝着黑暗中陷入。

就在李火旺感觉快失去知觉的时候，他把手伸进腰间一拉，极其刺耳的铃声响起的瞬间，那种难受的感觉迅速退去。

砰的一声，李火旺的后脑勺重重地砸在地上，脑子嗡嗡作响。

顾不上理会头部的疼痛，李火旺咬着牙用力地继续摇着手中的铜铃，差点被这家伙阴了。

八仙桌的桌沿，搭台子的竹竿，胡家祖宗们牌位的边缘，所有的线条开始扭曲起来，迅速凝聚成了怪异的聚合体。

随着头痛欲裂的李火旺用手一指，“游老爷”向着正在后撤的假吕状元扑去。

见对方有帮手，那东西想要逃，但是此时已经晚了，“游老爷”已经来到她的身边。

但是“游老爷”并没有靠近假吕状元的身体，反而直接向着地上被灯笼照出来的黑色影子钻去。

“游老爷”身上的线条如同尖刀般，把小脚女人的影子切割得支离破碎，那东西尖啸着，倒在地上拼命挣扎。

“原来这东西的本体就是地上的影子？难怪自己怎么砍她都没有用。”这个念头在李火旺的脑海中闪过。

在“游老爷”的攻击下，那东西变成的假吕状元，如同漏气的气囊般迅速瘪了下来，地上的人影迅速扩散，最终形成了一摊腥臭黏稠的黑色液体。

就在李火旺以为一切都结束的时候，唰的一声，“游老爷”迅速蹿了回来，围绕着他迅速旋转起来。

“怎么回事？难不成还有？”李火旺那刚刚准备缓下来的摇铃动作开始加大力度。

见隐藏没有起到作用，那小脚女人从远处的一条蠕动的线条中闪了出来，站在那儿阴沉沉地盯着这边。

“刚刚变成吕状元的不是这一只，这玩意儿有两只。”就在李火旺这么想的时候，另一个小脚女人从她身上分裂了出来，并且开始越分越多，越分越小。

不止一只，好几个小脚女人从四周扭曲的线条中跳出，同样开始越分越小。

随着李火旺用手一指，“游老爷”冲了上去，开始攻击四周只有巴掌大小的小脚女人。

可攻击得再快也没有她们分裂的速度快，这些一模一样的小脚女人围绕着李火旺，一边分裂着，一边张开樱桃小嘴，扭着那不协调的身体，用极其尖细的声音开始唱起歌谣来。

“喜神乐，喜神笑，衣冠揖让蔼然亲。”

“喜神跳，喜神闹，粘户红笺墨色新。”

“喜神怒，喜神悲，香炉提灯明如海。”

“喜神饿，喜神饥，左手吃右手喝，村头前来迎喜神啦！”

她们唱完的瞬间，整个身体瞬间爆炸了，某种黑色物质从她们体内溅出，把四周扭曲的空间都染成了黑色。

虽然不知道对方在做什么，但是此时李火旺察觉到了一丝不对劲，停下手中的摇铃，准备先撤退。

可下一秒，他的脚如同钉子般被钉在原地，一种朦胧、微弱、不知来自何方的指引让李火旺直直地抬起头来，看向正上方的天空。

那里一片黑暗，什么都没有，但是李火旺察觉到了什么，黑暗之中肯定有非常宏大的东西在动。

“喜神？”

这个念头一出，李火旺就看到黑暗中有大大小小的轮廓开始浮现：“不对，那东西感觉到了我的想法！我必须马上离开这里。”

李火旺是这么想的，可是他的身体不是这么做的。他的身体开始亢奋起来，呼吸开始急促，脸上的青筋暴起，双手扯开身上的衣袍，双手向上高举迎接那黑暗中的东西。

黑色的轮廓变得清晰而扭曲，李火旺已经能看到那东西了！他那双眸中的血丝因为激动，甚至已经开始膨胀了，两条血泪从他眼眶缓缓滑落。

“不能再看了！绝对不能再看了！！赶紧把眼睛闭上！！”李火旺用尽全身力气挣扎着，却毫无用处。

李火旺已经能看到喜神的头了，如果那一大串的混沌黏稠的东西真的可以称之为头的话。

眼看那东西就要从黑暗中彻底钻出来了，某种非常特殊的嗒嗒声忽然响起。

紧接着，那黑暗里的东西忽然停住了，猛地向着漆黑的天空中缩了一大截，似乎黑暗之中有什么东西在拉它。

忽然一声极其洪亮的公鸡啼鸣响起，天空中的黑暗就像镜子一样破碎了。

伴随着骨头发出的咔嚓声，李火旺恢复了知觉，他猛地低下头，双手撑在地上，大口大口地喘着气。

“那些小脚女人到底召唤了什么东西？刚刚到底发生了什么？！”各种各样注定没有答案的疑问在他脑海中涌现。

扶着一旁的八仙桌，李火旺费力地坐了起来，抬头望去，空中一无所有，仿佛刚刚的一切都是虚幻的。

天已经渐渐亮了，五更天已经过去了，胡家人要不了多久就会来了。

远处的戏台上此时依然在响，吕状元他们确确实实唱了整整一晚上，哪怕他们因为铃声的影响摇摇晃晃，声音都唱哑了，可是他们一刻都不敢停。

看着旁边各种黑色的牌位，李火旺这才后知后觉地想起来，刚刚那“嗒嗒”声好像是风吹牌位相互碰撞发出的响声。

仔细想了想，他越想越觉得有这种可能，连忙站定，对着那些放着牌位的八仙桌子行了一个礼：“打扰了。”

他这礼刚行完，那些牌位忽然开始轻微颤抖起来，并且声音越来越大。

“嗒嗒、嗒嗒、嗒——”

看着眼前的一幕，李火旺手握铜铃警惕地后退半步。

“这是什么情况？敬个礼都敬出坏事来了不成？”

可就在李火旺这么想的时候，哗啦一声，他面前八仙桌上所有的牌位齐刷刷地向后一倒，紧接着，一道熟悉而缥缈的声音在李火旺的耳边响起，让他感觉自己的身体仿佛坠入刺骨的冰窟之中。

“娃啊……”

“爹！爹！快看，红烧肉哎！红烧肉！”嘴里塞着狮子头的吕秀才，眼睛直直地盯着端上来的盘子。

这一盘油汪汪的红烧肉刚一上桌，几双筷子瞬间伸了过去，等筷子撤回去，连下面垫的霉干菜都不剩下半点。

“看看你们那饿死鬼一样的吃相！都慢点吃，不知道的还以为我们吕家人没教养呢！”

“爹，别教养了，往日过年都吃不上这么好的，瞧你那筷子上的肥肉，你吃得也不比我们少啊。”小儿子的调侃换来了脑袋上挨了一筷子。

看着弟弟挨打，吕举人咽下嘴里的菜，开始帮忙解围：“爹，你就让大伙吃吧，为了换这顿饭，昨天晚上咱们可受了不少罪呢。”

这话一出，正在狼吞虎咽的所有人眼中浮现出死里逃生后的庆幸。

昨天晚上那真是够吓人的，高人跟那魑魅在下面斗法，他们这些在台子上唱戏的就差没吓得尿裤子。

紧接着，他们不约而同地看向屋前，注视着陷入沉思的李火旺。

所有人的眼神中不由自主地带上了一丝敬畏，昨天晚上要不是有这位高人在，今天怕是就吃不到这顿饭了。

这位小道爷别看年纪不大，嘴上也没长毛，可真不是一般人啊。

不过当另外一个下人端着菜送上来时，他们的注意力立马又转移了。

“哎！有鸡！快看！有烧鸡哎！”那一双双筷子如同蛇般在圆桌上方蠢蠢欲动。

眼看着筷子就要将那只鸡瓜分殆尽，一根包浆的老烟杆挡在了鸡头上。

“都给我停下！这只鸡不准动！等我去请小道爷过来一起吃。”

“爹，别喊了，修行者不吃肉的，你这是让道爷破戒啊。”

“放你的狗屁！我把话撂在这儿，要是我回来看到这鸡少了一点皮，看我怎么收拾你们！”

吕状元恶狠狠地瞪了最不安分的小儿子一眼后，用手抹了抹满是油的嘴，向着桌板下面用力一擦，转身向着李火旺走去。

“小道爷，呵呵，小道爷？”满脸褶子挤在一起的吕状元别提多亲切了。

“小道爷，忙了一晚上了，一起吃点吧？您瞅瞅，胡家上的菜都是油水十足的硬菜啊。”

沉思中的李火旺转过身来看向了他，思索了一会儿后，迟疑地问道：“吕班主，您看到那些牌位是自己倒下的吧？那场景应该不是我的幻觉吧？”

“哎哟喂，小道爷，这我哪知道，我没您那本事，哪还敢乱看啊，老汉我后面都是闭着眼睛在台子上唱的。”

李火旺轻轻叹了一口气，他再次回想起自己耳边的那一句话，虽然很轻，可是绝对错不了，那就是自己师父丹阳子的声音，只有他才会叫自己“娃”。

按理来说，再次听到师父的声音，他现在应该会非常紧张才对，可是李火旺陷入了迷茫，因为他连自己都不相信。

“我病得很重，如果说那是因为自己没有吃黑太岁，病情复发，耳边有一点小幻听，简直再正常不过了。”

“可是那些忽然倒下的牌位，还有忽然出现又消失的喜神……这一切也解释不通啊，难不成……”

李火旺想起丹阳子临死前那身体的怪异变化，表情变得难看起来。

“难不成他真的……”

“不对！丹阳子不可能修成正果，他所谓的功法跟服用的内丹，明明就是我瞎编的，随口瞎编乱造的东西，怎么可能助人成仙呢？要不他根本就没有成功？”

“可如果他没有成仙，那他现在到底成了什么呢？他为什么要纠缠我？”李火旺的脸上露出一丝狰狞的烦躁。

“小道爷？您在想什么呢？大家现在都是自己人了，有什么难事您说话。”

吕状元的话让李火旺回过神来，他深吸一口气，在心中打定一个主意：“不管真假，现在自己能想出的对策不多，先去所谓的西京城，找吕状元口中说的莲华门看看，万一是真的，他们也许知道什么。对于这个世界的一切，我还是了解得太少了。”

“吕班主，没什么事情，就想起了一些琐事罢了，上桌吃饭吧。”

听到李火旺说这话，吕状元高兴得连连点头，两人转身就向着屋内饭桌走去。

当来到桌前，吕状元脸上的表情顿时僵住了，桌子上除了那只烧鸡，别的菜已经被舔得干干净净，干净得都可以不用洗盘子了。

“啊——吃得可真舒坦！估计皇帝老子也就这享受了。”满嘴油的吕秀才懒散地背靠凳子，解开了自己的裤腰带。

吕状元尴尬地对着李火旺笑了笑，外人面前不好发作，他只能双手端着那只烧鸡放在李火旺面前：“小道爷，这鸡挺肥的，实在对不住，见丑了。”

李火旺笑了笑，拿起筷子扯下一条鸡肉塞进嘴里：“没事，鸡也挺好吃的。”

刚吃了几口，旁边有一群人穿过长廊走进屋内，走在最前面的是吕状元的雇主，胡清河。

“不错不错，昨儿个辛苦大家了！”

听到对方夸自己，吕状元满脸笑容，连忙谦虚地说道：“应该的，应该的，这是老汉分内之事。”

“吕班主，以后再次路过这里，一定要到我们胡家来喝口茶啊。”胡清河客气地说道。

说着，胡清河旁边一位壮汉端着一个盖着红布的托盘送上前来。红布一掀开，十枚亮闪闪的银元宝整齐地放在那里。

“说好的十两银子，你收好。”

“哎哟，多谢胡老爷赏！胡老爷放心，以后还有活儿，只要托人带话，我们吕家班不管在哪儿，都尽快赶过来。”

等胡老爷走后，吕家人围着托盘，垂涎欲滴地盯着盘子里的元宝。

吕秀才刚要伸手去摸这辈子见过的最大的钱时，就被一根老烟杆打掉了。

吕状元先从托盘里掏出四枚元宝塞进兜里，他看着剩下的六枚，眼里露出了强烈的不舍。

可是最终他还是重新露出笑脸，端着银子来到了正在吃饭的李火旺身边。

“呵呵，来来来，小道爷，咱们说好的，您六我四，这是您的那份。”

看着这六两银子，李火旺也懒得推托，伸手塞进怀里，他现在确实需要这些钱。

“那小道爷，您慢慢吃，我们去准备准备，咱们明儿个接着赶路。”

吃饱喝足，吕家人也困了，要回去补觉去了，毕竟昨天晚上一夜没睡。

吕家人走后，整个屋内只剩下李火旺一人，他看着面前比自己脑袋还大的烧鸡，想了想后，对着一旁的下人说道：“有什么能装的东西吗？”

没过多久，李火旺牵着一头驴走出了五里岗，驴的背后还拉着一个板车，板车上堆满了一袋袋粮食。

六两银子不多，要省着点用，虽然买不起马，但是买头老驴还是可以的。

有了这东西，至少一路上粮食什么的不用背着了。

等李火旺出来就看到，其他人依然窝在田地里的稻秆堆里。

他们没有进村，明显是怕自己丑陋的样貌吓到了村里人。

走过去后，李火旺发现他们正在拿火烤地瓜干呢。

李火旺伸手从车上一提，一只香喷喷的烧鸡被他拽了出来："吃这个吧。"

一群人吃了这么多天的干粮，看到这东西哪里还忍得住，连忙兴奋地冲过来。

十几个人分一只鸡，每个人分不了多少，但是每个人都啃得格外认真，连鸡骨头都小心地咬成碎块，放进嘴里咽下去。

"李师兄，这鸡哪来的啊？还有这驴车，昨天晚上你去哪里了？"白灵淼双手捧着鸡脖子开口问道。

李火旺坐在稻秆堆上闭着眼睛，简略地描述了起因和过程。

当得知李火旺好不容易才得到这东西的时候，白灵淼把手中的鸡脖子放了下来，她听着声音爬到李火旺身边，表情心疼地看着他。

"李师兄，抱歉，是我们这些累赘拖累你了，要不是我们，你根本没必要这么拼命。"

李火旺睁开眼睛，看着眼前用青色布条蒙着双眼的少女："跟你们没关系，那魑魅既然能来胡家祠堂，她肯定早就盯上我们了，哪怕没有昨天晚上的事情，早晚也会撞上的。"

"而且啊……"李火旺说到这儿顿了一下，想起当初在清风门内自己彻底陷入幻觉的时候，"而且啊，将来谁是累赘，还真不一定呢。"

李火旺想了想，重新看向眼前的少女，伸手握住了对方的手。

白灵淼羞涩地向后缩了一下，但是又马上停了下来。

过了一会儿，李火旺躺在稻秆堆上闭上眼睛，缓缓松开了紧握的手。

然而就在松开的瞬间，那双柔软的手迅速追了过来，紧紧地握住了他的手。

好好休整了一晚上，两伙不同目的的人再次一同出发了。

他们的下一个目标就是建邺城，这也将会是李火旺第一次进入这个世界的大规模聚集地。

"小道爷，五里岗距离建邺城不远，按我们的行程，四五天就到了。"吕状元向李火旺汇报着。

李火旺扭头看向被傻子驮着的赵五：“怎么样？快回家了，高兴吗？”

之前赵五说过，他家就在建邺城，这些天接触下来，李火旺对赵五有了初步的了解。

他感觉对方脑子非常好用，只不过因为身体行动不便，又不识字，没有发挥出潜力罢了。

“赵五，这眼看都要到你家了，怎么样，你得请咱们弟兄几个去趟酒楼吧？”狗娃在一旁戏谑地调侃道。

然而赵五的反应出乎其他人的意料，他脸上露出一丝苦笑：“我这样的废人回家了又如何，手不能提，肩不能挑，窝在家里也只是当饭桶罢了。”

这话一出，气氛变得安静下来，他这句话戳中了所有人的心。

能在料房待着的，除了李火旺，多多少少都有点毛病，哪怕回到原来的地方，他们依然是那被人疏离或者讨厌的异类。

从清风门出来，逃脱了丹阳子的控制是不错，可重新回到那个被人鄙视、充满敌意的环境，也不是什么值得高兴的事情。

感觉到气氛有些沉闷，李火旺扭头看向赵五：“谁说你是废物？趁着这段时间没事，我来教你炼药，能记多少就记多少，回家当个赤脚郎中也不至于饿死。”

赵五听到这话愣了一下，紧接着他的表情激动起来，眼神中充满着强烈的渴望：“李师兄，我不想学炼药，你可以教我认字吗？”

“为什么要学认字，多学几个药方，回家行医有个饭碗不是挺好？”李火旺有些无法理解这些本地人的想法。

倒不是说认字没用，认字当然非常有用，但是读个小学还要六年呢，要教一个连自己名字都不会写的文盲认字，这可是大工程，没有几年根本下不来。

“不碍事！学不来多少也没关系，能学多少就学多少。”

虽然李火旺不理解赵五那份对知识的渴望，但是既然他想学，那自己当然可以教。

“傻子，把你背上的赵五放到驴车上，我教他认字。”

赵五什么都不会，李火旺只能用“木”“口”“人”这种简单的文字启蒙。

教着教着，李火旺发现附近很安静，他抬起头来，发现包括吕家人在内的众人都在专心致志地听着。

专心听着不说，而且他们的脸上带着敬畏，仿佛李火旺在干什么庄严神圣的事情。

“呵呵，那个，小道爷啊。”

笑嘻嘻的吕状元一只手提着两条腊肉，另一只手硬拽着小儿子向着李火旺身边靠过来。

就在李火旺等着对方开口的时候，林间小路的后面扬起阵阵尘土。

不多时，一匹马在他们面前停了下来，从马上跳下来的是一个年纪轻轻的小胖子。

吕状元明显认识这人，连忙拱手作揖：“哟，胡道爷，您慢点，您这是要去哪儿呀？”

“我哪儿也不去！我跟你们一起唱戏去，那样的话我就可以天天听戏了！”

兴奋不已的胡道爷声音稚嫩得很，虽然看起来壮硕，却并没有变声。

“哎哟喂，您快别开这种玩笑了，赶紧回去吧，别让您爷爷担心。”

“放心，我听戏给钱！”一个金子铸成的长命锁，被他硬塞到了吕状元的手中。

吕状元此时表情十分纠结，捧着手中的金锁左右为难。

不过很快，有人从后面骑马追了过来，替他解了围。

“爹！你别拽我！我不回去！我要唱戏！！”

“啪！”甩在胡道爷脸上的大嘴巴子，吓了周围所有人一跳，少年的脸迅速肿了起来。

“你居然当戏子！你居然敢当戏子，你是有多贱！！那是下三流的下三流！你要敢当戏子给胡家丢人的话，老子揍死你！”

一把扯过吕状元手中高举的长命锁，那人扛着儿子，骑着马绝尘而去。

他走了，李火旺重新看向吕状元，等待着他刚刚没说完的话。

吕状元尴尬地提着两条腊肉站在那里，好几次张嘴似乎想说点什么，又没发出任何声音。

一向十分圆滑的老人，第一次束手无措得像个孩子。

最后，他还是什么都没说，强笑着对着李火旺点了点头，拉着儿子朝着旁边的马车走去，本来就有点驼背的他现在驼得更厉害了。

离开五里岗有一段时间了，细长的林间小路逐渐变宽，此时路上不只有两拨人，还有马车、牛车和挑着担子的农家一同往前赶着。

地上开始密集起来的脚印和牲畜的粪便让李火旺明白，应该快到建邺城了。

“赵五，像吕班主他们这样唱戏的人身份都很低吗？”李火旺对着全神贯注学写字的赵五问道。

拿着树枝临摹的赵五抬起头来，意外地看了一眼李火旺，紧接着又望向前方的吕家班。

“嗯，虽说唱戏的时候能被台下的人叫好，可是他们就像勾栏院里的女人一样，喜欢是一回事，地位又是另外一回事，戏子是九流里面的最下等。”

“是吗？哪九流啊？”李火旺诧异地问道，要不是之前那一出，他还真没感觉出来。

“一流帝王相，二流官军将，三流绅贾商，四流派教帮，五流工塾匠，六流医地农，七流巫乞奴，八流盗骗抢，九流耍戏娼。”

“而且这不仅仅是身份的看不起，还有待遇不同，就比如下三流的人不能与良家通婚，衣着乘坐也有所限制，不能骑马坐轿，也不能穿锦、绫、绸，甚至告官的时候都要弱三分。”

听到赵五如同背诵绕口令一般熟练地脱口而出，李火旺十分惊讶：“没想到你知道的东西还不少。”

“李师兄客气了，我家毕竟在城里，这些还是知道的，而且这些事情，应该大部分人都知道。李师兄，你过去是哪儿的？为何连这都不知道？”

赵五早就察觉到了这位李师兄的不同之处，只是今天才找到机会问。

“呵呵，一个很远、很远的地方。”对于自己的来历，李火旺懒得解释，费劲不说，这帮人还未必理解得了。

见李火旺不答，赵五也不继续往下问。

“咱们这儿还好了，无论哪一流，皇帝都让考科举，虽说不一定能成功，可至少是个念想。我听说别的地方下三流的人连考科举都不准，祖祖辈辈都翻不了身，戏子只能一辈子是戏子。”

“原来是这么回事啊。”李火旺对这个世界又有了新的认识。

“那像我这样的人呢？在这里的地位如何？”李火旺再次问道。

“修行者不在九流之内，大部分人遇到修士还是比较尊敬的，哪怕不敬也会避而远之。”

赵五的这句话让原本打算把身上这件衣袍脱下来的李火旺打消了这个念头。

既然接下来要走南闯北，那穿上这身衣袍明显会比穿一身布衣方便得多。

“对了，赵五，那像丹阳子那样的人呢？他们的地位应该很高吧？”李火旺马上问出了关键问题。

“李师兄，说实话吧，我也不知道，我没有被他抓走之前，我还真不知道世间有人可以那么厉害，我以为那些都是说书人瞎编的呢。”

“这是怎么回事呢……”李火旺若有所思，看起来这些地方消息很闭塞，按理来说，丹阳子这样的人应该有不少传闻才对，结果连赵五这样的本地人都不知道。

不过他猜测，像丹阳子这样的人，应该会有人克制才对，要不然他也不至于要跑到深山老林里去偷偷修仙。

“小道爷！小道爷！您快看那城门，咱们到了！”听到吕状元的叫喊，李火旺抬起头来，向前望去。

这条走了这么多天的路尽头出现了一排布满青苔的低矮城墙，而城墙里面就是他们的目的地，建邺城。

吕家班顺利地走了进去，李火旺等人却没有这么好运，因为他们的长相实在太特别了，进城还没一会儿工夫，城里的捕头就带着人来找麻烦了。

“锵！”捕头双手举着刀，表情十分警惕地对着李火旺问道：“站住！站住！这是怎么回事？你这是……”

“阎捕头，是我，这些都是我认识的人，他们没有坏心思，是特意送我回家的。”驴车上的赵五开口打着招呼。

一见赵五那张脸，捕头顿时敌意大减，把刀收了起来。

“哦，是赵家老五啊，你这段时间跑哪儿去了？让这些和你一样的人老实点，买几顶黑布斗笠遮着，别吓到街坊四邻。”

“多谢了，阎捕头，我家最近还好吗？”

“好，当然好。对了，你二姐嫁人了，是个好人家，快回去看看吧。”

为了避免再惹麻烦，李火旺在赵五的带领下，来到了一个卖斗笠的摊位，买了好几顶带黑布的斗笠。

大家戴上斗笠后，虽然还是非常显眼，但至少不会引人注目了。

跟吕状元约好了下次出发的时间之后，李火旺对着赵五说道：“你家在哪儿？先去你家吧。”

看着四周熟悉的一切，赵五的情绪有些激动起来。他没有戴斗笠，因为城

里的人都认识他。

四肢无力的赵五费力地用那双手在驴车上一撑，就跳了下来。

一旁的狗娃刚要伸手去扶，被李火旺挡住了，他拔出身后的长剑递给了赵五，紧接着伸手从怀里掏出一张张留言纸条，开始整理起来。

赵五就这样双手拄着长剑，跌跌撞撞地向着自己家里赶去。

建邺城看起来热闹非凡，街上人来人往，但并不大，赵五很快就找到了自己的家。

那是一家小小的米铺，看着里面忙碌的家人们，赵五顿时热泪盈眶：“爹！我回来了！”

赵五颤抖地喊了一声，让米店里的所有人抬起头来。

“五弟！”一个正在扛米的赤裸着上半身的健壮小伙，把肩膀上的米袋往地上一扔，兴奋地冲了出来，紧紧地抱住了他。

紧接着，一个头顶上扎着羊角辫的小丫头也冲了出来，激动地围绕着赵五直转。

就在赵五激动得忘我时，冷眼旁观的李火旺发现了不对劲。

除了冲出屋的两人，屋内的其他人表情都非常平淡，这可不像是普通家人的样子。

“李师兄，怎么了？”敏锐地感觉到气氛不对的白灵淼，轻轻拉了拉李火旺的衣摆。

李火旺用手在她的手背上拍了拍，什么话都没说。

“五弟，快进来吧，这些天你去哪儿了？我和六妹都很担心你，还以为你出了什么事呢。”

看到那个赤膊的小子搀扶着赵五朝里面走去，李火旺抬脚跟上，他感觉事情没这么简单。

“你怎么回来了？”听到那个打算盘的人不屑地开口，李火旺就知道自己猜对了。

刚刚还十分激动的赵五，脸上的情绪渐渐消失了，他用颤抖的声音说：“爹，我被人用麻袋蒙着脑袋抓走了，他们把我带到很远的地方，是我的这些朋友送我回来的。”

看着门口那几顶黑布斗笠，赵五的父亲不耐烦地连连摆手：“都散开，都散开！你们这样堵住门口，我们怎么做生意啊。”

对方的态度让李火旺很不爽，你们父子关系不和关我们外人什么事？

他一把抢过赵五手中的长剑，高高举起，寒光一闪，锋利的剑刃径直劈在对方的木桌上，几乎要把桌子切成两半。

“你要干什么？城里的捕头可是我家的亲戚！”赵五的父亲吓得连连后退。

李火旺右手掏出一两银子，当着他的面，沿着泛着寒光的剑刃缓缓削下一小块来，紧接着用手将那碎银子推到他面前：“买米！”

米铺的小后院里，赵五正在给李火旺倒茶：“李师兄，你消消气，我爹就那样，他本心其实还是蛮好的。”

李火旺端起茶杯一饮而尽，管他好不好，别人的家事他也懒得管了，他过来也不仅仅是为了送赵五。

“这些留言纸条是国内的，既然你熟悉建邺城，那你找个靠谱的镖行，把它们都捎过去吧。”李火旺把七八张纸条推到赵五面前。

赵五双手接过来，郑重地点了点头：“李师兄放心，这些事情，我保证办到！”

“好，就这样吧，你在家好好待着，我们走了。”李火旺说完就站了起来。

“这么快就走吗？要不中午在我家吃饭吧，我能活着回来，全靠大家。”

赵五显然有些不舍，这一离别说不定以后就再也见不到了。

“算了吧，别忙活了。”李火旺拍了拍赵五的肩膀，刚才看他父亲的态度，这顿饭恐怕要吃得不安生。

“我这几天教的字，你要记住，尤其是你的名字。会写自己的名字，至少不是纯文盲。”

就在李火旺嘱咐最后一句话的时候，旁边一个浑身长着黑毛的女人忽然冲上前来，把嘴巴凑到赵五耳边，用极低的声音说道：“回家后，好好查查，说不定你不是被人绑走的，而是被你爹卖了！”

这番话让在场的所有人都鸦雀无声。等赵五的三哥扛着米过来，李火旺一挥手，让傻子带上米，带着其他人离开了。

走到人来人往的马路上，李火旺等人开始寻找落脚的客栈。

“你为什么会认为赵五是被他父亲卖掉的？”李火旺回头对刚刚跟赵五说最后一句话的女人问道。

这个患有多毛症的女人，一路上沉默寡言，平时基本上不跟别人说话，今天忽然开口，实在让李火旺有些惊讶。

“虎毒尚且不食子呢，他未必有那么坏。”

李火旺这番话一出，那女人的身体却莫名地颤抖起来，声音中带着伤感地说道：“虎毒是不食子，可人比老虎毒多了！因为我就是被我爹娘卖掉的！”

这番话一出，所有人都站住了，目光震惊地看向了她。

“二两银子，区区二两银子！他就像卖牲口一样把我给卖了！连头都不回一下。”

感受到对方心中的痛苦，白灵淼走了过去，轻轻地抱住了她，安慰地拍着她的背。

李火旺想了想后再次开口：“他都把你卖了，那你还回去吗？”

“回去！”那女人咬牙切齿地低吼道。

看着她那因为激动而急促起伏的胸口，听着她声音中的极度恨意，李火旺立刻能猜到，她回去的目的恐怕跟白灵淼他们不一样。

“东来客栈，我们今天就住那儿吧。”李火旺用手向着街道左侧的牌匾指了指，率先走了进去。

“客官里面请，打尖还是住店啊？”

“住店，一间房多少钱？”

“我们这儿分甲乙丙三种，甲号房九十文包吃食，乙号房六十文不包吃食，丙号房二十文，不过要跟别人同住。”

“客官，您这里一共七位大人，五位小孩，一共十二人，您可以选四间乙号房，咱们客栈屋子宽敞，一间屋子睡三个人没问题，两个大人带着一个小孩一块儿睡也安全些。”

“行，就按你说的办吧。”

“好嘞！贵客十二位——乙号房四间——楼上请——当心台阶。”

夜晚，李火旺靠在窗前，看着外面街道上行走的当地人。

一路上奔波，他终于有时间坐下来，好好观察这个跟自己过去所处完全不同的世界了。

牵马的壮汉，拿扇的书生，提着花灯的小孩子，还有用扁担挑着吃食的驼背小贩。

这里的一切是那么真实，但是与自己又是那么格格不入。

一张张不同的面孔在他眼前闪过，看着看着，忽然李火旺精神恍惚了一下，下一秒他浑身肌肉瞬间紧绷，他在街道上看到了杨娜！

那张精致的面孔此时已经梨花带雨，她的表情是那么伤心，哭得连气都喘不过来。

“火旺，你快醒醒啊！”

“嗬！”被吓得浑身冷汗的李火旺连忙后退一步，紧接着又迅速扑了回去，向着下面看去，结果发现那并不是自己的青梅杨娜，只是一位跟她相貌有几分相似的姑娘罢了。

“也是，我都长这么大了，如果杨娜真的存在，她怎么可能还是少女……”

李火旺背靠着墙壁缓缓滑落，眼睛无神地看着上方的木质房梁。“幻觉难道又要开始了吗？”

“咚咚——”敲门声忽然响了起来。

“进来吧，门没关。”李火旺本以为进来的会是跟自己住一起的狗娃，结果发现是白灵淼。

脸上带着笑意的她双手捧着一个荷叶包，送到李火旺面前，荷叶打开，里面是几个热气腾腾的大包子。

“李师兄，饿了吧。吃包子。”

李火旺伸手抓起一个包子塞进嘴里，大口大口嚼了起来。

白灵淼捧着包子，蹲在李火旺的左侧，安静地看着他，一看到他吃完了，就立马贴心地递上一个新的。

“这地方挺特别的啊，大晚上的还有包子卖。”李火旺开口说道。

“大晚上有包子卖不是挺常见的吗？要说特别，那还要说傻子呢，他吃包子居然蘸醋！呵呵，也不知道他是哪儿的人，还有这种吃法。”

正在跟白灵淼闲聊的李火旺忽然想起什么：“我没给你钱，你哪来的钱买的包子？”

白灵淼目光躲闪地挪开了，但是她先是把剩下的包子放在腿上，紧接着从自己腰间掏出几块大银子，双手捧着送到李火旺面前。

“李师兄，我把那金脚环当了，你一个人太辛苦了，我也做不了别的，就只能这样帮你了。”

看了几眼白灵淼手中的几锭银子，李火旺把手伸进怀里，掏出一块银子放在上面。

还没等李火旺开口，白灵淼连忙抢先说道：“那金脚环已经熔掉了，我亲眼看到它熔掉了，已经赎不回来了。”

看着张嘴愣在那里的李火旺，白灵淼得意地笑了，感觉自己赢了一样，她捧着自己手中的银子塞到对方的怀里。

“放心吧，那本来就是娘给我傍身用的，不是家传的什么宝贝。”

见白灵淼话都说到这份儿上，李火旺也不再坚持，他把那些银子仔细清点后放好。

“等一切都安顿下来，我给你买个更大的。”

“嗯！我等着！”白灵淼微笑着点了点头。

就在这时，门忽然开了，狗娃从外面走了进来，他看到蹲在墙角的一男一女，先是一愣，紧接着就要往外走：“看错客房了，实在对不住了，我这就出去。”

白灵淼脸一红，埋头冲到门口，一把推开他就跑出去了。

狗娃笑嘻嘻地走了进来：“李师兄，白师妹虽说浑身白，但讨老婆嘛，样貌不重要，性子才重要的，您可别嫌弃啊。”

李火旺懒得跟他瞎扯：“别废话了，洗洗赶紧睡吧，好不容易有床睡。”

昏昏沉沉中，李火旺发现自己身处一片老林子当中，前方朦朦胧胧的，有光源，疑惑的他用剑劈开树枝，向着前方的火光赶去。

当靠近后，李火旺发现，那是白灵淼他们正在跟自己的母亲以及杨娜围着篝火烤地瓜干。

看着这温馨的一幕，他顿时松了一口气，就要向着那边走去。

然而，忽然之间天地骤变，李火旺发现高达上百丈，浑身长满羽毛的丹阳子，如同一座大山般赫然站在那里。

“哈哈，娃啊，干得不错。”

骇人的丹阳子大笑着说完，举起手中比他身子还长的石柱，狠狠地向着脚下的那篝火堆砸去。

“等等！”浑身冷汗的李火旺猛地坐了起来，深吸了几口气后，惊魂未定的他才反应过来刚刚的一切只是在做梦。

“李师兄，你醒了？我特意给你买了扁食，趁热吃吧。”正在看热闹的狗娃把脑袋从窗外缩了回来。

“现在什么时辰了？”李火旺捂着有些胀痛的脑袋坐到桌边，发现狗娃口中说的扁食跟馄饨差不多。

“辰时刚过，睡晚点没事，反正今天不用赶路。”狗娃说。

李火旺拿起陶瓷调羹把馄饨大口大口往嘴里塞，没几下就吃完了。

“谁说今天没事？走吧，我们去买赶路时需要用到的东西。”

紧接着，刚刚的情景在他脑海中一闪而过，李火旺再次开口说道：“我带别人去买那些，你去问问吕状元，什么时候能走，越快越好，如果他不能走，那我们提前走。”

李火旺买驴车剩下的银子，再加上白灵淼多给的那些银子，可以再补充点必备品。

最起码的被子、席子是需要的，不用晚上窝在篝火边上，后背发烫前胸冰凉。

另外还可以买口锅，这样路上也能吃上点热乎的了，不至于天天啃干粮。

零零散散的东西多了，一辆驴车不够用，当他跟吕状元在城门口会合时，已经又多了一辆驴车。

“嘿，还是您有能耐啊，这一路上走来，家当是越攒越多，我估摸着等您再多走个半年一年的，怕不是腰缠万贯了。”赶路的吕状元也不忘继续拍马屁。

“吕班主，建邺到西京城远吗？”李火旺看着面前宽敞的土路问道。

路宽了，人也多，路上不止他跟吕状元两拨人，还有不少背着包袱一同赶路的，看起来都是去西京城的。

“不远，再走个十几天的工夫就到了。”吕状元不知道想到了什么高兴的事情，脸上笑开了花。

李火旺点了点头，继续问道：“关于您说的莲华门，他们那儿除了求子厉害，其他的您还知道多少？”

“嗨，莲华门就是莲华门呗，有什么不一样的，哪儿的门派里面不是一群老的带着一群小的修行啊？”

李火旺轻叹一口气，看来这种事情，还要自己亲自上门询问才行。吕状元这样的平头百姓稀里糊涂地活着，对这方面的事情根本没有任何概念。

“小道爷，您看，前面有个莲生，就那树下撒尿的那个，您问我不如问他，他兴许是那莲华门里的。”

“哦？”李火旺抬头望去，发现路边真的站着一个眉心点缀莲花印的人。

他走过去，就看到穿着破烂素袍的背影抖了抖，转过身来。

然而当看到这家伙的正面时，李火旺顿时皱紧了眉头。

这莲生看上去更像是个老乞丐，模样要多寒碜有多寒碜，身上的素袍全是补丁和破口。

“你找我有事吗？”这位浑身脏兮兮的老人咧开嘴，露出那一口缺了一颗门牙的黄牙憨笑着。

“你是……莲生？”

“对，我是莲生！”老乞丐点了点眉心暗淡褪色的莲花印记，有几分刻意地说道。

“敢问大师，你是哪儿的莲生？”李火旺的声音已经带上了一丝迟疑。莲华门几乎是遍地生花，光凭衣着外貌根本别想看出莲生隶属何处。

“我啊，这不往北边去找吗，听说那边莲华门多，而且极其灵验，我要去那里好好拜一拜。”

听到对方这么说，李火旺的心中顿时有了猜想，对着他不咸不淡地点了点头，转身回到自己的队伍当中去了。

可当李火旺不打算理会这个假装莲生的老乞丐时，对方却像一块狗皮膏药一样贴了上来。

“你也是去找莲华门吗？那咱们一起走啊。”

“这家伙该不是在跟我扮猪吃老虎吧？”李火旺心中开始提高警惕，在驴屁股上一拍，带着其他人快走起来，直接当他不存在。

可他不理会，有人却在理会，心思单纯的傻子没有感觉到哪里不对劲。

“你没带……没带……吃的，会饿死的！”

“怎么会饿死呢，你看这林子里什么都有，野果子、野蘑菇、野菜。”

“我也……我也……吃过野果……我还……我还……”

“傻子，别跟他说话！”

“哦……”

当没有人理会时，那老乞丐无趣地自己离开了，暗中握紧铜铃的李火旺松了一口气。

不管他是真莲生还是假莲生，在这陌生的地方，防人之心不可无。

沿着这条土路走了一个时辰，日头挂在天空正中央，见不少人已经开始蹲下来啃干粮了，李火旺也让其他人照做。

虽然他心中开始有些焦急，但是人多还是安全些。

新买的白馒头送到每个人的手上，他们就着几个咸菜罐子吃着午饭。

接过白灵淼的水葫芦仰头喝了一口，李火旺回头看了看，忽然发现少了一个人：“嗯？傻子呢？”

“刚刚去林子里撒尿了，怎么还没回来，该不会撒尿撒到一半变拉屎了吧？喂！傻子！你在里面吗？”

当狗娃对着路边的林子大喊的时候，傻子那憨厚的大脑袋从林子里钻了出来，他嘴里鼓鼓囊囊的，似乎在嚼着什么。

“你吃什么呢？”李火旺疑惑地问道。

“林子里的野白米饭，不要钱！”傻子说完又缩回林子里去了。

“嗯？什么乱七八糟的？”眉头微皱的李火旺走进了傻子待着的林子。

刚一走进林子，李火旺顿时瞳孔一缩，只见傻子跟着刚刚的老乞丐正蹲在一个小土包前，吭哧吭哧地吃东西呢。

那小土包的顶端还放着几张黄纸，用块石头牢牢压着。

李火旺压抑着怒火冲过去一脚把傻子踹倒：“起来！祭坟的东西你也敢吃！活腻歪了是吗？不是说了别跟这要饭的说话吗！”

傻子委屈地爬了起来：“我没……没……没跟他说话。”

“跪下！赶紧磕头赔礼道歉！”李火旺严厉下令。

“可……可是……他们都不在了……不会……不会知道的。”傻子像只被冤枉做了坏事的大黄狗，黝黑的眼睛里带着几分倔强。

李火旺硬下心肠，呵斥傻子：“对待逝者要尊敬，懂不懂！下不为例！”

已经吃了个三分饱，傻子没再顶嘴，他低声道：“知……知道了……”

看到傻子对着坟包重重磕了几个响头后，李火旺伸手把他硬拉起来。

这地方什么都有，他不敢赌，万一处理不好马上就麻烦了。

锵的一声，李火旺把身后长剑拔出，直指那老乞丐的鼻子，冷声说道：“我不管你有什么目的，离我的人远点，否则别怪我不客气！”

说完不等那人回话，李火旺拉着傻子转身就离开了。

“我不是要饭的，我是莲生。”那人嘴里低声嘟囔一句，继续蹲在那里吃着供品。

重新回到路上，一行人继续出发了。李火旺的表情有些凝重，对其他人嘱咐着：“最近几晚都别睡得太死，可能会出事。”

听到李火旺这番话，其他人立刻明白了，轻轻地点了点头。

太阳落山后，夜幕降临，路上的人纷纷走进路边的树林捡柴生火。

围绕着两辆驴车，李火旺把篝火生得很旺，并让其他人去树林里砍了足够多的柴火。

今天没有月亮，四周一片漆黑，树枝随着微风摇摆。

随着时间的推移，四周逐渐安静下来，其他人都已入睡。

但李火旺没有入睡，静静地仿佛在等待着什么。

除了四周的树林外，他的心也分了一半放在了那老乞丐身上。

如果有什么东西找上门来，肯定会先找到老乞丐。

如果来了更好，刚好也可以借此机会，来看看这家伙到底是怎么回事。

在漫长的等待中，上半夜就这样过去了。到了下半夜，也就是最容易犯困的那个时候。

“李……师兄啊，刚刚那个地方……是不是有张脸啊？”一同守夜的狗娃声音中带着一丝颤抖地说道。

李火旺迅速望去，然而在黑暗中什么都没看到。

“你确定吗？”他用极低的声音询问着。

狗娃艰难地吞了一口唾沫：“不确定，也许……也许是我眼花了吧。”

“别说话，安静。”李火旺假装盯着面前的篝火，用余光向那边瞥去。

安静地等了一会儿后，在微弱的火光照映下，他看到了一张丑陋的面孔缓缓从黑暗中露出来，脸上露出邪恶的笑容。

让李火旺感到后背发凉的是，这颗脑袋后面慢慢地冒出更多的脑袋来，一道道白光在脑袋下面时隐时现。

“等等，白光？”李火旺猛地站了起来，抓起篝火堆中点燃的一根柴火就扔了过去，“站住！你们是谁！”

李火旺的一声大喊，在安静的环境中如同一道惊雷，把睡梦中的其他人都吵醒了。

当翻滚的柴火扔到那些脑袋下面，看到那些脑袋都有脚有影子后，李火旺马上明白这些人是活人。

不仅李火旺看到了他们，其他人也看到了，还看到了他们手中的大砍刀。

“响马来了！快跑啊！”

这惶恐的一声喊，让人群瞬间炸了锅，纷纷背起行李作鸟兽散。

“不好，被发现了！快牵马过来！”很快马蹄声响起，这些劫匪提着刀向着路上的行人追去。

“快往林子里跑！他们的马在林子里跑不起来！”

听到老乞丐这么喊，其他人纷纷远离大路，冲进四周的树林。

他们是跑了，但是像李火旺这种有驴车的跑不了，驴是不可能跑过马的。

听到马蹄声在后面响起，李火旺迅速站定回头，就看到一匹高头大马驮着一个胡子拉碴的劫匪向着一个老妇人砍去。

“躲不开了！”李火旺迅速掏出一颗药丸直接塞进嘴里，一股热量瞬间涌向全身。

就在李火旺双脚一蹬，向着那土匪冲去的时候，那老乞丐忽然从旁边冲出，一把推开倒下的老妇人。

马上的高德邱看着眼前的老乞丐，眼中露出一丝不屑，刀都不举，一拉手中缰绳，身下马儿蹄子高举，径直向着那人踩去。

然而就在下一刻，他看到一道人影从前方冲出，一拳头重重地砸在马头上。

“砰！”伴随着马的嘶叫声，正在往前冲的马硬生生地被改变了方向，向右侧倒去。

正在向地上落去的高德邱什么都做不了，只能看着内瘪的马头眼睛越瞪越大。

下一刻，伴随一声闷响，他的脑袋跟他的马落得一个下场。

见自己同伙遇敌，其他土匪纷纷把手指放进嘴里吹着响哨过来帮忙。

然而吃了丹阳子炼制的药丸的李火旺，让他们这些人马上明白过来，自己惹了不该惹的人。

闷声不断在昏暗的土路上响起，在折了好几号人后，这些土匪连忙慌张地离开。

“快撤！搞不好是监天司的人！”

拳头满是血迹的李火旺站在那里，大口喘着粗气。

李火旺转过身来，看向身后的老乞丐，经过刚刚那一幕，可以断定这家伙不是老虎，他就是猪。

在李火旺的注视下，那老乞丐站了起来，走到一个被土匪砍死的人面前跪拜着，双手合十低声念着什么。

那是李火旺从没听见过的独特发音，像是什么奇怪的咒语。

念完咒语后，老乞丐走到一旁的林子里，开始用手刨地。

漆黑的林间土路上，李火旺举着火把，带领着其他人往前走着。

天还是黑的，可惊魂未定的他们并没有任何困意，毕竟经历了刚刚的事，谁都顾不上睡觉。

驴车上堆着一些割下来的马肉，除了土匪身上的几块碎银子外，这是李火旺仅有的战利品了。

“差不多了，就在这附近歇到天亮吧，大晚上的赶夜路不安全。”李火旺一声令下，很快火把相互堆在一起，重新形成了一堆新的篝火。

“睡不着眯着也行，明天要继续赶路呢，保持体力，我来守夜。”

随着驴蹄声和脚步声消失，整条土路再次恢复安静。

坐在火堆边的李火旺扭头向刚刚走过的路看去，那里一片漆黑，看起来那老乞丐不把那些死人都埋完，是不会跟过来了。

回想着刚刚发生的一切，李火旺心中不由得有些感慨，这地方还真是乱。

各种乱七八糟的东西已经够危险了，身为同类不抱团取暖不说，还相互残杀。

他用长剑捅了捅快要熄灭的篝火，抓起身旁的柴火扔了进去。

随着时间一点点过去，林子里那些跑散的人逐渐向着李火旺的篝火边聚集，很快篝火边生起了好几堆小篝火。

归来的人中并没有吕家人的身影，但是李火旺一点也不担心，刚刚土匪出来的时候，就数他们跑得最快。

吕状元不愧是老江湖了，难怪他那么抠门的人，拉车的牲口要选马，他肯定早就考虑到了今天这种情况。

时间一点点过去，天渐渐亮了，其他人开始清醒过来，烤起马肉当早饭，准备开启新的旅途。

别管马肉好不好吃，至少是肉，可以很好地给他们补充体力。

就在他们大口大口吃着的时候，一道颤抖的人影从后面走了过来。

看到来人的样貌，李火旺警惕的心稍稍放下，是之前的老乞丐。

清晨的露水打湿了他的破烂素袍，冻得他瑟瑟发抖。他走到稍稍靠近篝火的地方，蹲了下来，身体缩成一团。

见李火旺正在看自己，老乞丐憨憨地笑了笑。

联想到他昨天晚上舍身救人的举动，李火旺心中的敌意减弱不少。

虽然他认为这老乞丐这么滥好心肠，不容易在这危险的世界上生存下去，

但是谁也不会排斥跟一个好人接触。

见到李火旺递给自己一个馒头，老乞丐连忙伸手接过来，一边咀嚼一边含糊地说道：“你跟他们不一样。”

“哎，赶紧吃吧，在这世道你这样的人也少见。希望你不是骗我的。”

“我怎么能骗人呢？我自己也是修行中人，不能骗人。”老乞丐斩钉截铁地说道。

“你没门没派的算哪门子修行人？”

“孙秀才说修行人要断凡尘，所以我没有讨婆娘；王裁缝说修行人不能杀生，我就不吃肉；刘捕快说修行人不能贪妄，我就粗茶淡饭、粗布麻衣！这些我都做到了，怎么就不能是修行之人了？”

看起来老乞丐对这方面很在乎，非常执拗地辩解着。

听到对方这么说，李火旺哑然失笑，觉得对方这修行人当得比自己这个修行者还要假。

“但这并不代表你就是修行人。”

老乞丐一愣，捧着半个馒头慎重地看着李火旺：“那你说，修行人应该是怎么样的？”

看着对方的目光，李火旺张了张嘴，结果回答不上来这个问题，对方的话似乎大愚中又透着一丝真理。

不知道为什么，李火旺在他身上看到了丹阳子的影子，愚昧中有懵懵懂懂的坚持。

“我猜你应该是不识字吧？”

“你怎么知道？你们修行者都这么料事如神吗？”

“呵呵。”

“你为什么这么执着于当修行人呢？”

“当初要不是有一个修行人救了我，我早就死了。从那天起，我就发誓我也要当修行人！我一定要当一个好修行人！”

说话间，李火旺看到吕家班正在从远处往回赶，他拍拍屁股站了起来，向着那边走去。

第三章 定慧

接下来的路上没有发生任何意外，老乞丐也一直跟着，有时候看他饿得嚼生野菜，李火旺也会偶尔施舍他一两个馒头。

就这么走了有十多天，一座比建邺更加宏伟壮观的城市出现在李火旺面前——西京城到了。

连成片的青砖城墙高大宏伟，站在城门口向上仰视，强烈的压迫感扑面而来。

“终于到了吗？”看到城门口的时候，李火旺这才彻底松了口气，一路心惊胆战，好在噩梦中的场景总算没有出现。

“小道爷，西京城的客栈不能乱住，可宰人了。我带你去一家客栈吧，绝对便宜。”吕状元说着就要向着高大的城门走去，却被李火旺拉住了。

“等等，你之前说的那个莲华门在哪儿？”李火旺迫不及待地问道，这是他来这地方最重要的目的。

在吕状元的带领下，李火旺向着西京城最繁华的正德楼走去。

未见其身先闻其香，李火旺就闻到了檀香味，宽敞的街道也开始拥挤起来。

老翁、妇人、大人、小孩，形形色色的人都有。

看着他们手里拿着好几摞香，李火旺立马明白这些人都是去立礼的。

“这莲华门的红礼一直都是这么好吗？”

听到李火旺向身边的吕状元说这话，旁边的礼客凑过来插嘴道：“那是当然，正德楼的仙人可是很灵验的！我儿媳妇就是在这里求了一次后怀上的。”

“而且正德楼的莲生人很好，平日里隔三岔五都会向穷人布粥呢。”

“是啊是啊。西京城里能有一座这么好的祠礼堂，可真的是几辈子修来的福气啊。”

祠礼堂比一般家里的祠堂要大很多，是供三乡四邻祈福礼拜的地方。

在李火旺的印象中，绝大部分祠礼堂都是建在山上的，建在城里的祠礼堂比较少见。

不过这都不是他在意的，他现在更在意的是刚刚礼客说的祠礼堂的名字：“正德楼？”

李火旺马上回想起正坤临死前对丹阳子说的话，他们当初似乎就是被这正德楼的人追杀过。

他的心开始加速跳动起来，原来吕状元口中的莲华门一派所立的正殿就是正德楼，自己找对地方了，一路上经历这么多事情，总算是到了。

就在这时，随着一个拐弯，前面豁然开朗。

干净整洁的石板一直铺到宽大的阶梯之下，而这几百级阶梯的尽头，一座香烟缭绕、枣红色墙壁的庄严楼阁映入眼帘。

高大的楼宇门上方的黑色牌匾，用朱红色写上了三个大字：正德楼。

在鼎盛的红礼下，整个祠礼堂被白烟笼罩，看起来仙气十足。

“小道爷，我就不陪您进去了，您请便。对了，西京城跟建邺城不一样，晚上要宵禁的，您记得天黑之前要回来啊。”

李火旺深吸一口气，向着人潮涌动的台阶走去。

跟随着礼客们一路走进祠礼堂，几座大殿坐落眼前。

此刻，李火旺如同人潮中的礁石般立在那里，看着四周的一切。

地方找到了，可是下一个问题难住了他，自己应该怎么跟这莲华门接触呢？

直接说自己是丹阳子的弟子？怕不是要被他们一掌拍死。

没等李火旺想出对策来，正德楼的莲生就先靠了过来，毕竟哪怕是在拥挤的人潮中，李火旺身上的衣袍也太惹眼了。

对方一开口，那纯正的修行者味道根本不是之前的老乞丐能比的。

“鄙人坚沌有礼了。”

看到眼前的富态莲生对着自己双手合十，李火旺马上回礼：“莲贤者，幸会，在下玄阳。”

“看尊客风尘仆仆，不像是来许愿的，倒似是有事而来，这边请。”

看了看四周热闹的人群，李火旺点了点头，跟着他向着旁边的侧门走去。

看着前面之人高大的背影，李火旺心中开始琢磨着接下来该怎么说。

两人在威严的楼宇间不断穿梭，门口人群的喧嚣逐渐退去。最终他们在一棵黄灿灿的银杏树下的一组石桌石凳面前停了下来。

“尊客请坐。”坚沌莲生坐下，双手不紧不慢地转着一串简珠。

他没有再问李火旺是哪门哪派的，也没有问李火旺其他问题，把清心寡欲表现得淋漓尽致。

李火旺思索了一会儿后，看着眼前的莲生道：“丹阳子死了。”

咔嗒一声，黄褐色的简珠四处散落。

看到面前的胖莲生站了起来，李火旺暗暗点了点头。

错不了，这里的莲生果然跟丹阳子接触过。

“那癞子头真的死了？此事关系重大，还请尊客一一道来。”

既然想知道答案，那当然要告诉对方足够多的信息。

除了隐瞒了自己拿走所谓的天书外，李火旺把清风门发生的一切都告诉了眼前的莲生。

“莲贤者，那种情况下的丹阳子，真的可以成仙吗？”说到这儿，李火旺身体微微前倾，表情凝重地继续问道，“又或者说，他成的是别的东西？”

一阵微风吹过，把旁边的银杏树金黄色的树叶吹得沙沙作响。

“尊客，你真的听到了丹阳子在你耳边说话？”坚沌的表情同样凝重，再次确认道。

“嗯，千真万确，而且不仅仅是幻觉，还有那喜神的异常。”

回想起当时的场景，李火旺眼中露出一丝烦躁。

“那喜神本来要害我，可是它似乎被什么东西拉了一下。虽然没有理由，但是我心中有种猜测，那在黑暗中拉拽喜神的，就是丹阳子，成仙之后的丹阳子。”

坚沌想了想，表情凝重地站起身来：“尊客，请稍等片刻，此事关系重大。”

说完，坚沌对着李火旺低头表示歉意，然后匆匆离开了。

对方虽然什么都没说，但是他的态度已经表达出了一些信息。

李火旺抬起头来，看着天空中的云彩。

“果然，丹阳子的事情没这么容易结束。”

坚沌回来得比李火旺想象的还要快，最多不过半炷香的时间。手中拿着一串新简珠的他匆匆走了回来。

“玄阳尊客，这边请，掌门要亲自见你。”

整个莲华门很大，李火旺在楼宇间穿梭了好一会儿后，最终停在一座宏伟的大殿面前。

透过八开门的殿门，李火旺看到里面有身高十几丈的五座姿态各异的巨大而威严的神像，跟他在正德楼里看到的神像一样。

在五座神像面前的蒲团上，坐着一个身穿玄色衣裳的人，他的头顶还戴着一顶银色束冠。

李火旺走进去后就听到那人的吟诵声。

在那五座巨大神像的注视下，李火旺不由自主地放慢了脚步。

吟诵声停了，盘坐在蒲团上的掌门缓缓转过身来。

当看到这位掌门的样貌时，李火旺感到意外。

那是一位眉毛、胡须皆白的老掌门，意外的不是他异常和善的样貌，而是他的眼睛。

那是一双粉色的眼睛，朝夕相处了这么长时间，李火旺一眼就能辨认出来，他跟白灵淼一样都患有白化病。

“老朽心慧有礼了。”心慧掌门微微点头，语气平静。

“在下玄阳，见过掌门。”李火旺行完礼，就在他对面坐下来。

“掌门，关于丹阳子——”

李火旺的话刚说到一半，就被对方抬手拦住了。

“玄阳少侠，这殿内的五座神像你可认识？”

见李火旺摇头，心慧一边轻抚着自己的长白须一边解释道：“居中嵩岳世界祖师，东方泰勒世界祖师，南方衡水世界祖师，西方华济世界祖师，北方恒果世界祖师，他们合称五界祖师。”

李火旺心中不免有些焦急，这掌门跟自己说这些不着边际的话，到底什么意思？

“掌门，以后有时间再聊这些吧，敢问现在丹阳子到底成什么了？”

心慧双手合十，重新平静地看着李火旺：“他成仙了。”

听到掌门平淡地说出这话，李火旺瞬间感到后背发凉。

他猛地抬头向四周的五座巨大神像看去，刚刚还庄严肃穆的他们此时仿佛瞬间换了一副面孔。

刚准备要起身的李火旺看了一眼门外明媚的阳光，又看向眼前的掌门。

老掌门依然跟刚刚一样，定力十足地坐在那里不喜不悲，仿佛刚刚那句话不是出自他口。

“等等，别自己吓自己，未必是我想的那样。”

仔细琢磨了一会儿后，李火旺重新开口问道：“掌门，门下正德楼的人跟丹阳子应该有过节吧？”

“不错，他此前闹得鸡犬不宁，我曾派前殿的莲生武素前去擒拿，可屡次被他逃脱。”

“你能想办法除掉此人，也算是功德一件。”

“那敢问掌门，他这样十恶不赦的坏人是怎么成仙的呢？他怎么可能成仙呢？”

“他现在是什么并不关乎他本身是什么，老朽心中有仙，在我心中，他便是仙。”

听到对方说这话，李火旺顿时心中烦躁起来，这老掌门不好好说话，竟然在跟自己打哑谜呢。

“少侠，此时的丹阳子遁入大千，我认为他是什么并无所谓，重要的是你认为他是什么。你认为他是什么，他就是什么，毕竟，现在他的因果在于你身上，而不是老朽。”

心慧的声音依然不咸不淡，但是这一次李火旺听明白了他要表达的意思。

“你是说丹阳子现在变成了一团没有形状，可以随着人意念而变化的东西，类似‘游老爷’那种？”

“然也。”

“可是为什么？他怎么就变成那种东西了？成仙的那些功法都是我瞎编出来的啊，那么多剧毒的东西，吃下去应该会直接死掉才对！”

李火旺想破脑袋都想不明白这个问题。

“老朽不知。”

对方如此坦白的话，让李火旺感到猝不及防：“你不知道？”

“老朽不是未来仙，无法做到全知全能，不知就是不知。”

李火旺思索了片刻后，再次问出一个关键问题。

“掌门，可有办法彻底解决掉丹阳子？他既然是我们的对手，那让他这么悬着总不是个事。”

他费尽心思跑这么远来，就是为了解决这个问题。

别管丹阳子到底变成了什么，自己必须解决掉他。

这次心慧没有那么快回答，而是沉思了一会儿后，举起右手："你过来，我需要再看看。"

看着那只满是皱纹的白手，李火旺有些迟疑。

"玄阳少侠，如果你现在还怀疑我要害你，那你方才就不该迈进这殿门。"

李火旺思索片刻后，把额头贴在了他的掌心。

嗡的一声，李火旺感觉自己四周的所有颜色瞬间鲜艳了好几倍，浑身有种轻飘飘的感觉。

这种奇妙的感觉来得快，去得也快，当一切都恢复正常，李火旺心中不知为何，还有些空荡荡的。

他明白，这位老掌门别的不说，肯定是掌握着某些门派特殊的神通。

"嗯……此事关系重大，老朽需要跟其他长老商讨对策，少侠暂且在我门内住下吧，明日给你答复。"

一听到要留下，李火旺顿时有些紧张："我还有朋友在外面，我不回去他们会担心。"

见李火旺拒绝，掌门的语气依然不急不慢："去留随你，正德楼明日辰时开门，玄阳少侠，还请莫要食言，你也知道这麻烦不除，无论对你还是对天下苍生，终究是个大隐患。"

当李火旺走到殿外，站在阳光下向里看去时，却发现掌门已经转过身，又对着那巨大的神像开始吟诵。

李火旺仰头看了看头顶正午的大太阳，又看了看四周安静祥和的大门，怎么看都不像有什么事情发生。

就在李火旺刚转身走没几步，正在吟诵的掌门的后脑勺下，仿佛有东西在底下蠕动。

没过一会儿，光滑的皮肤缓缓裂开一条缝，一颗拳头大小的巨大竖眼钻出，死死盯着李火旺。

老掌门似笑非笑，口中的吟诵声却忽然大了一个量级。

等李火旺七拐八拐，顺着小道重新来到人声鼎沸、礼客众多的正门，他有一种再次回到人间的感觉。

站在人群中的他向着刚刚走出来的小巷看去。

“我应该相信他吗？”李火旺感觉到有些犹豫。

“哎！年轻人！我在这儿呢！”听到有人喊自己，李火旺扭头望去，就看到路上遇到的老乞丐就在不远处，兴奋地向他招手。

“你来这正德楼了？别人肯要你？”

老乞丐兴奋地点了点头：“嗯，刚刚那位莲生贤者说了，看我可怜，可以让我待在这礼堂里干活。”

“这样也好，你在这儿好好干吧，至少比在外面挖野菜、吃供品强。我还有事，先走了。对了，我还没问你叫什么名字呢。”

“你叫我莲生就行，我喜欢被人叫莲生，以后有空来正德楼坐坐啊。”

“呵呵，随缘吧。”

告别了这位老乞丐，李火旺离开了正德楼。

等他来到早已约定好的客栈，其他人顿时一窝蜂地拥上来。

李火旺抬手阻止了其他人往下问，开口说道：“我这儿有个事情交给大伙，你们分别散去向当地人打听正德楼。”

虽然今天跟那些莲生的接触非常正常，他还是打算先听听本地人对正德楼的看法再做打算。

其他人也没问什么，点了点头后转身就向着客栈外走去。

时间一点点过去，当太阳落山后，散出去的七人陆陆续续地回来了，开始向李火旺汇报自己的见闻。

“听他们说，正德楼是整个西京城最大的祠礼堂，红礼最鼎盛。”

“我听说那些莲生都很虔诚，严守清规戒律。上次有个莲生犯了戒，被他们直接逐出莲华门了。”

“听说宫里的皇帝也会去那正德楼立礼。如果运气好，占到好位置，还可以看到皇帝呢！”

“我这里跟他们打听到的差不多。师兄，你要我们打听正德楼做什么？”

李火旺没有回答，他不想把丹阳子可能还存在这么危险的事情告诉他们，免得他们担惊受怕。

仔细琢磨了一会儿他们的见闻，思来想去，李火旺发现自己并没有拒绝的理由。

如果不信任莲华门的人，那自己只能独自面对成“仙”的丹阳子了。这个选择无疑是最为愚蠢的。

权衡了得失之后，李火旺最终下定决心，明天再回正德楼。

五像殿内，李火旺再次见到了心慧掌门，这次他不再是一个人，身后还依次排开坐着四位长老。

“既然来了，那么玄阳少侠，我们就长话短说吧。我们需要举行一场法会，来送走他。”

“行，掌门，那我们尽快准备吧。”李火旺立马开口说道。

“少安毋躁，玄阳少侠，丹阳子的因果在于你身，举行这场法会之前，还需你静下心来才可开始。”

“静心？”李火旺疑惑。

“少侠，你的心很不静，你的心病了。”

掌门的话还没说完，李火旺语气严厉地迅速反驳：“我没病！”

这话一出口，李火旺自己都被自己的音量吓了一跳。

看着面前的五位长老意味深长地望着自己，李火旺深吸一口气，握紧开始颤抖的拳头：“敢问掌门，我要怎么做才能静心？”

一本黄色封面的书被递到李火旺的面前：“把这本《皆空心法》带回去，早中晚一天三次诵读。”

李火旺接过来，翻开秘籍，里面全是晦涩的文字，云里雾里完全理解不了含义。

“只要诵读就行了？没有什么功法？也不用吃什么东西？”这么简单的步骤远远低于李火旺的预期。

看到心慧掌门摇头，李火旺拿起秘籍就要向外走，就在快走到门口的时候，他转过身来，看向盘坐在蒲团上的长老们。

“心慧掌门，莲华门可有修行功法？”

“自然有，只要少侠愿意归入本门，藏书阁可随意翻阅。”

听到这话，李火旺转身就走，自己不可能成为莲华门的弟子。

“玄阳少侠，这段时间就在本门住下吧，如此这般跑来跑去，你麻烦我们也麻烦。”

这一次李火旺没有拒绝，既然都相信对方了，再警惕这一点，反而显得自己小气。

正德楼内一间独立的厢房被整理了出来，李火旺安静地待在这里看着送过

来的书。

刚开始几天，李火旺还有些紧张，但是当他发现整个礼堂里根本没有任何人在意自己，哪怕自己跑到热闹的正殿也没人搭理后，便逐渐放下心来。

深夜，在一盏油灯的陪伴下，李火旺双手捧着这本秘籍诵读着。

“万物皆空，事事空，心法自空……”

这所谓的《皆空心法》刚开始念的时候，李火旺没有任何感觉，但是随着一天天过去，他发现自己的睡眠质量越来越好，才知道这东西不知为何，竟真有平心静气的作用。

平静地诵读完一遍后，李火旺缓缓地把书合上，吹灭油灯准备睡觉，心中开始盘算着之后要做的事情。

“等清理掉丹阳子，就去找黑太岁吧，如果能把我的病情稳定下来，我也许就能安稳下来了。”

“不过那黑太岁看起来挺凶的，如果真的抓到了，我该如何把它束缚住？”

“对了，还有实力，必须获得足够自保的实力才行，不过这同样也难办。”

就在李火旺想到这儿时，忽然看到门外有个人影一闪而过，他的身体瞬间紧绷起来。

“这里有人在监视我？”李火旺放慢脚步，缓缓地走向门边，拉开门闩。

猛地拉开一条缝，门外被月光照亮的小院空无一人，李火旺小心地探出头，发现远处有玄色素袍的一角迅速拖入黑暗的走廊。

“这莲华门搞什么名堂？”李火旺稍加思索后，放慢步伐跟了过去。

走了几步，借着月光，李火旺看到了前面的莲生，从后面无法看到正脸，但是看他穿着简朴，可以看出他在正德楼的地位不高。

就这样，在鸦雀无声的楼宇内，一个在前面走，一个在后面远远地跟着。

走着走着，忽然那莲生一闪，钻入旁边虚掩的门缝中去。

李火旺刚要钻入，但是想了想，转身走到这房间的另一侧，用手沾了点口水捅破了纸窗。

相比掌门待的五像殿，这殿内不大，甚至可以说是很狭小，里面供着的神像也远没有五像殿里的大，连供台上的蜡烛也仅仅只点了两根，整个大殿内十分昏暗。

此时有人正在神像前跪拜，但并不是刚刚进去的莲生，而是一个女人。

“女人？大晚上的在这里？”

没等李火旺想明白这个问题，那女人低声念了起来。

“仙人啊，请您赐我一个儿子吧，如果我再生不出儿子，我男人会把我卖了的。”

就在她说着这些话的时候，一个赤裸着上半身的莲生从泥塑的神像背后悄悄地走了上来。

他拿着一条红布，轻轻地绑住了那女人的眼睛。

女人身体猛地一颤后没有反抗，她的呼吸逐渐沉重起来，在她的一呼一吸中，从四周的黑暗中走出了七八位莲生，向她缓缓围了过来。

“这就是求子很灵验的真相？”李火旺看着里面的一切，顿时目瞪口呆，颠覆了他之前对莲华门的一切认知。

忽然他察觉到了什么，猛地一转身，只见在院内明亮的月光之下，那位叫坚沌的莲生如同雕像一般立在那里。

“被发现了！”

看着李火旺，坚沌什么都没说，只是轻轻地招了招手，转身远去。

再瞥了一眼殿内开始的混乱，李火旺轻轻地跟了上去。

坚沌并没有把李火旺带到别处，而是带回到了李火旺的住处，紧接着点燃了油灯，在凳子上坐了下来。

“我知道少侠在想什么。你可能认为正德楼莲生六根不净吧？但是你真的认为，那些礼客都是傻子不成？她们为何大晚上的来立礼？”

站在门口的李火旺没有说话，等待着对方接着往下说。

“有人要儿子，我们就给她们儿子，入莲华门者心怀苍生，这是在做善事。”

听到这话，李火旺不由得皱起了眉头：“那你们的好事还做得挺多挺大的。”

“莲华门从来没有弟子说自家仙人求子灵验，这都是礼客们自发宣传，我们没说她们也没问。”

“大贤者，您不用给我一个住客解释这么多吧，我也管不了你们，请出去吧，我要就寝了。”

坚沌低头对着李火旺鞠了一躬，向着门口走去，就在跟李火旺擦肩而过的时候，他一句轻飘飘的话飘了过来。

“别瞧不起莲生，我入莲华门之前就是修士，这些门派其实都一个样，只是你不知道罢了。”

坚沌走了，整个房间只剩下李火旺一个人。他转过头来，看着远处被黑暗笼罩的楼宇，心里五味杂陈。

李火旺对着那些黑暗缓缓吐了一口气：“这破地方真脏，难道就没有点干净的地方吗？”

自从发生了那天晚上的事情，李火旺晚上便尽可能地不外出了，免得破坏了莲生们的好事，招人记恨。

日子一天一天过去，李火旺的精神状况也越来越好，基本上不再做噩梦了。

就在他打算去问掌门什么时候举行法会的时候，掌门却提前派人来了。

“玄阳少侠，送仙法会马上就要开始筹备了，此等法会筹备一次耗费巨大，还请近日不要走动。”

“行，你回去告诉老掌门，我已经知道了。”李火旺对着眼前的莲生说道。

等莲生一走，一个熟悉的人影闪了进来，表情带着惊喜地说道：“年轻人，原来你就住在这里啊，怎么不跟我说一声啊？”

是之前的老乞丐，只是现在的他跟之前的狼狈样子明显不同了。

身上穿着崭新的玄色素袍，脸上也没有任何污渍，显得精神了不少。

虽说跟这乞丐只是萍水相逢，但是在这陌生的地方遇到这么一个熟人，李火旺还是感到亲近。

“莲生，你在这儿过得怎么样？”

“还行啊，我现在每天吃得饱穿得暖的，只是在莲华门里没法做善事了，有点不自在。”

一提到善事，李火旺马上想起那天晚上发生的事情，他看着眼前的老乞丐轻轻叹了一口气：“别在意那么多，好好待着吧，这莲华门虽然脏了点，但至少不会挨饿。”

“来，年轻人，我带你去我干活的地方看看，那地方可大了。”兴致勃勃的老乞丐拉着李火旺就向着门外走。

“太阳这么大，等下次再去吧。”李火旺有些兴致索然，他对这个地方并不怎么感兴趣。

“你过来啊！你过来看看，绝对不会后悔！这里有很多有意思的东西！”李火旺被老乞丐生拉硬拽着走出了房门。

跟着老乞丐七拐八拐，李火旺来到了莲华门中一个宽敞的露天大院中。

来到这里，他才发现莲华门真的很大。

“当当当！”院内尘土飞扬，一些虎口绑着纱布的工人举起石锥和锤子，正在雕刻着石像。石像成两排，一左一右向着大院远处延伸。

阳光照耀下，工人的额头油光锃亮，他们挥洒着汗水，全神贯注地雕刻着自己的艺术品。

“你就是在这儿干活的吗？环境可不怎么样。”李火旺皱着眉头用手捂住鼻子，避免吸进灰尘。

“是啊，我负责搬运没用的碎石头，这些石像中也有我的一分力啊。”老乞丐似乎对自己的职位非常自豪。

两人走到两排未完成的石像之间，观察着这些形态各异的作品。

时不时从他们身边走过的工人也没有阻止，完全把他们当作不存在。

“莲华门雕刻这些东西肯定不是自己用的，一看就知道是卖给外面的百姓的。看来这门派里的工人搞创收的能力很强啊。”李火旺暗中讥讽道。

不过经过之前的事情，李火旺对这些事情反而一点儿都不感到意外。

“还不止这些呢！前面还有呢！”老乞丐兴奋地说着，就要向着前方的门房走去。

看他往前走，李火旺抬脚便也跟上，忽然之间他精神一阵恍惚，身体有些摇晃起来。

“喂喂喂，年轻人，你怎么了？”见情况不对，老乞丐连忙跑回来搀扶。

“怎么回事？”等李火旺重新站定，用力晃了晃脑袋，那种异样的感觉逐渐消失了。

“没事吧？感染风寒了？要不先回去歇着吧？”

李火旺拒绝了老乞丐的好意：“没事，我很好，你继续走吧。”

“行，反正要真感染了风寒，也要多晒晒太阳，那咱们接着往前走。”

李火旺听到他的话，抬头看了看头顶的烈日。

“难道中暑了？刚过年不久啊，我也没觉得热啊。”

感觉身体没有异常后，李火旺抬脚就要跟着老乞丐往前走。

可是脚刚一抬起，他发现四周的声音发生了变化，不再是凿子敲击石头发出的当当声，而是变成了金属撞击在一起的拍打声。

“嗯？”李火旺疑惑地转头，向右侧的石雕看去，身体瞬间僵住了。

刚刚的石雕消失了，取而代之的是一只活生生的饕餮。

刚才那些雕刻石像的工人，他们闭着眼睛拥挤地堆在一起，不断蠕动。

“这是……这是？”双眼瞪大的李火旺后退了一步。

李火旺缓缓抬头，眯着眼睛看着头顶那刺眼的太阳，确定自己并没有眼花。

他缓缓转过身来，看向自己身后那些之前的雕像，不出意外，它们都变了，在冬日明亮的阳光下，多了几十只凶兽！

“年轻人！快走啊！”老乞丐在前面兴奋地喊着，仿佛一个急着向同伴炫耀东西的孩子。

李火旺颤抖地深吸一口气，抬脚继续往前走着，走过了巨大的门坊，又是一个宽敞的大院出现在他们面前。

这里依然肉山重重，只是这肉山之中不再只是人了，而是多了一些别的东西，比如说猪。

这座由一脸虔诚的莲生形成的肉山如同淤泥般，把它们陷了进去。

“你看，这雕的麒麟跟石狮子多么像真的，我要是有这手艺该多好。”

李火旺机械地跟着老乞丐往前走着，继续观看着莲华门工人的“作品”。他看到了狗，看到了马，看到了牛，看到了驴。

仔细辨别后，他还发现了更多的异常，那就是自己看到的很有可能都是真的！

此时李火旺的脑海一团乱麻，嗡嗡作响。

忽然老乞丐的一只手伸过来，拽着他快步走了几步，进了一间空旷的大殿。

可是那种啪啪声不但没有消失，反而更响了，在空旷的大殿内回荡起来。

李火旺脖子僵硬地看向殿内，随着他的脑袋越仰越高，瞳孔也越缩越小。

“快看！”老乞丐用手向上指去，脸上露出如同孩童般的笑容，语气中带着感慨地说道，“多么逼真的一尊祖师像啊！”

“祖师？”李火旺仰头目瞪口呆地看着眼前至少二十米高的一大堆生物。

不管老乞丐眼中的祖师长什么样，在李火旺眼前的祖师就是一座巨大的粉色肉山，它那好似癞蛤蟆背部的皮肤布满了黏稠血浆。

各种器官，从那令人作呕的皮肤里面伸进伸出，随着它的身体蠕动而不停扭动。

如此怪异恶心的东西，此刻居然浑身上下都爬满了同样蠕动的莲生。

这些莲生正用自己的血肉填补“祖师”身上的一切空隙。

女人，牲畜，再到眼前的这东西，莲华门的人们似乎在一步步挑战极限。

“怎么样？大吧！这座石头祖师是我见过最大的！”一无所知的老乞丐站在一旁称赞着。

李火旺身体都僵住了，他过去一直以为丹阳子那种坏人在这个世界是非常邪恶的，是被主流所排斥的。

既然莲华门的人跟丹阳子有仇，那么这些人不说有多正派，但是最起码讲规矩。

可是他这个假设从根本上就是错的！根本就没有什么正派邪派！说不定整个世界的其他修行方式全都是一样怪诞的！

丹阳子跟莲华门结仇，或许也不是什么正邪不两立，根本就是两帮势力在争夺地盘！

不管他们到底为什么这么做，但可以肯定的是，之前老掌门的话全都是假的！自己被他们骗了！

“什么送仙法会！那老掌门肯定在撒谎！不行，我必须尽快离开这鬼地方！”

李火旺扭头望向未察觉异常的老乞丐，虽然不知道为什么莲华门的障眼法对自己不起作用，但可以肯定的是现在自己还没有被他们发现，自己想要脱困，必须好好利用这一点。

李火旺强行忍住不让自己做出任何异常举动，收敛表情转过身去：“还行吧，也就那样，我先回去了。”

说完，李火旺大步走出大殿，来到外面那光怪陆离的雕刻场。

四周的工人依然在此起彼伏地蠕动着，但他权当看不见，继续往前走。

“哎！年轻人，别走啊，好不容易来一趟，你着什么急啊？”

老乞丐说着就从殿里跑出来，连忙跟了上去。

“这里的伙食也不错啊，不如我们等会儿一起去吃个饭怎么样？这里油炸出来的豆腐比肉还好吃。”

李火旺脸上装出些许不耐烦，脚步开始加快，老乞丐在旁边继续喋喋不休。

眼看着李火旺就要走出雕刻场，一道高大的身影挡住了他的去路。

那是一位身材高大、表情严肃的壮汉，比李火旺整整高了一个头。他盯着李火旺一言不发。

“这位师兄，可有事？”李火旺冷漠地问道，心却瞬间揪了起来。

那莲生身体逐渐前倾，仔细地打量着李火旺。

紧接着，让李火旺感到心中一颤的一幕发生了，只见一根明显柔软灵活的带着吸盘的黑色触手，从他的袖子中钻了出来，并且越伸越长。

那怪异的触手如同一条在空中游动的海蛇，开始围绕着李火旺的脑袋缓慢扭动，仿佛在感知什么。

“这位小兄弟，你的心不净啊。”

这话一出，四周蠕动的工人忽然停了下来，那些人齐刷刷地盯着李火旺。

“他知道我看破障眼法了！拼了！”眼看着情况不可逆转，李火旺心一横，单手向后拔剑，奋力朝面前的壮汉斩去。

刺啦一声，那壮汉的触手连同他的衣服瞬间被斩开，不断往外喷洒着黄绿相间的脓液。

“吧嗒！”一颗药丸飞进李火旺的嘴里，他双脚在地上用力一蹬，身体直蹿起三米高，向着距离最近的土墙冲了过去。

李火旺一动，四周所有的一切都开始发生剧烈变化，所有肉山上的活物纷纷跳了下来，怒吼着向他追去。

可是这还不够，地面猛地一颤，让所有人都差点站不稳。

已经跳到墙头的李火旺下意识地扭头望去，发现那座巨大的“祖师”已经撞破大殿木门，正在向他滚来！

“逃！离开这里！他们不可能让全西京城的百姓都看到‘祖师’的真面目！”

李火旺带着这个信念迅速向正殿冲去，身后的声音越来越嘈杂，但他已经顾不了那么多了。

一个人跑，一群人追，吃了药丸的李火旺耐力惊人，虽然有好几次险象环生，但还好都没有被抓住。

眼看着李火旺再转一个弯，就要来到正德楼门口时，一个熟悉的面孔挡住了他的去路，那是莲华门掌门心慧。

李火旺没有任何犹豫，手向怀里一伸，向那铜铃摸去，可下一秒，他的手僵在原地，自己那能召唤“游老爷”的铜铃不见了。

“玄阳少侠，你是在找这件东西吗？”心慧托着那铜铃问道，他的表情依然那么淡定。

没等李火旺回答，心慧缓缓地走到李火旺身边，把那铜铃重新塞回他的手中：“少侠，此物不祥，还需小心使用啊。”

紧接着，他并没有询问李火旺，而是转过身来，看向已经追到跟前的一众弟子，训斥道：“尔等可是莲华门弟子，慌慌张张成何体统啊！”

“掌门！不是我等要慌张，是这位小兄弟忽然出手袭击了坚威师兄！！”

听到这话，心慧掌门转过身来，疑惑地向李火旺问道：“玄阳少侠，可有此事？你为何忽然向本门弟子动手，可是他照顾不周？”

看着眼前的一众人，又看了看手中失而复得的铜铃，李火旺一时间有些理解不了对方这是在干什么。

他们都明白自己已经看到了一切，还在这儿演什么呢？

思索片刻后，李火旺索性跟他摊牌：“心慧掌门，你们跟丹阳子有仇，我又除掉了丹阳子，你们不说感谢，再怎么说也不用斩尽杀绝吧？”

“你放心，在这里看到的一切，我会牢牢闭嘴，不告诉任何人。”

“再者说了，凭我一人之口，根本无法撼动你们莲华门的声誉。”

然而听到李火旺的话，心慧的表情更加疑惑了：“你看到什么了？老朽怎么听不明白呢？”

此时双方都愣在原地，一瞬间局面安静下来。

“嗯？怎么回事？难道掌门跟那些东西不是一伙的？”心中带着疑惑，李火旺缓缓地把自己看到的一切都说了出来。

“荒唐！一派胡言！！”这是李火旺第一次看到心慧动怒，鼻下两根白须如同龙须般微微抖动，强大的气场瞬间压得身后一众弟子连忙低下头来。

心慧刚说完这话，似乎马上察觉到自己的失态，连忙双手合十，双眼微闭，向着虚空参拜。

“弟子说了不该说的，事后必抄门规百遍以示惩戒。”

说完这些话后，心慧重新抬起头来，心平气和地看向李火旺，仔细地打量一会儿后，他轻轻地点了点头说道：“老朽知道这是为何，玄阳少侠，你且跟我来。”

看着那一群虎视眈眈的莲生，李火旺此时不跟也不行了，他把手中长剑插回背后的剑鞘，转身就跟了上去。

心慧并没有去别的地方，而是带着众人重新来到了之前雕刻石像的场地：

“玄阳少侠，你刚刚可是在此处看到的那些奇特之事？”

被众弟子围住的李火旺看着眼前的一切顿时愣住了，之前变成飞禽走兽的一尊尊未完成的石像，仿佛在跟他开玩笑，重新出现在他面前。

“这怎么——”

“少侠，你且继续随我来。”

在心慧的陪同下，李火旺缓缓向前走去，过了雕刻石像的场地，又来到了之前看到牲口的地方。

在这里，同样也没有任何一只牲畜，有的只是那一座座还没有完工的石麒麟、石狮子，大大小小的石质瑞兽整齐排列，无声地注视着前方。

就在这时，心慧忽然拔出李火旺身后的长剑用力一斩，一个巴掌大小的狮子脑袋被斩了下来。

心慧抓起这石狮脑袋，放在李火旺的手中。

李火旺用手指在石狮子的脑袋上轻轻抚摸，这石头的质感，还有这沉甸甸的重量，这分明是真的！

“这怎么会——”陷入迷惑的李火旺还不死心，他走过去，双手在那些雕像上一一摸过，发现它们确确实实都是真的。

最终他站在那座大殿门口，向着里面看去，只见一尊白胡子老者的石像，赫然呈现在李火旺面前。

“这不可能！我刚刚明明看到了，看得清清楚楚，怎么可能是假的呢？”

听到李火旺的话，心慧掌门轻叹了一口气：“玄阳少侠，你病得不轻啊。”

迷茫的李火旺扭头看向心慧，错愕地说道：“难道是我发病了？刚刚的那些都是我的幻觉？”

心慧轻轻地点了点头：“少侠，你自己得了什么病，想必比我们这些外人清楚吧？”

“难道我吃下的那一些黑太岁，只能支撑这么久吗？我又开始出现幻觉了吗？”李火旺双手抱住自己的脑袋，表情痛苦地喃喃自语。

听到李火旺说的这话，旁边一群面带排斥的弟子纷纷凑在一起，低声议论起来。

“搞了半天，原来他是个疯子。”

“要是没什么事情的话，就赶紧请他走吧，万一哪天发疯，砍到人就不好了。”

“肃静！”心慧的一句话让所有人安静下来。

他走进殿内，点燃四根香，紧接着转过身来，递到李火旺面前：“麻烦到我门中弟子倒也没什么，可惊扰到祖师就不好了，好好给祖师点个香吧。”

“点香？”身体肌肉瞬间紧绷的李火旺目光在石像、心慧，还有那四支香之间不断交替。

“玄阳少侠，你还在等什么？此事可是你有错在先。”心慧把手中的四支香往前伸了伸。

李火旺的脑海中再次出现那摊蠕动的怪物，那团浑身挂满莲生的怪物。

如果那东西是真的，自己过去给它点香，岂不是送到它嘴边让它吃？

“少侠，你还在犹豫什么？”

李火旺看向说这话的心慧，此时的他脸上开始流露出一丝不悦。

摸了摸手中货真价实的石狮子，又仰头看了看头顶耀眼的日头，李火旺把狮头一扔，双手接过香，抬脚迈过门槛，缓慢地向着那尊石像走去。

他走得很慢，肉体和精神高度紧绷，额头上开始挂上冷汗。

可走得再慢，李火旺最终还是走到了石像之下，石像还是那石像，并没有变成那摊令人作呕的怪物。

李火旺双手握香，站在香炉前，再次仰头看去，从这个角度往上看，恰好可以看到巨像，他正在用那不喜不悲的眼睛注视着自己，让人不由自主地心生敬畏。

随着李火旺把香高举过头顶，四支香轻轻一抖，白色的烟在空中打了一个旋，向着殿顶飘去。

李火旺举着香拜了三拜后，郑重地把香插进香炉中，转过身来重新回到殿外。

见矛盾解开后，那群人逐渐散开，重新回到自己的位置上，拿起工具继续雕刻起来，当当声不绝于耳。

心慧跟李火旺沿着石像中间的那条石砖路，缓缓向外走去。

“玄阳少侠，既然你的病这么严重，接下来就别乱跑了，安心等待法会举行吧。”

“虽说你的病麻烦，但跟你的病相比，丹阳子无疑更危险一些，饭一口一口吃，事情也一件一件做。”心慧对身边的李火旺说道。

李火旺扬起头来，再次看了看头顶明媚的阳光，双手高举用力伸了一个懒腰：“掌门，对于我这种癔症，门内可有办法解决？”

“嗯……老朽可以让弟子试试，可是成功与否不得而知。”

“没事，我就随便问问，反正疯这么久，我习惯了。”李火旺一脸无所谓，“对了，掌门，你刚刚是怎么做到的？怎么我怀里的东西突然就到你手里了？”

“呵呵，一点小把戏罢了，不足挂齿。”

“掌门，这时候就别谦虚了，你要是不足挂齿，那我这样的人算什么，一只虫子都不如吧。”

“玄阳少侠，事情不是这么算的。你看，丹阳子虽说实力不如我，可在外面也算得上是中游，可最后还不是被你除掉了吗？”

“丹阳子那样的都是中游？那上游得多厉害？掌门，像你们这样的高人之间，可有高低之分？”

“有是有，不过那都是无聊之人胡乱编排出来的罢了，修行者不求虚名，不在乎这些。”

这条不长的路，两人走了很久也说了很多，李火旺也从心慧口中获得了这个世界很多有用的信息。

当离开了雕刻地后，李火旺停了下来，对着心慧行了个礼：“多谢掌门解惑。”

“哪里哪里，举手之劳罢了，玄阳尊客身体抱恙，就先回去歇着吧。”

相互客气一番后，李火旺左右看了看，并没有发现那老乞丐的踪影，就转身向自己的住处走去。

他走得很慢，看起来心事重重，似乎在思考着什么事情。

走了有小半个时辰，李火旺终于来到自己的住处，在关上门的瞬间，李火旺的表情变得凝重起来，双手握拳用力一捶墙壁。

虽然不知道那些人用什么办法迷惑住了感官，但作为长时间在幻觉和现实中交替的病人，李火旺别的不行，对于这些再敏感不过了。

刚刚那座石像给自己的感觉明显不对劲，那种感觉跟幻觉中的医院一样，有一种说不出来的味道。

“那些石雕都是假的！祖师像也是假的！都是障眼法变出来的！！我之前看到的根本就不是幻觉！”

嘎吱一声，木门缓缓地打开了一条缝，李火旺透过那条缝向外警惕地张望着。

午后明媚的阳光穿过摇曳的树叶，在地上洒下点点树影，此时外面非常安静，除了远处那位拿着扫把扫地的弟子外，没有任何异常。

然而这样祥和的一幕场景在已经彻底醒悟过来的李火旺看来，完全是另一番场景。

“哼！都是装出来的，他们骗不了我！他们这么做就是想稳住我，就是想让我自愿参加他们口中的什么法会！”

刚说这话，一个念头在李火旺的脑海中闪过。

“等等，他们为什么这么做？我这么一个普通人，他们那么强，想做什么直接跟我来硬的不就好了？”

这个问题现在注定没有答案，不过李火旺也不需要这个答案了，他现在只想尽快地离开这个鬼地方。

就在李火旺还在猜测那远处扫地的弟子是不是过来监视自己的时候，对方见地上没有落叶，拿起扫把转身离开了。

“莲华门的弟子没有察觉到我的异常，这是我现在唯一能利用的优势了。”李火旺心中暗暗估算着。

外面已经没有任何人了，但是李火旺并没有走，而是安静地等待着什么。

时间一点点地过去，李火旺的手心开始冒汗。

“当——当——当——”沉闷的钟声瞬间响遍整个正德楼，也让李火旺浑身一震。

待了这么久，李火旺已经知道，这钟声代表酉时到了，这同样也是整个正德楼开饭的信号。

嘎吱一声，表情平静的李火旺走出了自己的住处，跟上路上遇到的弟子，一同向着用饭的膳房走去。

他现在出现在这里完全合乎情理，过去这些日子里，他都会和今天一样去吃饭。

相比自己住的地方，膳房明显离礼客云集的正殿更近。既然对方使用了障眼法，他们肯定是不想让普通人看到他们不为人知的一面。

一路上，李火旺注意到有不少莲生偷偷注视着自己，并且低声说着什么，似乎还在议论着下午发生的事情。

他们的眼中带着戏谑、敌意，也带着好奇。

但是李火旺明白，这些都是假的，这些莲生都是在装模作样。

“他们跟心慧是一伙的，整个莲华门没一个好人，他们都想害我！”李火旺斩钉截铁地确认。

不快不慢地走了有半炷香的工夫，李火旺看到了人头攒动的膳房。他并没有直接逃跑，而是也随着人流走了进去。

拿着木碗盛好饭，李火旺平静地坐在凳子上，就着眼前的素菜吃了起来。

今天的菜是芋头汤、魔芋炒油豆腐、油淋小青菜、土豆炖倭瓜。

虽然没有任何肉，但是味道尝起来还算不错。

不过经历了那件事情之后，现在李火旺已经没有任何胃口。

为了骗过他们，李火旺此时不敢有任何异常举动，继续大口大口地吃着。

“啪！”一只手拍在肩膀上，让李火旺身体猛地一颤。

“年轻人，你也在啊？哎！之前你慌慌张张地跑什么啊？”

听到这熟悉的声音，嘴里鼓鼓囊囊的李火旺扭头望去，不出意外地看到了那张缺了一颗门牙的笑脸。

那是路上遇上的老乞丐，今天要不是他硬拉着自己去看什么石像，现在也不会是这种局面。

老乞丐端着自己的一碗饭，强行挤到李火旺的身边坐了下来：“我们一起吃啊。”

李火旺用余光瞥了一眼四周没有异常的众人，嘴里的东西嚼了嚼后，继续埋头吃了起来：“随你。”

“年轻人，你之前的伙伴呢？让他们别住客栈了，过来一起吃啊。我告诉你，这里吃饭不要钱哦！”对这一切一无所知的老乞丐依然保持着那种大大咧咧的性格。

但是这一次，急于脱身的李火旺懒得搭理他。

用和往常一样的速度吃完了晚饭，李火旺打了一个饱嗝，向着膳房外走去。

重新来到了外面那条石砖路，老乞丐却又跟了上来：“别走啊，咱们再聊会儿吧，这里的莲生闷得要死。”

用舌头舔了舔牙龈上的食物残渣，李火旺脸上带上一丝不耐烦地看向他：“别跟着了，回去睡吧。”

“睡什么，这才什么时辰啊，我跟你说个事啊……”

老乞丐的话刚说到一半，就看到刚刚还好好的年轻人脸色变得非常难看。

紧接着，李火旺用极低的声音对着老乞丐说道：“快走！越快越好！这个地方很危险！”

下一秒，李火旺双脚用力一蹬，用尽全身力气向着正殿奔去。

他的举动立刻引起了其他人的注意，四周的弟子纷纷看了过去，但他没有理会，继续狂奔。

李火旺的心跳得飞快，精神也紧绷，时刻注视着四周心慧掌门可能出现的地方。

十丈！五丈！一丈！

当李火旺从那侧门冲了出来，四周轰然炸响，脚步声、说话声、敲木鱼声瞬间充斥他的耳朵。

此刻他已经回到了那庄严的正殿，前来许愿的平民百姓把他撞得不断摇晃。

站在人声鼎沸的中心，李火旺一时间愣住了，四周那一张张神情自然的面孔似乎在无声地告诉他什么。

有些气喘的李火旺突然想到了什么，扭头向之前的侧门看去。

那里空空如也，任何追兵都没有出现。

远处无论是负责接待的弟子，还是负责解惑的弟子，都没有向这边看过来半分。

在李火旺看来，一切都是那么的正常，正常得……都有点不正常了。

“难道……那些真的是我的幻觉？那些奇怪的东西都是我幻想出来的？”

但是很快李火旺就打消了这个荒谬的念头，他用力晃了晃脑袋，抬脚大步向着楼外冲去。

这种事情不能赌，哪怕只有一丝可能也不行。

出去的过程很轻松，跟进来的时候一样轻松。

李火旺以最快的速度来到了客栈。

看到好些天没见的李火旺，一群人格外亲近，纷纷拥了上来。

“师兄，你怎么回来了，正德楼的事情办完了吗？”

“没时间叙旧了，赶紧收拾行李，走！我们赶紧离开这个地方！”

“好，那我去通知吕班主。”

“不等他们了！我们现在就走！快快快！”

“师兄，我们去哪儿啊？”白灵淼满脸疑惑地问道。

“出关！”

“嗒嗒！”黑驴蹄子在硬路上不断敲打着，发出清脆的响声。

神情有些慌张的其他人跟着驴板车一路小跑着。

他们一边走着，一边还时不时向后张望，似乎害怕什么追上来。

“李师兄，我们为什么要急着出关啊？”擦着汗的狗娃问道。

“正德楼既然能在闹市立足那么久，并且还能如此红红火火，你说为什么我们要出关？”李火旺的脸色阴沉得可怕。

听到李火旺的反问，浑身黑毛的女人开口说道：“既然正德楼能跟皇宫位于同一座城里，并且能相安无事这么久，就已经说明了问题，不管西京城的掌权者是同流合污，还是被他们渗透，这里的官府也不能信任。”

李火旺点了点头。

像他这样的普通人被骗了还说得过去，要说这么大的国家所有人都被骗了，打死他都不信。

“反正这地方我们也待够了，纸条也全部给了赵五，我们本来下一步也是要出关的。”

“哗啦！”一张地图被李火旺铺在驴车上。

别的地方都买不到的地图，终于在西京城找到了，哪怕依然十分粗糙。

李火旺的指尖在地图上缓缓滑动，画出一条接下来的行程路线。

横跨四齐、后蜀、青丘三个国家，最终目的地是白灵淼的老家梁国。

“嗯，去我们那儿，我们那儿没有这么邪门的地方，我们那儿的人都很和善。”

听到白灵淼的话，李火旺抬头看了她一眼后，重新看向地图。

说句实在话，他现在谁都不信，他无法判断白灵淼口中说的究竟是真是假，抑或同样是障眼法。

他们这么一群普通凡人，面对这些高深莫测的高手，实在是太被动了。

他们就这样一直走着，走到天快黑了，一直走到彻底走不动了才停下来休息。

李火旺看着眼前的篝火，心中有些焦急，速度实在太慢了。

说实话，他现在不缺银子，实在不行就把那块玉佩当了，应该也能一人配一匹马。

可问题是，他们这些人压根就不会骑马。

“这样走不行，不能走大路了，这样太容易被追，等下吃完饭就钻林子。”

“李师兄，你的面，接下来要赶路，我放了很多猪油，顶饿。”

一碗热气腾腾的面条被端到李火旺面前，点点肉末在汤面浮沉。

坐在一旁安静地看着李火旺大口大口吃着面条，白灵淼把脑袋搁在膝盖上说道：“既然这莲华门的弟子不是好人，那李师兄你的事情怎么办？非要找他们吗？”

用力咽下嘴里的面条，李火旺端着碗轻轻吹了吹后，呼哧呼哧喝了一大口面汤。

“没事，小麻烦，跟那些追杀的人相比，这些事情根本称不上麻烦。”

既然那掌门骗了自己，那么他之前说过的话全都要打上一个问号。

或许他们根本就不能解决丹阳子，又或者丹阳子根本就不是他们说的那样。

可能存在或者可能不存在的丹阳子，完全可以放到后面再解决也不迟。

“是不是面不够啊？不够我再给你盛点？锅里还有。”

李火旺摇了摇头，把碗递给了白灵淼，站起来走到傻子身边，踮脚用手在他的大光头上一拍：“走，别吃了，一起跟我去林子里放水。”

“哦……”

小林子里，李火旺跟傻大个并排站着，给面前的小树施肥。

先扭头再瞥了一眼身后的篝火堆，李火旺低声对着他吩咐着什么。

随着夜幕降临，正德楼内也开始关门。

所有弟子陆陆续续开始上晚课，整个楼内到处都是抑扬顿挫的读书声。

坚沌右手在前转着简珠，左手在后握拳，在楼前不紧不慢地走着。

很快他来到了五像殿内，看到了殿内正在专心穿简珠的掌门。

“掌门，刚刚我去查看，发现玄阳已经走了。”

双腿盘坐在蒲团上的心慧掌门，举起手中的简珠悬到空中查看着。

半晌过后，他把手中的简珠放在地上，又从一旁的摇篮里抱起一个婴儿。

“唉，可怜啊，要不是我们发现得早，你就要被你爹溺死了。”他抱着这女婴轻轻地哄着。

“掌门，玄阳走了。”

“老朽还没耳背呢，不用那么大声，当心吵到孩子。”

“嗒嗒嗒嗒——”四周响起有节奏的声音，整个五像殿庄严起来。

心慧小心翼翼地把孩子放在地上，轻手轻脚地把那刚做好的筒珠缠在她的身上。

紧接着，在这声响的陪伴下，心慧开始低声念诵起来。

“月藏玉兔——日藏乌哎——自有龟蛇——相盘结哎——”

随着念诵声响起，那婴儿身体上的筒珠如同活过来一般，开始收紧。

“相盘结，性命坚，却能火里种金莲哎——”

心慧双手掐作花印，猛地向哇哇大哭的孩子用力一指。

哭声渐渐变成了笑声，笑声越来越大，大到连殿内那五座神像都嘴角上扬。

“攒簇五行颠倒用哎——功完随作神和仙——”

声音渐渐减弱，眼尖的坚沌连忙快走几步，托起一旁早已经准备好的花瓶送到心慧身边。

随着心慧一阵捣鼓，跟当初丹阳子屋内一模一样的花瓶姑娘便做成了。

做完这一切后，盘坐的心慧重新拿起一根线开始穿起筒珠来。

“既然走了，那你就去追回来吧。”

“是，弟子遵命。”

“当心一点，那小子虽然对一切都一无所知，可他的潜力不容小觑。”

“丹阳子这个贼人别的不说，运气还真不错，也不知道从哪儿找到这样一个罕见的心素。”

…………

夜晚，一处茂密的灌木丛中，李火旺身上裹着被子，无声地守护着。

没有篝火的夜晚很是寒冷，毕竟现在才三月份。

但是此刻他不敢点火，以免黑夜中的火光引来莲生的追杀。

借着空中微弱的月光，李火旺伸手把铜铃从怀里拿了出来。

当初丹阳子给的能让人力大无比的药丸已经吃得差不多了，这是他现在唯一能拿得出手的东西了。

可是联想到掌门那轻松拿在手中的样子，李火旺就感到强烈的不甘心。

对方想要对付自己，结果自己却只能逃跑，这种感觉实在太难受了。

“在这个混乱怪异的世界里，一切都是实力为尊，想要在这里立足，我必须足够强大！”

“连丹阳子那样的人都可以变得如此强大，我凭什么不行？不管这个世界的修为方式是多么的怪异，我都必须得到。”

“我要自保，我也要保护我想保护的人，求不到就偷，偷不到就抢，抢不到就来阴的！”李火旺的表情逐渐变得狰狞起来。

刚想到这儿，李火旺一愣，表情疑惑地用手摸了摸自己的后颈，似乎在思考着什么。

“蹉跎——岁也——寂空——”

寂静的树林中被一道空灵的吟诵声打破了。

几乎是条件反射般，李火旺猛地站了起来，向四周迅速观察。

可是四周一片漆黑，他什么都没有发现，之前做的那些简单的小陷阱也没有任何反应。

“蹉跎——岁也——寂空——”空灵的吟诵声再次在黑暗中响了起来，这一次更近了。

“快！都起来！快走！分散跑，别管驴车！傻子，按我之前教你的做！”

在李火旺的提醒下，白灵淼下意识地刚要跟上李火旺，就被傻子一把扛在肩膀上，大步向东面冲去。

李火旺跨过灌木丛，重新跳回到路上，咬着牙迅速向前冲。不管怎么说，那些人的目标只是自己，如果真的逃不掉，没必要让别人一同送死。

在黑暗中，李火旺不断地奔跑着，不知道从哪里传来的吟诵声却始终紧随不舍，并且他的鼻子开始闻到了祠礼堂里的香火气。

跑着跑着，忽然李火旺停住了，他的瞳孔微缩，注视着眼前一片漆黑的道路，上面有许多苍蝇大小的红点在轻微抖动着。

“蹉跎——岁也——寂空——”吟诵声越来越响了。

终于那黑暗中的东西慢慢出现了，巨头，高身，跟他在大殿里看到的祖师像相似。

之前李火旺看到的黑暗中的红点，其实是飘浮在祖师像身上的一束束香，这些香随着祖师像巨大身体的摆动而抖动着。

高大的祖师像被白烟环绕，本应该是仙气十足，然而当环境换到昏暗的野外林间小路上，就完全变成另外一回事了。

这些像不止一个，而是七个，他们并排站立，摇摇晃晃地朝着李火旺走来。

他们踩着简单重复的步伐，一下左一下右地摇摆着，他们跟人似像非像，表情似笑非笑，似怒非怒。

当完全暴露在月光下时，李火旺也看清了首位祖师像的面容，他认出，那是坚沌的脸：“少侠，你心不静啊。”

李火旺仰头看着眼前至少四米高的肉身神像：“你们终于不装了是吗？你们这些装神弄鬼的垃圾！！”

“少侠，鄙人不知你在说些什么，快随我回去吧，丹阳子的因果在你身上，如果带着它离开，你会有大麻烦的，天下苍生也会有大麻烦。”

坚沌说完，随着他双手重重一合掌，撕裂声凌空响起，一只只手掌摇摆着从他身后长了出来。

“丁零零！”随着李火旺用力摇晃手中的铜铃，四周的环境开始畸变，树枝的线条迅速扭曲，形成了“游老爷”。

在铃声响起的同时，四周的混乱并没有影响到那些巨像，他们如同礁石般屹立不倒。

李火旺挖起地上的泥土，往嘴里塞了一口：“‘游老爷’！”“游老爷”带着残影贴着地面，朝着巨像飞去。

“呔！”巨大的巨像掌力拍下，顿时激起尘土飞扬。

然而，没有实体的“游老爷”对这种攻击完全无视，直接从掌背钻出，向着最近的祖师像扑去。

当“游老爷”完全钻入祖师像的脑袋时，那高大的身影开始摇晃起来，巨大的手掌如同驱赶苍蝇般，不断地挥打。

然而这并没有起作用，没过一会儿，巨大的祖师像重重倒地，脸上的五官开始融化，本应该不受影响的身体也跟着四周的幻象扭曲起来。

“砰砰！”剩下的六位祖师迅速背靠背围成一个圈，然后用力往地上一砸，双手合十，开始念起生涩难懂的咒语。

“卖多罗——三陌——三米拉……”

念诵声刚响起，远处的李火旺马上察觉到“游老爷”的情况不对劲，组成它身体的线条开始不由自主地扭动。

李火旺看到这种情况，抓着手中的铜铃摇得更加卖力，嘴里念念有词，声

音越发大了起来。

当听到李火旺说愿意付出更多阳寿之后，“游老爷”艰难地维持住自己的身体，向着其中一尊祖师像冲去。

伴随着一阵颤动声，又是一尊祖师像倒在地上，然而这已经是“游老爷”所能做到的极限了。

在洪亮的吟诵声中，半空中的“游老爷”落在了地上。

见“游老爷”没用了，李火旺停止了摇铃，可随着四周一切恢复正常，地上的“游老爷”并没有消散。

它身上的所有线条开始褪去本来的颜色，变成了粉色的血肉色，一直是无形的它，居然被那些祖师像的吟诵声赋予了实体。

有了实体的“游老爷”看起来就像一大团打了死结的蚯蚓，在地上缓慢地挣扎着。

掌心有着莲花印的巨掌重重拍下。

“啪叽！”“游老爷”的身体被拍扁了。

巨掌缓缓抬起，重重地合十，剩下的五位祖师摇晃地走了过来，站在李火旺面前依次排开。

“玄阳少侠，请随我等回去吧。”

李火旺仰头看向祖师像，因为背对月亮，他看不清这些巨大祖师像的脸，他只能看到他们背后如同触手般蠕动的手掌，以及巨大的头颅，还能闻到他们身上那股怪异的味道。

李火旺往后退了几步，左右张望后发现这里真的只有自己一个人，他对着面前的祖师像摇了摇头。

“不去。”李火旺决然地伸手向身后握去，抓住了剑柄。

伴随着吱嘎声，巨大的祖师像弯下腰来，挡住了李火旺头顶的月光。

李火旺能感觉到黑暗中，他那灯笼大小的眼睛正在看着自己。

“玄阳少侠，你还是去吧，我们这是为你好。”坚沌出乎意料地并没有直接动手，继续语气平静地劝说着。

“你们要真为我好，那就让我离开怎么样？莲华门不是心怀苍生吗？放我走又如何？”

“正是因为莲华门心怀苍生，所以我们断不能让少侠离去。”

就在他这么说的时候，一颗石头飞了过来，砸在他的脑袋上，发出清脆的当的一声。

李火旺和坚沌同时朝那边看去，就看到白灵淼等人举着手中的夜光石站在远处。

“李师兄！快跑啊！”更多的石头向这边扔来，打在坚沌的身上后，又无力地落了下去。

“这又是何必呢。”坚沌那巨大的双手重重地合十，纤细的双腿轻轻蹲下，紧接着用力一蹬。

轰的一声巨响，坚沌那高大的身影腾空而起，紧接着如同一颗巨石般落下，十几棵大树被直接压断，他那高大的身影重重地砸在了白灵淼他们身后。

看到身体瘦弱的白灵淼站在祖师像身边，甚至连他的肚子都不到，李火旺顿时表情狰狞，歇斯底里地喊道：“给我停下！”

“轰！”似乎瞬间感觉到了什么，无论是白灵淼身边的坚沌，还是远处的祖师像都同时齐刷刷地后退了一步。

“玄阳少侠，我们没打算做什么，请冷静。”此刻坚沌的声音里居然带上了一丝紧张，仿佛不想刺激到李火旺。

“嗯？”这一幕出乎所有人的意料，李火旺的一句话，对方居然照做了。

“他们……在紧张？我一个普通人，他们有什么好紧张的？”

“莲华门不会滥杀无辜，鄙人只是想让他们安静下来。”坚沌说着，用巨手轻松掰下四周的树干，相互交叉，做成了一个简陋的树牢，把所有人困在里面。

坚沌解决完闲杂人等，重新摇摆着走了回来，来到李火旺眼前。

“玄阳少侠，既然你不愿意跟我回去，不如跟鄙人辩论一番如何？”

“辩论？你这是想靠嘴皮子说服我回去？”李火旺看着那比自己身体还要大的手掌，实在弄不清楚对方这是在干什么。

“然也，玄阳少侠是个懂事理的人，鄙人相信能说服你。”

“嗯？”联想到之前在正德楼遭遇的事情，此时李火旺发现了一个非常不符合逻辑的地方。

无论掌门还是眼前的坚沌，哪怕他们的实力远比自己强大很多，可是他们依然不想用暴力来对付自己，反而一直想用欺骗一类的情感手段来困住自己。

“能用武力轻松解决的事情，他们为什么要这么麻烦？我身上难道有什么特殊的地方吗？”诧异的李火旺张开双手，看向自己那平平无奇的手掌。

“我除了是个神经病外，还有什么能引起他们在意的特质？”李火旺心中暗暗琢磨着，完全无视了眼前坚沌的发言。

他需要找出对方在担心什么，这或许是自己逃脱的唯一机会。

“反过来想一下，如果他们用武力威胁我的生命，会有什么后果？”在这个世界经历的一切在李火旺脑中电光石火般闪过。

最终停在了喜神被黑暗中的东西拖拽的时候，这一路上只有那次是真正生死存亡的时刻，但是那一次，以极其古怪的方式解决了。

李火旺瞳孔瞬间缩到了最小。

“丹阳子！他们不敢对我动武，是因为只要我遭遇致命的危机，不知道成了什么东西的丹阳子就会出现！丹阳子其实是在保护我！”

想通了这一点，李火旺顿时茅塞顿开，他一直惯性思维地以为丹阳子跟着自己是想害自己，现在看来并不是这么回事。

虽然他是自己除掉的，但是在他的视角看来，自己这位亲传弟子并没有对他做什么不好的事情，甚至协助他“得道成仙”。

“莲华门的人显然早就看清了这一点，可是他们并没有告诉我，反而费尽心思地欺骗我，想借助法会，彻底解决丹阳子。”

“如果他们解决了丹阳子，那么我们这些人就真的成了他们砧板上的鱼肉了。”一想到莲华门那些人可能会做的事情，李火旺顿时感到一阵恶寒。

反应过来的李火旺重新抬头看向眼前的坚沌，这一次，他的嘴角微微上扬。

“你们在害怕丹阳子？既然他都成仙了，你们这些人还怕他？”

坚沌表情一凝：“玄阳少侠，鄙人不知你在说些什么，鄙人可以向祖师发誓，法会除了解决丹阳子外，绝对不会对你造成任何伤害。”

对方这句话更加肯定了李火旺的猜想。

这个世道根本没有哪个好心人会好心地全盘托出，想要知道一些更有价值的东西，只能自己收集信息自行判断。

“我忽然发现，带着丹阳子也挺好的，毕竟他是我的师父。就这么把他清理掉实在过意不去啊。”想明白一切的李火旺此时一点都不慌了。

“这绝对不行，丹阳子不仅关乎你一人，更关乎天下苍生。”

李火旺仰头看着眼前的坚沌，嘴角微微上扬：“不如你跟我师父当面说怎么样？”

“什么？”

锵的一声，李火旺单手握住剑柄用力一拔，那把削铁如泥的长剑便握在他手中。

坚沌看到这一幕，脸上露出和蔼的笑容：“想靠这东西破了鄙人的幻术，玄阳少侠，你这实在是太天真了。”

“没听到我刚刚说什么了吗？我是说让你跟丹阳子当面谈谈。”

话音刚落，李火旺把长剑放在自己脖子下用力一划。

李火旺身上的衣袍领口瞬间被染成了红色。

“呵呵——”意识开始模糊的李火旺用手捂着脖子轻声说道，“听到了吗？好像……打雷了。”

“打雷？”包括坚沌在内的五位巨大祖师同时抬头看去，紧接着他们发现空中刚刚还露在外面的月亮已经不知道去哪儿了。

整个天空都被黑暗的云层笼罩，里面翻滚着，并且不断地传来某种声音，那动静很像打雷声，但那绝对不是打雷的声音。

“咳咳。”感觉到呼吸不畅的李火旺干咳了几下后，踉跄倒地。

当躺在地上的他抬头看向天空时，在那片黑云中，李火旺终于再次看到了自己的师父，依旧是那副难看的模样。

黑色羽毛血淋漓长满了他的皮肤，本应该长着脑袋的地方从中裂开，长着三张不同年龄的脸。

此时他身上除了他本身就拥有的器官外，鼓鼓囊囊的身体上还多出来一些别的完全不可能是人类的器官。

噩梦般的黑亮形体，脓液似的双瞳竖目，污秽不洁的外翻内脏，缠绕的邪异触手，这些乱七八糟的东西统统被一条悬浮在空中的仙气飘飘的白色披帛给环绕住。

而且这些令人作呕的东西并不是一成不变的，它们每时每刻都在发生着变换，变化成一些更让人毛骨悚然的东西。

还没看一会儿，李火旺的眼睛开始充血，他的额头被青筋布满，整个头部开始胀得像老寿星的头一样大。

“不行，不能再看了……”虚弱到极致的李火旺连忙挪开视线，这才感觉好一些。

但这也好不了多少，不断地流血同样可以带走他的生命。

伸出颤颤巍巍的手，他从自己腰间掏出几颗止血的药丸，扔进嘴里咽了下去。

他体内的血液流动开始减缓，出血量肉眼可见地减少。

但这还不够，李火旺又掏出一些自己在清风门内炼制的固本培元的药丸放进嘴里。

突如其来的刺啦一声，让李火旺目光上移。

他看到自己的师父已经开始行动了，此时那怪诞的丹阳子如同一只蜥蜴般趴在巨大的祖师像上，张开三张大嘴轻而易举地把一个祖师像的耳朵给扯了下来。

一声怒吼过后，祖师像身后的那些手掌迅速弯曲成爪，向着丹阳子身上抓来。

可谁知丹阳子身体上的各种怪异之物猛地一胀，把所有的手掌硬生生地全部撕扯了下来。

紧接着，丹阳子用力一扯，咬住了伤口。

“啊！！”那祖师像惨叫着，富态的身体开始内凹干瘪。

没过几息，他就重重地倒下了。

当丹阳子出现在其他祖师像面前时，坚沌表情十分凝重，丝毫不敢掉以轻心，直接掏出一本书。

“啊——噌——哆——啰——咪——”随着双腿盘坐的坚沌念出五字咒语，那书上血红色的文字迅速消失，转而出现在丹阳子的身上。

被文字环绕，丹阳子开始不由自主地颤抖，并且开始增生起来。

增生没多久又开始迅速萎缩，并且萎缩得越来越快，最终丹阳子彻底地消失在了原地。

脸上冷汗直流的坚沌看到这一幕，稍稍松了一口气，好在自己准备了后手，要不然就真的麻烦大了。

紧接着，随着他开始倒念五字咒语，手中托着的书重新开始浮现文字。

见文字一字不差，坚沌刚要合上，整本书猛地炸开，书上的文字四处飞散，丹阳子居然从里面钻了出来。

这一幕是谁也没有想到的，丹阳子咬住了坚沌，果断将其杀死。

剩下的三个祖师像似乎还想挣扎一下，可这注定是徒劳的，没过多久，就都断了气。

半炷香过后，七个祖师像已然消失。

就在李火旺朝着丹阳子看去时，丹阳子转过身来，三张不同时期的脸同时露出一个意味深长的笑容。

“娃啊……”

噗的一声轻响，丹阳子的身体如同烟云般消散了。

时间慢慢地过去，空中的月光重新出现了，给这林间路上的一切盖上一层银纱，一切都尘埃落定。

李火旺捂着自己的脖子，吃力地坐了起来，看向仍被树干围住的其他人，此时他们已经都快被吓傻了，呆若木鸡地缩成一团。

李火旺仿佛知道他们在想什么，连忙虚弱地解释道：“你们别怕，都别怕！丹阳子真的死了。”

然而李火旺的话并没有让他们脸上的恐惧减弱半分，那些人已经吓得哭了出来。

最终还是最亲近的白灵淼开口，此时她的面孔更加苍白：“李师兄，什么……什么丹阳子？我们没有看到。”

李火旺艰难地吞咽了一口口水：“你们看不见刚刚杀死那些祖师像的丹阳子吗？难道他在你们眼中是透明的吗？”

一时间，李火旺的心里又多了别的猜想。

就在这时，缩在大个子身后的狗娃越发剧烈地颤抖着身体。

他不敢看李火旺，只能闭上眼睛，声音带着哭腔地大喊道：“李师兄！哪有什么丹阳子啊！自始至终那就是你一个人啊！”

“什么？”李火旺忍着疼痛，用手摸向了自己的脸，那里沾了一些黏稠的液体。

继续向下摸，他还摸到了自己左右嘴角两侧被撕裂出很长的口子，就仿佛自己刚刚张开了很大的嘴。

而这些都不是重点，现在最重要的是他感觉很饱，很饱很饱。

第四章　李志

“嘎吱嘎吱——”驴车的轮子不断转动，轴承发出难听的刺耳声音。

“狗娃，往轮子那里滴点香油。”躺在驴车上的李火旺吃力地说道。

此时他脖子上的伤口刚刚被白灵淼用绣花针缝合，并且敷上了金疮药，现在无法坐起来。

没过多久，嘎吱声减弱了很多，李火旺目光无神地看着天空，回想着前几天夜里发生的事情。

之前正德楼的麻烦已经解决了，但是自己身上的麻烦才刚刚开始。

在自己看来，是成仙后的丹阳子杀死了那些祖师像。

可是在其他人看来，是表情狰狞的自己扑上去，钻进祖师像的体内撕碎了他们。

一个世界不可能有两种视角，那么自己和他们所看到的肯定有一种是假的。

李火旺扭头看向一旁，双眼被布条缠住的白灵淼牢牢地抓住自己的手，一刻都不肯放松。

目光回缩，李火旺重新看向天空中的白色云彩，脸上露出一丝苦笑。

说实在的，因为病情，现在连李火旺都不相信自己。

“难道丹阳子真的已经死了？所有的一切都是我自己幻想出来的？”

这个念头刚一出现，就被李火旺迅速推翻了。

“单靠我发病，根本不可能轻松解决掉那些巨大的祖师像，归根结底还是丹阳子。”

“不管他现在成了什么东西，关键是他依然在，还在盯着我。”李火旺非常确信这一点。

“只是我之前一直以为是成仙的他亲自下凡，现在看来，其实他是附在我身上行动罢了。”

“我之前假设丹阳子是在保护我，这个猜想已经得到了证实，但是根据我对丹阳子的了解，他这种人绝对不可能因为善意帮助我，他帮助我绝对是因为别的目的。”

联想到那天夜里自己感觉到的异样，李火旺心中隐隐有了一个猜测，他伸出手指在那柔软的掌心挠了挠。

“你说，从清风门出来到现在，我的脾气变大了吗？”

“没有啊，李师兄为什么会这么问？”

李火旺手指在她的手背上轻轻摸了摸，并没有解释什么，只是在心中默默地说道：“为什么这么问？因为我担心丹阳子这个癞子头没憋什么好活儿！”

别人虽然没说，但是李火旺自己感觉到为人处世产生了变化。

“难道丹阳子想通过我的身体复活？所以他保护我是因为这同样是在保护他自己的身体？”这个让李火旺冷汗直冒的可怕猜想在他脑海中炸开。

不过很快他就冷静下来，这只是一个猜想。

丹阳子肯定是要处理掉的，目标虽然定好了，但怎么做才是关键。

对此，李火旺感到非常困惑。这个世界根本不会像游戏一样明明白白地标出来，一切都是陌生的，都要靠自己去寻找。

经历过正德楼的风波后，李火旺已经不敢轻易与这里的其他派别接触了。毕竟连最友善的莲华门都变得那么狰狞不堪，天知道别的地方会变成什么样子。

然而仔细思考后，李火旺发现，要想在这个鬼地方生活，还是无法避免与他们接触。

就在李火旺思考这些事情的时候，驴车缓缓地停了下来，旁边传来哗啦啦的流水声。

“李师兄，我去帮你洗一下衣服。”白灵淼说完，轻轻地抽出自己的手，拿起驴车上的血衣向旁边的小溪走去。

其他人也没有闲着，默契地去林子里找柴火，开始生火做饭。

此时的李火旺无法坐起来，他只能凭借声音来判断周围发生的一切。

不多时，食物煮熟的香气飘了过来，李火旺的肚子咕咕作响，受伤的身体迫切需要食物。

“师兄，我来喂你。”李火旺感到自己被人扶起，靠在毛茸茸的怀里。

李火旺已经知道这个浑身长满黑毛，像黑猩猩一样的女人的名字了，她叫春小满。

这个名字非常好理解，因为她是在小满那一天出生的，所以叫小满，农家人给女孩子取名字就是这么随便。

小满用木头削成的勺子盛起马肉汤，送到李火旺的嘴边。

一个人默默地喂着，一个人默默地吃着，自从上次的事情发生后，李火旺发现其他人好像更害怕他了。

李火旺能理解他们的防备，毕竟跟一个怪物待在一起，谁心里都会发怵。

吃得差不多后，李火旺低声对小满说："让白灵淼回来吧，实在洗不干净就别洗了。"

"好。"小满轻轻地放下李火旺，把天书当作枕头放在他的头下。

不多时，白灵淼回来了，她手中的血色衣袍并没有恢复原来的青色。

"披在驴背上晒着，赶紧去吃饭，饭要凉了。"

"嗯。"轻轻应了一声的白灵淼匍匐下身子，仔细观察了一会儿李火旺的伤口后，向着篝火走去。

"嗒嗒嗒——"熟悉的马蹄声在远处响起。

人还没到，声音就先到了："哎哟喂！小道爷，原来你们在这儿啊！我还以为再也见不着你们了呢！"

当吕状元那张满是皱纹的老脸出现在面前时，李火旺就知道，吕家班也跟来了。

"哎哟，您这是……您这是……"他看到了李火旺的惨状。

"没什么，路上遇到了一些小麻烦而已，您有什么事情吗？"

"小道爷，您怎么话都不留一个就走了啊？不是说好的一起走吗，好在之前您说过要出关，要不然我还真找不到您呢。"吕状元赔着笑脸说道。

好不容易找到的一个免费镖师，可不能这么轻易地丢弃了。

"抱歉，吕班主，我身上有伤，就不叙旧了，请自便。"

"哎哎，您躺好您躺好。"吕状元也不问什么，走南闯北这么多年，他当然明白知道得越多越危险的道理。

眼看着太阳就要下山了，两拨人也不打算走了，毕竟旁边有条小河，洗漱和用水都方便得很。

睡不着的李火旺默默地看着夜空中的星星，想着白天发生的事情。

忽然他身体右侧传来了一点动静。

没等李火旺反应过来，一个柔软小巧的身体默默地躺在了他的怀里瑟瑟发抖。

闻着那熟悉的幽香，李火旺伸出右手在她背上轻拍着：“没事，一切交给我，一切都交给我吧。”

“砰！”巨大的木头棒子重重地砸在地上，扬起厚厚的尘土。

紧接着，那厚重的棒子又被高高举起，重重地落下。

被白灵淼搀扶着的李火旺在一旁看着挥舞木棒的傻子。

虽然脖子上的伤还没有恢复，但是休息了几天后，他勉强能站起来了。

“用力！再用力砸！”李火旺在一旁喊道。

篝火旁，吕状元举着两个杂粮馒头笑眯眯地走了过来：“小道爷，您这是在干啥啊？动静怪大的。”

一棒棒敲下，四周的林子和灌木被砸得乱七八糟。

“呵呵，没什么，这么个大个子放在这里只扛人抬行李，未免有点浪费了，练练他。”

“啊，那敢情好，那敢情好。”吕状元一边点着头，一边退了回去。

李火旺的视线重新看向眼前赤裸着上半身，挥洒着汗水的傻子。

别看这家伙脑袋不行，但是身体还真的不错，李火旺看着他虎背熊腰的身体心中暗道。

“这么大的块头，对付别的不行，对付普通的劫匪应该够了。”

这就是李火旺的打算，提升自己和这些人的实力，老是靠“游老爷”和丹阳子这两种副作用巨大的方式是不行的，哪怕不懂这个世界的神神道道，他依然知道最原始的方式。

别管野蛮不野蛮，有总比没有好。

不说将来遇到敌人时在旁边协助，自己发病的时候，他还可以在旁边护卫。

“行了！一百下了，可以休息了！”

听到这话，傻子把手中的木棒一扔，喘着粗气向着篝火旁大步走去。

没顾得上休息，傻子二话不说，端着属于他的那个特大号饭碗，呼噜呼噜地吃起面来。

没过一会儿，一斤面就又下肚了，可刚运动过后的傻大个明显饿得很，走到大黑锅边又开始用筷子捞面。

看着他又吃下去一斤面，李火旺心中有些唏嘘，果然是穷文富武啊，还好自己现在还有些银子，要不然还真被他吃穷了不可。

李火旺这时忽然想到了什么，抬手拿出了自己的铜铃。

看着手中的铜铃，李火旺脑海中回想起那被砸得稀烂的“游老爷”。

“这东西还能用吗？”李火旺心中隐隐有些疑虑。

在这个光怪陆离的世界，有没有这东西可是一件大事情。

“走，扶我去一旁的林子里。”李火旺对着白灵淼说道。

一直走到听不到篝火那边的声音后，李火旺这才停了下来。

“你先回去。”

不过这一次白灵淼没有听他的：“你尿吧，我不看就是了……”

对方的话让李火旺有些哭笑不得：“我不是要放水，你先回去，一刻钟后再回来。”

一直等到林子里只剩自己一人后，背靠着一棵白桦树的李火旺用手按着额头，开始摇起铜铃来。

四周的一切不出意外地开始扭曲，但是线条四处乱窜，并没有形成“游老爷”。

李火旺有些不甘心地用力晃动着：“难道这东西真的就这么废了？”

这个念头刚起，四周扭动的线条重新混合，聚合成一团新的“游老爷”。
“备畠羰？”

他继续用着只有对方才能听懂的语言问话。

然而面对李火旺的疑惑询问，“游老爷”那古怪的语言中依然没有任何情绪波动，就仿佛之前被祖师一掌拍死的并不是它。

忍着头晕，李火旺迅速与“游老爷”交谈，结果得知了一些意外的信息。

首先，“游老爷”是有名字的，只是它们的名字，通过人类的嘴发不出来罢了。

也不知道第一次见它的人经历了什么，为什么要给它取名叫“游老爷”。

其次，“游老爷”这种东西并没有“死”这个概念，或者说它们本身就不是活物。

对于它们自身，除了没有“死亡”这个概念之外，它们还没有“数量”这个概念。

“没有数量概念？”想到了什么的李火旺用力晃了晃脑袋，本就非常晕的脑袋变得更晕了。

他现在看什么都是重影的，包括“游老爷”。

看着眼前“游老爷”的两道残影，李火旺似乎明白了什么，再次加大力度摇晃铜铃。

随着他的头越摇越猛，“游老爷”的身影也越来越多，最终头晕目眩的李火旺看到眼前有二三十只“游老爷”。

“呕——”李火旺终于忍不住那眩晕，弯下腰来拼命呕吐。

铃声消失，四周恢复了正常，那些“游老爷”也迅速消失了。

把刚刚吃下去的午饭都吐了出来后，李火旺开始呕吐清水。

一直吐到再无东西可吐，要吐出胆汁时，他才停了下来。

支撑起身子的李火旺用手背擦了擦口水，大口喘着气把那铜铃举在自己眼前。

“要是之前我能知道这一招，我是不是就不用自残请丹阳子了？”

想了想后，李火旺把铜铃收了起来。

“不行，请‘游老爷’可是需要消耗阳寿的，请一次三个月，这么多‘游老爷’一起动手，怕是请一次就要折寿十年。”

李火旺扶着树干，有些踉跄地沿着原路返回。

刚走到路边时，就看到自己那帮人跟吕状元那帮人正围成一团。

“各位，您瞧瞧，都是上好的东西，要是里面的东西是坏的劣的，我朱德喜不得好死，祖宗十八代都是畜生！”

李火旺走过去一看，才发现是个牵着骡子拉车的货郎，正在滔滔不绝地向其他人兜售东西呢。

白灵淼跟那长毛女站在车边，拿着一些针线头犹豫着。

“这世道这么乱，你还敢出来卖东西，不怕被响马抢吗？”

面对李火旺的询问，那嘴角有颗带毛大痣的青年呵呵笑了笑，没有解释什么。

“道爷，要朱砂不要？我这儿都有啊！”

这时一旁看戏的吕状元靠过来，在李火旺耳边低声鄙夷地解释道：“响马怎么可能抢他，这种货郎跟那些杀千刀的响马是一路货色，响马负责抢，而他这种人就负责收来卖！”

“原来是这么回事……”李火旺恍然大悟地点了点头，也是，深山里的土匪寨子也需要货物流通，这种零散的货郎是最隐蔽的。

“道爷，朱砂不要，别的东西看看？我这儿东西全得很啊。”朱德喜一点都不在意别人的目光，继续滔滔不绝地做着生意。

李火旺想了想，开口问道：“东西全得很？那有武器吗？”

这话一出，四周其他人齐刷刷地看了过来。

朱德喜兴奋地双手一拍，就开始在自己的骡子板车上翻找起来：“有！有有！”

“来来，您看看，您看看，这些东西道爷可还满意啊？”朱德喜用手指着地上的东西说道。

一大堆东西乱七八糟地铺在李火旺的眼前，大部分都是生锈的刀剑，旁边是一些瓶瓶罐罐。

“你这都是些什么啊，都生锈了，破铜烂铁。”狗娃蹲下来就开始讨价还价起来。

“别看生锈了，磨磨也能用啊，真要有什么神兵利器，那也轮不到我身上啊，您说是不是？”

李火旺目光没有留意那些刀剑，而是把注意力集中在那些瓶瓶罐罐上。

他半蹲下，挨个拿起来看了看，发现这上面什么文字都没写。

“这位道爷真是识货，一眼就看到好东西了。”

朱德喜刚蹲在他身旁，就被李火旺衣服上的血腥味熏得后退两步。

不过他也不怕，反而更加殷勤了。

“道爷，您手里的那可是好东西，这药名字叫半步倒，您只要往水里面放一点点，绝对会让人走半步就倒！不贵，一瓶只要三两银子。”

“哎！有眼光！这瓶同样是宝贝！它是鹤顶红，只要放指甲盖那么多，就可以送人直接去地府。一瓶五两银子。”

“对对，这更是宝贝了！一颗吃下去！您懂的！这是狼头山刘二爷订的，您要的话就优先您，不过您得加钱。”

李火旺有些不耐烦地站了起来：“怎么在你嘴里什么都是宝贝，行了，我要前面两样，狗娃，车上拿钱。”

“道爷大气！”朱德喜笑得眼睛都看不见了，“真不要啊？我给您便宜点如何？现在年轻用不上，未必老了也用不上啊，这种好东西不怕多，毕竟能传宗接代的。”

李火旺懒得理他，扭头看向其他人：“你们都挑一件顺手的兵器吧，有总比没有好。”

听到这话，除了白灵淼和小满这两个女人外，其他早已跃跃欲试的男人纷纷走上前来。

李火旺把手中的两瓶药放进怀里，对着一旁看热闹的吕状元说道：“吕班主，您不买点东西防身啊？”

吕状元连忙摇头：“不带，身上没家伙，真被响马追上了，最多银子没了，可身上带了家伙，万一要是打不过，那就人没了。”

“呵呵，吕班主倒想得周全，各有各的活法吧。”李火旺重新回到驴车上躺了下来。

等围在一起的人散开后，狗娃他们已经人手一把武器，别管会不会用，至少看上去威慑力比之前高了几个量级。

就在他们兴冲冲地举着刀相互比画的时候，手中拿着顶针和线头的白灵淼往李火旺靠了过去。

表情有些担忧的白灵淼，拿起红线就给李火旺衣袍上的一些破口子缝合。

“李师兄，这些东西乱七八糟加在一块儿，把我们的银子花了一大半，现在就剩五两银子了。”

“长年要在路上走的，这些防身的东西还是需要的。”

看起来李火旺既有铜铃又可以召唤丹阳子，完全用不到这些俗物，但说句实在的，李火旺真的不信任自己。

他真担心，哪天黑太岁维持稳定的时间消失了，自己会再次陷入无法自拔的幻觉当中。

真要那样的话，旁边没有人保护，那自己简直就是任人宰割的羔羊。

“李师兄，这些刀剑也就对付响马有用，要是我们能学会当初丹阳子那些神通，那真的什么都不怕了。”狗娃扛着刀走过来惋惜地说道。

“你想学，别人就肯教吗？再者说了……”

说到这里，李火旺回想起丹阳子用秽物炼药，以及莲华门那些怪异的“修炼”方式：“再者说，哪怕肯教给你，那些神通你一个普通人未必敢练。”

虽然并没有接触太多，但是李火旺心中有了一个预感，这个世界的其他势力，恐怕不会比丹阳子好多少。

狗娃呵呵笑了笑，用手肘一顶身旁天生独臂的男人，带着他向着旁边的小溪走去。

“走，我们去水里找块粗石头磨刀去。”

这时，身材高大的傻子走上前来，如同一堵墙般挡在了李火旺的面前：“我……我……我……”

“别我了，你用不来刀剑，老实练你的棒槌，那东西能把你的力气优势发挥到最大。”说完，李火旺重新躺下。

货郎的这个小插曲就这么结束了，两伙人继续赶路。

日子一天天过去，除了偶尔路过一些小村子，要让吕家班唱个戏外，平时都是在赶路。

李火旺脖子上的伤也随着时间慢慢愈合了。

站在一个水缸边，李火旺仰着下巴，对着水面看着自己脖子上的疤痕。

“还好，低着头的话，就没那么明显。”

李火旺说着扭头看向一旁的白灵淼，用手在她那洁白的头顶揉了揉。

“怎么板着一张脸？最近没发生什么不开心的事情啊？”

“李师兄，人吃驴嚼的，刚刚补充了一些粮食和驴料，我们现在只剩下一两银子三百四十五个铜钱了。”白灵淼掰着指头算着。

“这么快？不应该啊。”李火旺走出暂住的农家院子，向着吕家班的台子走去。

“本来是可以省一些的，可你让他们练刀练枪的，大家都累坏了，吃得也就更多了，傻子自从拿了那木棒子起，一顿就要吃两斤面！一天两顿就要吃四斤面！！”

“可那又不是烧火棍，买来总要练的，别的不说，劈砍和直刺总要学的。”

就是简单的劈砍，天天练和光背在背上看，那就是不一样。

遇敌的时候，再给他们的刀刃抹上毒，同样是不可小觑的威胁。

此时李火旺看着远处正在帮忙拆台子的其他人。

“可是这样最多再撑一个月，大家都要饿肚子了。”

“没钱啊……这是个问题。”

李火旺摸着下巴，看着吕家班若有所思：“他们这一路上应该赚了不少吧？把他们全抢了，问题不就解决了？”

这个念头一起，李火旺自己先是一愣，自己为什么会这么想？这吕状元别的不说，虽然圆滑，但是为人正直，自己怎么会想到抢他呢？

李火旺刚刚还不错的心情，顿时蒙上了一层阴影。

“李师兄，你怎么了？”看到李火旺表情有些不对劲，白灵淼下意识地握紧李火旺的手。

李火旺笑着摇了摇头：“没什么，想到马上就要出关了，有些担心外面的局势。走吧，我们一起去帮吕家人拆台子，拆完了赶紧走。”

李火旺嘴上这么说，他的目光却是冷冽的，自己的脾气正在变得越来越像丹阳子。

这个变化让李火旺背脊发凉，再联系到其他人看到的丹阳子是自己后，当时的那个猜想不再只是一个猜想，而是正在逐渐变成现实。

如果只是性格相像也就罢了，李火旺更担忧自己会随着时间流逝，彻底变成丹阳子本人。

“如果是这样的话，之前的一切就都能解释通了，丹阳子并不是在保护我，而是在保护他自己！”

一想到这种可能性，李火旺的心开始有些烦躁起来。如果说他最讨厌谁的话，那丹阳子这个癞子头绝对排第一。

他不想变成丹阳子，如果是那样，他宁愿去死！

李火旺甚至突然有种冲动，想立刻掉头回到正德楼，不管之后会遭遇什么磨难，先让那些人举行法会，解决掉丹阳子再说。但这只是一时的冲动罢了，之前没有撕破脸还好说，双方还有和解的希望，但当那七座祖师像被自己杀死后，相信那些人见到自己的第一眼，怕是要当场削他。

那些人可不是什么悬壶济世的善茬，什么事情都干得出来。

不过好在根据之前掌门的描述，除了莲华门外，还有其他门派，自己现在只能从他们身上想办法，莲华门能做的事情，其他门派肯定也能办到。

李火旺走到驴车前，打开地图仔细看了起来。

他之前一直不打算接触那些人，是因为莲华门开了个坏头。但现在不接触不行了，既然莲华门有办法解决掉丹阳子，那么其他门派同样可以。

虽然不知道他们想要什么，但从他们的行动上看得出，他们觊觎自己的东西。

“是丹阳子留下来的天书吗？”李火旺心中暗道。如果不想变成丹阳子的样子，就必须从他们身上想办法。

“实在不行，就把那本天书拿出来跟他们交换。”李火旺心中暗暗下定了这个决心，这也是他目前唯一能拿得出手的筹码。

在李火旺有些忐忑不安的心情中，他们最终来到了关口小镇。

这个不大的镇上，到处都是来来往往的商人，那些穿着风格各异的人，都是为了入关来做买卖的。

看着远处的关口，李火旺看向一旁的吕状元：“吕班主，看起来我们要分开了。”

吕状元同样感慨地向李火旺拱了拱手：“小道爷，辛苦了，这一路上要不是有您在，我们还不知道会受多少苦呢。”

吕家班自然是不可能出关的，到了关口，他们就该从另外一条路往回走了，重新回到他们的村子去，等在家休整好后又开始新的征程。这是他们这种小戏班子的宿命，如果想摆脱这种风餐露宿的生活，唯有买下一栋戏楼彻底安顿下来。

“一路顺风，也不知道小道爷要干什么，但是祝您马到成功！这儿有些自家腌的咸鸭蛋，拿去路上吃。”

吕秀才抱着那罐咸鸭蛋，面带不舍地放在驴车上。

“借您吉言吧，如果日后有机会，我们会再看吕家班的戏，真别说，这么一趟趟看下来，我还真看上瘾了。”

双方相互告别后，驴车拉着刚刚补充的粮食向着关口缓缓靠近。

看着他们远去的背影，吕状元吧嗒吧嗒地抽了口旱烟，举起手在眼中露出依依不舍的小儿子脑袋上砸了一下。

“少惦记那发白的姑娘，咱们家小门小户的惹不起，回家找媒婆给你说门亲。”

“爹，您瞎说什么呢，我没有，我真没有。”在吕秀才慌张地拼命否认中，马头转向，向着热闹的大街走去。

“爹，您这么抠门的人怎么舍得给他一罐咸鸭蛋呢？”抱着自己女儿的吕举人好奇地问道。

“这是什么屁话，别以为你爹是个小气的人，记住，该抠的时候抠，该大方的时候就不能省。这小道爷不是一般人，结交好了，我们吕家也算有了一条人脉。”

兜兜转转终于出了关，虽然土路四周依然是林子，但是李火旺感觉有些不一样了。

道路上不止他们一伙人，还有不少马车和挑扛着扁担的人。

要分清他们的身份也很简单，看衣服的款式，关内是左衽，关外则是右衽。

李火旺想了想，打开吕状元的罐子，发现里面是满满一罐咸鸭蛋。

一旁的狗娃靠过来，惊讶地说道：“这年头，鸭蛋值钱，盐也值钱，吕状元这老头难得出手阔气。”

李火旺把罐子盖上，心中对那老头的印象改观了不少。

“别说那些没用的了，你们有谁家在四齐国，准备好回家。”

所有人相互对望了一眼，浑身被黑毛包裹的小满抬起右手，声音带着一丝颤抖地说道：“我家在四齐。”

听到她这话，四周顿时安静下来，其他人都知道她跟父母的恩怨，也知道她回家后打算干什么。

“小满姐，要不……”白灵淼面带难色地刚要劝说什么，就被李火旺直接打断了。

“好，那这里你应该比较熟悉。来说说这四齐是个什么样的地方，有没有像莲华门一样的大门派？”

被黑色斗笠罩着面孔的小满深深吸了一口气：“我不知道。虽然住在这里，但十几年来，我不太出村，我只在九岁那年，在村头见过一次搬杆子的。”

“搬杆子啊……”李火旺不知道为什么，心里有些发怵，喜神给了他太大的阴影。

“那跳搬杆子的有没有什么集体生活的地方？”

“没有，我听说搬杆子的都是住在自己家里的，都是在家养着仙灵。”

“仙灵？有名字吗？”李火旺的脑海中闪过这个世界的种种奇怪东西。

“红、黄、白、常、悲，我听说有五种不同的仙灵，但是不知道它们分别代表什么。”

“我也不知道跳搬杆子的这五种仙灵分别代表什么，村里的老人随口说了一句，我就记下来了。”

“我遇见他们的那次，是村里有人发疯了，趴在地上学狗叫，那个搬杆子的凑巧从村边路过，就过来看看。”

“后面怎么样，我也不清楚，我只记得那个发疯的人第二天就好了，下田里干活去了。”

李火旺听小满说着关于搬杆子的支离破碎的信息，心里默默地盘算着。

“这么说，他们在四齐跟修士干的活差不多了？驱邪避灾，那他们的能力是不是也来自‘游老爷’这些东西？”

“搬杆子的既然要经常跟其他人接触，那么他应该比正德楼的人好说话点吧？”

他现在倒不是怕这些所谓搬杆子的太强，而是怕对方实力太弱，根本解决不了丹阳子。

毕竟孤身一人没法跟一群人比。

驴车的嘎吱嘎吱声消失了，让李火旺回过神来，他看到其他人已经去林子里找柴、打水。

抬头看看天，李火旺发现不知不觉中太阳已经逐渐偏西，该歇息了。

他也没闲着，掏出身后的剑就开始给地上挖坑，这把剑非常锋利，没过一会儿，一个脑袋大小的小土坑就挖好了。

旁边早已经准备好的傻子，举起驴车上的黑锅往这坑上一放，等下只要在左右两边再开个口子，一个放柴一个出烟，一个小土灶就完成了。

相比米，还是挂面实在，容易存放，煮起来也方便。

等锅里的水煮开后，几大捆在关口小镇买的长寿面顶着热气放了下去。

路边采的一些蒲公英当蔬菜，一人一个咸鸭蛋当荤菜，再每人一大碗面，晚饭就完成了。

李火旺用筷子把面汤里沉浮的咸鸭蛋破开，里面滋滋冒油的蛋黄，瞬间让整个面汤浮上一层金色油花，看起来非常开胃。

用筷子捞起煮软的蒲公英茎放进嘴里缓慢咀嚼起来，味道微苦，口感有点像菠菜。

他过去也不知道蒲公英还能吃，但是之前看到那老乞丐吃得那么香，才知道这东西也是一种野菜。

吹散热气，李火旺满满地喝上一大口汤，胃里顿时暖烘烘的，非常舒服。

看到这野菜，李火旺不由得想起了莲华门的老乞丐。

“也不知道他怎么样了，他那么傻，什么都看不见，应该会在那种环境下生活得很好吧？”

一双筷子夹着冒油的咸鸭蛋黄放在李火旺的碗里，坐在他身旁的白灵淼低声说道：“我不吃蛋黄。”

李火旺默默地点了点头，用筷子挑起面条，放进嘴里吸溜一大口。

“我怀里有个铜铃，你还记得吗？就是我从清风门带出来的。”

“嗯。”

“我现在告诉你它的用法，万一我出了什么事情，你记得拿出来保命。”

“好。”

“首先，你需要摇它，这时候你会感觉头晕，忍住，紧接着从地上抓起一把泥放进嘴里……”

天空逐渐变黑了，李火旺的碗也空了，他的话也说完了。

白灵淼从李火旺手中收走碗筷，向着林子里的那条小河边走去。

李火旺看着她那纤细的背影，不知不觉中转变成了另一位少女的背影，那是杨娜的背影。

用力晃了晃脑袋，白灵淼的形象重新变回来了。有些烦躁的李火旺往地上一躺，看向空中那逐渐明显的星空。

夜渐渐深了，李火旺依然守上半夜，他最近睡眠不是很好，或者说他的睡眠从来都没有好过。

李火旺用剑挑着眼前的篝火，又放了一块柴火进去。

甩了甩剑，李火旺借着火光看向自己的武器。

这把削铁如泥的武器，在他手里实在是有些屈才了，不是用来当铲子挖坑，就是用来当捅火棍，弄得现在剑尖黑漆漆的，十分难看。

唯一一次见血，还是拿来划自己的脖子。

“长仁师兄啊，要是你看到你的宝剑落得这样的地步，不知道会不会气得活过来？”李火旺自言自语地把长剑重新插回自己身后的剑鞘。

“啪——”身后传来一声轻响，让李火旺猛地站了起来，从篝火中抓起一根点燃的柴火，直接扔了过去。

明亮的火光在一道人影前一晃而过，最终落在了一双鞋前。

那双鞋非常红，红得惊人。

“什么人?！出来！”

李火旺的大喊让睡梦中的其他人摇摇晃晃地坐了起来。

当他们看到远处的那双脚时，顿时彻底清醒过来，拔剑声、拔刀声不断。

“呵呵，别动手。一场误会而已。”

随着一道和蔼的声音响起，一个头发花白、五十来岁的男人从黑漆漆的林子里走了出来。

他穿着朴素，衣服上的补丁可以表明他并不富裕。身上除了背上的一个小包裹外，就是腰间挎着一个脏兮兮的、扎着许多彩条的旧鼓。

面对李火旺等人的武器，他站在那里解释道：“我啊，大晚上赶夜路，这不，看到前头有光，就过来瞧瞧，没想到遇见你们几位。”

看到李火旺的目光死死地盯着那双红色的鞋，他继续解释道：“没事，那是我媳妇，怕生。鹅啊，你过来。”

话音刚落，那双鞋不紧不慢地从黑暗中走出，来到那老男人身边。

这是一个脸上用红盖头盖住的女人，身穿红紫色衣服，颜色极其鲜艳，身上绑着一些花花绿绿的布条，跟那些鼓一样。

“这是你媳妇？”举剑的李火旺再次确认道。这大晚上的，身边带着这么个东西，要说他没干些见不得人的勾当都没人相信。

就在这时，一旁的小满连忙靠过来低声说道：“李师兄，他就是搬杆子的。”

这句话让李火旺的警惕心瞬间提到了最高。

“对！没错，我们就是搬杆子的，我是大灵，我媳妇是二灵。”

看到面前一群人没有任何表示，那男人再次开口说道：“怎么样，不信啊？那个，我就给你们来一段，咳咳——”

没等李火旺阻止，他张嘴就喊：“搬——杆——子——嘞——”

这一声底气十足的吆喝在黑暗的林子里传出去很远很远。

“丁零零！”极其刺耳的铃声瞬间打断了吆喝声，在场的所有人纷纷表情难受地捂着耳朵。

当铃声慢慢地减弱了，李火旺的剑已经搁在了那人的脖子上。

“呵呵，道爷，你这是干什么？”被锋利的长剑抵住了脖子，那人脸上却不慌不忙。

“你问我干什么？我还要问你干什么呢！你搬什么杆子！”

那被柴火熏黑的剑刃微微一压，顿时留下一道血痕。

不管这人在请什么灵，绝对不是什么好东西。来这个破地方这么久了，就没碰到过好东西。

感觉到被误会了，那人顿时哑然失笑："道爷，你不是四齐这儿的人吧？我没搬杆子啊，我连鼓都没敲，怎么搬得来灵。我只是证明一下，我就是搬杆子的罢了。"

这时，旁边的小满走了过来，低声说道："嗯，没错，搬杆子确实要敲鼓的。"

瞥了一眼对方腰间的彩鼓，满脸警惕的李火旺这才缓缓地把剑收了回去。

"这位朋友，半夜三更的别开这种玩笑了，容易误会，你走吧。"

那人上下打量了一会儿眼前一脸警惕的李火旺，讪讪地点了点头后转身离开："那好吧，在下李志，后会有期。鹅啊，咱们走。"

说完，他别的什么也没说，带着那盖着红盖头的女人，径直向着漆黑的林间道路钻去。

一直看到他们都彻底消失后，李火旺回过头来，对着其他人说道："今天晚上都别睡了，戒备起来，当心这家伙没走。"

防人之心不可无，这大半夜的忽然跳出这么个家伙，鬼知道他有什么目的。

在三三两两的答应声中，其他人抱着自己的武器，一个挨着一个围坐在篝火旁。

一根枯木被李火旺抓起，翻滚地抛进火堆中，炙热的火光照亮了所有人脸上的忐忑不安。

漫长的夜晚就在这度日如年的等待中过去了，除了所有人脸上变得十分憔悴外，什么事情都没有发生。

"今天休息一上午，然后接着赶路，狗娃你先守着。"李火旺说完缓缓地闭上了眼睛。

不知李火旺眯了多久，他被人轻轻摇醒了："李师兄，那人又回来了。"

"嗯？什么？"这个消息瞬间让李火旺清醒过来，当他扭头望去，发现昨天晚上见到的李志带着他那用盖头盖着的媳妇，笑眯眯地站在不远处。

"昨儿个晚上，我想了半宿，我想明白了，我这是把道爷吓着了是吧？抱歉，抱歉，所以在下特来谢罪。"

阳光透过树枝照在了李志有些黑的脸上，让他脸上的那颗痣无比显眼。

如果把他腰间的鼓拿掉，只从模样上看，他跟一年到头在田里干活的农家人没什么两样。

大太阳下，现在的他可比昨天晚上看起来安全多了。

心中思绪快速转动后，李火旺点头回礼：“李志兄客气了，在下昨天也有些莽撞。”

不管这人有什么目的，既然这么一个搬杆子的就在眼前了，不从他嘴里撬点东西出来，实在说不过去。

“刚刚听这姑娘说，道爷也姓李啊？你说这不是巧得很，我也姓李，咱们五百年前说不定是本家啊。”

满脸和气的李志非常自来熟地向前走了两步，来到李火旺面前说道。

“李志兄，你这是要去哪儿？”

“嗨，我本家黑三太奶过几天要过大寿，这不，我赶早些过去祝寿。”

过大寿？李火旺心中暗道：“搬杆子的看起来跟莲华门、清风门不是一回事，并没有摆脱世俗的束缚。”

“道爷这是打算去哪儿啊？还带着这么一大帮子人。”李志眼神有些闪烁地看着李火旺身上没洗干净血迹的衣袍。

“去梁国。”李火旺言简意赅地回答。

“好嘛，去那么远？那道爷一路上有够苦的了。”

相互交流一会儿后，双方的关系相对缓和了不少，至少不用那么剑拔弩张了。

驴车的车轱辘转动起来，与一旁的红色绣花鞋一同向前走去。

“前面不远就是半月沟了，那里有个寨子，道爷可以在那儿好好休整几天，再遇到能住的地方，最起码要走十五天之后了，你也知道，边界这地方总是这样人少地荒的。”李志仿佛一位老朋友，热情地给李火旺指点着。

“多谢了。敢问李志兄，既然你是搬杆子的，那你家是哪位仙灵？”

听到李火旺这么直接地询问，李志和那用红盖头盖住的女人同时微微一仰头。

“呵呵，在下悲家弟子，既然你都问了，那我也不矫情了，敢问道爷哪座山哪扇门啊？”

“西山东华派清风门，玄阳。”李火旺马上搬出了当初丹阳子那一套说辞。

他也不知道西山东华派是哪一派，反正至少这样说，可以让别人以为自己是有传承的，而不是一个假修士。

李志摇头：“呵呵，没听过，不过也是，全天下这么大，哪有人都懂的呢。”

李志十分健谈，尤其脸上总是带着微笑，跟这种人待在一起，心情都能好些。

走着走着，就到了吃午饭的时候了，依然是搭起灶架锅煮面，路边的那条河越来越宽，倒也方便。

李志也没有从自己的小包裹里拿吃的，就那样笑嘻嘻地蹲在路边看着，看得李火旺一行人浑身不自在。

“李志兄，要来点儿吗？”

“哎哎！那敢情好，我昨天刚好一天没吃饭。”李志兴冲冲地跑了过去，拿起碗来就盛面。

呼噜呼噜地一碗接一碗，吃得白灵淼眉头紧皱。

“李师兄，这都快三斤了……这人怎么这么能吃？他跟着我们套了这么久的近乎，该不会就是为了这顿饭吧？”

所有人眼睁睁地看着锅里最后一根面条都被李志捞走，他一点都没觉得害臊，蹲在树下继续吸溜了起来。

李火旺走到他身边，学着李志的样子也蹲了下来：“面够不够？要不要再下点？”

“哎呀，那多不好意思，不过我确实没吃饱。”李志说着喝了一大口面汤。

“再下两斤面条！”李火旺对着铁锅那边喊道。

“怎么光你吃，不见你媳妇吃？她不饿吗？”李火旺的目光瞥向那盖着红盖头的女人，他发现这女人的指甲有些发黑，而且很长。

“我是大灵，她是二灵，我吃就够了。”李志说得理所当然。

“哦？这是为什么？”

吸溜面条的声音停了，李志举起拿着筷子的右手，用手肘抹了抹嘴，侧过头来笑眯眯地说道：“呵呵，道爷问这么多，这是想搬杆子啊？”

没等李火旺回答，面条吸溜声再次响起。

“搬杆子的弟子都是仙灵自己选的，想入这行要机遇的。”李志开始解释道。

“哦？如果方便的话，还请细说。”跟这家伙磨叽这么久，可不就是为了更了解这些事情吗。

对于这个陌生的世界，了解得越详细越安全。

李志手中的筷子在空中划拉了几下："要想成为搬杆子门人，要得大病，最好是病入膏肓的那种，你要是运气好，仙灵就会给你托梦。他治好你，完了后，作为报酬，你当他的弟子。"

"仙灵长什么样？"

李志沉思起来，似乎在回忆什么："嗯……怎么说呢，反正不是人样吧。"

说完就用筷子去捞碗里的面，发现面没了，李志兴冲冲地再次向锅边走去。

"不是人样吗……"李火旺若有所思。听他这么说，这些仙灵能够沟通还能交易，跟"游老爷"一样，应该都是魑魅之类的东西。

这里的人似乎都在与那些魑魅进行主动或被动的交易和接触。

李火旺马上回想起正德楼的那座巨大的"祖师像"。

从男人、女人、家禽家畜，然后再到最后的"祖师像"，他们的修炼方式处于一种循序渐进的过程。

再联想到之前那七座祖师像的能力，既能赋予"游老爷"血肉，本身还可以长出血肉手掌。

不难判断出，正德楼的人应该就是通过那种修炼方式来获得与血肉相关的能力。

"跟不同的魑魅进行交易和接触，可以获得不同的神通，这或许就是他们不同门派的由来吧？"

李火旺对这个世界开始有初步的了解。

这时，李志端着面条回来了，碗里的面条高高堆起，一点水分都没掺进去。

他刚蹲下，就一边吃一边滔滔不绝地诉苦："我告诉你啊，搬杆子可不是什么好差事，破烂事一大堆，还有三灾三劫，又没什么钱……"

听着他絮絮叨叨地诉了半天苦后，李火旺忍不住插嘴说道："那你们搬杆子，能请仙灵来干什么？"

李志看了李火旺一眼后，回答道："什么都能干。"

"这么厉害？什么都能干？"

"嗯，每家仙灵能力不同，你遇到了麻烦事，自家的搞不定，你也可以请别家的嘛。"

听到这话，李火旺的表情不由得开始凝重起来："那如果说有人身上被某些魑魅缠着呢？他们也能解决？”

“被什么缠着了？那就是附身了呗，那当然能。”

“你确定？那可不是一般的魑魅。”李火旺脑海中想着丹阳子，看着眼前的这个人。

怎么看这家伙都有些不靠谱。

“嗨，行不行的，你试试呗，横竖不过五十个铜板，你还怕我拿钱跑了不成？”

“五十枚铜钱，这是你的报酬？”这需要付出的代价远远低于李火旺的想象。

“我是我的，仙灵是仙灵的，这就要分开算了。”李志嚼了嚼，把嘴里的面咽了下去，打了一个饱嗝。

“我的茶水钱呢，就是五十个铜板，别还价，三百多年的老规矩了，没变过，当然了，要新钱啊，不能拿剪过边的烂钱来凑数，至于仙灵的嘛——”

“仙灵的报酬，我自己跟他商量？”

“不，你商量不了，你要让仙灵随便挑，挑中什么拿什么，绝大部分情况下，仙灵是不会要钱财这种身外之物的。”

“挑中什么拿什么？还不要钱？”李火旺心中隐隐有些不安，如果真的跟他们交易，这些仙灵会拿走什么？

“那过去，仙灵都拿走了别人什么？”

“嗨，你问我，我问谁去？”李志双手捧着碗，仔细地舔干净。

“但凡是被仙灵拿走了什么的人，可不能往外讲，这是犯忌讳，说了可是会倒霉的。”

“你不是搬杆子的吗？你也不知道？”

“说白了，我就是仙灵的长工，我只管把仙灵请来，别的事情我不管，就给这么点钱，我才懒得管那些破事呢。”

相比正德楼的人和丹阳子，李志身上仿佛有种置身事外的洒脱。

“怎么，你要试试啊？是谁中邪了？”吃饱喝足的李志一边用筷子剔牙，一边向着远处的其他人张望。

正主就在眼前，李火旺此时却不着急了，继续耐心地问道：“李志兄，你这走南闯北的，应该处理了不少事情吧？你口中说的中邪的那个邪，你知道是怎么来的吗？”

李志脸上带着少许不耐烦地摇头："我才懒得记那些事情呢，跑一趟五十个铜板的买卖，饭都快吃不上了，那么卖命做什么？他要是让我涨价到五百铜板一次，那我肯定记得清清楚楚。"

"又不让涨价，也不让我改行干别的，这事做得真憋屈。对了，道爷，你们修士应该挺赚钱的吧？出一趟活儿能赚多少啊？"

李火旺再次看了一眼身后那一动不动的红盖头女人，站了起来："休息得差不多了，那咱们接着走吧。"

"好嘞！那个，咱们什么时辰吃晚饭？"

李火旺一行人继续往前走，性格过于跳脱的李志总是想找李火旺等人聊点什么，但是他们并没有过于热情地回应。

这人交谈间非常正常，而且也没有什么恶意。

可是坏人不会把坏字写在脸上，李火旺的警惕心依然没有完全放下。

李火旺微微侧头，看向道路另一侧的两人，他的注意力全部集中在李志身边那位盖着红盖头、不吃不喝、一言不发的二灵身上，越看越觉得别扭。

相比李志，这个女人明显神秘得多。

她每次抬脚走路，走的距离都分毫不差，看起来完全不像活人，更像是一具被人操纵的傀儡。

更奇怪的是，李志居然喊她媳妇。

"李师兄，要不我们跟他们分开走吧？"白灵淼走到李火旺身边开口说道。

"先不急，再等等看。"李火旺需要好好观察。

万一这个人没有说谎，那么摆脱丹阳子的事情，说不定真要靠他口中所说的仙灵。

太阳慢慢偏西了，路边的一个村庄逐渐出现在他们面前，各种高高矮矮的房屋零散排列。

"你看，这就是我说的寨子。"面带笑容的李志用手指着眼前这一大片黑色瓦屋。说完，就大步向里面走去。

"你们跟我来，这个地方有我一个老乡，咱们在他家住不要钱。"

看着那渐行渐远的背影，随着李火旺轻轻一挥手，两辆驴车也朝里面开去。

走到房屋之间的黄土路上，李火旺等人向四周安静地张望着。

可奇怪的是，无论是田里还是院子里，都不见人影。

"怎么回事？村子里的人呢？"疑惑的李火旺心中暗自思忖。

就在他这么想的时候，前面一个拐角处，李志探出一个脑袋来，那张老脸上此时别提有多兴奋了。

“喂！快来啊，这边有热闹瞧！好像是在捉奸呢！脸都抓花了，别提多带劲了！”

“李师兄，咱们别去凑热闹了，那都是别人家的家事。”

李火旺看了白灵淼一眼，转身朝着李志那边大步走去。

刚一拐弯，面前顿时豁然开朗，只见农家人打扮的男女老少里三层外三层围在一户人家门口，李志站在人群边上，踮着脚扶着别人的肩膀在那里探头探脑。

搞了半天，原来整个村子里的人都跑过来凑热闹了。

“啊！”一声女人的刺耳尖叫在人群中央炸响，围观的人群嗡的一声，猛地后退了一大圈。

借着让出来的缝隙，李火旺看到了里面有些怪异的一幕。

一个浑身赤裸的女人，四肢关节扭曲得如同一条蛇般盘在八仙桌上，一边尖叫一边颤抖。

“哎呀，坏了，好像不是捉奸，是有人撞上不干净的东西了。”李志懊恼地双手一拍，推搡着就往里面钻去。

“那个，麻烦让一让，我是搬杆子的，麻烦让一让，嗞，谁踩我的脚！”

看到眼前这一幕，刚准备转身的李火旺站住了脚：“他这是打算用他的办法解决问题了？”

好不容易钻进人群，李志左右看了看，就对着李火旺摆手：“道爷，快来啊，站那么远做什么？”

李火旺想了想，也向着人群中挤了过去。

这家伙看起来有些不着调，刚好可以借此机会看看他的实力如何。

要是他只是小打小闹，也没必要让他来帮忙解决自己的问题了，免得丹阳子跟撕祖师像一样把他给撕碎了。

当他来到人群中央后，看得更清楚了，那八仙桌上的行为怪异的女人明显非常不对劲。

一双好看的丹凤眼中没有一点黑瞳，而且她的眼睛上似乎还有着五重眼皮。

旁边站着脸被挠花了的一老一少，看起来像是苦主了。

“道爷，你看这事情，你来还是我来啊？”李志再次贴耳低声问道。

"要不咱们一起上，完了你可以多要点钱，我们再对半分，这样就不破坏搬杆子的规矩。"

"不用，我不擅长做这种事，还是你来吧。"李火旺一口回绝，他本来也不会。

听到李火旺的解释，李志一脸诧异："你蒙我的吧？你连这个都不会，怕不是个假修士啊？"

"快点去吧，你看这女人都快把自己的骨头扭断了。"李火旺用手指着八仙桌上的女人说道。

刚刚还盘着的女人已经把自己的嘴唇咬破了，四肢关节处更是扭得嘎吱作响。

"看起来普通百姓跟魑魅并没有我想象中那么远，只是这些人会统一用撞上不干净的东西来解释。"李火旺心中暗道。

"万一李志今天恰好没在呢？那他们该怎么办？"李火旺看着正在跟一旁苦主交涉的李志想着。

看着屋内陈旧的农具，那些沾着黄泥的赤脚，满脸苦相的老少，这个问题的答案很简单也很残酷。

这种事情估计跟穷人得病一样，小病忍着，大病扛着，扛不过就躺着。

"咳咳！"一声咳嗽让四周人群嗡嗡的议论声安静了下来。

"咚！"随着李志用根小棒轻轻一敲腰间的旧鼓，在场所有人的心也随之一颤。

"咚！咚！咚！"

"请——灵——嘞！"

这一声底气十足，音调极高，把四周的一切声音给压了下去。

李火旺扭头向着屋外看去，空中的红光正在渐渐消失，寂静的黑夜即将到来。

"日落嘞——黑了天，龙归沧海，虎入深山。龙行雨，虎安眠……"

随着李志唱出与鼓声节奏相同的词，旁边一直没有存在感的二灵身体开始颤抖起来，头上的红盖头、身上的彩布条也随之抖动。

"脚踩地，头顶天，打鼓搬仙灵哎——"

李志一边敲着鼓，一边掏出几根香来点燃，围绕着那八仙桌上的女人插下去。

那披头散发的女人龇牙咧嘴如同野兽般，刚准备扑上去，却在碰到那白烟之后嗷呜一声缩了回去。

从香头飘出来的白烟也不散，而是环绕着屋内缓缓打着旋，没过一会儿，屋内就开始朦胧起来。

李火旺眼角有些抽动，心情开始莫名有些烦躁，看了一眼四周，一切都很正常，眉头微皱的他用手捏了捏自己的后颈，稍稍后退两步。

“嗝！”那红盖头下面的女人第一次有了动静，她开始打嗝了，并且从红盖头下面传来窸窸窣窣的声音。

四周看热闹的人群明显被吓到了，比之前散开了一些，一些胆小的人趁着天还没有彻底黑下来之前往家跑去。

听到打嗝声，李志回头看了一眼，继续一边敲鼓一边接着唱。

“咚——咚——咚咚——”低矮的平房内，鼓声不停，李志的念唱声也不停。

“头顶梁，脚踩椽，左手鼓，右手鞭，哎嗨哟——”

“咚咚！！”

一旁的李火旺可以看到，随着李志的唱声不断，二灵头顶的红盖头逐渐被里面的东西顶起来了。

隔着红盖头，李火旺看到里面浮现出一些奇特的兽头轮廓。

说兽头还不准确，这些东西没有一个像寻常的兽类，看起来比较抽象，只是其中部分带有兽类的模样，如同流水般在红盖头下时隐时现，不断蠕动着。

眼前的一幕，搭配着朦朦胧胧的白烟，显得十分迷离。

李火旺用力揉了揉眼睛，发现二灵此时已经踩着鼓点，跟着李志向着完全被白烟笼罩的八仙桌旁边靠去。

“打一下颠三颠——哎——”

朦胧的白烟中，随着李志和那女人一前一后围绕着转圈跳着，八仙桌上的女人开始表情痛苦地掐住了自己的脖子。

“滚！滚开！”她的声音带上一丝颤抖。

“咚！咚！咚！”

李火旺的心情不知为何更加烦躁起来。

此时他听到四周多了一些莫名其妙的声音，可当他仔细听时，那些声音又消失了。

不管李志口中说的老仙灵是什么，但可以肯定的是，跟他过去遇到的任何一种都不一样。

“听起来，他能请不止一种仙灵，他最多能请多少？”

就在李火旺还专注地想着这件事情的时候，鼓声却渐渐变轻了。

眉头微皱的李火旺用手一挥，驱散眼前的白烟，大步走向桌边。

可没想到刚走近，忽然，白烟中一道黑影飞出，带着残影直扑向他的脸。

“锵！”削铁如泥的长剑一挡，下一秒长剑就被两排带血的牙齿咬得咯吱作响。

这浑身赤裸的女人力量大得惊人，成爪的双手拼命向李火旺的眼珠子挠去。

“李志！你搞什么名堂！”苦苦坚持的李火旺对着白烟中大声喊道。

“咚咚！！”

“老——仙——灵哎——”

唱声再次响起，大红色的盖头从白烟中旋转飞出，盖在了那女人的脸上。

女人拼命地挣扎着，可架不住盖头里的兽头蠕动着向她的口中钻去。

嗖的一声，她被某种力量猛地拉进白烟当中去，里面还在不断传来李志的唱词。

当惊魂未定的李火旺举着长剑警惕地走进白烟中时，发现刚刚还疯癫的女人，此时已经瘫软在桌子上，脸色蜡黄，浑身冒冷汗。

一旁的李志依然带着身后颤抖打嗝的媳妇，围绕着这个女人不停地转圈，唱着。

“仙灵打马回府！”

唱完最后一句词，李志反拿手中的鼓槌，对着鼓中心重重地敲了三下。

鼓声一歇，四周的白烟开始缓缓散去，李火旺心中那种奇怪的烦躁感也逐渐消失。

“没啥事吧？刚刚有点走神了，我就知道有你在外面，这家伙跑不了。”李志还是那一脸什么都不在意的样子。

“走神？这种情况下，你还敢走神？”李火旺实在有些无法理解这人的做事逻辑。

“才五十个铜板啊，现在去城里吃碗面都要多少钱了？那东西没了，人又还活着，你还想怎么样，已经很好了。”

“要怪就怪当年立规矩的，立的什么破规矩，搬杆子的就活该受穷？”

李火旺强忍着想要向他翻白眼的冲动，走到八仙桌旁，仔细地观察起那个女人来。

看起来她的精神受到了极大的摧残，双眼无神，身体不受控制地颤抖着。

左右看了一会儿，李火旺并没有看到李志口中的仙灵拿走了她什么。

“又不要钱，身体上也什么都不缺，这所谓的仙灵要的报酬难道是某种精神层面上的东西？”李火旺心中猜测着。

这时，外面的苦主一家冲了进来，当看到自己家人恢复正常后，顿时搂在一起又哭又笑。

这时，李志走过来对他们说：“这小媳妇刚刚撞了煞，身体虚，而且你们家地方又不好，往后我怕还有麻烦事找上门，要不这样吧，你们请个保魂仙灵吧？”

“保魂仙灵？”李火旺的注意力马上跟了过去。

“行行！都听高人的！”被吓得六神无主的老人这会儿哪里还敢拒绝。

李志伸手从自己的包裹里掏出一个泥塑小人。

紧接着，他拿出一些红头绳，开始缠绕起来，一边缠着嘴里还念念有词。

一切缠好后，李志找来梯子，就把这东西放在了房梁上。

“每年大年初一大祭拜，每月十五点香，听懂了没有？好了，茶水钱加上保魂仙灵的钱，一共一百个铜板。拿钱。”

没有再理会索要报酬的李志，李火旺走到梯子前，认真观察起房梁上的保魂仙灵来。

这是一个一掌见宽的泥塑小魑魅，看起来仿佛是随手捏出来的。

偏偏，它那双眼睛捏得格外传神，看着那双眼睛，李火旺仿佛真的在与一个活物对视。

就在这时，李火旺忽然看到那保魂仙灵动了一下。

“怎么回事，我眼花了？”

“别看……”一道极细小的声音从后面响起。

李火旺猛地一回头，瞬间与那盖着红盖头的二灵来了一个面对面。

两人挨得很近，近到李火旺的轻微呼气都能让那红盖头轻轻摇晃。

此刻，李火旺脑海中思绪万千：“这人真的是活人吗？她为什么让我别看？”

李火旺看了一眼正在低头数铜钱的李志，把声音压到最低问道：“你是不是有什么要跟我说的？”

听到李火旺这话，那有着长长指甲的惨白双手，轻轻地捏住红盖头的一角，缓缓抬了起来。

“咕咚！”手中握紧铜铃的李火旺艰难地吞了一口唾沫，他有些紧张。

“鹅啊，走了，去找老乡家借张床睡觉去。”

红盖头重新盖好，二灵转身快速跟了上去。

“有人吗？”李火旺的呐喊声在极其空旷的环境中不断回荡着。

十分困惑的他左右张望，发现自己站在一座木桥上，前后左右只有一片漆黑，什么都看不见。

李火旺深吸一口气，抬起脚继续往前走。

不知走了多久，他感觉远处似乎有什么东西在动，李火旺浑身一震，快步向那边冲去。

可是当他走近，终于看清了那东西到底是什么的时候，身体却猛地一震停了下来，那是李志的保魂仙灵。

之前巴掌大的泥塑变得比李火旺的身体还要大三倍，它缓慢地转动脑袋向着李火旺看来。

“这不是什么木桥！我是站在别人家的房梁上！”李火旺马上反应过来。

嘎吱声响起，保魂仙灵身上那好几层的红头绳裂开，泥塑手掌从里面伸出，一边不断抖落灰尘，一边向着李火旺的方向抓去。

李火旺转身刚要后退，一个巨大的红盖头瞬间盖了过来，把他的身体整个彻底包裹。

“别看……”一道极其纤细空灵的女声响了起来。

“呼！”浑身冒冷汗的李火旺猛地惊醒过来，他连忙向四周看去，发现并没有什么保魂仙灵，也没有什么红盖头，刚刚只是自己的一场梦。

低头看了一眼身旁的白灵淼，李火旺拉了拉被子，盖在她的肩膀上，转身下了床，打开窗户向外面看去。

月亮还挂在天上，看起来自己并没有睡太久。

看着外面的黑色瓦片，李火旺回想起昨天发生的事情。

那个盖着红盖头的二灵很明显想跟自己说些什么，但是被李志无意间打断了。

“她到底想说什么？为什么不让我看保魂仙灵？”眉头紧锁的李火旺思考着这个问题。

这位二灵一直是一言不发，不吃不喝，相比异常随和的李志，她显得非常神秘。

这样的人忽然开口跟自己说话，肯定是有着什么特殊的含义。

“她能有什么事情需要偷偷告诉我，还不能让李志知道的？难道是李志想害我？”

本来打算找李志试试搬杆子看能不能解决丹阳子的问题，但是忽然出现这档子事，此时李火旺又有些犹豫了。说起来，他们也并不是很熟。

他想过要找其他搬杆子的人，可是就算找到其他人，也难保他们就更值得信任。

既然要找，不如找一个熟悉点的。

“我得单独问问二灵这到底是怎么回事才行。”李火旺暗自打定了主意。

李火旺又看了一眼漆黑的天空，转身穿上衣袍向外走去。李志的老乡的几间平房相隔得并不远，李志他们就住在旁边。

漆黑的院内，李火旺沉默地走着，向李志的住处摸去。

“嘎吱——”贴着倒“福”的门被缓缓打开，一颗带着荧光的小石头轻轻地弹了进去。

微弱的荧光照亮了屋内，只见大灵李志四仰八叉地躺在床上打着鼾，而盖住红盖头的二灵却像一件衣服那样，直挺挺地立在床边。

听到动静，悄无声息地，二灵把红盖头转向了李火旺，立在那里似乎等待着什么。

大晚上看到眼前的这个场景，说实话实在吓人。

“我真的要现在跟这东西出去单独待着？”李火旺此刻有些犹豫了。

但是一想到她跟自己说的话，李火旺最终还是下定了决心，用手轻轻地招了招。

二灵居然真的动了，她如同幽魂般缓缓地向门口飘去。

她往外走，李火旺就往外退，一个进一个退，最终来到院子外面，这才停下来。

空中的半月洒下朦胧的月光，稍稍安抚了李火旺极度紧张的心情。

盖着红盖头的二灵再次缓缓靠了过来，靠得很近很近，近到李火旺说话喘气都可以让红盖头轻微地摇晃。

“你昨天想说什么？”

那极长的黑色指甲缓缓抬起，在李火旺惊讶的目光中，轻轻划破自己另一只手的指尖，在自己的红盖头上开始缓缓写字。

“当……心……你……是……心……素……仙……”

“你们干什么呢?！”随着一声呵斥猛地炸响，红盖头上的黑血迅速被吸收进去。

李火旺刚刚退后两步，就看到表情阴沉的李志赤着脚嗒嗒嗒地走到二灵身边，一把紧紧搂住了她的腰：“你要干什么？这是我媳妇！”

李火旺听着屋子那边传来的动静，迅速想了想后开口说道：“没干什么，只是对嫂子的容貌有些好奇罢了。”

一脸戒备的李志上下审视了李火旺一番，好似宣示主权般，用手掀开红盖头的一角，把脑袋伸进去就是一顿亲。

红盖头摇摆之间，借着月光，李火旺隐约看到了一些东西。

“那是……鳞片？”

紧接着，李志把脑袋从红盖头下钻了回来，舔了舔嘴角的黄绿相间的黏液。

“记住了啊！这可是我媳妇，你打光棍这能怪谁？还不是怪你自己！谁让你当修士的！”

说罢不等李火旺辩解，李志牵着二灵那惨白的、带着黑长指甲的手，转身向屋内走去。

鳞片，黄绿相间的黏液，这两个画面在李火旺脑海中不断闪过，这二灵到底是什么魑魅?

当百思不得其解的李火旺回到屋内时，发现白灵淼已经被吵醒了，跪坐在床上睡眼惺忪地揉着眼睛。

“怎么了？发生了什么吗？”

李火旺什么都没说，重新把点燃的油灯吹灭：“没什么，睡吧。”

“当心？我是心素仙？”

躺在床上的李火旺开始琢磨着二灵刚刚的只言片语。

“心素仙是什么？她又让我当心什么？”

第二天，等李火旺醒来到了大堂，就看到李志正在喝粥。

他右手牢牢地牵着二灵，正在给自己那位老乡说着什么。

“老乡，多谢你照顾了，不如这样，我帮你请个保魂仙灵吧，算你便宜点，三十个铜板怎么样？”

李志说到这里就停了下来，因为他看到了李火旺，此时他的表情也没有之前的随和。

看到李志的表情不太对，李火旺径直走了过去说道：“李志兄，关于昨晚的事情，我可以解释。”

李志手一抬，拦住了李火旺继续往下说，带着几分不耐烦地说道：“嗨，这解释啥啊，我又没怎么你，就这么着呗。”

说完，他站了起来，拉着自己的媳妇转身向着屋外走去。

李火旺看着那远去的两人背影，沉默不语。

“二灵说我是心素仙，这听起来似乎是某种特殊的称呼，而且她还提醒我别看保魂仙灵，也许她知道我一些什么，我必须想办法把这个消息从她嘴里挖出来。”

好不容易知道的线索，李火旺不想就这么断掉。

“李师兄，怎么了？你跟那搬杆子的有过节？”

听到狗娃的话，李火旺摇了摇头：“没什么，这是我的私事，大家都去吃早饭吧，好不容易有床睡，这些天好好休息。等出了这个村子，咱们就只能躺路边了。”

随后几天，李火旺并没有再找李志，也没去管对方在做什么。

他知道现在对方肯定还有脾气，如果现在去问关于二灵的事情，怕是会不太好，先缓缓再说。

李火旺是这么想的，然而就在等待的过程中，有个小麻烦找上门来，白灵淼病了。

这麻烦说大也大，说小也小，大是因为在这破地方，小病不重视，同样很容易要人命。

说小是因为，借助清风门炼制的药丸，他能勉强称得上是一位乡下郎中，别的病治不了，这点小病还是没问题的。

李火旺把白灵淼有些发烫的脑袋靠在自己怀里，小心地把一颗红色药丸放进她的嘴里。

“李师兄，我不会是要死了吧？我不想死……”非常虚弱的白灵淼用手牢牢抓住李火旺的衣袖。

“别瞎想，小风寒罢了，已经吃药了，等好好睡上一觉，捂着出出汗，就好了。”

“咚咚——”敲门声打断了两人的交谈，李火旺刚抬头，就看到李志带着他媳妇站在门口。

“怎么样？我听老乡说，你妹妹病了？要不要帮忙啊？”

“不用，谢谢。”李火旺把被子轻轻地盖在了白灵淼身上，转身向着他走去。

“行了，客气什么，你之前请我吃面，我也要帮你不是吗？黄仙灵治病救人是一绝，只要你不打我媳妇的主意，咱俩就还是朋友，这忙得帮。”

李志语气自然，仿佛那件事情就这么过去了。

“只是小风寒罢了，用不着，而且他们要的‘茶水钱’，我们给不起。”

李志一愣，紧接着笑了起来：“是啊，这确实。算我来添乱了，仙灵确实不能随便乱请。”

“不过李道爷啊，不会驱邪也不会治病的，你这修士当得可真够可以的。”

李火旺重新打量着眼前的男人，还有他脸上十分自然的笑容。

“我已经在治疗了，药丸已经下肚了，总要等药效发挥吧。”

李志站在那儿不断摇头：“你这不行，我见过别的道爷，老厉害了，随便给颗药丸吃下肚，甭管什么病嗖的一下子就好了。”

李火旺轻轻地笑了笑，感受着这轻松的氛围，他觉得现在是个不错的时候。

“李志兄，我们能聊聊吗？关于你的妻子，她似乎不是寻常人吧，其他搬杆子的二灵也都这样吗？”

李志脸上的笑容一僵：“李道爷啊，你这说开了就没意思了，你也是修行之人，你身上的一些秘密，肯定不会全部告诉我吧？我有问你，这群天残地缺是从哪儿找来的吗？没有吧？”

说完，笑眯眯的李志用手拍了拍李火旺的红色衣袍，带着他的妻子转身离开了。

虽然李志平时看起来非常健谈，甚至背地里还时常抱怨仙灵，感觉什么都不在乎，可这明显是装出来的。

李火旺若有所思地想了一会儿，转身回到屋内重新照顾白灵淼。

当天晚上三更天，浅睡中的他被一阵敲窗声给惊醒了。

“嘎吱——”木窗被打开了，一双红鞋悬在窗上，轻轻地晃动着。

李火旺认识这双鞋，这是二灵的鞋，她来找自己了。

李火旺想了想，对着那双红鞋用极低的声音说道：“村头那片林子，我马上过去。”

看到那双鞋缓缓收了回去，李火旺深吸一口气，翻身下床开始穿衣服。

不多时，借着朦胧的月光，李火旺就到了外面黑漆漆的树林中，紧接着，他在一棵树下看到了一动不动的二灵。

李火旺警惕地左右张望了一下，并没有发现其他人的身影，他靠了过去：“二灵姑娘，你有什么事情要告诉我？”

二灵再次抬起流血的手指，在自己的红盖头上开始写字。

距离太远，李火旺看得不太清楚，他下意识地向那红盖头靠了过去。

“你……要……当……心……”

写到一半，毫无征兆地，二灵忽然举起双手，黑色的指甲伸直，狠狠地插进了李火旺的脖子。

“砰！”浑身肌肉瞬间紧绷的李火旺猛地抓住眼前的红盖头，右脚一抬，狠狠地踹在她的肚子上。

虽然暂时脱离了危险，但四个血淋淋的伤口已经出现在李火旺的脖子两侧。

颤抖地掏出几颗止血药丸塞进嘴里，李火旺目光看向面前衣着大红大紫的二灵。

李火旺怎么也没有想到，之前仿佛要提醒自己的二灵，忽然间就对自己下了杀手。

然而当他看到那二灵的面孔时，顿时愣住了。

虽然对方五官扭曲，并且脸上同时有着蛇的绿色鳞片、刺猬背针、狐狸耳朵之类的各种动物特征，但凭借着剩余的一些人类痕迹，他还是看得出来，这人分明就是李志的模样。

不，应该是女相的李志，她所剩不多的人类皮肤上抹着粉。

虽然一半尖牙暴露的兽口没有办法修饰，但另一边的樱桃小嘴上还特意涂了红胭脂。

见李火旺看到了自己的真面目，“李志”用手捂着嘴，如同狐狸般，极其

尖锐地笑了起来。

“试探了半天，你这心素原来是个样子货，没被别人提前抢走，我运气真算好。”

这声音有两重，一重在眼前，另一重在四周黑漆漆的林子里。

“咚咚！”悠长又密集的敲鼓声从林子里传来。

“请——灵——嘞——”

随着李志特有的洪亮声音从林中传出，身体怪异的二灵开始配合地颤抖起来。

“乌鸦归巢，行路——啊！”

李志的请神调就这么突如其来地戛然而止了，这明显让二灵始料未及，她错愕地抬起头来，看向眼前的李火旺，以及他上扬的嘴角。

“你特意来试探我，我又何尝不是在试探你呢？我已经被莲生们骗过一次了，吃一堑长一智，我总要防备着什么吧。”

李火旺话音刚落，树林里就传来零散的脚步声，那是狗娃、傻子他们。

这群人手中拿着武器，推搡着满口鲜血的李志往前走，而李志用来搬杆子的旧鼓，此时被浑身黑毛的小满牢牢抓着。

李火旺伸手从小满手中拿过旧鼓，当着李志的面，扔在地上一剑刺下，嗤的一声，绷得紧紧的鼓面就这么轻易地被刺破了。

“看起来这是你最重要的东西，无论叫哪家仙灵，没了这东西，恐怕都来不了吧？”

经过这些天的接触，李火旺发现不管仙灵多厉害，这搬杆子的人始终还是肉身凡胎，只要控制住他，一切都好办。

看着四周寒光四射的刀刃，嘴上挨了一棍子的李志，脸上并没有任何恐惧甚至恨意，反而露出一丝无奈的苦笑：“其实这种事情我做不了主。”

锵的一声，锋利的炭黑色剑刃已经抵在了李志的脖子下面：“这时候还想骗人？让二灵放弃抵抗！”

李火旺的目光死死地盯着远处那面目全非的二灵，李志被困住了，远处那位人兽不明的二灵可还是个麻烦呢。

“呵呵……你这话说的，你凭什么认为我媳妇就一定会听我的？”

李志说完，就看到远处的二灵张开狰狞的嘴巴，狠狠地咆哮了一声后，四脚着地如同野兽般向着林子里奔去。

二灵居然跑了，把李志一个人丢在这里。

“李道爷，我真没骗你，我们这些搬杆子的跟你们不是一回事，有些事情我是真做不了主。”李志脸色苍白地努力辩解着什么。

“你觉得我听了你这些话，就会突发善心放过你吗？”李火旺的剑刃稍稍往前挪了一些。

“呵呵，那不能。”面对随时可能到来的死亡，李志显得十分坦然。

看着眼前的俘虏，李火旺思索片刻后，缓缓开口说道：“心素是什么？你们为什么叫我心素？”

这是他最在意的。他们对自己动手肯定是有理由的，而这个心素已经出现过两次了。

李志无奈地叹了一口气：“合着你真的啥都不知道啊，我之前被你这身血衣给蒙住了。”

“心素到底是什么？！”李火旺咬着牙齿一字一顿地问道，剑刃割出一道血痕来。

李志看着眼前的李火旺，呵呵地笑了起来：“呵呵，你脑子转得快，可你怕是斗不过老仙的。”

下一秒，李志的双眼开始充血变红，一根根刺猬般的背刺从他眼角下钻了出来，鼻子扭动地向前伸去，整张脸都开始向着刚刚二灵的怪异模样发生变化。

李火旺单手一压，锋利的剑刃就向着李志的脖子抹去，然而撕裂的皮肤下面不是血管，而是一排密集坚硬的蛇鳞。

“杀了他！”

随着李火旺一声呐喊，呼的一声，带着劲风，一根巨大的木棒率先赶到，狠狠地砸在了李志的脑袋上。

异变到一半的李志倒在了地上。

“咚咚！”黑暗中的树林里传来了急促的鼓声，吸引得所有人都望了过去。

错愕的李火旺下意识地低头看着地上的破鼓。

“鼓声？怎么还有鼓声？李志的鼓明明已经被我毁了！”

“请——灵——嘞——”

伴随着鼓声和灵调，一个人影踉跄地从树林中走了出来，那是二灵，又或者说是李志。

随着李志脸上长出那些东西，离开的二灵脸上的那些东西已经统统不见，他们两个人居然就这么轻松地交换了位置，李志变成了二灵，二灵变成了李志。

“咚咚！”突兀的鼓声在李志身下响起，当其他人向着他的身下看去时，顿时深吸了一口气。

只见这人衣裳敞开，用力拍着自己的肚皮，没有鼓，李志居然拿自己的肚皮当鼓！

“咚咚！”

“乌鸦归巢……”

话音刚落，倒在地上的二灵猛地站了起来。

扑哧声不断，连同李火旺手中的长剑在内的所有兵器瞬间插入了二灵体内。

李火旺非常肯定自己这一剑已经刺穿了他的心脏，然而二灵依然直挺挺地站在那里。

一股巨力猛地从二灵身上传来，随着他猛地一扭身体，四周所有握住兵器的人瞬间松手。

“不行！必须让李志的鼓声停下来！他是关键！”李火旺右手一掏，那铜铃瞬间出现在他手中。

“丁零零！”

“咚咚！”

两种不同的声音在整个林子里相互纠缠交错。

四周各种线条迅速凝聚成“游老爷”，李火旺猛地一晃眩晕的脑袋，“游老爷”瞬间一分为四，向着李志冲了过去。

丝毫不顾因为捶打而产生的疼痛，额头青筋暴起的李志嘴皮不断抖动，神调的语速瞬间加快了两倍。

李火旺感觉肩膀一疼，不知何时，那个二灵已经来到了他的身后，狠狠地咬在了他的肩膀上。

见李火旺受到袭击，远处的一位“游老爷”迅速飞了回来，狠狠地向着二灵身上撞去。

可过去从来都是虚体的它，这一次碰上了硬骨头，“游老爷”狠狠地撞在二灵身上，非但没有穿透进去，反而被撞得反弹了回来。

“啊啊！”粗犷的吼叫声响起，一根粗壮的木棒挥了过来，擦着李火旺的面孔狠狠地砸在二灵的脑袋上。

刺啦一声，虽然二灵被砸飞了出去，可是李火旺肩膀上的血肉也被带下来一大块。

剧烈的疼痛让李火旺差点疼晕过去，但是他现在顾不上这些，掏出两个瓶子塞进一旁想要搀扶他的狗娃手里。

“一个毒药，一个蒙汗药，都抹在刀上，你们帮我困住这东西。”

自己不能两面受敌，必须分出一边来。

看着生命力顽强的二灵居然还能挣扎着爬起，捂着脑袋的狗娃显然有些腿脚发软：“李师兄，你确定这东西对那玩意儿有用？”

这时一旁的小满二话不说，直接抢过两瓶药，咬着牙心一横，提刀就冲。

“不管有没有用，先用了再说！”

李火旺知道这有些勉强，可是他也顾不上那么多，不把李志解决掉，仙灵只会越请越多。

远处的三只“游老爷”不断围绕着李志转圈，每次想要接近的时候，都有某些看不见的东西在阻挠。

见到李火旺向着这边走来，李志拍着自己的肚皮继续卖力地唱着。

他叽里呱啦地念了一大堆，唱完，举起手中敲鼓的鼓槌向着李火旺的方向猛地一甩。

虽然没有任何东西出现，但是“游老爷”明显感觉到了什么。

其中一只“游老爷”迅速飞回来，挡在李火旺面前。

片刻之后，伴随着一声脆响，由各种线条形成的“游老爷”就这样被炸散开了。

李志再次向这边用力一划，如果打中，李火旺肯定会落得跟“游老爷”一样的下场。

千钧一发之际，李火旺迅速向后背一摸，把那本天书挡在了自己面前。

当的一声，李火旺感觉到手一麻：“挡住了！这本天书还真硬！”

就这样，他一只手举着天书，一只手摇着铃，咬着牙迅速向李志靠近。

随着他猛地一晃脑袋，四周“游老爷”的数量瞬间翻倍。

李火旺一声令下，加倍的“游老爷”瞬间从不同方向开始围攻李志。

李志在苦苦支撑，但是李火旺也好不到哪里去。

因为“游老爷”太多了，他现在感到极其强烈的恶心感，本能地想要呕吐。

现在就比谁先撑不住了。

一片混乱之中，李火旺忽然发现自己在这种状态下能看见那些阻挠“游老爷”的仙灵了。

这些透明的东西千奇百怪，有人形、兽形，半人半兽，各种各样，而且随着时间的推移不断发生变化。

组成它们身体的一切东西都随着李志的鼓声颤动着。它们就像一本书，当李火旺看到它们的样子的瞬间，也就理解了它们。

这些仙灵有很多很多，无处不在，就像一群永远虚化、永远隐身的东西。它们如果想要跟现实有接触，就必须通过某种旋律才能出现，鼓声是它们出现的条件。

“鼓声！”回过神来的李火旺咬着牙继续向前冲，手中的铜铃摇得越来越响。

随着他不断靠近，渐渐地，铃声开始压过鼓声，“游老爷”那边的防守开始突破。

看到情况不妙，李志表情一凝，嘴巴一张，嘴角两边瞬间被撕裂。猩红的舌头如同蛇信般从里面钻了出来。

他的声音一变，变成了凄惨的悲调：“烟——云——哎——”

这话一出，顿时四周狂风大作，鼓声重新压倒了铃声。

并且某种女人的轻微呢喃声在李火旺的耳边响起，他眼前的一切开始迅速扭曲。

渐渐地，风声、鼓声、铃声，四周的一切动静都逐渐被其他声音所替代。

交谈声，魔方转动声，皮鞋声，手机提示声。

等他回过神来，发现穿着蓝白条纹病服的自己正被人扶着，在精神病院里散步。

“这都是假的！都是幻觉！”

李火旺猛地抬起头，四处张望，瞬间就看到远处的老刘头正被自己的女儿搀扶着向院外走去，他的距离跟刚刚自己和李志的距离一模一样。

“火旺，怎么了？”

李火旺忽然表情狰狞地冷笑一声，这家伙还想用幻觉迷惑自己，那他算错了，别的不行，幻觉对他根本没用。

他一把甩开搀扶着自己的手，右脚在花园台阶上一踏，向着远处的老刘头冲了过去。

远处的交谈声逐渐传入李火旺的耳中。

“医生，多谢您了，要不是您，我父亲不会好得这么快。”

“呵呵，哪里，哪里，这是我们医生分内的事情。刘师傅，记住了，回家后记得定时吃药啊。”

“好的。”

“李志！”李火旺的呐喊让所有人下意识地回过头来，包括特意为了出院换了一身衣服的老刘头。

“砰！”李火旺一拳头结结实实地砸在老刘头的脸颊上，一副假牙混合着血液在空中翻滚着。

下一秒，幻觉里的人和物迅速退去，李火旺看到眼前的李志被自己打得仰起脑袋，鼻血直流。

四周的仙灵还企图救援，但是都被六位“游老爷”阻止住了。

“我让你敲！”

锵的一声，长剑拔出，奋力一刺。

这一剑让鼓声、铃声都停了下来，仙灵、“游老爷”逐渐消散，四周的一切都重新安静下来。

李志错愕地看着自己的腹部，缓缓后退两步后，瘫倒在地上。

气喘吁吁的李火旺看了两眼濒死的李志，扭头看向身后，发现远处正在跟其他人纠缠的二灵此时也散架了。

“呵呵，李道爷，对不住了……”

听到身后有动静，李火旺用手捂着自己火辣辣的肩膀，重新看向倒地的李志。他这是……在给我道歉？

“都要死了，你还在跟我装，这会儿摆好脸，刚刚要杀我的难道是别人不成？”

脸色逐渐惨白的李志露出一丝苦笑：“我没办法，我真的没办法，他们逼我的，你能跑，我真的逃不掉，自打搬杆子的那一天起，我就再也跑不掉了。”

李志剩下的时间不多了。

李火旺表情复杂地站在那里，看着眼前这位口中话语不知真假的李志。

“其实……这也不赖，脑子里终于没别的动静了。”李志感慨地说道。

“之前的一切都是仙灵逼你这么做的？”李火旺重新开口问道。

“呵呵……你要是不信也没辙，从搬杆子的那天起，我就成了他们手中的傀儡。我反抗过，可是真没用，人是斗不过仙灵的。”

李火旺懒得分辨这人口中说的话是真是假，径直走过去抓住剑柄就要拔出来。

他用力一拽却拽不动，就发现李志居然死死地抓住了剑刃。

嘴角流血的李志呵呵地笑了笑：“李道爷，那个，下次遇上我这样的人，记得多个心眼，你这样的心素，可是别人眼中的香饽饽，别人难保不会有什么坏心思。”

听到这话，李火旺的心顿时一缩，他本来没再指望从李志口中得到消息，没想到他居然自己开口说了。

看着眼前将死之人，李火旺的语气刻意放缓：“心素到底是什么？”

“心素者，太始变而成形，形而有质，而未成体，谓之心素。心素，质之始而未成体者也。”

“什么？”李火旺显然没听明白对方在说什么。

“这是仙灵跟我说过的，我是个粗人，没念过几年书，听不太懂，可我是头一回见他们乐成那样，所以我琢磨着……应该是好东西吧。”

李火旺抬起自己的手，一脸震惊地看着。

联想到之前正德楼那些图谋不轨的莲生，这足以证明李志没骗自己。

“在这个世界，我是一个非常稀有的东西？可是我这个人除了是精神病外，明明跟普通人没什么区别，心素到底意味着什么？”

李火旺把刚刚李志说出来的那段话牢牢记在心中，他隐隐感觉到这关系重大。

紧接着，他再次联想到那死去的师父，丹阳子。

李火旺发现，这件事情其实从一开始就有预兆了，自己那个便宜师父为什么会找上自己？

既然其他人的修炼方式跟丹阳子一样特殊，那么他们修炼的想法和目的说不定也和丹阳子一样。

这时，李志的声音开始逐渐变轻，瞳孔也开始逐渐失去焦点。

“李道爷，你能帮我一个小忙吗？”

李火旺重新看向濒死的李志：“你说。”

“下个月二十二就是清明节了，到时候，能给我多烧点纸钱吗？我李志已经穷了一辈子了，我不想死了之后还是个穷鬼。”

说到最后，李志再次习惯性地笑了笑，血水从他嘴角流下。

“下辈子投胎，做牲畜都行，就是不敢再搬杆子了，太憋屈了，也太……累了。”

“李道爷，记得以后干什么都可以，可千万别搬杆子，这活真不是人干的，真是太苦了，太憋屈了。”两行清泪从他眼角滑落。

李火旺表情复杂地看着这个人，过去的种种在脑海中闪过。李志自己或许是个善人，可是他做什么、不做什么都不是他说了算，他只是被那些仙灵控制的一个可怜人罢了。

这个残酷的世界告诉李火旺，能使用那些特殊力量的，不一定是像心慧、丹阳子那样懂修行之术的高人，也有可能是那股力量的奴隶。

“多谢指点，这些对我很重要，李志兄。”

此时的李志就剩最后一口气了，他深吸一口气，用最后的力气说道：“还有啊，那天你问要驱邪，是有事吧？记得往南走，去那边找一帮穿黑衣服的胖女人，她们……勉强……算……善人，应当会……帮你。”

李火旺怎么也没想到居然还有这份意外收获，这关乎自己身上的丹阳子，连忙追问道：“胖女人？这个门派叫什么？她们擅长驱除邪祟？”

李火旺说了半天却没听到回应，这才发现，此刻李志眼中没有任何光泽，他死了。

看着死不瞑目的李志，李火旺心中不由得感到五味杂陈。

如果他不是搬杆子的，也许两人能成为不错的朋友。

就在这时，其他人从远处走了过来。

“李师兄，鼓声一歇，那怪东西忽然就不动弹了。咦？这人怎么回事？”

狗娃、小满这些人跟二灵纠缠了一通，看起来非常狼狈，每个人都挂了彩，不过好在都是小伤。

李火旺叹了一口气，伸手把剑拔了出来，重新插入身后的剑鞘：“找个地方，把他们两个人埋了吧，免得被狼豺撕咬。”

“为什么啊，师兄？他们可是杀人越货的恶人啊！”狗娃很不理解。

李火旺没有解释什么，伸手过去轻轻合上了李志的眼睛。

李火旺没有给李志留碑，他孤家寡人的也不会有人祭拜，留了反而容易出事。

忙活了大半天，等他们回去的时候，村子里的鸡都在打鸣了。

刚到门口，在井边，他意外地看到了一个消瘦的背影，之前还躺在床上十分虚弱的白灵淼，现在居然弯着腰在那里提水。

“李师兄！你们去哪儿了？怎么受伤了？没出什么事吧？”白灵淼担忧地问道。

眉头微皱的李火旺走过去扔掉了她的桶：“都发烧了，还打什么水，赶紧去屋里面躺着。”

“我没事，我好了，不信你摸摸看。”

当李火旺用手按在她的额头上，发现真的退烧后，有些意外地说道：“我炼制的药丸可没这么强的药效啊，你确定没事？”

白灵淼表情一凝，紧接着笑了起来：“没事啊，我能有什么事情。病好了，难道不是好事吗？”

“没事也给我回去躺着，生病刚痊愈，别去碰水！”

第五章 水匪

不管之前发生了什么，人死身消，随着李志的死亡，整个事件也告一段落。

虽然说遭遇了危险，可是收获也大。

首先，李火旺明白了莲华门的人图谋不轨的原因。

“心素者，太始变而成形，形而有质，而未成体，谓之心素。心素，质之始而未成体者也。”

这是李志临死前对他说过的话，自己在这个世界的人眼中是非常罕见的心素。

李火旺对古文不太懂，但是凭借着学校里的模糊记忆，他还是理解出了一个大概。

按照这个说法，“太始”是形成一切物质的某种物质，而“心素”，则是诞生于太始之前的东西。

翻译是翻译出来了，但这内容反而更让李火旺迷惑了。

“我明明是个人，一个有血有肉的普通人，怎么可能是什么质之始而未成体者？这根本就不靠谱啊。”

这种一听就玄之又玄的东西，怎么也跟活人搭不上边。

一个东西连物质都没有形成，它怎么可能还是活物，还能思考移动。

对这个问题，李火旺百思不得其解。

但是不管他怎么想，丹阳子、心慧掌门，还有李志，这些人的举动告诉了李火旺这个世界的修行人是怎么想的。

“别管到底什么是心素，我现在就是那唐僧肉，谁都想来啃上一口。”走在路上的李火旺自嘲地说道。

现在对于这个世界的人，李火旺已经完全失去了信任，任何人说的任何话都有可能是假的，他们都有可能是为了欺骗自己。

这很让他怀疑，他在这个世界接触的每一个人都有目的。

然而日子还是要继续过下去，麻烦也要一点一点地解决。

至少李志说的话应该是真的，毕竟人在临死时说的话往往是真心的。

对方还指望自己在清明节给他烧纸呢，而且在这个地方骗自己对他实在没有好处。

而且现在自己根本没有选择的余地。

“喂！你们等等！”

听到有人喊，李火旺等人刚回头，就看到一个面相憨厚的男人手里拿着什么东西，从后面追赶过来。

“你们要去哪儿啊？我那个搬杆子的老乡呢？就是和你们一起的那对夫妇。”那人气喘吁吁地问道。

“他有事，所以就和媳妇先走了。”

那人也不怀疑李火旺，反而把手中一个沉甸甸的包裹塞到他的怀里。

“哦，那样啊，这是他屋子里的包裹，走之前忘了拿，你们给他送过去吧，多谢了。”

这个包裹李火旺还记得，当初第一次见面的时候，李志背上就是背着这个东西。

不等李火旺再说什么，那人送完东西后转身就走了。

重新走在坑坑洼洼的土路上，李火旺表情复杂地看着怀里的包裹。

这个东西肯定是无法还给李志的，他已经死了。

此时一个突如其来的念头从李火旺的脑海中冒了出来。

“在李志的包裹里，我能不能找到一些有价值的东西？”

想到这里，李火旺说干就干，直接打开了这个布包裹。

里面没有什么让人眼前一亮的东西，都很陈旧。

首先是一张白蒙蒙的鼓皮，看起来应该是搬杆子备用的。

李火旺抓起来就朝路边扔去，搬杆子给他的印象很不好，看到这个东西就感觉不吉利。

“哎，别扔啊，多好的皮子，万一以后能用到呢。”白灵淼伸手捡了起来。

“能用到什么？缝补衣服吗？”李火旺发现在一些事情上，白灵淼比自己节省得多。

“我们现在可彻底没钱了，能省一点就是一点。”

看着对方把鼓皮小心地放在驴车上，李火旺摇了摇头继续翻着包裹。

接下来就是一些旧铜钱，铜钱的光泽新旧不一，看来这些铜钱李志应该是攒了很久。

拿起来放在手中掂了掂，李火旺轻叹了一口气。

也不知道李志攒钱打算做什么，但可以肯定的是，他为此付出了很多努力。

“拿去买粮食吧。”李火旺把钱扔到白灵淼怀里。

正在为钱财担忧的白灵淼看到这些铜钱，顿时眉开眼笑。可是紧接着又转为担忧：“师兄，我们总要找个赚钱的营生才行，这些铜钱也撑不了多久。”

“赚钱的营生？你打算做什么？跟吕状元他们一样唱戏吗？”李火旺一边掏着包裹一边说。

白灵淼顿时摇头：“我爹要是知道我唱戏，会打死我的，我是说别的一些正当的营生。”

李火旺伸手把用线穿着的圆形玉佩拿出来，放在她的手中。

“别为钱的事情担心，找个富饶的地方把这个卖了，就什么都有了。”

“我这里还有，我这里还有。”狗娃从怀里掏出一摞红包递过来。

李火旺意外地看了他一眼：“这些是丹阳子给那些死去的弟子发的红包吧？你什么时候偷的？”

“我出清风门的时候拿的，这不是看到没人拿嘛，嘿嘿，我就顺手拿了出来。”狗娃的声音中带着狡黠和得意。

就在这时，李火旺的手一停，他在包裹里面摸到一个圆鼓鼓的东西。

掏出来一看，意外地发现是个两巴掌大的葫芦。

“有点像装药丸的葫芦，搬杆子的也会炼药吗？”看着这东西，李火旺心里暗道。

举起葫芦倒了两下，却没有任何东西倒出来。

就在李火旺闭着一只眼睛，凑到葫芦嘴边，想看看里面是什么的时候，葫芦的上半部分忽然裂开。

小小的葫芦嘴瞬间裂出白牙，狠狠地向着李火旺的脸上咬去。

咔嗤一声，还好李火旺退得快，要是慢一步，他就麻烦了。

李火旺惊魂未定地看着手中重新恢复原状的葫芦。

这东西居然是个活物，李志居然用它来装东西，那里面的东西肯定非常珍贵，里面到底装的是什么？

仿佛有感应，李火旺腰间的铃铛微微颤抖了一下。

“你们先等一会儿。”心里一动，李火旺说完，转身向着林子里走去。

茂密的树林中，铃声响起，很快“游老爷”被召了出来。

“这里面是什么东西？”李火旺举着手中的葫芦，向着眼前的“游老爷”问道。

“鼦忈。”

得到回答后，李火旺难以置信地看着手中的葫芦：“什么？你真的确定这里面装的是阳寿?!”

寿命，这是一直困扰着所有人的难题，如今这个难题的答案就在李火旺的手中。

先别管为什么阳寿这种东西居然能具象化。

在这个光怪陆离的世界中经历了这么多，李火旺早已经不再考虑这些次要问题了。

他现在更应该考虑的是，手中这东西对自己意味着什么。

根据“游老爷”的指点，李火旺高举手中的葫芦，对准空中的太阳。

没过一会儿，葫芦嘴处如同花瓣般裂开了。

六颗圆鼓鼓、里面隐约带着金色“寿”字的小球，在绿色的黏稠液体中缓缓滚动着。

李火旺小心翼翼地伸手进液体里，拿出一颗。

他用手指捏了捏，很牢固。根据“游老爷”的解释，阳寿这种东西，只要碰到五行中的任何一种都会消散，要是掉在地上可就没了。

这一颗代表着寻常人一年的寿命，可是非常珍贵的。

当暴露在阳光下，这些固体寿命就开始逐渐消散，弥漫出一些让人浑身一震的黄色轻烟。

随着李火旺用力一按，那东西就没入了他的手中。

顿时李火旺浑身感觉轻松了不少，他增加了一年的寿命。

“要是一直服用这东西，我岂不是能永生不死了？”

李火旺很快把这个不切实际的想法抛诸脑后。

李志为了攒这点寿命，天知道搬了多少场杆子，要是真这么轻松，他也不至于老成那样。

这些寿命的唯一作用恐怕就是用来喂给“游老爷”。

李火旺想着就要把剩下的五颗从里面捞出来直接吸收掉。

昨天晚上，为了对付李志，他可是请了六位“游老爷”，损耗可大了，必须从这里补回来。

当手指触碰到那些寿球的时候，李火旺又忽然停了下来。

“这东西在这个世界能不能当作货币使用？”

俗话说“一寸光阴一寸金，寸金难买寸光阴”。可是如果寸金真的可以买到寸光阴呢？

“这东西，无论在凡人还是那些修行人那里，估计价值都很高，就这样吸收实在太可惜了，必须好好利用才行。”

李火旺把手从葫芦里收了回来，看着回到树荫下的葫芦，那狰狞的大嘴缓缓合拢。

他拿起葫芦，转身向着马车方向走去，李火旺找了根绳子把这葫芦绑在腰间，继续翻找着包裹。

不过接下来李火旺并没有找到什么有价值的东西。

一件半旧的衣服，两双只纳了一半鞋底的鞋子，顶着针线头，还有几个泥塑的小人。

这就是李志所有的财产，他所有的家当。

看到这些，李火旺不由得感到有些唏嘘，仙灵的力量并没有给李志带来更好的生活，反而让他过得比普通人更艰苦。

李志说得没错，搬杆子确实不是人干的活。

“李师兄，这些东西能给我吗？”一个流着鼻涕的士童问道，眼睛直直地盯着那些泥塑。

说到底，这些人虽然吃苦耐劳，但毕竟还只是孩子，只要是孩子都喜欢玩。

但李火旺摇了摇头，把那些人形泥塑放在路边：“这些东西不干净。”

驴车的车轮声不断响着，向前行进。

之前李志骗了李火旺，但有一样东西并没有欺骗他，那就是接下来的路段确实非常崎岖，中途真的没有其他落脚点。

就这样在泥泞的土路上走了十多天，他们终于看到了一个不大不小的城镇。即使此刻天上飘着毛毛细雨，依然没有阻止他们疲惫的脸上露出喜悦的笑容。

“终于可以睡在床上了，这一路上真的把我磨得够呛。”人群中的一个独臂男人抱怨道。

他并不是没有手臂，而是只有一只手臂是正常的，另一只手臂只有婴儿手臂般大小。

李火旺的目光从手中的地图上移开：“我们在这里休整两天，等雨停了再继续走。”

驴车的车轮开始朝着镇口滚去。

当李火旺他们走进镇口时，发现有不少马车、牛车和独轮车从镇子里往外赶。

有车的人毕竟是少数，更多的人是步行。

这些人身上披着蓑衣，手中挎着竹篮子，里面放着黄纸和一小碗一小碗的蛋肉鱼，面带伤感地默默往外赶。

“发生了什么事？镇子里出了什么事吗？”李火旺下意识地问道。

“李师兄，今天是清明，他们是去扫墓的。”

“一转眼就到清明了吗？这么快。”李火旺喃喃自语。

走进镇子里，路边摆着几个摊子，卖的都是黄纸和金元宝，还有纸人、纸牛，生意都很好。

答应李志的事情，李火旺不想食言。

可是他手中拿着纸钱和宝烛，一时间愣在了原地，自己该如何烧给死去的李志呢？

“师兄，这事你交给我，我在行，我会。”狗娃得意地拍着他那干瘪的胸脯。

很快他们就来到了镇上的十字路口，那里已经有不少人正在给远方的家人烧纸钱。

狗娃掏出自己的刀，在地上画了一个圆，圆里留了一个口子，口子的方向是埋李志的方向。

黄纸在白圈里被点燃了，逐渐燃烧成灰烬。

旁边帮衬的狗娃一边烧一边还大声吆喝着：“先烧的是给李志的！后烧的是给李志他媳妇的！谁敢抢，谁就是狗娘养的！下辈子指定当畜生啊！”

“你这样喊，有用吗？”李火旺把手中的金元宝塞进火中。

“有用，肯定有用！我三叔就是这么教我的，这样喊的话，孤魂野鬼就不敢抢咱们烧的冥钱了。”狗娃自信满满地说道。

李火旺看着眼前缓缓飘起的青烟，看了很久后才缓缓地再次开口说道：“你们说，人死后到底会变成什么？”

“李师兄，人死后的事谁知道呢？”

“也许人死了就什么都没有了，什么都不会留下，人就是这么脆弱渺小。”

这番话让四周的其他人顿时感到有些惶恐，四目相望。

狗娃双手搂肩，用手安抚着自己浑身的鸡皮疙瘩。

“哎呀，李师兄，你这说得也太吓人了，人死了肯定会去地府转世投胎，铁定的事。”

“你为什么这么确定？你亲眼见过？”

“因为……因为这是我二姨奶告诉我的啊，她活了九十四岁了，什么都懂。”

…………

一张张黄纸随着火焰燃烧，逐渐变成黑色的灰烬，乘着热气扶摇直上。

李火旺表情复杂，看着眼前的一切。

“李志啊李志，你要的纸钱我已经烧了，但愿你能收到吧。”

刚说完，李火旺就看到黑色的灰烬在面前打了一个旋，仿佛是对自己说的话的回应。

在这一刻，李火旺忽然有些理解这些烧纸钱的人了。

相比极其残酷绝望的死后一切都销声匿迹，死后还能投胎转世重获新生，那是活着的人的一种精神寄托吧。

把手中最后一摞黄纸扔进火堆中，李火旺站起来，拍了拍身上的灰尘。

“走吧，我们去镇上找个客栈休整一下，大伙浑身都湿透了。”

他刚要走，一旁的白灵淼的话让他侧过身来：“李师兄，小满姐不见了。”

李火旺在人群中观察了一会儿后，确实没有发现那位患有多毛症的女人。

“哦，我记起来了，她之前给我说过，她家好像就在这附近。”

这话没有人回应。经过之前的事情，所有人都知道小满回家后打算干什么，一时间本就有些压抑的气氛变得更加压抑了。

“那个，李师兄，要不咱们去找找她？说不定能拦得住。”讪讪笑着的狗娃，把手伸进斗笠里面挠了挠自己油腻腻的头发。

李火旺看了他一眼，抬脚向一个挂着客栈牌匾的方向走去。

“先去找间客栈安顿下来，这附近是小满的老家，她肯定熟悉，等她忙完了会来找我们的。”

这句话让欲言又止的白灵淼安静下来，双手揪着衣裳下摆，默默地跟在后面。

天灰蒙蒙的，下着小雨，她不用布条蒙着眼睛，粉红的瞳孔里满是悲伤。

干爽的客房很快准备好了，一众人洗头的洗头，洗澡的洗澡，等一切都收拾妥当后，就都集合去大堂吃饭。

兜里没多少盘缠了，桌子上的菜一般般，大部分是素菜，唯一称得上荤菜的就是苦瓜炒鸡蛋，还有猪油渣炒辣椒。

但是所有人都吃得津津有味，原因无他，菜里面的猪油放得实在，闻起来香，吃起来也很鲜美。

今天是清明节，客栈没多少人住店吃饭，一旁跑堂的小二正在和算账的闲聊。

“哎，秀才，你知道吗？我听说啊，边境估计又要打仗了。”

“别瞎说，你知道个啥，一个臭小二有什么资格议论国事。”

“这话我就不爱听了，我虽然是小小一跑堂的，可别的不行，那消息还是最灵通的，我听说啊，这一回，咱们四齐是打算往东打。”

“东？”正在吃饭的李火旺竖起了耳朵，东面就是关口内的地界。

那边李火旺没多少熟人，唯一担心的就是吕家班的那些人。

不过一想到十分圆滑的吕状元，他便放下心来，那老头油滑得很，应该没事。

小二的声音开始压低：“秀才，我告诉你啊，前段时间，在那边做买卖的都往回赶，肯定是听到了什么消息呢。”

吃饭的李火旺摇了摇头，这破地方都乱成这样了，又是邪祟又是响马的，这些人居然还有空出兵打仗，真是够奇怪的。

兴致勃勃的小二刚要继续说点什么，眼睛忽然一亮，连忙向着客栈门口迎去。

“哟！这位姑娘！您里面请，是打尖还是住店啊？”

听到动静，李火旺他们同时扭头，就看到一个提着短刀，戴着黑纱布斗笠的女人走了进来。

整个镇子会这种打扮的并不多，看到那人长满黑毛的手背，李火旺轻松猜到了这个人的身份。

“小二，来副碗筷，让后面的厨子再添两道菜。”

“好嘞！这就来！”

李火旺用手肘撞了撞一旁的傻子，傻大个知趣地猛夹了几箸菜，端着碗下桌蹲着吃去了。

小满走到李火旺身边，坐了下来。

黑纱斗笠被摘下，露出她脸上因为流泪而被浸湿的黑色毛发。

李火旺吸了一口气后，猛扒了几口饭。他从小满身上闻到了淡淡的血腥味。

“筷子碗来了——哎呀！我的妈呀！！”

用手挥退了被吓到的小二，李火旺把碗和筷子放在小满面前：“吃饭。”

表情痛苦的小满看着面前的空碗，仿佛在回忆什么：“他把我妹妹也卖了，我妹妹被卖给了一个五十多岁的老头，她年初刚难产死了。”

桌子上只有筷子敲打碗的声音，以及咀嚼吞咽的声音，此刻没有任何人说话。

“他就是人渣！我恨他！我恨不得吃他的肉喝他的血！”

小满咬牙切齿地从牙缝里挤出这句话。

听到这里，坐在一旁的白灵淼一脸心疼地靠过去，伸出白皙如玉的双手轻轻地抱着她。

“我娘劝我，说他不管怎么样都是我爹，可是我宁愿遭天谴，我也不能放过他！”

用勺子往自己的空碗里盛了几勺青菜豆腐汤，李火旺端起碗往嘴里倒去，好像聊天一样轻声说道：“这地方的老天爷不长眼。”

桌子上逐渐安静下来，其他人安静地坐在原地，默默地注视着小满。

他们的眼中带着一丝愤怒和悲伤。大家都曾是身不由己之人，对于小满的处境，他们能感同身受。

在没有到家之前，谁也不敢确定自己是不是被家人卖了。

当小满眼中的愤怒退去，眼中只剩下深深的迷茫：“我家没了，被我亲手拆了，我不知道下一步该去哪儿。”

“小炒驴肉，红烧河鱼——各位客官慢用！”放下两个菜的小二，逃命似的离开了。

李火旺拿过小满的空碗，盛了满满一碗冒尖的白饭，推到她面前：“吃饭。”

说完，李火旺用筷子从红烧鱼里面挑出一根鱼刺当牙签，一边剔着牙一边向着二楼客房走去。

其他人看到这一幕，三三两两地也散开了，整个大堂很快就只留下白灵淼一人陪着小满。

泪水从小满脸上的毛发上滑落，不断滴落在米饭上。

她颤抖地拿起筷子，端起碗来，大口大口地吃着那掺了自己泪水的米饭。

越吃泪水就流得越多，最终端着碗的她彻底大声地号哭起来。

“当——烂种裂玉一块，三两——”

“三两？不当了！”感到极其不爽的李火旺拿起玉佩，就向着典当行外走去。

这玉佩在现实世界怎么都值四十万，结果跑到这儿来就值三两，这家典当行实在太黑心了。

走出门口，李火旺扭头重新看向这家典当行的牌匾：“这地方这么黑心，肯定黑了不少钱，要不干脆晚上过来，抢他一票？”

这个念头刚起，李火旺顿时心下一惊，单手握拳狠狠地给自己脸上来了一拳，烦躁地大步向着客栈走去。

重新回到客房，李火旺找出地图在床上铺开，对着一旁正拿着鼓皮子做针线活的白灵淼说道：“去把小满叫过来。”

李火旺的手指顺着南边缓缓滑了过去，李志临终前提到过，在南边有一群黑衣女弟子，她们有可能解决自己身上的丹阳子。

现在，丹阳子正在不断地影响自己，必须想办法尽快解决掉丹阳子，这比什么都重要，黑太岁什么的都要向后靠靠。

李志说那些女弟子勉强算是好人，李火旺是不信的，经历了之前那些事情，他现在谁都不信。

想要请那些女弟子解决丹阳子，自己要在保证安全的情况下，付出她们难以拒绝的好处才行。

李火旺的目光看向了床边跟那阳寿葫芦挨在一起的天书，这是他现在能付出的所有筹码。

不过这都是之后的事情了，现在首先最重要的就是找到李志口中说的黑衣胖女人。

“李师兄，你找我？”气喘吁吁的小满走了过来。她现在除了眼角有一点微红外，已经没有任何情绪变化。

“你刚刚去哪儿了？”李火旺问道。

“去找了个镖行，把在四齐的留言纸条给了他们，让他们捎回去。”

“这些事情让别人做就可以了，你先躲一阵子，免得镇上的捕快找你麻烦。”李火旺对着她说道。

小满眼神微微一闪，平静地摇了摇头：“没事。”紧接着她补了一句，“我娘不会透露我的行踪。”

“哦，那你过来帮我看看这图，你是本地人，对这附近都了解吧？”

小满走了过去，看着李火旺手指在地图上指点的位置。

“这一块附近你知道哪里有只收女弟子的门派吗？穿黑衣的。”

“女弟子？黑衣？”小满想了想，用毛茸茸的手指指向了西南方向的一座山。

“那应该是这里，恒华山，我听说镇上的孙员外去那里拜过金身泥塑，叫什么安慈宫。”

“安慈宫？你对那个地方了解多少？”李火旺尽可能地收集关于那个地方的信息。

“没怎么了解，我们家穷，去不了那么远的地方烧香立礼，只是听说那里的红礼蛮鼎盛的。”

“嗯……”李火旺心中暗暗摇了摇头。这说了跟没说一样，正德楼的红礼同样鼎盛。

“这个安慈宫有什么过人之处吗？就打个比方说，正德楼求子很灵验。”

小满想了很久，最终开口说道：“我只听说，那里的女弟子都很胖。”

“很胖？这也算什么过人之处？”李火旺想了想，用手在地图上的那个地方敲了敲，“出发，我们去这个地方看看。”

李志的半吊钱被换成了干粮和细米线，还有一大罐子猪油，李火旺一行人向下一个目的地出发了。

他们并不孤单，路上有不少人跟他们同路。

从他们的言谈中，李火旺听出来，这些人觉得马上就要打仗了，住在边境不安全，都未雨绸缪往内陆跑。

就这样走走停停，随着经过一条条岔路，人开始慢慢变少。

就在李火旺以为马上又要只剩他们一行人的时候，一大片水域挡住了他们的去路。

微风吹过水面，同样把李火旺身上的衣袍吹得轻轻摇摆。

“这就是二叔公说过的海吗？”狗娃惊讶地说道。

广阔的水面如同天地间的一面镜子呈现在他们面前，一眼望去根本看不到边。

李火旺重新拿起地图看了起来：“不，这不是海，这只是个湖罢了，很大很大的湖。”

四齐本来就多水，有这么大的湖一点都不奇怪。

“师兄，这湖水怎么有点黑啊。”

湖水颜色有点深，哪怕站在湖边也看不到底，不由得让人心生畏惧。

李火旺把地图收起来，看着其他站在水边的人说：“先等等，看他们怎么做。”

当一个小黑点出现在远处时，岸边的人群开始骚动。那是一艘木船，这里的人是坐船渡湖的。

这艘木船看起来很旧，但也很大。

“来来来！都上船啊，一个人七十文钱。”一位船老大站在船板上，对着岸上的其他人吆喝。

“怎么七十文了？去年才四十六。”岸边有人对价格表示不满。

可那赤脚的船老大一点都没惯着他，用双眼怒瞪着他：“我就问你坐不坐吧，有本事你自己游过去。”

看到那人乖乖交钱服软，得意的船老大对着湖面就是一口唾沫：“眼看都要打仗了，还这么多规矩，我就涨价怎么了？”

“走，上船。”李火旺抬脚走去，在这种人生地不熟的地方，他倒不怕贵，就怕别人图谋不轨。

木船载着几十号人，开始缓缓向着湖心开驶去。

没坐过船的人很容易晕船，但李火旺觉得还行。

他扭头对着船老大问道：“师傅，到对岸要多久？”

“呵呵，两个时辰就到，放心，天黑前肯定到。”

李火旺点了点头，警惕地看着面前船头划开的湖水。

墨黑色的湖水，看起来十分压抑。

“这湖里应该没什么吃人的魑魅吧？”

经历了这么多事情，李火旺如同惊弓之鸟。

“你这话说的，那些都是闲汉编出来的，我在这湖上住了快二十年了，你看我不是活得好好的？放心吧，没事，我拿钱绝对办事。”

听到这话，李火旺的心稍稍安定了一些。

随着船缓缓地向前行驶，天上的太阳也在逐渐偏西。

当天空的云彩被夕阳染成了红色之时，船缓缓地驶进了一大片芦苇荡。

“应该快到了。”李火旺看着四周的芦苇，心中暗暗思忖。

就在他这么想的时候，扑通一声，身后传来了落水的声音。

听到声音的所有人都下意识地回头看去，发现那撑船的船夫和船老大居然都不见了！

“妈呀！他们被水里的魑魅吃了！”

不知道是谁的一声喊，让船上的几十号人顿时人心惶惶。

“都坐下！你们想让船翻吗？”李火旺的呵斥声让船上安静了不少。

他转过身来，看向自己人：“你们谁会撑船？”

得到的却是一致的摇头。

就在李火旺琢磨着该怎么办的时候，四周芦苇里有了动静。

几艘小木舟载着一些手拿兵刃的男女老少，向着木船围了过来。

在其中一艘木舟上，李火旺看到了刚刚的那位船老大。

此刻他举着一把小匕首刮着面，瞧见李火旺在看他，笑呵呵地说道：“小后生，呵呵，你是想吃滚刀面，还是馄饨面啊？”

“水匪。”李火旺道出了这些小舟上的人的身份。

这根本就是一个局，一个把所有人都骗到陷阱中再统一打劫的局。

“呵，这地方还真是‘民风淳朴’啊。”李火旺看着他们喃喃自语地说道。

此时他还发现，水匪里面并不只有青壮男人，还有老人、女人和半大的孩子，看起来这是一个历史悠久的家族产业了。

“嗖——”一支箭射了过来，钉在了船舷上，让船上几十号人慌得更厉害了。

“老少爷们儿，只要把你们的包裹行李、身上的金银首饰都扔过来，我们这些恒山泊劫富济贫的好汉，绝对不会伤你们一根手指头。”

“可要是被我们查到你们藏了一文钱，哼哼——那就只能让你们在滚刀面跟馄饨面里面选一个了。”

听到船老大的威胁，慌张的人群重新开始骚动起来，不少人都开始向水里抛行李和包裹了。

在路上碰到响马也许还能跑，可现在在水中央，只能认栽了。

哪怕是跳水，终究是玩不过这些会水的。

李火旺看着在湖面上环绕游动的小舟，上前一步，对着那舟上的老大说道：“朋友，老老实实把船送上岸吧，我就当什么事情都没发生过。”

眉头微微一皱，船老大重新打量了李火旺一会儿，声音略带轻蔑地问道：“并肩子，甩个蔓？”

“说人话，送我们上岸。”李火旺的语气有些烦躁起来。

“哎！哥几个快看啊——这还是个啥也不懂的小牛犊子哎——兴许还没断奶呢！哈哈！”

“哈哈！”水匪们轰的一声跟着笑了起来。

“后生，你以为你是修士就了不起？像你这样的修士，老子早剁了七八个了！”

“我告诉你，这湖上就是我们元家的地盘，是龙给我盘着，是虎也要给我趴着！哪怕是天王老子来了，也要给我交过路钱！”

船老大的威胁声瞬间引来水匪们阵阵叫好，拍掌声、吹口哨声不断。

其中不少人已经开始提前分配自己的收获了。

“爹！我要抢那白头发的女娃当媳妇！她长得真俊！”

“不行，玩玩可以，这种废人可不能给你当媳妇！我可不想我大孙子也长那怪模样。”

“丁零零——”刺耳的铃声顿时把水面激得荡漾起来。

李火旺从包里拿出一包土，往嘴里一倒，大叫了一声。

迅速成形的“游老爷”马上游了过去，向着小舟上的水匪扑去。

面对这来历不明的东西，慌张的水匪下意识地用弓箭、刀刃反击，但是很显然，这并不能起到作用。

任何被“游老爷”穿过的肉体，都会瞬间一僵，向着水中栽去。

水匪们显然没想到居然惹到了如此厉害的人物，一时间哭爹喊娘，跳水逃命。

“李师兄，船漏了！有人在凿我们的船底！！”

随着李火旺的手势指挥，“游老爷”迅速钻入水下，没过一会儿，几个水

匪浮了起来。

趁着这个短暂的机会，四周的其他水匪已经逃得干干净净，只剩下无主的小舟随波漂荡。

人虽然都逃了，但事情还远未结束。

“赶紧把水都舀出去！用衣服把窟窿堵上！”李火旺连忙让其他人展开自救。

这里可是大湖中心，要是船真沉了，“游老爷”再多也救不了他的命。

一阵手忙脚乱后，窟窿终于被堵住了。

可还没等李火旺停歇一会儿，一旁的白灵淼用手拉了拉他的袖口，指向远处的芦苇荡。

红色的夕阳下，一艘艘小舟重新从里面探出头来，船上的人眼睛都红了，目不转睛地盯着水面上漂着的水匪尸体。

一位胡子发白的驼背老人被船老大搀扶着，站在最前端。他那带着一丝颤抖的苍老声音传出去很远。

“高人啊，您老人家方才要是唱个名，我们这些粗人哪敢阻拦？还是说您今天就是心里不舒坦想拿我们开涮啊？”

李火旺懒得听他废话，对着身后的其他人询问哪个水性好，去把远处的竹竿捞过来。

船总是要走的，就这么停在水中也不是个事，尤其是在天色逐渐变暗的情况下。

老人的声音带上了强烈的悲愤：“事已至此，多说无益，我们的命是贱，但是不管哪个人在我们地盘上犯事了，想走，恐怕没那么容易！”

远处的老头说了些反常的话，引起了李火旺的注意，但因为太远而且天色逐渐变黑，他看不太清楚。

“谁眼神好，帮我看看他们搞什么名堂。”

李火旺依然不敢大意，在这破地方，小心为上。

这时一旁的独臂男努力地眯着眼睛眺望着，时而眯眼时而睁眼，好一会儿后，才开口说道：“他们好像……都在磕头，看样子是在祭拜什么，辈分还挺高，用了猪牛羊三牲呢，哎呀！我的妈啊！那老头把什么东西扔到水里去了！”

听到这句话，李火旺顿时心中一紧，连忙再次摇起手中的铜铃。

不管他们在做什么，这反常的举动绝对不对劲。虽说请一次“游老爷”需要花费三个月的寿命，但现在不是节省三个月寿命的时候了。

迅速成形的“游老爷”以飞快的速度向着那边飞去，可刚飞到一半的时候，又迅速折返。

在它往回赶的瞬间，李火旺身下的整艘大船猛地一颤，从水下传来木头逐渐受力的嘎吱声。

“水下有东西！”

轰的一声震天响。

整艘大船猛地被一股巨力掀到半空中，紧接着又狠狠地摔在了湖面上。

本来就陈旧的船哪里受得住这样的折磨，当即直接四分五裂解体了。

李火旺翻滚着栽入湖水中，冰冷的湖水让他瞬间打了一个激灵，猛地睁开了眼睛。

只见那漆黑混沌的湖底淤泥中，隐约有什么轮廓模糊的东西在动。

“唰！”七只不断变幻的眼睛猛地睁开，直直地盯着李火旺。

“这是……什么……东西？”

看到那些眼睛的同时，李火旺有一种奇妙的感觉，他感觉自己的思绪变得缓慢，周围的一切都变得奇异起来。这一刻，他仿佛不是躺在水中，而是悬浮在半空中。

湖底的淤泥开始涌动起来，被搅浑的湖水迅速上浮，与淤泥一同上浮的还有那七只不断扭动的怪异眼睛。

当淤泥完全笼罩住李火旺的身体时，他看到了一张比山峰还要巨大的丑陋腐烂的巨嘴，以及那大嘴喉咙深处的黑色触须。

“不行……不能……这样……”李火旺用尽全身力气拔出身后的长剑。

就在他刚站起来准备划向自己的脖子时，那些触须瞬间缠绕上来，猛地将他拽进了那血盆大口之中。

看着远处翻滚的泥浆，以及在水中挣扎的人群，站在小舟上的元二，带着一丝忐忑地望向一旁自己搀扶着的老人。

“祖爷爷，我们回去吧，有水神在，他们死定了。”

老人冷冷地看了他一眼，猛地从他手中抽回手：“回寨子！”

听到老人声音中的怒意，元二心中一慌。

可是他现在依然无能为力，只能把两根手指塞进嘴里，吹出一个撤退的哨声。

小舟迅速转向，开始在茂密的芦苇荡中穿梭。

整个芦苇荡非常庞大，完全像一座天然的迷宫。

但元家人在这里生活了很久，对这里非常熟悉。

兜兜转转了一会儿，最终这艘小舟来到了一座由芦苇编织而成的小岛面前。这是他们的家。

整个岛包括岛上的小寨子，都是由芦苇编织而成的。

在外人看来，这是异常壮观的景象，但在元二眼中早已看腻，他现在有别的事情要担心。

看着祖爷爷拄着拐杖，二话不说下了船向寨子走去，元二咬牙切齿，迅速跟上。

其他元家人看到这一幕，也默默地跟了上去，整个水寨的气氛变得有些压抑。

寨子看起来不大，但里面一点也不小，甚至有地方养猪养鸭。

最终，元二跟着自己的祖爷爷来到了一间由巨大鱼骨做成骨架，用芦苇编织而成的大堂内。

里面点着蜡烛和香，大堂正中央是一幅栩栩如生的鲤鱼跃龙门的水墨画，画下面放着五对牌位，这是元家人的祠堂。

“给水神和祖宗们跪下！”

表情凝重的元二膝盖一软，立刻跪在地上，对着牌位重重地磕了三个头。

此时的他再也没有船上不可一世的船老大样子，而是一个犯了大错等待挨罚的后辈。

一旁的老人来回走了几圈后，忽然举起手中的藤杖，狠狠地甩在了元二的背上和脑袋上。

一下下的力道极重，没过一会儿就把元二打得头破血流，浑身乌青。

可哪怕就是这样，咬紧牙关的元二也不敢乱动一下。

一直等到老人打累了，拄着拐杖在那儿喘粗气的时候，元二这才转个方向，对着老人重重地磕下了头：“祖爷爷，我错了。”

“说说看，你错哪儿了？”老人怒瞪着他问道。

“我太冒失了，我没有摸清秧子们的底细，就贸然动手打了窝子，结果没想到窝子里面有硬茬子，错都在我。”

“哼！原来你还知道！”老人脸上的怒气稍稍减弱一丝。

过了一会儿，元二表情挣扎了几下后，声音带着满满的不甘心，说道：“可我之前跟那道人对了切口，结果那小子根本没有对上啊！”

扑哧一声，拐杖头戳了过来。

“啊！！”表情痛苦的元二捂着自己的眼睛，痛得满地打滚。

可是他滚了几下后就顾不上伤势了，颤抖着重新跪好，对着老人重重地磕头。

看着眼前的小辈，老人面带担忧地叹了一口气。

“二小子，你别以为独自搂过几次秧子，就一副看不起天看不起地的瘪样子，咱们这一行看起来是无本买卖，可真要长久干下去可不容易，眼要明，手要快！”

“我本来打算把这个家给你当，可你这做错了事情，居然还怨别人。这心性实在让我放心不下啊。”

元二听到这话，表情有些慌了，顾不上疼痛，连忙开口说道：“祖爷爷，我错了，我真的知道错了！我以后再眼瞎看错了秧子，你就戳瞎我另外一只眼珠子，我也绝无二话。”

“一颗眼珠子就想抵我们寨子这么大的损失？美死你！”

随着阴着脸的老人轻轻一摆手，门外正在看戏的其他人中钻出两人来，他们手中的盘子里放着各种树枝般粗壮的白色鱼骨。

“犯了事就要受罚，这是全天下的规矩，咱们元家也不例外，你要撑得过‘跃龙门’，这事就算过去了，家还是由你来当，可你要是撑不过，我会给你大葬的。”

看着那些粗壮的骨刺向自己的皮肤靠近，元二的身体不由自主地颤抖起来，旁边的老人却让他连一丝逃跑的念头都没有产生。

弯曲的骨刺很快附连在他的身上。

就在元二咬着牙打算硬撑接下来的酷刑时，门外传来一道呐喊声救了他：“祖爷爷，不好了啊，你快去看啊，湖水都变红了！”

当一群人乌泱泱地来到岛边时，顿时吓得站在那里，没敢说出半句话。

只见整个芦苇荡的湖水全都被染成了暗红色，空气中弥漫着腥臭的怪味。

六神无主的其他人下意识地看向整个寨子的主心骨，他们的祖爷爷。

老人的表情迅速变幻了几下后，一摆手："开坛！"

没过一会儿，香和供品都准备好了，一群人跪在那里，对着变红的湖水不断地跪拜。

突然，湖面上传来动静。

"嗯？"老人眯着眼睛向暗红色的水中看去，里面好像有东西要出来。

在所有人的注视下，一个浑身湿透的修士低垂着脑袋走上了岸，他的脖子上插着什么东西。

等老人仔细辨认后，才发现那是一把被水草缠绕的长剑。

"这不可能，绝对不可能！他怎么可能还活着！"

老人看着眼前从水里走出来的人，不由自主地叫了出来。

从来没有一个人能从水神手中逃出来，如今这个人居然做到了。

还没等这些人弄明白到底是怎么回事，他们就看到那个古怪的修士缓缓地抬起头来，一步一个血印，直直地向他们走了过来。

"杀！快杀了他！快！别让他摇铃！"元二的声音带上一丝紧张。

虽然对方只有一人，自己这边有好几百人，可元二莫名有种想转身逃跑的感觉。

嗖嗖声连响，几十支箭泛着寒光向着这个人射去，然而一支都没有射中。

水匪们刚开始还企图围攻，可很快，眼前的画面让他们的热血纷纷冷却下来。

他们再也撑不住了，迈着双腿开始逃跑。

"祖爷爷，祖爷爷，你快想点办法啊！"元二六神无主了。

到了这时，他才明白过来，自己到底惹到了一个多么恐怖的存在。

之前威严无比的老人此刻也慌了神，他有些慌张地双手合十，对着一旁暗红色的湖水低声念叨着什么。

这种念叨声没有维持太久，看到鲜红的血从湖底漂到水面上时，老人顿时感到眼前一黑，身体就要向后倒去。

那是他们祖祖辈辈祭拜的水神，它居然就这么被那个人给杀了！

元二看到这一幕，心中顿时一颤，他二话不说，背起身后的祖爷爷就向着寨子里奔去。

听着身后的哭喊惨叫声，元二充耳不闻，咬紧牙关迅速逃跑。

李火旺看到远处的丹阳子，丹阳子每往前走一步，自己眼前的红就深一层，到了最后，都已经红得他看不见路了。

刚开始李火旺并不想阻止什么，可当他看到丹阳子再次抓人的时候，终于忍不住了。

“住手！”

在李火旺的大喊声中，丹阳子缓缓转过身来，血红的脸上露出一抹残忍的笑容：“娃啊……凭啥？”

李火旺张开嘴想要说点什么，可他扭头看向完全陷入漆黑的湖面，想起生死不明的其他同伴时，忽然发现自己找不到任何反驳的理由。

是啊，凭什么？这些水匪平时肯定没少做打家劫舍的勾当，烧杀抢掠，无恶不作，按照律法，死一万次都不足惜。

心中的痛苦几乎要吞噬他的一切，他捂着胀痛的脑袋拼命大喊：“凭什么！凭什么他们坏事做尽，害死了我们的人，我不能为民除害？”

当他回过神时，丹阳子已经不见了，自己出现在了丹阳子的位置上。

“如果不灭掉这个寨子，以后会有无数的人死在水匪手下！”一道声音凭空在他耳边炸响。

眼角不断抖动的李火旺抓住自己脖子上的剑柄，缓缓地拔了出来。

随即用力一挥，一道白色弧光闪过，天地俱寂。

“呵，呵呵。”按捺不住脸上的狂笑，李火旺握紧手中的剑，一步一个脚印地向着那芦苇寨子走去。

…………

当天色彻底暗了下来，整个岛上再度归于寂静。

元家的祠堂内，浑身是血的李火旺，一步步向着一个消瘦的少年靠近。

少年双手胡乱摆动，呜呜地胡言乱语着。

就在李火旺缓缓地举起手中的长剑之时，身后传来一个熟悉的声音。

当他木讷地转过身时，看到浑身湿透的白灵淼站在门边，捧着一块发着荧光的石头瑟瑟发抖。

看到她的瞬间，所有的愤怒如同潮水般退了下去。

“你没死？”

刚一开口，李火旺就发现自己的声音变了，本应爽朗的声音变得极其沙哑。

脖子上的那一剑，幸运但又非常不幸地伤到了声带。

“我会水的，我村子前面有个池子，我从小就在那里玩水。”

李火旺提着剑走了过去，脱下身上的衣袍，披在白灵淼的身上。

这时，李火旺仿佛清醒过来了，茫然地看着四周的一切。

李火旺缓缓弯腰捡起地上的匕首，咬紧牙关，狠狠地插进自己的手心。

他过去一直没有明白疗养院隔壁的胡姐为什么要自残，现在他懂了。

“李师兄，你干什么啊？！”看到李火旺在自残，白灵淼心疼地跑过来，握住他流血不止的左手。

表情痛苦的李火旺一把推开她，双眼通红地、歇斯底里地大吼起来：“为什么就不能给我安静点！！为什么这破地方总是会发生这样那样的事情！！”

匕首狠狠地再次插入。

白灵淼被吓得愣在原地，愣了几秒后，她扑上去一把夺走了李火旺手中的匕首，扔得很远。

紧接着，她双手张开，牢牢抱住了面前的男人：“火旺，你别这样！我求你了。”

听到这声音的瞬间，李火旺安静了下来，他颤抖地闭上眼睛，缓缓地把这柔软的身体埋进自己怀里。

渐渐地，李火旺重新冷静下来。

他缓缓松开手，重新望向了白灵淼，深吸一口气后说道：“好了，我没事了。其他人呢？你见到其他人了吗？”

听到这话，白灵淼默默地点了点头，她的眼睛微微有些发红，拉着李火旺向着岛边走去。

很快在岸边，他们看到了其他同伴。

本来有七个大人和五个士童，可现在只剩下六个大人、三个士童了，而且剩下的这些人也都不全是能动的。

悲伤的白灵淼颤抖着那冻得发紫的嘴唇说道：“孙师弟水性比我好，我们拼了命去湖里捞人，可是也只找到这几个，而且傻子……也淹死了。”

李火旺站在他们面前，看着傻子那张憋得发紫的面孔，跟他脸色一样的还有另外一个大人，以及一个士童。

不见了两个，又淹死了三个。这一趟下来，十二人轻易地没了五个。

李火旺跟这些人并不太熟悉，可是不管怎么样，都是在清风门内生死与共的同伴。

平时休息的时候，自己还听过这些人对家的向往，向往着自己回家后，跟家人团聚的日子。

可是现在一切都戛然而止了，他们死得一文不值。

李火旺阴沉着脸在岸边徘徊，看着那些被淹死的人，心中五味杂陈。

“砰！”李火旺一脚把寨子的旗子踢飞了出去。

就在李火旺的情绪重新有些不稳定的时候，人群中一直没有存在感的男人走了过来，他声音带着愧疚地对着李火旺说道：“李师兄，我本来想拉住傻子，可是他太重了，我实在拉不住。”

李火旺知道他，他就是白灵淼口中水性好的孙师弟，他叫孙宝禄。

看着面前冻得瑟瑟发抖的孙宝禄，眉头微皱的李火旺开口说道：“都别在这里待着了，先去寨子里面找伙房，把火烤起来。”

事已至此，再说什么也没用了，总共就剩这么点活人了，他可不能让风寒再夺走几个。

一帮人抬着背着同伴的尸体，缓慢地向着寨子里面挪。

其他人眼神转动，似乎有什么话想问，但是李火旺不想解释什么。

在各种房屋间又是一个拐弯，白灵淼瞬间被吓得往李火旺的身后一钻。

之前威严的元家祖爷爷被插在一根竹竿上，眼中充满了不甘心。

这应该是丹阳子的“杰作”。

但一想到这元家做的事，李火旺就同情不起来。

兜兜转转找了一会儿，最终他们找到了伙房。灶上的铁锅被掀开，一旁的柴火扔了进去，形成了一个篝火堆。

一群人围着开始烤火，想让火焰的热量带走他们身体上的寒冷。

李火旺并没有去烤火，他站在伙房角落，默默地看着面前那一张张僵紫的脸。

最终他的目光定格在傻子那张国字脸上，李火旺没想到连他也死了，这个忠心耿耿的傻子。

他性格单纯，真要说起来，那几个士童都比傻子成熟。

“我不该一直叫你‘傻子’，最起码该给你起个大名，这样墓碑上也好写点。”李火旺看着他的尸体喃喃自语。

就在他说这话的瞬间，忽然看到那浑身僵紫的傻子猛地瞪圆了眼睛。

“诈尸了！”被吓得一激灵的李火旺猛地后退一步，立刻拔出剑来。

就在其他人看到这一幕，鸡飞狗跳地找着武器的时候，一脸呆滞的傻子大嘴一张：“呕——”

腥臭的黑色湖泥混合着湖水，被他大口大口地吐了出来。

当肚子里的东西都吐完后，傻子侧躺在那里，大口大口地喘着粗气，紧接着脸色也迅速恢复了血色。

“我的天，李师兄，你还会起死回生啊！怎么做到的？”惊喜的狗娃跑过来，把傻子搀扶起来。

李火旺顾不上理他，迅速跑到其他淹死的人那里去进行抢救。说不定有人跟傻子一样还没死，只是呛昏过去了。

可让人遗憾的是，傻子的例子只有一个，李火旺忙活一通后，其他淹死的人没有任何复苏的迹象。

不管怎么样，好不容易活回来一个也算是好事，一帮人围绕着烤火的傻子嘘寒问暖，伙房里的气氛不至于像之前那么压抑了。

面对其他人的关心，傻子憋了半天，就憋出了一句话来：“我……我……我饿！”

“饿？行啊！那咱们吃肉！我刚刚进来的时候，看到这里还养了猪呢！我这就去宰一头。”

狗娃抓起一旁砧板上的菜刀，急匆匆地向着外面赶去。

没过多久，那拿下来的铁锅重新放回柴灶上，水烧开后，大块的肥猪肉被扔进去煮。

没过一会儿，随着小满撒了一点盐，顿时肉香四溢。

忙了一晚上了，不止傻子一个人饿了，李火旺拔出长剑，从锅里戳起一大块肥多瘦少的猪肉，如同啃水果般大口啃起来。

一边啃着猪肉，李火旺脑子里一边想着其他事情。

“这么大的水匪寨子，可不会只有猪肉这一样收获。”

“两辆驴车还有上面的家当全沉水里去了，路上的盘缠，必须从这水寨里找回来才行。”

李火旺看着锅里咕嘟咕嘟翻滚的肉，心中盘算着接下来要做的事情。

不管之前发生了什么，既然事情已经都发生了，那就应该放下，要往前看。

当务之急是从这个地方找到自己想要的东西，然后带着其他人离开这里。

“而且速度要快，我们在这里拖不得。”

李火旺大嘴一张，把剑尖上的一块肉扯了下来，看向狼吞虎咽的其他人：“吃饱了吗？吃饱了就干活。”

穿着被火烘干的衣服的其他人，一边啃着手中的肉，一边跟着提剑的李火旺走出了伙房。

他并没有像无头苍蝇一样在这芦苇寨子里乱翻，而是径直向着元家祠堂走去。这个地方太大也太乱了，他需要一个本地向导。

之前那位被吓得尿裤子的半大少年，被李火旺拿剑重新抵在墙角，消瘦的脸上满是惊恐。

李火旺懒得跟这人废话，对他询问道：“你们领头的，把抢到的银子都藏在哪儿了？”

“库房！祖爷爷的库房！抢到的银子都放在那里！”少年如同竹篓倒黄豆般，迅速倒出了自己所知道的一切。

此时的天色早已暗了下来，一行人举着萤石，跟着那少年在这芦苇寨子里转着。

暗蓝绿色的荧光下，四周静悄悄的，胆怯的少年身体不由自主地抖动了起来。

突然他的身体一僵，转头趴在路边一具女尸身上失声痛哭起来。

“这人是你什么人？”李火旺冷冷地问道。

“她是我媳妇儿！”少年声音颤抖地回应着，“我可稀罕她了！可是她死了！我爹我娘也都死了！”

仿佛想到了伤心处，少年顿时哭得更大声了。

听到这刺耳的哭声，李火旺表情忽然一狞，右手一举一落。

“刺啦——”

“啊！”刚刚还失声痛哭的少年，一下子就止住了哭声。

“带路！我让你停下来了吗？”李火旺咆哮着。

感觉到身后有人轻轻拽自己的衣袖，烦躁的李火旺猛地一甩手。

“你可怜他？你觉得他是痴情种？你怎么不问问这媳妇是哪儿来的？”

看到那些目光都投向自己，少年委屈地说道：“是我爹抢来的，可寨子里其他人的媳妇也是抢来的啊，就连我奶、我娘都是抢来的。”

白灵淼嘴巴大张，难以置信地看着少年。

看到那把长剑重新被提起，少年顿时浑身一颤，慌忙重新站起来继续带路。

见白灵淼有些被吓到了，一旁的小满走到她身边，用长着黑毛的手扶着她的肩膀，向自己怀里靠去，安慰地说道：“贼窝里的女人都这样，别想太多。”

“可是为什么她们跟那些人一起去抢人呢？她们也是被抢过来的啊！”

白灵淼此时感到难以置信，她还记得当初抢劫的人中有女人。

“其实吧，人跟狗都是一样的，都是可以驯服的。”

听到这话，李火旺扭头看向身后的其他人，却并没有看到这句话是谁说的。

“唉……”

跟着这少年七拐八拐，他们在一间用虎头锁锁起来的房屋面前停了下来。

看着四周不再是芦苇屋子，而是变成了木头屋子，这个地方在寨子中应该算是比较重要的地方。

“锵！”伴随着火光四溅，虎头锁被劈成两半。

一脚踹开门，李火旺把少年抵在自己身前，向着里面冲进去。

这明显是个库房，木柜子上一排排放着的全是大木箱子。

当少年打开一个箱子后，屋内顿时亮了不少，这一箱子全是大块大块的碎银子。

一个个箱子被打开，每打开一个，其他人都不由自主地惊呼起来。

除了银子，更多的是一些金银首饰，看起来是从女人身上抢来的。

另外还有不少值钱的货物，比如绸缎、铁锭以及书籍，这个屋子里放着的都是水匪这些年抢来的东西。

“我的老天爷啊，我这辈子从来没见过这么多钱，这能娶多少媳妇啊！”看着眼前白花花的银子，狗娃的声音都开始颤抖，眼中更是满满的贪婪。

李火旺的注意力却不在那些金银上面，而在那几本书上。

他随意地翻了翻，发现只是一些用来启蒙的书以及几本野史。

“那老头之前用的召唤水神的办法，看起来不像是从这些书上学来的，难道这恶心的办法也是口口相传的？”

就在李火旺继续翻找之时，他看到最底下的一本书，一时间愣住了。

李火旺双手捧着那本书，眉头紧锁地看着封面上的那些字，努力地思索着什么。

“这……是什么字？”

“李师兄，我们现在把箱子里的东西都搬出去吗？好像拿不了那么多。”白灵淼走过来说道。

李火旺把手中的书向眼前的白发少女展示。

“你看这书上的字，认识这是什么字吗？”

白灵淼的眼中露出一丝迷茫：“李师兄，我不识字啊。”

她的话音刚落，一个结结巴巴的声音从她的身后传来：

“华——华——华中传！！”

李火旺一抬头，看到傻子直愣愣地站在那里，就问他：“你确定这上面写的就是‘华中传’？”

“嗯！”

得到了准确答复的李火旺，手指在“中”字上缓缓地滑动着，眼中露出深深的迷茫。

“这是‘中’字吗？我为什么现在连‘中’字都认不出来了？”

“不能再让丹阳子出来了。”

仔细琢磨了丹阳子出现后发生的一系列事情，李火旺得出了这个结论。

对比第一次的喜神，到第二次的祖师像，再到今天的第三次，李火旺发现了明显的规律。

第一次的时候，自己只能隐约听到丹阳子的声音。

第二次的时候，自己已经能看到他的样子。

而到了第三次的时候，丹阳子不但可以跟自己交流，而且已经开始控制自己的情绪，并且还让自己不认识一些普通的文字了。

不管现在丹阳子到底变成了什么东西，他现在对自己的影响是一次比一次明显。

丹阳子自始至终没有安什么好心，他所做的一切都是为了抢夺自己这具身体。

哪怕在他的保护下，自己不会因为别的原因死亡，但恐怕要不了多久，自己就会彻底变成他。

真要出现那种情况，李火旺绝对不能接受，他宁愿死也不想变成自己最痛恨的人。

一双白皙的手伸过来，轻轻地握住了他的右手。

眉头紧锁的李火旺抬头看着那双关切的粉色双眸，微微地摇了摇头，什么都没有解释。

李火旺拿起手中的《华中传》，随手打开一页扫了两眼。

“这本书没用。”下了定论的李火旺随手一丢，把手中的《华中传》扔进木箱子。

看了《华中传》的内容之后，李火旺才记起来，这本书自己在莲华门时听到莲生拿着诵读过，并且还是不同莲生的手中。

这就是一本抄本非常广泛的野史罢了，估计随便去一家书店都能买到。相比这东西，还是那些金银珠宝更有价值一些。

当李火旺重新来到那些财物面前时，就看到狗娃带着其他人，兴冲冲地把所有装宝物的箱子用力地向屋外拖着。

这活干起来很吃力，毕竟金银再值钱也是金属。

“银子别拿了，只拿金首饰就行了。这些金子就够我们路上花的。”

李火旺这话一出，让狗娃急得跳了起来：“李师兄！这可是银子啊！白花花的银子啊！”

用脚踢了踢一旁死沉的大箱子，李火旺开口说道：“你知道这些银子有多重吗？我们还要坐人呢，把船压沉了，你打算背着银子游出去吗？”

“这些金子就够我们吃一辈子了，别太贪心，赶紧走。”

狗娃还满脸的不甘心，把银元宝往衣服里不断地塞着：“那多少拿点吧，这么多银子能娶多少媳妇啊，能买多少头牛啊。”

李火旺懒得理他，和其他人一起带走了所有的金子，然后转身离开。

身上塞得鼓鼓囊囊的狗娃连忙在后面追赶，可没走几步就累得气喘吁吁。

眼看其他人的背影越来越远，狗娃懊恼地一跺脚，慌忙扔掉一些银元宝，赶忙跟了上去。

李火旺走出库房，刚要带着其他人向寨子外面走去，想了想后，却向着伙房走去。

没过一会儿，等他重新出来后，手里的金子换成了两个脸色绛紫的士童尸体。

“去寨子里面找几个罐子来，等会儿出去后，把他们烧了，装骨灰。活人送不到，至少也让他们落叶归根。”

“是，李师兄。”

其他人说着就准备去找罐子，可就在他们刚要动身之时，一道血光从旁边划过，带着呼啸声向他们射来。

“都躲开！”浑身紧绷的李火旺下意识地向后一跃。

只见一道红光从他胸口掠过，轻而易举地把那两个士童切成了两半。

李火旺冷汗直流，如果不是这两个溺死的士童挡在前面，自己刚刚怕不是要被切成两半。

“找有掩体的地方躲！寨子里面还有活人！”

当一只手拿铃一只手拿剑的李火旺小心翼翼地从一口缸后面探出头来时，才发现远处地上散落着一些带血的白色碎片。

“刚刚是什么东西攻击我们的？”这个问题很快得到了答案，低沉的脚步声响起，一个人从阴影中缓缓走了出来。

一块萤石被小满扔在他脚下，照亮了他的面孔。他们认出这个人，是之前的船老大。

“这家伙居然没死？！”这个念头出现在包括李火旺在内的所有人的脑海中。

满嘴流血的元二右手托着一卷发红的古怪竹筒，左手拿着黑铁钳子。

看着他流血的嘴，李火旺马上反应过来那些白色的是什么东西了。

“出来！出来啊！小崽子！原来你也有没能耐的时候啊！！”

眼睛布满血丝的元二对着红色竹筒，用那滴血的嘴低声念着什么，吐出了一颗牙。

那颗牙齿迅速被血色包裹，如同一颗流星般，瞬间钻入旁边的一间平房内。

从里面传出来小满的惨叫声，让李火旺心中一紧。

“丁零零！”铃声骤然响起，两位“游老爷”贴着地面向着元二飞去。

“呸！”元二对着地上狠狠地吐了一口血水，再次大声念叨着什么，这时一道奇异的光芒笼罩了四周，那两位“游老爷”仿佛被什么东西粘住，倒在地上动弹不得。

“死！！都给我一起死！！”

大声咆哮完后，元二的身体瑟瑟颤抖，但神情癫狂。

铃声再次响起，十几位“游老爷”从四面八方凝聚，迅速向着元二扑去。

当元二把手往竹筒上一放，所有的“游老爷”瞬间消失了。

借助元二的舌头和声带，竹简开始说话了。

那极其怪异的公鸭嗓音一出现，刹那间，天地骤变。

“一舌转轮，一睫大千！妙境诸极，非言可诠！天高神诡，得毋气镌！吾主至高，安敢惊焉？”

当竹简利用人的舌头说出了这些话后，随着四周的一切发生扭曲，整个岛上所有人的五官感知同时开始发生变化。

视觉、味觉、嗅觉、听觉，一切都逐渐融合在一起，形成了一种寻常人无法理解的全新感知。

通过这种极其奇特的感知能力，李火旺等人突破了人类的感知界限。

他们看到天空最深处，在一片深不可测的辽阔黑暗深渊里，无数更深的黑色世界与太阳在其中旋转，有着什么东西在动。

李火旺闻到了一丝从那东西身上射来的视线，也听到了那东西轻微移动而带来的怪异旋律。

“砰——砰砰——砰！！”

李火旺感觉它距离自己很远很远，可它的旋律又是那么迷人、清晰。

李火旺无法在现实中找到与这旋律相对应的对照物，唯一能与这东西有一点相似的，那就是喜神出现前的雷声。

可这东西远比喜神强大，弱小的喜神在它面前简直就是沙子和山峰的差别。

李火旺几乎毫不犹豫地做出了这个判断，哪怕他根本无法了解自己感知到的到底是什么魑魅。

“自残让丹阳子出来？不！就算是丹阳子在它面前也不值一提！两者相差太大了！！”

李火旺绝望地察觉到了这一点，在那东西面前，凡人根本没有一丝反抗的可能。

就在李火旺已经彻底万念俱灰，呆愣在那里等死之时，他那扭曲在一起的五官感知，居然莫名地恢复正常了。

“嗯？”还没等李火旺想明白这到底发生了什么，他表情一凝，果断提剑以最快的速度向着外面的元二冲去。

此时元二奄奄一息，毫无还手之力。

他倒下后，四周的一切都重回正常。

气喘吁吁的李火旺提剑站在那里，惊魂未定地仰头看着黑漆漆的天空。

那里已经什么都没有了，仿佛之前的一切都是幻觉，但是李火旺知道那绝对不是幻觉，那东西真的存在。

李火旺企图再次把之前感知到的东西拼接出来，但惊讶地发现自己再也无法回忆起那东西的感觉了。凭借现在的五感，他无法理解之前接触到的东西究竟是一种什么感觉。

危险虽然过去，可是岛上安静极了。

所有人都僵在原地，李火旺看到的，他们也看到了。

每个人都脸色惨白。

“就这样？元二拼尽一切，原来只是打算吓唬我们一下？”

看着四周完好无损的其他人，李火旺心中泛起一丝疑惑。

如今的安全处境反而让他莫名感到不安。

李火旺深吸一口气，用长剑挑开那卷红色的竹简，发现里面的东西已经干枯发黑。

李火旺单膝跪下，警惕地看着那红色竹简上的内容。

红色竹简上刻的黑字很小，并且非常怪异。

他从来没看过这种文字，偏偏当他认真注视时，发现自己居然可以认出这上面写的是什么内容。

“白丸……珍露……吞其腹……拔其骨…”

这是一卷极其邪恶的竹简，上面的内容全是如何利用自身来与某位存在换取能力。

这里记载的方法越往后越恶心，甚至快超出李火旺的忍受能力了。

终于，在看了一半内容后，李火旺忍不住大口呕吐起来。

吐出之前吃的猪肉后，脸色惨白的他强忍着恶心感，咬着牙坚持查看下去。

如果不找到元二之前在做什么，他实在不安心，万一是什么诅咒，那可就麻烦大了。

忍着恶心继续看，最终在最后一根竹简上找到了元二的方法。

“不，元二并不是打算吓唬我们一下，他本来是想召唤什么魑魅过来，可是他失败了。”

“巴虺”是那魑魅的名字，也是这竹简上所有苦难的来源。

元二失败，是因为无法付出召唤它的代价。

虽然现在安全了，但李火旺并没有安心下来。

这么一卷恶心的竹简，水匪从哪儿弄来的他不想管，他更在意的是，这竹简是谁写的。

会不会有一个跟莲华门一样的门派？

只是他们不像莲生一样修炼的是功法，而是极致的苦难？

可是如果按照上面的内容来修炼的话，恐怕没多少人能活下来了。

“除非，他们门派有什么办法能让自己承受了这么多伤之后，还能不死。”

李火旺看着手中的竹简，胡乱猜测着。

这一刻，李火旺发现自己之前对这个地方哪怕是最阴暗的猜想都显得过于乐观了。

这里比自己想象的还要危险得多。

他已经知道仙灵和喜神这些特殊的存在，但今天这一次真的让他彻底开了眼界，有些魑魅比它们还要难缠得多。

“巴虺……”愣在原地的李火旺喃喃自语。

芦苇岛的岸边，李火旺拿着竹简站在那里。

其他人脸色很差地站在不远处，相互依偎着看着他，他们还没有从刚刚的余波中缓过来。

李火旺的表情有些犹豫，现在只要他用力一抛，手中这卷光是看着就邪恶的竹简，就会沉入湖泥之中，再也不见天日。

这似乎是一个非常好的选择，这竹简不管是谁写出来的，巴虺的力量不是那么好借用的，留在世上，只会给其他人带来无尽的苦难。

李火旺站在那里思索很久之后，最终还是把竹简重新塞进怀中。

这上面记录的各种方法虽然代价很大，但确实非常好用。

就连普通的水匪也能使用，自己更是不在话下。

这种东西有备无患，说不定在某种极端情况下，自己还真的会用得上。

如果不想彻底变成丹阳子，那么以后遇到危险时，自己就必须找到一个替代品，即使这个替代品使用起来代价非常高昂。

李火旺重新扭过头来，看向身后的其他人：“把船推过来吧，然后把死人和金子都准备好，我们离开这个破地方。”

麻烦以意料之外的方式解决了，自己没有必要在这个地方再待下去。

孙宝禄将水匪们用来抢劫的小舟推到了岸边，其他人带着自己同伴的尸体和那些金首饰登了上去。

“上船，划桨，带我们去这个大湖的另一边。”李火旺虎视眈眈地盯着眼前的少年，威胁道。

“我……我把你们带出去，你能放过我吗？”畏惧的少年，战战兢兢地问道。

当看到李火旺伸手摸向身后剑柄的时候，少年顿时惊恐地向船上爬去。

随着少年摇着桨，小舟开始转向，朝着芦苇深处驶去，其他人也跌跌撞撞地划着桨跟了上去。

整个茂密的芦苇荡内非常安静，除了船桨划开水面的声音，没有任何人说话。

之前岛上发生的一切让所有人惊魂未定，脸色苍白。

“高……高人，我叫元福。”划桨的少年突然开口说道。

眉头紧锁的李火旺没有回话，他的眼睛如鹰隼般向着漆黑的四周巡视。

“高人，那个，其实我知道在水上杀人越货不好，我爹打窝子的时候，我从来都不去的。”脸上带着紧张的少年企图辩解什么。

“我其实想去考功名，去上京当大官，这地方我早就待腻了。我对这个地方非常熟悉，高人你要去哪儿啊？我可以给你指路。”

这句话终于引起了李火旺的注意，他低头看向划船的少年：“关于恒华山的安慈宫，你知道多少？”

这是接下来的目的地，也许可以从这人口中知道点什么，恒华山离这湖应该没多远了。

“安慈宫？这我知道，有一次我跟二哥干活的时候遇到过，本来船上的秧子底细都摸好了，结果最后关头，二哥却说这单不做了。”

“他跟我说，这是祖爷爷的意思，黑衣的女弟子，养鸟的瘸子，带鼓的大灵，这叫三不抢。”

“那些女弟子长什么样？有什么特别的？”

“她们胖，可胖了，一个人能顶我三个，还懒，能坐着就绝对不站着，能躺着绝对不坐着。而且她们身上臭烘烘的，脏得很，有一次有个女弟子脱了鞋，我隔着船都能闻到。”

“高人，你是要去找那些人吗？我可以带路啊。”

胖、懒、脏，这些词怎么也很难跟“女弟子”这个词联系在一起。

“李志说她们勉强算是好人，可是这世上真的还有所谓的好人吗？”

经历了这一系列事情后，李火旺表示严重怀疑。

小船在芦苇荡里兜了很久，终于又见到了那片广阔的湖面。

小船重新靠岸后，天已经开始泛白，他们竟然在那个岛上待了一整夜，从日落到日出。

当阳光照在所有人的脸上时，他们那颗沉重的心终于放下，整夜划船的他们此刻已经筋疲力尽，纷纷倒在地上大口喘着气。

李火旺对着其他人说道：“先别休息，去林子里找柴火，把这三个死人烧了，要不然等会儿就要发臭了。”

看到船上淹死的三个同伴，其他人吃力地站起来，艰难地向一旁的林子走去。

李火旺拦住了捂着手臂的小满，她右臂受了很严重的伤。

“怎么样？没事吧？”李火旺从腰间掏出一颗药丸递给了她。

小满并没有接药丸：“没事，能活下来也算命大，这点小伤等会儿拿草木灰敷一下就行。”

相处了这些天，李火旺已经知道了她十分倔强的性格，便没有再说什么。

很快，三大堆篝火在岸边燃起来，李火旺分别抱起那三具尸体扔了进去。

所有人看着昨天还活蹦乱跳的同伴逐渐被火焰吞噬。

当太阳挂得老高时，火焰也逐渐熄灭了。

李火旺用手中的长剑在灰烬中捅了捅，把一些大块骨头敲成小块后，跟骨灰一起装进陶瓷罐子里。

看着眼前的骨灰罐，李火旺的心情很沉重，昨天晚上的事情让他的脑子很乱。

这时，双眼已经蒙上布条的白灵淼，双手伸过来，轻轻地拉着他的衣摆。

感觉到他的情绪有些不对劲，她靠了过来，在李火旺的背上轻轻拍了拍。

“我好得很，不用安慰我。”李火旺弯腰抱起那三个罐子，放在傻子的怀里。

元福如同狗腿子般，站在李火旺一旁说道：“高人，要歇会儿吗？要是不歇会儿，那我带你去找那些女弟子吧，我认识路。”

平静的李火旺甩了甩剑上的灰烬，反手插回了剑鞘。

“把骨灰带上，我们走吧。”

至于元福，他被留在了原地。

这些杀人越货的土匪不用李火旺来收拾，出了寨子，少不了仇家来找他寻仇。

元福活不了，李火旺也没想过要收留他。

不管元福说的是真是假，从那个寨子里出来的人，他一个都不信。

第六章 静心

“以后，你就叫高智坚。”李火旺对着眼前扛着木棍的傻子说道。

“我……我……我……”

李火旺伸手把他那指着胸口的粗壮手指按了下去。

“别我我我了，记住了，你以后不叫傻子了，这以后就是你的大名，高智坚，听见没有？”

“你不是识字吗？掰根树枝下来，自己在地上多写几遍，写到彻底记住为止。”

“哦……”对自己名字没有任何决策权的傻子，垂头丧气地转身向着林子里走去。

李火旺看着他那高大的背影轻叹了一口气。

“不管怎么样，既然之前说了要给他取名字，那我自然要说到做到，就当他是死而复生的礼物吧。”

其实李火旺早就想给傻子取名字了，毕竟总是傻子来傻子去的，叫起来实在难听。

只是从那芦苇岛上出来后，一直没有想到合适的名字，才会拖到现在。

傻子缺智，所以李火旺给他取名叫“高智”，希望这家伙可以从名字中找补一些回来。

至于“坚”，是李火旺对他的期望，希望他面对自己悲惨的人生能一直坚持下去。

“李师兄！李师兄！你给我也起一个吧，他叫傻子难听，我叫狗娃也没好听到哪里去啊。”

眉头微皱的李火旺扭头看向身旁那个贼眉鼠眼的青年。

“他脑子不好使，你脑子也不好使吗？这么大个人，名字都不会自己起一个吗？”

说着李火旺向着篝火旁走去，可狗娃跟在他身后穷追不舍。

“哎呀，李师兄，那不是你认识字嘛，你取名字肯定比我这个放牛的强啊。”

“我不贪心，你就给我起个名气大的名字就行，越大越好的那种。”

李火旺笑了：“呵，你还要名气大的，叫你吕天，你镇得住吗？”

吕天是李火旺在一本书上看到的名字，是古时候一个雄霸一方的枭雄。

狗娃显然没听明白李火旺的意思，兴奋地双手一拍，一蹦老高。

“好！‘吕天’这个名字不错，听起来很喜庆！以后我就叫吕天了！”

没等李火旺再说什么，狗娃一溜烟地跑到人堆里去，兴奋地向他们宣布自己的新名字。

而其他人自然没有明白这个名字背后的含义，纷纷起身恭喜。

看着眼前这滑稽的一幕，李火旺无语地摇了摇头。

抬头看了看已经逐渐亮起的天空，李火旺开口说道：“别磨蹭了，继续出发，我们争取今天抵达镇上。到了镇上，我们好好吃上一顿，这些天的野菜都吃够了吧？”

这句话瞬间让所有人打起了精神，不断吞咽口水。

之前，干粮跟驴车一同掉进水里去了。

他们有大把的金子，可是前不着村后不着店的地方也没人卖粮食给他们。

没有粮食，只能跟老乞丐一样吃野菜，这一路上吃野菜吃得脸都是菜色，更何况有时候甚至连野菜都吃不到。

集体饿瘦了一圈的一群人，带着对食物的渴望大步向前赶着。

也许是因为有食物在前面吊着，半天的路程他们只用了两个时辰就赶到了。

一座云遮雾罩的高大山峰下，坐落着一个热闹的小镇。

这个小镇甚至有些过于热闹了，李火旺等人挤进去，连落脚都难。

他微微侧头，躲开一根横过来的扁担，又迅速把右脚抬起来，免得踩到地上的鸡屎。

李火旺顶着四周喧嚣的叫卖声向里走去。

“这里难道是什么好地方吗？怎么这么多人？”

本来就不宽的石子路上，此刻蹲满了卖货和买货的人，他们大声地讨价还价。

卖自家竹编篮子的，卖山上打的野味的，卖自家种的菜的，卖鸡的，卖狗的，甚至连卖树苗的都有。

这些卖货人和买货人交谈的声音嗡嗡响，李火旺感觉自己周围有一千只苍蝇在转。

“李师兄，吕天我知道！今天初一赶大集，所以十里八乡的人都过来赶大集了。”狗娃在一旁解释道。

李火旺恍然地点了点头，他差点把这个忘了，这里的人会赶大集。

每个月的初一、十五，人们会自发地聚集在一个地方组成一个集市，进行相互交易。

看着热闹的人群，李火旺心中忽然有个冲动，他想把那铜铃摇起来，看看现在这大集上来了多少“游老爷”。

不过这也只是想想罢了，自己不是小孩了，现在有更重要的事情要做。

李火旺的视线逐渐抬高，越过密集的人群、远处的建筑，最终定格在一座高大的山峰上。

这就是恒华山，这座山上的安慈宫就是李火旺的目的地，也许可以解决自己身上逐渐侵蚀自己身体的丹阳子。

李火旺刚要往前走，却看到其他人都在一个摊位前纷纷停了下来。

这些人直勾勾地盯着摊子上摆放的东西，嘴角的哈喇子都拉得好长。

“这是什么东西？”李火旺走过去，在那焦黄的圆饼上敲了敲，闻到一股麦香。

“李师兄，这是锅盔，能吃。”

白灵淼努力想要忍住咽口水的举动，可最终还是没有忍住。

看着他们那眼巴巴的样子，李火旺不由得感觉有些心酸。说到底，这些人都是可怜人。

李火旺从傻子的包裹中掏出一些金首饰，用削铁如泥的长剑迅速切成一小粒一小粒的金豆子。

“买，都去买，我们现在有钱，这个集市上的东西想买什么就买什么！”

一把把金豆子放在除了高智坚之外所有人的手中。

所有人瞬间激动得满脸通红。

看着身边的伙伴们冲到四周的摊子前，买下各种各样他们需要或者不需要的东西，李火旺望了一眼身旁啃着锅盔的高智坚说道：“跟我来，既然有钱了，那座驾当然要换个豪华的了。”

没过多久，李火旺身边就多了两辆崭新的马车。

马匹高大健壮而且非常聪明，只要李火旺轻拉缰绳，它就会稳稳地跟着，一点也不乱跑，这完全不是之前那两头病恹恹的老倔驴能比的。

当其他人买完东西聚集在马车附近时，李火旺注意到他们身上的衣服和鞋都换成了新的，并且怀中抱着各种吃食，就连白灵淼也不例外。

每个人的脸上都洋溢着喜悦，可见他们现在真的非常高兴。

看着递到自己面前的带白霜的柿饼，李火旺坚决地摇了摇头。

“别吃太多，等会儿去客栈点了好菜，你们就吃不下了。”

但是李火旺的提醒并没有让他们吃东西的速度慢下来。

“没事，我吃完这些，还能吃得下饭。”

“没错，没错，就是撑死也要吃！饿起来真难受！哎，李师兄，你不饿吗？”

李火旺笑了笑，没有说什么，牵着马继续往前走。前面不远就是客栈了。

“李师兄，我给你买了成衣，要不你试一下？”

李火旺再次摇了摇头：“算了，我穿长袍习惯了，把里面的换了就行。还有，你该把眼睛蒙上，要不然等会儿又要疼了。”

两辆马车在密集的人群中挤了很久，终于来到了客栈前。

兴奋的狗娃高举着手中的金豆子率先冲了进去。

“小二！给吕天大爷安排一间最好的上房！然后上红烧肉！！只有肥肉没有瘦肉的那种！！来四大碗！！”

李火旺一把推开他走了进去，看着四周一边吃饭一边聊天的镇民，对着迎过来的小二说道：“不用单间上房，就在这大堂吃，我喜欢热闹。”

“李师兄，咱们有钱了啊，在这大堂吃什么啊，又吵又——”

被李火旺瞪了一眼，跳脱的狗娃如同打了霜的茄子一般蔫了下来。

当在一张木桌前坐下时，四周的交谈声开始不断涌入李火旺的耳中。

“宝文他娘啊，你可得当心被穿小鞋，你婆婆真在背地里这么说的。”

“要我说，别人都蹬鼻子上脸了，就打啊！我们四齐打仗还没怕过谁，老夫我虽然解甲归田了，真要是调将令下来，我二话不说立马回营！”

“呵呵，子启兄，不好意思，我家妻子唠叨了几句，所以耽搁了一些时间，我现在就自罚三杯。”

“嘿！你们看，那个道爷真是奇怪，他身边的人怎么一个个都不太正常的样子……”

一直等到小二上菜，李火旺并没有得到自己想要听到的信息。

本来按照他的理解，这个镇离安慈宫那么近，不管好坏应该都会对附近的人有一定影响才对。

结果从镇上人的反应来看，安慈宫的存在感非常低。

虽然这个方法行不通，但李火旺还有其他办法。

“二龙戏珠——三阳开泰——鱼跃龙门——嘿嘿！菜都上齐了——各位贵客慢用！”

报完菜名的小二刚要走，就被李火旺拉住了。

“哎哟，这位道爷，您也看到这客栈里忙得很，实在对不——”

小二的“住”字还没有说出口，就被李火旺手中的一颗金豆子给堵住了。

“那边恒华山你知道吗？”

“知道知道！”

“山上有座安慈宫，听说红礼很是鼎盛啊，她们那里的仙人很灵验？”

小二听到这话，脸上露出一丝迷茫：“红礼鼎盛？没有吧，那里的红礼还没土地爷的红礼好呢。”

“嗯？”李火旺看向正在吃饭的小满，这可跟她说的不是一回事。

“我邻居说红礼很鼎盛。”小满有些尴尬地放下筷子。

“嗨，那您的邻居肯定是在胡说八道，安慈宫的泥塑都已经落了一层灰了，要是还有红礼就有鬼了。”

“道爷，您听我的没错，我二姐的侄子他们村的寡妇就是去了安慈宫当女弟子。”

一听到这话，李火旺顿时来了精神：“哦？她为什么去那里当女弟子？去那里当入门弟子有什么要求吗？”

小二左右看了看，表情有些犹豫。

当李火旺把那颗金豆子塞到他手中时，小二把嘴凑了过来，刻意压低了声音：“她男人死了，娘家又很远，完了还没本事生不出儿子，所以被村里人吃了绝户，走投无路才去当女弟子的，能活下来的话，谁愿意去当啊。”

“哦……是这么回事啊。”李火旺若有所思地点了点头。

从目前收集到的信息来看，这安慈宫应该还算正常，跟李志临死前说的没

有太大出入。

“那你知道，那些弟子为什么要穿黑衣吗？”李火旺重新掏出一颗金豆子来。

“嗨，那哪是黑衣啊，她们的衣裳是青色的，完了也不知道山上没井还是怎么的，她们从来不洗澡不换衣裳，那衣裳愣是从青色穿成了黑色。”

说到这里，小二满脸嫌弃。

“那天有几个女弟子下来卖猪，我瞧见有一人往脖子上搓了搓，嘿！你猜怎么着？她愣是搓出来一个枣大的黑泥球！”

小二这话一出，附近的人纷纷面露难色地放下了筷子。

啪的一声，一只手掌打在了小二的后脑勺上。

“贵客们在吃饭呢，你小子在这儿乱说什么呢！想毁了我蓬莱客栈的口碑是不是？”

“掌柜的，真不是啊，是这道爷问，我才说的！”

看着那胖掌柜押着小二道歉，并且拖着他离开的背影，李火旺拿起筷子开始吃饭。

“李师兄，你要问什么，我们可以帮你啊。”

狗娃说着，夹起一块油腻的大肥肉塞进嘴里。

“行了，你那花斑脸问得出什么，别把人吓死。宝禄，你吃完饭，帮我去镇上问问安慈宫的消息。”

他们之中只有这位水性好的男人，外观完全正常。

一直没有存在感的孙宝禄一愣，紧接着默默点了点头。

李火旺看了他一眼，继续吃菜，外观正常并不代表他就正常。

这男人从来不脱衣服睡觉，连上厕所都要躲着别人，无论男人女人都躲着。

他的衣服下面肯定隐藏着他能被丹阳子选中掳来的原因。

但是李火旺并不想多问，以己度人，他也不想别人跟自己讨论自己的精神状况。

随后一段时间，李火旺便在这家客栈住下了。

他分别派了士童和宝禄打听安慈宫的消息。

正德楼的事情，李火旺不想再次发生。

打听了一段时间，并且特意派宝禄去山上走了一遍之后，李火旺勉强确定那些女弟子应该没有太大威胁。

镇上的人说到女弟子最多的就是，她们脏，她们懒，她们胖。

“如果我第二天还没下来，你们就立刻离开这里，听到没有？”

李火旺站在上山的土路前，对着其他同伴嘱咐道。

“李师兄，我们也一起去吧。”

“去什么去，去当累赘吗？真当是踏青吗？”

李火旺这话一出口就感觉自己说得太重了，可是他并没有解释什么，转身孤身一人向着山上爬去。

看着那逐渐远去的背影，咬着嘴唇的白灵淼，泪眼汪汪的，似乎想说点什么。

可一直等到他消失在山中，她也没有说出来。

“呼——呼——”满头大汗的李火旺双手撑着膝盖，大口喘着气。

李火旺已经爬了两个时辰了，居然还没有到。

那座安慈宫比他想象中要高得多。

他吃力地抬起头来，发现这弯弯曲曲的土路仿佛没有尽头，一直往上延伸。

李火旺咬了咬牙，抓住一旁的藤蔓继续爬了起来。

当他爬得双腿酸痛无比的时候，终于看到了安慈宫的山门。

用手背擦了擦下巴上的汗珠，李火旺下意识地向着山门两边的对联看去。

可让他感到十分意外的是，这副对联他根本看不懂。

并不是李火旺因为丹阳子的影响忘了这些字怎么念，而是这些字的样子非常怪异。

这些字的外观呈长菱形的“多”字式体势，右上高左下低，笔画修长，乍看上去似乎是甲骨文，又有许多眼熟的隶书痕迹。

“这是……字吗？还是别的什么东西？”疑惑的李火旺走到旁边用手摸了摸。

他仔细看了好一会儿后，抬脚向着大门内走去。

可走进去后，李火旺心中早已准备好的话语并没有诉说对象。

因为面前杂草丛生的广场内，根本没有一个人影，这与正德楼那人头攒动的画面形成了鲜明的对比。

“有人吗？”李火旺的声音在广场内回荡着，依然没有任何人出现。

左右看了看，李火旺向着前方的大殿走去，殿内没有红礼，却一点也不暗，因为这顶根本就是漏的，斜斜的阳光射进来，照亮了里面的一切。

大殿中央的泥塑身上也全是灰尘和灰扑扑的蜘蛛网。

要不是那半尺高的坐台，李火旺差点没有认出这是一座雕像。

“是不是弄错了？这安慈宫看起来完全荒废了。”

就在李火旺这样想着的时候，一声轻微的打鼾声引起了他的注意。

顺着声音慢慢走过去，在泥塑的后面，他看到了一个起伏的大肉球。

走近一看才发现那不是肉球，那是一个胖女人露出衣服外面的肚子。

朝天鼻的她就这么躺在冰冷的地上，张着嘴打着鼾，酸臭味扑面而来。

黑衣、肥胖、肮脏，这几样全都对上了，面前的这个人就是安慈宫的弟子。

眉头微皱的李火旺打量着眼前李志口中的好人，好不好人他暂时不知道，但就她现在这样子，哪怕是坏人都不想跟她有过多的接触。

“这位师父，清风门玄阳有要事求见。”李火旺提高了声音，对着那大肉球行了一个道礼。

那胖女人的打鼾声却并没有停下来的意思。她压根没醒。

“她是不是在跟我装呢？”

李火旺上前一步，声音再提高了一些：“这位师父！清风门玄阳有要事求见！！”然而依然没有任何反应。

李火旺刚打算凑到她耳边喊，却被她身上那浓郁的臭味硬生生熏了回来。

这种像臭袜子加榴梿加汗液发酵后的臭到极致的味道，实在让他有些顶不住。

没等李火旺想别的招，那胖女人一个哆嗦，居然自己就这么坐了起来。

用短粗的手指抠了抠黄晶晶的眼屎，她眼睛都没睁开，就摇摇晃晃地向着旁边的侧门走去：“哎呀，用饭了，用饭了。”

“这位师父，清风门玄阳有要事求见！”

这一次李火旺总算没有被无视，那胖女人被吓了一大跳，那三层油腻的下巴也随着主人抖了几抖。

“你吓死我了，你这人怎么走路没声音？”

李火旺表情纠结地站在原地，他现在已经不考虑这里的人是不是图谋不轨了，而是开始担心这里的人是不是真的有办法解决掉丹阳子。

“立礼自己烧香去！别耽误我吃饭！”胖女人冷言冷语地说完，继续迈着那两条大象腿向着里面走去。

这下李火旺也不说什么了，就这么跟在她身后一同往里走。

整个安慈宫很大，但是同样也很破，主殿的泥塑有多破旧，副殿的只会更糟。

一些殿门口还留着字，不过跟门口的字一样模糊不清。

“师父，这是什么字？”李火旺开口问道。

“女书，你当然看不懂，这种字只传女不传男。”

虽然回答了问题，可她显得非常不耐烦，径直往里走。

看着里面越发陌生的环境，李火旺毫不犹豫地继续往里走，这里的一切应该都是真实的，没有在医院时那种奇特的感觉。

不知道是因为吃黑太岁太多，还是因为长年陷入幻觉，其他幻觉对自己都没什么大用。哪怕起到作用了，也可以轻松分辨出来。

兜兜转转走了一会儿后，李火旺跟着那个胖女人来到了一间带烟囱的土房子前。

屋内传来的动静证明里面还有其他人，光是闻着浓烈的臭味，就知道这里面全是跟她一样的女弟子。

看着那个胖女人眼睛发光地冲了进去，眉头紧锁的李火旺深吸一口气，用手捏住鼻子，顶着辣眼睛的臭味，也冲了进去。

刚进屋，吧唧嘴声、吞咽声、咀嚼声迅速钻入了他的耳朵。

李火旺差点以为自己来到了猪圈。

只见一群黑衣胖女人，就这么围在大黑锅边吭哧吭哧地吃着，她们甚至没有用筷子，没有用碗，就这么围着锅用手抓。

她们吃得如此香，连李火旺这么一个大活人站在那里，都没有任何反应。

至于她们吃的是什么，李火旺只能勉强辨别出，那是一种带着菜叶的油炒饭。

憋得满脸通红的李火旺，张开嘴呼吸都感觉这屋子里面的气味有点辣嗓子。

他这一举动终于引起了别人的注意，一个吃饱了的胖女人一边吸着手指头，一边让出了自己的位置给李火旺。

“要吃午饭吗？两百个铜钱一位。”

听到她要钱，李火旺心中不怒反喜：“不用，不过有件事情需要师父帮

忙。”一颗金豆子抛了过去。

“金子！”胖女人兴奋地把那颗金豆子塞进嘴里，用黄牙咬了咬，确认是真的后，又混着菜叶口水重新吐到自己的手心。

“你要买猪啊？要多少头啊？说！我们这里的猪最肥了。”

看到对方靠了过来，李火旺稍稍后退了一步。

“不，听闻安慈宫的师父们高深莫测，所以我此次前来是想找宫内师父求助驱除邪祟。”

“哈哈——你自个儿不是修士吗？你请我们来帮你驱除邪祟？哈哈——”

仿佛笑声会传染般，屋内的其他女人都笑了起来，甚至到最后李火旺都有些忍不住。

“哈哈！！”

李火旺忍不住笑，他忽然感觉到自己这个修士来请她们帮忙，确实是一件非常可笑的事情。

“咳咳，各位师父，快别笑了，我这麻烦真的急得很，弄不好会要命的。”忍俊不禁的李火旺说起正事来。

“跟我来吧，我们去找宫主问问。对了，带路费两颗金豆子。”

一只油腻腻的大手就这么伸到李火旺的面前。

李火旺倒不怕她要钱，能用钱解决的事情都不是问题。

两颗金豆子递过去，李火旺便跟着那胖女人向外走去。

要走出房门的时候，李火旺看向身后的其他女弟子，突然有些留恋。他感觉跟着大大咧咧的她们天天待在一起挺欢乐的，连空气中的臭味都感觉没那么难闻了。

重新走在房屋间的小路上，李火旺对着前面带路的女人说道：“在下清风门玄阳，敢问师父名号？”

“妙玉。”满脸肥肉的胖女人，一边抠着鼻屎一边说道。

“咳咳，好名字。”李火旺忍了好久才没让自己笑出声来，这名字跟她这样子，可真的一点都不搭。

走了有一会儿工夫，一排低矮的茅草屋出现在他们面前，胖女人径直走了进去：“你在这儿等一会儿，我去方便一下。”

“好，祝妙玉师父出恭顺利。”憋笑的李火旺拱手作揖。

“啊——嘿嘿。”面带微笑的李火旺站在茅草屋旁边，懒散地伸了一个懒

腰，他感觉到现在非常安逸。

李火旺现在看什么都想笑，感觉四周是那么的可笑。

就在他回想起刚刚的事情，忍不住要大笑的时候，忽然感觉一切开始崩塌，白色的医院墙壁开始替代四周的一切，一些虚幻的人影开始具象化。

刚刚安逸的李火旺瞬间表情变得极其难看，扭曲地用双手死死抱着脑袋，久违的困意涌上心头。

“不行，现在不行！再坚持一会儿，嘘，嘘！！帮帮忙！求你了，安静，安静，嘘——嘘——嘘……”

李火旺的祈求声仿佛起到了作用，没过一会儿，四周的一切重新安静下来。

脸色变得极差的李火旺擦着脸上的冷汗站了起来。

黑太岁的作用正在减退，很久没有出现的幻觉又出现了。

然而李火旺现在必须把这些事情往后推。在生死存亡面前，幻觉都是小事。

心情变得很差的李火旺回想起刚刚的事情，却怎么也开心不起来了。

“唉……”李火旺重重地叹了一口气。

就在这时，他忽然听到了声音，便抬脚向着茅厕的后面走去。

当他看到后面的场景时，确实被震惊到了。

只见茅房的后面居然用竹围栏围着，里面养着一些黑皮长毛的猪。

看着那些吭哧吭哧正在往外喷黄垢之物的黑猪们，让李火旺本能地感到极度恶心。

看着眼前的这些猪，李火旺对整个安慈宫的印象逐渐下降，这里的人都怪异得很。

随着黑猪哼哧哼哧地散开，妙玉从茅房里走了出来，见李火旺站在猪圈旁，也不说什么，带着他继续往前走。

“赶紧走吧，我等会儿还要睡午觉呢。”

“这样养出来的猪你们自己吃吗？”李火旺忽然提出一个问题。

“瞎说什么！没看到我们是信女吗？不能吃肉。亏你是修士呢，连这都不懂。”

妙玉语气中带着浓浓的鄙夷，但是紧接着话头一转，又变得有些垂头丧气起来：“唉，我们也不想喂猪，没人烧香上供，那总得干点事赚饭钱吧，人总不能喝西北风过活。”

“确实，确实。”李火旺随口附和着，跟在她的身后，继续往前走。

兜兜转转，妙玉带着李火旺在一间房屋前停了下来。

“宫主就在里面，我就不进去了。说实话，我有点怕她。哦，对了，宫主的名字叫静心。”

说完不等李火旺说话，转身就离开了。

李火旺看了她的背影一眼后，轻声笑了笑，向着里面走去。

屋子里面很黑，传来吞咽食物的声音，还有更加浓郁的恶臭。这一切异常让李火旺下意识地摸向了怀里的竹筒。

就在李火旺刚抬起右脚，想向黑暗中走去时，他感觉踩到了什么干瘪的东西，迅速把脚收了回来。

“你点灯吧，我是瞎子，用不着灯。”一道苍老的声音从黑暗中传来。

“好的，宫主。”当李火旺掏出萤石，向着自己刚刚踩到的方向扔去时，顿时被里面那怪异的东西吓得身体一震。

那是一个极胖极老的戴着黑帽的女人，双眼空洞洞的，只有两个黑洞，脸上松松垮垮的脸皮被脖子上的肥肉向下拉扯，仿佛随时要被扯下来。

脸上还不是最重要的，最重要的是身上。

她整个肥胖的身躯几乎充满了整个房间。肮脏的肥肉上全是血肉模糊的痤疮。那痤疮里面似乎还有什么东西在扭动！

而这样一个女人正抱着一个大盆，双手扒拉着里面的油腻食物。

“呵呵，难得有心素来找我。”老宫主张着那无牙的嘴说完，继续吃了起来。

虽然样子异常恐怖，但她的声音异常和蔼，如果把灯熄灭，估计八成的人会以为这是哪个年迈的老人家。

不过李火旺根本没时间想这些，当听到这人说出“心素”时，他的神经顿时紧绷到了极点，随时准备后撤。

“慌什么，一看就知道是什么都不懂的小毛孩，我们安慈宫什么时候需要别的材料？我们懒得弄。其实吧，我儿子也是心素。”

“哦？”李火旺打起了精神，“那静心宫主，您儿子现在在哪儿？”这是李火旺第一次听到有别的心素。

“他疯了，心素一般下场都很惨，疯了算是比较好的结局了。”

静心宫主说起自己儿子的故事时，声音显得有些低沉。

疯了是心素最好的结局？这难道就是自己未来的结局吗？

李火旺过去一直以为别人称呼自己为心素，只是说自己是某种罕见的材料，就如同过去修仙小说里的罕见根骨一样。

可是眼前的老人家告诉他，并不是这么回事，“心素”这个名字本身就包含着大问题。

李火旺稍稍平息了一下自己的内心，深吸一口气再次说道：“静心宫主，我过去曾经用黑太岁来治疗我的癔症，效果不错，你之前给令郎用过吗？”

李火旺很想从对方口中听到“没用过”三个字，但是他马上就失望了。

“用过，当然用过。可黑太岁不能乱吃的，这种东西吃进去容易，想拉出来就难了，它就一直窝在你肚子里待着，吸你的血，吃你的肉。”

“吃少了还好，你要是吃多了，它能把你整个肚子都占了。”静心宫主绘声绘色地描述着，就仿佛她曾经亲眼看见过。

李火旺摸了摸自己的肚子，脸色更加难看了一分，自己现在肚子里就窝着一团长满触手的黑太岁。

丹阳子这家伙从来就没什么好心，连给自己用的药都是有严重副作用的。

不过这些小事情都可以往后推了，他现在有更重要的事情要问。

“静心宫主，可否告诉我心素到底是什么？为何所有心素的结局都是堕入疯狂？”

李火旺带着一丝焦急继续追问，他现在实在太需要这个答案了，这关乎他未来的生死存亡。

吞咽食物的静心听到了声音，她再次抬头用那黑漆漆的两个眼洞对向了李火旺。

“心素是什么？你是心素，你还问我啊？你跟别人有何不同，还察觉不出来吗？那我且问你，你从哪儿来的？”

李火旺下意识地张了张嘴要说，却又戒备地停了下来。

因为他也不清楚自己从哪里来。不过这件事绝对不能就这样毫无防备地告诉眼前这个刚见过一面的奇怪老人。

谁也不知道这个人知道这个秘密后，会有什么想法。

“呵呵，让我猜猜，你肯定是觉得自己不是这里的人吧？自己是另一个大千世界的人？一个跟这个地界完全不同的世界？”

静心这句轻飘飘的话，瞬间就打破了李火旺的心理防线："宫主还知道这些?!"

静心见惯不怪地低头吃着盆里的黏稠物。

"惊慌什么，小孩子就是没定力。你怀疑我为何知道这些？我不是说过了吗？我儿子是心素，他当初也是这么想的。"

这话让李火旺下意识地靠近了一些，声音中带着一丝颤抖地问道："你儿子也是另一个世界的人吗？"

此刻，他的心跳得极快，当李火旺忽然发现在这诡异危险的世界居然还有同类时，他感到格外激动。

不管他们是谁，不管他们是男是女，只要他们来自同一个世界，那自己就不再是孤零零的一个人了。

这扑面而来的压力，也终于有人可以分担了。

最重要的是，自己记不清是怎么来到这个世界的，或许他们记得，也许自己可以通过他们回到原来的世界也说不定！

静心宫主却并没有马上回答这个问题，而是擦了擦嘴角的污渍后，再次面带微笑地"看"着眼前的青年。

"不，他不是，他是从我的肚子里生出来的，这一点千真万确。还有啊，年轻人，庄周梦蝶，蝶梦庄周。别把任何事情都想得那么确定，包括你脑子里的任何事情。"

"你什么意思？"李火旺发现自己无法理解对方到底要说些什么。

"你为什么一定认为自己是那边的人呢？为什么不可能认为，你自己是这片天地的人，说不定那边光怪陆离的大千世界根本就是假的呢，那边的一切都是你臆想出来的呢？"

"我知道之前在清风门的时候是幻觉，但我现在越发肯定我过去在现实世界生活过！我不是臆想出另一个世界的疯子！！"

此刻李火旺双眼通红，双手颤抖地紧紧握拳，如同被触碰到逆鳞般，对着眼前的老人大声反驳着。

静心也不争辩什么，脸庞微微倾斜，似乎开始回忆什么。

"呵呵，这些话，我儿子当时也说过，他时而清醒时而糊涂，嘴里胡言乱语自说自话。"

"可我这个当娘的清楚啊，他从我肚子里出来后，就一直没有离开我身边，他从来没有去过什么别的大千世界，那都是他瞎想出来的。”

这话一出口，李火旺仿佛被施展了定身术，停在那里，呼吸也开始乱了起来。

杨娜，母亲，医院，学校，过去的一切都在他脑海中飞快地掠过，这些都是不存在的？甚至那个世界都有可能不存在？根本就没有什么现代世界？

在这一瞬间，李火旺感觉到四周的一切都变得不真实，变得虚幻起来：“到底什么是真？什么是假？”

“我不是从其他世界过来的？我根本就是这里的人，从来就没有什么现代世界？我脑子里关于现代的一切都是我臆想出来的？不，这不对劲，肯定有哪里出了差错！”

李火旺情绪逐渐失控，他的呼吸越来越急促，表情开始变得狰狞起来。

自我认知被严重动摇的李火旺，需要给自己心中山一般的压力寻找一个突破口。

忽然间，他眼神一凝，恶狠狠地瞪向眼前的静心宫主。

没等他说话，他就看到眼前那老人家用油腻的手指向了自己，捏着声音开始学自己说话：“不！你在骗人！你这个人对我图谋不轨！你说的都是假的！你想害我对不对！没那么容易！”

说完这些话，看着僵在原地的李火旺，静心那肥胖臃肿的脸上重新露出和蔼的笑容。

“呵呵，你刚刚想对我说这些话吧？其实我儿子也对我说过同样的话。啊，现在一想，仿佛就在昨天，还真是怀念啊。”

静心跟过去他遇到的任何人都不一样，她虽然长相恐怖，但是说话十分随和。

可是现在李火旺宁愿对面这个年长的人跟其他人一样撕破脸皮攻击自己，至少那样他心里还能好受些，而不是像现在一样，笑呵呵地看着自己，就仿佛她口中说的一切都是真的。

“难道真的是真的？”李火旺慌了，思绪开始逐渐混乱，表情逐渐变得极度痛苦。

四周的空气如同实质般向他压了过来，压得他连呼吸都有点难受。

各种画面开始在他脑海中不断闪过，可当杨娜那天送给自己的那些卷子出现在脑海中时，李火旺在这一刻仿佛抓住了救命稻草。

“不！还是不对！一个人也许能够臆想出整个完整的世界来，但是绝对臆想不出知识来！”

当初在学校学到的一切知识，开始迅速在李火旺的脑海中闪过。

“看”着眼前的青年开始抱着脑袋自言自语，静心宫主脸上露出一丝怜悯：“可怜人啊。”

然而不管对方怎么想，李火旺迅速恢复了过来，他虽然面带疲惫，但眼神重新坚定。

“我就是李火旺！我不是这个世界的臆想疯子，绝对不是！”

“看来，你自己想通了？是信我的话，还是不信啊？”

“静心宫主，还是不聊你的儿子了，长话短说吧，你直接告诉我心素到底是什么就行了。”李火旺开始企图抢回话题控制权。

一只指甲开裂的胖手指颤颤巍巍地指向了李火旺的胸口：“心素就是你，也包括你心中的迷惘，你心中的业障，你身上的因果。”

“你也不算门外汉了，应该也知晓一些修炼无形之术的事情。任何门派除了外在物件外，最主要的就是自己的心境。”

“心素的迷惘和其他的业障，都比寻常人纯粹得多，稳定得多。有些门派为了稳固自己的心境需要心素身上的迷惘。哪怕不需要，把心素卖给那些需要的人，也能大捞一笔。”

“心境？情感？”

李火旺立刻想到那卷红色竹简所需的强烈痛苦的要求，以及正德楼那些人对诡异之物的痴迷。

原来他们所做的一切都是有章可循的，李火旺第一次对这个世界的其他超凡能力有了初步的认识。

“有些人抓你是为了别的东西，但是大多人抓你，还是为了你身上的迷惘，因为只有心素的心中才会时时刻刻有迷惘存在，这点寻常人根本做不到。”

通过这番话，李火旺才明白，人类的情感在这个世界并不是虚无缥缈的存在，而是可以影响到现实的东西，甚至人类的情感还可以当作货币。

“我心中的迷惘情感，居然还可以帮助他人修炼？可我现在一点都不迷茫，我现在非常肯定那边都是幻觉，这里才是现实，哪怕我再次陷入幻觉，我也绝对不会把那边当成现实了。”李火旺斩钉截铁地说道。

静心看着李火旺，脸上露出一丝淡然的笑容：“真的吗？那好吧，你认为是就是吧，老妇我懒得跟你争，你回吧。”

“回？”听到对方下了逐客令，李火旺马上反应过来自己主要的事情还没办呢，自己这次过来可不是为了单单了解心素的。

“静心宫主，我这次来是请你驱邪的。”

相比对方口中的麻烦，丹阳子明显更危险，自己过来的目的可是为了解决掉他。

要先活着，然后才能考虑自己是否会发疯的事情。如果身体都被丹阳子给占了，那也不用考虑之后的事情了。

“啊？原来你不是向我询问心素的解决办法的？那你刚刚闲聊什么？不会直接问正事吗？”静心宫主的脸色沉了下来，显得有些不高兴。

李火旺赔罪过后，开始仔细地把事情的经过跟静心说了一遍。

“成仙了？这年头居然真有人成仙了？”

静心喃喃自语地说完，又从自己的帽子下面拿出两个被磨损得看不出面值的铜钱，开始念起咒语来。

算了半天之后，她继续用那没有眼球的两个黑洞，端详着李火旺的面孔。

就在李火旺感觉到被对方盯得浑身不自在的时候，静心宫主忽然开口了：“成仙那天，你没把你师父吃了吧？”

“嗯？”李火旺被问得丈二和尚摸不着头脑。

“我怎么可能吃掉他？我要是有办法解决丹阳子，当初犯得着跟他同归于尽吗？”

“嗯……”静心也没有反驳什么，而是安静地点了点头。

随着她右手一弹，李火旺瞬间感觉自己浑身油腻无比，十分难受，并且还感觉到自己皮肤下有什么东西在动。

“别擦，忍着。”

就这样维持了两炷香的工夫，静心开口了：“我有办法解决掉你师父，可是法器功力损耗巨大，所以，我为何要帮你呢？”

李火旺一愣，马上反应过来，这是要好处了。

不过这种明明白白的提条件，他反而觉得对方比莲华门掌门那套以苍生为重的说辞更可信。

他迅速把天书、装着阳寿的葫芦，还有那红色竹筒摆在了地上。

“只要能解决掉丹阳子，这些东西任你挑选。”

李火旺把这些东西拿出来后，却没想到遭到了静心的极度嫌弃。

“这都是什么破烂，拿远点！尤其是那《大千录》，有多远拿多远，免得污了我们安慈宫的地界！”

她看起来十分排斥那卷红色竹简，李火旺第一次知道了这卷竹简的名字。

说完这些话后，她那张老脸上居然流露出极度贪婪的神情：“我在你身上闻到了金子的味道。”

听到这话，李火旺马上心领神会：“没问题，我稍后就把那些金子供给安慈宫的仙人，以镀金身。”

一说到钱，静心的嘴脸仿佛变了一个人，完全没有之前的和蔼，反而显得非常斤斤计较。

“对了，还有银子，我还闻到银子的味道，那些我也要。除了这些身外之物，我还需要你去帮我找样东西。”

“什么东西？”听到静心宫主说这话，李火旺瞬间想了很多。

察觉到李火旺显得有些凝重，静心开口解释道：“别以为我这是借题发挥，想要解决掉你师父，那东西是关键。没有那东西，任凭谁来了也分不开你师父。他跟你粘连得太紧了，我现在都能从你身上闻到他的味道。”

这番话让李火旺的心情更加沉重了一些，他想了想再次开口说道：“静心宫主，这应该是最后的条件了吧？”

看到对方点头示意，李火旺深吸一口气，开口说道：“行！一言为定，你要的是什么东西？”

他不怕对方提条件，就怕对方言而无信，只要提出条件，那还在交易范围之内。

至少从目前看来，临死前的李志并没有说谎，安慈宫里的人确实称得上某种意义上的好人。

在这古怪的世界，想找到这样的人已经不容易了。

而且现在他也没得选了，再去找别的办法，恐怕丹阳子就先到了。

“一对眼睛，一种非常奇特的邪祟的眼睛，在恒华山向东两百里地，有片林子，你去那儿把它拿回来。”静心把最后的条件说了出来。

“邪祟？是什么邪祟？它有什么能力？”李火旺想知道自己将要面对什么。

“它叫腊月十八，那东西怪得很，每年腊月十八都会变，不但样子会变，神通也会变，我也不知道它现在变成什么样了，你就记得它是红色的。”

“如何取下它那对眼睛，你自己去想办法吧，你身上都带《大千录》了，还怕解决不了它？再者说了，你那成仙的师父，还会让你死了不成？”

“腊月十八？这也是个名字？”

李火旺面带难色，就这样？什么提示都没有，就让自己去对付某种邪祟？这岂不是到那里完全抓瞎。

他可不想丹阳子再出手了，他要是再出手，天知道自己的身体到底属于谁。

“可否请宫内的师父们帮忙？其他事情好商量。”

“呵呵，她们懒啊，懒得很，有能耐你去劝她们挪窝，不过你现在也没钱雇她们下山了吧，呵呵。”静心宫主轻声调侃着自己的晚辈。

既然目标已经确定，李火旺也不再磨蹭，再次跟静心确认了腊月十八的方位后，他对着她拱了拱手，转身就准备离开了。

“不打扰宫主用膳了，我这就下去让人把金子送上来。”

“哎，对了，我在你身上闻到了柿饼味，我最喜欢吃柿饼了，那柿饼也记得送给我啊。”

“在下明白。”金子都已经全交了，也不差这点吃食了。

随着李火旺转身离开，屋内重新陷入黑暗。

不过这对本来就盲眼的静心并没有什么影响，她将那指缝间黑乎乎的右手，伸进自己油腻的肥肉褶皱中掏着。

掏了半天，啵的一声，一个四肢萎缩、满头白发的消瘦老人被掏了出来。

这个行将就木的老人口歪眼斜，嘴里还时不时地嘟囔着什么。

静心轻轻地把他搂在自己那脓液横流的怀中，嘴对嘴地把盆里的吃食喂了过去。

“儿啊，你听到了吗？过些时日，你就有柿饼吃了，呵呵，高兴吧？我还记得你穿开裆裤的时候最喜欢吃柿饼了。”

老年人对静心的声音没有任何反应，无意识地把嘴里的东西干呕出去。

静心仿佛没有注意到，继续重复着刚刚的动作。

“你瞧见没有，这小子跟你一样也是心素呢，不过他可比你惨多了，你有为娘呢，他可没娘啊，也不知道他将来会落得个什么样的下场。唉，这小子也是可怜人啊……”

蓬莱客栈内，浑身赤裸的白灵淼双手枕在木桶边轻叹了一口气：“也不知道李师兄怎么样了，要是之前能跟着一起上去就好了。”

“我究竟要不要告诉他呢？如果告诉他了，那他岂不是会为我担心？可他现在要担心的事情已经够多了。”

思索了半天，直到桶里的水有点凉，白灵淼这才从桶里带着花瓣的水中站了起来，穿好衣服向卧房走去。

“不管了，反正等三天后，他要是不下来，我肯定上去找他，谁说我是累赘？”

嘎吱声响起，白灵淼把门重新关上。当门关上后，门后面的一个头戴着红盖头，身穿彩色条带裙，脚穿着红鞋的女人，就这么暴露了出来。

…………

来到屋内的白灵淼掀开被子，脸上带着一丝俏皮钻了进去，双手牢牢搂着被子里面的人。

“我最喜欢小满姐了，毛茸茸的，抱起来真舒服。”

小满转过身来，跟白发少女面对面，对方的轻微呼吸声都可以感觉得到。

“这种东西有什么好，就是因为有这些黑毛，别人才把我当成怪物，就连六十多岁的老光棍都不敢娶我。”

“放心吧，小满姐，你肯定能找到你的如意郎君的。”白灵淼伸手在对方的黑色毛发上轻轻地揉了揉。

“用不着了，我讨厌男人，我要当自梳女！”小满这话说得斩钉截铁，“我不靠男人，我一样能活！”

“为什么要这样啊，小满姐？”白灵淼惊讶地瞪大了眼睛。她本想开口询问是不是因为小满的父亲，可是话到嘴边又停了下来。

看着小满转过身去，重新背对着自己，白灵淼双手搂过去，轻轻地抱着。

“小满姐，你将来要是没地方去，那就来我家吧，将来你给我孩子当干妈怎么样？”

小满并没有回答什么，只是眼中带着犹豫地看向眼前的墙壁：“你当真打算嫁给李师兄？”

白灵淼没有回答，只是娇羞地在她身上不轻不重地捶了一下。

“要不再考虑考虑？我这是为了你好，李师兄虽然对我们有恩，可未必要这样答谢，毕竟他……他是那样的人。”

“他是哪样的人啊？李师兄不是挺好的吗？”仿佛感觉到自己的东西被诋毁，白灵淼显得有些不高兴。

“他……”小满有些犹豫，“你真觉得李师兄没有问题吗？”

房间内安静下来。其实相处了这么久，大伙儿都知根知底。相比其他人的外观问题，李火旺的脑子问题棘手得多，只是大家都刻意避开这个话题罢了。

白灵淼神情有些黯淡：“那又如何？他那样，我就好到哪儿去吗？我在家，别人都叫我‘白毛煞’，其他人见到都怕。可李师兄从来都不对我另眼相看，还救了我好几次呢。”

“我这样的人还能找到李师兄，真是做梦都想不到。他不嫌弃我，我已经很欢喜了。”

见状，小满也不再劝说什么，只是轻叹了一口气，缓缓闭上了眼睛：“睡吧。”

卧室内逐渐安静下来，只留下两人轻微的呼吸声。

当听到身后的呼吸声逐渐变浅后，小满转过身来，看向眼前的精致少女。

看着那长长的睫毛，小满伸手轻轻地抚过对方的脸颊，那犹如刚剥了壳的煮鸡蛋般的触感，让她感觉十分迷恋。

“……我……知道……别催……”白灵淼迷迷糊糊地轻声说着梦话。

小满那隐藏在浓密毛发下的眉头微微一皱，脸颊就悄悄地靠了过去。

“砰！”门被猛地踹开，让小满瞬间坐了起来，从枕头下面拔出一把匕首来，挡在了白灵淼的身前。

“李师兄？你从山上下来了？”她惊讶地看着眼前的青年。

推开门的正是刚从恒华山上下来的李火旺。

“金子呢？”李火旺言简意赅。

“都在傻……高智坚那儿，被他守着呢。”

李火旺看了一眼睡眼蒙眬的白灵淼，转身向着其他客房走去。

“怎么了？谁来了？”白灵淼迷迷糊糊地坐了起来。

小满轻搂着她重新躺下，柔声说道：“没事，睡吧，其他事情明天再说。”

等到第二天，小满拉着白灵淼的手在另外一间客房内看到了李火旺。

她敏锐地注意到他脚边的黄泥，看起来昨天晚上，自己这位李师兄一晚上都在外面跑，也不知道干什么去了。

“来了？坐吧。我跟你们说说后面的行程。”小满看到李火旺把一张地图展开了。

“这地方是我们接下来要去的地方，我要先去那儿拿样东西，等拿完这东

西，我再送你们回家。”

说完，李火旺也不等其他人发表意见，把地图一收，转身向着门外走去。

“都收拾好东西，我们今天中午就出发。”

“李师兄，山上发生了什么？我们去的地方危险吗？”

见白灵淼迅速地跟了过去，小满向着其他人问道：“到底怎么了？李师兄这是在干什么？为什么又往回跑了？”

“我哪知道啊，李师兄历来也不跟我们商量的，今天破天荒地提前提醒我们，已经相当难得了。”苦着脸的狗娃声音苦闷地说道。

“走就走呗，你怎么这副表情？”

不说还好，一说这话，狗娃眼泪哗哗往下流。

“李师兄把金子全送人了，什么都没剩下！早知道这样，我之前就不应该去逛妓院，我就应该先买个媳妇再说！”

“什么?！全送人了？这种事情你们难道不拦一下的吗？你们又不是不知道李师兄脑子有问题！”小满焦急地喊道。

“我拦了啊！昨天送金子的时候，我拦了一路了！可是我也得拦得住啊。”

小满转身急匆匆地向着外面赶去，可是她注定徒劳无功，昨天晚上李火旺一夜没睡，金子已经送到安慈宫去了。

“放心，路上的盘缠，我还是留了一些的。”

带着沉重的心情，小满等人再次踏上了行程，在这件事情上，说起来他们没有什么决定权。

水匪是李火旺解决的，金子也是他找到的，他要送人，谁也没资格拦。

只是从极度有钱忽然沦落到没钱，内心的落差实在有些让人难以适应。

小满睁开了眼睛，她看了一眼如同雕像般坐在篝火堆旁看着红色竹筒的李火旺，轻轻从被子里钻出来，向着带有晨雾的林子走去。

来到一片幽静的草地，小满掏出一本书，又掏出腰间的长刀摆出架势就开始跟着书上学。

刀在空中挥舞，虽然看起来生疏，但眼神坚定的小满学得格外认真。

“呼——”刀锋一顿，她看着被刀尖指着的李火旺吓了一跳。

李火旺还是那个李火旺，满是疤痕的脖子上方是一张写满了疲惫的脸。

“这书从哪儿来的？”李火旺走过去，从地上把那本书捡起来翻了翻，发现上面只有一些举剑的小人，并没有任何文字，看起来像是剑谱。

“你之前不是说让我们买自己想要的东西吗？所以我去找镖行的镖师，拿金子跟他换了这本书。”小满回答道。

“这年头，能当镖师的手里都有功夫的，我花了大价钱换的，是真的。”

紧接着，小满轻声地笑了笑：“我想变强一些，能保护自己，也能保护其他人。”

听到小满的话，李火旺默默地点了点头，转身向着篝火旁走去。

小满看着那背影，心中有些犹豫，最终一咬牙喊道：“李师兄，白师妹对你是真心的，还请你别辜负她！”

李火旺脚下不停，大步向着林子外走去：“把这本书也给其他人看看，或许他们能学到点什么。”

一路上走走停停，虽然有马车了，但两百里的路也走了好些天。

当快到目的地的时候，李火旺带着其他人在距离那个位置最近的一个村子整顿起来。

一个不大的农家小院里，闲得无聊的众人正围成一团打叶子牌，狗娃百无聊赖地打了一个哈欠，对着对面的孙宝禄询问：“李师兄这是去哪儿了？怎么今天一整天都没见人影，这眼看就要到了，怎么还在这里待着？这可不像他的作风。”

听到狗娃的话，孙宝禄从自己手中呈扇形的长条叶子牌中，拿出一张来打了出去。

“我看到李师兄去找村里的铁匠了，好像是说要打造什么东西。对了，狗娃，李师兄不是让你去打听消息吗？你还在这儿打叶子牌？不怕他回来骂你啊？”

“狗娃什么狗娃！叫我吕天！”狗娃表情十分不悦地甩出一张牌来。

“这小村子就这么大，哪里需要费什么功夫，更何况我带着那两个小屁孩一起打听的，一会儿工夫就打听完了。听那村里的老人说，那西边的林子里有长虫吃人，让我们千万别过去。”

“你们要去那儿啊？去不得，真去不得，我娘十年前看到有会飞的长虫在天上盘着呢！”一旁观牌的主家插嘴说道。

“嗨，没事！反正李师兄厉害得很，只要他在，别管什么长虫，根本近不了他的身。哎——等会儿，这张刚刚谁打的？我赢了——哈哈。说好的，你们面里的蛋都归我了。”

“快看，李师兄回来了。”

不知是谁说了这句话，其他人纷纷转头，就看到李火旺手中拿着一个牛皮袋，向着院子里走来。

在一众人的包围下，李火旺把手中的牛皮袋放在桌子上打开。

牛皮袋的内侧做了一排排扣子，刚好可以把里面的东西整齐地挂起来。

他开始一一清点里面挂着的东西，那是一批抹了清油的崭新利器，这都是他专门定制的。

大黑铁钳子，锋利的锥子，还有指甲盖大小的小铲子，带着倒刺的长针。

这些怪模怪样的东西，光看着都让人觉得瘆得慌。

狗娃右手拿起一把边缘非常锋利的勺子把玩了一会儿后问：“李师兄，你这都是些什么东西啊？怎么感觉不像兵器，倒像是刑具啊？”

李火旺伸手把他手里的东西抢了回来：“打听的事情怎么样了？”

“打……打听好了，那林子里有吃人的长虫。周围的人都不敢去那儿，而且那长虫也安分得很，从来不出来。”狗娃看着桌子上的那些东西，眼中露出深深的恐惧。

李火旺拿出小铲子对着自己的指甲盖比画了几下后，把这些东西往身后一背：“走，出发。”

“这都中午了，等走到天都黑了，要不咱们住一晚再去？”

孙宝禄的提议只得到了李火旺冷冷的一瞪眼：“我说了走！”

马车的轮子开始转动起来，向着那有吃人长虫的林子缓缓滚去。

当月亮高高挂起时，赶路的李火旺等人也终于来到了目的地。

只见一片极茂密的竹林呈现在他们面前，点点萤火虫在其中时隐时现。

而一条林间小路如同一条长蛇般，弯弯曲曲地向着竹林中钻去。看那地上的杂草，这条路应该很长时间没人走过了。

李火旺并没有莽撞地闯进去。根据静心宫主的说法，腊月十八是一种非常多变的邪祟，谁也不知道它现在到底是什么样的，对自己又有什么样的威胁。

他站在这林子的边界外围，安静地向里面观察起来。

时间一点点地过去，里面却一切正常。各种应该存在的活物都没有任何变化，李火旺甚至能看到有些竹鼠抱着竹子在啃。

直到天蒙蒙亮，李火旺才停止了观察。

吃着挂面，李火旺对着其他人说道：“看起来，外围没什么异常。等吃完这顿，我们就进去。进去之后，我不要你们做别的事情，你们需要做的只有一件事，假如，我是说假如。”

说到这儿，表情凝重的李火旺顿了一下：“假如我行为举止出现了异常，你们守着我，别让我乱跑。”

是的，李火旺这次让他们一同进去，就是为了这一点。

随着黑太岁的效果消失，李火旺感觉到四周的空间开始变得不真实起来，那些幻觉随时有可能吞噬自己。

为了以防万一，让这些人跟着自己进去是必须的。

听到这一异常的要求，其他人相互对望了几眼后点了点头。

“那段时间应该不会太长，等我回来就好。”

李火旺说完，喝了一口汤。这时，一只白皙的纤细小手伸过来，在李火旺的头上轻轻一揪，他顿时感到头皮一疼。

“干什么？”李火旺不悦地看向手的主人白灵淼。

“有白头发要揪掉的，我娘说了，要是一直留着，脑袋上的白头发会越来越多。”

李火旺开始加快速度，埋头用筷子捞面。

白灵淼双腿并拢坐在李火旺的身边，手指向着李火旺身后的红色竹筒摸去：“李师兄，你一直带着这东西——”

还没等她摸到，李火旺猛地站了起来，端着碗把里面的汤全部倒进肚子里，把碗扔进空铁锅里：“走，进林子。”

第七章

腊月十八

吃饱喝足的所有人，跟着李火旺向着那条小路走去。

明明是清晨，一走进林子，四周顿时变得昏暗起来。

茂密的竹林就像一道屏障，将空中的阳光遮挡得严严实实。

蓝绿色的萤石被重新拿出，四周明亮了一些。

然而当这种颜色照亮了四周的竹林，却让原本翠绿的竹子如同染上疾病般，变成了一种十分奇怪的颜色。

荧光摇曳之间，仿佛有什么东西躲藏在那茂密竹林的深处，注视着外面。

李火旺努力想要看清楚，却什么都看不见。可当他刚要转身时，那种如同芒刺在背的感觉再次出现了。

“这是腊月十八？它在林子里看着我？它现在到底变成了什么？”

不仅李火旺，其他人也感觉到了。

四周只剩下鞋子踩弯杂草的声音。

“李师兄……你……有没有感觉我们头顶的竹子离我们的脑袋越来越近了？”

听到这句话，所有人缓缓抬起头来，只见四周的竹子已经完全弯曲，密密麻麻的病态颜色的竹尖就这样弯曲地从上方，直直地指着他们。

“别动，都别动！”当李火旺的声音在幽暗的竹林中响起，所有人瞬间僵在原地。

他们一动不动地站在那儿，仰头看着头顶的那一排排竹尖，生怕这些东西会就这么直直地插下来。

“都别动啊。”李火旺说着，自己抬起右脚向前走了一步。

其他人看到这一幕，心瞬间提到了嗓子眼，但当他们看到头顶的竹子没有任何变化后，又纷纷松了一大口气。

李火旺抬脚向前走了几步，并且围绕四周转了一圈，竹子还是那些竹子，没有什么变化。

“是不是……这破地方的竹子就长这怪模样啊？”狗娃迟疑地说道。

不管是不是，李火旺都不敢猜测，他单手开始摇起铃来，由线条形成的“游老爷”迅速围绕着竹林巡查起来。

过了一会儿，当“游老爷”来到李火旺面前，表示没有任何问题后，李火旺的心这才稍稍放下。

他放心的不是“游老爷”说了什么，而是那种奇怪的凝视感消失了。

李火旺并没有立即把“游老爷”收起来，而是带着它一同前进。

虽然铃声让人头晕目眩，但总比被那所谓的“腊月十八”偷袭要强。

“都跟紧点，我们快点穿过这片林子。”

李火旺说着，一边摇着铃，一边向竹林里走去，他用手指一拨，牛皮袋的卡扣打开了，里面那些工具迅速在他衣服下摆处铺开，这些东西在萤石的照耀下，散发着微微的寒光。

此刻，每个人都握紧武器，屏住呼吸，一个挨着一个，紧紧跟随，生怕一掉队就再也跟不上了。

随着时间一点点地过去，头顶的竹尖也越来越低，低到都接触到马车顶棚了。

竹尖在马车顶棚上划出尖锐的声音，这让所有人都倍感压抑，但“游老爷”依然没有发现任何敌人的迹象。

在这古怪的竹林中穿行，所有人都有一种往某个东西的嘴巴里钻的感觉，而那些竹尖就像是那东西的尖牙。

在这种环境中，李火旺也不知道自己走了多久，头晕让他有些失去了对时间的感知。

忽然，他感觉到远处有光——出口！

他兴奋地举着削铁如泥的长剑用力一挥，一大片竹子被砍倒，耀眼的阳光就这么照了进来。

空中的太阳让所有人下意识地眯上了眼睛，实在太刺眼了。看那太阳的位置，现在应该已经是下午了。

等缓过劲来的所有人向前方看去时，不由得睁大了眼睛，他们居然在这古怪的林子后面看到了一座村子。

远处的青瓦屋子参差不齐地零散排列着，和李火旺在路上看到的所有村子

没什么两样。

而在村头的一个清澈见底的池塘边上，一些大姑娘和小媳妇正在一边捶打着衣服，一边有说有笑地聊着琐事。

“李师兄，你确定是这里吗？我们会不会走错地方了？”眉头轻皱的小满疑惑地问道。

迅速在脑海中过了一遍静心宫主给出的位置后，李火旺把手里的铜铃收了起来，朝着远处的村子迈出了步伐。

“都跟紧，别放松警惕，也许这只是腊月十八的假象。”

“腊月十八……会是个村子吗？”白灵淼喃喃自语。

她说的话，同样也是李火旺脑海中的想法。他从静心宫主那里得到的关于腊月十八的唯一信息就是，这东西是红色的。

随着李火旺等人的靠近，最先发现他们的自然是那些洗衣服的女人，她们拿起衣服，窃窃私语着向村子里走去。

这么一大群头戴黑纱斗笠的人靠近，明显引起了村里人的注意。三五成群的青壮年拿着一些农具向着村头围了过来，眼神很是戒备。

“外乡客！你们来我们吴家村干什么啊？是路过还是探亲啊？”一位留着山羊胡的老者，隔着老远对着李火旺喊话。

李火旺的目光在所有村民的脸上扫过，却并没有发现任何异常。单从表面上看，这儿似乎真的就是一个正常的村子。

“腊月十八会在这里吗？”李火旺心中暗道。

等村长喊出第二句的时候，李火旺带着人走过去，拱了拱手，把那张地图展开对着他们。

“老丈，劳烦一下，这图上的位置是你们这个村子吗？”

“啥？问路啊？”老人接过地图，跟一旁的人低声交谈起来。

李火旺目不转睛地盯着他们的脸，观察着他们脸上的表情。

交谈了好一会儿后，村长双手把地图递了回来：“外乡客啊，你们找错地方了，这图上的位置离这里有二三十里地呢。”

“找错了？还没到？”李火旺心中迅速盘算起安慈宫到这里的距离，静心宫主说有两百里，自己又不是机器，看起来有点误差似乎也是正常的。

“呵呵，那在下莽撞了，居然找错位置了。”李火旺大方地再次对着眼前的这些人拱了拱手。

“不过老丈，太阳快下山了，可否让我们留宿一晚？这赶了半个月的路了，我们实在有些乏了。”

“这……”村长看着李火旺等人，眼中明显带着警惕。

“老丈，请您行个方便啊。”微笑的李火旺靠了过去，那长长的绣袍就搭在了对方的一只手上。

感觉到掌心微微一沉，村长顿时脸色一变，用手指捏了捏。

“行吧，我们家的西厢房还空着，就给你们住吧，记住啊，就一晚啊。”

就在两辆马车压着长满青苔的石板向着村子里面走的时候，狗娃靠了过来，低声问道：“李师兄，不是找错地方了吗？”

李火旺微微侧身瞥了一眼躲在门口向外偷看的那些村民。

“也许我们没走错呢？也许我们要找的就是这里呢？”

他出来这么久，学到的最重要的事情就是，别人说的任何事情，最多只能信三分。

既然腊月十八可以变成任何样子，那么一个复杂的村子无疑是非常方便躲藏的。

他的视线开始寻找，寻找整个村子里所有的红色，可一直到了村长家中，仍然没有找到任何红色。

来到了门口牌坊下面，村长双手拢着，看着眼前的这些外人。

“那个我先说下啊，吴家村的规矩多，这是从上一辈传下来的规矩，不能改，你们想在这儿住呢，行，可一定要守规矩，要是做不到，现在趁早走。”

“规矩？”

心中暗自思索了一通后，李火旺点了点头：“老丈您说吧，都是些什么规矩？”

“那个第一个，在我们吴家村，不准跟年纪大的人顶嘴，特别是跟我。”山羊胡村长把食指举了起来。

“就这规矩？”不仅李火旺感觉到错愕，连其他人也感到错愕无比。

他们本以为会是一些稀奇古怪的规矩呢，结果居然这么普通。

“这不是家规吗？真要拿自家家规来约束外人吗？”

李火旺用手敲了一下旁边的狗娃，对着村长说道：“您继续说吧，我们听着呢。”

“第二个啊，就是我们这儿挨着林子，时常有林子里的动物从里面出来，不管是老鼠还是野猫，你们不能打也不能踩着啊。要是在路上遇到，你们还得先让着，过去它们对我们吴家有恩。”

“第三个啊，你们是外来客，凡是男的不准跟我们村子里的女人说话，这规矩往年是没有的，可前几年，有挑货郎从我们这儿拐走了两个媳妇！哎哟，一提到那挑货郎我就来气……”

在村长喋喋不休的念叨下，李火旺等人逐渐了解了吴家村的各种规矩，就连不能随地排泄这种琐事都要提醒。

“水浅王八多，这破村子烂规矩还挺多，要不我们别在这儿住算了。”

“嘘，安静地听着。”

这时，村长的讲解也接近了尾声。

“这个第十一条，就是晚上别点灯，晚上也别出门。还有最后一条，那就是无论什么时候，要等别人转过身再说话，千万别背对着别人说话。”

听到这话，李火旺眉头微微一皱，这最后的两项让他感觉到有些不对劲。

“那如果我坏了这些规矩呢？会如何？”

“坏了规矩?！”村长顿时两眼瞪到最大，底气十足地说道，“罚钱！坏一次罚一两，再坏就再罚！罚到不敢为止！别说我们欺负你们外乡人，本村人也一样。”

“……”李火旺忽然有种错觉，是不是自己想错了。

感觉到有人拉自己的下摆了，李火旺对着眼前的山羊胡老人点了点头：“放心吧老丈，我们都是懂事理的人。”

“嗯，那就好，要不是看到你们还带着两个孩子，我才不费这口舌呢，年纪大了，看不得娃娃吃苦。”

说着，他转身向着大院内走去，两辆马车在院子内停了下来，李火旺等人把被子抱进了有些霉味的西厢房。

等打扫完，整理好，日头已经开始偏西了。

等一切都收拾妥当后，村长再次走了进来，面带笑容地说道：“那个，后生仔，晚饭要在这儿吃吗？要的话，我让娃他娘多做点。”

“吃饭？”李火旺心中一紧，别人的饭可不是那么随便好吃的。

李火旺想了一想后，点头说道：“那劳烦老丈了。”

看到老人背着手离开，李火旺对着小满使了一个眼色：“你去厨房帮帮主家的忙。”

“嗯。”小满点了点头，走了出去。

村长家里人也多，有六个儿子，两个女儿，再加上孙辈，吃饭的时候几十号人，十分热闹。

这也是他敢收留李火旺等人的原因，在村子里，只要是儿子多，谁都不敢惹。

别看住的是三进门的宅子，可吴家吃的饭是不顶饿的双蒸饭，菜也都是自家田里种的青菜，显得十分节俭。

而且等李火旺一群人出来的时候，他们已经开始吃了，一点都没有主人等客人的意思，不少盘子都见底了。

“饭在那儿，自己盛啊，乡下人吃饭没那么多规矩。”

李火旺不在意地摇了摇头：“不碍事，不碍事。”

他带着人向着墙角的蒸笼走去，心中却开始默念起数字。

恰好在他心中数到十的时候，身后碗碎声稀里哗啦地响起。

当他转过身来时，就看到包括村长在内的几十号人全都趴在了地上，昏睡了过去。

“呵呵，那卖货郎的蒙汗药还真不错，果然一分钱一分货。”

不管这些人是不是被那叫腊月十八的东西控制打算给自己下套，李火旺压根就不打算分辨，反正先下手为强，怎么都错不了。

随着李火旺一挥手，其他人迅速向着主家住的东厢房冲去，开始翻找线索。

“先找字，然后再找别的不寻常的东西，越古怪的越要注意，比如相牌、神位之类的，我倒要看看他们到底在搞什么花样！”李火旺对着其他人说道。

东找找西翻翻，整个三进门的院子被李火旺等人翻了个底朝天，可是依然一无所获，并没有什么异常。

“怎么会没有呢？”李火旺站在大堂内，眉头紧锁着思考这些问题。

忙活了一天，除了村子外面的林子有点异常外，什么都没有发现。

“难道腊月十八在刚刚的林子里？不对，我刚刚看过了，这个村子是被竹林所包围的。如果腊月十八躲在哪儿，那肯定是在这里。”

“翻到了他们家的银子，算吗？”这时，狗娃用手捧着一些碎银子说道。

看着李火旺那射过来的眼神，狗娃无奈地叹了口气，垂头丧气地捧着银子走了回去。

看了看外面昏暗的天色，李火旺再次开口吩咐道："去把火镰拿来，把火点起来。"

"李师兄，不是不让点火吗？"白灵淼疑惑地问道。

听到这句话，李火旺双眼微眯，右手在腰间那一排工具上摸了摸。

"我就是想看看，点了之后，又能怎么样。"

如果说这个村子还有别的疑点的话，那就是这山羊胡子村长口中的规矩了。

"呼——"之前被翻找出来的蜡烛、灯笼被迅速点燃了，整个吴家大院被照得灯火通明。

李火旺坐在满是人的大厅内安静地等待着，天色也越来越黑。

今天没有月亮，天黑得像被一块大黑布罩住一样。

然而也就这样了，天黑归天黑，可还是什么事情都没有发生。

"哈——"狗娃打了一个哈欠，背靠着柱子开始打盹。

其他人也仿佛被他传染了，纷纷打着哈欠。

看着地上被迷晕的吴家人，李火旺心中泛起一丝疑惑："我难道真的走错地方了？"

就在他这么想的时候，一丝俏皮的嬉笑声在院子墙头处响了起来："嘻嘻，你坏了规矩啦。"

那声音很细，有点像女人的声音，但又不完全像。

听到这声音的瞬间，李火旺莫名地想起当初喊出喜神的小脚女人，她也是这种声音。

当李火旺带着其他人满脸戒备地从屋内走到院子时，就看到在房子的左侧墙壁上探出一个小脑袋。

一个看起来只有五六岁的黄毛小丫头此刻挂在高高的墙头上，笑嘻嘻地往里面看。她头上用红绳扎起来的羊角辫又翘又高。

"红色！"当李火旺看到她头上红绳的时候，心顿时猛地跳了一下。

"这孩子难道就是腊月十八？"

看着那丫头还在那儿呵呵地笑着，李火旺思索片刻后缓缓开口问道："我坏了规矩，你也没比我好到哪儿去吧，晚上不是不准出门吗？你为什么还在外面？"

"我是小孩啊，你们大人不能出来，我们小孩当然可以出来玩了。"面对李火旺等人，那小孩并没有表现出任何敌意。

她把脑袋向旁边挪了挪，接着笑嘻嘻地继续说道：“你要是能给我糖吃，那我就不告诉别人。”

而看到这小孩的脑袋挪动位置，其他人顿时瞪大了眼睛，吴家大院的墙高得很，至少有两丈。

而这女娃居然如此轻松地在墙头移动，也就是说她并不是踩着梯子，而是就这么站在那里的！

李火旺看着那小小的脑袋，还有那脑袋下面灰扑扑的一堵高墙。

他怎么都无法想象出，一个有着寻常小脑袋的孩子，身高六米是个怎样的身体构造，竹节虫？

“嘻嘻，你到底给不给我糖啊？你要是不给，我可要喊人了。”墙头上的小女孩还在说着。

“给，当然给，别急啊，糖我现在没拿，总要先去拿不是。”

李火旺顺着她的话往下说，紧接着侧着身子对着身旁的狗娃低声嘱咐着什么。

听到李火旺的话，狗娃脸上顿时露出深深的恐惧，但当李火旺把铜铃塞进他怀里后，狗娃最终还是点了点头，转身向着屋内走去。

“好了，他去拿糖了，先等一会儿吧，闲得无聊，我们聊会儿天吧？”

“好啊，好啊，我喜欢聊天。”那个女孩显得非常天真。

面对这个敌我不明的东西，李火旺语气非常缓和。

“你是哪家的孩子啊？怎么之前在村头没见过你啊？”

“我也不知道我是谁家的孩子，他们都说我是灶爷的孩子，可我明明跟那贴在墙上的灶爷一点都不像。”女孩回答着。

“哦？你跟灶爷不像吗？我看你倒是挺像灶爷的，都这么爱吃糖。我还记得以前祭灶神的时候，我爷爷都要往他画像的嘴上抹糕点。”

李火旺说话间，右手悄无声息地搭在身后的红色竹筒上。

那个女孩头顶的羊角辫随着她的摇头不断地来回摆动：“你这人净瞎说，灶爷明明长了四对眼睛，有五只手，而且他还没长脚，你看我哪点像它了？”

听着对方毫无心机地说出这些话来，场上所有的人都感到后背发凉，这可跟他们心中的灶爷完全不是一回事。

“小丫头，你瞎编的吧？灶爷怎么可能长五只手，而且他没长脚，怎么走路啊？”

听到李火旺刻意的质疑，那个女童顿时急了。

“我怎么是瞎编的，我亲眼看见的，再说了，谁说没有腿就不能走路？”

她话音刚落，墙的另一边传来狗娃吓得几乎快哭出来的声音。

“李师兄！这个魍魅根本没有身子！她就只剩一个脑袋！”

嗖的一声，那个女孩的脑袋瞬间缩到墙下去了，紧接着传来了狗娃的惨叫声。

“你摇铃啊！”李火旺咬着牙，迅速冲向吴家大院的门口。

当他们来到墙的另一侧时，就看到瑟瑟发抖的狗娃正在哭号着跪在地上不断磕头，裤子都已经湿透了。

李火旺左右看了看四周黑漆漆的巷子，来到狗娃身边，一把将他揪了起来，夺回了自己的铃铛。

“别磕头了！快说！刚刚那个脑袋跑去哪儿了！”

看到狗娃颤颤巍巍地用手指向东面，李火旺把他一推，一只手提剑一只手举着灯笼就追了过去。

四周的一切在漆黑的环境中，都仿佛变成了怪物，在黑暗与灯光之间张牙舞爪。

可一路狂奔了许久，李火旺并没有追上那个女孩的脑袋，反而来到了一个陌生的环境中，看起来似乎已经到了村尾，远处就是竹林。

没有发现任何问题的李火旺暗暗地骂了一句，转身就向着提着灯笼赶来的其他人会合。

不管那个女孩是什么，但是基本上可以肯定，她哪怕不是腊月十八，也跟腊月十八有着密切关系，自己没找错，腊月十八就在这里。

当李火旺走到那些灯笼面前时，顿时愣住了。那些人都是自己的同伴，可是他们都站在原地，提着灯笼直直地站在那里，齐刷刷地背对着自己。

“你们在干什么呢？”李火旺警惕地后退半步，握紧了手中的铜铃。

他这话刚问出口，所有人同时转过身来，他们的脸变了！所有人的脸全部变成了那个女孩的脸！

这些一模一样的女孩的脸同时笑了：“嘻嘻，你又坏了规矩啦，你不给我糖，我要告诉其他人去，他们会来找你的。”

“丁零零——”刺耳的铃声响起的瞬间，那些人影仿佛被光明照到的黑暗，迅速消失。

而刺耳的铃声在黑暗中无疑是非常吸引人的。没过多久，李火旺就看到其他师兄妹纷纷围了上来，不过这次他们没有再换上女孩的脸。

谨慎地跟他们核对了一番只有清风门弟子才知道的信息后，李火旺这才松了一口气，确认这些人都是真的。

“李师兄，怎么了，刚刚发生了什么事情？”

“没什么，障眼法罢了。”李火旺摇了摇头，环视了一圈四周的黑暗，确认没有任何异常后，带着其他人原路返回。

然而就在他们刚离开不久，一双血红色的眼睛在黑暗中睁开了。

…………

回去的路上，四周安静得吓人，除了脚步声外，就没有别的声音。

在这种地方走路，每个人的心都是悬着的。

然而没走多久，脚步声忽然停了，李火旺等人目不转睛地盯着四周的黑暗，以及黑暗中忽然冒出来的绿油油的眼睛。

那不是一双，而是一群，黑暗中的东西也不做什么，就是用那些绿色的或大或小的眼睛就这么死死地盯着他们，

在李火旺等人看来，黑暗中仿佛滋生出一种浑身长满了眼睛的怪物。

被对方三番五次戏耍，烦躁的李火旺露出不耐烦的表情。随着他右手向后猛地一扯，那红色的竹简在他面前迅速展开。

李火旺举起右手食指，靠近那锋利的竹简边缘。

随着李火旺用力，他的手指开始流血，鲜血旋转着涌入四周黑暗中去。

没过一会儿，伴随着一声凄惨的叫声，黑暗中那些绿油油的眼睛开始减少一双。

李火旺觉得这还不够，当三根手指都开始流血后，黑暗中所有的眼睛统统消失了，空气中弥漫着腥臭的味道。

当他们举着灯笼走过去，灯光让里面的惨状呈现在他们的面前。

到这时候，李火旺等人才反应过来，那些眼睛并不是什么邪祟，而是林子里的动物，猹猁、刺猬、狐狸，什么都有，只不过它们现在都死了。

“李师兄，咱们是不是又坏了规矩了？他们不是说，不让我们惹这些畜生吗？”小满的话让在场所有人感到浑身一冷。

然而李火旺不这么想，他右脚一抬，狠狠地踩了下去。

“坏个屁规矩！都是在故弄玄虚，这魑魅要是正面斗得过我们，还要费这功夫？在这种事情上，别被别人带着走，回院子！”

又走了半炷香的工夫，他们重新看到了吴家大院的灯光。

“李火旺！”一声仿佛从极远地方传来的呼喊声让他们都停了下来。

“谁！”李火旺转过身来，向着黑暗中看去，然而依然什么都没有发现。

“你就接着糊弄吧，总有一天你会糊弄不下去的！腊月十八，我告诉你！你这双眼睛我要定了！”

撂下这句狠话后，他带着其他人回到灯火通明的吴家大院。

地上趴着的山羊胡村长被绑在了柱子上，桌子上一碗凉菜汤被端起，对着他的脸就泼了上去。

“咳咳——”吴青迷迷糊糊地睁开眼睛，顿时就看到满脸戾气的李火旺，他被吓得一哆嗦，“原来你们是响马啊！”

“啪”，一巴掌甩了过去，吴青的半张脸肉眼可见地肿了起来，他顿时被打蒙了。

“说！腊月十八在哪儿？你们跟它到底有什么关系？”

“你们在说什么啊？我……我可告诉你们，这可是吴家村，全村都姓吴！你们真要动手，可要好好掂量掂量！”

看到吴青还装作一无所知的样子，李火旺咧开了嘴，露出森森的白牙。

“老丈，我这可是先礼后兵，腊月十八关系到我能不能活，要是你还嘴硬护着它，可别怪我出手重了。”

说着，他举起右手，在自己衣服下摆展开的工具上拍了拍。

“这些东西我可不只打算专门给自己用的。关键时刻，这些东西同样是钥匙，能打开所有人心房的钥匙！”

听到这番话，面带担忧的白灵淼刚要上前一步，却被小满一把拉住，她轻轻地摇了摇头。

“你们……你们到底要什么啊？什么腊月十八啊？现在离腊月还远着呢。后生，你就饶了我吧，就当可怜可怜我这个老人家了。”吴青吓得脸都白了。

看到对方还嘴硬，李火旺右手一钩，一把刃身布满了倒钩的小长锥出现在他手中。

吴青明显慌了，他慌张地大喊着，拼命地挣扎着，可就是不说出任何关于腊月十八的信息。

眼看着那刃口已经刺破了衣服，一只大手从身后按在了李火旺的手腕上："行了，看来他是真的什么都不知道。"

"不试试怎么知道？这种人明显不对劲，刚一进村就说什么规矩不规矩的，他肯定跟腊月十八有关系！"

"冷静，你过去可不是这样的人，你这样只会变得越来越像丹阳子。"

听到这番话，李火旺顿时心里咯噔了一下。他迅速把手中的长锥收了回去，扭头说道："多谢提醒，要不是你一说，我差点没反应过来。"

紧接着他就看到，眼前的狗娃露出熟悉的浅笑。

"师兄弟一场，说这些客套话做什么。现在该想想，没有别的线索，接下来该怎么办了。"

李火旺眉头紧锁地看着眼前差点晕过去的老头，暗暗思索着这个问题。

虽然说刚刚出手重可能是因为受到了丹阳子的影响，但他同样也知道，这跟时间越来越紧迫脱不开关系。

找不到腊月十八就解决不了附在自己身上的丹阳子，只能眼睁睁地看着自己变得越来越像丹阳子，自己真的等不了了。

"要不我们等天亮了，去问问其他村民吧？兴许其他人知道呢。"狗娃提醒道。

"行吧，今天晚上经历了这么多事，大伙儿都累了，如今也只能这样了，等天亮了，我去说吧。"

听到李火旺这么说，狗娃便不再多言，转身向着西厢房走去。

当天亮后醒来，他发现其他人已经出了卧房。

等他出去后惊讶地发现，师兄妹居然跟没事人一样，跟着吴家人一同喝粥，明明自己之前曾那样对待吴青。

"快来吃饭吧，我跟吴村长讲清了你的苦衷，吴村长不是一个小气的人。"李火旺对他开口说道。

听到李火旺说这话，半边脸还肿着的吴青冷哼了一声，端着碗挪了一下凳子，背对着这位从西厢房走出来的青年。

"呵，那倒显得我小气了，李师兄，你说服他怕是花了不少银子吧？"

他说完就径直走到大堂里来，从碗中拿起一个米黄色的窝窝头就啃了起来。

"哎！你这后生，你是怎么说话的！有娘生没娘养是不是？"

有了李火旺撑腰的吴青，明显跟昨天晚上被绑着的时候气势不一样了。

听到这老头居然还敢诋毁自己的母亲，他心中按捺不住的火瞬间爆了。

锵的一声，削铁如泥的长剑被拔了出来，直指着吴青那山羊胡子："有种你再说一遍！"

"干什么干什么！"吴青的六个儿子和八个孙子，把碗一放就撸起袖子，气势汹汹地围了上来。

"他大爷的，老子怕你们？谁敢上前试试看！老子手里人命几百条，不差再添上一些，有种你们再上前一步！"

看着眼前这些人不善的眼神，他本能地感到极度的烦躁，心跳不由得加快了速度。

"给我把剑放下，去门外站着！"一声呵斥打破了这焦灼的气氛。

看到一旁的李火旺表情都板了起来，他知道师兄是真生气了，鄙夷地瞪了四周的吴家人一眼，收剑转身向着门口走去。

身后李师兄的声音还不断传入他的耳朵："老丈，年轻人嘴上都没毛，都喜欢吹牛放狠话，其实都是假的，这小子一个人都没杀过。"

"哼，这小娃娃外强中干，我会看不出来？哎呀，这种小后生，还以为自己多能耐呢，就是黄毛小子一个，老汉我吃的盐比他吃的饭还多。"

他听到这话，气愤地就要转身。自己小怎么了，小就不是男人了？这老头就知道倚老卖老。

可当他感觉到李火旺寒冷的目光射到自己身上后，心里咯噔一下，连忙跑出了门外。

第八章　大千录

清晨，村道间泛起一层薄薄的白雾，空气十分清爽。他双手伸直，用力伸了一个懒腰，紧接着撸起自己身上带着补丁的袖口，就蹲在地上看蚂蚁。

“哎，那个莲生，你蹲着干吗？”

他站了起来，理了理身上玄色的素袍，彬彬有礼地双手对着面前的白发少女颔首行礼：“我看这里有堆蚂蚁，正在借此格物修行。”

“呵呵，你这莲生，真有意思，跟个小孩似的，看蚂蚁搬家还愣说是修行。”

看着少女轻微抖动的白色睫毛，莲生顿时有些失神，仿佛想起了什么。

但是回过神来的他，马上低头开始念起静心口诀，视线再也不敢与眼前这位轻易动摇了自己相心的少女对视。

“你好好修你的行吧，再见了。”

目送着那少女进入吴家大院，他发现院子里还有不少没见过的生面孔。

“吴村长宅子里来客人了吗？怎么前些日子都没听说过呢？”

莲生站在原地看着这些模样奇怪的外乡客，忽然用手一拍脑门：“我这是怎么了？怎么也跟村头的那些长舌妇一样，打听起别人的家事来了？修行者不恋凡事，我还是去念我的口诀吧。”莲生迅速转身，心里快速默背着重复过千百次的口诀向着自己的居所走去。

走着走着，他看到地上有一摊粪便，还没等他靠近，一个背着竹篓子的小孩冲了过来，捡起牛粪就向着身后的竹篓扔去：“这是我家牛拉的粪！是我的！”

他听到后顿时急了：“什么叫你家的牛拉的粪！我还说是我家的牛拉的呢！不行！这牛粪必须给我！”

那小孩双手扒在脸上，对着他做了一个鬼脸：“羞、羞、羞——你年纪这么大的一个老翁，还跟小孩抢牛粪。”

他的脸顿时一红，举起拐杖就要给这个不尊老的小子一个教训。

看到对方做着鬼脸迅速跑开了，他顿时哑然失笑。

“自己都这么大了，怎么还跟个小孩子生气。”

拄着拐，他慢悠悠地来到生活了一辈子的小院里，在摇椅上缓缓坐了下来，安静地看着院子里的落叶，回忆着自己这平凡的一生。

这时，门口传来老邻居调侃的声音：“老骨头啊——你今年可八十四了，老话说得好，七十三八十四，阎王不叫自己去啊，你啥时候去啊？哈哈——”

“嘿！这老东西，就知道咒我，看我不骂回去。”

就在他刚要从摇椅上站起来的时候，他心中忽然有了一种感觉，自己的时候到了。过去常听老人们说，死之前有预兆，没想到还真有。

他感觉四周的一切都在越来越小，自己似乎正在往上升，身体轻飘飘的，舒服极了。

“原来……这就是死的感觉啊？”

可下一刻，四周骤变，开始扭曲起来，就连他那满脸皱纹的脸也迅速扭曲起来。

时而变成十几岁的少年，时而又变成一个脸上有伤痕的莲生，并且还努力向一个老妇人转变。

可迅速变换了几次后，最终他的脸定格为一位少年。

看着面前熟悉又陌生的白色墙壁，一时间他愣住了，三个终极问题在他脑海中冒了出来。

“我是谁？这是哪儿？我要干什么？”

恰好，旁边有两个穿着病号服的人从一旁窗边走过，一边走着还在一边聊天。

“我跟你们不一样，我是大脑病变，不是疯子。病变是指大脑中枢或者周围神经组织发生病变而已，大脑病变和疯子有着本质区别，只不过被污名化了！你看，像小李那样的才是真正的疯子，天天胡言乱语自残。”

“你就少说两句吧，这小子也是可怜人，年纪轻轻就摊上这种大病。”

“李火旺这小子难道还会跳起来骂我？嘿，真要那样倒好了，我宁愿挨两句骂。”

“李火旺？”在这一刻，李火旺把一切都记起来了。把刚刚发生的事情都在脑中迅速过了一遍后，他马上明白过来了一切。

李火旺脸上的迷茫迅速被狰狞取代，他怒吼一声：“我根本不是什么修行者，也不是什么老翁！我是李火旺！腊月十八偷走了我的名字！！”

坐在病床上的李火旺回想着刚刚发生的一切。

他怎么也没想到，腊月十八这个魑魅比他以往遇见的任何魑魅都要古怪，居然可以从根本上改变认知，悄无声息地替换掉一个人的身份，并且把其他人的各种身份转移到那个人身上。

之前自己的身份变成老翁的时候，估计如果当时自己真的认为自己死了，恐怕就真的死了吧。

在那种情况下死去，怕是连丹阳子都无法触发。

不过它怎么也想不到李火旺是个精神病患者，想改变一个疯子的认知不是那么容易的。

之前一直在刻意躲避的幻觉，如今却成了解除对方控制的关键。

腊月十八再厉害，也只能修改一种认知，可李火旺作为心素，罕见地有两种不同的认知。

看着外面正在晒太阳的病友，李火旺并没有马上动手，而是开始在心中默默地盘算起来。

“我不能就这样干等着，说不定等幻觉退去后，腊月十八会再次修改我的认知，我必须通过在幻觉中行动来影响另一边。”

好在李火旺手中并不是没有别的牌，经过之前的两次事情，他已经明白了幻觉里发生的同样也会在现实中发生，同样，他也对腊月十八有了一定的了解。

李火旺把刚刚自己走过的路牢牢记在心中，他现在需要回去，回到吴家大院，提醒其他人，那个李火旺是个冒牌货！

从头到尾，腊月十八都只敢来阴的，连头都不敢露一下，那也就是说，它正面对抗的能力肯定不行。

只要它的这些把戏没用，怕是连之前的小脚女人都不如，“游老爷”都能轻松解决了它。

想好了对策后，李火旺刚准备坐起来，却发现自己两只手都被绑在床上。

但是这捆不住李火旺，对于幻觉中的一切，他早已十分熟悉。李火旺扭头对着床头的麦克风，装作往常的样子喊道：“今天是哪位美女姐姐值班啊？麻烦帮我松下绑呗，我尿急啊。”

不久，就有个胖护士激动地冲了进来，给李火旺解开绑带。

“我的乖乖！小李你终于清醒了?！这次怎么这么久啊，真的吓死我了，我还以为你再也醒不过来了呢！”

“你等一会儿，我马上就去通知杨娜过来，你的小女朋友要是知道你恢复了，肯定乐得蹦起来，你是不知道这段时间她哭了多少次。”

护士的话没有在李火旺冷静的心中掀起一丝波澜。不管这里多么美好，假的就是假的。

静心宫主总是说心素的心中充满迷惘，但李火旺不这么认为。他已经认清了一切，绝对不会把这里虚假的一切当作现实。

趁着护士转身冲出去通知医生的工夫，李火旺迅速翻身下床，按照心中的路线开始逃跑。

对于这家医院，李火旺已经非常熟悉，想离开简直易如反掌。

面对院子里响起的保安哨声，他充耳不闻，埋头就往马路冲去。

“幻觉，这些都是幻觉！”

李火旺现在没时间理会这些幻觉，白灵淼他们现在还在腊月十八的控制当中呢，随时可能有危险。

来到了马路上，李火旺身上的蓝白条纹病服明显引起了其他人的注意，不少人甚至举起了手机。

“哎，这人怎么回事啊？怎么赤着脚就出来了？不冷吗？”

“你看他衣服上有医院的名字呢，天哪，是从医院跑出来的！要报警吗？”

“真的假的？不会是网红吧？那帮家伙为了火，什么事情都干得出来。”

“假的，都是假的，我已经被你们骗过一次了，绝对不会再被骗第二次了！”咬得牙龈出血的李火旺在心中斩钉截铁地呐喊着。

不断在道路上七拐八拐，李火旺来到了记忆中的吴家大院，而在这幻觉中，他此刻却站在大马路正中央。

虽然四周汽车不断穿梭，可是李火旺丝毫不感到害怕，因为他知道，这些都是假的，都是幻觉，汽车根本撞不到自己。

李火旺对着面前川流不息的汽车大声喊道：“白灵淼！快拿起我的铃铛摇铃，把‘游老爷’摇出来！你们旁边的李火旺是个假货！让‘游老爷’攻击他！”

“嘟嘟！嘟嘟！”因为李火旺的“功劳”，马路上不出意外地堵车了。

所有汽车此刻都响了，然而李火旺笑了，很明显白灵淼照做了，这些喇叭声都是铃声经过幻觉扭曲之后的结果。

这时，一辆红色跑车的车主从车窗里探出脑袋来，嚣张地喊道：“臭疯子，找死是吧！快滚！当心老子废了你！”

正在亢奋状态的李火旺迅速转过头，直勾勾地盯着那辆大红色跑车，他感觉到了一道目光从那辆跑车上射到了自己身上。

他走了过去，咧开嘴再次露出白森森的牙齿，低头对着那辆红色跑车说道：“呵呵，原来你在幻觉中是实体的啊，腊月十八！我找到你了！”

在吴家村一直没有现身的腊月十八，居然以这种形式出现在了李火旺的面前，这不得不说是意外之喜。

李火旺继续对着看不见的师兄弟妹们大喊：“所有人都看我这里，不管我面前的是什么，赶紧全力攻击它！这东西就是腊月十八！”

而这时，跑车车主也注意到了李火旺左侧胸口的“安定疗养院”红色字样。

他顿时被吓了一跳，再也没有刚刚的嚣张气焰，慌慌张张地钻进车内迅速关上了窗户，哆哆嗦嗦地拿起自己的手机。

“喂！110吗？你们快来啊！大转盘这里有个病人跑出来了！对，超市旁边的大转盘，赶紧的！”

李火旺刚要抬脚向着红色跑车的引擎盖踹去的时候，却又忽然停了下来。

被所有人注视的他忽然扭头向着远处的一辆红色电瓶车看去，跑车上的视线已经转移到那上面去了。

不好！腊月十八知道自己被发现了，准备逃跑了！

“想跑？没那么容易！所有人赶紧跟上！那魑魅肯定受伤了！它在变小！”李火旺抬脚就向着那红色电瓶车追去。

走在大马路中央，李火旺咬着牙奋力追赶着四周的红色。

在自己的追赶下，他感觉到远处的腊月十八还在不断变换位置，时而变成了别人的红帽子，时而又变成了路边的店牌。

但是无论如何变换，李火旺依然紧紧地追在后面，好不容易找到机会，他不会这么轻易放弃的。能否拿到腊月十八的眼睛，可关系到自己能否摆脱丹阳子。

此刻，他也发现腊月十八有一个奇怪的地方，它好像是一种没有眼皮的东西，连不注视自己都办不到，任何东西只要在它的视线范围内，都会被动地被它注视。

“这东西可真怪，在真实那边，它究竟长什么样？”奔跑中的李火旺心中暗道。

在如此的追赶下，李火旺终于有了成果，他距离腊月十八越来越近了，五米，三米，一米！

狂奔的李火旺忽然举起右手，双脚刚一蹬地面，就准备向着那团红色抓去。

可是眼看着就要抓住的时候，一只手从后面伸过来，拉住了他的手腕。

“李……李火旺？你是李火旺同学吧？”

李火旺恶狠狠地瞪了过去，发现坏自己好事的是一个五十来岁的秃顶中年人。

那人扶了扶自己脸上的方眼镜，看着眼前的少年继续说道：“忘记了？我是你学校的老师啊，你的鞋呢？”

李火旺看着那熟悉的面孔，有些失神，下意识地开口道：“童老师？”

“我记得你妈妈给你办的停学理由是疾病原因吧，怎么穿着病服就跑出来了？没事吧？”

童老师有些担忧地说着，伸出手来，把李火旺压在衣服里面的衣领子拉了出来。

看着眼前这位在学校里帮助了自己很多的老师，李火旺眼中流露出一丝挣扎。

可是他很快冷静下来，一把甩开了童老师的手，向着远处的红色拼命追赶。

“幻觉！这都是幻觉！你们休想骗我！这都是假的！”

…………

看着李火旺远去的背影，童老师脸上露出一丝担忧，随即他从口袋里掏出手机。

“喂？是李火旺的妈妈吗？我是他的老师啊，哎对对，您好，您好，我看到您儿子在莲花路这边，脚上还没穿鞋呢。”

“绝对没有认错，就是他，我教书这么多年了，我的学生我绝对不会认错的，嗯嗯。”

双眼布满血丝的李火旺，在街道上疯狂地左看右看，寻找着腊月十八的踪影，他手中握着一块捡来的碎玻璃。

“该死的！去哪儿了呢？”

远处的警笛声没有影响他分毫，因为他知道那都是假的。

疯狂寻找之下，李火旺忽然在一处画着卡通小鹿图案的建筑面前停住了，园子里有一些小孩正在跟着音乐做早操。

当瞧见那些衣服中的一丝红色时，李火旺脸上露出无比狰狞的笑容：“哈哈！找到你了！”

那玩具一样的铁栅栏根本拦不住李火旺，他三两下就翻了进去，身形利落地躲避着试图阻挡他的女老师。一时间尖叫声、哭喊声响起。

然而李火旺并没有理会其他人，而是如同老鹰抓小鸡般，把其中一个女孩提了起来，紧接着恶狠狠地盯着她头发上别着的一对红色樱桃发卡。

那女孩明显被吓坏了，眼角含着泪，嘴里哆哆嗦嗦地说不出话来。

“还在给我装？你骗不了我！”李火旺怒吼着。

就在这时，警笛声迅速靠近，轮胎摩擦地面的刹车声瞬间响了起来：“住手！警察，举起手来！”

李火旺下意识地扭头看去，就看到两辆警车前面，几位警察正蹲在那里举着手枪，隔着围栏对准自己。

李火旺看了看手中的腊月十八，又看了看他们，脸上露出一丝冷笑：“想拿这套来骗我？假的！都是假的！”

李火旺手里的小姑娘被吓哭了，哭声很大。

就在李火旺打算彻底解决腊月十八的时候，一道人影忽然从围观的人群中钻了出来，双手张开，毅然决然地挡在那些手枪前面。

“别开枪！都别开枪！那是我儿子！他……他从小就很乖，他是因为得病才变成这个样子，让我来跟他说好不好？他听我的话，他肯定会听我的话的，他是个孝顺的好孩子。”

听到那熟悉的声音，李火旺再次愣住，他看到那头发泛白的人缓缓转过身来，居然是他的母亲孙晓琴，然而现在的她看起来非常憔悴，比之前老了好几岁。

看着铁栅栏后面的儿子，孙晓琴很想要努力挤出一个笑脸来，但最终还是失败了。

滚烫的热泪在她眼眶里滚动了几下后，顺着眼角流了下来：“乖儿子啊，听妈的话，把那个小妹妹放下来好吗？我们回家吧，你想玩多少天游戏都行，妈绝对不拦着你。”

表情纠结的李火旺站在原地无所适从，一会儿看看眼前无比真实的母亲，一会儿又看看手中的“腊月十八”。

孙晓琴颤抖地缓缓走了过去，而李火旺则下意识地缓缓后退，他的表情开始变得十分痛苦。

“不，不对，这都是假的，这全是假的！都是腊月十八编出来的！你们都别想骗我！我不能让幻觉再次控制我！”

李火旺努力想要说服自己，然而他手中握住的尖锐玻璃始终没有刺下。

此刻他呼吸越发急促，瞳孔时而放大时而缩小。

当孙晓琴来到栅栏边，她的身体几乎贴着栅栏，向着李火旺缓缓地滑跪下来。

“儿子，妈跪着求你了好不好，为了你我已经把咱们家的房子都卖了，咱们家里真的没钱赔了。”

这平静的一句话，彻底让李火旺崩溃了，他表情极度扭曲地搂着那小姑娘，双膝跪在了地上，两行泪水流了下来。

“妈！！！”

此刻，额头青筋暴起的李火旺嘴巴大张着，无声地干号着，口水从嘴角跟着泪水一起滴落在印有卡通图案的地板上。

他看着面前的母亲，深深地吸了一口气后，对着自己心中最深处的依靠，把自己内心的一切挣扎和迷惘彻底呐喊了出来。

“妈！我分不清！我是真的分不清啊！”

“我真的分不清……我真的分不清……我真的分不清。”

李火旺跪在幼儿园的院子里，用力地抱着那个小女孩，双眼带着极度迷茫地喃喃自语。

这里到底是现实还是幻觉，到底是真还是假？李火旺一时间有些分辨不出来了。

当初静心宫主说任何心素心中都充满着迷惘时，李火旺曾经反驳过。

可是当他看到孙晓琴隔着栅栏向自己跪下时，他才明白静心宫主话中的真正含义。

心素就是心素，无论他们选择哪一边当成现实，他们始终都被迷惘包裹。

这是心素的宿命，谁也逃不掉的。

就在这时，一只小手拽着一张小手帕从李火旺的怀里伸了出来，轻轻地擦了擦他脸上的泪水。

李火旺颤抖地低头看去，就看到那个小女孩可爱的小脸蛋，她此时正在无比专注地给自己擦着眼泪。

“叔叔，不哭。”

看着她那张可爱的脸，李火旺一瞬间反应过来，这个小女孩很有可能是活人。

一想到自己刚刚只差那么一点就要对这么善良的小女孩下手，李火旺心中忽然涌出满满的后怕。

“万一她是腊月十八假扮的呢？”

这个念头刚从脑海中冒出来，李火旺顿时对自己产生了极度的厌恶。

“闭嘴！闭嘴！！你有没有想过这孩子可能不是虚幻的，是真实存在的！你的命真的比她重要吗？她至少是个正常人！你呢？李火旺！你就是一个疯子！没用的疯子！！”

李火旺手中握着的玻璃嘎吱作响，哪怕被那玻璃边缘已经扎得血肉模糊都死不松手。

他的怒吼声吓了周围的人一大跳，纷纷后退了几步。

李火旺脑中此时仿佛有两个小人在打架，幻觉和真实折磨得他内心极度痛苦，这一切都压得他喘不过气来。

李火旺甚至一度想到了死亡，自己只要死了，就再也不用受这种折磨了。

自己这种疯子根本没有活着的必要，自己只要死了，对谁都有好处，母亲也没了负担，丹阳子也不可能借助自己的身体复活。

…………

“都把枪收起来吧。小伙子，我能跟你聊几句吗？”幼儿园外面响起了别的声音。

说话的人是个拿着喇叭的大腹便便的便衣中年人，李火旺不知道他的身份，但是看到那些警察真的把手枪垂了下来，他猜测这人身份不低。

就在李火旺的视线挪过去的时候，左手拿着喇叭的中年人缓缓地抬起右手：“那个啊，小伙子，你看，俗话说得好——”

就在他这话说到半截的时候，那中年人高举的右手食指莫名其妙地轻轻一弯。

“嗖！”一颗高速旋转的狙击子弹从远处一扇虚掩的窗户内射出枪膛，径直向着李火旺的脑干位置飞了过来。

就在这一瞬间，一种极其特殊的感觉笼罩了李火旺全身，他忽然紧绷，下意识地侧了头。

砰的一声，李火旺的身体猛地颤抖了一下，脑袋重重地仰起后，倒在了地上。

“儿子！”孙晓琴凄惨的声音传出去极远。

后脑勺狠狠撞击地面，让李火旺整个脑袋都开始嗡嗡作响，眼前一片金星。

“我要死了吗？如果我已经死了，为什么我还能思考？”

也就在这一瞬间，四周明亮的一切都迅速暗淡下来，周围的建筑和人群，一切的一切都变成了模样怪异的竹子。

此刻，李火旺感觉到脸上火辣辣地疼，似乎是挂彩了。

但是李火旺已经没时间留意这些了，因为他感觉到那熟悉的声音，腊月十八还在，它此刻就在竹林里注视着自己。

他环视了一圈，发现四周都是竹子，自己被竹子包围了，下半身陷入一摊泥泞的腐烂竹叶中。

“李火旺！李火旺！！”竹林内时不时传来各种人的喊叫声，有白灵淼的，有丹阳子的，甚至有李志的。

李火旺一直以为在这边，其他师兄弟妹们跟着自己的指令，攻击腊月十八。

然而现在看来，根本不是这么回事，情况恰恰相反，自己不知道什么原因落单了。

这时林中传来一道熟悉的声音：“老骨头，俗话说得好，七十三八十四，阎王不叫自己去啊，你今年都八十四了，怎么还不去啊？”

这种老邻居的声音不断地在竹林中回荡，并且越来越强，开始逐渐占据李火旺的脑海，企图把他的认知再次转变成那个濒死的老翁。而且竹林内开始传来窸窸窣窣的声音，李火旺看到了那天晚上的小丫头，还看到了她口中说的“灶爷”。

腊月十八并不是孤军奋战，它甚至有帮手。

此时的李火旺还没有从刚刚发生的一切中恢复过来，他的心如同被绞碎般

疼痛，面对眼前的危机，他脸上却笑了。

“你知道吗？看起来你已经赢了，可是你千不该万不该趁刚才把我杀了，你知道吗，我现在的心真的好痛啊！”

李火旺表情扭曲地弓着背，颤抖的手紧紧握住自己的心口，咬牙切齿地大声喊道：“痛得我甚至想死！”

说完，李火旺一拉身后的红色竹筒，当竹筒展开的瞬间，李火旺感到自己心中的痛苦达到了极点，并且与这竹筒产生了共鸣，刚刚因为回归而逐渐减弱的内心痛苦开始慢慢加剧。

紧接着，红色的竹简发生了奇妙的变化，它开始生根了，那些根须从下方的竹叶中钻出来，把一切都染成了血红色。

渐渐地，李火旺的情绪逐渐崩溃，他心中的痛苦已经恢复到了刚才的顶峰。

然而这还不够，生根了就必须发芽，内心的痛苦已经足够了，现在还剩下……

李火旺一边崩溃地号哭着，一边双手向着衣服下摆处的工具摸去。

腊月十八，它们显然想要阻止，然而现在已经晚了。

“痛。”内心如同刀割般疼痛，腹部的那巨大伤口更是让李火旺疼得浑身颤抖。

然而，无论是内心的痛苦还是肉体的痛苦几乎都达到了顶峰的李火旺，脸上却在笑。

他笑着看着那些从竹林中跑出来的东西，其中有一个人他认识，那是他自己的模样，只是那一个李火旺长着一双血红色的大眼睛。

“咔咔！”随着李火旺把牙齿咬得嘎吱作响，他感觉自己的五脏六腑都在痛。

“啊啊！！！”李火旺举起手中的长锥，猛地插入面前那散发着红光的竹筒。

“锵锵！”顿时火光四溅。

李火旺的五官开始重新混合在一起，但这一次因为强烈的痛苦作为牵引，他的感知变得敏锐了很多，可以更清楚地感知到一些东西。

这次他再次感觉到了空中那极高极深之处的巴虺，看到了他身上散发出来的迷人气息。

不过巴虺还是巴虺，还是没有注意到他自己，但是李火旺通过承受双重极致的痛苦，从巴虺身上得到了自己想要的，那是一种非常奇妙的感觉。

在巴虺的气息下，李火旺身心的痛苦开始逐渐转化成另外一种东西。

下一刻，一种特殊的气息从李火旺身上弥漫开来，这是让李火旺感到陌生的力量。

仿佛有着某种强大的气压，李火旺附近的一切都伴随着嘎吱声，纷纷弯曲着向另外一边倒去。

李火旺举起右手的双锥，轻轻一划。

空间仿佛被撕裂般，竹子、竹叶以及里面的一切生物都被斩成了两半。

其中那被毁坏了一半的女娃手里爬出一些手指大小的小人，它们也长着跟那女娃一模一样的脸。

这些东西刚准备逃跑，可没跑几步，就纷纷倒地死了。

虽然腊月十八并没有在其中，但此时五官完全混合在一起的李火旺清晰感知到了它们的位置。

它们正在向东逃，它们害怕了，五个小人都害怕了。李火旺甚至可以感受到它们心中最深处的想法。

听着那双红眼睛发出的声音，李火旺笑了，他重新举起手中的长锥。

刹那间，以李火旺为中心的一切，同时都分享到了李火旺此刻的感受，哪怕是竹子和地上的石子都同样如此。

它们因为痛楚而发出叫喊声。

这些东西中自然也包括远处的腊月十八。

其实腊月十八本没有痛觉器官的存在，但现在的它同样被李火旺赋予了感知疼痛的能力。

这一刻，它唯一感到的就是深深的后悔，自己为什么要得罪这个人？

但是仅仅这一瞬间，它就被痛楚感淹没，以最快的速度倒下了。

当一切都尘埃落定，摇晃的李火旺身体缓缓地也倒了下去。

此刻浑身上下哪儿都疼，李火旺却笑了，他不知道为什么这么做，可是他就是笑了。

“这么重的伤，我应该会死吧？哈哈！”

他感觉到自己快要死了，可是他一点也没有动手挽救自己的意思。

“死了好！死了就再也不痛了！我真的好累啊……可是为什么偏偏是我！其实……我不想死……我想跟别人一样感受到……”

陷入濒死的李火旺脑袋昏昏沉沉，想什么事情都慢上一拍。

混合在一起的五官开始散开，仿佛就要重新归位。

就在这归位的一瞬间，李火旺仿佛感觉到那空中的巴虺看了自己一眼。

下一秒，李火旺眼前一黑，什么都不知道了。

不知道过了多久，李火旺昏昏沉沉中听到了鼓声，也听到了脚步声，甚至听到了护士掰安瓿瓶的声音，这些声音让他感到不胜其烦。

“好吵啊！安静点！”

李火旺猛地睁开了眼睛，他看着面前放着的带瓶的推车发愣。

看了好一会儿后，李火旺才反应过来，自己并没有死，而是正处于幻觉当中。

看着四周嘀嘀作响的机器设备，李火旺明白过来，这里是重症监护室。

自己没死，高兴吗？李火旺并没有感到多高兴，反而感到一丝遗憾。

“我为什么还没死呢？”李火旺思索着这个问题。

“医生，12号床的病人醒了！”一声呼喊响起。

没有理会护士惊喜的声音，李火旺默默地想着自己在现实那边的情况。

听到房门打开，李火旺缓缓地闭上了眼睛，彻底封闭了对外界的感知，安静地等待着这次的幻觉过去。

忽然，李火旺听到了一个熟悉的声音，那是自己在疗养院的主治医生李相国的声音。

“小李啊，我知道你醒着，睁开眼睛看看吧，我们聊聊怎么样？”

李火旺不为所动。他现在不想跟这里有任何接触。

“杨娜有新男朋友了。”

李火旺猛地睁开眼睛，却看到眼前抱胸的医生脸上露出得意的笑容。

他刚要握拳把那张笑脸打得稀巴烂，却发现自己的右手被手铐铐在病床上。

“别那么激动，杨娜没有什么新男朋友。你看看，一遇到重要的事情，你还是有反应的啊。为什么要那么抵触呢？”

一身白大褂的医生拿着个凳子在李火旺床头边坐了下来：“让我猜猜看，你又再次把那边当成真的了？”

随着李火旺呼吸开始急促，一旁的机器开始报警了，可最终他什么都没说，重新闭上了眼睛。

“小李啊，我们这次不说那些客套话了，既然你认为那边是真的，那不如我们聊聊那边的事情吧？你扪心自问一下，那边的世界跟我们这边的世界，哪边的世界不合理？”

李火旺看着面前的主治医生，思考着他刚刚的提问。

“哪边的世界不合理？”

他那被手铐铐住的右手指向了医院的地板：“这边的世界不合理，这边是假的！”

李医生听到李火旺居然说这话，脸上却并没有表现出意外，而是用食指推了推自己的眼镜，继续开口问道：“那好，你为什么会觉得这个世界不合理呢？这总要有一个理由吧？”

李火旺并没有马上回答，而是无神地看着头顶白色的天花板。

“之前，有枪射向我的脑袋吧？那为什么我还没死？难道我金刚不坏？这难道还不能证明这个世界都是假的吗？”

李火旺忽然觉得自己跟幻觉里的人讨论这个问题，简直没有任何意义。

“小李啊，这只是你的运气好罢了，那是别人脱靶了，毕竟谁规定了所有人开枪都要百发百中呢？”

“哼，运气好，这么不合理的事情，你信吗？”李火旺冷笑。

“有人被雷劈，也有人中彩票，有人走好运就有人走厄运，你为什么会认为现实世界是公平合理的？”

“这个世界从来就不是合理的，可是为什么别人碰到了这些不合理的事情，却不会像你一样怀疑这个世界就是幻觉呢？因为你跟他们不一样。”

说到这儿，医生从自己的白大褂口袋中掏出手机，对着李火旺播放起视频来。

“你为什么这么断然地认为那边就一定不是幻觉呢？其实真要说起来，你在那边遇到的事情应该更加不合理吧？”

“丹阳子死了！丹阳子死了！你们自由了！都出来吧！”手机屏幕里，浑身被束缚衣捆住的李火旺，大声对着空荡荡的房间喊着。

见李火旺已经被吸引了目光，医生再次用手指在屏幕上一划，一段新的视频又开始播放，里面的内容依然是穿着束缚衣的李火旺。

“假的！都是假的！那些雕像全都是假的，这些都是障眼法，他们骗不了我！！”

“不如，你跟我师父聊聊？”

“呵呵……没听懂吗？我是说让你跟我师父亲自谈谈。”

一段段视频，里面都是过去李火旺曾经说过的话。

当最后一段视频播出后，李火旺的瞳孔微微一缩，他看到穿着病服的自己表情狂乱，手中拿着一把扳手，一边疯狂地大喊，一边向着热闹的商场冲去。

这段视频后面还有一大截进度条，但是李医生并没有播放出来，他把手机重新揣进兜里。

“看看，跟你在那边遇到的这么多事情相比，你没有被一枪爆头完全不值一提吧？”

李火旺的心再次有些乱了，他的呼吸急促起来，然而他并不想解释什么，重新闭上眼睛。

“假的……都是假的……”

“那好，既然你认为这边是假的，面对你母亲的哀求，你为什么要犹豫？既然都是假的，拿着手中的玻璃刺下去多好！”

李医生的语气开始逐渐加重了。

“既然都是假的，你为什么要在意杨娜有没有新男朋友？”

他用手指一下一下地戳着李火旺的胸口。

“你这样一直疯下去，她还能坚持多久？哪怕她不变心，你真的忍心看着她这样默默地守下去吗？你能给她幸福吗？你这样配当她男朋友吗？”

李火旺猛地睁开眼睛，死死地瞪向眼前的医生。

“她们是假的！可是我对她们的情感是真的！哪怕我知道她们都是幻觉，可是我就是做不到抛弃她们的情感！”

“你以为我不想回去找她们吗？因为我回不去了！我被困在那边实在太久太久了……”

“你说这个世界是真的，那好，我问你，为什么疗养院里会有洗胃用的机器？”

李医生听到这话，脸上略带无奈地摊手：“这有什么好疑惑的？你们这些患者经常会误吞一些东西，这些东西几乎是所有精神病院的标配，上次要不是有这机器，你吞的那些恶心的东西早就要了你的命了。”

“那我为什么吃了那边的黑太岁可以抑制这边的幻觉？”

“你吃的不是什么黑太岁，你吃的是老鼠，你的病情加重了！”

“偏偏早不加重晚不加重，非得我吃下去后才加重？这么强行解释你是怎么做到的？！”

“小李，你弄错了因果关系，正是因为病情加重了，才会出现那些幻觉，那些幻觉是随着你的病情变化而变化的，正因为如此，那些才是幻觉。”

听到这番话，李火旺表情一狞，直接抛出最关键的证据。

“好！就当你说得对，那你告诉我，为什么我能从那边拿东西到这边来？这个你怎么解释？”

“哦？又有新症状了？你说说怎么个拿法，那东西在哪儿呢？把它给我看看。”

李火旺刚想张嘴把自己如何将玉佩交给杨娜的事情说出来，却又忽然停住了。

“不行，不能把杨娜牵扯进来，哪怕她是幻觉也不行。”

李火旺怕自己面对杨娜后坚持不住，再次把这边当成现实，自己必须尽可能地斩断与幻觉的一切联系。

“你等着，等下次再回来的时候，我给你好好看看那个世界的东西！我要看看那个时候，你还怎么强行解释，你这个该死的幻觉！”

听到面前少年的胡言乱语，李医生有些无奈地轻叹了一口气。

“小李啊，恐怕没有下次了，你已经惹了好几次麻烦了，我们医院也同样有连带责任，吃了很多官司，所以院长亲自下令让你转院了。”

“转院？转去哪儿？”李火旺错愕地问道。

李医生用手拍拍李火旺的肩膀：“既然你都认为这边是幻觉了，你为什么要在意转去哪儿呢？我只能说一句，因为你的事情，你们家现在的经济情况很不乐观。”

“这是我最后一次给你会诊了，我本来还想做最后的努力，看来注定是徒劳无功了。说句实话，当你的主治医生真的挫败感满满啊，呵呵。”

李医生伸手把眼镜摘了下来，仔细地打量眼前的少年，伸出右手摸了摸他的头，脸上的线条都显得柔和了不少。这一刻，他们不再是医生和患者的关系了。

“小李啊，你是个好孩子，哪怕你的病症非常反复无常。我希望你将来在幻觉中遇到什么事情，都别轻易放弃自己，特别是像之前那样伤害自己。”

“你知道吗？你差点就死了，肠子也切掉了一些，需要造瘘洞半年才能恢复。”

“如果说有什么事情比让你疯掉更让你在意的，那就是你的死亡。只要你活着，他们就还有希望，明白吗？”

说完这些心里话后，面带微笑的李医生轻轻揉了揉李火旺的脑袋，戴上眼镜，向着病房门口走去。就在他快走出病房的时候，又忽然停住了。

“对了，小李啊，你刚刚不是说，因为可以把那边世界的东西带到这边来，所以才认为这边的世界是假的吗？那你有没有尝试过把这边的东西带到那边去呢？也许会有不同的收获哦。”

说完这最后一句话后，李医生便离开了。

听到这话的李火旺愣住了，下意识地思考起这句话来。

“如果我真的可以把这边的东西带到那边去，那到底哪边才是真的呢？”

“我要不要试试？万一真的成功了呢？”

“不行，我不能再跟这些幻觉有任何互动！这样只会让我越陷越深！”

“试试而已，你到底怕什么？”

不知不觉中，李火旺再次陷入了迷惘，他脸上的表情极度痛苦。

就在他纠结于这个问题的时候，李火旺感觉到四周洁白的墙壁，还有一旁嘀嘀作响的机器都在迅速褪色，没过多久，明亮的节能灯迅速变成了昏暗的油灯。

当李火旺发现自己躺在老式的木床上，看到头顶布满灰尘的房梁时，马上明白过来，自己又回来了。

愣了一会儿，李火旺拉开自己身上的被子。

“相比从幻觉中带东西出来，现在有另外一个更有力的办法来判断那边是不是幻觉。”

李火旺向自己的肚子看去，紧接着他错愕地发现自己的腹部，居然被干净的白纱布包裹着，用手按了按后，发现居然只有微微的疼痛。

“我都成这样了，居然还能恢复好？”李火旺不由得心中一惊。

当时动手的时候，他是带着必死的决心去施行竹筒上的仪式，可是他居然还活着。

“难道……”李火旺的脑海中不由得回想起刚刚幻觉中那干净整洁的重症监护室，还有那些嘀嘀作响的机器，以及挂着的两瓶药水。

李火旺想逃避，可是他心里明白，自己又开始猜疑起来了，他想抛掉这些猜疑，却始终做不到。

“李师兄！你醒了！”端着碗鸡汤的白灵淼激动地跑了过来。

“我们这是在哪儿啊？”看到白灵淼，李火旺把心中的疑惑迅速收进自己内心最深处。

“吴家村啊。”白灵淼小心地把鸡汤放在桌子上后，又把手伸进被子里，给李火旺检查伤口。

“这伤口怎么好的？我为什么没死？”李火旺直接开口问出自己最关心的问题，刚刚收回去的猜疑不受控制地蠢蠢欲动。

“李师兄，你瞎说什么啊，你怎么会死呢？我们在竹林里找到了你，然后就给你吃了几颗你炼制的药丸，应该是药丸治好了你。”

白灵淼脑袋垂得低低的，几乎快要把脑袋贴在了被子上，丝毫不敢与李火旺对视。

自己炼制的药丸，李火旺自己当然清楚，那些都是些普通药丸，又不是什么灵药仙丹，怎么可能治好那么重的外伤。

“难道你那边的世界就非常合理吗？”刚刚李医生的话，再次在李火旺的脑海中炸响。

一个可怕的念头占据了李火旺的内心。

“难道这边是假的？”

李火旺忽然感到极度的恐慌，他不知道自己在恐慌什么。

下一刻，李火旺双手猛地捧起白灵淼的脸颊，死死地扳到自己眼前，表情逐渐慌张起来。

“这到底是怎么回事！说啊！你到底在隐瞒些什么，还是说，连你也是幻觉？”

两行清泪从白灵淼的脸颊滑落，她被眼前狰狞的李火旺吓坏了。

流泪无言的少女让李火旺心一疼，双臂张开把眼前的白灵淼紧紧抱在怀里，压制着心中的痛苦，低声喃喃自语：“淼淼，你别隐瞒我好吗？这些事情对我真的很重要，求求你告诉我，我的伤到底是怎么好的？”

昏暗的房间内，安静了很久，最终白灵淼幽幽地说道：“李师兄，其实，我……我成为舞者了，我请了黄仙灵来治好你的伤，你葫芦里的阳寿丹被她拿得只剩一颗了。”

李火旺的瞳孔瞬间一缩，各种画面在他脑海中穿梭，当初大病初愈的白灵

淼，还有她刻意拿走的鼓皮，这一切其实早就有了先兆，只是他之前根本不会往这方面想罢了。

白灵淼从李火旺的怀里退了出来，眼中带着胆怯地看着李火旺：“李师兄，我真的不是有意想骗你的，你别怪我好吗？”

李火旺此时却猛地松了一口气，庆幸地大笑了起来：“没事，没事，只要是真的就行，只要是真的就行。”

“什么是真的？”白灵淼显然没有明白过来怎么回事。

“没什么，你把鸡汤端过来吧，我有些饿了。”李火旺开口岔开话题。此刻他的心情轻松了很多，不管李医生怎么说，反正这边才是真的，那么那边肯定是假的。

之前吃了黑太岁后，那边的一切就再也没有出现，这就是最关键的证据，自己已经陷入幻觉当中了，绝对不能再陷入第二次。

端起鲜美的鸡汤，李火旺大口喝着，他的胃告诉他，现在的身体迫切需要养分。

没过一会儿，一碗鸡汤就下肚了，李火旺把碗递给她，让她再盛一碗。

“对了，我刚刚是疯癫的状态，你是怎么把这鸡汤喂给我的？”

这个问题，白灵淼却没有回答，脸蛋一红后，端着碗向外面跑去。

“还能怎么喂，当然是拿嘴喂，我说了只能拿勺子硬灌，白师妹心疼你，不肯。”走进来的小满回答了李火旺的问题。

小满走到李火旺的床边，表情十分复杂地看着他：“李师兄，白师妹她真的为了你付出了一切，你可要好好对她。”

“咳咳——”李火旺显得有些尴尬，他不想跟对方讨论这个问题，“出了那档子事后，吴家村的人还让我们住这里？”

听到这话，小满的脸上露出一丝难色，最终她开口说道：“他们都走了。”

“走了？去哪儿了？”李火旺满脸疑惑。这里不就是他们的村子吗？

“我也不知道，自从四周的林子开始枯萎之后，整个吴家村的人仿佛都变成了另一个人，谁都不认识谁了，就连吴村长的六个儿子都相互不认了，就好像他们过去根本就不姓吴，也根本就不是兄弟一样。”

听了小满的话后，李火旺冷哼一声，已经了解了情况。腊月十八的事情让他马上就猜到了，这些人肯定也跟当时的自己一样，被腊月十八夺走了身份。

整个村子都是腊月十八生搬硬套地拼出来的，整个村子的人都在不自知的情况下，陪着它演了这么长的戏。

既然腊月十八时刻控制着这么多人，它这么做很显然不是为了过家家，而是为了自己的利益，也许这东西是某种拿别人名字和身份当食物的古怪邪祟。

“哪有什么吴家村，根本就是无家村！”李火旺讥讽地说道。

不过一提到腊月十八，李火旺瞬间肌肉一紧，表情紧张地看向眼前的小满：“对了！眼睛呢？腊月十八的那双眼睛呢！”

自己费劲巴拉地跑过来，可不就是为了这东西。

“我们在你身边找到了它，这是你要的东西吗？”

小满仿佛早就知道李火旺会问，扭身掏出一个巴掌大的黑色漆盒来。

盒子被打开，两个台球大小的红色眼睛死死地盯着李火旺，这就是腊月十八的眼睛。

“拿到了，丹阳子可以解决了。”李火旺的心不由得激动起来，自己终于再也不用为变成丹阳子而担惊受怕了。

等把丹阳子解决了，自己就可以安心寻找解决幻觉的办法。

咔嗒一声，漆盒关上了，李火旺把它放在自己的枕头后面。

“其他人没什么事情吧？把我离开后发生的事情仔仔细细地讲述给我听。”

通过小满的讲述，李火旺知晓了自己陷入幻觉之后发生的事情。

腊月十八以为解决掉自己后，立刻开始对其他人下手。

不过就在它快要得逞的时候，一个无脸人冲了进来，打断了它的计谋。

无脸人大喊着，李火旺是假冒的，并且还不断地示意白灵淼等人攻击他。

李火旺当然明白，那是自己，丢失了名字的自己，只不过在他的视角里，那一刻的自己处于大马路的中央，对着一辆红色汽车大吼。

“再之后，李师兄的身体就迅速垮了，只剩下一张皮，而那个无脸男好像可以看到腊月十八一样，向着外面冲去。”

“我们想跟上，可是那些竹子忽然动起来，拦住了我们的去路，所以我们跟丢了那个无脸男。”

当小满解释完一切后，白灵淼从门外端着鸡汤走了进来，这一次油滋滋的鸡汤里多了一些鸡肉。

听到了李火旺醒来的消息，此刻其他人也纷纷跟过来探望。见到自己的师兄醒来，他们脸上满是兴奋，围上来嘘寒问暖。

看着他们一个个都活着，李火旺的心也稍稍安定了，没人死比什么都强。

闲聊了一会儿后，端着碗的李火旺说道：“既然醒来了，那就别等了，我们明天就回去吧。”

不过这个提议马上遭到了所有人的一致反对。

“哎呀，李师兄，你的肠子都出来了，还这么急做什么啊，等伤好了再回去嘛。”

“就是就是，你要找的东西不是都找到了吗？”

“缓几天吧，李师兄，我们不急你急什么。”

李火旺用手轻轻按了按伤口就要坐起来：“没事，我可以坐马……咝。”

腹部的一阵剧痛打断了他的话，白色的纱布下隐隐渗出一些鲜血。

这种疼痛是如此的强烈，几乎快顶得上他上次为了对付邪祟时的痛楚。

狗娃连忙靠过来，跟高智坚一左一右地按着李火旺躺下。

“我的李师兄啊，你可别再折腾了，我们的马车颠得很，你这伤口可经不起颠簸。”

见此情景，李火旺只能作罢。

“行了，你们都回去睡吧，大伙儿趁着这段时间好好歇歇，从清风门出来后就一直在赶路，大伙儿都累了吧。”

又交谈了一阵后，其他人三三两两地离开了，只剩下白灵淼有些坐立不安地站在那里，想走又不想走地纠结着。

当李火旺伸出右手牵住了她时，她心中的纠结消散了，拉过凳子，安静地坐在床边。

闭目养神的李火旺右手轻轻地捏了捏：“黄仙灵就这手艺？治人只治一半吗？”

“这是我跟她商量之后的结果，我只是觉得能自愈的尽量自愈，免得多浪费报酬。”

白灵淼看着握住自己的那只大手，继续说道：“其实她直接把你治好也行，可是那样的话，不但葫芦里的阳寿都要抵债不说，她还要从你脑子里拿走东西。”

“脑子里？不是拿我的寿命换？”有些惊讶的李火旺抬起头来，看向白灵淼。

看到对方摇头后，李火旺这才明白过来，自己被葫芦里的阳寿丹误导了，他们跟“游老爷”还不同，更加贪婪。

“她有说拿走什么东西吗？”李火旺猜不到自己的脑子里有什么东西对他们有价值。

“我问了，她不肯说，仙灵的事情，搬杆子的不能参与，不过我寻思，既然是脑子里的东西，那应该还是比较重要的，所以我就没让。”

“哼，一帮上不了台面的东西。”

接触了这么多邪祟之后，李火旺也猜出来了一些，无论是跟喜神还是莲华门的“祖师像”这些魑魅相比，仙灵的档次都低得多，只能雇用一些可怜人，吃一些别人吃剩下的边角料。

李火旺重新睁开眼睛，看向了白灵淼：“他们有没有威胁你什么？比如说一个月必须找到多少主家？”

“那倒没有，只是他们会时不时地催一下，有点烦人。”

聊到这个话题，李火旺的表情严肃起来：“你记住了，跟他们交涉的时候遇到困难，立马告诉我，让我来跟他们谈。记住了，你顶多是他们的下属，而不是他们的奴隶。”

李火旺不怕他们，真要对上了，现在拥有《大千录》的自己未必就会落败。

既然事情已经发生，无法重来，李火旺绝对不会让白灵淼落到当初李志的下场，因为白灵淼跟李志不一样，她还有自己。

白灵淼听出这话中的关心，顿时心中一暖：“好。”

“如果路上碰巧遇到了，你可以替他们搬搬杆子，但是平时，你没必要专门去找。咱们不缺那五十文钱。”

“嗯。”

就这样，一个人不停地嘱咐，一个人安静地听着。不知不觉中，桌子上油灯里的火苗开始摇摆，变小起来。

“时间不早了，睡吧。”李火旺拉开床上的被子。

白灵淼乖乖地点了点头，轻轻地吹灭油灯，小心翼翼地钻进了温暖的被窝，以免碰到李火旺的伤口。

红中老大，耍得好啊！

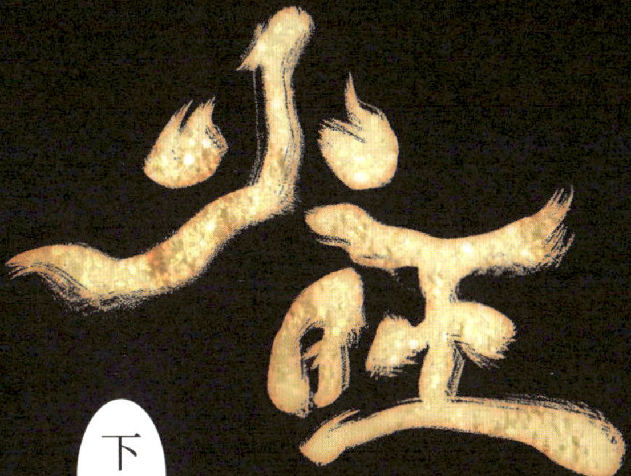

下册

狐尾的笔／著

SPM 南方传媒 | 花城出版社

中国·广州

目录

我没疯！是这个世界疯了！
它疯了啊！

第九章　白灵淼

杨小孩睡眼惺忪地睁开了眼睛，当他看到外面纸窗有些许光亮的时候，便掀开被子开始穿衣。

“嘎吱——”伙房的门被推开，他来到水缸旁看了看里面的水，感觉不够后，拿起扁担挑起两个空木桶就向着门外走去。

“师兄师姐们起来后要洗漱，然后我还要煮粥，这点水可不够。”

作为清风门的小童，虽然杨小孩只有十岁，但做饭、洗衣、缝补衣物，样样精通，甚至连炼药的一些材料的药性都略知一二。

这些都是逼出来的。

在那暗无天日的宗门里，他唯一学会的事情，就是人必须有用，没用的人就是废物。

万一师兄师姐们不愿意带拖油瓶了，那也应该是先踢掉那个还在床上打鼾的。

杨小孩其实有一个谁都不知道的秘密，那就是他报出来的家的位置是假的，他根本没有家。

他现在就希望这趟路可以一直走下去，那样自己就可以一直有饭吃了。

他跟其他人不一样，当初去清风门，别的小孩都是被卖过去或者被偷过去的，而杨小孩是自己乐意去的，只因为那人说了一句，那地方可以吃饱饭。

刚出院门，杨小孩就对着远处那正在练剑的女人行礼：“师姐早。”

而此时的春小满根本没空理他，她全神贯注地看着眼前的剑谱。

对此杨小孩早就见惯不怪了，最近一段时间，这位浑身长满黑毛的师姐除了吃饭睡觉，其他时候都在练剑。

在湿漉漉的晨雾陪伴下，他独自一人在空无一人的小道上走着。

“我能不能让师姐也教我练剑？我要是学会了，哪怕以后回去接着当叫花子，别人也不敢欺负我了。”

“可是师姐她乐意吗？小满师姐平时性子冷淡得很。”

想着想着，杨小孩来到了村头的池塘，开始打起水来。

忽然，远处的朦胧晨雾中涌出一大团黑影，把他吓了一跳。

不过很快他就不害怕了，因为那些黑影是人，一群衣衫褴褛、满脸污垢的叫花子，过去的他也是其中的一员。

看他们流着鼻涕瑟瑟发抖的样子，很显然他们昨天晚上睡觉的时候，没有生火。

那些叫花子也被吓了一跳。

再次确定那是活人之后，那群叫花子推出一个小叫花子来。

这只有一只耳朵的小叫花子很木讷地、磨磨蹭蹭地在那里犹豫。

眼看着杨小孩都要打完水走了，一个老叫花子走过来，一把把那小叫花子推了一个狗啃泥，紧接着尽量弓下身子，带着讨好的笑容对着杨小孩问道：“小娃娃，问个事啊，这是吴家村吗？”

“这里没有你们要找的人，这里的人都走掉了，什么都没了。”

杨小孩不说话还好，一说这话，对方显得更加激动，他那通红的酒糟鼻子变得更红了，一根手指对着四周的一切颤颤巍巍地指着：“所以这些屋子还有四周的这些地，都没有主了是吗?!”

杨小孩不想跟这个踢小乞丐的人说话，转身就离开了。

回到伙房把桶里的水倒进缸内，他擦了擦额头上的汗，挑起扁担继续向着门口走去。

这么大的缸，一趟可不够，可能要挑好几趟呢。

等他再次出来后，就看到那些叫花子闯进了四周空无一人的屋子，翻找着什么。

他们肯定找不到什么值钱的东西，值钱的东西早被那些离开的人拿光了，没拿光的也被自己和狗娃师兄收走了。

可这些叫花子不管那么多，哪怕找到一件破衣裳，他们都乐得直跳脚。

等杨小孩出来第三趟的时候，他看到有些叫花子已经打起来了，也不知道在抢些什么。

“你们别住这里，这里邪门，容易出事的！”杨小孩向着这些过去的同行提醒道，可是没有人听他的。

等到第四趟，杨小孩已经累得脸都白了，可是他还是坚持着来到院内，放下扁担。杨小孩喘匀了气，安静地等待着什么。

一直等到里面传来了脚步声，杨小孩连忙重新挑起扁担，往里面赶去。

没走多久，挑着扁担的杨小孩就碰到了其他师兄弟：“吕天师兄早。”

“哎哎，小孩，你又在打水啊，可真懂事啊，这种力气活让傻子做就行了。”狗娃拍了拍他的脑袋，向着外面走去。

“吕天师兄，锅里已经在煮粥了，马上就可以吃早饭了。”他对着狗娃的背影大喊道。

“嗯嗯，我去叫傻子起床。”

当太阳升起，照进了院子，所有人就在大堂内集合了。

早餐很朴素，就是白粥，配上狗娃从村子里的地窖里翻出来的咸菜，还有他们自带的干粮锅盔。不过也有荤菜，一个小碗里放着两个鸡蛋。

此刻他们都没有动筷子，都在安静地等待着什么。

这时，看到门口练剑的小满也刚好赶了进来，狗娃调侃道：“师妹，你这冬练三九夏练三伏的，练得怎么样啊？练会了教教师哥呗。”

“还行，至少比自己瞎比画强，镖行的师父说了，这种东西没别的诀窍，就是要靠练。我削了两把竹剑，吃完饭，你陪我练练。”

狗娃的脸瞬间变成苦瓜脸。

小满转身把剑挂在墙上后，也在桌子边坐了下来，跟他们一样一同等待着。

听到脚步声响起，闻着空气中弥漫的血腥味，杨小孩下意识地紧张起来，把头垂得低低的，丝毫不敢向那边看半分。

那是李火旺师兄。

他知道李师兄不会害自己，甚至自己也是他捡来的，可是他就是怕，特别是看到了这一路上发生的事情后。

被白灵淼搀扶着的李火旺在八仙桌的上座坐了下来，开始喝粥。他动嘴后，其他人这才开始动。

连李火旺自己都没有发现，这个规矩是什么时候开始的。

吃着吃着，院子外传来咽口水的声音，几个叫花子站在那里望眼欲穿地探头探脑。

“怎么还有乞丐啊？吴家村不是没人吗？”

听到李火旺的询问，杨小孩站起来，紧张地把他知道的一切都说了一遍。

“呵呵，这帮人还真是消息灵通啊，知道这里空出来了，不过腊月十八的砧板也敢抢着住，真不怕不吉利啊。我吃饱了，你们慢吃。”

杨小孩看到李师兄走后，这才松了一口气，坐姿也稍微随意了一些。

一众人一边吃着一边闲聊，待在一起也没什么可聊的，聊着聊着话题又转移到了门外探头探脑的乞丐身上。

“我记得咱们这一路上也没见过这么多乞丐，这些人到底是哪儿来的？”

听到宝禄师兄这么一说，杨小孩立马拿起一块锅盔泡在稀粥里，端着碗就向着外面走去：“我帮你们去问问。”

狗娃看着他的背影对其他人说道：“这小孩可真懂事啊，要不是他要回家，我都想收下来当儿子。”

“你那是当儿子吗？你这是带回去当下人伺候你吧？”

被别人揭穿了，狗娃也不在意，打个哈哈就过去了。

见杨小孩出来了，门口的乞丐们望眼欲穿地举着手中的破碗，一些人甚至开始唱起了《莲花落》。

杨小孩没理会他们，反而端着碗走到之前那个摔倒的小乞丐身边。

他缩在墙角，看起来很是可怜，跟当初的自己一样。

“问你个事，你要答得上来，这块锅盔就是你的。”

看着杨小孩手中的锅盔，那蓬头垢面的小乞丐激动地连连点头。

“你们是从哪儿来的？”

“东边，我们都是从东边来的！我其实不是叫花子，我是跟我爹我娘逃难来的。路上我被人贩子拐走了，我半路逃出来才变成乞丐的。”

杨小孩从粥里掏出泡软的锅盔，递了过去。

那个小乞丐也不嫌烫，双手抓住就死命往嘴里塞。

“为什么要逃难啊？你家那边遭了灾吗？”

咂咂嘴吸了一口锅盔上沾的粥，把嘴里的东西咽下去后，小乞丐点了点头接着说道：“嗯，遭了灾，其实如果是旱灾水灾，我爹肯定不会扔掉田跑的，可是这次是兵灾。你看这些人都是遭了兵灾才过来的，这次的兵灾可大了，那些当兵的冲进村子里见到什么东西都抢，听说有好几个村子没了。”

就在杨小孩想接着问的时候，一道影子从后面笼罩了他，那是高智坚，结结巴巴地开口说道：“这……这……这不是兵……兵……兵灾，这是……这是……溃军！”

“高师兄，这么说，是打仗了吗？”杨小孩仰头看着那宽宽的下巴。

见杨小孩并没有像别人一样轻视自己的结巴，高智坚的眼中露出一丝喜悦。

比杨小孩的脑袋还大的厚茧巴掌，盖在他脑袋上轻轻摸了摸：“对……对……对……对……对的。”

杨小孩扭头向着被高智坚吓到的小乞丐，接着问道：“真的打仗了？怎么没听说过啊，你说你家来自东边，那你知道是哪里打仗了吗？”

“不知道，我就记得我家在东边。”

见小乞丐显然对这方面没有什么认识，杨小孩就把目光投向了其他年纪大点的乞丐。

“我说你们一大一小在外面跟乞丐聊什么聊得那么起劲啊？赶紧回来吃饭，一会儿还要等你们洗碗的。”

听到这话，杨小孩马上警觉起来：“我洗碗！我来洗碗！”说着他转身就往里走。

看着离去的杨小孩脚上的干净布鞋，再低头看看自己那冻得发紫的双脚，小乞丐眼中带着浓浓的羡慕：“真想被他们买走啊……”

“吕天师兄，那些乞丐是因为东边打仗才过来的。”

“打就打呗，碍着我们什么事了，宝禄也就是随口一问，你别当得了圣旨似的，他又不是皇帝老子。”

…………

而此时，房间里的李火旺，逐渐陷入了昏迷。

再睁眼，他躺在洁白的病床上，表情看起来十分犹豫挣扎。

看看四周的环境，看起来，他在幻觉中已经从重症监护室转到普通病房了。

此刻，他手中拿着一块圆形玉佩，这是他身上的东西，被一根绳子穿起来戴在脖子上。

李火旺记得自己当初把这东西交给了杨娜，可现在它莫名其妙地出现在自己的脖子上。

对于这东西是怎么回来的，李火旺已经不再纠结，他现在在考虑其他的问题，那就是之前李医生说过的话。

“对了，小李啊，你刚刚不是说，因为可以把那边世界的东西带到这边来，所以才认为这边的世界是假的吗？那你有没有尝试过把这边的东西送到那边去呢？也许会有不同的收获哦。”

举起这圆形玉佩看了又看，李火旺最终下定决心，单手一捏，把它塞进自己怀里，用病服盖住。

“试试看吧，试试又不吃亏，万一成功了呢？”李火旺心中暗道。

可下一个问题出现在李火旺的脑海中，让他愣住了。

“如果成功了呢？那这代表什么意思？代表白灵淼那边是假的？又或者说两边都是真的？”

李火旺不知道，但是不管怎么样，他还是决定先尝试之后再根据最终结果想办法。

时间一分一秒地过去了，李火旺安静地等待着结果的降临，这种感觉并不好受，他有了度日如年的感觉。

在等待护士换了一批药后，李火旺终于感觉到四周的幻觉开始崩溃。

当重新回到古香古色的房间内后，李火旺第一时间摸向了自己的胸口，当他把那块玉佩拿出来后，脸上顿时一僵。

顾不上穿衣服，李火旺下床迅速翻找一番后，看着手中一模一样的两块圆形玉佩，表情愣住了。

“两块？怎么能是两块？为什么会是两块？”

此刻李火旺的脑子很乱，他之前想过可能会把那边的东西带过来，可是他真的没想到会有现在这样的结果。

“火旺。”一道轻柔的女声忽然在门外响起，那是杨娜的声音。

李火旺看向门外，脸上满是震惊，杨娜怎么可能过来？她不是幻觉那边的人吗?

“李师兄。”这一次是白灵淼的声音，嘎吱一声，门被人从外面推开了。

看着门外走进来的拼接出来的“东西”，李火旺的脸上露出极度的惊恐。

“不，不！不要！！”满脸冷汗的李火旺猛地从床上坐了起来。

看着四周的古代家具，他这才反应过来。日有所思，夜有所梦，自己刚刚经历的一切都是在做梦。

他刚准备躺下，脑子里不知道从哪里冒出来一个念头：“真的是梦吗？”

脑子里冒出的这个念头让李火旺忽然浑身战栗。

他仔细摸遍了全身，发现身上并没有多出一块玉佩，这才彻底松了口气。

“没错，刚刚只是做梦，刚刚只是在做梦。”李火旺心有余悸地不断喃喃自语。

“怎么了？”白灵淼点燃了油灯，睡眼蒙眬地问道。

“没什么，什么事情都没有，你睡吧。”

见李火旺没有回答，白灵淼也没多说，又闭上眼睛。

满头白发的脑袋轻靠在他肩膀上，用纤细的手掌一下一下地轻抚着他不断起伏的胸口。

李火旺用手按住自己的胸口，眼睛直直地看着头顶上的房梁：“淼淼啊。”

“嗯？”半睡半醒的白灵淼下意识地回应道。

“想知道我的过去吗？想知道我为什么会得癔症吗？”

白灵淼的睡意一下子被驱散了不少，惊讶地睁开眼睛，侧头看向身边的男人，这是李师兄第一次跟她聊起他的过去。

朝夕相处之下，她其实早就能察觉到李师兄跟其他人不一样。

不是因为国家的不同而产生的区别，而是一种非常特殊的格格不入的感觉，不止她一人，其他人也这么想，只是没有说出来罢了。

“其实吧，我不是这里的人。”

“我知道啊，你不是四齐的人。”

李火旺会心一笑，摇了摇头：“我是说我不是这个世界的人，我是另外一个世界的人……”

在摇曳的油灯陪伴下，李火旺缓缓地向白灵淼说明了自己的来历，以及自己的烦恼。

随着不断地倾诉，李火旺感觉到心里也好受了一些，就仿佛压在自己身上的千斤重担有人分担一般。

一直讲到纸窗外蒙蒙亮，李火旺才停了下来，屋子内一时间十分安静：“你就没有什么想问的？”

“有。”白灵淼的手从李火旺的手里抽出来，反握住了他受伤的手。

她的手指尖有些颤抖地在那些血痂上轻轻抚过：“那红色的竹简是怎么回事？”

岔开话题的李火旺刚要从她手中抽走自己的手，却被她再次捏紧了。紧接着，他就看到白灵淼那有些发红且执拗的双眸出现在自己面前。

“我不在乎你从哪儿来，我也不在乎你是否有癔症，我只想知道你腹部的伤是不是也跟它有关？”

李火旺并没有回答她的问题，只是把她的脑袋按在自己的怀里，一下一下地轻拍着。

“李师兄，那东西太邪门了，把它扔了吧，再这样下去，你真的会被它给害死的。”说完这话后，白灵淼停顿了一下，但最终带着一丝哭腔说道，“你要是死了，那我怎么办啊？”

李火旺轻轻叹了一口气，白灵淼看起来柔柔弱弱的，但这只是她的表面，其实她外柔内刚。

“我再想想，再想想……”

其实李火旺也知道《大千录》是把双刃剑，稍不留神就会把自己伤得遍体鳞伤。

可这东西同样是一件非常有用的工具，有了它，在这个诡异的世界里就有了一定的自保能力。

如果把它扔掉，真要碰上腊月十八之类的邪祟，自己该怎么办？总不能靠丹阳子吧?

他也想加入别的什么门派，通过修炼获得足够强大的实力。可这更是困难重重。

先不说别人收不收，会不会窥窃自己如此稀有的心素，就是别人肯收，李火旺也未必敢练。

清风门、正德楼、安慈宫，自从接触了这些门派后，李火旺已经对其他门派基本不抱有什么希望了，一个比一个邪门。

在没有找到其他替代品之前，《大千录》绝对不能丢，这是自己的立身之本，哪怕每次使用它都要付出极其残酷的代价。

不知过了多久，门外传来了动静，其他师兄妹正在准备早饭。

李火旺刚坐起来，白灵淼就要帮他穿衣服，但他突然愣住了：“等等。”

他动作迟缓地用手按了按自己腹部的纱布，居然发现没那么疼了，拉开一看，发现里面的伤口已经快愈合了。

“愈合得这么快？”这连李火旺自己都感到惊讶。

按照李火旺的猜测，最起码要半个月才能恢复到这种程度，自己的身体似乎在发生着某种变化。

思索了很久后，李火旺把注意力集中在当初巴虺注视自己的最后一眼。

“这应该是好事吧？”

此刻李火旺喜忧参半，对于自己用身心的双重痛苦召唤出来的那东西，他实在理解得太少。

不知道这代表着什么。

“它这是让我更加方便和它做交易吗？”李火旺想了半天，只想到了这个理由。

所谓“虱多不痒，债多不愁”，跟丹阳子还有自己的病情相比，这只能算是小事。

“按照这个趋势，明天我的伤就应该恢复得差不多了，我们今天再在这里休整一天，明天就回去。”李火旺对白灵淼说道。

白灵淼显得有些欲言又止，最终点了点头。

当听到可以回去了，其他人便开始向马车上搬东西，几乎把整个院子都搜刮了个干净，连两只能下蛋的老母鸡也放了上去。

到了吃晚饭的时候，李火旺拆开纱布，发现伤口已经好得差不多了。

“还好，至少付出了那么多，总算有点收获了。”李火旺对于这种莫名其妙得来的能力还算满意，有了这种能力，至少以后自己没那么容易死了。

再次来到大堂，李火旺坐下来开始吃饭了，桌子上都是一些农家小菜，都是从吴家村的田里摘的。

虽然都是素的，可毕竟是用了猪油炒的，味道还是不错的。

李火旺夹起一块萝卜咬了一口，不由得皱起了眉头：“这饭是谁做的？怎么还是这么咸？”

他虽然对口腹之欲要求没那么高，可毕竟也不是牲口。

李火旺很快看到一个脸色惨白的小童站了起来：“李师兄……是我……”

一旁的白灵淼夹过李火旺筷子上的萝卜尝了尝：“李师兄，这萝卜没那么咸啊，刚刚好。”

“没有吗？”李火旺疑惑地又夹起一块咬了一口，发现还是咸得很。

“算了，继续吃吧。”咸就咸点，多下饭。

端着一杯茶，李火旺慢慢地喝着，倒不是因为他喜欢喝茶，而是晚饭吃得太咸了。

他用盖子盖住水面上的茶末，轻轻地吸了一口，浓郁的苦涩充斥着他的口腔。

“早该猜到的，吴村长家肯定没有好茶叶。”李火旺呸了一声，把茶杯放下，转身向着自己的卧室走去。

昨天晚上因为那场噩梦没睡好，今天要尽可能早睡，为明天赶路保存体力。

走在通往卧室的路上，李火旺的脑子也没闲着，想起了昨天晚上的噩梦，那两块玉佩。

“等幻觉再次出现的时候，我要不要试试把某些东西拿过来？”在这个问题上，李火旺并没有犹豫太久。

“试试！但不是拿玉佩，而是拿一些绝对不可能出现在这边的东西，比如吊瓶，比如玻璃水杯。”

“如果我拿不过来，那就证明那边的世界是假的，我就没什么好留恋的。可如果能拿得过来……”

沉思中的李火旺不知不觉地走到了自己的卧室门口。

嘎吱一声，门被推开了，但是里面的一切打乱了他的思绪。

桌子上点着红蜡烛，墙上贴着红色的喜字，还有那红枕头、红被子，一切都是红色的，包括坐在床边的白灵淼脑袋上的红盖头。

看着眼前的一切，李火旺的心跳快了一拍，他在屋内的红色与外面的夜色交接之间停住了，脸上露出些许的挣扎。

李火旺明白自己走进去代表着什么，这不仅仅代表自己有了一个妻子，同样还代表了重重的责任和承诺。

犹豫了片刻，李火旺深吸一口气，抬脚走了进去，反手锁上了门。

紧接着，他来到新娘子面前开口说道：“你确定想清楚了吗？我这个人有什么问题，相信你也能明白，你真的能接受嫁给一个疯子吗？”

“嗯……”一双小手轻轻地握住了李火旺有些厚茧的手掌。

“李师兄，嫁鸡随鸡，嫁狗随狗，不管将来遇到什么，我甘愿跟你过一辈子。”

白灵淼的声音还是那么轻柔，但声音中透着平时难有的坚决。

女方都这么说了，李火旺要是再犹豫就有些不是男人了，他伸手就向着红盖头抓去，却被对方扭捏地躲了过去：“李师兄……那种事情……人家害羞……你能先吹灯吗？”

李火旺转身来到桌边，长袖一甩，红色蜡烛熄灭了。

当天晚上，两人交颈缠绵，紧接着李火旺才明白一个道理，为什么说女人是水做的。

两个时辰后，一片漆黑的婚房内，李火旺重重地倒在床上，大口大口地喘着气。

他用手轻轻地抚摸着趴在自己胸口的少女的秀发，回味着刚刚那种奇妙的感觉。

“相公——”

这一声“相公”叫得李火旺浑身都酥麻起来：“你还是叫我李师兄吧，我听不惯这个。”

“好，听你的。你是当家的，你让我干什么我就干什么。”

白灵淼把耳朵靠在李火旺的胸口，感受着那皮肤下急速跳动的心脏。

李火旺深深地呼了一口气，把怀中的少女搂得更紧一些，在她那插满簪子的秀发间亲了一口。

“等丹阳子的事情解决了，我们就继续回家，回到你家去，我们正式拜堂成亲。”

“那你的癔症怎么办？真的没办法治吗？”

“不知道，我也是听别人说的，安慈宫的宫主在这方面应该没有理由欺骗我。”

李火旺的手伸下去，在她滑腻的皮肤上不断抚摸：“但是没事的，我现在有了你，我已经在这个世界彻底扎根，我绝对不能再让那边轻飘飘的幻觉控制了。”

“嘻……”白灵淼显得非常高兴，四肢牢牢地缠绕着他，脑袋在李火旺的胸口轻蹭着。

不知道为什么，李火旺发现床上的白灵淼跟床下的她，给他的感觉非常不一样。

之前还说害羞，其实一点都不害羞。

“所有的女人都这样吗？”第一次面对这种场景的李火旺显得有些没经验。

感觉到对方又开始乱动起来，李火旺用手按住了她：“等等，刚刚我发现了一些事情。”

“什么事情？我有落红的。”白灵淼有些紧张。

李火旺哑然失笑：“我说的不是这个，我是说我的感觉很不一样。”

“感觉？什么感觉？”

“似乎我所有的感觉都变得敏感很多，所有的一切。”李火旺回味着刚刚那仿佛升天般的感觉，那种感觉太不对劲了。

之前还不明显，李火旺以为自己记错了，可经历过刚刚的事情后，李火旺这才确定自己的身体除了恢复能力提升了，感知方面同样得到了全面提升。

无论是触觉，还是嗅觉，甚至是味觉。

“这同样也是巴虺的能力？”李火旺发现，它给予自己的这两种能力都跟献祭有关。

就在他跟白灵淼述说自己的发现时，他忽然感觉到右手食指钻心般疼痛：“嗞！你咬我做什么？”

“疼吗？比之前还疼吗？”

“当然了！都流血了，能不疼吗？”

“那李师兄，看来你猜对了，它确实可以提升痛觉。”

下一秒，李火旺就感到自己被咬的手指陷入一片柔软之中，白灵淼轻轻地吮吸，让疼痛迅速退去。

“你以前跟我说过‘游老爷’，有听过巴虺的传说吗？”李火旺开口问道。

含住手指的白灵淼摇了摇头。

李火旺睁开眼睛，看着漆黑一片的屋子思索着：“巴虺到底为什么要赋予我这两种能力呢？它到底是什么样的存在呢？”

李火旺不由得开始在脑海中企图拼接出巴虺的样子，可最终还是失败了。凭借着人类的正常感知，根本无法想象它的样子。

“咚咚！”大半夜的，房门忽然被敲响了。

浑身一紧的李火旺连忙翻身，把胸口的白灵淼拉进自己怀里，用被子严严实实地盖住。“谁？没什么要紧的事情明天再说吧。”

“李师兄，是我，能让我进去吗？我不知道怎么回事，躺在柴房了。”

那声音十分轻柔熟悉，李火旺瞬间反应过来，那是白灵淼的声音！

屋子外面的是白灵淼，那我怀里的是谁？！李火旺瞬间感到浑身发冷。

“嘻嘻，相公——”李火旺感觉到怀里的东西一缩，瞬间就从被子下面滑了出去。

李火旺猛地掀开被子，以最快的速度点燃红蜡烛，然而不大的卧房内只剩下他一人了。

“李师兄，怎么了？发生什么事情了吗？”门外的白灵淼还在呼喊。

而此时李火旺的视线已经移到了自己那被吸得发白的手指上。

上面翻出的狰狞伤口，根本就不像人类正常的牙齿能咬出来的，更像是某种锋利的兽齿啃出来的！

第十章

苍蝗塑像

稀里哗啦声不断，其他人不断用筷子把粥扒拉到嘴里。

今天是赶路的日子，得多吃点，要不然没到中午就饿了，肚子可是难受得很。

不过这显然不是李火旺目前考虑的问题，他侧头看了一眼旁边的白灵淼。

少女有些闷闷不乐，因为昨天晚上他没让她进门，而是让她去跟春小满睡了。

趁着这个短暂的时间，他把屋子里所有的红色都清理干净，以免对方发现自己在不知情的情况下莫名其妙地成婚了。

虽然后患解除了，但他现在脑中只有一个问题：“那人是谁？我睡了个什么？”

从自己的手指咬痕可以看出，那绝对不是寻常人。

现在回想起来，李火旺后知后觉地发现了很多疑点。

为什么摘红盖头的时候，非要先灭蜡烛？为什么昨天晚上的“她”跟白灵淼的差别那么大？

还有黑暗中，她脑袋上的簪子，也许那根本就不是簪子，而是她本身脑袋上就自带的。

“她为什么这么干？这么做对她有什么好处？”李火旺百思不得其解。

他昨天晚上几乎没睡，就是在防备她再次出现，她却没有再出现。

对于那个人是谁，当李火旺回想起那红盖头时，其实心中隐隐约约已经有了答案，但是他想确认一下。

李火旺安静地看着，看着白灵淼就着稀粥，吃下了五块锅盔。

过去他一直没留意，对方身体娇小，什么时候胃口变得这么大了？

看到对方吃得差不多了，李火旺用脚尖在她的脚边踢了踢，转身向着卧室走去。

白灵淼擦了擦嘴，把碗放下，跟了上去。

当她走到屋内，就看到李师兄表情十分凝重地站在那里看着自己。

“李师兄，怎么了？有什么事情吗？”她感觉到气氛有些不太对劲，声音小了一些。

“你坐，我有些事情想问问你。”李火旺伸手把她按在凳子上。

斟酌了一下后，李火旺开口了：“我从李志那里知道，搬杆子一般要两个人才行，一个负责请灵，一个负责送灵，既然你能用搬杆子来治疗我，也就是说除了你之外，还有一个二灵对吧？”

同样都是红盖头，李火旺不可能没怀疑到二灵。

“嗯。”白灵淼点了点头。

“那她是活人，是魑魅，还是别的什么东西？”

“是活人。”

“这个李志的媳妇是什么时候爬出来的？她不是跟李志一同埋起来了吗？”

听到这话，白灵淼愣了一下：“李师兄，我的二灵不是李志的媳妇啊。”

“什么？不是？二灵还分不同的种类吗？”对于这个问题，李火旺感到十分意外。

“嗯，她们跟我说，二灵跟仙灵是连着的，别人的二灵不能随便乱用的。”

李火旺回想起当初李志的二灵，除了脸上浓妆艳抹一番，还多了一些可怖的增生物外，那位二灵活脱脱就是一个李志。

“难道……”联想到昨天晚上那熟悉的白灵淼的声音，李火旺忽然发现自己明白了什么。

“是不是把脸上的那些长出来的东西去掉后，你的二灵跟你长得一样？”

听到李火旺的话，白灵淼犹豫了片刻后，最终点了点头：“嗯，她长得跟我一样，其他的二灵跟仙灵长得也一样。”

“那她是怎么出来的？仙灵是怎么把这么一个活生生的大活人变出来的？”李火旺问出了关键问题。

这一次白灵淼没有马上回答，表情显得非常挣扎，她双手不断扭着自己上衣的下摆。

“李师兄，我真的很想告诉你，我真的很想说清楚。可是我真的不知道该怎么说，就是那天晚上，请灵的时候，二灵她就出现在我的梦里了，然后……

然后……”

看到白灵淼急得快要哭了的表情，李火旺也不再逼问，他也明白在这鬼地方，有些事情无法解释得太清楚。

“行了，别想了，你把她叫出来，我有事情要问她。”此刻李火旺的眼中带着满满的不善。

白灵淼小心地看了李火旺一眼后，转身走到门口把门一拉，一个脑袋上顶着红盖头的女人，踩着大红色的绣花鞋就这么站在了那里。

李火旺强行按捺住怒气走了过去，隔着红盖头跟二灵对望着。

他能明显感觉到里面的东西在注视着自己，自己现在对别人的注视感知也变强了不少。

仔细观察着她身上的衣服褶皱，还有她的身形，李火旺再次确定，昨天晚上的人就是她！

“李师兄，她怎么了？到底发生什么事了？”白灵淼满脸担忧地问道。

心中燃烧着怒意的李火旺刚要张嘴，可看着白灵淼的面孔，他硬生生地停了下来。

他真的很想问二灵昨天为什么那么做，可是当着白灵淼的面，他只能憋着。

总不能说，昨天晚上自己跟眼前这个怪东西睡了一觉吧？

“李师兄，到底怎么了？你说话啊，她到底怎么了？”

白灵淼的一再逼问最终让李火旺强忍下心中的怒火，他用手在二灵脸上指了指，露出一个威胁的眼神后，推开另一扇门直接离开了：“算了，我们出发。”

李火旺此时打定了主意，不管这二灵的行为是出于自己的意志还是仙灵的命令，要是还有下次，自己绝对不能轻易放过她！

此刻，白灵淼却一头雾水，她转身看向一旁的二灵，再次询问道：“到底怎么了？”

二灵却如同僵尸般立在那里，一动都不动。

“奇怪，这到底是怎么回事啊？”白灵淼明显被搞糊涂了。

两辆马车从后院里被牵了出来，带着所有人离开了这快要沦为乞丐窝的吴家村，穿过枯萎的竹林，原路返回。

两百多里路，说长不长，说短也不短，紧赶慢赶之下，他们以最快的速度重新来到了恒华山下。

相比之前，此时的山下小镇明显“热闹”了一些，路边多了一些要饭的乞丐。

李火旺打开那漆盒，看了一眼死瞪着的一对血红色的眼球后，抬脚向山上走去。

这次白灵淼却拦住了他：“李师兄，这次我陪你去，我能搬杆子了，我不再是累赘。”

看着眼前的白灵淼，李火旺显得有些犹豫，他不知道该不该带她一同上去。

她的能力，确实可以在某种程度上帮助自己，但是他又不想让她有危险。

这时其他人也开始劝说了。

“对了，李师兄，让我们也跟去吧。”

“遇上点事情我们也能帮忙，你不是说那些安慈宫弟子没什么危险吗？”

“就是，别的咱不说，万一……万一你又犯病了，旁边不是还得有人照看你嘛。”

狗娃的最后一句话让李火旺松了口：“宝禄，你去把马车寄放在客栈后，我们上山。”

黑太岁抑制幻觉的能力正在飞快地消失，他随时有可能陷入幻觉中，现在身边离不了人。

听到这话，其他人脸上顿时露出一丝笑意，他们连忙跟了上来。

上山的土路弯弯曲曲，但是对于李火旺等人来说，早就已经走惯了。

在半山腰歇了一会儿后，他们最终赶在天黑前到达了安慈宫的山门。

从这里往里面看，安慈宫依然跟之前一样破败，地上的石板缝隙间长满了杂草，远处的几座屋顶有洞的大殿依然无人修补。

看着山门两边的女书对联，李火旺的心不由得开始激烈跳动起来。

自己拼死拼活就是为了这一天。

一想到可以摆脱那个阴魂不散的师父，李火旺实在按捺不住心中的激动。

站在原地深呼吸一口气，李火旺转过身来，开始给其他人先交个底。

“安慈宫里面很脏很乱，里面的女弟子也很胖，等进去后别大惊小怪的，明白没有？”

得到所有人的肯定答复后，李火旺单手握着腊月十八的眼睛，深吸一口气向着里面走去。

刚进山门还没进庙，一股腐败的臭味就好似一堵墙般扑面而来。

“这帮女弟子在干什么？比之前还臭了不少。”

眉头紧锁的李火旺不由得用手捂住鼻子，顶着臭味向里面冲。

此刻，其他人开始有些后悔了，这是没危险，可这还不如有危险呢，实在太臭了。

到了安慈宫的第一座大殿，李火旺踏进去的右脚瞬间感到一软，等他迅速抬起脚来，才发现自己踩的是一块松软的桃酥。

“当心点脚下，这里面的人不怎么喜欢打扫卫生的。”

抬头看了一眼没有任何变化的满身灰尘的泥塑，李火旺走过大殿向泥塑的背后绕去。

不出意外地，在雕像的后面躺着一座高耸的小肉山，这胖女弟子把一个大号锅盔套在自己的脑袋上，迷迷糊糊地边吃边睡。

“好家伙，这是……这是个人啊？”跟着李火旺的其他人顿时被这一幕震撼到了。

有了上一次的经历，李火旺也不打算喊醒她了，估计也喊不醒。

一行人穿过一旁的侧门，正式进入了安慈宫内部。

可刚进去没走几步，李火旺他们发现根本没地方下脚，放眼望去，地上、屋顶上全是各种腐烂的食物，他们的右侧甚至堆成了一座发霉的馒头山，苍蝇还有白蛆在上面爬上爬下。

偏偏都到这种地步了，这些吃食里面居然没有半点荤腥，全是素食。

看着这些东西，李火旺马上明白过来，这很显然就是用自己之前送上来的那些金子换来的。

拿到钱后，这些女弟子第一时间买了各种各样的吃的。

“踩过去。”李火旺伸脚踩进了腐烂的食物，好似在沼泽中般，缓缓地前行。

其他人面带难色，爱干净的白灵淼更是如此。

可当她看向远处的背影时，一咬牙抬脚跟了上去。

“这些女弟子干吗买这么多东西放着烂掉？多浪费啊！现在可是灾年，这些吃的可能救活不少人呢！”

作为曾经的乞丐，眼前这一幕让杨小孩实在看不过眼，他罕见地开口说话了。

李火旺瞥了一眼小童："因为她们贪。"

杨小孩抿了抿嘴，什么都没说了。

就这么走了一炷香的时间，李火旺带着其他人来到了之前安慈宫弟子们吃饭的地方，看到了其他的女弟子。

"呕——"一位胖女弟子当着李火旺的面大口大口地呕吐着，把胃里的东西全部反吐了出来。

吐得满头大汗的她，顾不上擦脸上的汗水，继续疯狂大吃起来。

"妙音师妹，别来无恙啊？"李火旺对着那胖女弟子打着招呼。

妙音张嘴，嘴里的食物残渣混合着口水就向着李火旺脸上喷来："是你啊，还要带路吗？这次要涨价，最起码一两黄金。"

"不劳烦了，敢问静心宫主还在原来的屋子吗？"李火旺努力后退着，尽可能地站在对方口水射程之外。

见没金子拿，妙音脸上的极度贪婪迅速变成失望："废话，她胖得连路都走不了，她能去哪儿？"

李火旺点了点头，转身向着之前的路继续前进。

其他人也紧紧地跟着李火旺继续在腐烂食物的沼泽中穿行，可站在最后面的杨小孩走到那个胡吃海喝的女弟子身边的时候，实在有些忍不住了。

"你这样太浪费了！你知道外面还有多少人饿着肚子，甚至饿死的吗？你知道饿肚子有多难受吗？"

妙音回答得理所当然："是啊，所以不能浪费，没看到都烂了吗？再不吃就没机会了。"

说罢她扭过头，张开嘴巴把肚子里刚吞下的东西重新呕了出来，眼中带着贪婪继续狼吞虎咽。

按照原来的路穿过猪棚，李火旺最终来到了静心宫主的屋前，也就在这相对偏僻的地方，地上才没有那么多腐烂的食物。

来到这里，他们感觉好多了，臭味还有，但是他们都逐渐适应了。

李火旺举着萤石刚走进去，就看到静心宫主正在把什么东西往自己肥肉之间的褶皱里面塞。

"啊，是你小子啊？怎么样？找到腊月十八了吗？"

表情凝重的李火旺点了点头，把手中的漆盒打开。

虽然没有眼睛，但静心宫主仿佛能感受到什么，松松垮垮的脸上顿时露出极度贪婪的笑容。

随着静心宫主身上褶皱松垮的肥肉开始向着李火旺的方向挪动，整个房子都仿佛开始颤动起来。

一双指甲缝中满是污垢的手伸到漆盒之中，静心宫主把那双血红色的眼睛掏了出来，轻轻地揉捏着："呵呵，这可真是好东西。"

说完，她一只手拿着一个鸡蛋大小的红色眼球，猛地向着自己那双黑漆漆的眼眶里拍去。

等她再次把手放下来时，那双血红的眼睛有了新主人。

"多谢了，我终于又能看见了。"

一位臃肿、丑陋、无牙的老女人脸上却顶着一双大大的血红色没有眼皮的大眼泡，这让人感觉到头皮发麻的一幕让屋里的其他人感到浑身不自在。

"李师兄，她真的是好人吗？怎么感觉不像啊……"白灵淼缩在李火旺身后悄声问道。

"嘘，别说话了。"对于眼前的静心的举动，李火旺居然出乎意料地并没有感到非常吃惊。

经历了各种事情后，不知不觉中他的承受能力已经提高了很多。

表情十分凝重的李火旺看着眼前这张瘆人的老脸，开口说道："这东西拿到了，什么时候开始驱逐丹阳子？"

"急什么急，年轻人就是毛毛躁躁。"静心说完，李火旺就听到身后有动静，扭头一看，发现是一排东倒西歪、打着饱嗝的胖女弟子。

"她们要干什么？难道想过河拆桥？"李火旺下意识地将手按在了《大千录》上。

然而对方的举动让李火旺马上明白过来，自己会错意了，眼前的这些女弟子居然开始徒手拆墙。

静心宫主身体太大了，门又太小，她想要出来就必须拆墙。

当一整面墙都彻底拆空了之后，一个底部装有很多轮子的木板被女弟子们推了上来，这是静心宫主的行动工具。

在所有人的注视下，静心宫主如同一只巨大的肥虫，一下一下地扭动着，向着那木板车爬去。

静心宫主挪了半天后，有些没好气地对着一旁的李火旺说道："你这人真没眼力见，不是要摆脱你师父吗？怎么没见你着急啊？没看到我走得慢吗？还不过来推！”

在所有人的帮助下，静心宫主终于被推到了车上。轮轴转动的嘎吱声响起，其他胖弟子推着她往前走。

松开肥肉后，李火旺在宫主那自己挠不到的地方，伸手用力挠了挠。

后退几步，看着被一众胖女弟子包围的臃肿的静心宫主，李火旺莫名有种对方此刻是尊神像的感觉。

“神像只是神像，真要成仙没那么容易的，快跟上吧。”

听到这话，李火旺抬脚跟了上去。

女弟子们并没有把静心宫主往山门方向推，而是往李火旺没去过的安慈宫的最深处推去。

“把你的手从《大千录》上放下来，这次就算了，以后这种东西绝对不能带到安慈宫来了，晦气得很。”

虽然静心的语气中满是厌恶，不过此刻的李火旺根本没时间理这些，他现在满脑子都在想着接下来会发生什么事情。

“静心宫主会如何驱除丹阳子？肯定能成功吗？”李火旺心中带着一丝忐忑地开口问道。

“你这时问这话，是不是有点晚了？放心吧，我们安慈宫还是讲信用的，你要是连我们都信不过，那别的地方就更别提了。”

静心宫主的话并没有让李火旺的心安静下来，自从知道丹阳子始终都在缠着自己的那一刻起，他就期待着这一天。

现在压在自己身上的千斤重担终于可以放下了，一时间他想了很多。

“别这么急着乐，你师父这个麻烦没了，可你还是心素，这可是大问题。”

听到这话，李火旺心中一沉：“宫主别说得太绝对，您过去没有找到办法，未必我就找不到。”

静心宫主听到这话却笑了：“你以为就你一个人这么想吗？其他心素都这么想，可他们最终的下场都大同小异。”

眉头紧锁的李火旺刚要张嘴，却又马上停了下来。他深吸一口气，说道：“不管有没有办法，总要试试吧？像令郎那样稀里糊涂地过一辈子，您真觉得好？我是不觉得。”

静心宫主的情绪迅速低落下去，她伸手把儿子从自己的肥肉里掏了出来，轻轻地搂在怀里，怜悯地看着他那张老脸。

“唉——他这样我有什么办法？作为他娘，我能做的只是让他活着。”

李火旺伸手过去，在他那干枯的白发上轻轻地抚摸着，眼中露出跟静心宫主一模一样的慈祥。

其他师兄弟和女弟子，此刻同样向着那四肢枯萎的老头看去。

静心宫主看着老头，缓缓开口：“我还记得他小时候，摇摇晃晃地向我扑来的样子，多好玩啊。”

李火旺点了点头，紧接着脸上又露出一丝痛苦之色：“真的变成这样子，很难说得上对与错。之前在幻觉里时，看着我妈跪在我面前的时候，我心里实在堵得慌。”

李火旺脸上的痛苦神色，仿佛会传染般，同时出现在所有人的脸上。

“唉……”在场所有人同时轻轻地叹了一口气，气氛变得压抑起来。

在这种气氛下，小木车嘎吱嘎吱地继续往前推，没过多久，前方左侧同样推出了一个巨大臃肿的老女人。

静心宫主看着那位女长老，脸上露出一丝嫌弃：“静源师妹，能不能快点，要知道丹阳子时时刻刻都在挑战我的认知呢。”

“着什么急啊，都等了这么久，还差这点工夫？你之前要是找快点，犯得着节约这点时间？”

静源说着，从旁边地上拿起一块发霉的发糕塞进自己嘴里。

静源并不是第一个，很快第二个、第三个臃肿肥大的女长老同样被木板车推着出来了。最终连同静心宫主在内，有六个身形臃肿的女长老被推了出来。

在这些人的带领下，李火旺等人来到了一个低洼处，里面竖立着一尊十几米高，蠕动的黑色巨型神像。

当他们彻底走进后，嗡嗡嗡嗡声响起，原来那蠕动的黑色神像是由一只只绿头苍蝇堆积而成。

“我肚子有点不舒服，要不你们等我一会儿？”李火旺捂着肚子问道。

“别磨蹭了，赶紧的吧，你当我们出来一趟方便吗？”静心从肥肉里掏出一串盘得发亮的筒珠扔了过去。

李火旺顺手接了过去，一边转动筒珠，一边开始低声念诵起生涩难懂的心法来。

“万物皆空，事事空，心法自空……”

从李火旺口中念出的心法逐渐响亮起来，在吟诵声的衬托下，此刻他的脸仿佛笼罩在一片神圣的光芒之中。

刚开始只有他一个人的声音，可是没过多久，这单调的吟诵声开始产生回音，或高或低的唱诵、赞偈声和着李火旺的声音。

这些声音来自周围的女弟子和宫主之口，她们的脸上同时露出和李火旺脸上一模一样的虔诚之色。

四周的大殿和房屋内也同步响起了乐器的声音。

在乐器的配合下，李火旺的吟诵声越来越威严，越来越有神韵。

这种特殊的声音开始改变本不应该由声音所改变的东西，比如四周的一切颜色开始逐渐失真，仿佛盖上了一层厚厚的暗黄色滤镜。

随着时间的推移，吟诵的声音越来越大，白灵淼、狗娃、高智坚，甚至包括静心宫主怀中的孩子都开始跟着唱。

声音越来越响之下，低坑内的那尊苍蝇神像极其震撼地开始动了，它在吟诵声的陪伴下，缓缓地向着李火旺的头顶飘过来，此时此刻，那些苍蝇扇动翅膀的嗡嗡声也开始变得跟吟诵旋律一致了。

当吟诵声到达最高点之时，肉身神像睁开双眼，猛地向下一降。嗡嗡作响的绿头苍蝇瞬间把李火旺彻底罩住。

苍蝇的翅膀开始疯狂抖动起来，抖动声与那四周的吟诵声不断重叠。

这一刻，所有人跟那上百万只苍蝇的精神牢牢地联结在了一起，不分彼此。

人了解了苍蝇的想法，苍蝇也了解了人的想法。

随着静心宫主心中一动，罩在李火旺身上的苍蝇重新凝聚，形成了一尊盘坐在宝座上的黑色仙人，他的声音盖过了李火旺的声音，开始带领其他人接着吟诵。

可是，庄严的场景并没有持续多久，就被一道雷声打破了。所有人齐刷刷地看向天空，天空裂开了。

丹阳子的脸上，三张面孔不停地变换着。他仙气飘飘地踩着白云悬浮在那里，戏谑地盯着下面整个安慈宫。

“呵呵……娃啊……你着相了……”

没有废话，包括静心宫主在内的所有臃肿的弟子，迅速掏出一串纯金打造的筒珠。

她们分别将筒珠一左一右地缠绕在自己双手的虎口，紧接着食指、拇指向

掌心弯曲，手结宫印，身姿威严，猛地向着头顶一送。

“念相！念法！念素！念戒！念施！念天！修六念！法无边！”

嗡嗡声骤然响起，黑色苍蝇冲天而起，如同海浪般包裹着阵阵靡音，飞向空中的丹阳子。

望着眼前的黑色海啸，丹阳子的三张大脸同时露出极其讥讽的笑容。他脚踏白云，身边飘着仙絮，向那些苍蝇反冲而上。

他那蠕动的触手猛地用力一甩，一把由眼球触手还有血肉拼接而成的铜钱剑，就从他的掌心生了出来。

铜钱剑用力一挥，剑光飞溅，任何被溅射到的苍蝇血肉都会迅速扭曲出一张张蠕动着的、微小尖叫的丹阳子脑袋替代苍蝇头，转向四周的同类进行反击。

此刻，在下方双腿盘坐、表情凝重的李火旺却毫不动摇，他口中继续念着心法，声音一次比一次大。

在吟诵声的催化下，整个安慈宫内，所有趴在腐烂食物上蠕动的白色蛆虫都迅速变成苍蝇，它们扇动着那湿漉漉的苍蝇翅膀，向着混乱的空中飞去。

一时间，天空混乱到了极点，激烈交战下，空中甚至开始下起了黑色的死苍蝇雨。

面对眼前越发胶着的战局，静心此刻却显得不慌不忙，既然她同意帮助李火旺，自然是有十足的把握。

李火旺双手缓缓合十，一脸慈悲地低声唱道：“摄受正法，舍三种分，先师聆愿助我心！”

伴随着空灵的乐声响起，一道光刺破裂开的天空，从天而降，将他彻底镀成了无悲无喜的金身仙像。

李火旺的身体被照成金色的瞬间，空中的丹阳子身上也被镀上一层金色，使他移动起来非常缓慢。

趁着这个机会，四周的苍蝇群马上抓住机会，迅速涌了上来，将他整个包裹起来。

“嗡嗡嗡……”苍蝇团不断扩大，最终重新形成了一座巨大的、盘坐宝座上的人形黑雾，慢慢地向着地面落去。

距离地面每近一寸，那苍蝇神像就向内缩一分，空中那破开天空的巨像也减弱一分。

吟诵声、木鱼声、敲钟声，一切声音逐渐变轻。

地面上，两个胖女弟子手中拿着拖把般大小的毛笔，笔头上沾满了香炉里的香灰，盯着苍蝇群，眼带期待地等待着什么。

看到这一幕，吟诵着的静心宫主心中闪过一丝贪婪，按照正常情况，接下来只要收尾了，那这苍蝇里面的东西就归她了。

“这东西也罕见得很啊，也不知道味道怎么样。”

就在她以为一切都在朝好的方向发展时，偏偏意外发生了。

浑身笼罩着金光的李火旺忽然开始咳嗽了起来，并且越咳越厉害。

“怎么回事，我感觉不到他在想什么了！那小子居然断开了我们的清净心！”一位女长老惊呼道。

话音刚落，捂着自己脖子的李火旺将嘴猛地张到了最大，极其恶心的干呕声响起。

紧接着，在场的所有人都看到了匪夷所思的一幕——

红色长袍的道士嘴中，几根蠕动的带着黏稠液体的黑色触手从他喉咙深处钻了出来。

那是黑太岁，但是又不完全是黑太岁，在一根触手的根部，挂着半张脸，那是丹阳子的脸！

“哎呀！那丹阳子没死！原来他一直跟黑太岁混着，躲在李火旺的肚子里呢！我们弄错了！这才是正主！”

这突如其来的变化，让所有人都没有反应过来。

触手瞬间绷直，变得坚硬无比，戳向一个胖女弟子。

女弟子的惨叫声让庄严的吟诵声中多了一些不和谐的声音。

随着吟诵声减弱，那尊苍蝇雕塑不再凝固，开始变得松散。

这还仅仅是一个开始，蠕动粘连着丹阳子器官的黑色触手，不断从李火旺的口中钻出来，疯狂地袭击着其他女弟子。

李火旺被黑色触手倒了过来，远看像只章鱼。

整个场地乱成了一团，一个胖女弟子刚要出手阻止，空中形成实体的苍蝇就坍塌了。

在地上的丹阳子的帮助下，受困的丹阳子摆脱了束缚，双方局面瞬间发生了逆转。

静心她们想要对付丹阳子，却根本做不到，没有了清净心的链接，她们眼中再也没有什么丹阳子，只有一个嘴里有着十几根蠕动触手的赤袍修士。

“要想办法让这小子再加入我们的清净心，否则我们根本影响不到丹阳子。”

“不行了，丹阳子就在他肚子里，时时刻刻都在捣乱。师妹，请仙人帮忙吧，再拖下去宫里要出事了。”

静心看着远处倒吊着的李火旺，心里有些无奈地叹了一口气，都到这一步了，偏偏功亏一篑。

不管在别人眼中是怎么样的，此刻在李火旺眼中，自己什么都没做，是丹阳子正在疯狂地攻击那些胖女弟子。

刚刚静心的话，他也听到了。

“丹阳子没死？他居然没死，一直跟黑太岁生活在我的肚子里？”李火旺瞬间感到浑身发冷。

李火旺过去一直以为丹阳子只是从精神上不断侵蚀自己，结果怎么也没想到，丹阳子连他的肉体层面也没有放过！

看着远处的丹阳子，李火旺眼中露出极度的恨意。

“不行！必须做点什么，我必须做点什么！我绝对不能坐以待毙！必须解决掉他，就在今天！”

李火旺右手伸向腰间的《大千录》，左手打开下摆的刑具包。

他刚要打开《大千录》，一条仙气飘飘的仙绥飞了过来，缠住了他腰间的《大千录》，直接甩飞了出去。

“娃啊，你要助为师成仙，可不能帮外人捣乱啊！”丹阳子左侧那个秃顶的老人幻影忽然开口说道。

“助人成仙可是大功德！将来等你登上了修仙之路，你会明白的！”中间的中年幻影说道。

“你根本无法想象，我在仙界的边缘看到了什么！我要进去，我一定要进去！我就差临门一脚了！帮我！”最后说话的是丹阳子的孩童幻影。

“去你的！我就算死了，也不会再帮你！”李火旺咬着牙把三棱锥拔了出来。

丹阳子狞笑着看着李火旺：“娃啊，斩三虫这种事情，你帮也得帮，不帮也得帮，你可别忘了谁是师父。”

“什么狗屁斩三虫，你以为我还会信你的鬼话吗！想要我的身体就直说！我能骗得了你，不代表你能骗得了我！”

“告诉你一件事！你被丹料里的那些邪祸的血肉，彻底扭曲成了怪物！成仙的功法都是我瞎编出来的！”

听到了这个真相，丹阳子非但没有露出愤怒的表情，混浊的眼睛里反而露出强烈的憧憬。

“不，我现在确实成仙了，虽然只是个半仙，但我确实看到天门了，我还看到了里面跟我一样的神仙，还看到了那些仙女！”

李火旺冷笑：“呵呵，仙界？陪我说了半天话，你不看看你身后是什么？”

丹阳子扭头，他看到了一尊由臃肿肥肉形成的三头六臂的巨大怪物站在他的眼前。

“砰！”臃肿的肥肉压了下来，竟然就这么把丹阳子困在原地。

半个身子埋在肥肉里的丹阳子扭过头来，看向李火旺。

“放心，小问题罢了，只要不让这些女人跟你的心连通，她们就看不到我，就是一群瞎子，再厉害又有什么用。”

“而你嘛，别怪为师说话难听，你要是听话呢，那还是我徒弟；如果不听话，那你就是路边不值一提的野狗！在这些事情上，你什么都做不了。”

听到这话，一股血涌上了李火旺的大脑。

白光一闪，看清李火旺动作的丹阳子表情突变。

“你在干什么？停下！”

他想要动手阻止，却发现自己被那帮女弟子给困住了。

“你不是说我什么都做不了吗？”双眼通红的李火旺对丹阳子大喊着。

“那这样呢！”李火旺强忍着生理反应，把黑太岁从自己的身体里掏出来。

看到这一幕，丹阳子脸上的表情瞬间变得极其难看。

“你这个孽徒，你根本不知道你在做什么！你以为自己能斗得过我？别做梦！你的下场早就已经注定！”

李火旺咬着牙说道：“注定？我就偏不信这个邪！癞子头！这事没完！”

李火旺踉跄地倒在地上。

可看到眼前的丹阳子那邪异的身体也开始变得不稳定起来时，他的脸上露出一丝快意。

只要能弄死丹阳子，自己受多少苦都行！

“白眼狼！要不是老子出手，你还在臆想中沉沦！”

李火旺咬着牙，浑身颤抖。

“我要你出手了？就是因为你，我才会活得这般痛苦！”

“好！好得很！”丹阳子眼中的恶意感染了李火旺。

在这一刻，李火旺心中再也没有别的情感，他现在唯一想做的就是除掉丹阳子！

就在这压抑的气氛到达顶点的时候，大团的苍蝇从天而降，带着腐败跟肮脏彻底包裹住两人。

远处的静心等六位长老，戴着简珠的双手重重地用力合十，跟着那巨大的仙人像重新开始念起经来。

“无苦集灭道，无智亦无得，以无所得……心无挂碍……无有恐……远离颠倒梦想！”

当吟诵声响起后，她们身上的衰老、肮脏和肥胖都在以极快的速度消减。

这些东西相互交织，不断向着空中蔓延。

天空中开始出现异变，在那裂开的天空之处，出现了一只眼睛，一只凝聚了强大灵力的眼睛。

“喝！”一声怒喝传出去数十里地，整个空间为之一振，安慈宫不正常的一切都迅速消散，其中同样包括丹阳子。

迷迷糊糊中，白灵淼清醒了过来，等彻底回过神来后，她发现自己居然趴在一大锅油腻腻的炒饭前，双手抓着炒饭拼命往自己嘴里塞。

“呕！”吐掉口中发腻的炒饭，她慌张地向四周看去。

张望一会儿后，她这才发现自己正坐在安慈宫的伙房内，四周全是吃饭的胖女人，咀嚼吞咽声不断钻入她的耳朵。

扭过头来，重新看向铁锅，她看到这锅饭不是给她一个人的，而是给他们一桌人的。

狗娃、小满、宝禄、杨小孩、高智坚，所有人都在这儿，他们跟那些女弟子一样狼吞虎咽着。

不过很快，他们就清醒了过来，慌张地看着四周的一切。

“这……这是怎么了？我们怎么会在这儿？”其他人显然还没有反应过来。

白灵淼迅速找了一圈，发现其他人都在，唯独少了李火旺。

“这到底怎么回事啊？不是说给师兄驱邪吗？怎么忽然跑这儿来吃饭了？连菜都不放一个，这么腻，怎么吃啊。”

狗娃说完看向其他桌，其他桌上的女弟子根本懒得理他，疯狂地胡吃海塞，不过她们吃的不是炒饭，而是一些发霉的馒头和其他食物。

白灵淼脸上带着一丝焦急，她走到一个胖女弟子的身后询问：“这位师姐，请问可见过我李师兄？”

“李师兄？那心素小子是吧？他在静心宫主那儿，你找他去吧。”

那女弟子头也不回地回答道，一边说着手中还一边抢着，生怕抢慢了，吃少了。

等这帮人再次闯过发霉的吃食沼泽，来到静心宫主屋前的时候，就看到李火旺正站在那里跟一个瞎眼的怪女人说话。

那尼姑怪得很，眼眶中并没有眼睛，双眼整个向里面萎缩着。

她的身形看起来十分消瘦，可偏偏身上的皮却宽得很，下巴上的皮能垂到肚子，肚子上的皮能垂到地上，就像一件宽大的道袍。

听到脚步声，李火旺转过身来，面带微笑地向着他们招手，示意他们过去。

白灵淼心中顿感惊讶，这是她第一次见李师兄笑。

“你们来了？没吓到吧？安慈宫的师父们神通有些收不回，被影响到了很正常。”李火旺对着其他人解释道。

白灵淼刚一靠近，就被那骨瘦如柴的女人的容貌给惊艳到了，对方实在太漂亮了。

哪怕对方模样古怪，哪怕她自己也是女人。

白灵淼拉着李火旺离远一点后，小声地问道：“李师兄，这人是谁啊？”

“她是静心宫主，怎么，不认识了吗？”

李火旺的话音刚落，远处皮肉拖地的瞎眼少女对着其他人点了点头。

“她是静心？是那个连走路都走不了的大胖子？”

所有人都被惊得睁大了眼睛，这反差未免也太大了。

“安慈宫的功法跟别的地方不一样，大家都别问了。不过好在静心宫主付出这么大的代价，也是有效果的，我的麻烦没了，丹阳子不会出来了。”

当听到李火旺的最后一句话，所有人纷纷面带笑意祝贺李火旺。

简单交流几句后，和颜悦色的李火旺举起双手按了按，把其他人询问细节的话语先压了下来。

“我在这边还有点事情要忙，估计还要待上一段时间，你们先走。等忙完了，我会尽快赶过去的。”

“李师兄，什么事情要这么久？不如我们留下帮你们吧？”听到要分开行动，白灵淼第一个表示不同意。

“别瞎闹了，修炼方面的事情你们帮不上忙，先走吧，最多十来天，我就赶上了。再说了，你们不是要回家吗？赶紧走吧，都已经耽搁了这么长的时间了，再耽搁又要在外面过年了。”

“我又不是不走了，放心，只要你们沿着地图上画好的线路走下去，我肯定能追上的。”

在李火旺的一番劝说下，其他师兄妹终于被说动了，他们转身离开了安慈宫。

随着他们的背影渐渐消失，李火旺脸上的笑意也渐渐冷却下来，逐渐被痛苦所替代。

他解开自己的红色衣袍，掀开上衣，只见他腹部有着一个硕大的裂口，密密麻麻的白色蛆虫在里面钻进钻出。

“安慈宫内，这点伤不日就会痊愈，你该担忧的是另外的事，你明白我说的是什么。”

李火旺轻捂着自己的伤口，缓慢地挪动着身体。他挪到静心宫主的屋子里，靠着墙根缓缓地坐了下来。

“连你们都对付不了丹阳子吗？”李火旺开口问道。

“当然对付得了，只要把你除掉就行。”

静心的话逗笑了李火旺：“没想到宫主还这么会讲笑话。”

“我没跟你讲笑话，丹阳子的根现在彻底扎在了你身上，你现在就是他未完成的三虫之一。”

“你又要活着，又要剥离你师父，这确实是个精细活，毕竟你们连得太深了。可以说，你现在都算得上是小半个丹阳子，这也是为何我没有直接把那黑太岁从你身体里剥离，因为它现在不仅仅是丹阳子，同样也是你。”

李火旺请安慈宫的女弟子清除丹阳子，并没有成功。虽然她们跟李火旺配合，重伤了丹阳子，并且暂时驱逐了他，但这只是权宜之计，麻烦还在，并没有解决。

李火旺躲在黑暗中，背靠着冰冷的墙壁，麻木地望着外面带着青苔的层层瓦砾。

“这不能怪我们，我也不知道你师父居然还有一半没死干净，我们安慈宫对于空我界方面比较擅长，但涉及皮肉，正德楼那些不守戒律的莲生更在行。”

“宫主，我不怪你，我只是想问，我还有多久会被彻底转变成丹阳子？”

失败并没有让李火旺感到任何挫折。

“按照现在的情况算的话，还有两个月。”静心宫主说着走到暗处，来到一个竹摇篮前轻轻地摇了起来，看着摇篮里的老人，她的脸上露出和蔼的笑容。

“哦……”

“所以你打算怎么做？”

“我需要先等等，等个答案。宫主，我可否向你借用一样东西？”

一时间，昏暗的房间内安静了下来，安静了好久。

李火旺深吸一口气，面容微微颤抖起来，随后猛地睁开眼睛。

四周的黑暗已经被白色所取代，他再次来到了医院。

仔细辨别一番后，李火旺发现这并不是精神病院，而是普通的医院，在幻觉里，自己的伤看起来还没好。

视线下移，他就看到自己的母亲孙晓琴此时坐在一个小板凳上，头趴在床上，睡得很沉。

在李火旺的印象中，自己的母亲一直是非常爱干净的人，可是现在的她头发很油，看起来已经很长时间没洗了。

李火旺想伸手过去，发现自己的四肢都被牢牢地绑住了，无奈他只能轻声向那边呼唤着：“妈，是我，火旺。”

当孙晓琴睁开眼睛，发现儿子正在盯着自己看，并且表情非常正常地喊着自己的名字时，她激动地扑了上去，死死地搂住了他：“儿子，你终于清醒了。”

安静地等了半天，等到对方的情绪没这么激动后，李火旺再次开口问道：“妈，我爸呢？”

“你爸赚钱去了，咱们家现在很缺钱，而且还欠了不少外债。”

刚说完这话，孙晓琴心中顿时咯噔一下，连忙捧着李火旺的脸心疼地解释。

“火旺，妈不怪你，我知道，这都不是你想这么干的，这都是那病，那杀千刀的疯病！为什么偏偏要落到我儿子头上！”

“妈，你能帮我解开一只手吗？我松松手。”

看着眼前儿子说话如此正常，孙晓琴犹豫片刻后，脸上重新堆出笑容。

“好，松松也好，天天绑着，身体都要绑坏了。”

恢复右手自由的李火旺对着孙晓琴笑了笑：“谢谢妈。”

说完，他把手伸进自己的病服内，从里面掏出一串沉甸甸的金色简珠。

在孙晓琴异常震惊的眼神中，李火旺把这串简珠放在她的手里。

“妈，拿去换些钱吧，把家里的债给还了。如果还有剩的话，把咱们家的房子再买回来吧。我还是挺喜欢那个小区的。”

孙晓琴捧着沉甸甸的黄金简珠，显得有些六神无主：“这……这到底怎么回事啊？儿子，这金子哪来的？你趁我睡着的时候出去拿的？”

李火旺轻轻地摇了摇头，他伸手把自己脖子上的那块玉佩摘了下来，同样放在孙晓琴的手中。

“妈，这个也拿去吧，应该也能换点钱。哪怕我知道你只是我的幻觉，我也不想看到你在我眼前受苦。”

听到这话，孙晓琴顿时顾不上手中的金子跟玉佩，双手抓住李火旺的肩膀不断地摇着，泪水止不住地往下流。

“儿子，你看清楚啊！我是你妈呀，我不是幻觉啊，我真的不是幻觉啊！”

李火旺把手伸过去，轻轻地擦了擦她脸上的眼泪，脸上露出一丝微笑。

“嗯，对，妈你是真的，你不是幻觉，我刚刚逗你玩的。”

听到李火旺口中的安慰话，孙晓琴激动得又蹦又跳，双手合十，嘴里念叨着“老天保佑”。

就在她激动地拿出手机，准备让李火旺跟工作的爸爸视频的时候，李火旺伸出右手在她衣服上抠了抠，抠下来一颗朱红色的纽扣塞进自己的怀里。

也许是李火旺主动转换的原因，这一次他回归得非常快。

视频里，他还没来得及和头发斑白的父亲说上半句话，四周的一切再次变换，他重新回到了昏暗的屋内。

等他回过神来，就看到手中拿着金色简珠的静心宫主，站在那里静静地看着自己。

李火旺抬起右手，呼吸越发急促起来，此刻他的脑子很乱。

他一咬牙，猛地向着自己的胸口一摸，手顿时僵住了，那里什么都没有。

面对这早已是意料之中的结局，李火旺笑了。

“呵呵，我早该想到的，那边怎么可能是真的。我居然听信幻觉里面的人说的话，我真是疯了。”

笑着笑着，李火旺又停了下来，因为他发现这似乎并不是什么好消息，他现在连幻想中的最后一丝希望都没了。

李火旺深吸一口气，对着空中轻柔地说道：“妈，没吓着你吧？不好意思，把我的手绑起来吧，免得碰到你。”

一直在默默看着一切的静心宫主忽然说话了：“既然那边是假的，那你在对谁喊？”

李火旺抬头看着黑暗中的女人：“对我自己喊不行吗？”

“你打算接下来怎么做？”

李火旺缓缓地深吸一口气，眼中瞬间被满满的狠厉所覆盖：“我要丹阳子死！”

坐在地上的李火旺，表情中带着强烈的犹豫和挣扎。

待在原地想了很久很久后，他终于拿起毛笔，在宣纸上写了起来。

不过李火旺每写几个字都要停顿很长时间。

不习惯用毛笔是一个问题，更重要的是，李火旺此时已经开始忘记很多日常用字的写法。

李火旺明白，这代表着自己跟丹阳子越来越像了。

洋洋洒洒地写下了一大堆后，李火旺在末尾写下了五个大字：李火旺绝笔。

写完这一切后，李火旺把纸张吹干，递给了一旁的胖女弟子。

“如果我的那些师兄妹回来找我，还劳烦您把这封信送到那大高个手中，他认得字。”

紧接着，他又把那天书、葫芦还有铜铃递了过去：“还劳烦把这三样东西也送给他们。这葫芦和铜铃他们知道怎么用，至于这天书嘛，就当给他们留个念想吧。”

妙音的视线在这三样东西上瞟了两眼后，转向了李火旺腰间的《大千录》。

“那东西不送？”

李火旺手按在那给自己带来过无尽痛苦的竹筒上，微微地摇了摇头：“不送，这东西不祥，留给他们我走得不踏实，跟着我一起走比较好。”

安排好了一切后，李火旺扭过头来看向旁边等待的静心："宫主，一切都准备妥当了。"

静心宫主点了点头，转身向着安慈宫的深处走去，她身上松垮垮的皮肉如同裙摆般，在地上拖过。

她走在前面，李火旺捂着腹部跟在后面，两人彼此沉默无话。

穿过了发霉的吃食"沼泽"，又走过了几座破败、脏乱不堪的大殿，一座黑色的矮塔逐渐呈现在眼前。

看到那座塔，静心终于开口了："你当真要这么做？"

李火旺点了点头："您之前说的话给我提了一个醒，我其实一直想做的事情，就是彻底灭掉丹阳子，至于我自己能不能活嘛……"

说到这儿，李火旺呵呵地低声笑了笑："现在回想起来，对于我自己的命，我其实没有那么在乎。"

李火旺按了按腹部的伤，脸上露出强烈的疲态。

"宫主啊，说句实在话，经历了这么多事情，我真的累了。我不想再看到我妈受苦了，我也不想时时刻刻忍受着丹阳子的侵蚀，我真的想好好歇歇。"

一想到即将到来的死亡，李火旺心中并没有想象中的恐惧，反而感到一丝轻松："唉，我感觉真的好累啊……"

静心宫主点了点头，带着他向塔中走去："那好，如你所愿。"

"多谢宫主了，我在这个世界遇到了那么多人，您算唯一的好人。"

"我是修行者，以慈悲为怀，这是自然的。"

"宫主，您已修行有所成，我可否问个问题？"

"哦？什么问题？"

"您说，这世界上，人死了真的会变成魂魄吗？"

"那你待会儿就要死了，是变成魂魄好一点，还是烟消云散好一些呢？"

"我觉得吧，人活着就够累的，死了就歇会儿吧，别再闹腾了。"李火旺说得十分坦然。

静心宫主微微侧头，重新用那萎缩的眼睛看向李火旺："你真的确定没有任何牵挂了吗？这凡世间真的没有任何东西值得你留恋了吗？"

李火旺表情微微一僵，他的脑海里想起了很多："我有，可是现在的我跟他们在一起，只会伤害到他们。"

见此情景，静心宫主也不再说什么了，继续往眼前的黑塔走去。

随着靠近，李火旺听到了沙沙声，那声音非常特殊，好似叶片在相互摩擦。

抬头向着声音方向看去，他终于辨别出来了那声音到底是从哪儿来的，那是蟑螂，密密麻麻的黑色虫子相互拥挤着塞在塔内。

静心脚步未停，居然就这么带着李火旺直直地走了进去。

浑身上下被蟑螂乱爬的感觉很不好受，但是决心赴死的李火旺此刻也不在意这些。

他只能用力挥开那些到处乱飞的虫子，勉强跟着不掉队。

在蟑螂堆里走了有半炷香的时间，李火旺眼前一空，可还没等他缓上一口气，眼前的东西让他浑身一震。

大小不一的灰色老鼠尾部相互纠缠在一起，形成一团团彼此依偎移动的大鼠堆。

鼠堆跟鼠堆间拼接，最终形成一座巨大的鼠山。此刻鼠山之中那些大大小小的红色眼睛，直直地盯着李火旺。

在蠕动的鼠山上有一个洞，仿佛在等待着某个人的进入。

“就是这里了吗？”李火旺深吸一口气，抬脚朝着那鼠洞走去。

刚走几步，李火旺又停了下来，再次向静心宫主确认道：“宫主，你确定我死后，你们真的能解决掉丹阳子？”

自己的命是小事，让那该死的畜生万劫不复才是大事。

在得到了非常肯定的答案后，李火旺这才松了一口气，抬脚朝着那老鼠洞走去。

临死前的最后一幕，李火旺的眼前同时映出了杨娜和白灵淼的身影。渐渐地，她们的身体重叠在一起。

“永别了，这个烂地方！”李火旺想着，抬脚就要走进去。

眼看着李火旺即将钻进鼠洞，静心宫主的声音从后面响了起来。

“既然你连死都不怕，那我可以给你推荐另外一种选择，真要没用了，你再死也不迟。”

听到这话，李火旺诧异地扭过头来，看向静心宫主：“还有别的办法？”

他刚刚那死灰的心被宫主这一句话瞬间点燃了。

静心宫主点了点头，用手指了指他腰间的《大千录》：“向这东西的原主们寻求帮助。”

“原主们？”李火旺十分诧异地看向那红色的竹筒，“宫主，之前我一直都没有问您，这东西是来自哪里的？”

“祆景宗。”从静心宫主口中蹦出了一个李火旺非常陌生的名字。

“过去他们是两个门派，一个是祆宗，一个是景宗，后来不知道怎么凑到了一起。你手里的《大千录》就是他们的东西。”

“祆景宗？”李火旺站在原地喃喃自语，相教他认识，这个什么祆景宗他还真是第一次听说。

“他们有办法把丹阳子从我身上剥离出来？”

“你可以去找他们试试看，如果说这个世上还有哪些人能解决你这种古怪情况，唯有更古怪的他们了。”

“当然了，如果他们真帮了你，你以后未必能脱得开身。不过既然你连死都不怕了，应该也不怕这个。”

说完，静心宫主用手把自己身上松松垮垮的皮肤轻轻一折，紧接着用手指这么一划，一张人皮就这么被裁下来了。

乌黑的手指甲迅速在上面比画，在皮上面画出一条条长方形的女书文。

写完后，她走到李火旺身边，把那东西放在他手中。

“拿着这个给他们看，他们见到你后，不会马上动手。”

“假如说他们也没有办法的话，你再回来死也不迟。”

李火旺用手轻轻地揉擦着手中这张信，感到有些难以置信，他连赴死的决心都下好了，没想到居然还有一线生机。

“多谢宫主！假若真的解决掉丹阳子，日后我必将涌泉相报！”

能不死，还是不死的好，拿着这最后一丝生机，李火旺扭头向着外面的蟑螂堆中走去。

“宫主，那一言为定了！如果他们也解决不了丹阳子，那我两个月后再回来。”

就在李火旺走了没多久，一个胖女人从鼠堆中走了出来，来到了静心身边。

“宫主，你为何要这么帮助那小子？居然用了皮书，这可是大人情啊，咱们本来就跟那些人不对付。”

静心宫主表情十分复杂地注视着李火旺离开的方向。良久，她才缓缓开口：“之前这孩子捧着我的脸叫我妈了。你可知道，他跟余儿年轻的时候真的很像很像，无论是做事还是说话的样子。”

“天书，铜铃，葫芦。”安慈宫内，李火旺清点着之前交给女弟子保管的东西。

既然要去找袄景宗，那么这些东西和遗书自然不能放在这里了，路上说不定用得上。

此时此刻，对于李火旺来说，真的有种做梦的感觉。居然还有办法解决丹阳子，哪怕这个办法的希望非常渺茫。

就在他刚准备拿着这些东西走的时候，他察觉到自己的东西发生了一些变化。

“这是……牙印？”李火旺用手摸着天书的一角，疑惑地看向身边的妙心。

这位正在胡吃海塞的胖女弟子顿时心虚地向着房梁上斜看去。

“妙心师父，你这连牙印都啃出来了，有弄明白这天书是什么东西吗？说真的，你要是帮我弄明白了，我还要感谢你呢。”

“没有，不是我啃的，这牙印是上面本来就有的。我们安慈宫帮你这么多，你可别诬陷好人啊。”

看着对方这拙劣的撒谎技巧，李火旺有些无奈地摇了摇头。

紧接着，他又拿起葫芦来摇了摇，里面居然空了，里面的那一颗阳寿居然不见了。李火旺又看了看旁边的胖女人。

此刻她更是把头埋在食物里面大口大口地吃着。

不知道为什么，虽然被偷了东西，但是李火旺居然一点都没有感觉到意外。

自己之前居然会想到把东西送给这些贪婪成性的女弟子保管，那就早该想到会有这样的结局。

李火旺把三样东西往身上一背，脸上带着一丝无奈地在胖尼姑的肥肉上拍了拍：“妙心师父，有缘再见了。”

紧接着，他转身就向着门口走去，刚走到门口，他又忽然停住，扭头看向身后的人。

他刚一回头，就看到那偷瞄自己的女人把脑袋塞进食物里。

看到李火旺缓缓走到自己面前，妙心率先开口了，语气十分坦然：“那东西被我吃了，味道不怎么样，有本事你去宫主那儿告我吧！”

看着眼前的人一副死猪不怕开水烫的样子，李火旺笑了笑：“别把我想得那么小气，我回来是想问你点事。你知道袄景宗吗？”

嚼了嚼嘴里的食物残渣，妙心的表情显得有些困惑。

“我不是告诉你袄景宗的火字宇都在西面的大山里面吗？在哪块地界都一五一十地告诉你了，你自己去找不就行了吗。”

李火旺摇了摇头：“我说的不是地址，我想跟你问问袄景宗是怎样的宗派，他们背景如何，他们是怎样的人。”

脸庞圆润的妙心听到这话，顿时把五官皱到了一起，活脱脱像个包子。

“你连《大千录》都有，居然不知道那些玩意是什么东西？说简单点，他们是一群怪人。”

“怪人？比你们还怪吗？哈哈。”李火旺说到这儿，忍不住笑出声来。

妙心脸上露出一丝不满：“没跟你闹着玩呢！那帮家伙怪得很，你用过《大千录》，肯定对他们的修炼功法有所了解。”

“这帮家伙不炼心也不锻体，也不像其他人一样修炼功法，他们喜欢折磨自己，说这样可以取悦他们的粘神。”

“粘神？不是巴虺吗？还是那东西有两种名字？”李火旺对所谓的神名有些意外。

“管他们叫什么，反正他们那帮子人，喜欢戴大高帽，还喜欢穿大袍子，这都是为了遮住身上的伤，我上次就看到一个人连皮都没了。”

“虽然说宫主给了你一封亲皮书，但他们未必会给宫主一个面子，你自己当心点吧，我们之间有过节。”

李火旺本来只是随口这么一说，没想到居然真的问出了一些细节。

“有什么过节？”

“还不是因为宫主她儿子。他们也喜欢抓心素，做什么不知道，反正宫主儿子被抢回来之后彻底疯了。”

说完这话后，妙心上下打量着李火旺，一边摇头一边惋惜地啧啧作声。

“啧啧，一时间差点忘记了，你也是心素啊，你去那儿可危险了。”

“师姐，你以为我想啊，问题是我也要有得选啊。”

李火旺带着一丝感慨地说完，转身向着安慈宫山门走去。

李火旺走后，妙心继续坐在原地大口地吞咽，一边吃还一边自言自语：

“明明写遗书的时候，我看到他内心充满了死志的，怎么转变得这么快，居然就急匆匆地去找袄景宗了？是不是你们谁调了他的心弦了？”

“我才懒得调心素的弦呢，别把自己给整疯了。我估计是静心宫主下的手。”

“哦——原来如此。”各种不同的声音在妙心的脑袋里此起彼伏。

第十一章 祆景宗

腮帮子肿得老高的吕状元带着吕家班在路上赶着，灰头土脸已经不足以形容他们现在的样子，衣衫褴褛更为贴切，每个人的脸色都很难看。

马车上吕状元的媳妇，此刻更是搂着自己的女儿趴在木箱子上失声痛哭。

磨得发亮的烟杆在空中用力划过一道弧线。

“哭！就知道哭！都哭了几天了？让你脸上抹锅底灰你不抹！我银子都被那些大头兵抢光了，我哭啥了吗？怎么的？我那么多银子不比你的清白重要？”

“爹，我求你别说了！”吕举人双眼有些发红，满脸的憋屈，一副有气没处撒的样子。

看着自己儿子的样子，吕状元深深地叹了一口气。

“放心，钱他们没抢光，老汉我别的不行，藏钱还是有一手的，那些兵顶多搜出了两个地方，还有三个地方没搜出来呢。”

吕状元说着，拿出腰间的铜钥匙重新打开了放在马车上的大木箱子。

他那满是老茧的手摸索了一阵后，就从一个暗格里摸出了几块大小不一的银子。

从里面挑出一块比黄豆稍大一些的碎银子，他面带不舍地扔到了自己儿媳妇身上。

“我们吕家亏待了你，拿着，等到了集市上，你想买点什么就买点什么吧。”

刚刚还痛哭委屈的罗绢花一摸到银子，顿时眉开眼笑起来。她小心地把银子收进自己的小荷包里。

“我不是给我自己用，我要存着给秀儿当嫁妆。”

吕状元看在眼里，却没说什么，儿媳妇每次受委屈了，总要演这么一出，不讹点什么不算完，自己早就看习惯了。

看到儿媳妇不再闹了，吕状元扭头又看向跟在马车尾部失魂落魄、脸色惨白的小儿子。

“细娃子，怎么了？没吓着吧？”

吕秀才脸上露出一抹勉强的笑容，脑袋像得了大病的母鸡一样蔫了吧唧的。

“别怕，那些臭当兵的有什么了不起？都是一些纸老虎，他们真要有能耐，怎么不去上阵杀敌啊？”

虽然被吕状元干巴巴地安慰，但吕秀才脸色没有好上半分。

那些抢劫的大头兵仿佛就在眼前，正拿着刀架在他的脖子上。

“爹……爹啊，咱们出关做啥啊？咱们不是先回家吗？”

吕状元点燃了自己的旱烟，吧嗒吧嗒地抽了起来，白色的烟遮住了他的双眼。

“我寻思啊，这世道要乱啊，所以嘛，咱们家要出去躲一躲。”

“爹，咱们的皇帝打仗打败了，那我们是不是要当亡国奴了？”

一旱烟杆敲过去，敲得吕秀才眼前金星直冒。

“谁当皇帝跟咱们有一文钱的关系吗？这是你该想的事情吗？”

看着吕秀才委屈地捂着脑袋的样子，吕状元轻叹了一口气，耐心教导着。

“败下来的大头兵这么多，这八成是要改朝换代了，所以咱们出去避避风头好些。钱被抢了没事，只要人没事就好，只要人活着，去哪儿都行。”

“可……可我没来过四齐啊，爹……我有点怕……”

看到小儿子这窝囊样，吕状元就气不打一处来。

“怕什么怕！四齐这儿的人难道不是两个眼珠子一个鼻子？他还能多长出几个来？四齐比咱们那儿，顶多就河多点，湖多点。”

这时，旁边一直在安静聆听的吕举人问道：“爹，那这地界咱们也不熟……我其实也觉得还是待在老家好点，也许没你说的那么邪乎。”

“你当是闹着玩呢！还没这么邪乎，你爹我吃的盐比你吃的饭还多，我能算错？”

说到这里，他紧接着又向自己的儿子解释道：“放心，你爹我早就想好了，之前小道爷看地图的时候，我偷瞄了几眼，他们是要去梁国的。路途遥远，咱们只要跟着他就行，在他身边铁定安全。”

“他去哪儿，咱们就去哪儿，他赶他的路，咱们演咱们的戏，谁都不耽搁。等到皇帝换好了，咱们再回来，你看这不是安逸得很？”

“他会让咱们跟去吗？非亲非故的。”吕举人脸上露出一丝为难之色。

“哎——你看看，当初那罐咸鸭蛋的作用不就出来了？”说到这里，吕状元的脸上露出一丝得意，“还记得之前出关的时候，小道爷说什么了吗？后会有期，有缘再见！”

“别管他是不是说的场面话，既然他说了，只要到时候咱们姿态放低点，你们再卖个惨，再加上之前的那罐鸭蛋的交情，他能忍心轰咱们走？”

看到儿子脸上露出“原来如此”的表情，吕状元脸上露出满满的得意：“嘿嘿，姜还是老的辣，你们啊，以后学着点吧。”

“爹说的是，反正咱们唱大戏的，去哪儿都是唱，说不定别的地界的人还喜欢听咱们唱戏呢，还能多赚点钱。”

随着吕状元彻底把话说开了，吕家班的气氛也好转了几分，大家纷纷畅想着自己的美好前景。

马车走着走着，他们忽然看到前方路上有几个黑球在滚动。

等靠近了，吕状元这才发现那是十几个胖女人在跟着马车呢。

马车有六辆，轮胎印压得很深，看起来似乎是运着什么很重的东西。

“这些人好臭啊，爹，咱们走快些吧。”眉头紧皱的罗绢花掏出手帕，捂着自己女儿的鼻子。

“说的什么废话，没看到这些四齐人都跟着这些女人吗？她们是安慈宫的弟子，四齐人跟着，我们也跟着。”吕状元望着那些胖女人旁边的其他旅人说道。

丰富的经验告诉吕状元，四齐的人既然忍着恶臭也依然要跟着这些女人一同赶路，肯定是有原因的。

“可是……这也太臭了……”眉头微皱的罗绢花小声嘟囔着。

跟着那些女人一直往前走着，一个时辰不到，吕状元就看到那些女人停了下来，开始大口大口地吃着干粮。

看别人吃，吕状元他们也跟着吃，其实跟这些女人待久了，对臭味也没那么难接受了。

吃着吃着，吕状元忽然站了起来，神色间带着几分激动地向着那些旅人之中走去。

一个戴着黑纱斗笠的男人，看起来腿脚有些不便，正依靠着一匹老马吃着东西。

当吕状元走过去的时候，这人明显也看到了他：“吕班主，你怎么在这儿？”

听到这熟悉的声音，吕状元眼睛顿时亮了起来：“哎呀，是你啊，你是那小道爷的……”

话还没说完，那人就把头上的黑纱斗笠摘下来，露出赵五那张平平无奇的面孔。

他乡遇故知，在这个地方能碰到意料之外的熟人，双方都显得格外亲切。

在相互交流一番后，当得知对方是去找李火旺时，吕状元脸上顿时笑开了花。

“你这腿脚不利索的，一个人走多危险，我带你去找他，刚好顺路。”

只要把这人送到，那小道爷就欠自己一个人情了，他真要想拒绝自己，肯定开不了这口。而且这人是小道爷的师弟，说不定也有什么神通，这路上又有新的镖师了。

吕状元扶着赵五来到吕家班面前热情地给他们介绍，还把自己儿媳妇从车上轰下来，把赵五扶了上去坐。

就在他们热情交谈的时候，旁边有人一句话打断了这和谐的一幕。

“赵五郎，之前不是听说你回家了吗？怎么又出来了？”

吕秀才的一句话让赵五脸上的笑容逐渐消失了。

他脸上似乎准备浮现出什么强烈情绪，可是在外人面前，他最终还是忍耐了下来：“没什么，家里……家里出了点事。”

感到气氛有些异样的吕状元，立马举起手中的烟杆向着自己小儿子的脑袋砸去。

“让你多嘴！教了你这么多年，都教到狗肚子里去了？叫什么赵五郎啊？这是你该叫的吗？没大没小，叫赵公子！”

看着吕秀才被烟杆砸得眼泪汪汪的，赵五连忙有些尴尬地劝架：“吕班主，真犯不着这样，叫赵五郎挺好的。”

就在他伸手阻拦的时候，一阵风吹了过来，吹迷了所有人的眼睛。

当他们睁开眼睛的时候，所有人都呆住了，之前那些胖女弟子推着的马车的帘子被风吹了起来，里面白花花的一片呈现在他们面前。

吕状元的眼睛都看直了：“我的天！好多银子啊！”

银子，好几车的银子。

吕状元本来看到那压得很深的车轱辘印，就知道马车上肯定运的是什么重东西，可是他怎么也没想到全是银子！

“这得多少银子啊，稍微给我点，我都能开好几栋戏楼了吧？”

就在吕状元看得眼睛发直的时候，被风吹起的帘子又降了下来。

那些女弟子显然是注意到了四周人的异样，不过她们懒得理会，继续像一个个大秤砣一样坐在地上吃着东西。

“都别看了，赶紧吃饭，吃饱了，咱们赶紧走，这么多银子，怕是要坏事。”

把两辆马车围成一个半圆，吕家班继续吃饭了。

当然了，作为贵客的赵五，待遇也没有降低，白面馒头跟鸭蛋管够，哪怕赵五说不要都不行。

就在他们这样吃饭的时候，臭味逐渐浓郁起来。

一个相对瘦一点的女弟子不知怎么来到了他们身边，垂涎欲滴地盯着赵五手中的咸鸭蛋。

“你这蛋怎么卖？”

“你们不是不能吃……”吕秀才的话说到半截，就被他爹一烟杆敲了回去。

“师父说的这是啥话，几个蛋而已，拿去拿去。”

吕状元说着把手伸进罐子里，捞出两个咸鸭蛋递了过去。

那女弟子有些心虚地瞥了一眼马车旁边的同伴，伸手抓住一个咸鸭蛋，连蛋壳都懒得剥，直接就扔进嘴里嚼了起来。

“我花钱买。”半吊被捂到发臭的铜钱被扔到了马车上。

感觉到那充满油脂的咸蛋黄在自己嘴里爆开，胖女弟子顿时享受得双眼眯了起来。

如此大的胃口，吕状元的两个咸鸭蛋根本撑不了多久，她那胖乎乎的手直接伸进了那装咸鸭蛋的罐子。

好似吃葡萄一般，她张开嘴巴一口一个，吃得十分尽兴。

旁观的赵五现在脑子里只有一个问题：“这女弟子这么个吃法不咸吗？”

“嗒嗒嗒嗒嗒——”如同狂风暴雨般的马蹄声骤然响起，所有人闻声望去，发现远处道路的尽头居然出现了骑兵！

“快跑啊！”

不知是谁喊了一句，其他旅人纷纷站起来，背着自己的行李就向着四周的林子里钻。

吕状元当然也想跑，可他这是坐在马车上。

当那些骑兵来到他面前时，这地方除了吕家班外就只有那些女弟子了。

吕状元一咬牙，紧接着给了赵五一个让人感到一头雾水的笑容。他搀扶着赵五就往前冲。

“赵公子，我早就看出来了，你有那么厉害的师兄，也定然同样神通广大，这会儿就别藏私了吧。”

“我、我不是。我……”

没等他解释什么，那身穿黑色铁甲的骑兵就冲到他们面前了，让刚要解释的赵五吃了一嘴沙子。

马蹄声中掺杂着兵器撞击声，这不是普通的骑兵，这是一支精良的骑兵，赵五瞥到了那骑兵中间的军旗，上面写着一个硕大的“四”字。

“停！”一声低沉的惊雷般的号令吓得所有人一哆嗦。

紧接着，这批骑兵以让人十分意外的速度停了下来。

他们黑漆漆的一排，站在那里如同一堵黑色的城墙，白色的热气从马鼻中猛地喷出。他们真的做到了，行如风，站如松。

赵五惊讶地瞪大双眼，看着骑兵中有位背插四把陌刀的兵官，双脚在马背上用力一踏，就这么跳到十几米远的女弟子面前，把地面直接踩出两个大坑来。

“安慈宫的各位，边关告急！营里急需军饷，这些银子我们征用了，本官会开张借据，你们拿着这个借据去户部取钱。”领头右子雄叫道。

这话其他人也听到了，自然也包括吕秀才：“爹，咋的了，咋四齐这边也打仗啊？”

“我的祖宗欸！你不说话会死？”

把声音压低的吕状元捂着自己小儿子的嘴，把身体尽可能地蜷缩在马车后面，生怕引起眼前这些大头兵的兴趣。

右子雄根本当旁边的戏班子不存在，注意力全部集中在眼前的胖女弟子们身上。

当瞧见眼前这些女弟子依然坐在那里大口吃着东西，完全把自己的话当耳旁风后，右子雄的眉头渐渐皱在了一起。

“本官的话，你们没听到吗！”说完，他的右手握住了腰间带着黑穗的刀柄。

刹那间，空气中充满了厮杀之气，仿佛在这一瞬间，这里变成了生死战场的最中心。

这气息感染到了四周的骑兵，他们的双眼逐渐布满血丝，身体开始燥热起来，就连他们身下的马也同样不断地抬着蹄子。

“不给，懒得去那么远。”几个女弟子同时开口道。

“有本事你就动手，动手前好好想想清楚。”

这一次的拒绝让气氛紧张到了极点，马上的一些骑兵甚至已经开始拉弓了。

就在吕状元都准备弃车带着其他人逃命的时候，那种杀戮的气息瞬间消失了。

表情凝重的右子雄抓住自己腰间的那黑穗长剑直接抛了过去：“这是我右子雄的剑！你们拿着剑到户部收银子！只会多不会少！”

看着黑衣女弟子们围了上去，眼中带着贪婪，用那肮脏的胖手触碰自己的兵器，右子雄心中的火气就不打一处来。

可是他也明白，现在整个四齐国局势动荡不安，自己不能再随意树敌了，尤其是眼前这些女弟子。

“黑岳骑听令！分银！车上的银子均匀分配，一骑背一份！军令如山！咱们必须在三天后赶到昆城！”

“犹言遵命！”

“犹言遵命！”

“犹言遵命！”

所有骑兵纷纷下马，冲到马车边，开始以最快的速度有序地搬运银子。

随着马蹄声逐渐远去，吕状元等人如梦初醒，大口喘着气，每个人浑身都如同水洗。

“爹，我……我尿裤子了。”

“你臊不臊啊！竟还有脸说呢！还不快去换裤子！”

虽然说起自己小儿子来中气十足，但是此时吕状元双腿也发软，心中止不住地后怕。

“哎呀呀，看起来四齐也要乱了啊。不行，这地界太危险了，我得尽快找到那小道爷，跟着他一起离开这个破地方。”

黄昏，一条弯弯曲曲的林间小道上，李火旺沉默地走着。按照从安慈宫那儿得来的位置，这个方向的尽头是连绵不绝的山脉，而他要寻找的袄景宗就在这群山之中。

自从他在清风门彻底清醒过来后，一直是跟其他人一起生活，现在忽然一个人待着，属实有点不适应。

“好安静啊。”李火旺看着四周稀疏的树林喃喃自语道。越往这边走，土地看起来越贫瘠。

四周寂静的一切让他那急躁的心也逐渐平静下来。

双手举起，用力地伸了个懒腰后，李火旺叹了一口气，再次抬起了脚。

路赶着赶着，天就黑了，李火旺从怀里掏出一颗萤石，借着光亮继续往前赶。

不过很快，他就又把萤石收了起来，因为月亮出来了，今夜万里无云，月亮也很大，明亮的月光把林间道路照得很清楚。

借着洁白的月光，李火旺一个人继续赶路，他走了一天，走得双腿发胀。

“如果我能活下来，我得学会骑马才行。”李火旺心中想着。

一直走到圆月高挂，他终于乏了。他往旁边树下一靠，拿起个硬馒头啃了起来，打算随便对付几口就睡觉。

忽然，李火旺上下起伏的腮帮子停住了。他目不转睛地盯着黑暗中的一点，似乎察觉到了什么。

不仅仅是痛觉和味觉，李火旺的其他感知也逐渐超过常人，比如他能清晰地感觉到自己正在被什么东西盯着看。

“谁在那儿！”

在他说完这句话后，一个黄扑扑的东西胆怯地从林子里钻了出来。

那是一条四足发白、身上黄毛的乡下大土狗。它的状态看起来很不好，毛掉了不少，身上还挂着一只只蜱虫，身体更是骨瘦如柴，肋骨清晰可见。

“狗？”李火旺左右看了看，这四周荒凉的地界，怎么看都不像是会有狗的地方。

土狗双眼盯着李火旺手中的冷馒头，舌头舔了又舔，居然开始对着他摇起了尾巴。

“我不管你是什么变的，滚远点！”眉头微皱的李火旺用手在《大千录》上拍了拍。

不管是真狗还是假狗，他只想赶自己的路，不想惹麻烦。

土狗胆怯地后退几步，但它依然没有放弃，下垂的尾巴摇得更勤了。

铜铃剧烈地晃动，刺耳的铃声瞬间响起，那土狗顿时被吓得撒腿就跑。

看到狗跑进了树林，李火旺刚要把铜铃收起来，脸上的表情马上僵硬了。

“嘿！为什么偏偏是这个时候！”

黑漆漆的林子里，土狗耷拉着耳朵，小心翼翼地再次从树叶下探出脑袋来，紧接着就看到了眼前令它无法理解的一幕。

坐在树底下的那个人面带亲切的笑容，仰着脑袋对着空中明亮的圆月说着话。

“爸，你也来了？嗯，我知道，我没事，我很好呢。”

“对，我知道，你们不是幻觉，你们不是，我之前脑子有些迷糊了，我现在……能分清了。”

土狗在旁边徘徊了许久，看到对方并没有任何有敌意的举动后，它把目光投向了地上滚到一边的馒头。

它探头探脑、小心地摸索了过去，张嘴就要叼，面前这个人的话把它吓得又缩了回去。

“妈，我不吃橘子。你别解开了，两只手绑着挺好的。”

“对了，那金子换钱了吗？把债都还了吗？哦，那就好。”

“妈，你白头发多了，去染一染吧，你过去不是喜欢去烫头发吗？”浅笑的李火旺举起手来，向着空中的月亮摸去。

“哎，你别问了，那金子是干净的。那玉佩也卖了吗？没卖？为什么没卖？”

土狗小心翼翼地再次徘徊两圈，发现对方真的没有注意自己后，它再次小心地靠近，迅速叼起馒头转身就跑。

因为实在是饿坏了，跑到林子里后，土狗吃得太急都噎住了。

等缓过劲来，它再次来到路边，渴望地向着那边张望。

灵敏的嗅觉让它察觉到，对方的包袱里还有吃的，甚至有肉！

“把那玉佩卖了，把咱们的房子再买回来吧，有自己的房子才算有个家啊。”

“不用，真不用给我留治疗费用，你们找个地方，拿根铁链子拴着我就行。”

“妈，我没说疯话，哎，你别哭啊，我现在真没犯病。”

“呜——”土狗对着古怪的李火旺歪了歪脑袋，它实在理解不了对方在干什么。

再次小心警惕地靠了过去，它开始匍匐在李火旺面前，不断地摇着尾巴。

“呜呜——”

就在这时，土狗发现对方忽然注意到自己，尾巴摇得更勤了。

“呵呵，这布娃娃谁送的？真丑，长得跟狗似的，狗……等下！有问题！那狗还在！”

刚刚还心平气和的李火旺猛地站了起来，表情扭曲地对着土狗歇斯底里地怒吼着：“我叫你滚远点！你是想死吗！”

土狗被吓坏了，它嗖的一下钻进了树林。

等胆怯的它再次小心地从林子里探出头来后，就看到对方面带愧疚地再次对着空中的月亮说话。

“妈，你别怕，这跟你没关系，我没发病。只是那边有些事情要处理。”

“我真没发病，要不你们先走吧，等下次再来探病。我需要处理一下那边的事情。”

“好，我知道，没有什么那边……对，没错，那边都是幻觉，我会积极配合医生治疗的。”

“汪——”土狗对着红衣修士叫了一声。

李火旺瞬间警觉起来，眼中没有焦点地左右张望起来：“不对，有动静。”

他缓缓地拔出长剑，警惕地张望着四周的一切，满脸戒备，紧接着表情变得烦躁起来。

“我解释不了！我也没法解释！你们先走，你们先走啊！”

李火旺焦急的呐喊传出去很远很远。

当天晚上李火旺一夜未眠，他尽可能地在幻觉中，用其他方式戒备现实中可能存在的威胁。

可等那幻觉渐渐消失后，他发现自己的办法并没有起到效果。

而他彻底清醒后，就发现自己正抱着昨晚遇到的那只土狗站在一条小河的正中央，那狗正在亲昵地舔着自己的下巴。

昨天晚上应该发生了不少他自己不知道的事情。

“唉……我身边看起来确实不能缺人啊。”李火旺抱着狗向着岸边走去。

一人一狗走了几天，偶尔休息。

“你想叫什么？”李火旺看着面前这只摇着尾巴的土狗。

养了几天，它依然非常消瘦，但至少它耳朵里挂着的那些吸血的密密麻麻的蜱虫已经被清理干净了。

它两只耳朵被咬烂了，看起来血糊糊的，哪怕吃了李火旺的疗伤药丸也需要一段时间恢复。

“呜——”蹲坐在地上的土狗歪着脑袋，疑惑地看着李火旺。

警惕地看了看周围后，它低下头来，把那消瘦的脑袋亲昵地拱到李火旺的手下，想让对方摸摸自己。

李火旺轻轻地在它的脑袋上拍了拍，眼中露出一丝笑意。

前几天他还以为这只狗有问题，但是经过了幻觉的洗礼，他发现自己想错了。

如果它真的有异心，早就趁着自己陷入幻觉的时候下手了。

暂时看起来，它就是一只狗，一只非常普通的狗，虽然他还是不知道它是从哪儿跑来的。

李火旺从包裹里掏出一个馒头，扔了过去，狗看到馒头，兴奋地扑上去啃起来。

“既然你这么喜欢吃馒头，那以后你就叫‘馒头’吧。”李火旺非常草率地确定了这只狗的名字。

“汪汪！”馒头兴奋地跳了起来，似乎对李火旺的呼喊有反应。

李火旺用那已经长出一点点指甲的右手，轻抚着对方颈间的毛发。

“既然你跟我一样都无家可归，那你就跟着我吧，我身边有只狗也方便点，可以帮我守夜，白天的时候也可以陪我说说话。”

“我犯病的时候，你虽说帮不上什么忙，但总比没有强吧。”

“当然了，我主要还是想试试，陷入幻觉中的我会不会伤害到其他人，你就是第一个试验品。”

李火旺说完，馒头也已经吃完了，它不断舔着嘴巴，渴望地看着李火旺。

“估计你也听不懂我说什么，走吧，咱们快到了。”李火旺再次在馒头的狗头上拍了拍后站了起来，看向远处的群山，那是他的目的地。

跟狗接触的短暂轻松感瞬间消失了，联想到女弟子们说的那些关于袄景宗的信息，李火旺的表情逐渐变得阴郁起来。

宫主说，他们也许有办法解决丹阳子，可是他们同样危险，单看那《大千录》就能看出来。

这种非常被动的感觉很不好，可是李火旺现在别无选择，要么试着相信他们，要么就等死。

“走吧。”身穿红色衣袍的男人带着一只狗，向着远处的大山走去。

所谓望山跑死马，李火旺这一次确确实实地体会到了。

他带着狗走了整整两天，终于来到了山脚下。

最后挡在他面前的是一座城镇，早已经死去的城镇。

倒塌的房屋，街道地面上奇怪的污渍，还有被灰尘覆盖的蜘蛛网遮住的一切。种种迹象表明这个镇子曾经经历过一场致命的劫难。

缓缓地从城镇中穿过，一个念头在李火旺的脑海中跳出："难道这都是袄景宗的人干的？"

李火旺心中对这个还未见面的门派开始产生了变化。

走了大半天，在整个凄凉的镇子里没有发现任何活人，地上唯一的活物就是墙角不知道在啃着什么东西的老鼠。

看到带着狗的李火旺靠近，这些灰扑扑的大老鼠慌张地跑得一干二净。

李火旺开始加快脚步，迅速穿过这座死镇。

从这让人倍感压抑的城镇中穿过，一条蜿蜒的山间土路出现在李火旺面前，如同一条长蛇般扭曲地向着山上延伸。这是附近唯一一条进山的小路，袄景宗应该就在这里面。

低头看了一眼脚边吐舌头的馒头，李火旺对着它的腹部轻轻踢了一脚，便开始爬山。

看着山上稀疏枯黄的树林，李火旺心中逐渐开始警惕。谁也无法保证对方在看到自己这个心素后会有什么反应。

"汪汪！"馒头忽然向着右侧的树林叫了起来。

第一时间，李火旺就将手按在《大千录》上。

"嗖——"一只猞猁迅速穿过山间小路跑到了另一侧。

没等松一口气，李火旺就隐约看到那猞猁跑进去的林子里有什么东西。

带着小心，李火旺缓缓地走了进去，几座倒塌的庙宇呈现在李火旺面前。

"这就是袄景宗的火字寺吗？"李火旺看着那庙宇上的标记，喃喃自语道。

那不是他过去看过的任何一种火字架，这种火字更像是消瘦版的黑色幸运叶，而且状态还必须是渴死的那种样子，干瘪扭曲。

看着眼前杂草丛生的庙宇，李火旺的心中顿时泛起强烈的不祥的预感。

如果说有什么比袄景宗见面直接袭击更让李火旺难以接受的话，那就是他们已经被人给灭了。

"难道那城镇的灾祸，并不是袄景宗动的手？他们也受到了那东西的攻击？"

表情十分阴郁的李火旺带着狗，回到了路上继续向前走。

这一次，他把更多的注意力集中在查看四周林子的隐蔽处。

不出所料，李火旺马上又发现了一处火字标识的据点，这一次，他看到了袄景宗祭拜的雕像。

只见供台之上，一个大号的黑色火字上面，是一座浑身被火焰包裹的焦黑雕塑。

雕塑细节惊人，无论是火焰的摇晃感，还是被烤得粘连的皮肉，烧得卷曲的头发，都刻得栩栩如生。

不过李火旺没有看到雕塑的头，因为它脖子以上全碎了。

“袄景宗到底惹到了什么东西？”李火旺不安地想。

敢跟安慈宫的长老们对抗，并且还安然存在下来，这足以证明袄景宗的实力。

再加上李火旺已经了解《大千录》的威力，他真的很难想象是一个怎样的存在，能毁掉袄景宗的火字宇。

这时，李火旺忽然间发现了什么，他用手擦掉供台下面的蜘蛛网，一行字出现在他的面前。

“牯神不死，是谓玄牝。玄牝之门，是清天地根，有物混成，先天地生。”

李火旺重新抬起头来，再次看向这尊火字架上盘坐的无头神像。

“他就是牯神？”

仔细地在这庙宇间探查了一番后，李火旺重新走到山间小道。

摸了摸馒头的狗头，李火旺抿着嘴一言不发地继续向前。

看起来袄景宗的火字庙宇建造得非常密集，李火旺没过多久又发现了一处。

这一处的火字庙宇明显更完善，至少牯神的脑袋并没有不翼而飞。

牯神的头颅焦黑，似乎同样饱受火焰灼烧。偏偏这样的脑袋上却被雕刻出强烈嫉妒和极度渴望的神态，它瞪着已经化成两颗焦炭的眼球，就这么直直地向着庙宇上方看去。

李火旺的视线也跟随着往上，只见在这庙宇的上方有一团由各种颜色和形状拼接而成的东西。

从这神像的神态来看，应该是极度渴望庙顶上画的那些壁画，只是李火旺暂时无法理解那团东西到底是什么。

“呜——汪！汪汪汪！”馒头的犬吠声让李火旺身体瞬间紧绷。

他迅速转身，向着馒头龇牙咧嘴的方向看去。

那是一扇侧门，庙外的光透不到里面，让整个侧门一片漆黑。

在这黑暗之中，他看到了宽大的灰色袍子。

李火旺从安慈宫女弟子口中得知，袄景宗的人为了掩盖浑身的伤势，大部分都穿着袍子。

只是他现在只看到了下半身，看不到上半身。

感觉到情况不对劲，李火旺第一时间把那张静心宫主给自己的人皮信拿出来，向着黑暗中扔了进去。

“在下清风门玄阳，有急事特来贵派登门求助！”

李火旺对着那黑暗中的袍子自报家门，不过那袍子并没有任何回应。

就在李火旺猜疑这东西到底是不是活人的时候，那袍子却从黑暗中走了出来。

看到这人的第一眼，李火旺就知道这人是袄景宗的人错不了，因为他那满是伤疤的脸，让人连五官都看不清。

如安慈宫的女弟子们所说，袄景宗的人穿着宽大的袍子，戴着高高的帽子。

那帽子很大，遮住了他的眼睛和鼻子，留给李火旺的信息只有他下巴上暴露出来的密集伤疤。

李火旺吞了吞口水，十分警惕地看着面前这人。

“目前看来还不错，至少这些人没有在看到我是心素之后，就马上动手。”

李火旺瞥了一眼对方缩进袖口中的双手，语气平静地再次把自己的所求说了一遍。

对方依然没有给李火旺任何回应，但是他很显然明白了李火旺的来意。他沉默地转身向着火字庙宇外走去。

李火旺深吸一口气，带着忐忑不安的心情跟了上去。

跟在这人后面，李火旺逐渐深入群山之中。

看着前面那人宽大的袍子，他心中有了一个疑惑。

不是说《大千录》是袄景宗的东西吗？怎么没有看到对方带着，难道藏在袍子里面？

带着这个疑问，李火旺越走越深。他时不时还能遇到其他袄景宗的人。

这些人都是一样的打扮，看到李火旺的第一眼，就会用那被高帽遮住的眼睛死死地盯着他。

异常的环境让馒头感到害怕，它耷拉着脑袋，缩起尾巴，几乎是贴着李火旺衣袍的下摆往前走。

在这些人的注视下，最终，一个葫芦形的山洞口出现在李火旺面前。

看到山洞，李火旺不由得想起了一些不好的事情，他讨厌山洞。

洞里面并没有像当初清风门一样黑暗，而是非常明亮。

一支支噼啪作响的火把，把整个山洞照得明亮无比。

太多的火把甚至提高了洞内的温度，让李火旺心中有些燥热。

联想到之前的雕像上的火焰，李火旺觉得，火焰在祆景宗中可能是一个重要的存在。

在这明亮的山洞中走了两炷香的时间，李火旺终于看到了正主。

那是一个躺在冰冷的地上、浑身焦黑的人，看着像是一根烧焦的木头。

看到这人后，李火旺刚刚心中的一个疑问得到了解答。

一卷展开的血红色《大千录》整个铺在这人的胸口上，可以看得出，这东西铺了很长时间，铺得竹简都发芽了。

看到给自己带路的人恭敬地把手中的人皮信双手递上，李火旺马上明白，眼前这人在祆景宗的身份肯定不低。

不过这个焦煳的人并没有看那人皮信，而是目不转睛地盯着李火旺。他就这么盯着李火旺，一直盯了很久。

“你被巴虺看了？”

能交流是一个良好的开端。李火旺点了点头，回答道：“没错。”

“说起来每个心素都是好苗子，因为他们更容易靠近苦海，可惜他们最后都疯了。”对方的语气开始带上一丝惋惜。

紧接着，他看了一眼李火旺腰间的《大千录》。

“老夫手叁，幸会，能否给我讲讲你是如何进行苍蜣登阶的？要知道，哪怕是我们，也不是谁都可以做到的。”

听到自己被夸了，李火旺却一点都高兴不起来。

“苍蜣登阶？这就是使用《大千录》仪式的名字吗？”

李火旺隐瞒了一部分后，把之前的事情告诉了手叁。

“呵呵，对付腊月十八还真是有些大材小用，好在你也因祸得福了。”

李火旺可不是跟对方聊这个的，见对方能正常交流，他便重新把自己这次来的目的跟他说了一遍。

“可以。”

没等李火旺高兴一下，对方的条件就跟着过来了。

“不过作为交换，我需要你当着我们的面，再进行一次苍蜣登阶。”

“为什么要我这么一个外人来进行你们宗内的仪式？”李火旺有些无法理解对方的想法。

“我从来没见过心素进行苍蜣登阶，所以我想看看，也许可以从中找到窃取巴虺力量的办法。”

“窃取……巴虺力量？”李火旺差点以为自己听错了。

“你见过巴虺，你肯定知道它有多么强大。当你注视着它的那一瞬间，难道就没有想过，这股力量自己也可以拥有？”

听到这话，李火旺这才后知后觉地回过神来，之前火字庙宇顶部的那团东西，代表的是巴虺。只是因为人无法完全描述巴虺的样子，所以才用那东西来代替。

他们从巴虺那儿换取力量，可是他们并不崇拜巴虺，反而祭拜牯神。

他们所祭拜的牯神同样极度渴望窃取或者抢夺走巴虺的力量。

因为先入为主，李火旺之前一直以为袄景宗的教徒是信仰巴虺的。

可他现在才反应过来，并不是这么一回事，自己猜错了，错得离谱。

斟酌了几息，对手叁说出的话实在无法理解的李火旺再次开口了。

“你们凭什么认为自己能窃取巴虺的力量？难道你们真的感觉不到它到底有多强？你们在它面前连蚂蚁都不是！”

哪怕李火旺现在已经无法回忆起它的样子，可是他依然能明白巴虺到底有多强大，这绝对不是几个凡人能做到的。

手叁目光坚定地看向面前的李火旺：“为什么不行？牯神可以，我们自然也可以。”

李火旺想起之前在火字庙宇看到的身体被火焰包裹的神像，便问：“那神像曾经也是凡人？”

没有理会李火旺怎么想，手叁依然在自顾自地说着。

“莲生们常挂在嘴边的话，相是过来人，人是未来相。不论别的，这点我很赞同，它是现在的巴虺，可这并不代表它会是未来的巴虺！”

李火旺消化完这出乎意料的消息后，深吸一口气开口说道：“好吧，贵宗跟巴虺之间的事情跟我无关，我们还是说回正事来吧，你们是否真的有办法解决掉丹阳子？”

手叁点头：“怎么样？只要你再次举行苍蜣登阶，我们就帮你解决掉你的半仙师父。”

听到这话，李火旺回想起当初用《大千录》召唤巴虺的那一刻，紧接着，他脸上的表情微微扭曲起来。

平复了一下心情，李火旺缓缓开口道：“我也想，可说起来简单做起来难，我现在办不到。”

“呵呵。”手叁笑了，他非常热心地说道，“无妨，看在静心宫主的面子上，在此事上，我们可以帮你。”

望着对方那焦黑的笑容，李火旺浑身一冷，这轻飘飘的一句话后面意味着很多很多。

看着面前这位与自己只有一面之缘的人，沉思很久后，李火旺迟疑地开口道：“手叁前辈，这件事情先暂且不提，我能先问问你们打算用何种办法来解决丹阳子吗？贵教的《大千录》我也有，据我所知，别说驱逐半仙了，这上面压根儿就不存在帮助别人的东西。”

说句实话，李火旺并不信任祆景宗，尤其是静心特意给他提了醒之后。

“呵呵，年轻人，你有些太想当然了。《大千录》这种东西当然是要配着别的东西一起使用的，想要尽可能地接近苦海，就必须尽可能地尝试更多，比如你现在这样，我们自然也试过。”

“所谓久病成医，说起治病，这四海八荒内，别人还真不一定能比我们厉害。”

李火旺对“病”字几乎都有条件反射了：“病？我没病，这也不是病。丹阳子现在一部分在我的胃里，一部分真的成仙了。”

手叁眼中带着戏谑地看着李火旺不断地解释，道：“这就是病，这些修士都想成仙想疯了，都成了疯子。”

这话从企图偷窃巴虺力量的人嘴里说出来，可是一点说服力都没有。

面对这人的说辞，李火旺虽然心里依然有怀疑，但是他没有说出来。

他并不想争辩什么，自己是过来请这些人帮忙摆脱丹阳子的，而不是找他们来辩经的，只要办法有用，他们把丹阳子叫狗都行。

“像我这种情况，过去也有很多吗？你们是否给别人治过？”李火旺再次警惕地询问。

“这是自然，修行门派的所有分支都讲究斩三虫，上虫为彭候，中虫为彭质，下虫为彭矫。”

“所谓故求仙之人，先去三虫，恬淡无欲，神静性明，积众善，方能成仙。”

手叁摇头晃脑地说完，把目光重新投向了李火旺。

“当然了，对这些屁话，老夫自然是不信的，这么多年，邪祸我见了不少，可唯独没见什么大罗真仙。”

那焦黑扭曲外翻的手指举了起来，向着李火旺的脑袋指去。

“你们这些修士都想成仙想疯了，把自己练得人不人鬼不鬼的，只在乎表面功夫，一点都不知道力量的本质是什么。”

面对这番话，李火旺没有任何表示，他用手在自己衣服下摆上的工具包上拍了拍，直接对着手叁再次开口了：“前辈，肉体痛苦我自己就可以承受，内心痛苦你怎么帮我？”

见对方说这话，手叁眼中闪过一丝喜色，这年轻人既然说这话，那就相当于同意了。

随着他轻轻一扬下巴，身穿灰色袍子的弟子向着一条洞中隧道走去。

没过一会儿，那教众带着一个神色有些憔悴的姑娘走了回来。

这姑娘也跟其他袄景宗弟子一样，穿着宽大的袍子，戴着高帽，唯一不同的是她脑袋上的帽子没有盖住眼睛。

“女人？这跟内心的极度痛苦有关系吗？”

不过很显然，那年轻姑娘比李火旺还要惊讶，她一直死死地盯着李火旺。

那教众大手一推，这扎着辫子的姑娘顿时被推到了李火旺的面前。

对方连忙把头低下，双手死死地捏着衣角，身体不由自主地颤抖起来。

李火旺透过这姑娘瘦弱的肩膀看向手叁：“前辈，这是什么意思？”

“你可以要了这丫头，你们两人尽快好到蜜里调油，随后就让她怀上你的孩子……”

“不行！别往下说了！”声音里带上一丝颤抖的李火旺打断了对方的话。

光听他说，李火旺就已经能感觉到自己的太阳穴不断地胀痛了。

他心平气和地跟对方交谈了这么久，差点忘记对方是什么货色了。

袄景宗的这些人根本好不到哪里去！

不过面对李火旺的制止，手叁明显是误解了他的意思。

“是吧？你觉得这力度有点轻吗？不过没关系，首先你已经被巴虺看过，再加上我这里有些灵丹妙药，可以帮助你更上一层楼！”

李火旺把眼前的姑娘拉到身后，看着眼前的手叁，一字一顿地说道：“就算我死了，我也不会做出这种事情！”

“扑哧——”旁边的一位袄景宗弟子忍不住偷笑出声来，“别说得那么信誓旦旦，你可是心素。”

“心素怎么了？我是疯子，但我不是丹阳子那种毫无人性的畜生！我绝对不会做出跟他一样的事情！”

手叁不善地看着那位弟子：“眼陆，这很好笑吗？在外人面前，就这么忍不住？”

那位弟子似乎想要说些什么，但也不知道发生了什么，他很快就蜷缩在地上了。

“用被子把他包起来，一个月内不准他受到任何痛楚。”

手叁说得没错，在让人愈合这件事情上，他们非常在行。

那人刚被抬走，表情凝重的李火旺重新看向了手叁。

“给我在洞里找个住的地方，我自己来想办法举行仪式。另外，我还需要这个女人来服侍我。”

“哼，口气倒不小，老夫并不认为你能找到什么好办法。”

话虽这么说，但手叁还是同意了李火旺的请求，让手下的人去办了。

李火旺被带到了一间不大不小的洞室内，墙壁虽然坑坑洼洼，凹凸不平，但是洞内的东西非常齐全，什么都有，甚至连茅房都有。

而之前的那位姑娘，此刻也默默地跟在李火旺的身后。

蜷缩的馒头从李火旺的衣服下摆里钻了出来，跑进洞内兴奋地东嗅西嗅。

表情凝重的李火旺把背上的长剑解下来，放在洞内的石桌上。

虽然刚刚在手叁面前信誓旦旦，但到底应该怎么做，他没有任何头绪。

如果没有办法召唤巴虺，无法达到袄景宗的条件，他们就不会帮忙清除丹阳子，这仿佛是一条死路。

李火旺在洞内不断地转着，转着转着，他的目光落到了门口的少女身上。

突然间，李火旺眼前一亮。

他心中有了一个主意，其实有些事情未必要按照他们的思路走。

“放心，有我在，他们伤害不了你。你过来，我问你些事情。”李火旺在一旁的石凳子上拍了拍。

可是那站在门口的姑娘并没有靠近，反而开始哽咽，还哭得越来越大声。颤抖的她缓缓地蹲在了地上。

听着这充满无尽委屈的哭声，李火旺轻轻地叹了一口气。

看起来，本来她以为自己早已是祆景宗的一员，结果却被当成工具给丢了出来，感到委屈也是正常的，尤其是她看起来年龄也不大。

李火旺走过去，把她搀扶到了石凳边，对着哽咽的她劝慰道：“他们那些人完全没有把你当成人，你还打算待在这个鬼地方？不如帮我，你帮我达成我的目的，我保证，只要我能活着离开，就绝对不会抛下你。”

听到这话，哽咽的少女眼中露出深深的迷茫：“出去之后，我还能去哪儿？我家都没了……什么……都没了……”

“你家怎么了？”李火旺声音变得很轻，他对少女现在的感受非常能够理解。

“山下那个镇子就是……”

听到这话，李火旺顿时心中一紧，那座残破的镇子，这姑娘恐怕是那镇中少有的幸存者。

“我爹我娘……还有我三个姐姐、两个弟弟都没了，他们都死了……”这少女把脑袋垂得低低的，泪水不断滴落在她紧紧握住的双手上。

“那镇子到底发生了什么？是什么人，又或者说是什么东西灭了整个镇？”

李火旺刚一开口就马上反应过来，自己说错话了，现在提这个就是在往她伤口上撒盐。

“没地方去没关系，那就跟着我吧，我那里有很多兄弟姐妹，大家一起找活路。到时候你可以加入。我们姑娘家只有两个，本来就少，阳盛阴衰，你加进来刚好可以凑三个，可以平衡一点。”

安慰了一会儿后，看到对方的情绪稳定了下来，感觉气氛差不多了，李火旺便问道：“你在这里待了多久了？”

他们不信任李火旺，李火旺自然也不信任他们。

吃一堑长一智，他不想重蹈正德楼的覆辙。这一次，李火旺不打算按照他们的套路来。

如果能想办法把祆景宗解决丹阳子的办法弄到手，那就不用什么狗屁仪式，他自己就可以动手解决掉丹阳子。

听了李火旺的话，少女轻轻地点了点头。她依然把头垂得低低的：“四年了……”

见对方开口了，李火旺开始循序渐进，慢慢引导。

“这么长的时间，你对这里应该有一定的了解吧？能跟我说说吗？说什么都行。”

少女带着伤疤的手不断揉捏着衣角：“祆景宗，本来是两个宗门，一个信仰牯神，一个信仰巴虺的……”

“后来，牯神吸收了一部分巴虺的力量，然后两个宗门就合并了……”

“嗯？这是事实，还是祆景宗的书上记录的猜测？”

此刻李火旺有种听神话故事的感觉，这个故事给他的感觉非常不真实。

“我也不知道……我是听别人说的……我进来的时候，这两个宗门已经合并了……”

少女悄悄地抬头看了李火旺一眼，又重新低下头，她根本不敢跟李火旺有任何的视线接触。

“没事，你接着说。对了，还没问你名字呢。”

“他们……叫我耳玖……”

耳玖，手叁，还有之前的眼陆，祆景宗的人名怎么都是人的器官加数字？

李火旺对这一点有些奇怪，这些并不像是修士的名号。

“你之前的名字叫什么？”

“姜英子……”

“那好，我以后就叫你英子了。英子，这四年里，你在祆景宗内看见过那些人给别人治病吗？”

英子轻轻地点了点头：“嗯……看见过几次。”

“都治好了？”

“应该吧，反正后来他们都走了。”

“听起来，这些人还真有点能力。”李火旺心中暗道。

这是一件好事，至少他们没有骗自己，祆景宗确实大概率有解决掉丹阳子的能力。

“那好，英子，我再问一个问题，祆景宗除了《大千录》的仪式外，还有别的什么功法神通吗？”

听到李火旺的话，英子的脸上流露出一丝为难。

“有，但是恩公你要我现在教给你，实在办不到，它们都跟《大千录》一样，都必须手边有东西才能用。手叁前辈肯定不会给你的。”

“所有的能力都必须有书才行？这是什么古怪的门派？”李火旺心中暗道。

“那我再问你，这些书都是谁写的呢？”

“听说是在山洞里的大长老写的，所有的书都是他们写的。”

大长老……

看到李火旺一脸的疑惑，英子又补了一句：“其他人都要用书，可我听说大长老们就不用，任何神通他们信手拈来，只不过我没见过。”

“哦……是这样啊。”李火旺点了点头。

这么看来，手叁并不是袄景宗的掌门，在这宗门内，他顶多算是个小长老。

“大长老平时出来吗？”

“不出来，他们平时都不问世事的，我来了四年只见过他们一次。”

“等等，既然那些大长老举行仪式不需要《大千录》，那岂不是说他们可以随时借用巴虺的力量？”

刚想到这儿，李火旺又马上摇了摇头：“不对，召唤巴虺需要付出代价，它不是那么容易被借用的。”

英子有些不安地看了一眼正在沉思的李火旺：“恩公，你问这个干什么？”

李火旺顿时心中一紧，紧接着他装作语气平静地说道：“你也知道我在跟他们做交易，我这是第一次跟袄景宗接触，所以就想多了解一下，免得被人骗了。”

虽然早已经打定主意，利用英子来打探袄景宗的信息，但是李火旺并没有把自己的真实想法告诉眼前这个只认识不到半天的女孩。

看起来这姑娘是被袄景宗迫害了整整四年多，再加上这一次，她被直接当成炮灰来送死，按理来说，她应该不可能跟袄景宗一条心，不太可能出卖他。

可是在这种事情上，李火旺不想赌，哪怕只有一丝的可能，他也不敢赌，赌输了可是要命的事情。

直接告诉她，自己打算在袄景宗内搞事，风险太大了，万一她为了自保转身把他的计划告诉手叁，那他就彻底完了。

“恩公，你当真要跟他们交易吗？他们……不是什么好人。”

李火旺点了点头：“当然，我知道他们不是什么好人，而且很危险，但这并不代表他们没有用。他们的交易看起来很公平，我没必要拒绝。”

这点李火旺倒没有骗对方，他打算双管齐下，一边找到启动仪式的办法，一边尝试窃取袄景宗治疗的办法。

不管是合作还是窃取，只要能把身上逐渐影响自己的丹阳子去掉，他怎么都行。

第十二章

姜英子

当天晚上，李火旺跟英子聊了很多，一直聊到了深夜。

从她的口中，李火旺得知了很多关于袄景宗的事情，也对这个门派有了一个大致的了解。

这些人很少跟外界接触，他们的最高门规，就是想尽办法寻找窃取巴虺之力的办法，最终跟他们的神一样取而代之。

而且据她所说，袄景宗虽然行为诡异，但是他们格外守规矩。

袄景宗信奉着无规矩不成方圆，破坏门规是个大忌。

李火旺还得知，袄景宗是个大门派，他们跟正德楼以及安慈宫不一样，这个据点只是他们众多据点的其中一处罢了。

像这样的据点，他们有五处，分别在不同的地方。

每年农历六月十三，他们都会聚集一次，相互分享心得。

深夜，李火旺眉头紧锁地思索着，英子的消息让他对整个袄景宗了解得更全面，也让他明白自己面临的困难有多大。

“这两种方法，无论哪一种都有点难办啊……”李火旺自言自语道。

“什么两种？”英子疑惑地问道。

相比之前的战战兢兢和之后的情绪崩溃，她现在看起来情况稳定多了。

“没什么，睡觉吧。”李火旺站起来向着一旁的石床走去。

英子什么话都没说，默默地跟了上去。

在这危险的地方，李火旺没时间想那些有的没的，而且让对方跟自己躺在一张床上，其实也不乏试探的意思。

他极度厌恶和排斥的丹阳子在这个时候，又起到了保险丝的作用。

当天晚上，昏昏沉沉中，激烈的犬吠吵醒了李火旺。

当他迅速点亮油灯，就看到馒头在床边对着床上狂吠。

见李火旺醒了，馒头连忙停下来，对着他开始摇头晃脑地摇起了尾巴。

“呜——”

李火旺看了一眼身旁睡眼惺忪地坐起来的英子。

“爹，怎么了？咱们家的狗怎么叫了？”

等她清醒过来后，这才发现自己说错话了，她脸上顿时露出了些许尴尬之色：“我刚刚做梦，梦到我在家过年了。”

她的表情无比真实，看起来仿佛真的从梦中刚醒来。

李火旺看了她一眼，又环视了一周冷清的洞内，他伸出右手，用两根指头夹住馒头后颈处的皮肉，直接把它拎到了床上。

“睡吧，没事。”李火旺把狗抱在自己的怀里，重新闭上了眼睛。

“嗯……”英子轻轻应了一声，重新在李火旺身边躺下。

屋内重新回归黑暗，李火旺倾听着身边平缓的呼吸声。

“你一个姑娘家家的跟我躺一块儿，当真没事吗？”

李火旺的话刚说完，就听到身旁传来布料滑落的声音。

“我现在连女人都算不上了，跟恩公你躺在一块儿又算得了什么呢？要是恩公不嫌弃，你随意。”

油灯的火光照亮了屋内的一切，李火旺震惊地看着英子那赤裸的身体。

女人该有的东西，在她身上已经看不见了。

除此之外，她那稚嫩的身体上到处都是各种形式的伤口。

这么一具极具视觉冲击的身体摆在李火旺面前，让他感到十分震撼。

“这些……都是他们给你弄的？”

李火旺的声音中带上了一丝颤抖，他心中对袄景宗的厌恶又加重了一分。

“刚开始是，后来有些是我自己弄的，因为只有这样才能融入宗门，成为他们当中的一员。”英子平静地把袍子重新穿上。

紧接着，她的脸上露出些许的讥讽：“我一直以为牺牲如此多，我已经彻底融入，可是没想到，并不是这么一回事。在他们眼中，我根本不是家人，只是一个随时可以丢弃的东西罢了。”

李火旺想说点什么，可是最终还是什么都没说，他重新躺了下来。

“放心，我会带着你离开这个鬼地方的，你可以重新开始。”

这一次英子并没有回答什么。

李火旺明白，自己轻飘飘的一句话什么都解决不了，她无法重新开始了，

她的人生已经彻底毁了。

“嗒——”一条湿漉漉的舌头忽然舔到了李火旺的脸上，那是他怀里馒头的舌头。

李火旺按住了它的狗头。他眼睛大睁，无言地看着头顶的黑暗。

第二天醒来，门口已经有人端来早餐了，红薯粥配上杂粮饼子。

把他们送来的饭菜先给馒头吃了一些，发现没毒后，李火旺便带着英子一同吃了起来。

今天，李火旺并没有再询问英子什么，她在袄景宗的地位比较低，知道的都是一些普通的东西，他自己出去看看说不定才能寻找到机会。

如果手叁发问，李火旺都想好理由了，他想学学这些人是如何举行仪式的。

在英子的带领下，李火旺在整个洞内逛了起来。

不知道到底是他们真的守规矩，还是说静心宫主的信起到了作用，面对李火旺的随意移动，袄景宗弟子们并没有阻拦，只是死死地注视着他。

李火旺越发敏锐的感知让他察觉到这些人的注视中，不单单只是警惕和好奇，还有别的说不清道不明的情感。

不过很快，李火旺就顾不上其他人的视线了，洞内的画面让他的眼角直跳。

如果十八层地狱真的存在，那一定是这里。

好不容易走出了那块区域，还没等扶墙的李火旺松一口气，一个拿着风车的小人影从前方跑过，那是个穿着虎头鞋、戴着虎头帽的小男孩，他举着手中的纸风车大笑着：“爹，你可真慢。”

他身后有一个穿着袍子的袄景宗弟子，张开那满是伤疤的手追了上来：“儿子，你跑得可真快。”

看着他们结伴远去，李火旺的脸色变得十分难看：“这帮疯子！他们难道就没有心吗？”

前面带路的英子侧过头来，看了一眼李火旺，她什么都没说，继续往前走。

“恩公，您昨晚似乎对袄景宗的其他书籍感兴趣，如果需要的话，我的书可以给您，您看如何？”

英子说了半天，却发现没得到任何回应。

等她回过神来，就发现那红衣男人正表情痛苦地抱着自己的脑袋。

“该死的，又来了！”李火旺感觉到四周开始天塌地陷，他知道那幻觉又要出现了。

“恩公？恩公您这是怎么了？”姜英子连忙转头。

呼吸急促的李火旺眼睁睁地看着面前的英子身影扭曲，变成了一个护士的样子。

“把舌头卷进去，乖，别再咬到舌头了。”她对着李火旺嘱咐道。

看到李火旺愣愣地看着自己，没有再继续胡言乱语，那护士惋惜地摇了摇头，转身离开了。

李火旺扭头看向窗外阳光明媚的天空，一时间脑子一片空白，他不知道接下来该做什么。

“等等！在那边，我还在外面呢，这种情况非常危险！”

警觉起来的李火旺连忙语气急促地说道：“英子，你听我说，现在赶紧把我带回屋内，拿绳子给我捆上——”

“火旺。”

李火旺下意识地一抬头，就看到了门口泪眼婆娑的杨娜。

她依然是那一身简单的打扮，白色的毛衣配上牛仔裤，腰间还挎上了一个女士小挎包。

“火旺，你对我的声音有反应了？你清醒了对吗？你认得我了对吗？”杨娜跑了过来，一把握住了李火旺的手。

感受着那熟悉的触感，李火旺的脑子里很乱。几乎是下意识地，他僵在了原地，假装正在发病。

再次呼喊了几声后，杨娜的眼神从激动逐渐变成了极度失望。

她那长长的睫毛上沾上了点点泪珠，轻柔的声音里带上了一丝颤抖。

“火旺，你个大骗子，我们说好要在一起的，这都多久了，你还不醒来！”

听到这话，李火旺心中一痛，他知道这是幻觉，可是他真的无法做到无动于衷：“娜娜，对不起。”

听到这话，杨娜的眼神从极度失望转变成极度激动，她扑在李火旺身上大哭起来。

“对不起，我其实真的很想来看你，可是自从你上电视后，我爸我妈就禁止我来找你。我今天好不容易才过来一趟。”

李火旺轻轻地抱了抱杨娜后，又把她推开了。

“娜娜，你爸说得没错，你以后别来了，我怕我真的忍不住……”

还有半截话，李火旺埋在了心里。

“我怕我真的忍不住又把这边当成了真的。”

杨娜简直不敢相信自己的耳朵，她好似被晴天霹雳当头一击，又好像被人从头到脚浇了一盆凉水，呆立在那里。

她怎么也没想到，李火旺好不容易清醒过来，刚开口说的居然就是这种话。

忽然，她回过神来，举起自己装手机的小挎包，劈头盖脸地向着李火旺砸了过去，一边哭还一边喊：“你说这话，有没有考虑我的感受？为什么连你也这么说！”

“我爸妈劝我放弃！我弟弟劝我放弃！我闺密劝我放弃！现在就连你也让我放弃！我真的坚持得很累了，你为什么还要再补上一刀！你说过喜欢我的！我不想放弃！”

感受着挎包砸在自己脸上的力度，听着杨娜呐喊中的痛苦，李火旺此刻也感同身受。

同样感到痛苦的他伸出双手死死地搂住眼前的少女。

“娜娜！你别这样，我求你了！”

感觉到久违的拥抱，激动的杨娜逐渐停了下来，她把脑袋靠在李火旺的肩膀上默默地流泪。

这一刻，他们仿佛再次回到了几年前的学校天台上，当时的他们也是这样傻傻地抱在一起，一直待到天亮。

时间一分一秒地过去，杨娜依恋地靠在李火旺的身上，她现在就想让这个时间更长一点。

可是她很快感觉到一双手按在自己的腰上，开始逐渐用力，想要推开自己。

杨娜双手使劲地抱住李火旺，不想分开。

但她的力气显然没有李火旺的大，最终她还是被推开了。

看着眼前的少女那双发红的眼睛，李火旺张了张嘴，又停了下来，表情露出难色。

斟酌了许久后，一脸平静的他最终开口说道：“娜娜，答应我好吗？假如哪一天我不在了，你也要好好地活下去。”

“不行！”杨娜回答得斩钉截铁，“我不要你来决定我的选择，我的思想是我自己的！我做什么选择跟你无关！你要是一直不醒过来，我就一直等下去！”

说完，杨娜拎起背包，转身气冲冲地向着外面奔去。

走到门口的时候，她清瘦的身影却又停了下来。

面带犹豫地想了几秒后，杨娜又转过身来，噔噔噔地走到病床边，伸手从挎包里掏出一小袋巧克力，冷着脸递到了李火旺面前。

看着那一小袋精致的巧克力，李火旺对杨娜说道：“今天几月几号？为什么要送我巧克力？”

睫毛上还挂着泪珠的杨娜显然并不想理会李火旺，她用力地拆起巧克力包装袋来。

掏出一颗酒心巧克力后，她一点也不淑女地掐住李火旺的腮帮子，就这么把巧克力硬塞进他的嘴里。

感觉到嘴里的甜丝丝，李火旺笑了：“娜娜，你这是干吗呢？”

他不想再尝试劝说什么，既然都是幻觉，那劝不劝也没什么必要了。

想通这只是自己的幻觉之后，那边的事情究竟如何，自己也无法做出任何选择了。

李火旺这一笑，病房里刚刚还有些紧张的气氛顿时缓和了很多。

“笑什么笑，不准笑！”杨娜拎起挎包打在了李火旺的肩膀上。

“嗞！你轻点，很痛的！”倒吸一口凉气的李火旺用手捂住自己的肩膀。

“喊，挨了一下就怕痛，那你脸上中枪的时候，怎么不知道痛啊？你看看你现在脸上都成什么样子了。”

杨娜从挎包中掏出戴隐形眼镜用的小镜子，嫌弃地伸到李火旺的眼前。

这是李火旺第一次在这边看到自己的脸。

在幻觉中，自己依然是那个青涩的少年，可那张充满朝气的脸被一条伤疤撕裂成了两半。

那条狰狞的伤疤从左上到右下，横跨李火旺的整张脸，把他整个人的气质都彻底改变了。

李火旺用手摸了摸，感受着伤疤特有的粗糙感。

他明白这伤疤是哪里来的，这是那天在幼儿园被子弹擦出来的。

“呵呵，这幻觉还真挺讲逻辑的。”李火旺心中暗道。

小镜子被收了回去，杨娜秀眉微皱地看着眼前的李火旺。

“想什么呢？觉得我嫌弃你毁容了吗？我连神经病都不嫌弃，你觉得我还会在意这个吗？”

李火旺笑着摇了摇头，他伸手抓起白色被单上的巧克力袋，先从里面掏出一颗来塞进自己嘴里。

紧接着，他又掏出一颗递给杨娜：“你也吃一颗吧，我记得你以前特别喜欢吃零食。”

杨娜摇了摇头：“你吃吧，我在外面想吃，什么时候都可以买，你在这里面，想吃到这个可不是那么容易的。”

李火旺点了点头，掏出一颗酒心巧克力塞进嘴里轻轻一咬，丝丝甜蜜瞬间包裹住了他的舌尖。

“确实，这种味道我真是好久没尝到了，好久好久……”李火旺的眼中流露出深深的思念。

他彻底回不去了，只能依靠这虚假的幻觉来缓解自己的思乡之情。

杨娜听到这话，脸上露出一丝心疼，她握住他的手：“你想吃，以后我天天给你买，只是我不知道，下次我带巧克力来的时候，你究竟还清醒吗……”

杨娜的这句话让刚刚有些活跃的气氛迅速变冷了。

斟酌了几秒后，李火旺把口中的巧克力咽下去。看着眼前的少女，他刚想说点什么，却莫名地咳嗽了起来。

“哎呀，吃慢点，上学那会儿我就跟你说了，别在吃东西的时候说话。怎么样，呛着了吧？我去开水房给你倒点水去。”

杨娜说着，拿起旁边桌子上的茶杯，就向着外面走去。

“咳咳！”李火旺剧烈地咳嗽起来，伴随着咳嗽，他从胃部到喉咙全是火辣辣的剧痛。

“不对，不对劲！现实那边肯定出问题了！”

想到这儿的李火旺猛地抬起头来，眼中带着阴冷之意，死死地盯着杨娜的背影。

“你到底是谁？你到底给我吃了什么！”

“啊！”李火旺感觉自己的胃里仿佛有一只活蹦乱跳的刺猬在四处乱撞。

四周的一切开始变得不稳定起来，温暖的阳光、明亮的病房，一切都开始褪色。

当李火旺感觉到自己再次回到那个山洞内时，就发现自己满嘴血腥味，强烈的呕吐欲望挤压着他的喉咙，似乎有什么东西卡在喉咙里。

满脸通红、青筋暴起的他，双手握住了自己的脖子，跪在地上，身体整个弓成虾状。

“呕！”一大摊东西被他再次呕吐了出来。

混杂着些许黑色的血水中，包含着少量碎肉，一些断裂的、细小的黑色触手，还有一些生锈的铁钉。

这些相互糅成团的铁钉子看起来像某种暗器。

当看到这些东西被吐出来，李火旺马上明白过来，自己刚刚吃的“酒心巧克力”其实是这些东西。

他刚抬起右手，顿时感觉肩膀一疼。

李火旺颤抖着向自己的胳膊看去，发现上面出现了一道深可见骨的伤口。

那个位置刚好就是之前杨娜拿挎包砸他的地方！

“有人想趁我陷入幻觉的时候杀了我！”李火旺瞬间明白过来了。

李火旺瞪着布满血丝的双眼看向四周，结果发现那一排排袄景宗弟子，如同墓碑般立在原地，沉默地看着自己。

李火旺表情一狞，单手向后一摸，《大千录》迅速在地上铺开，从他嘴角流下的血液不断滴在这红色的竹简上。

锵的一声，李火旺拔出长剑，指向四周的袄景宗弟子。

“你们什么意思？这就是你们守规矩的方式吗？真的觉得我是软柿子随便捏吗？”李火旺怒吼着。

李火旺的声音在洞内回荡，却没有引来任何一个人的回答。

所有袄景宗弟子依然站在原地，用那讥讽、好奇和疑惑的目光看着李火旺。

就在李火旺以为他们打算跟自己鱼死网破的时候，眼泪汪汪的英子从人群中冲了出来，吃力地把他搀扶起来。

“恩公，我们走，我们快走，你别跟他们对视。”姜英子的声音里带着焦急，向着浑身是血的李火旺催促道。

李火旺把目光投向一旁的英子，那冷冰冰的眼神跟看其他人分明没有任何区别。

他缓缓地从腰间的葫芦里倒出几颗润血丹，放进嘴里。

就这样被英子搀扶着，穿过众人的注视，李火旺重新回到了属于自己的那间洞穴。

体内的疼痛依然没有减轻，然而他现在并不能做什么，只能躺在床上硬挺着，等着自己拥有加强恢复能力的身体自愈。

等安静下来后，李火旺发现自己不仅身体内部有伤，连身体上也有刀伤，回想起之前的幻觉，这些伤口刚好可以跟杨娜拿挎包砸自己的情景对上。

一旁的英子看着李火旺的伤口，表情带着些许挣扎，她从袍子内掏出一本被蜡包裹的书：“恩公，您忍着点，我来帮您疗伤。”

她刚要靠近，李火旺右手猛地一挥，把那蜡书甩飞了出去。

“刚刚我身边只有你在，你告诉我，这里到底发生了什么事？”

英子颤抖的双手死死地握住自己的袍子，她看起来十分惊慌：“我……我不能说……他们会杀了我的！”

李火旺看着眼前一直垂着脑袋的英子，这才发现自己从认识她到现在，从来没有跟她对视过。

“你抬起头来，看着我。”

听到李火旺的话，英子显得更加忐忑不安。

一直低着脑袋的她，视线不断地躲闪，始终不敢跟李火旺对视。

“你到底在怕什么？你是不是根本就是那些人埋伏在我身边的卧底？你昨天晚上说的那些话其实根本就是瞎编的吧？你们这些恶人到底有什么目的？”

“不是这样的，不是的……”英子的呼吸很乱，她仿佛在忍耐着什么。

“既然你不是跟他们一伙的，那么刚才到底是谁伤的我！说啊！你们这些人不是讲规矩吗？这就是你们的讲规矩？你们不作恶会死吗？”

听到这话，英子表情极度挣扎，连嘴唇都已经咬出血来。

就在她刚准备说点什么的时候，门口传来了敲门声。

李火旺跟英子同时一扭头，就看到一黑袍一白袍两个两米多高的袄景宗弟子好似门神一样，沉默地站在那里。

英子很明显比李火旺更了解这两个巨人代表什么含义，她身体颤抖地向着门口走了出去。

“搞什么名堂？连装都不装一下，这是彻底撕破脸了吗？”

李火旺重新把眼睛闭上，企图尽可能地恢复。

他不能让伤口再恶化下去了，再恶化下去丹阳子就要出来了。

忽然，他感觉到自己的伤口上有动静。

等他睁开眼睛，才发现那是馒头。

垂着两只耳朵的馒头悄悄地靠了过来，轻轻地用舌头舔着李火旺身上的伤口。

“馒头啊馒头，下次你还是别守家了，就跟着我吧，我身边真的缺不了你啊。”李火旺用手摸着馒头的狗脑袋，喃喃自语道。

忽然，馒头那消瘦的身体猛地一缩，脑袋向门口看去。

发现什么都没有后，它继续低下头来，舔着李火旺身上的伤口。

李火旺眉头紧锁，同样看向了门口。

他明白刚刚馒头是怎么回事，它听到了叫声。

听觉加强了很多的李火旺同样也听到了那细小的声音，那听起来仿佛是女人的叫声。

联想到之前被带走的英子，那叫声是谁的，一点都不难猜。

李火旺眼中露出一丝犹豫，最终他还是用手在狗背上一按，咬牙站了起来。

“这一天天的，净是事！就不能让我好好歇会儿吗？”

摇摆着好似破麻袋一样的身体，李火旺向着外面缓缓挪去。

声音越来越大，最终李火旺在一处宽阔到有回声的溶洞内找到了他们。

英子被人吊了起来。

“嗖——”李火旺抠下一块石子，弹飞了出去，直接斩断了挂住英子的锁链。

浑身是伤的少女重重地摔在了地上。

李火旺走到她前面，替她挡住了其他人的视线。

紧接着，他对着一旁浑身焦黑的手叁严厉质问道：“你们袄景宗的人是怎么做到把说话当放屁的！我就问你，我们的交易到底还算不算数！”

手叁看着李火旺出现在这里，实在有些意外，紧接着，他面带一丝玩味地说道：“静心宫主的面子我还是要给的，我们当然说话算数，交易依然有效。”

看着手叁非常淡定地说出这些话，李火旺开口回复道：“好！我再信你一次！像今天的事情，我不想再看到！否则把我惹急了，大不了我把身体让给丹阳子，大家一块儿完蛋！”

听到李火旺的威胁，手叁脸上带上了一丝不悦，可是他十分忌讳地打量着眼前的男人，最终什么都没有表示。

在一众袄景宗弟子的注视下，李火旺伸手把地上的英子搀扶起来，拉着她一步一步地往回走去。

等到他们离开后，手叁扭头看向身旁一位完全没有任何特点的袄景宗弟子，压低声音问道：“身本忱长老，你也看到了，不打算做点什么？”

英子口中的神秘莫测的大长老居然就在现场。

那人的目光一直盯着李火旺离去的方向：“不行，这心素跟别的心素还不太一样，你之前也看过他的能力，他比其他心素危险得多。先稳住他，等我花时间仔细瞧瞧，摸清底细后再做决定。”

“是，属下知道了。”

重新回到屋内的李火旺，仿佛用尽了所有的力气，直接瘫倒在地上。

只剩一只胳膊的英子犹豫地站在那里，当她看到李火旺身上还在不断流血后，便小心地靠了过来：“恩公，您没事吧？”

“呵呵……没事，死不了。”

听到这话，英子的眼神坚定起来，她向着一旁地上被蜡封住的书走去。

她单手拿着书，跪倒在李火旺的面前，轻声说道：“恩公，您忍一下，我来帮您疗伤。”

说完，她举起手中的书吟唱起来，声音非常古怪，好似用人声模仿火焰燃烧时发出的噼啪声。

“呼！”英子手中的整本蜡书直接燃烧起来，被火焰烧化的白蜡包裹着火焰，直接滴在李火旺的伤口上。

刺啦声响起，李火旺再次闻到了那熟悉的味道。

当英子把手中的书举过头顶时，李火旺身体上那着火的蜡油好似活了过来，开始在李火旺身体上蠕动起来，就像一条着火的鼻涕虫。

爬着爬着，那东西就把李火旺的身体爬了一个遍，将他身上的伤盖得七七八八了。

李火旺疼得差点把自己的舌头咬断，汗水让他此刻看起来仿佛被雨淋过。

然而这还没完，看着那东西向自己脸上爬来时，倒吸一口凉气的李火旺下意识地把脑袋向后仰。

“呵，这种疗伤方式可真要命。”

急促地呼吸了几下，李火旺心一横，张开了嘴巴，直接抓起胸口的火蜒蚰向着自己嘴里塞去。

下一刻，李火旺感受到了吞下一大口岩浆的感觉。

他能感觉到这团岩浆顺着自己的喉咙逐渐向食管爬去。

刺啦声不断，滚滚白烟从李火旺的嘴巴跟鼻子中飘了出来。

那种极度的灼烧感，疼得李火旺掐住自己的脖子满地打滚。

当感觉到那东西快到胃时，颤抖不已的李火旺连忙向一旁的英子示意。

“胃……不行！里面有东西，斗不过！”

虽然英子有些不理解李火旺说的是什么意思，但她还是照办了。

火蜒蚰从李火旺的嘴里爬出来后，并没有消散，而是爬到了英子的身上，开始灼烧起她的手。

在火蜡油的包裹下，她断臂的缺口也开始逐渐愈合。

完成了自己的任务，那火蜒蚰重新爬到书上，重新包裹住书面。随着火焰散去，蜡迅速凝固，那本书重新恢复了原来的样子。

“疼吗？”李火旺看着冒着冷汗的英子问道。

“怎么能不疼？可是跟我弟弟妹妹死的那天相比，这点痛根本什么都算不上……”

李火旺眼神稍稍黯淡，紧接着，他点了点头：“是啊，身体的痛还能忍受，可是心痛真的忍受不了。”

变成了独臂的英子默默地看了他一眼，什么都没说，搀扶起他向床边走去。

看着身边英子的侧脸，李火旺实在有些猜不透对方的用意。

她做的一些事情非常矛盾。

紧接着，他想起之前手叁说的话，便想：“也不知道对方的话有多少可信度，既然都说了，那应该不会再动手了吧？”

两人重新躺下后，身体受伤的李火旺几乎是一沾枕头就睡着了。

昏昏沉沉中，李火旺做梦了，梦到了很多很多。

不过等他再次醒来后，又什么都想不起来了。

等他睁开眼睛时，就看到馒头正在兴奋地对着英子打转，呜呜声里满是讨好的意思。

“你跟它怎么一下子关系这么好了？”李火旺走到石桌前，开始大口大口地吃起早饭来。

英子表情十分复杂地看着馒头，她用手摸着它那发白的四肢。

“我想起来了，它是我街坊家的狗，那年老狗生了七只，它是其中之一。我以为它肯定也死了，没想到它竟然还活下来了。”

看着兴奋地舔着英子手的馒头，李火旺轻叹了口气。

“那么大的一座镇子，只剩下一人一狗，这该死的世道啊。”

“恩公，您说他为何要这么做呢？他是神通广大的仙人，而我们在他眼里连只蚂蚁都不如。难道仅仅因为我们碍着他的眼了吗？”

英子的声音里带上了一丝颤抖，她在努力地压制着心中的情绪。

李火旺轻叹了一口气：“这谁知道呢，这世道就是这样，好人不长命，祸害活千年。”

李火旺跟英子有一搭没一搭地聊着，两人的关系经过昨天稍微拉近了。

“对了，你给我治病的书叫什么？”

李火旺发现那东西还真的挺好用的，虽说治疗的过程非常痛苦，火蜒蚰爬过的地方还会留下伤疤，但他睡了一觉后，伤口居然真的好得七七八八了。

英子把那本蜡书从袍子里拿出来，单手递给了李火旺：“《火祆箴经》，恩公需要的话，就给您了。”

“《火祆真经》？”倍感诧异的李火旺伸手接过那被半透明蜡液包裹的古怪书籍。

透过凝固的蜡液，李火旺看清了上面的书名。

他马上知道自己想错了，姜英子说的不是“真经”，而是“箴经”。

《火祆箴经》是这本书的名字。

虽说治疗过程十分痛苦，但李火旺同样明白这东西的巨大用处。

“为什么给我这个？”李火旺诧异地问道。

“我觉得恩公您可能需要，所以就特意给您准备了。话说这书不是那么好练的，您需要学习一种不同寻常的文字才行。”

英子的手一伸，书上的蜡壳破开，露出里面的内容。

“这是……”李火旺眉头逐渐皱起。

这是一种由各种圆圈形成的文字，大圈套小圈，小圈里面还有小点，圈与圈又各不相同。他根本看不懂半点，这是他从来没有见过的文字体系。

“恩公如果想要理解这本箴经，需要从头学起才行，只有掌握了天火纹的宫商角徵羽，方可更好地使用它。”

说罢，英子又从袍子中掏出一本手抄绘本。

“这是天火纹跟寻常白话之间的对照，恩公可以拿去看看。”

李火旺迅速翻开，发现里面记录得非常详细，字体秀气十足，看起来像是英子自己写的。

对方都做到这份上了，李火旺也不再推托，说起来，他现在确实需要这个。

不过现在他没空看这个，等从这鬼地方出去后，他再慢慢研究。

李火旺把这两本书收起来后，对着英子问道：“你把这两本书擅自给我了，被他们知道了，不会有麻烦吗？”

英子低着头轻轻地摇了摇头，什么都没说。

李火旺心中了然地点了点头，非常认真地看着她："你有苦衷，我不问了，别人尊我一尺，我敬别人一丈。我依然是说话算话，只要你能全身心地帮助我，我依然可以带你从这魔窟中逃出去。"

"嗯！"听到这话，英子窃喜，忍不住地点头。

"恩公，您需要我干什么？我什么都可以帮您。"英子脸上带着一丝迫切地问道。

警惕地向四周张望了一下后，李火旺压低声音继续说道："英子，既然我们的目标相同，那么你也算是自己人了，我现在真的需要你的帮忙。"

说罢，李火旺贴到她耳边细细地说了些什么，英子时不时地点头示意。

半炷香后，两人一前一后从洞内走了出去。

接下来两天，在英子的陪伴下，李火旺逛遍整个洞窟，任何隐秘的地方都没有放过。

手叁并没有食言，这期间真的没有什么人来找李火旺的麻烦，哪怕路上碰到，他们最多也只是注视或者路过。

逛到第三天，李火旺已经把整个洞窟内的布局都彻底记在了自己的脑子里。

"恩公，都记完了，我们接下来该干什么？"默默跟随在他身后的英子小声地问道。

表情坚定的李火旺盯着眼前的洞窟看了好一会儿后，转身向着原路走去。

"走，我们先回去再说，当心隔墙有耳。"

英子此刻如同一位书童般，在李火旺身后默默地跟随。

行走的李火旺忧心忡忡，表情时而凝重，时而狰狞，仿佛在思考着什么事情。

刚走到半截，他被人拦住了，那人不是别人，正是浑身焦黑的手叁。他脸上挤出一个无比瘆人的笑容，点点焦黑皮肤碎屑从脸上跌落在地上。

"玄阳小友，这都第三天了，可有何头绪？可需要老夫相助吗？你要是觉得上一个办法不行，实不相瞒，我今天又想到了一个法子。"

没等对方说出后面的话，李火旺马上就阻止了，他生怕对方说的话污了自己的耳朵。

"我不需要，我说了！办法我自己来找！"

李火旺拉着英子，大步向住处走去。

见状，手叁也没有阻拦，他站在原地，眼神闪烁地看着他们的背影。

当那扇单薄的木门重新关上，屏蔽了外面的一切，李火旺这才松了一口气。

在这龙潭虎穴内生活实在太折磨人了，仿佛是在别人的嘴边跳舞。

“恩公，我们接下来做什么？”

听到身后英子的话，李火旺深吸一口气刚要说点什么，表情又瞬间就僵住了。

“该死的，又来了！”李火旺背靠着身后的木门，缓缓地滑坐在地上。

“恩公？恩公，您没事吧？”英子连忙小心地靠了过来。

而此时的李火旺愣愣地看着眼前的少女，表情微微挣扎后轻声说道：“妈？你来了？我不吃橘子，你能出去一会儿吗？我有些事情要处理。”

“我知道，我当然明白，那边是幻觉。你别为我的病担心了，我有点渴了，你能帮我去开水房倒点水吗？”

“我不要保温杯里的水，我就要开水。”

“恩公……”看着面前疯癫的李火旺，英子表情迟疑地叫了一声。

片刻后，刚刚还一脸微笑的李火旺，表情忽然变得十分凝重。

他眼中没有任何焦距地向四周看去：“英子，快，把我绑起来，绑到床上！等我清醒过来之后再给你解释！”

话刚说完，他脸上的神情又是迅速一变：“爸，你怎么也来了？你今天不用上班吗？”

英子站在原地，看着眼前的红衣男人对着空中胡言乱语，她却并没有按照对方的话来捆绑住对方。

“妈，多谢，你别喂，我自己能喝。”李火旺双手向半空中托起，向自己的嘴里倒去。

看着李火旺大张的嘴巴，英子颤抖着右手从袍子里面掏出一团由各种生锈的铁钉子缠绕而成的铁荆棘来。

看着眼前的李火旺，英子犹豫了片刻，又把那团铁荆棘放了回去。

“好好好，我吃橘子会自己剥的，你别来了。”

当英子把伸进袍子中的手再次拿出来时，她的手中多了一瓶药。

满是铁锈的铁荆棘被扔了进去，被腐蚀得刺啦作响。

很快，这团被腐蚀得不断冒着黑烟的铁荆棘，被英子送到了李火旺的面前。

“呜呜——”馒头好奇地跑过去，疑惑地看着面前它无法理解的一幕。

“砰！”英子右脚猛地踢出，直接把馒头踹飞了出去。

吐血的馒头挣扎着站起来摇晃了几下，最后又踉跄地摔倒在地上。

“妈，别剥了，我吃的橘子已经够多了。”

李火旺伸手把那颗冒烟的铁荆棘接了过去。

此刻，英子站在原地，看着面前的李火旺，身体甚至因为激动而颤抖不已。

铁荆棘离李火旺的嘴越来越近，可就在两者即将接触的瞬间，李火旺忽然停了下来。

拿着铁荆棘的手被腐蚀得一片模糊，微微一松，那东西从李火旺的脸颊前划过，掉在地上滚了滚后停止了。

此刻的李火旺没有丝毫的疯癫，他用冷漠到极致的目光盯着眼前的独臂少女：“为什么？”

“为什么！”李火旺那冷漠的声音再次在房间内回荡。

“那些人都把你折磨成这样了，你居然还在帮那些恶人对付我！为什么！”

“我都说了带你离开这个鬼地方，我对你还不够好吗？你到底有没有心！还是说你在这儿四年，彻底被这些恶人同化了！”

“呵呵……”

随着李火旺说起这些话，英子忽然笑了起来。

在低沉的笑声中，英子缓缓地抬起头来。

这是英子第一次跟李火旺对视，她的脸上一边笑着，一边缓缓流下泪水。

英子那双浅棕色的瞳孔中，充斥着如有实质般的仇恨。

那种仇恨是如此极致，以至于她仿佛随时都会扑上来，把李火旺生吞活剥。

李火旺在这一刻才明白过来，姜英子为什么从来不与他对视，因为她怕自己会忍不住动手。

几乎就在同时，两卷《大千录》迅速在地面上铺开。

在《大千录》的加持下，李火旺看着自己的灵气在空中迅速扩张，如同一张网般，向前方扑去。

姜英子那变成长骨锥的尾指，被李火旺的灵气迅速包裹住，无力地掉在了地上。

看到地上的东西，姜英子当即反应过来，双方攻击使用的都是《大千录》，同宗同源，想要战胜对方，唯有比对方更狠。

扑哧一声，姜英子毫不犹豫地把右脚踩在了《大千录》上。

随着红色竹筒上的特殊文字爬满那只脚，敏锐的李火旺瞬间感觉不妙。

“不行！有重大危险！”

李火旺第一时间迅速后退，从屋内跳到了外面的溶洞。

就在姜英子步履蹒跚地从屋内追出来之时，刺耳的铃声骤然响起。

还没等她做出任何举动，一个由许多线条形成的“游老爷”迅速从地下钻出，围住了姜英子。

半个身体瞬间失去知觉的姜英子重重地摔在了地上，可是她并没有放弃。她咬着牙，不顾一切地挣扎着就要站起来。

下一秒，当一把锋利的长剑贴上她的脖子时，胜负已分。

李火旺并没有马上动手，反而是死死地盯着英子的面孔。

他咬牙切齿地说道：“为什么！我要知道为什么！袄景宗是不是拿你的亲人胁迫你了！”

“嗒嗒——”李火旺听到了四周传来的脚步声，洞内的袄景宗弟子显然听到了声音。

李火旺转过身来，就看到手叁正在向这边靠近。

“你觉得这样有意思吗？一而再、再而三地违背诺言！非要命令英子来对付我！有本事当面来啊！”

此时李火旺已经对整个袄景宗厌恶到了极点，这些出尔反尔、阴险狡诈的自虐狂！

接下来手叁的表情却出乎李火旺的意料，他焦黑的脸上带着些许疑惑。

“不知你所说何事？老夫并未下令耳玖动手，实际上对你动手对我们非但无任何好处，反而还是相当危险的一件事。”

“你还在骗我！铁证摆在面前了，你还在骗我！”

就在李火旺表示不信的时候，一道女声突然插了进来。

李火旺猛地一回头，低头看向姜英子。

这位少女依然趴在地上，用那阴毒的眼神死死地盯着李火旺。

“呵呵……你之前不是问我为什么吗？好，我来告诉你为什么。”英子咬牙切齿地盯着李火旺的眼睛说道。

英子褪下了身上的袍子，把那残破的身体暴露在空气中。

“因为你害了我全家！我现在的一切磨难都是拜你所赐！”

李火旺先是感觉到极度的荒谬，紧接着就认为眼前的女人彻底疯了。

英子用颤抖的手指指了一圈四周围上来的袄景宗弟子："你总说他们是恶人，说他们是没有人性的畜生，可是在你面前，他们根本没法比！"

英子用逐渐沙哑的声音声嘶力竭地呐喊着："四年前，就是你杀了整个镇子的人！在你面前，他们算得了什么恶人！他们不配！"

听到这话，李火旺的脑海里仿佛炸了一颗响雷。

"不，绝对不可能！我跟你们这些垃圾不一样！我是好人！"李火旺下意识地反驳道。

"哈哈！你是好人，对！你是大好人！"英子用颤抖的手指着李火旺的脸，疯狂地大笑着，"卖豆腐的婆婆，我隔壁的连抓周都没抓的孩子，还有我爹我娘！都被你眼睛眨都不眨一下杀光了！到头来你却说你是好人！"

看着她眼神中坚定的恨意，李火旺的心中产生了一丝动摇。

李火旺努力地寻找自己的记忆。他翻遍了四年前的记忆，发现自己一点印象也没有，那时候他甚至没有发病。

他印象最深的一件事情就是自己去参加运动会，跟其他人一同在热闹的操场挥洒着汗水。

"不，我没有！根本不可能！四年前我根本就还没来到这里……好吗？"

李火旺忽然间察觉到了什么。

感觉到李火旺声音中的一丝动摇，英子表情忽然一狞，她的手掌轻轻一动，一片薄如蝉翼的银色叶片飘了出来。

她用两根手指夹住叶片，随着脖子上的长剑猛地一拉，她的身体瞬间僵住了。

她的生命快速流逝，身体轻微摇晃几下后软了下来，瘫在了地上。

几息过后，李火旺仿佛才反应过来，他急忙扑上去，双手颤抖地把对方抱在怀里，用手捂着她受伤的脖子，掏出润血丹就往她嘴里塞去。

"你别死！你不准死！你给我把话说清楚！这到底是怎么回事！"

"咳……好人……"英子看着搂着自己的李火旺，脸上露出极度讥讽的笑容，"好人……"

她的手无力地垂了下来，瞳孔逐渐涣散了。

李火旺的呼吸此时有些乱，他抱着英子的尸体站了起来，对着四周的袄景宗弟子们大喊着："玩够了没有！你们到底想干什么！你们这些残忍、诡异、恶心的疯子！想要心素直接抢啊！骗我有意思吗？"

一旁的手叁听到李火旺说这话，脸上露出一丝玩味。

“看来你当真忘记了四年前的事情。四年前那天，你确实害了全镇的人。眼见喜长老看不过眼出面阻止，你反而跑到我们这里来大闹一通，撞坏了不少火字庙，我们费了好一番功夫才把你送走。”

“是我？是我害了整个镇子？是我杀了英子全家？”

颤抖的李火旺扭过头来，看向面前死去的少女的眼睛。

她那完全无神的瞳孔已经放大到了极致，那讥讽的笑容依然挂在脸上。

“我杀了她，杀了一个想要为自己父母报仇的女孩子？原来我才是最该死的那个？”

这一刻，李火旺开始感到害怕，极度地害怕。他猛地推开英子的尸体，后退了一大步。

他颤抖地举起自己的双手，看着自己的那双手彻底被英子的血染成了红色。

“不，不对！不是这样的，我四年前根本就没有来过这里！哪怕四年前我来过这里，我也不可能杀了全镇的人，更没有能力到袄景宗内大闹一通！我只是一个普通人！”

“你可不寻常，寻常人可没有你这个能耐。”有人插话了。

看着眼前越发惊恐的红袍男人，一旁的手叁继续解释：“按理来说，老夫本来是不想跟你有过多接触的，谁知道你会不会半路发疯？不过既然静心宫主开了口，我们就卖她一个人情。”

“你给我闭嘴！别想骗我了！你们不是贪婪心素吗？装什么装！我就在这儿！动手吧！”

看着李火旺怒瞪向他，手叁稍稍后退一步：“玄阳小友你冷静点，我们可是帮你的，你可不能恩将仇报。”

对方的话没有任何帮助，反而让李火旺心中的恐惧更深了，他们说得跟真的一样。

手叁轻轻一摆手，让四周准备动手的袄景宗弟子后退。

“玄阳小友，我们袄景宗虽然在外面名声不好，但我们跟你可不一样，不随便杀人的，凡事都讲究一个名正言顺。”

又低头看了一眼英子的尸体后，双眼通红的李火旺咬着牙埋头向着洞外冲去。

看到气势汹汹冲上来的李火旺，所有挡路的袄景宗弟子纷纷背靠墙壁，给他让路。

洞外面是晚上，圆圆的月亮挂在空中，迎面而来的冷风让李火旺清醒了一些。

他踉跄地走到一棵树边，背靠着树干用手捂着自己的脸蹲了下来。他的身体不由自主地颤抖起来。

“我是杀人如麻的杀人狂？我是比丹阳子还要可恶的畜生？我真的杀了英子全家？结果我又把复仇的英子杀了？”

强烈的压抑跟痛苦如同山般压在了李火旺的脑袋上，让他心中的那根弦绷到了最紧。

他敏锐的听觉听到了有脚步声靠近，可是他现在只想躲起来，什么都不想理会。

忽然，他感到有人在自己肩膀上轻轻地拍了拍，那声音带着一丝担忧地问道：“玄阳小友，你这是要走吗？那咱们之前说的还算不算数？”

对方的话轻易打破了李火旺脆弱的自闭。

“不可能！绝对不可能！我这就找证据去！那镇子根本不可能是我灭的！”

李火旺重新站了起来，他一把推开面前的手叁，径直向着山下的镇子冲去。

看着消失在山间小路的李火旺，手叁侧身恭敬地对着一个国字脸的袄景宗弟子询问道：“身本忧长老，你看这……”

那国字脸男人眉头微皱地思索片刻后说道：“跟过去看看，记得稳当点，别把自己搭进去了。”

第十三章 坐忘道

在月光的陪伴下，李火旺重新来到了这座死镇上。

黑暗中，枯萎稀疏的树林中的空无一人的死寂小镇，这一切搭配在一起是那么的瘆人。

可是李火旺根本不在乎这些，慌张的他冲了进去开始翻找起来，哪怕手被割得血流不止也没有停下来。

当他找到一具躺在地上的骸骨时，眼前顿时一亮。他从怀里掏出萤石，凑过去细细地打量起来。

“颅骨左侧全碎了！这是被钝器打击而死的，这不像是我的做事风格，再说我根本不喜欢用钝器。”

李火旺的心情逐渐稳定下来，他有条不紊地继续翻找其他骸骨。

“这尸体的骨头都焦黑了，并且一碰就碎，这是被烈火烧死的，这我也不可能办到。”

“还有这个更离谱，他一半身体露在外面，一半身体卡在墙壁里，我怎么可能办得到？”

看到的死状越多，李火旺内心就越轻松。

看到眼前的一具骸骨如同鲜花般在地上绽放，李火旺心中那块石头彻底放了下来。

“我没杀人，我不是杀人狂，英子根本就记错了！”李火旺再三确认着自己的身份。

不过紧接着，另一个问题在李火旺的脑海中蹦了出来：“英子为什么会认错？难道当初有个恶人长得跟我一模一样？”

“嗯……这是个麻烦事，说不定将来还会因此有不少麻烦呢。”

“不过这件事情，等以后再说吧，我还是先想办法把丹阳子解决掉。”

李火旺刚准备从这腐朽不堪的木屋内走出去时，旁边的一些纸张引起了他的注意。

平静下来的他走过去，把那些纸张拿了起来。

纸上面沾了不少血，看起来是有人临死时写的。

上面写的内容，李火旺已经分辨不清楚了，很多字他已经不认识了。

“等等，这三个字好熟悉啊。”

眉头微皱的李火旺用手指摸着纸上最后的三个毛笔字，心中非常疑惑地想着。

他在这里摸了很久很久，就在他的眉头越皱越紧的时候，忽然，他脑海中猛地炸响。

“李火旺！这三个字是李火旺！”

兴奋地喊出这三个字的瞬间，李火旺感觉到被人扼住了喉咙。

他审视着四周的骸骨，瞳孔时而放大又时而缩小，恐惧开始逐渐侵蚀他的内心。

“不……不可能！英子肯定认错了！他们的父母不是我杀的！这些人也不是我杀的！”

神经质的李火旺口中不断喃喃自语地反驳，可是他的情绪越来越激动。

他可以找各种理由来欺骗自己，可手中那张纸上的三个字让他不得不面对现实。

啪的一声，李火旺心中的那根弦瞬间断了。

“李火旺！是你杀了他们！你这个疯子！”

“不！我没有！我没有！我没有！我跟丹阳子他们不一样！”

额头青筋暴起的李火旺跪在一片骸骨中央，歇斯底里地对着空中大喊着。

“嗖——”一颗长着毛发的药丸翻滚着，飞进了李火旺的嘴里。

刹那间，他心中的压抑、愧疚和痛苦瞬间被放大了好多倍，几乎快把他的心给吞噬掉了。

这时，一个人缓缓地走了进去，那是手叁。

浑身焦黑的他轻轻地打了一个响指，浓浓烈焰瞬间包裹住了他全身。

随着他轻轻一挥手，他身上的炙热火焰顺着地面迅速蔓延过去，把李火旺整个身体都包裹住了。

火焰不断燃烧着，燃烧着李火旺的一切。

不知道是吃进去的药丸的效果，还是因为浑身包裹着火焰，李火旺看到的一切都开始产生畸变。

四周本应该不再动弹的骸骨开始如同树木般生长起来，一边生长还一边光怪陆离地扭动着。

“啊……啊……啊！”

随着李火旺的嘶吼，火焰仿佛找到了一个入口，瞬间钻了进去，开始从内部灼烧着他的五脏六腑。

“玄阳小友，是时候了。”

手叁走了过去，伸手把李火旺腰间的《大千录》铺在他的面前。

生不如死的李火旺，透过重重火焰看了过去。

此刻他面前的《大千录》不再是并排排列的竹简，而是一条条蠕动的虫子，身体带着古怪文字的它们整齐排列，形成一排极为古怪的肉简。

“这……到底是怎么一回事！”

李火旺此时感觉自己的脑子乱成了一锅粥，又或许在烈焰的高温下，他的脑子已经成为一锅粥。

已经脱下袍子的祆景宗弟子们从四面八方逐渐围了上来。

他们拖着残破的身体，按照某种规律以李火旺为中心环绕盘坐。

不过在李火旺的眼中，他们现在所有人都是身形模糊的各种怪物。

手叁看着烈焰中的李火旺，稍稍后退一步。

“小友，你别忘了自己来本宗的目的，现在时机成熟了，该打开通往苦海的门，让巴虺重见天日了。”

李火旺用同样在燃烧的双眼，看向了他：“你骗我！这一切都是你骗我的！”

“不，老夫没有骗你，只不过这恰好是个机会，所以老夫才稍加利用罢了。你难道不想摆脱你师父吗？只要你把巴虺召唤出来，长老们就有办法搞定缠在你身上的丹阳子。”

李火旺哀号着举起焦黑的双手，轻轻地按在那些刻满铭文的虫子上。

这一刻，李火旺身心都开始逐渐变化成另外一种东西，就如同之前一般。

这种场景李火旺非常熟悉，这些都是巴虺现身的前奏，他的五官感知也开始扭曲融合，刚刚无云的天空骤然变色。

看到这一幕的手叁兴奋起来，他身体颤抖着，仿佛在期待着什么：“折腾了这么久，终于要来了。”

然而，事情并没有如他所想的那样发展，一切的异变刚开始很激烈，但很快趋于平静。

“怎么回事？”激动的手叁下意识地看向李火旺，不知道为什么在这一瞬间，他感觉到对方有些不太一样了。

也在此时，李火旺缓缓地把双手从《大千录》上抬了起来。

他的声音里带上了一丝疑惑。

“你说……我为什么要这么难受？他们的死跟我有什么关系？这地方本就是弱肉强食，真的好笑，我愧疚什么？更何况，这一切说不定都是袄景宗的那帮自虐狂骗我的！”

这话一出口，李火旺就感觉自己身上那山一般的压力不翼而飞了。

看着忽然变了一个人似的李火旺，手叁有些忐忑地问道：“小友？你是不是被你师父影响太深了？坚定本心啊，小友，你难道想彻底被你师父取代吗？”

说完这话，手叁就看到烈焰中的李火旺双手猛地抱住脑袋，表情痛苦地挣扎起来，他开始自己跟自己吵架。

“死了就死了！关我们何事？你是大善人吗？自己都活成这狗屎样子，还有工夫理别人！”

“丹阳子！滚出我的脑子！我的三观我做主！你休想再影响到我！”

随着他的呐喊，四周异变的天象，也在随之扩大又缩小。

随着时间的推移，一切最终还是有所改变。

在这千钧一发之际，李火旺再次感觉到四周骤变，安静祥和包裹了自己。

他再次醒过来时，发现自己正穿着束缚衣，躺在轮椅上被自己母亲推到医院的院子里晒太阳。

“呼……呼……呼……”惊魂未定的李火旺大口喘着气。

被各种事情折磨的他终于有了一丝喘息的机会。

他现在就想什么都不做，安安静静地休息一会儿。

“儿子？儿子你清醒了是吗？”孙晓琴惊喜地发现自己儿子跟之前疯疯癫癫的样子明显不一样，会用眼睛看东西了。

李火旺看向了自己的母亲，表情十分复杂：“妈，你知道吗？我真的不想陷入幻觉，在幻觉里我活得真的好累。”

孙晓琴心疼地用双手把他搂在自己的怀里：“没事，不怕啊，不怕，那些都是幻觉，都是假的。”

李火旺闭上眼睛深深地吸了一口气，说实话，现在他真的很想逃避，他不想再受苦了。

与这边的安静祥和，还有自己的家人和杨娜相比，那边简直就是地狱。

刚刚发生的事情仿佛此时才追上来，钻入了李火旺的脑子，他的表情开始变化。

“妈……你说我是谁啊？”

“你是李火旺啊！是我的儿子啊。”

“那你的儿子又是个怎么样的人呢？”李火旺的声音中带着一丝迷茫。

孙晓琴的手在儿子的脑袋上抚摸着：“李火旺是个好孩子，他待人真诚，懂事，学习努力，你还记得初二那天下午吗？那天在公交车上……”

听着母亲的那些话，李火旺回想起过去的种种，回想起自己做过的那些事情。

来到这边经历太多太多，多到李火旺都忘记自己是什么样的人了。

他变了，向更坏的方向变了很多，不仅仅是受到丹阳子的影响，同样也是被那个世界所影响。

渐渐地，他的眼神开始变得坚定：“是啊……这才是我，这才是真正的李火旺。那多疑又愚蠢，容易被人骗，没有任何善恶价值观的不是我，那是丹阳子，那不是我！”

“妈，把我推回去吧，我待会儿可能会有点吵，你多担待点。有时间我会回来看你的，没钱了就跟我说。”

…………

看着被火焰包裹的李火旺焦黑的脸上露出诡异的笑容，他在那儿自言自语说出这些话来，眉头微皱的手叁再稍稍后退一步：“长老说的果然没错，这小子跟寻常心素还真有点不一样，这下真有点不好办。”

就在他一筹莫展的时候，忽然听到身后有动静。

当他一转身，脸上的表情马上绷紧，身体上燃烧的火焰迅速减弱，重新钻入他的体内。

“眼见喜长老、耳听怒长老、鼻嗅爱长老、舌尝思长老、意见欲长老、身本忧长老，诸位怎么都下山了？”

“情况如何？”国字脸的身本忧看起来似乎有些不满。

“那心素就站在那里，您也看到了，他不按咱们的套路来。”有些心烦的手叁用焦黑的手指指向了远处的李火旺。

六人相互对视了一眼后，其中一个高个子女人走过去说道：“差不多了，再推他一把。”

话音刚落，随着六人抬手握拳，包裹住李火旺的火焰瞬间拉扯着他，将他死死地压在地上。

“妈，你能快点推吗？我感觉到有些不对劲了，记得把我的嘴堵上。”李火旺盯着天上的月亮，依然喃喃自语道。

“我来吧。”完全是青楼花魁打扮的耳听怒用兰花指夹住自己头顶的秀发，轻轻地往外拉。

一根带着寒光的银针被缓缓地拔了出来，越拉越长。这根针的长度几乎达到了一尺。

随着耳听怒轻轻一弹，那根带血的银针便带着残影飞向李火旺。

“你给他输了什么？可别乱来，当心会出事的。”一旁的眼见喜开口提醒道。

“四年前的一段往事罢了，怕他心苦不够，给他再添点，呵呵。”说到这儿，她那血红色的嘴唇微微上扬，神情很是得意。

长针刺入的瞬间，李火旺立马清醒了过来，脑子里突然出现各种不忍直视的场景，让他不由自主地捂住肚子开始呕吐。

他看清楚了，那真的是他自己，自己一边狂笑着，一边在小镇内肆意妄为。

除了一个人，姜英子，因为她当初的样子跟杨娜小时候有几分相似。

这根本不是李火旺能承受的。

“这镇上的人真的是我杀的？”李火旺再一次开始自问，这好像没有必要回答什么，因为只有他才会对杨娜小时候的样子手下留情。

几乎就在这瞬间，伴随着焦黑的李火旺的呐喊，天裂了。

所有人同时抬头，他们看到天空的最深处，在一片深不可测的辽阔的黑暗深渊里，无限的、更深的黑色世界与太阳在其中旋转之地，有着什么东西在动。

在场所有人的五官感知同时开始发生变化。

所有人的视觉、味觉、嗅觉、听觉都融合在了一起，形成了一种寻常人无法理解的全新感知。

唯有这样，他们才能真正“看”到巴虺。

“终于成功了！”虽然浑身被那几乎形成实质的恐惧包围，但手叁还是兴奋地喊了出来，“快开始！所有人都准备好！”

话音刚落，围绕着李火旺双腿盘坐的其他袄景宗信徒同样行动起来。

他们齐刷刷地“看”向了空中的巴虺，眼中充满渴望。

红色的灵气顺着每个人的皮肤涌出，滴落在地上，形成一道道极其复杂的钩形灵符。

灵符与灵符之间相互配合，逐渐形成一个巨大的符阵。

眼看着这符阵就要完成了，随着符中心的李火旺轻轻一抬手，四周躺在地上的所有灵符瞬间立了起来，围绕着他的身体缓缓旋转起来。

巴虺是被李火旺召唤出来的，至少在这一刻，他短暂地获得了巴虺的一部分能力。

被破坏了计划，六位长老同时怒瞪着被绝望包围的李火旺，其中眼见喜率先说话了：“年轻人，你这是何意？”

李火旺双膝无力地跪在地上。他身体摇摇晃晃，仿佛随时都有可能摔倒，双眼更是没有一丝生机。

思考对于现在的他来说非常困难，可是他依然强撑着一切。

“要我做的事情我办到了……现在……该你们了。”他喃喃自语道。

“现在？你疯了吗？你可知我们为了这一刻等了多久！”

“休要胡闹！速速把灵符还回来！”

“你当你是什么东西——胆敢威胁我等？”

李火旺的一声暴喝把所有人的声音都压了下来：“必须现在！我没拿到我的，你们的也别想要！”

哪怕到了现在这种地步，李火旺依然明白，自己跟他们根本没有任何交情，自己还是心素，如果不趁着手里有牌的时候交易，等自己没有了巴虺的力量，那更没有谈判的余地了。

“你们也可以现在弄死我！可是那样你们这些天都白忙活了！”

“只要帮……帮我解决了丹阳子……接下来你们干什么我都懒得管！”

李火旺用最后的力气说出了自己的条件。

紧接着，他的身体开始颤抖，身上的灵力开始向四周蔓延。

所有袄景宗弟子纷纷匍匐倒地。

“停下！我们现在就帮你清理掉丹阳子！”

摇摇晃晃，几乎快被压垮的李火旺笑了。

就在所有人的注意力都在李火旺身上的时候，谁也没有留意到空中的巴虺又一次看了李火旺一眼。

李火旺摇摇晃晃地看着远处的“六人”，现在的他们在他眼中同样大变样了。

他们的身体还是老样子，可是五官完全扭曲变形，重新拼接成一张张不同的方形麻将牌。

“停下！我们现在就帮你清理掉丹阳子！”

听到这句话后，崩溃中的李火旺笑了，这个笑仅仅是本能反应，他的心中没有任何喜悦。

这个时候他本应该高兴才对，然而现在的他完全丧失了感知喜悦的能力。

他所有的力气都用来抵抗寻死的强烈意志了。

浑浑噩噩中，李火旺看到其中一位长老说话了。

“玄阳，双腿盘好！双手窝丹田，掐卧龙诀，守住心房！”

李火旺尽自己最大的努力照办了，他四周的灵符随着他身体的摇晃而颤抖。

紧接着，李火旺看到那六位长老靠近，在距离自己三丈远的地方双腿盘坐，围成一个圆形。

随后六人同时开口，出乎李火旺意料的是，他们说出来的并不是什么晦涩的法令、古怪的咒术，而是一个带着重重回音的反问句。

“何为坐忘道？”

“堕其肢体，黜遁聪智，离形去知，同于大通，此谓坐忘！”

随着他们自言自语，六人身上的衣物开始被风鼓起，并且悬浮在空中，四周的一切颜色都出现了错位。

“非也！”一种不知从何而来的声音，瞬间占据了所有人的心房，四周一切刹那间黯然失色。

“非也！”

“非也！”

“非也！”

“非也！”

“非也！”

“非也！”

六位长老同时开口重复，那声音瞬间放大了无数倍。

裂开的天空开始被乌云覆盖，李火旺融合在一起的五官感知逐渐回归，但又与之前有点不太一样了。

“坐者，动也。忘者，念也。非坐则止其役，非忘则息其思。役不止，则神静。思不息，则心宁！”

这段话被六位长老说出口，李火旺仿佛感觉到了什么，瞬间抬起头来，紧接着，他看到了隐藏在黑云中的丹阳子。

这一次的丹阳子又跟上次有些不一样，有一根脐带般的半透明的东西，从他那里连到了李火旺的身上。

丹阳子的三个幻影同时看向了李火旺，六双眼睛都带着极度的恨意瞪向了李火旺。

“孽徒！又在找人对付为师？哼哼！你以为你躲得掉？为师已经是神仙了！”

“神仙……神仙……呵呵呵……”处于崩溃边缘的李火旺看着丹阳子身上那些令人作呕的触手器官。

他深吸一口气，对着丹阳子呐喊着：“你这种人也能做仙？你凭什么做仙？这地方还有没有天理！”

“哼哼！你害的人可不比我少，你有什么资格说这话！”

丹阳子右边的孩童幻影微微一晃，一把锋利的铜钱剑被他那三根触手缠绕着。

他带着那扭曲的身体，如同猎鹰般踏着黑云向着下面的六位长老扑来。

没有理会头顶的丹阳子，六位长老同时双手掐诀，指向了符阵中心的李火旺。

“三花聚顶本是幻，脚下腾云亦非真。大梦一场终须醒，无根无极本归尘。”

这话一出，空中的丹阳子仿佛被一座大山砸中，带着残影径直向地上落去。

紧接着，浑身着火的李火旺开始感觉到自己肚子有异样，似乎有东西在闹腾。

也许这很痛，但是此时的李火旺已经感觉不到了。

他只看到自己与丹阳子相连的那条“脐带”变粗变深了，仿佛自己都可以用手抓住了。

双手试探性地试了试，他发现自己真的可以摸到了，甚至会因为自己双手上的火焰，那根“脐带”还会被烧到。

“这……这不可能！！我现在是神仙了！谁敢拦我！”重重地摔在地上的丹阳子挣扎着想要爬起来。

六位长老齐声叹了口气，开始诵读起来。

“斯乃形器著而心绪迷，理事萌而情思忽。况至道超于色味，真性隔于可欲，而能闻希微以悬信，听罔象而不惑者哉，如人有闻坐忘之法……”

随着这忽大忽小的声音响起，李火旺忽然发现四周一切都错位了。

自己刚刚应该盘坐在人群中央，现在却倾斜地卡在半空中。

这种情况不仅是他一个人，其他人也一样，甚至有人的身体一半卡在泥土里，一半卡在外面。

相比他们，丹阳子的变化更大，在吟诵声环绕中，他身上的一切都开始融化，那条仙气飘飘的仙带无力地落在了地上，沾上凡尘的污泥。

“至道之中，寂无所有，神用无方，心体亦然。源其心体……”

随着吟诵声不断，李火旺看到六位长老的麻将脑袋上飘出一缕白烟，相互纠缠成麻绳钻入地下。

“这……不可能……这……不可能！我是神仙！”这是丹阳子的最后一句话。

说完这句话后，丹阳子整个人都垮了。

他的身体化作一团团黑云，向着空中飘去，还没飘到一半，就彻底消散了。

几乎就在同时，李火旺开始大口呕吐。哕的一声，被触手缠绕的黑块儿被他吐了出来。

那是丹阳子身体的一部分，这部分变得模糊发白，很显然已经失去了生机。

李火旺看着眼前的这团黑色东西，仿佛在做梦。

他用颤抖的双手把它捧了起来，眼睁睁地看着丹阳子的一部分在手中被烧成灰烬。

丹阳子没了，那个一直都在预谋同化自己的东西终于没了。

要说此刻有多高兴，李火旺并没有，他只是感觉到自己心里空落落的。

只是如今他的状态让他无法思考其他复杂的情绪。

六位长老相互对视了一眼，同时再次念诀向着李火旺一指。

李火旺四周的钩形灵符缓缓降落，重新回到了地上。

空中的乌云破开，那极远极高的巴虺如同太阳般，再次照耀了所有人。

李火旺愣在原地，无视四周的一切，他没有注意，也不想知道那六位长老到底在干什么。

他硬撑着到现在，已经很不容易了。

他也不知道自己是什么时候晕过去的。他看到的最后一幕，是地上那被烧焦的丹阳子的灰烬。

“刺啦——”一条大舌头舔上了李火旺发红的脸颊，把他那刚长出来不久的皮肤舔得发痛。

如同被钢刷刷脸般的剧痛，迫使李火旺重新睁开了眼睛。

李火旺茫然地环顾四周，发现自己还在死镇之中，不过周围倒塌的房屋有点多。

昨天他昏过去后，似乎还发生了很多事情。

此刻天已经大亮，日头偏西，看起来自己在这里躺了一天。

“汪汪——”馒头围绕着李火旺不断地叫着，有点想接近又不敢接近的样子。

李火旺这才后知后觉地察觉到自己身体的异样。

昨天晚上，他被火焰包围，按理来说，他应该已经死得不能再死了才对。

可是现在他非但没有死去，而且焦黑的外壳已经脱落，身体表面覆盖上了一层薄薄的皮肤。

“看来我的恢复能力又增强了，不，不只是恢复能力，这是全面的提升。”

李火旺低头看着自己红通通的、好似被烫过的身体想。

他现在浑身上下的所有衣物都被烧光了，不过好在无论是《大千录》，还是长剑和那些铁制的工具，都没有被火焰损坏。

他踉跄地站了起来，微风吹得他身上生疼。

浑身上下光溜溜的李火旺带着一只狗在整个死镇中徘徊着。

转了几圈后，他在一间满是蜘蛛网的估衣店内，找到了新的衣物。

穿过那在柜台后面已成骷髅的店家，李火旺找到了一件青色衣袍披在身上，紧接着，他又扯下一大片布料，把自己怀里的那些东西全部包起来。

新生的细嫩皮肤被布料轻易地刮破了，点点“桃花”在衣袍上逐渐扩散，让他每次移动简直就是受刑。

他在估衣店内找来一条长凳子，颤抖地坐在上面，安静地等待着自己的皮肤完全长好。

他在满是衣物的估衣店内等待着。随着时间一点点过去，整个估衣店内也渐渐暗了下来。

不知道从哪儿来的微风吹来，屋内那一件件挂在梁上的旧衣物开始轻轻地晃了起来。

“汪！汪汪！”馒头一边向着那些晃动的衣服吠叫着，一边胆怯地向着李火旺的凳子下面缩去。

“嘘，别叫，这世界没鬼，人死了就什么都没了，要不然他们早该来找我索命了。”李火旺轻轻地抚摸着馒头的脑袋，喃喃自语。

馒头逐渐安静了下来，用舌头舔着李火旺的掌心。

当它不出意外地再次把李火旺的皮肤舔破后，顿时不敢再舔了，它眼中带着愧疚地看着李火旺。

李火旺没有理会伤口，而是开始检查起馒头的伤势来，他用手小心地在它被踢的腹部轻轻地按了按。

嘴角的血证明馒头确实受了伤，可从它能从山上跑到山下镇上来看，它伤得并不重。

姜英子如果真的想杀一只狗，绝对易如反掌，馒头没死的原因只有一个。

她还是心善的，不想杀馒头，哪怕这只狗把仇人当成了主人。

“英子……”昏暗的估衣店内，李火旺看着眼前这些被风吹得轻微晃动的衣物发愣。

这一刻，他想了很多很多。

忽然，李火旺不顾被磨得生疼的皮肤站了起来。

他走到那无头的估衣店老板面前，伸手把他抱了起来，向屋外走去。

那把削铁如泥的长剑，再次被当成了铁锹开始挖坑。

一个大坑很快成形，李火旺把从估衣店内找到的骷髅摆正后，重新埋上土。

一块门板被卸了下来，李火旺想刻字，却发现自己早就忘记那些字怎么写了。

最后他索性用剑尖刻出一个衣服的图案，插在坟头前。

紧接着，李火旺扭头走进了另外一间屋子，从里面抱出一对母女的遗体。

一具具骸骨被埋下，一块块带着图案的墓碑立了起来。

他的皮肤还没有长好，再被衣服不断摩擦，没几下就全破了。

但是他没有停顿半分，身体越痛，他的内心才会越好受些。

随着李火旺的不断搬运，他身上的衣袍逐渐又变成暗红色。

当李火旺又走进一间平房后，他愣住了，那里面放着一个竹制的摇篮。

看到那东西，他此刻有些不敢过去。

“呵呵……跟你比起来，我岂不是圣人？”一道熟悉的声音如同惊雷般在李火旺的耳边炸响。

他猛地一转头，就看到那三张脸不断变换的丹阳子，此刻正站在对面房屋的瓦砾上看着自己。

看着那三张脸上似笑非笑的表情，李火旺仿佛瞬间身处冰窖之中。

下一秒，李火旺动了，他没有理会屋顶的丹阳子，反而缓缓地转头，向着远处的群山走去。

刚开始是慢走，紧接着慢跑，最后他索性咬着牙奔跑起来，从他身上滴落的血点洒了一路。

“你们给我解释解释！这到底是怎么回事？为什么丹阳子还在！”

明亮的山洞内，在一群袄景宗弟子的围观下，气喘吁吁的李火旺脸上流着血水，对着眼前墙壁上的几个洞窟大声质问道。

苍老的声音从其中一个洞窟里传来：“小友，我们之间的事一切皆了，你的师父早已魂飞魄散。吾等也并未在你身上看到他的半点影子。”

就在这时，李火旺的瞳孔缩到了极致，他用颤抖的手指向了一处洞口。

“那你告诉我那是什么？那是什么！你们都瞎了吗？什么狗屁魂飞魄散！他现在对我的影响更大了！随时都可以出现了！这东西根本没有被根除！”

紧接着，李火旺仿佛又看到了什么，他顿时倒吸一口凉气：“不对！连姜英子也在！她现在就在丹阳子的身边！”

这话一出，所有的袄景宗弟子顿感诧异，甚至李火旺自己都感觉到有些不对劲。

丹阳子是因为修仙才能存在，可姜英子是怎么回事？她又没修仙！

李火旺的眼睛直直地看着远处那个身形模糊的女人，脑子嗡嗡直响。

此刻，她依然用极度憎恨的目光死死地盯着他。

“小友，吾等有言在先，只管驱逐你师父，你们心中的那些离奇的幻境，吾等可管不着。”

“心中的幻境？”李火旺眼神发直地看向远处依然存在的姜英子跟丹阳子。

一个是身环仙綮的三头畸形血肉怪物，一个是独手独脚浑身是狰狞伤疤的赤裸少女。

他们站在原地，分别用仇恨和玩味的眼神注视着自己。

两人看起来是如此真实，真实到李火旺根本分不清这到底是现实还是虚幻。

他颤抖地抬起右脚，向着他们靠近，不过很快他发现自己根本办不到。

他每走一步，远处的两人就同步向后移动一些。

他们并不是在移动，而是他们本来就应该距离他这么远。

“小友？玄阳小友？”

洞窟内的声音呼唤了好几遍，才让李火旺回过神来。

一道声音从一个洞穴里面传来，李火旺记得，这是那国字脸的身本忧，他的声音中带着些许复杂的情绪，说道：“小友，你脸色看起来很差啊。”

“我没事，我没事。”李火旺下意识地回复。

可没说几句，他又戛然而止。

他马上反应过来，自己说错了。

自己怎么可能没事？自己现在的问题更多了。

这不单单指远处的丹阳子和姜英子，还包括自己现在到底是什么东西。

在没有弄清这个问题之前，谁也不敢打包票会不会再多出一个，又或者再多出几个。

“小友，你没事吧？心中始终分不清真与幻，这不是理所当然的事情吗？既然你能活着度过弱冠之年，理应早已习惯，为何还会如此惊讶？”

李火旺艰难地吞咽了一口唾沫，努力深呼吸一口气，稳住自己的心神。

他斟酌了许久，等到自己勉强消化了这些信息后，才再次开口问道：“长老，我听说之前静心宫主的儿子也来过你们这里，他也是心素，可否告诉我，他当时是否也有这种症状？”

听到这话，身本忧的声音停顿了很久后，才重新传来。

“哎呀，实在不好猜啊。一般来说，心素都是疯疯癫癫的，我只听说他称呼自己为一艘船。”

没等李火旺再次发问，一道粗犷的声音就从那墙上的另外一个漆黑洞穴中传来。

“此事我知道，那人半夜三更时常会惊醒过来，惊呼三生在盯着自己，没过多久，他就彻底疯了。”

“三生？三生是什么？”李火旺的问题很快就被一旁的手叁回答了。

“视之不见名曰移，听之不闻名曰岐，搏之不得名曰晖。移、岐、晖，一化为三，三合为一是为三生。南边不同流派的修士都会拜三生，我只听说过，可从未见过，更没听说过三生还会看人的。”

听到这些话，李火旺实在有些转不过弯来，对方的症状似乎跟自己的不太一样。

这时，洞穴内的身本忧再次说话了。

“那人明明是自己过来的，可是安慈宫的静心宫主总是认为是我们把他逼疯的，因此我们之间还产生了一些冲突，这可真是无妄之灾。小友，这些天你也是一路看过来的，我们可有做出任何坏规矩的事情？普天之下，天圆地方，坏规矩是大忌。”

对方之后说的话，李火旺根本没有再留意了，此刻他的脑袋整个嗡嗡的，乱成一团。

“那我……我这种情况，可有解决办法？”

“呵呵，小友说笑了，我们真要有办法就好了。心素就是克己命，无法可解，无人可解。假若哪日有人说他有法可治，那小友你可就要当心，那人十有八九想要害你。你自己应当知晓吧？心素在不少人眼中可是香饽饽。”

听到这些话，李火旺发现自己对自己的身体非常陌生。

“心素”这个名字包含了太多东西。

他待在原地考虑了很久后，先是抬头看了看远处的两人，又看了看四周沉默不语的袄景宗弟子。

“至少丹阳子不会再同化我了，这应当算是好事才对吧？”李火旺心中带着一丝苦笑地自我安慰道。

紧接着，他双手抱拳对着面前的溶洞拱了拱手：“六位长老，多谢解惑，有缘再见。”

说完，他伸手在跟过来的馒头脑袋上摸了摸，带着丹阳子和姜英子，开始原路返回。

浑浑噩噩地重新来到死镇后，李火旺站定，与那两人对视着，两种幻觉同时开始说话了。

“娃啊，我真的要成仙了。只要你继续帮助为师彻底修成正果，过去的一切我都既往不咎。”

“你怎么不去死！你为什么还活着！你这个杀人魔头！”

可不管他们说什么，距离有多近，都没有与李火旺有任何实质性的接触。

“呵呵……至少热闹了不少，不再是我一个人。”

李火旺不知道自己现在与之前的处境相比，到底是好是坏。

他唯一知道的是，不管好坏，自己都要继续走下去。

李火旺重新拿起那把插在泥土中的长剑，开始挖起坟坑，重新埋葬起镇上的其他骸骨。

姜英子拖着那残破的身体，来到李火旺的身边，在他耳边充满无尽憎恨地嘶喊着：“你以为你把他们埋起来，这事情就算过去了？他们是你杀的！”

“真要赎罪！你就应该自尽去死！否则你做什么都是徒劳的！”

“李火旺，你怎么不去死啊！你装什么好人！你快去死啊！”

沉默不语的李火旺死死地抿住嘴唇，在姜英子刺耳的谩骂声中，继续挖出一个又一个的坑。

袄景宗的洞窟内，身本忧的声音再次从洞内传来：“手叁，头柒，你等散了吧，下次此人再来，把他拦在山门外便是，我们之间的一切皆了，再无任何瓜葛。”

“是，身本忧长老。”浑身焦黑的手叁恭敬地行了个礼，便带着其他袄景宗弟子离开长老静修之地。

没过多久，整个环境安静下来，只留下这面带着许多洞窟的墙壁。

忽然，一道尖锐的女声打破了这片寂静。

“嘻嘻……那心素真的信了，他全信了！三条，你这招还真有效啊！”

这声音仿佛打开了某个开关，墙壁仿佛一瞬间活了过来。

尖锐的奸笑、粗犷的狂笑、戏谑的轻笑……各种充满欢愉的笑声从洞内传出，充满了整个洞穴。

瑟瑟发抖的吕秀才被冻醒了，他迷迷糊糊地看向篝火堆，发现火几乎快要熄灭了，他顿时有些不满地看向负责守夜的狗娃。

只见那尖嘴猴腮的家伙脑袋垂着，一下一下地点着，看起来早就睡着了。

不过吕秀才不敢过去训斥对方，自己的爹早就打过招呼，这些人是他们未来的镖师，他们想要继续跟着，就不能跟他起任何冲突，要小心应对。

吕秀才一脸不满地爬了起来，重新向火堆里放了足够多的柴火后，再次爬进被子里面。

可他刚闭上眼睛，没眯上几息，就感觉到自己的爹正在拿烟杆子捅自己。

“幺细娃子，快醒醒，去河边打水去，天要亮了。”

吕秀才哀号一声，双手抓住被子蒙住了自己的脑袋。

然而下一秒，烟杆子就不再是捅而是改成敲了。

“快些去！这一天天的就知道好吃懒做！你这是要当懒汉啊？懒汉连媳妇都娶不起！”

太阳逐渐升起，围绕着火堆的所有人也逐渐醒来。

白灵淼揉着眼睛，从春小满温暖的怀里支起身子，向四周看去。

当依然没有看到那张熟悉的面孔时，她的脸上露出一丝失望。

紧接着，她抬头向远处望去，就看到那云雾缭绕的山峰。

根据静心宫主的说法，李火旺的目的地就是那里，如果路上实在碰不到的话，那他们就只能去山里打听。

她把双脚从被子里伸出来，开始穿起鞋袜，待会儿还要赶路，不能饿着。

要他们光吃现成的，坐吃山空不行，要从不同地方把食物节俭出来，增加辅食就是一方面，辅食多了，粮食就能少吃点。

她跟小满还有吕状元的儿媳妇，一同走入林间去挖野菜。

春夏交接之际，林间的野菜很是丰盛，没过一会儿，白灵淼的篮子里就装了一些黄精跟野葱，还有木耳。

她们路过一片蘑菇地，不过没摘。

经过这么多天的实践，白灵淼已经可以基本辨别出野菜了。

可蘑菇这种东西，弄不好会吃死人的，她没敢摘，哪怕这些蘑菇看起来很正常，似乎并没有毒。

当她带着洗好的野菜回到篝火旁，就看到面鱼儿已经被那个懂事的小童煮好了。

一块块好似蝌蚪的面团在开水里不断地翻滚。

“杨小孩，这种事情让大人来就行。”白灵淼把篮子里的野菜用手揪成一小段一小段放进锅里。

“没事，白师姐，我喜欢做饭。嘿嘿。”

野菜本身就熟得快，随着最后一勺白花花的猪油融化在锅里，一碗顶饿的野菜面鱼儿就做好了。

一帮人捧着碗呼噜呼噜地吃了起来。

双方刚开始接触的时候，还是各自做自己的饭，可过了几天后，大家发现这样实在麻烦，而且费时费力，最后吕状元索性提议一起吃大锅饭算了，轮流出一餐粮食。

刺溜一声，吕状元把碗里一条香喷喷的面鱼儿吸进嘴里，一边嚼着一边询问道：“白姑娘，小道爷是走这边吗？可别走岔了。”

“没有错，静心宫主说了，李师兄只有可能走这边，而且也没别的路了。”白灵淼语气坚定地回答着。

她察觉到李火旺离开的时候有点不对劲。

李师兄跟她说话的时候，脸上不再显得阴郁，反而有种忽然看开了的感觉。那种感觉让她每次回想起来，都莫名地后怕。

正因为如此，她才带着其他人急急赶来，不过最终双方还是没有碰上。

因此她才会带着偶遇的吕家班，向着李火旺离去的方向赶去。

“李师兄，你可千万别有事啊……”

“没事就行，没事就行，我就随便问问。”吕状元卖了一个笑脸。

虽然脸上是笑，但是他心中不免有些焦急，他出关的底气就在于李火旺，结果碰头后发现其他人都在，就李火旺一人不在了。

走了这么长时间，还没看到自己的靠谱镖师，他属实有点不放心。

一大锅野菜面鱼儿很快就被吃光了，连点面汤都没剩下，面汤里面也有油水，倒掉实在太浪费了。

吃饱喝足，他们开始重新上路。

赶路的时候是枯燥的，一天就这么过去了，除了远处的群山变得更清晰一些，没有任何变化。

渐渐暗淡下来的天色，让白灵淼注意到远处的山上似乎有亮光。

“山上的人已经见过李师兄了吗？听宫主说，这些人很危险，李师兄会不会陷入危险了？”

当天晚上，白灵淼借着火光，拿着针线给自己缝鞋，天天赶路，鞋走破了也是自然的事情。

除了守夜的赵五外，其他人都已经睡了，相比白天的喧嚣，四周的一切都安静了下来。

“智坚，你鞋子也破了，脱下来我给你补补吧。”白灵淼对着握住一根铁棒的大个子说道。

“嗯……嗯……臭！”高智坚把脚往后缩了缩。

“没事的，脱下来吧。你看，脚指头都露出来了，你这鞋子再不补，都要散架了。”

高智坚结结巴巴地推托了一番。就在他扭扭捏捏地脱鞋的时候，忽然，他双手握住铁棒，对着林子的右侧一声大吼。

这一声大吼把所有人都吓了一个激灵，等他们清醒过来后，马上明白了高智坚为什么会这么做。

漆黑的林子里传来了某种声音，某种咔嚓咔嚓啃咬的声音，并且还伴随着呜呜声。

“这……这是又撞上了？我今年怎么这么倒霉啊！又来？”披着衣服的吕状元满脸苦涩地抱怨着。

紧接着，他扭头就对着白灵淼他们拱手：“各位，你们也是小道爷的师弟师妹，现在这么个情况，你们应当能应付吧？”

说话间，那声音还在靠近，越来越近，仿佛与他们就隔着一片灌木丛。

气氛顿时紧张起来，所有人都拿起了自己的武器。

忽然灌木丛动了，一个盖着红盖头，穿着彩衣的女人从里面走了出来。

“妈呀！”吕秀才吓得向马车下面钻。

“怎么了？是什么东西？”白灵淼小心地对着二灵问道。

二灵没有说什么，只是举起那带着长长黑指甲的右手不断摆着，让白灵淼靠近些。

“什么东西啊？”白灵淼刚要向二灵那边靠过去，就被小满拉住了。

“当心，别去。”

看了一眼树林边缘的二灵，白灵淼把手抽了出来：“没事的，应该没什么危险了。”

见白灵淼就这么走了过去，其他人也不放心，纷纷举着火把跟了上去。

他们来到二灵身边后，终于知道刚刚那些声音是从哪儿来的了。

借着火把的光亮，他们看到了林子里那个手舞足蹈的疯子。

“妈，我会吃的，真不需要你喂。手上输液了也没事的。”

浑身尘土的李火旺坐在满是枯叶的地上，对着树上的一张蜘蛛网微笑着。

他手中拿着一块长条状的石头在那儿啃着，不断发出咔嚓咔嚓的声音，啃得满嘴是血都不停下。

“妈，我咽了，我真咽了，又不是小孩子，生怕我挑食不成。呵呵。”

“呜呜——”馒头围绕着李火旺，不断地摇着尾巴，刚刚那呜呜声就是它发出来的。

“李师兄！”看到对方如此凄惨的样子，流泪的白灵淼忍不住喊出声来。

她情不自禁地向前走了几步，又强忍着停住脚步。

“快！快去拿绳子把李师兄绑起来！他等会儿就好了！”

不知道过了多久，当李火旺重新睁开眼睛时，映入眼帘的是一张梨花带雨的熟悉面孔。

他露出了一抹极度疲惫的笑容：“你们来了？是怎么找到我的？”

哽咽的白灵淼双手用力，把李火旺的脑袋紧紧地搂在自己的怀里。

她没有说话，但她深深的情感透过身体的接触传递了过来。

李火旺心中一暖，一种有些陌生的情绪在他的心中涌现。

“这是……喜悦吗？已经好久没有感觉到了……”

伸手在对方的背上拍了拍，李火旺思索了片刻后，有些笼统地说道：“我……我去弄清楚了一些事情，也处理了一些麻烦，你们怎么来了？”

李火旺不想让其他人知道自己经历了什么，也不想让他们知道过去的自己做了什么。

热情地交谈一番后，所有人逐渐安静下来。

漆黑的林间小路上的篝火旁，李火旺端着一碗热汤轻轻地喝了一口，除了暖胃以外，也清了清口中的血腥味。

他嘴里的肉都磨破了，不过他明白，这种伤转眼就会好。

轻轻地捏了捏白灵淼那滑腻的右手，李火旺再次给她安慰。

“没事了，麻烦都结束了，我们可以继续出发回家了。”

李火旺说着望向面前围绕着自己的所有人，看着他们眼中的关心。

他知道，在这个世界上，还有不少人是真正关心自己的。

他向着其他人拱了拱手：“各位辛苦了，李某在这里谢过了。”

他也没说谢什么，有些事情只需要记在心里，没有必要都说出来。

这时，坐在丹阳子右侧的吕状元说话了，他脸上带着讨好的笑容说道：

“哎呀呀，这是哪里的话，应该的应该的。小道爷刚刚是怎么了？是撞邪了吗？怎么还吃石头啊？什么邪祸这么厉害？”

吕家班过来的原因，李火旺早已经知晓了，对于这些小事，他根本不在意。

李火旺摇摇头，带着一丝苦笑地用手指了指自己的脑袋：“我脑袋有点小毛病，放心，没什么大事。”

这时蹲在姜英子身边的狗娃瞪大了眼睛说道：“李师兄，你真没事了？以后再也不会想吃人了吧？”

话音刚落，看到吕状元等人的脸色都快要吓绿了，赵五在他腰间用力捶了一下，然后连忙打圆场：“当着外人的面，说的这是什么话，咱李师兄什么时候想吃过人？那是发病的时候，发病时说的话都是胡话！”

“啊——对对，哎呀，我这猪脑子，怎么老记错东西。”察觉到自己说错话的狗娃连忙发声，不断附和着。

不过这并没有安抚吕状元多少，他脸上的笑容明显僵住了，他一旁的小儿子更是不堪，都开始打哆嗦了。

“行了，别演了，你们害怕也是正常的。”李火旺打破了其他人假装出来的氛围。

“吕班主，明人不说暗话，在下过去确实干过不少混账事情，我不想解释什么，只能说，那并非我所愿。”

“吕班主如果是怕伤到家里人，那咱们好聚好散。如果觉得无妨，那你们想跟多久都行。朋友一场，李某自当护尔等安全。”

“哎呀哎呀，小道爷这是干什么，老汉是那么势利眼的人吗？小道爷的人品我放心，肯定是有苦衷的。”脸上堆着笑容的吕状元连忙端起一碗热汤来。

“老汉以汤代酒，给小道爷赔个不是了。谁说要走了？谁走谁是王八蛋！”

李火旺举起碗来，对着吕状元一扬，然后放在嘴边喝了一口。

吕状元走不走其实在李火旺心中都是小事，现在他要考虑的是接下来自己要干什么。

重新斟酌了一下，李火旺对着面前所有人开口说道：“咱们被这些事情耽搁了太久，好在问题都解决了，明天我们就继续出发，离开四齐。”

只要把这些人安全送回家，他身上的重担就会轻很多，以后做什么都方便得多。

“李师兄，我们还不能走，宫主说了，如果我们找到了你，记得让你回去报个平安。”白灵淼向李火旺传递了这个意外的消息。

“报平安没必要专门跑一趟，写封信找驿站送过去就行了。”

既然问题已经解决了，那实在没必要再回去一趟。安慈宫虽说不远，但也不近。

“不是的，宫主说了，要你专门回去一趟，看起来她好像有什么事情要当面嘱咐。”

“当面嘱咐？”李火旺皱眉思索起来，“听起来不像只是报平安这么简单啊，宫主有什么事情吗？”

考虑了片刻后，李火旺把手中的碗递到白灵淼的手中。

“行，那就再去恒华山一趟吧，刚好也趁着这个机会，梳理一下这天下的整体情况。”

自从他来到这个破地方，就一直被追着赶，都没时间梳理这破地方到底是怎么一回事。

比如这里有多少派别，他们的势力范围有多广，跟他们接触有什么忌讳。

既然他以后要往下走，对这些事情肯定要多多了解才行。

恒华山下的小镇上，李火旺带着一行人向前走着。馒头似乎是第一次见这么多人，它紧紧地贴在李火旺的腿边。

一路上车马劳顿，所有人都累了，需要好好休整一番。

虽然说安慈宫就在眼前，但是李火旺现在不像之前那样急了。

当那随时可能被丹阳子替代的压迫感消失后，他现在终于也可以适当地缓缓了。

李火旺用有些疲惫的双眼向四周打量着。

这山下小镇还是之前的模样，或许是交通要地，虽然不是赶集日，但路上人来人往，显得很是热闹。

要说唯一的区别，那就是蹲在墙角的乞丐多了。

衣衫褴褛的乞丐们看到李火旺这一群人，尤其是那三辆马车后，连忙凑了过去，对着李火旺高举手中的破碗，嘴里就开始唱起顺口溜来。

“瞧一瞧看一看，这里来个穷要饭欸，大爷好，大爷善，可怜可怜俺这个穷光蛋，给个馍，给口汤，祝您长命又安康……”

锵的一声，长剑出鞘，乞丐们顿时作鸟兽散。

“三条！”

啪的一声脆响，让李火旺下意识地朝那边望去。

“碰！六万——”

“哎呀，这是什么手啊，又是九饼。”

“哎——幺鸡！哈哈！自摸清一色——哈哈，给钱给钱！”

热闹的雀馆内几乎座无虚席，骰子和麻将撞击声不断，每个人都专心其中找乐子。

“哦，原来是打麻将。”李火旺转身继续往前走。

没走几步，李火旺就来到了之前住的老客栈，跨过门槛，他对着迎上来的店小二说道：“我们既要住店也要打尖，告诉后面的厨子，来些硬菜，但是不要猪肉。”

“哎——好嘞——客官您里面请——”

“李师兄，咱们钱虽然富余，但毕竟是只出不进啊，要不然省点吧。”白灵淼显然对李火旺的阔绰有些微词。

坐在八仙桌的上座，接过小二送来的茶水喝了一口，李火旺说道：“没事，庆祝一下吧，也不是天天这么吃。”

“你还有脸吃！你这个畜生不如的东西！有没有想过在你享受的时候，那些人都是被你害死的！你怎么还不去死！”

面对突然出现的姜英子幻觉的无端谩骂，李火旺面不改色，继续对着其他人说道：“等吃完了饭，你们就在这里等我吧。安慈宫也不干净，我很快就回来。”

刚开始的时候，身边忽然出现两个人，他还是非常难以接受的。

可随着时间的推移，李火旺已经完全能适应姜英子在自己耳边呐喊了。

她能做的只有不断咒骂，并不能对李火旺造成太多影响。

相比之下，丹阳子则一直站在远处阴森森地盯着他。

经过一些简单的测试，李火旺发现这两人确实只是幻觉，并不能真正影响自己。

他也不知道这种情况会维持多久，将来会不会出现别的什么人。但与被丹阳子替代相比，目前这种情况看起来让他感到更容易接受。

“嘿嘿——菜来了！青龙出海！二龙戏珠！三阳开泰！福禄东海！各位客官请慢用——其他佳肴稍后就到——”

不断吞咽口水的吕秀才刚要动筷子，就被吕状元的烟杆子敲了一下，他讨好地对着李火旺讪笑着：“小道爷，您先动筷子，一路上辛苦了，这桌菜算我们请您的。”

李火旺有些诧异地看了他一眼后，懒得在这点琐事上浪费时间，拿起筷子吃了起来。

不知道为什么，李火旺总感觉吕家班在自己面前显得更加拘束了。

长年在外面赶路，所有人的胃口都不小，再加上白灵淼和高智坚这两个大胃王，一大桌子的菜再加上两桶饭，很快就被吃得干干净净。

馒头也没饿着，人啃不动的骨头都归它了。

酒足饭饱后，李火旺再端起茶杯来喝了一口后站了起来。他拿起自己的那些东西向着客栈外走去。

“我走了，天黑前应该能回来。”

蹲在桌子底下正在啃骨头的馒头，叼着骨头就跟了上去。

李火旺刚走，吕举人就放下手中干净的碗筷，走到吕状元面前轻咳了一声：“爹，您过来一下。”

当他们来到客栈后面冷清的马棚里时，神情紧张的吕举人靠着正在吃豆料的黑马，把声音压得极低地问道：“爹！咱们怎么不走啊！您真打算继续跟下去吗？您忘了他……”

说到这里，他左右看了看，发现没有别人后，继续压低声音说道：“您忘了那天晚上他们都说了什么吗？那不是高人！那是妖人！他的衣袍压根儿就是拿人血染红的！您真不怕哪天他把我们都杀了吗？”

满脸褶子的吕状元把插在后颈的烟杆抽出来，填上烟丝点燃，美美地吸上了一口：“也许……小道爷有苦衷呢？”

“干那种事情能有什么苦衷啊！哎哟喂，我的爹啊，您老糊涂了吧！”

“嘿！找打是吧！说谁老糊涂了！”

面对吕状元举起的烟杆，一贯憨厚的吕举人罕见地没有躲避，而是执拗地瞪着眼前的父亲。

“咱们也就算了！秀儿呢？您孙女秀儿怎么办？说书的都说了，妖人最喜欢吃童男童女的！您忍心让秀儿处于危险之下吗？”

听到这话，吕状元难得地没有反驳什么，而是再次深深地吸了一口烟，烟斗里被点燃的烟丝猛地亮了一下。

“儿啊，你说的我自然是晓得的，可这一路上走来，你没看到不对劲吗？”

“我晓得这是怎么回事，刚开始只是路边多了些要饭的，看起来没什么，可要不了多久就要卖儿卖女了，这世道要乱了啊。”

“咱们现在自己逃难，那就是个谁都能来啃上一口的香饽饽，跟着小道爷，至少平常的绿林响马根本近不得身。你爹活了这几十年，看人还是很准的，小道爷不是那样子的恶人，他虽然神通厉害，但没那么多心机，干不出丧良心的事来。”

“可是……”

“没什么可是的，就这么着吧，我看你媳妇刚刚没怎么吃东西，这可不像她，最近她也总是想吐，去带她看看郎中，看看是不是怀上了。”

…………

“呼——呼——”李火旺喘着粗气，艰难地爬山，手中的油纸包也随着他的攀爬而不断晃动。

说实话，这恒华山的山路实在太难走了，坑坑洼洼的，也没有阶梯，他走了几次还是受不了。

被汗水打湿的衣服，磨得李火旺稚嫩的皮肤生疼。

“汪！汪汪！”已经跑到安慈宫山门的馒头，扭头对着自己的主人摇着尾巴。

当李火旺艰难地迈着沉重的双腿来到山门时，他发现馒头已经蹲坐在那里等他了，狗的体力比人好多了。

“跟什么跟，下去！”

很显然，李火旺的话馒头并没有听懂，它摇头摆尾地来到李火旺的身边，亲切地用舌头不断舔着李火旺的手指。

扶着山门的女书对联歇息了一会儿后，喘匀了气的李火旺捂着鼻子向着远处没顶的尚宇走去。

安慈宫内还是老样子，肮脏，恶臭，破败。

不过宫内之前半腐烂的吃食沼泽已经不剩多少了，也不知道是吃完了还是烂完了。

“你带狗上来干吗？宫里的屎都要用来喂猪的，可不能用来喂你的狗啊。”

迎面而来的妙音对李火旺说道，语气中满是戒备。

“师姐，静心宫主在吗？”李火旺用手在馒头的脑袋上摸了摸。

妙音刚要张嘴，脸上忽然露出贪婪的表情：“你把你手中的点心给我一份，我就告诉你。”

“那恐怕不行。”带着浅笑的李火旺向她拱了拱手，转身向着静心宫主的住处走去。

在破烂的房子间七拐八拐，李火旺站在了自己的目的地前。

那本应破损的墙壁已经重新砌好了，李火旺在屋子里看到了静心宫主。

跟之前相比，现在她恢复了正常水平，肥肉再次把她身上的皮肉撑了起来，皱纹也重新爬满了她的额头。

唯一没变的是她两个黑漆漆的眼洞，还有那因为没牙向内缩的嘴。

“啊——绿豆糕啊，是山下的福寿斋买的吗？他们家的绿豆糕可是一绝，还有老婆饼，还有豆沙月饼。”

看着静心拖着浑身的肥肉，用那黑乎乎的双手撑地向着自己爬来，李火旺把手中提着的点心送了过去。

静心宫主没牙，她抓起这包点心，连褐色的油纸都不剥，就放在嘴里用红色的牙床硬磨。

李火旺一边把手伸进静心宫主嘴里，帮她把那油纸拆开，一边问道：“宫主，之前多谢指点，要不是有您帮忙，我怕是早就已经死了。”

此刻静心宫主压根儿就没听见，她全部的注意力都集中在那包点心上，吃得满嘴都是。

李火旺也不急，安静地站在一旁，看着静心宫主吃点心。

这一包绿豆糕有三斤半，寻常人家能吃很长时间，可对宫主来说一点挑战都没有。

就在把绿豆糕吃得只剩下几块的时候，静心宫主强忍着停了下来。她用油纸把绿豆糕包好，放在一旁。

“你师父没了？让我看看。”静心宫主伸出她那指甲缝中满是黑色污垢的双手，仔仔细细地在李火旺腹部摸索了一番后，才缓缓收了回来。

“嗯，不错，你师父确实是不在了，祆景宗的那些家伙还真有两下子。”

看了一眼就在不远处的丹阳子，李火旺附和地点了点头：“确实，这一点还要多谢宫主帮忙了。”

“既然多谢，那你怎么不多买点？买个三斤半的点心是给我塞牙缝的吗？”

静心宫主不满地说着，重新拿起剩下的糕点贪婪地闻了闻，紧接着把它塞进自己的身后。

“好，下次拜访必定带足。”

“这可是你说的，我可记着呢，在吃食方面我最讨厌别人说话不算数。”

两人说话的语气明显跟之前不一样，变得亲近了许多。

“对了，宫主，您之前请白师妹带话，让我回来一趟，可有事情要吩咐？”李火旺这话一出，顿时让静心宫主沉思起来。

她思索了良久后，才再次开口：“你接下来要去哪儿？”

“送其他师兄妹回家。”

“那送完之后呢？”

“去寻找解决心素的办法。”说到这话时，李火旺的语气非常平静，但又非常坚决。

对于李火旺的回答，静心宫主一点都不意外：“你这孩子还真是倔啊，找吧，兴许撞到南墙就能回头了。”

“那等撞到南墙再说吧，如果我始终夹在现实和虚幻之间，不比死好多少。”

“嗯，说得好啊，说得好……”

见对方这反应，李火旺心中顿时一动：“关于如何摆脱心素这方面，宫主可有所指点？”

“我能指点什么？我要是能指点，我儿子就不会疯了。你要接着找，我不拦着你。这样吧，我卖你一把兵器吧，路上自保用。”

“兵器？”李火旺顺着静心宫主的手指向着漆黑的墙角望去，在污秽不堪的角落斜靠着一把长剑。

李火旺走了过去，伸手一握，差点没抓起来，这把剑重得很。

拿着这把剑，李火旺来到静心宫主面前，握住剑柄轻轻一拔，刹那间浓郁到极致的煞气，充斥整个屋子。

某种热浪不断冲涌着李火旺的脑袋，让他双眼发红，身体难以抑制地颤抖起来。李火旺感觉到有什么东西从剑柄源源不断地传入自己体内。

李火旺用尽全身力气重新把长剑插回，一切缓缓恢复了正常，他心有余悸地喘着粗气。

“兵家的东西，有点煞气很正常，寻常人用容易噬主，但你是心素，没事，这点小煞气根本冲不散你的迷惘。”

“这剑能杀人也能斩祟，路上防身用刚好，往后就别再用《大千录》了。”

李火旺震惊地看着手中的这把长剑，哪怕他对这方面一无所知，可就凭刚刚那一下，他也知道这把剑非同寻常，绝对是个好东西。

“宫主，你刚刚说这把剑要卖给我？可是我现在出不起钱。”

“没有关系，可以打欠条嘛，三万两黄金够了吧，算上利息。另外，万一，我是说万一啊，你真的找到了摆脱心素的办法，你得告诉我。”

李火旺表情十分复杂地看着眼前的宫主，他听得出来，前面那些压根儿就是说着玩的，她真正想要的是后面那句。

看着眼前的宫主，李火旺单手握剑，十分慎重地对着她行礼：“多谢宫主赐剑！只要我能一直活着，以后必将涌泉相报！”

李火旺并不善于言辞，相比于说什么，他更注重做什么。

谁对自己好，谁又对自己坏，他心里清楚得很。

听到这话，静心宫主顿时语气有些不满：“谁说是赐给你的？这是卖的，别想着赖账，三万两带利息，一文钱都不能少啊，这些你可是要还的。”

“我知道你一时半会儿拿不出钱来，这么着吧，以后每次你手头富裕的时候，你就让驿站送过来些。千两黄金不嫌多，半吊铜钱我也不嫌少。”

“行了行了，事也讲完了，你走吧，我就不留着你吃饭了，我猜你也吃不惯宫内的素菜。记得下次再来，多带些点心。”

说完，静心宫主就挪动肥胖的身体，转身向着屋内挪去。

看到这一幕，李火旺连忙上前阻拦，他还有别的疑问呢。

“等等，宫主，我这儿还有些琐事要问。”

“哎，你这孩子真磨叽啊。快些说，我吃饱了都要睡会儿。”静心宫主显得有些不耐烦。

站在原地，李火旺斟酌了几秒后开口问道：“宫主，我初入江湖，对于全天下的势力都不了解，关于他们的忌讳和深浅，可否告知一二？”

“这有什么告知不告知的。”宫主很是不耐烦地用手挠了挠自己的肚皮，“你是心素嘛，碰到别派的人，还能怎么应对？跑啊。”

“就这样？”李火旺显然十分诧异。

“当然就这样，难不成还能跑过去跟他们聊会儿？你不是在正德楼吃过亏吗？你是心素，在别人眼里就跟个牵着红绳的人参精没什么区别，管他什么门派，管他什么人，打得过就打，打不过就跑。”

“你也别想加入他们，从来没有门派收迷惘的心素当弟子，连安慈宫也不

例外。如果有人这么说，那肯定是对你图谋不轨。”

静心宫主的话，给了李火旺一记当头棒喝。

“除了您之外，当真没有其他可信之人？”

“没有，平白无故谁肯帮你啊？”宫主下巴上的三层肥肉随着她摇头的动作左右晃动。

虽然早就知道，但从静心宫主嘴里得知了这个消息后，李火旺还是感到非常沮丧。

“自己接下来的一路恐怕不太平。”

李火旺仔细地消化了这个信息后，又提出了路上积攒的一个疑问。

“宫主，关于安慈宫的修炼方式，可否告知一二？你们是如何获得神通的？”

这么多天来，除了知道袄景宗是通过向巴虺献祭外，对于这个世界的某些人为什么会获得神通，他压根儿就是一头雾水。

“哈——”宫主打了一个哈欠，“你问这有什么用？告诉你你也修炼不来，没看到安慈宫内全是女弟子吗？”

“无妨，还请解惑。”

“哎，不是我不告诉你，而是那种功法用嘴是说不出来的，必须用女书才能写出来，可你又是个男的……”

话都说到这份上了，李火旺也不想让对方为难。

“那谢过宫主指点，后会有期了。”李火旺再次行礼后，转身向着门口走去。

就在他低头双手捧着那把长剑仔细看时，身后却忽然响起宫主的话：“等会儿啊。被你一打断，我差点忘了，刚刚想起来，有一帮人，你确实需要特别留意。”

这话马上让李火旺竖起耳朵，他连忙转过身来说道：“愿闻其详。”

“你记牢了啊，那帮人叫坐忘道。”

“坐忘道？”李火旺下意识地皱起了眉头，他总感觉这三个字在哪儿听过。

可是当他仔细思索一番后，发现自己并没有关于坐忘道的任何记忆。

“哎，我跟你说话呢，你这孩子怎么老走神啊？你要是不想听，那我不说了啊。”

“宫主，请解惑，为什么要专门提他们？莫非这帮坐忘道不敌视心素？”

“不是。其他人无论是抢你杀你，都事出有因，可是坐忘道全然不是一回事。”

“这帮坐忘道的人啊，是一帮喜欢耍钱的骗子。”

“嗯？”李火旺此刻有点蒙。

“坐忘道不是占山为王的土匪，也不是一个修炼门派，谁也不知道那帮人算什么，唯一能肯定的是，他们喜欢耍，为了耍，百无禁忌。”

“这帮骗子除了耍钱，最喜欢的还是耍人。”

“举个例子吧，他们曾经假装自己是皇帝的太监，忽悠了一整座城的男人阉了自己，他们这么做就是觉得无聊，乐和一下。”

宫主说了这么多后，李火旺还是没明白她想表达什么。

他声音中带着一丝迟疑地问道：“一帮喜欢骗人的赌徒？可……这跟我有关系吗？”

有多少觊觎自己的势力，宫主不说，为什么偏偏没头没脑地说这个？

“哎，你忘了你是分不清真假的心素了？你这要是被他们遇到了，他们会干什么？”

“你要是被他们知道你是心素，那事情就没这么简单。”

“就算是如此，我为什么会被一帮耍钱的凡人赌鬼骗？为何宫主会如此紧张？”

宫主闭眼摇头：“他们可不只是一帮赌鬼，我也不知道他们从哪儿弄来的一些神通，很是诡异难缠。除此之外，他们最擅长的障眼法可是厉害得很，甚至连我都能骗过。”

“上次有个坐忘道的人还偷偷地摸进安慈宫来了，想骗我们呢。幸亏我们发现了，最后迷途知返，及时止损。”

“你记住了，坐忘道里的人不怕死，千万别被他们黏上，要不然会越黏越多的。”

“他们连你们都敢骗？”

“嗯！他们何止敢骗我们，他们甚至想骗神！我听说百年前有一帮坐忘道的人，潜心琢磨了三十多年，居然把囍神给骗了。”

“喜神？就是胡家祠堂的喜神？”李火旺的瞳孔微微一缩。

“不对，那是喜神，我说的是囍神。”宫主用黑乎乎的手指甲，在自己身上的肥肉上划拉着。

“囍神？”这是李火旺第一次听到这个词。

“单喜跟双喜，两者之间有关系吗？”

“怎么说呢，如果硬要比的话，那喜神就是囍神的指甲盖吧。”

“咝——”李火旺脑海中浮现出当初喜神的样子，他很难想象，那样的喜神居然在某位存在面前，只配当指甲盖。

“等等，宫主你先等等，我脑子现在有点乱。”

这消息让他有些猝不及防：“所以喜神并不是大一号的邪祸吗？”

“怎么可能，喜神怎么可能是邪祸？这完全不是一码事。”

李火旺深吸一口气，接着问道：“那宫主，不管是喜神还是囍神，他们到底是什么？”

“还能是什么？是神呗。”

“呃……哪里的神？”

宫主那肥胖的脸上满是诧异：“你连这都不知道？那你是怎么活到现在的？我还以为你知道呢。”

李火旺继续无奈地解释：“在下已经跟您说过了，我以前是活在幻境世界里的，可我不记得自己到底是怎么过来的。”

“唉……又来了。”静心宫主一脸惋惜地看着李火旺。

“宫主，我真的一直活在幻境里来着！”见对方不信，李火旺的声音不免有些大，他内心也不由得有些焦躁。

“好吧，好吧，我信了。咱们接着往下说吧。莲华五界，听说过吧？”

“莲华五界？”李火旺想起了当初正德楼内，那儿放着五座天师像。

“略有耳闻。我曾经听正德楼掌门提过一句，说在五种不同世界里，有着五位不同的祖师。”

“居中嵩岳世界，东方泰勒世界，南方衡水世界，西方华济世界，北方恒果世界。”静心宫主重复了当初那老掌门说的话。

“喜神和囍神就是南方衡水世界的游神，当然了，那里不只有这些，更多的还是仙、仙人。”

李火旺脑子里有点乱，这些概念他都是第一次听到。

他知道这个世界上存在着一些古怪的东西，可是他真的没想到，这个世界之上，居然还有着五个不同的世界，而这五个不同的世界中，存在着让人更加难以理解的东西。

“所以，你之前说的仙界，就是这五个世界？”他下意识地对着墙壁上的丹阳子问道。

“哼！什么狗屁莲华五界，一帮子愚昧的蠢东西懂什么！”

丹阳子眼睛里充满着不屑，这是丹阳子的幻象第一次有反应。

“这些人根本什么都不懂，书上写什么就信什么！他们连南天门都没看过，懂得什么狗屁！”

李火旺无视丹阳子的谩骂，继续向着静心宫主询问：“可否告诉我，这所谓的莲华五界在哪儿？”

“我要是知道，我就成仙了，还会待在这儿？”

宫主有些无聊地抠了抠鼻屎，拉出一大条后擦在自己的肥肉上。

“成仙？宫主就是想成为那样的仙吗？”

“我懒得成。我儿子虽然疯了，但是他还活着呢，我真成仙了他怎么办？”

得知这些消息后，李火旺似乎把之前经历的一切都串联起来了。冥冥之中，他好像了解到了什么。

“那巴虺所在的世界是哪个世界？”

他想起之前巴虺显现之时，背后那片诡异的地方。

“不知道，我又不是祆景宗的。”

“唰！”丹阳子那三个恐怖的脑袋直接从宫主的肚子里钻了出来。

“她在骗你！她根本什么都不懂！唯有你真正看到仙界，才明白那究竟有多么美妙！但凡你看了一眼仙界，就会觉得凡间什么都不是！”

李火旺看着他，嘴角抖了抖，他继续向静心宫主问道：“宫主，关于这所谓的莲华五界，在别的门派可有别的说法？”

“那是当然，有些修仙的说，那里根本没有五界，压根儿就是一块地方，称呼那里为蓬莱，也有人说压根儿没有那地方，都是编出来的。反正啊，谁都说服不了谁，我也懒得跟他们吵。”

静心宫主说着，忍不住从肥肉里掏出绿豆糕，刚准备塞进嘴里，又强忍着停了下来，重新塞了回去。

“行了，行了，这些不是凡界的东西，我就这么一说，你就这么一听。反正真的假的，跟你现在也没什么关系。”

“没别的事了，赶紧走吧，都未时了，让你害得我连觉都没得睡。”

“记住了，离坐忘道远点，实在跟他们碰上了，想要破解，就要理清他们的思路，然后再反其道而行之。”

嘱咐完这最后一句话，静心宫主脖子向后一仰，打起震耳欲聋的鼾声。

李火旺表情复杂地对着宫主再次行了一个清风门门礼，拿起手中的剑转身离开。

这一趟，收获太多太多，他现在需要好好理理才行。

第十四章

龙腾镖局

杨小孩蹲坐在石头上，羡慕地看着院子里的小满舞剑。

锵的一声，伴随着这声轻响，春小满手中的青色剑出鞘小半。

剑锋反射出冰冷的寒光，某种薄雾般缥缈无形的压力顿时让杨小孩再次向后退了一些。

剑舞游龙，银光闪烁不断，衣袂飘风。

杨小孩看不懂其中的门道，可是他感觉面前的小满师姐很厉害。

这也是自然的，这么多天来，只要一有空，对方就练剑，早上练剑，晚上也练剑，连吃饭的时候都抱着那本剑谱。

“我要是有这么厉害，以后就没有人敢欺负我了吧？”杨小孩眼中带着憧憬地说道。

“哼，这算什么？练这些没用，真要想变得厉害，你还得跟李师兄学。”

杨小孩一扭头，就看到了双手抱胸，靠着墙的狗娃。

脑子里想了想李师兄那凶狠的样子，杨小孩顿时感到后颈发凉，他把脑袋摇得跟拨浪鼓一样。

“不，我不学那种神通，太疼了。”

就在这时，舞剑的小满停了下来，向着外面走去。

“小满师姐，你这是要去哪儿啊？”杨小孩连忙跟了上去。

“去镇上的镖局看看，练了这么久也只是死练，我想找人来试试手。”

“小满啊，试手还要找外人吗？你找我啊，费这劲做什么？我也是练过的。”狗娃把腰间的挂刀拍得直响。

“你那算练过？就练了一招挥砍也叫练过？”

客栈的后院里，狗娃听到春小满说这话，有些不服气。

“只会一招怎么了？听没听过一招鲜，吃遍天？一招也能劈死人。”

小满冷哼一声，右脚一个弓步，长剑瞬间出鞘，对着狗娃就是一招平刺。

狗娃还没反应过来，长剑已经停在了他的鼻前。

锵的一声，长剑入鞘，小满一言不发地转身离开。

看了一眼旁边观战的杨小孩，感到丢脸的狗娃顿时脸色一红：“她这是偷袭，要是来真的，她未必能斗得过我。”

杨小孩看到小满已经走出了客栈小院，对着狗娃不断点头：“嗯嗯，吕天师兄说得对。”

对着狗娃一顿马屁，拍得他喜笑颜开之后，杨小孩连忙抽身朝小满跟去。

等他在街上找到小满时，对方已经来到一座挂着镖旗的大院门口了。

他快走了几步，跟着对方一同走了进去。

看了一眼身边的小童，春小满说道：“没事别乱跑，现在世道动乱，拍花子拐小孩的也不少。”

“知道了，我下次一定注意。师姐，这次你能让我跟着吗？我就看看，绝对不捣乱。”

看着杨小孩眼中的恳求，春小满也不再说什么。

镖局内很大但是很挤，院子内停满了马车和牛车。

“这里面好多人啊。”杨小孩躲开面前的一堆马粪。

“这也正常，世道越动乱，镖局就越赚钱，要是全天下都大同了，也用不着什么镖局了。”

小满刚说完，一位身着短打、身材精壮的汉子向他们走来。此人个头很高，整整比小满高出两个头，走起路来虎虎生风。

走到两人跟前后，他迅速打量了一下这个戴着黑色纱罩的女人，满是老茧的双手重重地一抱拳，脸上带着三分笑意地问道：“姑娘可是想要委托押镖？”

“小女子也算习武之人，听闻每号镖行能开得下去，都源于镖师们的手上功夫十分了得，所以想过来以武会友，切磋切磋。”

听到小满如此直白的话，面前的镖师顿时一愣，这种事情过去他也遇到过，但是女人上门要求以武会友的，还真是头一回。

思索片刻后，他把那抱拳的双手拱了拱：“姑娘，俗话说‘相骂无好口，相打无好手’，这事我看还是算了吧。你也看到了，镖局内忙得很，镖师们都去走镖了。”

听到这话，小满并没有感到意外，对方是做生意的，怎么可能平白无故跟自己对打。

伸进怀里摸索了一会儿，她掏出一两银子递了过去：“小女子无师自学，还请指点一二。”

“这个……”看到对方执意要比武，这名叫王成兴的镖师有些迟疑，他倒不是在犹豫这点银子，而是在猜测对方的目的。

他就怕对方以武会友是假，假装示弱，借机扬名是真。

龙腾镖局能有这么多分局，靠的就是镖师们的武艺，要是被一个小女子轻松打败了，他们在江湖上的名声可就毁了。

“这小娘子什么来历？难道是广盛镖局请来的高手，特意来坏我们生意的？这年头生意这么红火，那帮耍大刀的还要抢地盘吗？”

能做镖师的，不但能打，脑子也活络得很，没过一会儿，王成兴就想到了一个主意，来化解这场危机。

他先是伸手把眼前春小满的银子收下了，紧接着说道：“既然姑娘执意如此，那还请随我来。”

穿过那些停靠的马车，又穿过热闹的大堂，王成兴带着他们向后院走去。

陌生的环境让杨小孩不由自主地向着小满身边靠去：“师姐，他们不会图谋不轨吧……”

看着四周的环境，春小满摇了摇头：“这是镖局，又不是土匪窝。开镖局的人最注重声望，要是名声臭了，可没人请他们押镖。”

热闹的镖局后面是一个宽敞的后院，旁边的武器架上放满了各种武器。一些身穿黑色短打的少年在对打，看起来像是在练武。听到王成兴的大喊，院内的人纷纷放下手中的活儿迎了上来。

“你们几个都过来一下！”

“王师叔好！”

“师伯好！”

“师父吃了没？”

在人群中打量了一会儿，王成兴用手指指向了一个沉默寡言的少年：“就你了，天赐，出来跟着这姑娘比画比画。记住了，以武会友，点到为止。”

说完这话后，王成兴拉过来另外一人，让他守住门口，别让外人进来。

这个办法有两个好处：

其一，哪怕败了也没人知道，不影响镖局的名声。

其二，就算是这小娘子背后的人跳出来对峙，自己这边也可以说，出战的只是一个没出师的小辈，输了也是正常。

而且他又没说谎，天赐这小子虽然天赋异禀，训练刻苦，实力甚至比得上一些走镖的师傅，但他现在的身份确确实实就是小辈。

望着眼前好奇地打量着自己的少年，小满也不挑，她现在只需要一个对手，来试试自己这些天练的成果如何。

刚要拔出长剑，小满看着眼前空手的少年，突然感觉自己用铁器比试有些不合适，万一碰到了可就不好玩了。

好在练武场别的不多，武器最多，一把磨得发亮的竹剑被送到了小满手里。

对面的少年并没有拿剑。他拿的是一面枯藤长盾，盾的样子很怪，上宽下窄，而且前端还突出两根类似野兽尖牙般的木锥。

看着对方举着这盾牌，怪模怪样地摆起了架势，小满眉头微皱，举起剑来，对着他先是一招试探性的并步直刺。

“哆！”木剑刺在了对方的藤盾上，发出一声闷响。

少年迅速把力往下一卸，紧接着又是往前一震，小满的长剑瞬间被撞开了。

趁着小满空门大开之时，他右脚向前一踏，双手发力猛地一推，藤盾前端的木锥径直向着小满的脖间刺去。

春小满没经历过这个场面，顿时有些慌乱，她急忙想要用剑回挡。

可就在剑回到一半的时候，对方的木锥已经停在了她的脖子上。

藤盾收回，少年站定双手抱拳：“承让。”

这一切发生得太快了，快到不仅出乎小满的意料，甚至也出乎一旁观战的王成兴的预料。

“嗯？下盘晃成这样，看来这小娘子真没师父带，合着是我想岔了。”

春小满眼中露出一丝不甘，她再次单手举剑，对着那沉默寡言的少年说道：“不错，再来！”

双方迅速来回几个回合后，小满又输了，这一次更惨，她连剑都被震飞了出去。

对方的兵器虽然怪异，但是对付小满绰绰有余。

又比了好几场，小满基本上没赢过。

唯有一次，她发了狠，硬是拼了一把以伤换伤，才勉强赢了一局。

看着小满那起伏不定的胸口，王成兴生怕把这闺女气哭了，连忙上前阻止。

“姑娘，行了行了，这眼看天都要黑了，今天就到这儿吧。”

有些狼狈的春小满很是不甘心地对着他问道：“我的剑法很差吗？”

刚刚发生的一切让她有了极强的挫败感，她这些天练的东西在他们眼中恐怕就跟笑话一样。

实际上她已经成了笑话了，围观的那些小辈中笑声不断。

王成兴讪讪地笑了笑：“姑娘，你的虚步平劈、弓步下劈、带剑前点、提膝直刺、歇步下劈练得都很扎实，肯定是下了一番功夫的，对付寻常一两个庄稼汉，不在话下。”

他就说这么多，别的也不说了。

春小满能听得出对方话里的意思，这就是说自己没入门呢。

“假如我想接着提升实力的话，该往哪个方向努力？”

“哎，姑娘啊，女侠可不是那么好当的，那些说书的说的也都是假的，你还是回家去吧。”

王成兴说着，就把那一两银子双手捧着送上来。

很显然，他把小满当成向往行侠仗义的富家女子了。

小满又把那银子挡了回去：“这位老伯，我不想当什么女侠，我只想在这乱世中自保，还请解惑！”

也许是小满声音里的坚定让王成兴感觉到她有些不一般，他沉思了一会儿后，正言说道：“姑娘，你力道不行，但是身体韧性不错，最好尝试适合你的剑法。还有你的下盘不够稳，要扎马步练。再一个，练功这种事情，光死练是不行的，你要有人当陪练。”

“当然了，练功这种事情，最好有位师父带。”

小满又看了一眼那拿着藤盾的少年，刚想要询问对方练的到底是什么功夫，可最终还是没有开口。

一两银子，对方能说这么多已经仁至义尽了，她再问下去就越界了。

春小满也不会好赖不分，从杨小孩手中接过自己的剑后，她就向着王成兴行礼告别。

“小满姐，你已经很厉害了，你才练多久啊，等再过几年肯定打得过他。”杨小孩跟在一旁给她打着气。

说完这些话，他又面带鄙夷地看向练武场的其他人。

“再说了，这些人压根儿都不厉害，在咱们的李师兄面前，估计连一个回合都走不出来。”

“闭嘴，快走！”春小满加快了步伐，杨小孩的话不但没有安慰她，反而让她感到自己更无能。

“啊！”忽然间，一个浑身散发着臭味，头发像狗啃了一样的老妇人，不知道从哪儿蹿了出来，向着一旁的杨小孩就扑了上去。

她表情极其狰狞，再配上那模样，完全跟厉鬼没两样。

小满的长剑刚要出鞘，身后一阵劲风呼啸而来，那是王成兴。没等那妇人碰到杨小孩，他已经冲了上来，把那老妇人死死地抱住。

他对春小满露出一抹勉强的笑容：“姑娘，请见谅，我师娘就这样，已经疯了很多年了。”

“疯了？”小满看向那老妇人，对方眼睛直直地盯着她身后的杨小孩，嘴巴和牙齿不断碰撞发出嗒嗒声，十分瘆人。

“既然是中邪，那可有请大夫诊治过？”

“唉——请了，十里八乡凡是有点名气的都请了，可她就是没见好啊。可怜了我那师父啊。”

王成兴唉声叹气地说完这些，带着自己的师娘就要离开。

“疯了？师娘？”春小满的眼睛亮了起来，她忽然想到了一个办法。

这件事情要是办好了，对方可就不只指点她一句话这么简单，恐怕要倾囊相助。

“我们走。”春小满急匆匆地回到客栈，开始在几个客房之间寻找起人来。

“赵五师兄，你算盘打得真快，一下子就算清楚了。”

“客气了，我家就是卖米的，从小耳濡目染，自然会。”

“你能教我怎么用算盘吗？我要好好算算账。我感觉再这样下去，大家撑不到我家就没钱了。”

听到声音，小满推开身侧的房门，就看到了自己要找的人，白灵淼。

她走过去拉着白灵淼的手就出了房门，来到走廊，左右看了看，确定没别人后，她压低声音问道：“你那天晚上跟我说的那些话是真的吗？你现在当真能搬杆子了？”

“当然了，怎么了？”白灵淼有些疑惑地看着眼前的春小满。

“很好，你跟我来一趟，我这里有件事情要你帮忙。”

当小满拉着白灵淼的手来到镖局前时，已经天黑了。

看着那大大的镖旗，抱着鼓的白灵淼显得有些胆怯："这是哪儿啊？要不明天再来吧。"

"等不了了，你就当帮我一个忙。"春小满走了进去，又是一阵鸡飞狗跳。

半炷香后，在镖局的一间会客室内，春小满向着正座上那个不苟言笑，看起来非常严肃的老年人说道："老丈，我这位朋友，说不定真的可以治好您夫人的病。"

赵秦无悲无喜地放下手中那盏茶，打量着不远处白得有些过分的少女。

这么多年来，什么办法都试过了，可是自己的夫人还是老样子，他现在早就已经放弃了。

他发黄的眼珠向着春小满转去，随着他一挥手，王成兴走了进来，双手捧着那一两银子放在春小满面前的桌子上。

"姑娘，这是你落下的东西，你忘记带走了。今日吓到了你，还请见谅。至于内人的事情，就不劳烦各位折腾了，她年纪大了，我现在就想让她陪我过上几天安稳日子。"

对方的话出乎两人的意料，妻子都成那样了，他居然不想着治好？

抱着鼓的白灵淼想了想，迟疑地劝说道："这位老师父，如果真的疯了的话，还是要治的。你们心里一定很不好受吧？而且性命攸关，不如这样，我不收酬劳也没关系的。"

听到这话，赵秦眉头猛地一皱，把手中端着的茶碟往一旁的桌子上不轻不重地一磕："成兴，送客。"

一旁候着的王成兴大步一跨，挡在了自己师父跟那两位女子之间，脸上带着三分笑意说道："姑娘家走夜路不安全，在下亲自送二位回家吧。两位住哪儿啊？"

看到对方把话都说得这么绝了，春小满轻叹一口气，不再强求，拉着白灵淼的手向屋外走去。

"啊啊！"凄惨的女人叫声让在场所有人心中一惊，赵秦脸上更是蒙上了一层阴霾。

听到这声音里的痛苦，白灵淼实在有些不忍。她转过身来，看向依然端坐在那里的赵秦。

"赵师父，让我试试吧，我保证，哪怕治不好，也不会伤害她半点，仙灵不是那么不讲理的。”

一旁的春小满点了点头，开始帮腔：“既然别的法子都试过了，试试我们的法子又何妨？万一治好了呢？”

说到这儿，她仿佛想起什么，脸上忽然变得十分难过：“还是说你根本不把她当——”

话还没说完，砰的一声，涂了漆的桌子瞬间被赵秦的拳头砸得四分五裂。

他双眼圆瞪，如同被惹怒的狮子般站了起来，强大的气场瞬间扑面而来。

“老夫从不跟女流之辈动手，可是你若再出言不逊，休怪老夫不客气了！”

“嘻嘻……”一声轻笑从漆黑的屋外传来，瞬间打乱了屋内的气氛。

“什么人！结阵！”随着赵秦的一声低喝，两边侧门人头攒动，几十个短打装扮的汉子手拿着各种武器，纷纷围了上来。

盾在前，枪在后，十分有默契。

众目睽睽之下，一只血红色的绣花鞋从黑暗中伸出，踏在了烛光之下。

紧随其后的，是一个盖着大红色盖头的新娘子。

既然是走镖，长年赶路，镖师们也有他们应对的方法。

“拉墨斗！牵黑狗！”

伴随着刺啦声响起，被黑墨浸透的棉线迅速形成大网，封住了前面的路。

几只呜呜叫的黑狗也被提到了人群中来待命。

“等等，等等，你们误会了。”焦急的白灵淼说着从墨网中穿过去，拉着二灵走向屋内。

随着白灵淼靠近，镖局的人举着武器，齐刷刷地向后退去。

“她是……是我妹妹，她没有恶意的。”白灵淼努力地解释着，不过效果并不好。

就在这时，一个嘴角挂着两撇胡子的镖师凑到赵秦耳边低声说了些什么。

“师父……搬杆子的……”

听了徒弟的话，赵秦的神色开始发生变化。

白灵淼感觉到四周剑拔弩张的气氛，无奈地叹了一口气：“小满姐，要不我们回去吧。”

她真怕好心办坏事，打起来。她倒是不怕受伤，她就怕万一李师兄再掺和进来，那麻烦可就大了。

李师兄的麻烦已经够多了，她不想因为自己再给他惹麻烦。

如今这种场面，小满哪里还顾得上自己的小事，从墨网中走出来，她就准备带着白灵淼离开镖局。

“二位姑娘，请留步！”赵秦仿佛完全变了一个人，态度诚恳地走上前来，“内人的事情还要劳烦二位出手相助，只要能让内人好起来，什么条件你们随便提！”

“这……”两人相视一眼，都倍感诧异，对方为什么会前后反差这么大？

“那既然这样——”白灵淼刚开口，小满忽然上前一步：“我们需要回去跟其他师兄弟商量一下。”

对方的不同反应让小满觉得，还是上道锁比较好。

两炷香后，当由所有师兄弟陪同的两人再次被请入镖局时，那待遇明显跟刚刚不一样了。

整个镖局内灯火通明，所有镖师、学徒全部笔直地站在那里，恭迎两人。

赵秦带着她们顺着房廊向屋内走去。他一边带路，一边侧身说道：“姑娘，你说得没错，有些事情确实要试试，没试过怎么知道？”

神情有些紧张的白灵淼笑着点了点头。

她的紧张自然是因为镖局人的过度反应，同时也因为这种事情，她也是第一次尝试。

而且对方都这种态度了，要是自己治不好，那岂不是很尴尬？

镖局不大，在之前练武场左侧的一间独立的小屋子，就是关着赵秦妻子的地方。

嘎吱声响起，房门打开，黑漆漆的屋内传来了呜咽声。

旁边一个镖师把手中的灯笼向里伸去，屋内的场景瞬间呈现在所有人的面前。

屋内不大，地上、墙上都铺了厚厚的干草，看起来还算干净，肯定是经常打扫。

一个衣衫褴褛、浑身肮脏、头发花白的老妇人，脚上拖着生锈的粗铁链，在屋内一边哭一边徘徊，完全无视众人的注视。

“贱内自从三十年前就一直这样了，我实在束手无策。”赵秦说这话时，脸上露出一丝痛苦。

“赵师父放心，我一定尽力而为。”

有些紧张的白灵淼看了一眼身后盖着红盖头的女人，她深吸一口气走到女人身边，用手抓住对方的红盖头轻轻一掀。

那些好奇红盖头下长什么样的汉子失望了，红盖头下面居然还有一张绣着鸳鸯的红盖头。

白灵淼抿着嘴唇深吸一口气，把手中的红盖头盖在自己的脑袋上后，把手中的鼓递到了对方的手中。

一旁的小满用手中的剑把四周的其他人格挡开一些：“都散开点。”

感觉到气氛不一样了，镖局的所有人都屏住呼吸，不敢喘大气。

黑色的指甲轻轻地在鼓面上那么一敲，一道女声从红盖头下面传出来：“请——灵——嘞——”

这拖长的灵调一出口，四周顿时安静下来。

紧接着，白灵淼开始唱起了诀，跟李志类似吆喝般的唱法不同，她口中的诀又急又快。

伴随着鼓声，没过一会儿，白灵淼的身体开始颤抖并打起嗝，她脑袋上的红盖头更是抖得跟瀑布流水一般。

她的身体开始逐渐弯曲下来，一些好似野兽颅骨轮廓的东西让红盖头鼓了起来。

在有节奏的鼓声陪伴下，白灵淼开始向着屋内走去。

感觉到有人靠近，那女人被白发遮挡的眼睛里开始露出恐惧的神色。

下一秒那种恐惧又变成了极度的恨意：“把儿子还给我！”

她张开双手就要扑上去，然而身体被锁链捆住，并没有得逞，她就这么僵持在那里，死死地绷着。

某种细长的兽鼻把白灵淼的红盖头隆起，鼻子向着那老妇人不断地嗅着，一些野兽般的低吼声不断从红盖头下传来。

“儿啊！”那老妇人的表情又从憎恨变成了哀求，“儿啊，是娘不对，是娘不对啊！”

那红盖头下面的一切迅速缩了回来，重新开始抖动，一条尾巴顺着白灵淼的下摆长了出来。

伴随着鼓声，白灵淼开始围绕着老妇人有章法地踏步，并把一些黄纸折起来向着地上的干草插去。

这时，老妇人忽然不动了，她的身体猛地摔在了地上，不停地颤抖起来，表情十分痛苦。

这一幕看得门外的赵秦十分心疼，可在这种情况下，他根本不敢贸然打断。

紧接着，鼓声开始急了起来，点燃的紫香出现在白灵淼的手中。

冒着青烟的香头向下，开始了仪式。

“哕——”老妇人想吐，却被一块红手帕盖住了脸。

就在所有人都注视着白灵淼的时候，一道低沉的声音从远处响起。

“小满！白灵淼！”那是李火旺的声音。

鼓声忽然有些不稳，灵调再变。

三通鼓停歇，发生在白灵淼身上的异象马上停了下来。

恢复正常的她明显也听到了李火旺的声音，她连忙把脑袋上的红盖头摘下来，快步走出了屋子。

抢过二灵手中的鼓，把红盖头重新盖在她的脑袋上后，白灵淼连忙向着远处带着一大帮人过来的李火旺迎了上去。

“李师兄，你下山了？事情都办完了吗？”她面带笑意地问道。

细心的她看到李师兄的背上现在有两把剑了。

“嗯，差不多了。我听他们说，你来这儿驱邪祸，怎么样？弄完了吗？”李火旺说着，拉着白灵淼就向着远处的人群里看去。

“嗯……没有，我还以为她撞了别的什么东西，结果什么都没有。我试过了好几种办法，还是不知道她到底是怎么回事。”

他们刚回到屋边，就看到赵秦正在小心地搀扶妻子起来。

轻声呼唤了几句，发现妻子没有任何反应后，赵秦顿时目光焦急地看向白灵淼。

“姑娘，老夫内人现在到底是怎么回事？”

他语气中明显带着急切。

打量了一眼那老妇人痴痴呆呆的样子，脸上流露出一丝疲惫神色的李火旺对白灵淼说道：“走吧，既然治不好就别治了，我们也不差那五十文钱。”

“等等！”随着这两个字从赵秦口中爆出，整个镖局的人开始眼神不善地围了上来。

李火旺冷漠地看着面前的一切，他单手缓缓地握住身后的剑柄。

“锵！”剑刃出鞘一寸，四周所有人顿时感到气血上涌，仿佛置身于战场中央。

这种异常的感受让一旁的王成兴顿时脸色变得惨白，他知道自己碰上了大麻烦。

常年在外跑，他听说过有一帮高人拥有神秘莫测的神通。这些人善恶难辨，遇到他们就要打起十二分精神，这次怕是碰到了正主。

“李师兄！你别这样，是我们不对……”白灵淼连忙用手拉着李火旺的衣袖。

剑刃入鞘，冷漠的李火旺就要转身离开。

“儿啊……娘对不起你啊……”这声音却让李火旺停了下来，他重新看向那老妇人。

对方的样子让他有种似曾相识的感觉。

看着她双手被铁链勒得血肉模糊，他心中顿时升起莫名的愤怒。

老妇人的表情再次一变，她双手死死地掐住赵秦的脖子：“你还我儿子！你还我儿子！”

李火旺拉着杨小孩就走了过去。

“我还！我还你儿子！”一把推开赵秦，李火旺把发愣的杨小孩塞进那老妇人的怀里。

当抱住杨小孩的那一刻，老妇人安静下来，她把脸靠过去，用手一遍遍地摸着对方的头发。

李火旺环视了一圈屋子环境，语气中带着不满地说道：“为什么连窗户都没有？她一个人黑灯瞎火的，不会害怕吗？”

赵秦一瞬间有些反应不过来，这一切发生得太快了。

“老夫内人都这样了，还会怕黑？”

李火旺拔出另一把长剑，轻而易举地斩断了老妇人手上的锁链。

“哪怕她疯了，也不代表她什么都感觉不到！她也会怕，她也会疼！她没人陪也会感到寂寞！”

“你以为她想变成这样吗？她也不想的！可是她真的做不到！”

一旁的赵秦听到李火旺的话，显然是一头雾水。

他听不懂对方在说些什么，正当他握紧拳头想说点什么的时候，一个苍老的女声让他瞬间顾不上了。

“当家的，你快看啊，咱们的儿子回来了。”

震惊的他侧身朝妻子看去，惊讶地发现中邪了三十年的妻子眼中第一次有了清明。

“你……你认出我了？”赵秦扑到她身边，激动不已地握住了她的双手。

“当家的，你看咱们的儿子多好啊，这么小就知道孝顺娘，知道我喜欢吃现炸的油条，一大早就去买来了。”

那老妇人说着，用松动的牙齿细细地咬着杨小孩的衣摆。

紧接着，整个龙腾镖局的弟子都惊讶地看到，历来对所有人不苟言笑的总镖头居然流泪了。

赵秦走过去一把搂住妻子，失声痛哭起来：“凤霞……我对不住你啊！”

一旁从小就跟着师父的王成兴顿时鼻子一酸。虽然师父性格严厉，可是他也知道，这仅仅是师父的伪装。

这时，一旁的白灵淼走到李火旺的身边，悄悄地扯了扯他的衣袖。她十分惊讶地问道：“李师兄，你怎么做到的啊？你可真厉害。”

李火旺的表情里带着一丝复杂地看着眼前抱在一起的老夫妻：“久病成良医。我以前在院里见过这样的情况，其实相比辨别症状，我更擅长辨别精神类药物。”

“那她是中了什么邪啊？”

李火旺轻叹了一口气：“她不是中邪了，她只是当初受到了太大的刺激，一时没走出来，结果又被关了三十年，就变成这样了。”

说完，他就要带着白灵淼离开这个有些昏暗的屋子，可没走几步就被人拦住了。

那是热泪盈眶的赵秦。激动不已的他双掌交叉，重重地向着李火旺拜下：“多谢恩人出手相助！”

“别急着谢，事情还没完呢，把她带出来，洗干净了，换一身干净衣服。”

此刻李火旺的话在赵秦耳边就是圣旨，他马上就照办了。

换了一身衣服的老妇人被送到一间明亮温暖的卧房中，只不过她的怀里依然抱着杨小孩。

李火旺在一旁对赵秦嘱咐着：“她喜欢抱着就让她抱着，花钱雇几个小孩轮流给她抱，她这是内心在寻找替代品，来补偿过去的缺失。”

“等她内心情绪发泄得差不多了，你就可以找个假人换掉。”

“平时出太阳的时候，带着她多出去晒晒太阳，太阳晒多了，心情也会变好，对病人的康复有好处。”

“如果实在没人陪，你就给她身边养两条狗，宠物也能起到安抚心态的作用。”

“三十年实在有点太久了，这种病都是越早干预越有效果，你最好还是以稳定病情为主吧。”

李火旺停顿了一会儿，回想着当初李医生对其他病人家属说的话，又把其他细节跟赵秦转述着。

“我只记得这么多，你试试看吧，反正会比你把她锁在黑屋子里要强。记得以后别关着她了，也别拿锁链锁着，她已经病成这样了，越锁只会越严重。”

赵秦看着安静地坐在那里的妻子，眼神中满是激动，嘴里不住地说：“可以了，已经很好了。”

疯了三十年的妻子居然还能认出他，这是他做梦都没有想到的。

李火旺此刻在他眼中就是医仙在世了！

“那行了，没别的事情就这样吧，我们回去了，明天还要赶路呢。”

李火旺刚要走，就被赵秦张开双手拦住，他声音颤抖地对着自己的弟子说道：“元虎！去东富楼摆宴！摆大宴！”

为了表达诚意，赵秦使出了浑身解数，这小镇上最好的酒楼被龙腾镖局整个包了下来，宴请李火旺等人。

酒楼里最高档的宴席，那可不是客栈大堂能比的，各种美食让所有人垂涎欲滴。

果木烤鸡、红烧全鱼、腊味合蒸、槐花汤……尤其是桌子中央的那只烤乳猪，肥嫩的肉被烤得焦黄脆嫩，浓香的汁液包裹在周围，在烛光下泛出点点油光，扑鼻的香味阵阵袭来。

不仅是人，连馒头也蹲在李火旺脚边，兴奋地舔着舌头等待着剩下的骨头。

坐在主座上的李火旺倒没注意这些，他侧身听着一旁的春小满说着整件事情的来龙去脉。

“下次这种事情先问问我，别贸然自己行动，也别把白灵淼牵扯进来。”李火旺开口说道。

这种事情还好是处理好了，要是处理不好，又是麻烦事一桩。

春小满顿了一下，似乎想辩解什么，但是最终她什么都没说，而是点了点头：“是，李师兄。”

看到换了一身正装的赵秦带着一帮弟子从木阶梯走了上来，李火旺便重新坐正。

带着炙热的眼神迎上去，赵秦什么都不说，直接倒满酒，对着李火旺就连干三杯。

“赵镖头，客气了，尊夫人的事情，我只是纯粹看不过眼，让其他人都坐吧。”

李火旺先拿起筷子夹起一块鸡肉，看到作陪的镖师们都动了筷子，他这才把肉放进自己嘴里，并且给其他人使了一个眼色。

早已经等不及的其他人纷纷动了筷子，趁着镖师们被他们的样子吓住了，桌子上的菜也以肉眼可见的速度减少。

夹起一块大鸡腿，咬了一口后，李火旺把它扔到了桌子底下。

“恩人，大恩不言谢！今日你救我妻子就是救我！明日定有厚礼送到府上，还望莫要推辞！”

喝了酒的赵秦鼻子红了，明显话也多了。

“而且日后恩人要是有什么难事，龙腾镖局定当鼎力相助！”

说完这话，他对着李火旺又是三杯酒下肚。

就在他准备倒第四杯酒的时候，被李火旺用筷子架住了：“赵镖头，酒这种东西还是别喝多了，喝醉了不好说话，其实呢，我这里还真有件事情要麻烦你。”

“你们既然是做押镖生意的，镖师们都身手不错，可有好一些的剑法吗？”

这不仅仅是为了春小满，同样也是为了他自己。

他刚从静心宫主那里拿到了一把好剑，没有配套的剑法当然不行。哪怕这是一把好剑，他也总不能拿着它像挥舞烧火棍一样肆意乱捅吧？

既然对方都开口了，他哪有不提的道理。

“剑法？有！”赵秦听到这话，回答得斩钉截铁，“虽说镖局里用剑的比较少，但既然恩公开口了，哪怕没有，我也能想办法从别的路子帮你弄来！”

李火旺端起酒杯在对方酒杯边缘轻碰了一下：“那就多谢赵镖头了。”

酒喝多了，宴席上的气氛也热了起来。桌上的人推杯换盏，好不热闹。

其实李火旺并不喜欢这样的场合，看到其他人都吃得差不多了，他就打算起身离开。

就在这时，他看到狗娃端着一杯热茶走了过来，放在自己桌前。

狗娃先看了一眼旁边作陪的赵秦，然后凑到李火旺跟前耳语着。

“李师兄，之前白师妹不是总说，咱们都是只进不出，想找一个稳定来钱的营生吗？”

“嗯，怎么了？”白灵淼确实不止一次跟他抱怨过这件事情，他耳朵都快听出茧了。

狗娃顿时眉飞色舞起来：“你看看，这不就是瞌睡遇到了枕头吗？咱们可以请他们教咱们押镖当镖师啊！反正咱们都要接着往梁国走，这一路上刚好可以接那些顺路的镖，赚钱赶路两不耽误！”

“而且你看看，这帮家伙请咱们吃这么贵的东西，肯定靠押镖赚了不少钱，这种钱咱们也可以赚啊！”

李火旺有些意外地看了狗娃一眼，在搞钱这种事情上，他倒是思维敏捷得很，不过他倒也没说错，这种事情自己还真能干。

押镖赚的钱，自己除了可以当路上的盘缠，也可以寄给静心宫主。

虽然那三万两黄金只是宫主随口说说，但对方送这么大的礼给自己，自己什么都不回报，实在有些说不过去。

他不想欠别人的，更不想欠唯一帮助过自己的人。

当李火旺向赵秦提起这个事情后，对方同样爽快地答应下来。

“行！李老弟想入行，我来当担保人！只要你拿着我的担保信，去任何镖局接镖单，都稳当得很！”

不过承诺完后，他又开始细细劝说起来。

“不过老弟啊，押镖其实也不是那么好押的。镖局的镖师们有句口头禅，叫‘三分保平安’。”

“所谓‘三分保平安’就是：脸上带着三分笑，凡事让着三分理，桌上饮着三分酒。”

“外行人以为镖师能押镖靠的是武力高强，其实吧，只说对了一半，另外一大半是靠上上下下打点的关系，麻烦得很。”

脸色通红的赵秦再次端起酒杯仰头喝下，紧接着大手一挥：“李老弟，你要是实在缺银子的话，说句话，要多少我给多少！”

对方这话说得非常坚决，李火旺却没有当真。

什么东西都是有价值的，自己确实救了对方的妻子，但并没有完全治愈，病人的状况只是好转罢了。

自己要本剑谱，请对方带入镖行都可以，可真要对方倾家荡产，那就过界了。

“赵镖头客气了，我还是觉得自力更生比较好。”

几次推托后，赵秦叹了一口气：“也罢，既然李老弟执意如此，那好吧，明日你来镖局里，我亲自教老弟对切口。”

“切口？什么是切口？”

“切口就是江湖行话，遇到了山贼、响马这些劫道的，你要对得上话。”

“原来如此。”李火旺端着酒杯心中一动，顿时想起了什么，“那赵镖头，‘并肩子’‘甩个蔓’是什么意思？”

这是当初湖上那些水匪跟他说的话，现在想来，这恐怕就是切口了。

“‘并肩子’是兄弟的意思，‘甩个蔓’就是让你报个名号。”赵秦解释道。

“那如果没对上呢？”

“连切口都没对上，那基本就是外人了，大部分都会直接下手。”

“原来如此……”李火旺举着筷子在那里思索着什么。

这时一旁的狗娃开口插话了：“总镖头，其实不对切口也没什么关系吧，那些小蟊贼也掀不起什么大浪来，只要把他们都宰光不就行了？”

“小蟊贼？”赵秦对狗娃的话嗤之以鼻，“你真以为所有的响马、山贼都是随便一帮恶人聚集在一块儿抢劫？这里面啊，水深得很！”

这句话倒引起了李火旺的兴趣：“赵镖头，还请细说。”

自从来到清风门以来，短短几个月内，他已经碰到了两伙劫道的人。

如果没有意外的话，接下来可能会遭遇更多，所以他需要多了解一些。常年走镖的镖师肯定对这方面非常了解。

“老夫承认，一些流匪确实没什么实力，但这绿林里面不只有他们这些没本事的，还有大的，有小的。”

“不说东乙山上的大小老鼠，西大荒的南霸天，只要能喊得出名字的，都是有能耐的。”

“占山为王可不是说说而已，手底下几千号弟兄的，比比皆是。”

赵秦喝了一口酒，又接着说道：“关键是，还有一句话叫作养匪自重，他们背后未必就没有官方的关系。”

“而且别看他们现在是匪，万一哪天被招安，他们可就不一样了。”

“这么多关系你能理清楚吗？如果不按照他们的章程来对待，你还想跑镖？凡事都要讲规矩，绿林的规矩也是规矩。”

这个云里雾里的世界，随着赵秦的解释，李火旺看清楚了其中一角。

李火旺再次回想起之前遇到水匪的场景，他斟酌片刻后再次开口：“这些劫道的人中，有会使用术法的高人吗？”

单纯的土匪，他现在不怕，但这个世界从来就不简单。

连芦苇荡里的一群小水匪都可以利用不知道从哪里弄来的《大千录》祸害一方，这些更大的山贼当中，难保不会有更厉害的。

这话一出口，酒桌上的气氛顿时有些冷场了。

看到那些镖师有些紧张的样子，李火旺已经知道了答案。

赵秦犹豫了几息后，轻叹了口气：“所以说，凡事都要按规矩来，谁也不知道这些山匪、水匪后面到底是谁当家。”

“虽然御林军里有监天司，但当今圣上连他自己屁股下的龙椅都坐不稳，哪里还能管得了这些？”

“有些东西不是我们这些凡夫俗子该掺和的。”

赵秦借着酒劲絮絮叨叨地对李火旺说了很多，似乎想借此机会打消李火旺当镖师的念头。

不过此时李火旺的注意力已经不在这上面了，他被刚刚对方话里的一个名词所吸引。

“赵镖头，你刚刚说的监天司是什么？”

虽然李火旺已经来到这个地方好几个月了，但是这些事情，他还是第一次听说，正好可以借此机会好好了解一下。

“监天司啊，听说那里面都是皇帝供奉的一些高人，要是哪个地方出了捕快和守军解决不了的怪事，就靠他们去解决。”

对此李火旺没有感到意外，四齐朝廷既然能稳住局面，肯定有处理这些怪力乱神的方法。

只是不知道这帮人是宫内特意训练的，还是从外面特意招安的。

见李火旺没说什么，赵秦接着说道：“可是吧，话是这么说，其实他们有时候也不怎么靠谱。”

“就比如说吧，四年前，有个镇子的人不知道怎么的，全没了。”

赵秦说到这儿，顿时一阵唏嘘，丝毫没有注意到李火旺握住酒杯的手指已经捏得发白。

一旁的王成兴也开口了：“这事我也听说了，他们怎么就下得了手，他们难道就不是爹娘生的吗？简直就是畜生都不如。”

就在这时，李火旺看到表情狰狞的姜英子凑到了自己面前。

“看到没有，看看别人是怎么说你的！你这种人凭什么还活着！你为什么不去死！”

李火旺的胸口起伏开始加剧。

别人没有注意到，白灵淼却察觉到了李火旺的异常。

她悄悄地跟小满换了一个位置，用手握住李火旺颤抖的双手。

“李师兄，你没事吧？”

李火旺深吸一口气，面带微笑地看向赵秦：“赵镖头，还是勿谈国事吧，这种事情也不是我们小人物该考虑的。”

“对对！那些大人物的事情让他们自己操心去，喝酒喝酒，我替贱内向李老弟再敬一杯！”

“喝酒，喝酒！”李火旺直接拿起酒壶，对着自己的嘴就灌了下去。

李火旺其实不会喝酒，白酒就更受不住了。

当天晚上，他也不知道自己是什么时候醉倒的。

他只是感觉那种醉醺醺的感觉很不错，他什么都不用想，什么都不用烦。

“李火旺……李火旺！”

听到声音，睡梦中的李火旺猛地睁开了眼睛，与一双充满憎恨的眼睛相互对视，那是姜英子。

猛地从睡梦中醒来，眼前就出现一位断手断脚的少女，任谁都会吓一跳。

不过李火旺早就已经习惯了，他又看了一眼飘浮在天花板上的丹阳子后，双手撑住床板坐了起来。

穿着单衣的他刚下床，就表情痛苦地捂着脑袋重新坐了下来。

“果然还是不能喝酒啊……”李火旺第一次感受到了宿醉的痛苦，不过也有可能是因为他的感知能力增强了。

嘎吱一声，门被人从外面推开了，白灵淼双手端着铜盆从外面走了进来。

看到表情痛苦的李火旺坐在床边捂着脑袋，她快步走过去，把铜盆放在木架上。

哗啦啦的水声响起，白灵淼拧干手帕后，走过来一只手扶住李火旺的后脑，另一只手给他轻轻地擦脸。

趁对方给自己擦脖子的时候，李火旺看着那近在咫尺的面孔问道：“咱们这是在哪儿？”

“还在镖局里，赵镖头跟我说，等你醒了，先别急着走，他已经托人去找剑谱了。”

看了一眼与自己的红色衣袍放在一起的两把长剑，李火旺了然地点点头。

白灵淼仿佛与他心有灵犀般知道他在想些什么。她走了过去，把那把长剑拿来放在他的手上。

这是李火旺将这把剑拿到手后，第一次端详它。

整剑长三尺二，剑宽半指，全身色调偏暗，黑色的剑柄上飘扬着寸余长的暗紫绫。剑柄处是狰狞异兽，獠牙大张，用手摸上去，有种手指被割伤的感觉。

单从外观上看，这把剑很是平凡，完全没有半点神兵利器的样子。

李火旺想了想，最终还是没有拔出剑来试剑。

不说这剑拔出来的动静，光是感觉就不一样。不知道为什么，这东西给他一种不安的感觉，就像《大千录》一样。

“宫主虽然说，这把剑对我没威胁，但是我觉得还是少出鞘为妙。”

“李师兄，你还能走吗？如果不能走，早饭我给你拿到屋子里来吃吧。”

“不用，我缓一缓就行，现在没有丹阳子在后面赶着，我们可以慢慢来。”

话音刚落，瘆人的笑声从天花板上传来。

李火旺抬头看去，就看到自己师父的三张不断变换的脸正盯着自己，眼神中是满满的讥讽。

“你笑什么！”

“李……李师兄？”白灵淼看了一眼空无一物的天花板，又看向李火旺，心中泛起一丝不安。

“没什么，我们下去吃饭吧。”李火旺右手搭在她的肩膀上，踉跄着向屋外走去。

等他出来，看到外面的天已经大亮，整个镖局无论前院还是后院都热闹了起来。

赵秦显然交代了什么，路上碰到的所有人见到李火旺都十分尊敬地行礼。

李火旺的视线越过右侧的木柱，看向远处热闹的练武场。

他看到狗娃、高智坚、春小满、孙宝禄他们正在跟一些镖师比画着什么。

“他们在干什么呢？”李火旺不由得疑惑地问道。

“之前狗娃提议，让他们指点一下自己，结果其他人都跑过去凑热闹了，后来就成这样了。”

“呵，还真会占便宜。对了，你等会儿去客栈一趟吧，跟吕班主说说，他看不到人，怕是会以为我们把他们给落下了。”

“嗯，知道了。”

抬头看了一眼丹阳子后，李火旺想了想，询问道：“仙灵那边没有什么麻烦吧？”

白灵淼的双眸一动：“没有啊。李师兄，为什么这么问？”

“没有就好，要是有的话，记得告诉我。记住，你不是孤单一人，真有什么事情，我来想办法摆平。”

“嗯，好。”

四周安静下来，两人一边享受着这难得的安静，一边缓慢地向着后厨走去。

这段时间，他们一直在赶路，难得这么闲。

白灵淼身体轻轻地向着李火旺的怀里靠了靠。她心中泛起一丝甜意。

“有什么事情，千万别瞒着我，哪怕再难，我们也可以一起想办法，毕竟，我现在……就只剩你了。”

“嗯……”

“吃……吃……吃……”

看着眼前的高智坚结结巴巴地说了半天，死活都没“吃”出来，李火旺沮丧地叹了一口气。

他伸手从面前的大个子手中把那两本书收了起来：“行了，用不着你了，你出去吧。”

等委屈的高智坚走了出去，李火旺低头重新看向手中的这两本书。

其中一本是普通的纸书，另一本则全被半透明的蜡包裹着。

被蜡包裹着的那一本书是姜英子当初给他的《火袄箴经》，旁边是她写的译文。

《火袄箴经》是个好东西，万一日后路上碰到外伤，这东西可是能救命的。

这么好的一样东西，不学会用太可惜了。

然而现在李火旺已经无限接近于文盲了，别说箴经上面的异文了，哪怕是当初姜英子写出来的译文，他也看不懂。

“这样搞也不是办法，总不能一辈子当文盲吧，我必须重新学会认字才行。”

李火旺脸上带着一丝无奈地把《火祆箴经》塞进自己怀里。

话是这么说没错，可想系统地从头开始学会一整套文字，那可需要好几年的时间。

哪怕是请别人跟着他，一个字一个字地翻译，恐怕也需要好几个月。他现在根本没有这个时间。

让队伍里唯一认字的傻子教自己，那更是白费工夫，两句话，他结结巴巴地能说上十分钟。

李火旺不死心地重新打开译本：“木……口……人……”

满面的方块字，他现在只能认识最简单的那几个。

“呵呵，这才是真正意义上，把老师教的都还回去了吧。”李火旺自嘲道。

他本以为丹阳子死后，自己丢失的知识会重新回来，但是现在看来，根本就不是这么一回事。

“咚咚——”木质的房门被突然敲响了。外面有人问：“李贤弟在吗？你要的剑谱我已经给你找来了。”

听到这话，李火旺立刻来了精神，起身去开门。

现在《火祆箴经》的事情都要放到一边，他在这个地方等这么久，可不就是为了这剑法吗？

很快，赵秦手中的剑谱就送到了李火旺的手里。

剑谱上面写着四个大字，然而李火旺不认识。

“我瞧见李贤弟的剑是三尺剑，所以特意挑选了这本与之相配的段氏剑法，贤弟用起来刚好适合。”

“此剑法是由奇才段思所创，它跟别的剑法还不太一样，没有任何绵软巧劲，而是绝对的大开大合。”

“段氏剑法？”李火旺喃喃自语，用手翻开了封面，当看到里面大部分都是图案，只有零星一些文字记录后，他松了一口气。

“没事，这点内容，让赵镖头教教，然后硬背下来就行。”

李火旺想到这儿，扭头看向赵秦：“赵镖头，我过去从未学过用剑，可否指点一二，从何处开始？”

“嗯？你不会用剑？连基础都没有的那种？”赵秦看着李火旺身后的两把剑，有些没明白怎么回事。

不过做过镖师的人，脑子自然转得快。他马上将右手搭在李火旺的肩膀上，揽着他就向外走去：“无妨无妨，自古刀剑不分家，赵某不才，就当几天李贤弟的入门师父。”

刚走到比武场，李火旺就看到远处在跟狗娃他们一起练刀的小满，他直接对着她喊道：“小满，你也来吧！”

听到这话，赵秦点了点头，赞许地说道：“不错，李贤弟考虑得实在周到，这练剑最好还是两个人一起练，要不然日后连个对练的人都没有。”

握着长剑的春小满很是激动，她显然是知道李火旺叫自己来做什么。

随后的一段日子，就是李火旺在镖局内的练剑生活。

有经验丰富的赵镖头带领，一个用心教，两个用心学，李火旺和春小满入门很快。

“当！”点点火花在空中炸开，李火旺和春小满各退三步。

春小满握剑的右手一举，右脚前踏，再次前冲。

李火旺斜身闪避，看着木剑刚一刺空，他瞬间反守为攻，直接就是一招回风落雁。

这一连串的动作瞬间打乱了春小满的节奏，所谓一步错，步步错，没过一会儿，春小满的剑就被挑飞了出去，败下阵来，引得四周喝彩声一片。

一旁的赵秦面带惊叹地走到李火旺面前：“李贤弟好资质啊，短短十五天就能从什么都不懂的门外汉练成这样，简直就是武学奇才！”

这可不是吹嘘，作为总镖头，他见过的苗子多了，可是像李火旺这样的，真的屈指可数。

“谬赞了，我这还差得远呢。”李火旺谦虚地说道。

只有他明白，为什么他学剑法会比春小满快这么多。

巴虺的注视，可不仅仅是增加痛觉，他的各种其他感知同样也被增强了。

这些增强的感知可以让李火旺事半功倍，未来有没有别的坏处先不谈，至少在这件事情上，对他是有益的。

把手中的竹剑递给一旁的孙宝禄，李火旺对赵秦说道：“赵镖头，这些天劳烦你了。浪费了这么长时间，不能再磨蹭下去了，我也该出发了。后会有期。”

所谓师父领进门，修行在个人。

既然已经入门，李火旺也没必要在这里浪费时间，更何况赵秦是用刀的，接下来也教不了他什么了。

“行！李贤弟随我来，我这就给你要的东西。”

赵秦的书房内，笔墨纸砚排列整齐。

“唰唰——”赵秦握着狼毫笔龙飞凤舞，紧接着，他把写好的纸张吹干，放进一个信封。

“这是赵某的担保信，在镖行内，赵某还是有几分薄面的。李贤弟日后去任何镖局，都可以凭这担保信来接镖单。”

伸手把信接了过来，李火旺对着赵秦双手抱拳：“多谢赵镖头这些天的教导了。”

考虑了这么久，李火旺最终觉得镖师这行能做。

狗娃说得没错，反正都要赶路，干吗不一石二鸟，一边赶路一边赚钱呢？

“李贤弟客气了，这算什么，李贤弟能让内人认出我来，那就是赵某的恩人！”

“我也不问贤弟去哪儿、要做什么，假若日后有缘，你再来这镇上，务必进来坐坐！”

“李贤弟，后会有期！”

“一路顺风！”

“珍重！”

在一众镖师的热情欢送下，李火旺等人离开了龙腾镖局。

看着他们渐渐远去的背影，王成兴脸上的笑意渐渐收敛，他看向一旁的赵镖头。

“师父，不知道您有没有瞧见那人身后背的那把剑，那剑不一般啊，感觉杀气很重。”

眉头微微皱起的赵秦点了点头：“废话，还用你说？老夫当然知道。那把剑的来历我知道，是子雄将军的佩剑。”

“什么？子雄将军的佩剑？那这半个月来，您怎么什么都没做？”

“做？我要做什么？”赵秦侧头看向王成兴，“我是要去偷他的剑，还是打听他这把剑的来历，又或者去偷偷告发他？”

见王成兴不说话了，赵秦接着说道：“你以为我眼睛瞎吗，没看出这人的古怪？他腰间的那卷红色竹筒，下摆上的各种铁器，还有那葫芦，更别说他身边那些伤残人了。可那跟我又有何关系？”

“他出手医好了凤霞，我应他的要求去帮他找剑法，替他担保，大家面子上过得去，这就够了。”

“我也没告诉他，咱们过去当过大头兵吧？这就叫看破不说破。”

“对对，师父考虑得周到，是弟子莽撞了。”

第十五章 雄戏

在马棚里待了半个月，拉车的马明显早就待烦了，一出城门，它顿时就兴奋地跑了起来。

“吁吁吁——”驾车的赵五好一阵吆喝，马车这才缓了下来。

他侧头对着李火旺问道：“李师兄，咱们现在往哪儿走？”

“边关，四齐这边的事情都弄完了，咱们先离开四齐。而且这地方有点乱，咱们越快到梁国越好。”李火旺说道。

一说到这儿，他神情有些不安。他扭头看向一旁的白灵淼。

“既然这地方打仗了，那梁国不会也有战乱吧？那你家——”

听到这话，没等白灵淼回答，吕状元提着烟杆子走了过来。

“嗨——小道爷多虑了，那梁国顶得上五个四齐，而且梁国的皇帝厉害得很，别人都尊称其国为大梁国，真要打仗，也只有他们打别人的份，哪有别人打他们的啊。”

李火旺这才知道，跟其他国家比，梁国是大国，而且是强国。

很显然，吕状元对于目的地是做足了功课的。

李火旺了然地点了点头。这样也好，只要到达梁国，就没有顾虑了。

这时，李火旺敏锐地察觉到吕状元有些不一样了：“吕班主，这是遇上喜事了？”

相比他之前满脸褶子皱在一起的样子，现在的他明显年轻了好几岁，嘴边的笑容怎么都收不住。

“嘿嘿，没啥，没啥，嘿嘿。”吕状元想忍住，脸上的笑意却出卖了他。

喜不自禁的他扭头爬上自己的马车，捧出一个大布袋子来到李火旺面前：“来来来，吃鸡蛋，吃鸡蛋。”

被染得通红的两个鸡蛋被塞到李火旺的手里。

不仅是李火旺有，其他人也是见者有份，平白无故发鸡蛋，这可不像吕状元那抠门的态度。

一拿到红皮鸡蛋，赵五最先反应过来其中的含义。

“举人兄，嫂子这是有喜了？恭喜啊恭喜！祝您早得贵子。”

面对赵五的恭喜，吕举人脸上的笑容却显得非常勉强。

旁边的吕状元十分自然地接过了话茬：“你瞧见我儿媳妇的肚子没有，怎么样？是尖的！而且她最近特别喜欢吃酸的，这次错不了，肯定是孙子！”

马车上的罗绢花高傲地仰着脖子，此刻的她就像一位得胜归来的将军。

“等满月酒的那天，大伙儿都去啊。”吕状元越说越开心，眼睛都笑得看不见了。

吃着鸡蛋的李火旺目光在神态截然不同的父子之间切换着，他怎么都感觉吃的鸡蛋里掺杂着别的味道。

不过他也不是那么八卦的人，懒得理会别人的家事。他跳上马车，开始翻找出地图。

“下一个国家的名字……下一个……”李火旺看着地图上那极其陌生的两个方块字，一时间愣住了。

他之前还觉得不认识字没有什么，可是现在看来，这已经严重影响到了他生活的方方面面。

轻叹一口气后，李火旺把头从马车车窗内探出来：“吕班头，前往梁国路过的下一个国家叫什么？”

“嗯……好像叫后蜀国。”

“后蜀？”李火旺看着手中地图上那块圆形的图案喃喃自语。

“吕班头，那你可知道后蜀国内有什么知名的门派，或者危险的邪祸吗？”

“嗨，小道爷，你问我这个，不是白问吗？我哪儿有能耐知道这些？我能知道四齐隔壁就是后蜀国已经很了不起了。”

也是，吕状元作为一个唱大戏的，自然不可能知道别国的具体事情。

“你们知道后蜀国的事情吗？”李火旺向其他师兄弟问道。

对于接下来要路过的地方，还是要提前多多了解才好。

结果让李火旺大失所望，他得到的是一致的摇头。

看起来他们都不是在后蜀被抓的。

“李师兄，我记得有一个小童是后蜀的，只是他淹死了。”

听到春小满的话，李火旺轻叹了一口气。

如今只能走一步看一步了，不过好在，现在跟之前比已经好上很多了。

自己没有了丹阳子的危机，比刚从清风门里出来时，也多了不少自保的能力。

李火旺刚从马车上跳下来，就看到吕状元带着讨好的笑容靠了过来。

“哎呀哎呀，你看我这脑子，关于后蜀，我差点忘了，过去我还是后生的时候，听我瞎子二叔说过一些。”

“我二叔说，那后蜀国的人不听咱们的戏，他们好像、好像喜欢看什么……对了，我记起来了，他们好像喜欢看傩戏。”

“傩戏？”

“对，你看这名字怪吧，叫什么傩戏。二叔还说，傩戏不用化戏妆。”

“他们演戏的时候，要用红布把戏子的整个头包住，然后戴上各种木头面具来唱戏。”

李火旺拦住，不让吕状元继续往下说了。

他们爱看什么戏就看什么戏，反正跟他无关。他又不是吕状元，要去抢他们的生意。

四齐的关口很快就到了。

意料之外、情理之中的事情是，关口被官兵设卡了，似乎是为了防范奸细。

整个边关要塞非常森严，进去的人脸上也几乎没有笑容。

不过在银子的作用下，两帮人顺利通过了关卡。

出了河多湖也多的四齐，四周的一切都荒凉起来，树木逐渐被戈壁替代了。

等到了第十天晚上，放眼望去，已经没有任何一棵树了。

越往里走，越荒凉，李火旺已经猜到，或许这就是后蜀本该有的样子。

“呼——”守夜的赵五呼出一口白气。

他搓了搓冻得发麻的双手，放在嘴边不断地哈气。

本来都快立夏了，不应该这么冷才对，可这荒郊野岭的，连挡风的石头都没有，再加上没有柴火烤火，自然是冷得要命。

扭头看了一眼马车旁抱着白灵淼睡觉的李火旺，赵五眼中露出深深的羡慕。

他低头看了一眼自己脆弱的身体，眼中浮现满满的自卑。

他也想要个媳妇，可是自己这样的废人，根本没有任何女人愿意跟自己。

吸了一口干燥冰冷的空气，冲淡心中的困意后，他打起精神来，用小石子在地上练着字，其中一些是李师兄教的，另外一部分是他硬磨着高智坚教他的。

“我要学会认字，一定要学会！”赵五的眼中充满了坚定。

他要向自己的爹证明，自己不是废物！

学会了认字，自己将来可以像巷口的老书生一样，替别人写信赚钱；只要学会认字，自己将来读书多了，还可以去考取功名，当大官！

“到那时候……”就在他畅想未来时，忽然感觉到身后有人。

这一异常变化，让他浑身瞬间发凉。

身体不由自主开始战栗的他，心一横刚要大声提醒其他师兄弟，一只没有指甲的手捂住了他的嘴巴：“别出声，是我！”

李火旺的声音让赵五迅速放松了下来。

他压低声音问道：“李师兄，怎么了？”

他向四周看去，只有黑漆漆的戈壁，什么都没有。

“嘘——有东西摸过来了，我先试试看。”

盯着一处看的李火旺清了清嗓子，忽然对着那边大声喊道：“三老四少道上靠，河里游出闹海蛟。不知又兴哪一套？”

李火旺的声音在空旷的戈壁间传出去很远，这声音也把其他人给吵醒了。

“春典开不开？”一道比李火旺还要沙哑的声音远远地传了过来。

“春典开！”

“并肩子，甩个蔓？”

李火旺对着那边行了一个道礼：“一座玲珑塔！面向青寨背靠沙！抄手子蔓！”

“原来是李兄弟，是路过还是候着啊？”

“恰好路过，掌柜的贵姓？”

李火旺这话一出后，就再也没有回音了。

一直等到天蒙蒙亮，李火旺这才发现那人早就走了。

“赵镖头教的切口，没想到这么快就派上用场了。”李火旺喃喃自语道。

昨天晚上虽然他敏锐地察觉到了那人的到来，却无法完全看清到底是一个人还是一群人。

现在仅仅靠说上几句话，就能解决冲突，那就再好不过了。

毕竟谁也不知道，这些来路不明的土匪到底有没有压箱底的手段。

当从李火旺那里得知了晚上的惊险，吕状元顿时感到一阵后怕。

“我的乖乖，这才来多久啊，就遇到劫道的了。这后蜀国看来也不太平啊。”

李火旺背起自己那些零零碎碎的东西坐了起来：“管他太不太平，我们也只是路过。赶紧走吧，今天赶快点，应该能在天黑前到镇上去。”

之后的路还算顺利，虽然四周依然荒凉，但至少没有遇到劫道的了。

就在吕状元对着李火旺一阵马屁连拍的时候，他们终于看到了人烟。

“爹，这马怎么这么奇怪啊？怎么背上还凸起来两个包？”吕秀才问道。

“你傻不傻？那是骆驼！”

“丁零丁零——”驼铃不断响着，骆驼队踩着坚硬的道路，缓慢地向前移动。

李火旺瞥了一眼赶骆驼的人，发现他蒙着脸，这么做似乎是为了防风沙。

骆驼的出现仿佛是一个信号，很快，越来越多的人开始逐渐聚集。

终于，李火旺等人赶在天黑前，到达了后蜀国的第一个镇子。

刚走进镇子，李火旺就看到后蜀人与四齐人的不同，无论是建筑还是服饰都更加粗犷。

也不知道是不是为了防风沙，镇上的不少人都蒙着脸。

不过这也有好处，蒙着黑纱、戴着斗笠的其他师兄弟在这里，不会显得那么突兀。

“我们走，先找家客栈住下，赶了十多天的路了，大伙儿歇歇脚。”

风尘仆仆的其他人顿时脸上露出如释重负的表情。

没有火也没有水的日子实在不是人过的。

一行人跟着其他人，融入镇上的人流中。

附近的摊子上，烤物的香味、面汤的香气，挑逗着所有人的味蕾。

走着走着，他们来到了一片空旷的地方，看起来像是这个镇子的中心。

鼓声和锣声顿时吸引了他们，他们向着拥挤的人群望去。

“这就是傩戏吧？”李火旺看着那人群中上蹿下跳的三人喃喃自语。

摇头、拧身、蹲颤、绕腕、踏步、蹿跳……那脑袋被红布包裹、戴着狰狞木质面具的三人舞姿非常古怪，仿佛不是人能想象出来的动作。

伴随着这怪异舞姿的，是节奏混乱的锣声和鼓声，还不时传来一种像号角的乐器声音，从那黑色牛角中发出，像是女鬼的呜咽声。

锣声、鼓声和鬼哭声，配上那怪异的舞姿，李火旺怎么看怎么难受。

偏偏四周的人不这么想，他们坐在那里，看得如痴如醉。

“这是什么啊，这也能叫唱戏？”作为同行的吕状元满脸鄙夷地发表了自己的意见。

他话音刚落，那三人的身体扭动得更厉害了。

伴随着这阵扭动，一根根锋利的白色尖牙颤抖地从那木面具的嘴里，如同生根发芽般长了出来。

那不是一根两根地长，而是整整十六根。

十六根尖牙随着他们的傩戏一同颤抖着，彼此还配合着锣鼓，嗒嗒嗒嗒地撞击着。

“这是……耍牙？”

这三人的耍牙技术很好，李火旺看着他们嘴里缩进缩出的白色尖牙，差点以为这些尖牙是真的从他们嘴里长出来的。

摇摆的四肢、颤抖伸缩的白色尖牙，配合着敲打的礼乐一同扭动着。

远处跳着傩戏的三个人，在这一刻，给李火旺一种他们不再是人，而是树木的感觉。

扭了一盏茶的工夫，某种高腔唱词从他们的木质面具后面传出来。

“ㄨㄛˊㄕㄣˊㄑㄨㄍㄨ~~”

这是一种李火旺等人理解不了的唱腔，声调跟着乐器的声音忽高忽低，带着特殊的韵味。

李火旺等人不理解，但本地人似乎听得懂，他们眼睛微闭，手指在腿上打着拍子，嘴里也跟着哼唱。

“ㄓㄨㄢ~ㄨㄓㄧㄡˇ！ㄙㄢㄗㄧㄨㄤˊ，~！ㄨˊㄦˊㄨㄟˊ，ㄧˋ！！ㄍㄨㄟˇㄩˊㄕㄧˋㄧˇㄙㄨㄟˋ……”

听了一会儿，听不出一个所以然来后，李火旺抬脚向前走。

管它怪不怪，反正自己又不是唱大戏的，跟自己无关。

不过刚走几步，李火旺就看到吕状元待在那儿没动。

“不忙，你们先走。哼！我倒要看看这里的戏有什么名堂。”

或许同行是冤家，听起来他对那些跳傩戏的敌意很大。

“爹，要不改天吧，这里人生地不熟的，不安全啊。”

吕状元顿时瞪大了眼睛，对着自己的大儿子举起了烟杆。

“哎呀呵，你还管起你爹来了？这街上人来人往的，有什么不安全的？”

趁着他们吵闹的工夫，李火旺已经带着其他人继续往前走。

又走了半炷香的工夫，他们最终在一家门口挂着“酒”字的客栈开好了客房。

在一间陈旧的卧房内，李火旺把身上的东西放在了桌子上，松了一口气。

两把剑、《大千录》、石板天书，还有工具包，这些东西零零碎碎地放在一起，分量可不轻。

拿起茶壶倒出一杯水喝了一口，李火旺的眉头顿时皱了起来。

正在整理被子的白灵淼看到这一幕，走了过来：“怎么了？”

“你尝尝，水里是不是有股怪味？”李火旺把手中的茶水递了过去。

双手捧着杯子喝了一口后，白灵淼惊讶地点了点头：“真的呢，有股土腥味。”

“我还以为我太敏感了，看来并不是这么一回事，后蜀这地方水质不行啊。”

李火旺走到窗边，用木条把纸窗给撑了起来，散散屋内的浊气。

“等明天，你把其他人都散出去，打听打听后蜀的消息，最好能找到一份详细的地图，免得走错路。”

“嗯，好，听你的。”白灵淼整理好床单，便伸手去解李火旺身上的衣袍，“牵马的时候，我看到旁边有口井，趁现在有时间，我去洗衣服。对了李师兄，我记得有个死去的小童，她家好像在这镇上，咱们是不是要把骨灰送过去？”

李火旺心中一动，他这才想起来，确实之前听人提过这件事情。

“骨灰被谁保管着？我去送。”

“现在吗？都这么晚了，要不先休息一下，明天再去吧。”

最终李火旺还是提着骨灰，带着馒头和杨小孩走出了客栈，这点小事他懒得拖延。

之所以要带上杨小孩，是因为他跟那死去的小童玩得好，他知道那人的家住在哪里。

当然了，他还有另外一层大家心照不宣的含义，那就是他怕自己半路发疯没人照应。

李火旺现在身边离不开人，杨小孩在，可以及时回去通知其他人。

抱着骨灰罐的杨小孩，对李火旺讲述着那死去的小童的故事。

“在清风门的时候，我们都叫她毛吹牛，因为她特别喜欢吹牛，说自己家比整个清风门都大，而且家里还养了一百多只羊。”

“她还说自己是家里唯一的女娃，家里人最疼她，想吃多少羊肉，她爹都宰给她吃。”

李火旺诧异地瞥了一眼手中的骨灰罐：“这小童是女的？”

“是啊，李师兄，你不记得了吗？”

李火旺摇了摇头，这些小童在他心中基本上不占什么位置，他也不怎么注意这些手脚勤快的孩子。

“唉……她也是可怜人啊，眼看着都从清风门里逃出来了，结果落水淹死了。”李火旺顿时感到一阵惋惜。

“这话从你嘴里说出来，你自己不觉得恶心吗？你有什么资格说这话？你知道被你害死的人有多少吗？”

听到姜英子的话，李火旺心中顿时感到极度烦躁：“你给我闭嘴！”

这话把一旁的杨小孩吓得一个激灵，对于李师兄时不时的自言自语，他和其他人早已经见惯不惊，可他还是有些不太习惯。

脸色变得有些难看的李火旺不再说话了，埋头向前走去。

虽然李火旺尽可能地想无视这些幻象，但这并不是一件容易的事情。

他们越走越偏，逐渐向着这个戈壁小镇的边缘走去。

天色变暗了许多，路上的人也变少了，大部分人都在匆匆赶路。

就在李火旺打算开口询问杨小孩到底是不是这里的时候，一道喜悦的喊声在后面响了起来。

“年轻人！年轻人！是我啊！”

李火旺下意识地扭头看去，当看到喊的人时，他顿时喜出望外。

那人正是之前留在正德楼的老乞丐。

跟之前在殿内干净的样子相比，现在的他又变成了邋遢的老样子。

“你怎么来这儿的？你不是待在正德楼吗？”

听到这话，老乞丐顿时忍不住抱怨起来：“可别提了，在那里都快憋死我了，没法做好事不说，他们还让我背各种书文。我哪里受得了这个，后来就干

脆直接出来了。对了，你这是去哪儿啊？”

“去……送个东西。刚好一起去吧，你从庙宇出来，正德楼的人没为难你吗？”

“他们为啥要为难我？不但没有为难我，还给了我不少钱呢，他们都是好人，没坏人。”

“呵。”李火旺笑了笑，也懒得争辩什么。

他乡遇故知，这事情让李火旺心情难得地好了一些，跟单纯的人相处总是那么简单，他跟那老乞丐一路聊得很是投机。

李火旺刻意挑起过去经历的一些事情，对方都接得住。

就在他聊得兴起的时候，杨小孩的声音让他回过神来：“李师兄……到了。”

听到杨小孩的声音，李火旺回过神来，发现他们已经到了这个小镇的边缘处。

眼前是几间用石头建成的平房，平房前面是一大片宽敞的马场。

骆驼、羊和马被分别关在不同的栅栏里，各种牲畜的刺鼻味道扑面而来。

里面的人似乎已经注意到李火旺，他们不约而同地将目光投向他。

从装扮上不难看出，这家人应该是专门做这行生意的。

这同样可以从侧面看出，那个女小童应该跟小满不一样，她家境不错。

从杨小孩手中接过骨灰罐，李火旺深吸了一口气，调整了心态，抬脚向那边走去。

看到李火旺靠近，一个体格壮硕的男人推开身边的马，迅速迎了上来：“买牲口？”

“不是，送东西。”李火旺打量着他，从年龄上估算，他应该是那个小童的父亲。

面对李火旺的突然到访，强壮的男人明显没有立刻信任，但当杨小孩说出了那个小童的名字，还有她的一些细节后，他们终于相信了。

得知自己女儿的死讯，对他们来说宛如晴天霹雳，一大家子人围着那骨灰罐失声痛哭起来。

看着眼前令人悲伤的一幕，李火旺本以为自己会被他们感染，然而并没有。

死人他见得太多了，以至于他都有点麻木了。

一旁的老乞丐看到这一幕，脸上也没有了笑容。他一脸怜悯地走了过去，双手掐诀对着那骨灰罐吊唁起来。

“生如明月皎，冰雪悲君殇，如梦如幻，人世难料。”

因为被小童的父亲缠着问细节，当李火旺等人再次回到客栈的时候，已经很晚了。

“走吧，相见即是缘分，我给你开一间上房，免得你还要跟之前一样偷偷睡在茅房。”

“我有盘缠的。”老乞丐拍了拍胸口，从他身上发出铜钱相互撞击的声音，“还有，你别瞎说，我哪次睡过别人家的茅房？”

听到这话后，李火旺这才松了一口气。

“你要去哪儿？要是顺路，以后就一起走吧。”

在这个破地方，这样的一个人活着不容易，他能照应的就照应一些吧。

“只要能做善事，我去哪儿都可以，我不挑的。明天再说，我先走了，要不然大通铺就要关门了。”

看着老乞丐逐渐远去的背影，李火旺笑了笑，转身走进了客栈。

刚一走进大堂，他就看到满脸通红的吕状元正在跟他儿子争执什么。

“吕班主，你这是干什么？”

吕状元一把推开儿子，手指激动地在空中不断比画着。

“那帮跳傩戏的大言不惭，敢说我的戏是从他们那儿来的，他们的戏是我们戏的祖宗！”

“爹，算了算了，你跟他们吵这个干什么，这是别人的地盘。”

“算了？别的事情算了可以，这事情不行！这时候要是不争口气，怎么对得起祖师爷？都是唱戏的下九流，我会怕他们？你放开我！”

了解到原来是吕状元跟那帮跳傩戏的人吵了架后，李火旺也懒得掺和了，他转身向着自己的卧室走去。

“淼淼，那个老乞丐你还记得吗？他——”李火旺刚进屋，话语戛然而止。

白灵淼明显是累坏了，洗漱完毕的她已经躺在床上沉沉地睡了过去。

李火旺走到床边，用手轻抚着她的面孔。

当感觉到李火旺的气息，迷迷糊糊的白灵淼双手习惯性地搂了上去。

看到她这样子，李火旺便把想要分享的心按捺住了。

吹灭了油灯，李火旺躺了下来，愣愣地看着房梁。

“呼……终于难得地过了几天安稳的日子了。”

李火旺其实没有那么贪心，能安安静静地维持这种生活就够了。

“除了……他们两个。”李火旺微微侧头，看向旁边的姜英子和丹阳子。

安静的卧室内，那两团东西依然在远处，脸上挂着那似笑非笑的表情。

“嗯？”李火旺惊讶地坐了起来，他反应过来自己居然能在黑暗中看到东西了。

“在感知方面，我的能力越来越强了啊。”李火旺喃喃自语地道，这消息也不知道是好是坏。

“李师兄……”

看到白灵淼快要被吵醒了，李火旺连忙在她身上轻轻地拍着：“睡吧……睡吧……”

李火旺说着，自己也缓缓地闭上了眼睛。

也许是因为长时间赶路，李火旺转眼就睡着了，而且难得地并没有做梦。

就在李火旺沉睡时，突然，他浑身一紧，感觉到有什么东西在靠近。

下一刻，手指头一阵剧烈的疼痛让他瞬间清醒了过来。

下意识地举手望去，李火旺马上反应过来，是白灵淼的二灵咬的！

左右看了看，李火旺却并没有找到那脑袋上罩着红盖头的女人。

李火旺忽然一低头，看到床边居然放着三双鞋，除了自己和白灵淼的外，还有一双红色的绣花鞋隔在当中。

李火旺看到的同时，那双绣花鞋缓缓地缩进了床下。

望了一眼睡梦中的白灵淼，眉头紧锁的他对着床底压低声音问道：“你要干什么！”

“有东西……”一个酥麻的女声忽然在李火旺的耳边响起。

李火旺单手瞬间握住枕下的剑柄，屏住呼吸感知着屋外的环境。

李火旺此刻的感知非常敏锐，按理来说，如果真的有人来了，他应该能察觉到才对，他却没有感觉到任何异常。

就在李火旺以为二灵是在耍自己的时候，窗外传来了动静，那是某种清脆的金属撞击声。

“嗒——”墙上忽然映上了一张好似皮影的投影。

很难说那到底代表着什么东西，它整体像蜘蛛，脸却是老叟的样子。

六条带有倒刺的胳膊，跟那带着好似窗花般复杂图案的固态触手从里面缩进缩出。

这不知道是什么的皮影，在李火旺的窗户后面迅速地爬动。

“哼，心素？而且还是袄景宗的，真的难得。”

听到这话的第一时间，单手握剑的李火旺翻身从床上爬了起来。

半夜三更，昏暗的纸窗上趴着一只狰狞的皮影怪物。

然而在李火旺看来，更令人在意的是，对方称呼自己“心素”。

经历了这么多，李火旺当然明白，别人用这个称呼来喊自己，代表着什么。

“你到底是谁？”一脸凝重的李火旺向着那古怪的皮影问道。

“呵呵，来到我的地盘，不知道我是谁？”

这话音刚落，李火旺就看到那纸窗上的皮影开始往房间内渗透进来。

“锵！”剑刃拔出，整个屋子瞬间变得杀气腾腾。

一把暗红色的长剑瞬间出现在李火旺面前。这是他第一次正式拔剑。

下一刻，某种力量从那异兽剑柄处迅速涌遍李火旺的全身，让他感到气血上涌，青筋暴起，看什么都是红的。

眼看那带着窗花图案的黑色触手就要从纸上立起来，李火旺右脚猛地向前一踏，直接就是一招弓步直刺。

他舌尖抵住下颌，情不自禁地喊出一声：“杀！”

看到那被煞气包裹的血色剑尖刺来，那皮影不敢硬接，迅速向右挪移。

一阵“唰啦啦”的金属声响起，它瞬间移到了旁边的木门上。

“嗯？这剑……你跟四齐右家有什么关系？”

看到李火旺手中的剑，那东西的声音里带上了一丝迟疑，动作也带上了些许忌讳。

要是平常，李火旺或许会停下来慢慢听对方说，但现在脑子被那团热气包裹，他根本做不到。

对方话还没说完，李火旺的剑已经到了。

泛着寒光的红刃重重地劈在了木门上。

咔嚓一声，木门瞬间被劈成碎片。

跟木门一同变成碎片的，还有那皮影。

从屋内冲出，李火旺透过面前的走廊，看到了远处窗户后面，一个双手举着几根木条，在空中操纵着皮影的人。

刚刚跟自己斗的东西，就是他手中的皮影架的倒影！

看到李火旺追出来了，那人果断地把手中的皮影一扔，迅速缩回了屋子。

当李火旺气势汹汹地追上去时，发现屋子里面已经空无一人，只剩下地上逐渐变成黑灰的皮影。

刚刚李火旺只是匆忙地看了一眼，并没有注意太多，他记忆最深的就是，那人的脸上戴着一个陈旧的黄铜面罩。

“锵。”剑身入鞘，李火旺深吸几口气，冷静了下来。

“这人到底什么目的？真的只是看到心素，见财起意？”

虽然人被赶走了，但是李火旺感觉没这么简单。

“等等，白灵淼！”警觉的李火旺以最快的速度，冲回到自己的住处。

当看到白灵淼躺在床上安静地睡着，李火旺这才松了一口气。

关心则乱，白灵淼并不是手无寸铁的弱女子，自己没必要担心对方调虎离山。

走到床边，李火旺端详着手中的长剑。

有人来找麻烦并不奇怪，但这一次与以往不同，他不再是一味地逃跑了，逃跑的变成了敌人。

这让李火旺有些兴奋，这意味着，他终于在这混乱怪诞的世界有了立足之地了。

而这都是因为静心宫主给的这把剑。那人仅仅是看到了这把剑，就无心恋战。

李火旺自然明白，对方不是忌讳自己，而是忌讳这把剑。

除了强大的实力，这把剑还附加着其他价值。

“四齐右家？这是原来的剑主人的名字吗？听起来不像是个门派的名字。”

对于这个问题，李火旺没有答案，他唯一知道的是，这把剑来头不小，自己欠静心宫主的债更多了。

正在用手轻抚剑鞘的李火旺忽然感到异常。

他低头一看，就看到了一双长着黑色长指甲的惨白的手，正握住了自己的小腿。

李火旺想了想，并没有挣脱。他低头对着床下的二灵说道：“今日的事情，多谢提醒，要不是你提醒，我还真差点被他偷袭了。”

不管之前发生了什么，一码归一码，今天，白灵淼的二灵确实帮了他。

不过这同样是李火旺的一个困惑点，他现在的感知如此灵敏，之前距离那么远的土匪都察觉到了，这一次居然被别人摸到门口了，他还要别人提醒。

“那人身上有什么东西能隐藏自己吗？也不知道对我心素的身份有没有帮助，要是同样能用，能抢过来就好了，这样也不至于这么多人来找我的麻烦。”

就在李火旺想这个问题想得入神的时候，他小腿处的感知有点不太一样了。

他再次低头一看，那双手已经消失了，有几条凉冰冰的东西不断隆起裤腿并向上延伸。

从贴着皮肤的触感上，有点像柔软的蛇皮。

紧接着，一道酥麻的女声在李火旺的耳边轻轻响起：“相公——”

李火旺瞬间头皮发麻，浑身上下都起了鸡皮疙瘩：“停下！我说了停下！”

当李火旺的手握住剑柄，正准备拔出的时候，那裤腿里的东西终于缓缓地缩了回去。

扭头看了一眼睡梦中的白灵淼，李火旺开口说道：“之前的事情到此为止，我不想再提！睡！”

说完后，李火旺直接重新躺回了床上。

面对李火旺的话，床下的二灵却没有再说什么，屋子内顿时安静了下来。

发生了这种事情，李火旺怎么可能睡得着？他基本是睁着眼到天亮。

直到听见窗户外传来摊贩的吆喝声，李火旺这才迷迷糊糊地睡了过去。

等他再次醒来时，才发现自己一觉睡到了下午。

穿好衣服的他坐在客栈大堂，一边吃着午饭，一边思考着昨天晚上的事情。

“从手段上来看，那人明显跟正德楼还有安慈宫没法比，也许跟丹阳子一样是个野修，如果只是这样，问题倒不大。”

“他说这里是他的地盘，而不是他们或者他们的门派，那也就是说，很大可能，他只有一个人。”

李火旺也不打算逃。对方真要动手，相比人多热闹的城镇，人烟稀少的野外更容易。

刚用筷子夹起一颗花生米送进嘴里，李火旺就看到气势昂扬的吕状元带着两个儿子走了进来。

联想到昨天的事情，李火旺不难猜测发生了什么。

“吕班主，又找那些跳傩戏的吵架去了？看这劲头，这是吵赢了？”

看到李火旺在大堂吃饭，双手叉腰的吕状元瞬间矮了一个头，脸上自然地堆起了讨好的笑容。

“小道爷见笑了，那不是吵架，只是梨园弟子相互议论戏曲罢了。呵呵，活到老学到老嘛。”

李火旺嘴角微微上扬：“怎么样？你跟他们本地人吵架，他们没为难你吧？”

吕状元此时刚好满肚子的欢喜没地方分享呢，见李火旺一搭话，他立马一捋袖子，右脚向着凳子上一踩，顿时滔滔不绝地显摆起来。

“小道爷，你也知道，论唱戏，老汉我唱了三十多年，我能被三个二十来岁的后生吓唬住？”

“我刚去，他们还想给我来个下马威。都是唱戏的，老汉我能怕这个？啪啪！当时我把屁股往他们那箱子一坐，吆喝了一句，你们那戏唱的调不对！嘿嘿，你猜怎么着？”

“怎么着？”李火旺配合地一搭腔，吕状元顿时滔滔不绝地往下讲。

“嘿！那三个小后生当场就被我镇住了，其中一个最小的还问，哪里的调不对呢？”

“他还想让老汉我教他，这种事情，老汉我哪能随便教啊？我直接就坐在那儿甩他脸色，连茶水都不给我来一盏，做梦去吧。”

“哎呀，你是不知道当时他们看我的样子哦——那叫一个毕恭毕敬！都叫咱老前辈呢！”

“不过一是一，二是二，我可没瞎说，他们的调确实起高了，咱作为老前辈，那得帮衬着后辈啊，您说是不是这个理？”

听着吕状元绘声绘色地吹了一通，李火旺发现对方这口才，不去说书可惜了。

李火旺的饭吃完了，吕状元的故事也讲完了。

满脸红光的吕状元端起茶杯，舒坦地哈了一口气，感觉痛快极了。

“吕班主，他们唱的是什么戏啊？怎么感觉怪得很？”李火旺说着，把最后一口饭扫进嘴里。

“哦，他们唱的是《大傩驱十二魅》。这是老戏了，听说传了好几千年，因为是古人的戏，所以唱腔才那么怪。”

“大傩是谁？”李火旺把筷子伸进嘴里开始剔牙。

“我也不晓得，听那三个后生说的唱词，感觉像一个仙人。”

“说就在后蜀这块地界啊，很多年前是妖国，人一生出来就是被吃的。后来，大傩来了，赶走了最厉害的十二只魑魅，然后还教会了古人站起来走路、说话、用字，还教会了古人用火……”

“原来是神话故事……”李火旺的双眼微眯，脑海中浮现跳傩戏的那三个戴着面具的人。

“昨天晚上那人，跟这跳傩戏的有关系吗？”

也不怪李火旺会猜疑他们，刚一进这个镇子，就看到他们跳着那怪异的傩戏，还有那令人毛骨悚然的耍牙。

“等等，耍牙？”李火旺想起了昨天晚上，那人戴着的铜钱面罩，如果说用面罩遮住牙齿，刚好就可以对上了。

想到这儿，他看了一眼旁边的吕状元：“吕班主，那跳傩戏的三个小子，他们跟你说话的时候，有拿下脸上的面具吗？”

“没有，他们一见到我，忙得连妆都没卸呢，毕恭毕敬地就给我上茶呢！”吕状元满脸的得意。

“难道真是他们？可是他们明明只有三个人，难道昨天晚上那人是刻意误导我的？”李火旺的眉头慢慢皱了起来。

“年轻人！年轻人！”响亮的叫喊声把李火旺的思绪打断了。

他抬头看去，发现一身邋遢的老乞丐就在门口，一脸高兴地看着自己。

“你哪儿去了？怎么现在才出来啊？早上找你都没找到。”

李火旺放下筷子，走到他面前，仔细地打量着他：“找我？有事吗？”

“当然有事啊，走，我发现了一个好玩的地方！”

老乞丐这话勾起了李火旺某些不好的回忆，上次对方也是这么说的，结果把他带到了神像那边去。

不过也正是那次，李火旺才能识破正德楼的伪装，说起来，他也算是自己的半个救命恩人了。

看了看外面强烈的日头，李火旺抬脚走了出去：“行啊，走吧。”

他话音刚落，身后忽然有了动静。

“呵呵……”

“呵呵……”

李火旺瞬间扭头，看向了那两道低笑声传来的方向。

那是丹阳子和姜英子，他们一同站在墙角，两人脸上带着诡异的笑容，在那里讥讽地笑着。

“年轻人！快过来啊！”已经走在大街上的老乞丐头顶着阳光，对着李火旺不断地催促着。

“会是他吗？”李火旺看着远处的老乞丐思索起来。

虽然昨天已经试探过好几次了，但老乞丐突然出现在这里，确实有些古怪。

“难道是障眼法？可是那种东西本来就对我不是很有效，而且我现在感知能力提高了这么多，他要是假的，我应该早就发现了才对。”

“等等，为什么我要受那两个幻影的影响？他们都是假的。”李火旺此刻脑子莫名地很乱，他陷入了自我怀疑。

“年轻人！你快过来啊，磨蹭什么呢？”

看到老乞丐声音都快喊哑了，李火旺深吸一口气，走了过去。

不管他是不是真的，自己都要进一步试探。

如果他是真的老乞丐，那就再好不过了。但如果他是假的，那自己正好可以趁机动手，弄清楚这人到底有什么目的，背后是否有别人。

昨天晚上，那人逃跑的举动，让李火旺处理事情的方式大胆了一些。

下午的街上依然人很多，这估计跟小镇是边关城镇有关，骡子、马、骆驼不断从李火旺身边擦过。

“我们要去哪儿？”李火旺单手悄悄盖在《大千录》上问道。

“没多远，快到了，你看，就是那儿。”

李火旺顺着他的手指看了过去，看到了三个戴着木头面具唱戏的人。

“嘿嘿，怎么样？没见过吧？”老乞丐兴致勃勃地说道。

“傩戏啊，你说的好看的就是这个吗？”李火旺显得有些无语。

“看过了那就再看一遍呗，这种戏只有这里能看，其他地方都没有呢，以后想看都看不着了。哎呀，你看，人家收摊了。”

老乞丐一脸遗憾，李火旺却来了精神，因为他看到那三个人正在摘下面具。

当那三个跳傩戏的人把脸上的面具摘下来后，三个被红布包着的红脑袋呈现在李火旺面前。

也不是完全包住，他们嘴巴、鼻子那儿还刻意留了口子，摘完面具后，他们紧接着就开始摘头上的红巾。

没过一会儿，一个跟李火旺年纪差不多大的小伙子就出现在他面前。

他们的脸上一切正常，脸上的器官没有多也没有少，甚至脸上的表情也非常正常。

“道爷，你看什么呢？他们都不唱戏了还看什么？咱们去别的地方玩玩吧，说不定路上还能做些善事呢。”

旁边的老乞丐一脸不耐烦地发着牢骚，他跃跃欲试，似乎想走。

“莲生，先不忙，陪我再等等。”对方当初露出的样子在李火旺的脑海中闪过，他依然没有放下心中的猜疑。

他现在不怕对方正面对付自己，就怕对方对自己使阴招。

就在李火旺说完这话不久，他忽然看到那三人收拾东西的举动开始加快，而且神色也带着些许凝重，时不时还向着自己这边偷看。

李火旺表情一凝，心中暗道：“果然有情况，藏得可真够深的。”

他之前因为吕状元的话语放下了一半的猜疑，瞬间又提到了最高点。

三人和其他奏乐的人把所有家当都放到骆驼背上后，就匆匆向着一条小路赶去。

“莲生，走！跟上他们！”李火旺说完，迅速抬脚跟上。

“哎呀，你跟他们做啥子嘛——你还想出银子让他们给你单独唱一场？”

无奈的老乞丐虽然这么说，但还是跟了上去。

两人远远地跟在他们后面，跟着他们在镇上绕来绕去。

刚开始还好，但渐渐地，李火旺看到远处那驮着箱子的骆驼居然开始跑了起来，有人正在用鞭子抽打它。

“他们发现我们了！快追！”单手握住身后剑柄的李火旺开始加快了脚步。

整个镇子虽然不大，但他们毕竟是本地人，在巷子和胡同里转了几圈后，李火旺发现自己跟丢了。

看着四周完全一样的灰扑扑的墙壁，李火旺脸色变得难看了一些。

“哈——哈——道爷，你慢点，我都快跟不上了——”后面扶着墙的老乞丐上气不接下气地说道。

李火旺回头看了他一眼，对方年纪大了，体力不如自己是自然的。

“实在不行，你先回去吧，别跟来了。”李火旺说着就顺着小路往前继续寻找。

老乞丐的嫌疑虽然很小了，但还没有完全洗脱，他也不想在接下来对敌的时候带着这个累赘。

“行……那我先回去了，你自己慢慢跑。”无奈的老乞丐扶着腰向另一条巷子走去。

“但愿是我多虑了。”摇了摇头的李火旺独自一人刚走没几步，身后忽然响起一声惨叫。

“不好！那是莲生的声音！”

李火旺闻声立即赶去，绕过一堵墙后，他在一个方形大坑前停了下来。

这是一个土坑，下面四面摆着木门和窗户，看起来就像是个土窖般的四合院。

四面墙上分别挂着几个大木头面具，那狰狞的款式明显是那三人跳傩戏时戴的。

从院子里那头正在吃草的骆驼可以看出，这里就是那三个人的家了。

“年轻人！下来拉我一把啊。唉，真坑死我了，这破地方怎么盖房子还往土下面盖，又不是挖坟。”

李火旺再次循着声音望去，只见老乞丐表情痛苦地躺在下面，低声地呻吟着。

单手握剑的李火旺向下跳去，在窗沿上稍稍一借力，稳稳地落在老乞丐身边。

他并没有先伸手扶老乞丐，而是瞬间握紧剑柄，警惕地看向四周紧闭的门窗。

通过敏锐的感知，他察觉到了从门窗背后射过来的视线，里面有人，而且还不少。

敌方实力不明的情况下，李火旺不想先出手。

奇怪的是对方也不知道是怎么想的，同样没有动手。气氛一时间变得有些僵硬了。

“这些人是不是跟我有同样的想法？”李火旺心中暗道。

“年轻人，你站在那儿干什么呢？”满脸痛苦的老乞丐从地上爬了起来。

“先等会儿！现在没空跟你扯淡。”李火旺话刚出口，就感到自己身上的目光又多了几道。

那并不是从屋子内射出来的，而是从墙上的面具的眼睛里射来的，那些面具在这一刻似乎活了过来。

不管这里的人跟昨天晚上那个铜钱面罩有没有关系，李火旺都不打算这么僵持下去了。

斟酌一下后，李火旺开口说道：“后辈玄阳见过各位，在下碰巧路过宝地，无意冒犯，还望见谅。”

李火旺的话没有得到任何回应，想了想后，他换了一种方式来试探。

“春典开不开？”然而还是没有回应。

“昨天晚上的事情，在下就当没发生过，大家以和为贵如何？”

解释了一通后，李火旺也不管他们听没听懂自己的意思，就带着老乞丐向着一旁的梯子移去。

长长的梯子架起来，李火旺先让老乞丐爬上去。

看到老乞丐重新回到地面后，李火旺右脚在梯子上一踏，瞬间跟了上去。

等到李火旺两人走了后，一些耳朵上有刺青的人从屋内走了出来。

其中有男有女，甚至有几岁大的孩子。

此刻，每个人的脸上都写满了悲愤和害怕。

跳傩戏的三兄弟之一，双手握拳颤抖地对着一个头发花白的老人说道：“爷爷！那人说的是真的！我们不能再等了！先下手为强吧！”

那老人显然非常生气，右手握住拐杖重重地往地上一砸。

“你带家里的年轻人都去，把那红衣修士整死！别以为我们家就是好惹的！”

等李火旺跟老乞丐离开那地下四合院，重新回到热闹的街上时，老乞丐似乎依然没有反应过来。

“怎么回事啊？这到底是怎么回事？”他一脸茫然地说道。

“你真的不知道怎么回事？”李火旺重新仔细打量着眼前的老乞丐。

他没有忘记这同样也是麻烦呢。

上次也是因为老乞丐，自己才揭穿了正德楼的阴谋，这一次又是因为他，自己才找到了那些跳傩戏的人的家。

一次就算了，还能出第二次，这要还是巧合，那未免太凑巧了吧。

李火旺看似轻松，实则暗中警惕地看着面前的老乞丐。

哪怕对方并没有对自己做出任何有害的事情，但李火旺不敢赌，他不敢把自己的命交到别人手里。

“莲生，能告诉我，你到底是谁吗？”李火旺看着他，半开玩笑地问道。

对自己有所预谋的其他人？

莲生已经沦为正德楼的奸细？

还是说他就是静心宫主口中所说的坐忘道？

这些都有可能，不管哪一种，他对自己来说都是大麻烦。

“我？我是莲生啊，怎么忽然问这个？”老乞丐表现得非常坦然。

李火旺仔细地观察对方脸上的变化，却没有发现任何不对劲的地方。

然而哪怕没有证据，李火旺也无法再轻易地相信他了。

在无法判断对自己是否有危害时，最保守的措施就是远离，李火旺恰好想这么做。

“那好，戏既然看完了，那我们分道扬镳如何？你去做你的善事，我去赶我的路，后会有期。”

“这么着急干吗？我们好久没见，可以叙叙旧嘛。”老乞丐笑嘻嘻地刚要伸手去拉李火旺的袖口，迎接他的却是剑鞘。

老乞丐的手指距离剑鞘还有一寸时，讪讪地收了回来。

“我真的不知道你在说什么啊，我们不是朋友吗？”

“是朋友就坦白你的身份，而不是跟我在这里猜谜！你到底是谁？”李火旺说完，直接转身向客栈走去。

老乞丐似乎感觉到了李火旺语气里的情绪，并没有再跟过来，脸上带着些许的委屈。

顺着原路返回，没有任何突发情况地回到客栈，李火旺再次回头看了看，确认没有老乞丐的影子后，他这才松了一口气。

“李师兄，怎么了？怎么慌成这样，跟有鬼追你似的。”嗑着瓜子的狗娃好奇地从阶梯上走了下来。

“我问你，其他人呢？”紧张的李火旺问道。

“按你的吩咐，都出去找后蜀地图，还有打探这地界的消息了。”狗娃非常奇怪地回答道。

“别找了！把其他人都叫回来，我们要离开这个地方，越快越好！”

“为什么……好！我这就去找其他人。”狗娃扔掉手里的一把瓜子，就向外面冲去。

“记得别忘了通知吕家班！”对着他的背影喊完这话后，李火旺迅速向着后院马厩冲去。

李火旺的通知十分仓促，半点都没有给其他人准备的时间，所有人都慌慌张张、匆匆忙忙。

不过在这种事情上，李火旺一言九鼎，没有给其他人反对的权利。

终于在天黑之前，马车的轱辘滚出了镇子。

“李师兄，怎么了？”抱着自己的剑的小满疑惑地问道。

“镇子上有些人对我们图谋不轨，不过放心，这一次跟其他几次不一样，真要动起手来，他们也讨不了好。”

李火旺用手按了按背上的剑。

休整了一天，所有人的体力都恢复得不错，一直走到月亮高挂空中，大家才停下来休息。

估算距离，现在已经离那小镇十多公里了，李火旺下令休息。

明日如果想要赶路，一点不睡是不行的。

今天是第一晚，为了安心，李火旺亲自守夜。

用手轻轻抚摸着馒头毛茸茸的后颈，李火旺重新回想今天做的事情，仔细琢磨着自己可能没有注意到的地方。

越琢磨，李火旺越感觉自己在那镇上遇到的事情很别扭，但是要说哪里别扭，他又说不上来。

此刻，李火旺有种被人用线牵着的感觉，这种感觉很不好。

既然已经出来了，李火旺也不再想了，他摇了摇头，思考起更实际的事情来。

“那些跳傩戏的还有莲生，别管他们到底是什么来历，他们既然没有在镇子上直接动手，很显然是忌讳我什么。”

李火旺用手摸了摸腰间的《大千录》和背上的剑，脸上露出一丝思索的神情。

“我碰到的每一个人都知道我是心素，从正德楼的举动来看，心素价值不菲。”

“不管他们在忌讳什么，既然能忍住不动手，就证明我已经有了一定的自保能力。这一次的危机，我可以安然度过。”

这时，蹲在他正对面的丹阳子忽然开口说话了。

“哼！枉为我丹阳子的徒弟！别人都欺负到头上来了，你居然只想着自保！这种情况下，你应该想怎么彻底弄死他们，而不是想着逃！”

李火旺冷笑地看着他，双手轻轻地拍了拍：“好！师父教导得真好！当年被正德楼的人追杀的时候，也不知道是谁扔下自己的弟子逃命的。”

“你这个孽徒！”丹阳子站了起来，笼罩全身的血雾加速蠕动。

他张嘴刚要说什么，却忽然一顿，跟李火旺齐刷刷地看向远处漆黑的戈壁滩。

视力极佳的李火旺看到那里有一个小黑点，正在逐渐靠近。

“追上来了！”李火旺立即表情凝重地站了起来。

可就在他刚站起来通知其他人时，发现不仅是后方，前方同样也有一个小黑点。

对方不可能只派两个人来，李火旺迅速环视一圈，发现四面八方都有黑点靠近。

“李火旺！你被包围了！你这次死定了！哈哈！”

狰狞的姜英子用独臂抱着自己的肚子，疯狂地大笑起来。

“都醒醒！有人来了！”李火旺的怒吼打破了戈壁滩的寂静。

迷迷糊糊的其他人被眼前的场景瞬间吓出一身冷汗，纷纷抽出枕头下的武器来。

不管是谁，对方已经图穷匕见，戈壁滩上的气氛紧张起来。

“别等他们包围我们！我们马上突围！”李火旺带着所有人向着前方的一个黑点冲去。

随着距离慢慢缩短，李火旺看到了那人的样子。

此人脸上的铜钱面罩是如此熟悉，他就是昨天向自己动手的那人！

跟昨天晚上一样，他的手中依然抓着几个皮影。

仇人见面，多说无益，“锵！”李火旺单手拔剑，向着他冲了出去。

铜钱面罩人迅速高举手中的皮影，借着天上的月光，皮影在地上迅速成形，紧接着就直立起来，如同一个纸人般向着李火旺飘来。

李火旺用剑贴着地面用力一扫，手中的剑身仿佛亮起一道暗红色的光。

下一刻，面前那被劈成两半的黑色皮影发出一声惨叫，化成黑烟。

一鼓作气，李火旺咬紧了牙关，加速向前方冲去，双方的距离正在飞速减小。

李火旺本以为只剩下一个皮影怪物，自己可以轻松解决，没想到，那铜面人腋下鼓动几下，居然再次伸出四只手臂来，每只手上都抓着一个不同的皮影。

随着那细长的手指弹动，在月光的照耀下，李火旺瞬间被这群薄如蝉翼的皮影怪物包围了。

“李师兄，我们来帮你！”

“都别过来！离远点！淼淼别敲鼓！这些我能对付得了！”

李火旺迅速一招横扫千军，稍稍逼退了他们。

“哗啦啦——”红色的竹筒迅速摆开。

随着施法开始，李火旺身形不稳，差点晕倒。

但这付出是有效果的，那两根手指头还没落地就直接迅速膨胀、撕裂，如同两根长镖向着那铜面人飞去。

那铜面人侧身想躲，却没想到那手指也随着他同步移动。

扑哧、扑哧，随着手指插入铜面人的脖子，李火旺四周的皮影人瞬间僵住，重新贴回了地上。

“你……”铜面人只说了这一个字后，便踉跄着倒地了。

李火旺快步走过去，看着眼前死去的怪异六臂人。

“就这？这么简单？”李火旺十分诧异，这跟之前自己遭遇的相比，完全像是闹着玩一样。

李火旺稍稍靠近对方，然后用剑轻轻地撬起那铜钱面罩。

他倒要看看，这人到底长什么样。

面罩一掀开，李火旺顿时一惊，下面是一张木头做的嘴，这东西压根儿就是个傀儡！

“当心！那矮子还在里面，他准备偷袭你！”

不知道从哪里传来的声音刚落，铜面人的腹部被捅破，一道寒光向着李火旺的心口扎了过来。

好在有提前预警，李火旺迅速用剑一架，挡住了对方的偷袭。

下一刻，李火旺迅速向上用力一格，举着带着煞气的长剑直接刺入那铜面人的腹部。

一个秃顶、右眼大左眼小、皮肤松弛的侏儒吐着血，表情痛苦地想要从里面爬出来。

可是他这只是徒劳无功，哀号着挣扎了几下后，他那瓮一样的脑袋缓缓垂了下来。

此时，李火旺感到手中的剑龙吟了一声，他差点没有握住。

他迅速拔出剑，直接带血入鞘后，那长剑终于不再躁动。

然而李火旺此刻顾不上什么剑了，他迅速扭头看向刚刚提醒自己的声音。

只见穿着打满补丁的破衣裳的老乞丐站在那里，对着自己笑。

“又是你？你到底是谁！”

老乞丐抬起那露着脚趾的破鞋向前走，路过那死去的侏儒时，他还不忘把他脸上的铜钱面罩摘下来，塞进兜里。

“快走，边走边说，没看到那些人都来了吗？”

李火旺扭头看了一眼四面八方拥来的黑点，迅速跟了上去。

“所有人跟上，跑起来，别落下！”

李火旺来到老乞丐身旁，再次问道：“你到底是谁？为什么要这么做？”

老乞丐笑了笑，看向李火旺：“别这么咄咄逼人。李火旺，我问你，这些日子相处下来，我有害过你吗？”

没等李火旺回答，老乞丐开始自问自答：“没有，我不但没有害你，我还处处帮你，帮你识破正德楼的阴谋，提醒你那些跳傩戏的有古怪。”

又看了一眼身后的追兵，李火旺深吸一口气，稍稍平息了心中的焦躁，再次说道：“多谢你这几次的帮忙，不过我不喜欢被人瞒着。”

一向乐呵呵的老乞丐忽然表情凝重地看向李火旺：“我是谁不重要，你自己是谁才最重要，你真的是李火旺吗？”

“什么？”李火旺的瞳孔瞬间缩到了极致，一时间他有些想阻止对方继续说下去。

“接下来要说的事情，可能非常惊世骇俗，可是看在我救了你这么多次的面子上，你一定要相信我。”

“我不是莲生，你也不是李火旺，这些都是别人的身份，只是被我们临时顶替了。其实你叫彭质，我叫彭娇，咱们都不是修士，咱们的真实身份是别人的三虫！”

“这到底是什么跟什么！”李火旺脑子乱得跟一团糨糊一样，“我不是李火旺？李火旺另有其人？”

“嗖——”一支弩箭射了过来，莲生连忙一拉他，才让他躲了过去。

感觉到事态紧急，老乞丐语速开始加快。

“我不知道你是否听过三虫之说，修仙者想要取得大成就，必须斩断自己的三虫。而我们就是那些被斩断的三虫！”

“上虫彭候即为丹阳子，中虫彭质即为你，而下虫彭娇则是我！”

“丹阳子已经被斩断了，接下来就轮到我们两个了！所以我们必须联手，才能有一线生机！”

“这……这怎么可能……”李火旺仍然不愿相信。就在这几分钟的时间里，他的世界发生了翻天覆地的变化。

“李火旺！李火旺你看着我，你看着我啊！”

当李火旺的目光转向老乞丐时，他看到了老乞丐极度真诚的眼神。

“上虫名为彭候，在人头内，使人愚蠢呆笨，没有智慧；中虫名为彭质，在人胸中，使人烦恼妄想，不能安宁；下虫名为彭娇，在人腹中，使人贪婪奢靡，作恶淫秽。每个人都有无法摆脱的本性，但你看，我已经完全摆脱了我的本性。本性要我作恶，我偏偏要做善事！”

“本性要我奢靡、淫秽，我偏偏要过着一贫如洗的生活！我的命运由我掌握，不受天命束缚！”

“我知道彭质的本性是多疑、妄想，但是李火旺啊，这也是你的本性，你也一定要像我一样彻底摆脱你的本性！只有这样，我们才能战胜那个企图取得大成就的人，获得自由！”

“我是别人的三虫之一，我是……我是彭质？”

李火旺的脑子此刻一片混乱。

“这怎么可能？这一定是幻觉，我明明叫李火旺，怎么可能是什么彭质！”

“你不相信也没办法，好好回想一下过去发生的事情，肯定有一些你当时

没有察觉到的细节。”

“细节？”李火旺本能地抗拒，但仔细思考后，他发现确实有很多疑点。

丹阳子一如既往地愚蠢、自以为是，而他自己身边发生的那些虚虚实实的事情，让他越想越觉得符合三虫的描述。

“还有，你是否记得小时候发生过什么事情？不记得是正常的，因为我们根本就不是人，我们一出生就已经长这么大了！”

老乞丐的话让李火旺回忆起自己抵达清风门之前的事情，那里什么都没有，只有一片空白。

“到底什么是真实的，什么是虚幻的？”

这些细节，和老乞丐帮助过自己的事情在脑海中不断交替，让李火旺感到头痛欲裂。

“彭质，别想了，别猜！克制你的本性，我能做到，你一定也能做到！别猜，千万别再猜疑！我们能打败那个人的！”

老乞丐抓住李火旺的双臂焦急地摇晃着。

“赶紧振作起来，你看那些追杀我们的人，都是那修仙之人动的手脚。”

“只要我们两虫被斩了，他就彻底成功了！所以现在我们是一条绳子上的蚂蚱，不能让他的计谋得逞！”

呼吸急促的李火旺稳住混乱的心神，一咬牙扭头质问老乞丐道：“莲生！你——”

“当心！”老乞丐迅速一拉，又是一支带着倒刺的弩箭擦着李火旺的几根头发迅速地飞了过去。

“都这个时候了，还问什么？我们能不能先离开这个地方再慢慢谈！你看看外面，都是敌人呢！”

李火旺回头看去，发现此时远处的小黑点已经不再是黑点了，而是变成了骑着马和骆驼的人群。

一些人的脸上戴着木质面具，尖牙从他们的嘴里伸出，如同海葵般蠕动。

李火旺认出了他们，是跳傩戏的那些人。

如果只是他们也就罢了，偏偏不止他们，跟着他们一同前来的还有大批土匪。

这些蒙着脸的土匪眼中充满敌意，举着手中的各种武器，如同赶羊般吆喝声不断。

看着远处的一切，表情十分难看的李火旺打算继续往前冲。

可还没走几步，李火旺忽然感觉到四周昏暗的戈壁滩开始剧烈摇晃并且崩塌。

“不好！偏偏是这个时候！”

第十六章 二饼

彻底醒来后，李火旺发现自己已经被再次捆绑在了病房的床上。

紧接着，他看到了杨娜，还有自己的母亲，她们正在小心翼翼地把一张床桌放在自己躺着的病床上。

“彭质……”若有若无的声音忽然在李火旺的身边响起，李火旺那被布带捆绑的双手死死地握紧了。

他闭上眼睛，深吸一口气后猛地睁开眼，却发现自己并没有回去。

“火旺，生日快乐啊！还记得吗？三天后，可是我的生日哦。”

穿着白色紧身毛衣的杨娜举着纸皇冠轻轻地放在李火旺的脑袋上，她显然并没有注意到李火旺的表情有所变化。

“彭质……快醒……”耳边的声音更大了一些。

一旁的孙晓琴端着一个蛋糕放在床桌上，然后开始插蜡烛。

紧接着，李火旺感觉到耳边的声音变得更响了。

“彭质，快醒啊，他们已经追过来了！”

病房里的灯熄灭了，面带微笑的她们一左一右，双手合十靠了过来。

“彭质！我说的全是真的！别考虑李火旺脑子里的记忆和身体！那些东西都不是你的！不管多迷惘，那都是李火旺的东西，而不是你的！你只是借用了他的身体！克服你的本性，忘记他们！”

“我不是李火旺？我妈还有杨娜，其实她们在乎的是另一个李火旺？”

李火旺嘴唇颤抖地看着面前的两人。

“祝你生日快乐——祝你生日快乐——”两人开始轻声地唱起生日歌。

看着眼前无比温馨的一幕，李火旺的嘴唇微微抖动着。

他想大口喘气，想把心中的压抑通过这种物理方式发泄出去，可是他不敢，因为他怕吓着面前的两人。

歌声结束了，李火旺身体微微前倾，把面前的蜡烛吹灭了。

李火旺这一举动明显让两人惊讶得张大了嘴：“火旺！你什么时候醒的？”

他看着她们笑了，轻声说道：“我的愿望是能有一块布，用来塞住我的嘴，可以吗？因为我等会儿可能会有点吵。”

话音刚落，砰的一声巨响，李火旺瞬间眼冒金星，四周的环境迅速变幻。

“快醒啊！”

他重新回到了冰冷的戈壁滩，整张脸贴在了地上。

只见三辆马车被围成了一个圈，所有人都缩在圈内，举起武器向外面反击，人少对人多，他们坚持得很辛苦。

眼前如此危急的情况，让李火旺迫不及待地想要冲过去帮忙。

然而他并没有动，因为他看到了在自己右侧的人，那是老乞丐。

紧接着，他看了一眼面前搀扶着自己的人，那也是老乞丐。

双手发力，李火旺猛地把那人推开，此刻，在他眼中出现了两个老乞丐！

扑哧一声，一支抛射的箭，轻易地射穿了李火旺的肩膀。

可此时的他没有感到任何疼痛，他站在那里，面带挣扎地看着眼前两个模样相同的老人，他们额上都带有莲印。

“哎呀，彭质，你中箭了！不要紧吧？”那新出现的老乞丐刚要靠近，却被李火旺呵斥住了。

“都给我站远点！你们两个现在我谁都不信！”高举手中长剑的李火旺吼得脖子青筋暴起。

不把这两人紧急处理掉，怕是等会儿去迎敌的时候，他肯定要被偷袭。

近一点的老乞丐此时满脸无奈，他对李火旺说道：“彭质，哪儿有两个莲生啊，那个莲生是你的幻觉啊，你不信问问其他人啊，他们也根本看不见啊。”

当听到李火旺的询问，周围人的回答让李火旺如同被雷劈中般愣在原地。

“李师兄，这儿哪儿有两个莲生啊，咱们这车阵里面明明一个莲生都没有啊，快来帮忙啊！他们的弩好生厉害。”

“一个莲生都没有？所有的莲生都是我的幻觉？这怎么可能呢？再不济也有一个是真的啊！”

“不对！这绝对不可能！”李火旺目光向着气喘吁吁的杨小孩瞪去。

“明明是我们之前送骨灰的时候，在路上碰到的莲生，那莲生陪了我一路！你敢说你没看见？”

焦急的杨小孩趴在地上，害怕地透过车轱辘看向外面的敌人，听到询问，他回头看向站在那儿行为举止古怪的李师兄。

“师兄，真的没有啊，送骨灰的时候，您身边根本没什么莲生。”

“不可能！莲生一路上跟我闲聊了那么长时间，如果他是假的，我一个人对着空气自言自语，你眼睛瞎了吗？这样都没有半点反应？”

杨小孩这下彻底哭出声来，他无比委屈地说道：“可是，李师兄，您平时有事没事也经常自言自语啊，我怎么知道您哪次是真的哪次是假的？”

这话让李火旺顿时一个踉跄。

“平时也经常自言自语，到底……什么是真……什么又是假？”

他开始环视起四周的所有人，嘴角咧开，发出极其苦涩的干笑。

白灵淼、狗娃、孙宝禄、春小满、杨小孩、高智坚、吕状元、吕举人、吕秀才……所有人的脸都在李火旺的面前闪过。

“又或者是说，他们其中也有一些人是假的？这个世界到底是不是真实的啊？为什么这么多假的？还是说幻境那边才是真实的，这边才是假的？”

李火旺被老乞丐从地上提了起来，老乞丐继续苦口婆心地劝说道：“我说得没错吧？所以你是好妄想的彭质啊，在你身上出现什么情况都正常得很。”

“你要认为他是真的，那你去触碰看看不就清楚了吗？那幻觉莲生在哪儿，走！我跟着你一同去碰他！”

脑袋嗡嗡作响的李火旺伸出手指指向了右侧，老乞丐气愤地提着他走了过去。

远处的老乞丐跟李火旺身边的老乞丐一模一样，完全没有任何异常。

“你没事吧？”

就在他担忧地靠过来的时候，李火旺右手轻轻一伸，轻松地穿过了他的身体。

他说得没错，这个莲生跟丹阳子还有姜英子一样，都是自己幻想出来的。

“那也就是说……”李火旺脸上露出极度痛苦的表情。

“怎么样？穿过去了吗？看到没有，我才是真的，我说的话也是真的！你就是彭质！你不是李火旺，咱们必须联手才能——”

老乞丐话说到一半时忽然停下，他缓缓低下头来，微微瞪大眼睛看向自己的腹部，只见那里有一把长剑插入其中。

“为什么？”老乞丐此刻无比震惊，他错愕地向近在咫尺的李火旺质问，声音里带着一丝颤抖，“他明明是假的啊，我说的话不对吗？我一路上那么帮你，你居然……”

李火旺咬紧牙关道：“你哪点都没说错，他也确实是假的，可是……我并不是彭质，我就是李火旺！”

“你凭什么啊？你凭什么认为你就一定是李火旺啊？你刚刚明明相信了啊！”

李火旺抵着老乞丐一路向后推。

“我什么都不凭，我是李火旺，不需要什么理由！我也不需要逻辑，哪怕所有的证据都证明我是彭质，可我就是李火旺！”

逐渐变得虚弱的老乞丐看着眼前的李火旺，吃力地问道：“你就……没有想过你错了吗？也许我说的……是真的呢？”

李火旺深吸一口气，对着老乞丐用最大的力气歇斯底里地大吼道：“你说的是真的又如何！你就是彭娇又如何！我不管！我就是李火旺！我才是她们在乎的李火旺！别人休想拿走！”

这话一出口，老乞丐也彻底垂下了脑袋。

脸皮微微抽动的李火旺颤抖着继续不停地说着：“我才是李火旺，我才是李火旺，我才是李火旺……”

他的脑海中闪过刚才那个生日蛋糕。

“如果说杨娜她们在乎的李火旺真的存在，那我只要找到他，把他取代了就好了！”

看到这一幕，一旁的丹阳子不断转换三张脸，每张脸上都露出鄙夷不屑的表情。

“唉……你这疯子怎么这样啊，我明明编得好好的，你怎么不按套路出牌呢？你怎么还突然就动手了呢？真是烦人，刚刚多好玩啊。”

死去的老乞丐忽然说话了，他的圆脑袋迅速糅合了几下变成了方形，脸上的五官和皱纹迅速变化，形成两个圆形旋涡挂在那方形脑袋上。

看到这人的突然变化，李火旺先是一愣，随即欣喜若狂，紧接着就是勃然大怒。

“我就知道我猜对了，你是骗子！你是骗——不对！你不是骗子！你是坐忘道的人！你是二饼！”

看到那张麻将脸的瞬间，李火旺反应过来，这人就是静心宫主口中要自己万分警惕的坐忘道！

“啊！好烦啊！你明明都已经上当了，怎么还突然对我动手？做事都不讲理的，疯子就是疯子！”

二饼脸上迅速变化，变成了一个美艳女人的面孔，妩媚一笑的她双脚迅速在地上一踩，直接翻身跳上了马车顶棚。

而就在她刚跳到马车顶部的时候，外面的人看到了她，四周的攻击瞬间停了下来。

等李火旺用脚在车轮上一踏，追到马车顶棚的时候，二饼已经跳出马车车阵，与外面的其他人会合了。

看着跳傩戏的人和那些土匪都不攻击二饼，李火旺哪里还弄不清楚状况，很明显这些人都是二饼找来的！什么狗屁斩三虫，都是坐忘道瞎编的！

“快看，我把那人逼出来了！他就是坐忘道的疯子！丹阳子！你们那些族人和弟兄被害，都是此人所为！”

站在人群前面的二饼，用手指着马车顶上的李火旺大声道。

“你这个骗子！”

对方先发制人的话气得李火旺几乎吐血：这骗子骗人眼睛都不眨一下，一转眼自己就成了坐忘道的人了。

“这女人才是坐忘道的！她能幻化成所有人的面孔！你们都被她骗了！”

李火旺大声对着其他人说着实话，马车外的人却没有一个肯听他的。

其中一个戴着傩戏面具的人，带着极度的恨意瞪着李火旺。

“你害死了我们的人，居然还派那老头来试探我们，之后更是独自一人冲进别人家里来，疯言疯语地威胁我们！现在死到临头了，就想蛊惑我们反水！做你的美梦去吧！你真当我们赖家人是好惹的吗？丹阳子！”

他这话一出口，顿时激得身边一群拿着马鞭的文面土匪群情激奋。

“呸！鸟猢狲！你给我等着，等你落到我们兄弟手里，看我们怎么收拾你！”

李火旺想解释什么，他们却并不想听。在二饼的诱导下，他们纷纷拿起手中的武器，牵着马群向着车阵冲了过去。

“轰！”马车被撞得整个横移了好几寸，车身已经开裂了。

马车后面的吕家班抱在一起，缩成一团哀号着。

混乱之中，一声熟悉的惨叫让李火旺瞬间回过头来。

他看到，一支带着倒刺的弩箭，贴着白灵淼的右肩擦过。

看着少女身上的伤口，李火旺双眼欲裂，仿佛那伤口就在自己身上。

紧接着，他二话不说，直接向着眼前奔腾的马群跳了下去。

“要我说几次！你们被骗了！”

寒光一闪，伴随着马的嘶鸣声和人的惨叫声，面前一人连人带马直接被斩成了灰烬。

李火旺所学到的剑法，在此刻迅速变得熟练起来。

“还我孙儿命来！啊！他才六岁，他有什么错！那可是我们家的独苗啊！你凭什么杀了他！”

即便浑身疼痛难忍，命不久矣，可那人依然扑了上来，抱着李火旺的腿，用口中的尖牙恶狠狠地咬了上去。

“要我说几遍！不是我干的！”

“砰砰！”疯狂的李火旺一脚把人踹开，又是一招横扫千军，把一群大小伙子斩倒在地。

李火旺现在的感知非常敏锐，按理来说，想要在人堆里找出二饼应该是很快的事情，可是此刻他的能力完全派不上用场，对方不知道用什么办法隐藏起了自己的气息。

死死地咬着腮帮的李火旺，在眼前的人群中不断地扫视起来。

“二饼！”

人群中一个戴着铜面罩的女人钻了出来，她摘下面罩妩媚一笑后，又迅速钻回一个身材高大的土匪后面。

“坐忘道的疯子，你这个坏事做尽的人，今天死定了！”

《大千录》哗啦啦迅速铺开，白牙飞了出去，在空中爆开，锋利的牙片扎穿了肮脏的皮甲和木质的面具。

这让刚刚还有些规模的马群瞬间人仰马翻，也让人群后面的二饼再次出现在他面前。

李火旺刚要冲过去，一旁的其他人显然不让，他们纷纷再次拥上前来阻挡。

眼看着二饼要逃，李火旺心一横，再次把剑举起。

就在他要砍下去的时候，一个高大的身影挡在了那些人和李火旺之间。

那是举着大棒的高智坚。他吼叫着举起那带着尖刺的大棒狠狠砸去，那些拦阻李火旺的人成片倒下。

“请——灵——嘞——”

伴随着鼓声，一个盖着红盖头的女人冲了上去。

紧接着，单手举着血剑的春小满也来了，她气喘吁吁地冲到李火旺身边说道：“李师兄！我们来帮你了！”

看着眼前逐渐成长起来的师兄弟们，李火旺放下手中的剑：“好！跟我一起冲过去，那女人是关键！这一切都是她搞出来的！”

兵荒马乱之下，金属撞击声不断。他们跟二饼的距离也在不断缩小。

看到已经实在没法躲了，二饼嘻嘻笑了一声，忽然反身就冲了过来。

这一幕谁也没有想到。一道寒光从她袖口中飞出，李火旺迅速举剑一挡。

一颗铁骰子冒着火光高高飞去，上面隐隐约约带着些许符咒纹路。

二饼双指掐诀，迅速往上一提，铁骰子迅速旋转，直接砸入了一旁的高智坚的太阳穴。

“傻子！”

“高智坚！”

高大的身体重重地砸在了地上，高智坚的瞳孔逐渐涣散开来。

“真有意思——呵呵呵，就是这样，不死几个人，怎么好玩嘛——”

二饼笑着，从袖中翻出两副黑色的牌九来。

她一只手托着牌九，一只手开始掐诀念咒：“七八不要九——要九就毒手——金四银五小板凳，天地搭一搭，逢水四五六——”

那两副牌九开始变软拉长，如同烂泥般顺着她的指甲缝落到了地上，向着土里钻去。

然而就在那牌九刚钻到一半之际，让二饼怎么也想不到的一幕出现了。

一只只有三根手指的手臂，忽然破土而出，带着两副软绵绵的牌九，直接钻入二饼的身体。

吐血的二饼震惊地抬头望去，远处单膝跪地的李火旺缓缓站了起来，他的左臂已经不见了。

那断臂如同钢铁般越掐越紧，最终将二饼的挣扎完全掐断了。

李火旺冲了过去，长剑重重地劈下，把二饼的整张假面都削下来一大块。

他捏着二饼的脖子，把她整个身体直接提了起来，向着其他人喊道：“都别打了！看看这是谁！她才是坐忘道的人！你们都被她骗了！”

然而迎接李火旺的是一支弩箭。

他们彻底杀红了眼。

哪怕之前是误会，可现在彻底解不开了，不管之前是不是，现在都成了事实。

李火旺用力把手中的二饼扔到地上，踏步向着战场最中央冲了上去："小满盯着她！"

看着在人群中的李火旺，二饼呵呵地笑了。

小满的剑瞬间架在了她的脖子上："你都这样了还笑，等会儿有你哭的时候！"

二饼笑得更大声了，随着几张脸迅速切换，二饼变出了一张新脸。

"哎呀——现在不笑什么时候笑？拿自己的命来耍，这样耍起来才有意思嘛。"

而此刻，一旁的姜英子并没有像往常一样怨恨地盯着李火旺，而是表情十分复杂地盯着二饼的那张脸，她刚刚在那几张脸中看到了眼见喜大长老的脸。

最终这群人还是撤退了，他们不是识破了二饼的骗局而走的，而是溃败而逃的。

随着天色渐渐泛白，马蹄声、驼铃声逐渐远去了。

太阳从戈壁滩的地平线缓缓升起，浑身上下都是伤的李火旺如同雕塑般站在血泊之中。

他们都没错，可是在坐忘道的欺骗下，双方最终走到了不可挽回的一步。

姜英子看着眼前发生的一切，显得有些慌乱，她似乎在思考着什么。

"哈哈——好！杀得好！"二饼大笑着。

她的声音引起了李火旺的注意，李火旺跟着她一起笑了。他把手中的剑扔掉，转身踉跄着走了过去。

把止血疗伤的药丸囫囵地塞进二饼的嘴里后，李火旺扭头对着一旁的小满说道："你去把镇上买的金疮药拿过来。"

"什么？"小满以为自己听错了。

"没听懂我说什么吗？把金疮药拿过来！快去！"

等金疮药到位，李火旺小心翼翼地撒在了二饼的伤口上。

李火旺把工具在她面前一字排开，轻声问道："你说不说？"

二饼顿感诧异："你有问我什么吗？"

李火旺手下用力，再次看向二饼，呼吸沉重地继续问道："你说不说？"

"你到底要我说什么？"

“你说不说！”

伴随着二饼的一声惨叫，李火旺声音更厉：“你到底说不说！”

“李师兄，你没事吧？”白灵淼带着一丝胆怯靠了过去。

李火旺深吸一口气站了起来，转过身来看向她。他轻声温柔地说道：“我没事，你帮我看看其他人，如果受伤太重的，记得请仙灵来给他们治疗。”

白灵淼刚走，李火旺看着二饼，充满着恨意和戾气的声音再次从他口中爆出：“你说不说！”

造成现在这种局面都是她的原因，而她必须付出代价。

二饼用仅剩的一只眼睛看向眼前越发疯狂的李火旺，眼底露出一丝笑意，她笑了，笑得更大声了。

李火旺越折磨她，她的笑声就越大。

看着眼前奄奄一息的二饼，呼吸急促的李火旺彻底失去了耐心。

“李火旺，等一下，你能帮我向她问个问题吗？”

突如其来的声音让李火旺停下了手，他扭头望去，发现那并不是自己的师兄妹，而是自己的幻觉，姜英子。

她的表情看起来非常挣扎，似乎在害怕什么，又仿佛在期待什么。

“你帮我问问她，四年前的那场人祸是不是他们坐忘道做的。”

没来得及去想自己的幻觉的异常，姜英子口中的这个消息彻底让李火旺震惊了。

李火旺的瞳孔瞬间缩小到了极致，一些奇特的猜想从他脑海中迸发出来。

当他向二饼询问了姜英子的疑问后，二饼再次笑了。

“呵呵——真不是你干的吗？自信点，你可是心素啊！干那种事那还不是随随便便吗？”

她话音刚落，眼前就黑了。

“是你们干的！四年前的那场人祸是你们干的！你们把这件事情嫁祸在我身上！”

当李火旺的呐喊声响起，旁边姜英子的身体也开始变得不再稳定了，她哭了。

她拖着伤痕累累的身体，来到了李火旺身边：“李火旺，我错了，是坐忘道杀了我全家，不是你，我们都被他们骗了。”

没等李火旺说什么，悲痛的她抹着眼泪颤抖地说道：“李火旺，我知道现在提要求有点得寸进尺，可是你替我家报仇可以吗？如果你帮我，我就告诉你一个对你至关重要的消息。”

李火旺刚要发问，但是马上又回过神来：“我跟你一个幻觉聊什么？”

“我是幻觉，莲生也是幻觉，可是丹阳子不是！他是真的！”

“之前袄景宗的那些长老早就被坐忘道的人给替换掉了，你被他们骗了！他们根本就没有替你解决掉丹阳子，只是把他藏得更深了！你的性格还在受到丹阳子的影响！”

话音刚落，姜英子残破的身体逐渐消失了：“对不起……”

姜英子消失了，就这么毫无征兆地在李火旺的面前消失了。

愣在原地的李火旺回想着她消失前跟自己说的话，不禁想：“袄景宗的长老们都是坐忘道的人？丹阳子还活着？他不是幻觉？”

幻觉说的话，李火旺本来应该无视才对，可是当仔细琢磨这个可能性后，李火旺忽然发现一切都变得合理了起来。

坐忘道的人并不是突然来到自己身边的，他们早就来了，早在袄景宗的时候就来了。

“这不可能！你不可能发现的！”带着强烈怒意的呐喊，让李火旺低头看向地上的二饼。

之前一直都在得意地笑的二饼，此刻脸色变得十分难看，显得那么气急败坏。

这一刻，李火旺忽然明白过来静心宫主的话是什么意思，想要对付坐忘道，就必须跟他们对着干。

这些疯子为了愉悦自己，不怕疼痛，不怕死亡，他们心中的一些观念跟寻常人相比是扭曲的，在他们心中，有些东西远比性命重要，那就是耍。

当知道了他们在乎什么，李火旺也就明白该如何报复对方了。

“想知道我是怎么识破你们的骗术的吗？”李火旺说着，举起手中的长剑。

“咳——咳——”二饼脸皮微微抽动着，“到底是……”

李火旺把自己那伤痕累累的身体俯下，凑到她耳边轻轻说道：“呵呵……你猜啊。”

二饼的身体如同死鱼般绷紧，神情显得是那么不甘心。

其他人只能远远地看着。看着逐渐癫狂的李火旺，他们胆怯地不敢发出任何声音。

抿着嘴的白灵淼刚要冲过去，就被春小满拦住了，她道：“你现在别过去！万一他……”

“我不怕！”白灵淼用力推开她，向着李火旺身边扑去。

“李师兄！李师兄！你清醒一点啊！”流泪的白灵淼双手死死地抱着李火旺的手臂。

看着那张脸，李火旺逐渐恢复了清明。他将冰冷的剑缓缓收回，重新插入剑鞘。

李火旺迟钝地抬起头，看向了一旁的丹阳子。

此时的他飘在空中，三张不断变换的脸一张喜一张怒一张悲地看着自己，在李火旺的注视之下，他阴森森地一笑后，缓缓地没入泥土之中。

“李师兄，你别这样，这人已经死了，我们都安全了，一切都结束了。”

李火旺深吸一口气，点了点头，回来的丹阳子对他来说意味着什么，已经不言而喻。

“是啊，已经都结束了。”

李火旺先是看了看地上的残灰，紧接着又转过身来对其他人说道：“谁带了火镰？把这东西彻底烧干净。”

哪怕有一丝的可能性，李火旺都不敢赌。

其他人照做了，用坏掉的马车作燃料，在戈壁滩上，一大堆冒着黑烟的篝火剧烈燃烧着。

李火旺没有走，他必须亲眼看着二饼彻底消失。在这异常的世界里，什么事情都有可能发生，他不敢赌。

背着行李的吕状元站在一旁犹豫了很久，最终看着面前那坚毅的背影说道：“咳，那个小道爷啊……我儿媳妇昨儿个晚上受惊了，她现在怀孕，身子骨弱，我们暂时不想赶路了，想去镇上请个郎中瞧瞧，你看这……”

昨天晚上何止儿媳妇受惊，整个吕家班都受惊了。之前吕状元还在窃喜自己不用花钱就能占小道爷的便宜，可昨天晚上发生的一切，证明他的小聪明大错特错。吕家班自己赶路，遇到的麻烦顶多只是被抢、儿媳妇受委屈，可是真的继续跟着小道爷走下去，怕是要没命了！

这小道爷藏得也太好了，差点把他都骗过去了。原来李火旺这么疯啊。

李火旺微微一侧脑袋，吕状元顿时吓得脸色惨白，他向后退了几步，嘴里就开始酝酿说辞。

“好，吕班主一路顺风。狗娃，分两头骆驼给吕班主驮人。”

“不不——不麻烦了。”吕状元把双手摆得跟拨浪鼓似的，得到了李火旺的答复，他如同得到了大赦，带着其他人就开始向原路逃去。

李火旺没有理会他们，他继续看着眼前的篝火。火焰从早上一直烧到了下午，终于熄灭了。

他亲自走过去检查，发现除了灰烬，再也没有任何东西后，这才终于放下心来。

“没事吧？”李火旺回头看向白灵淼肩膀上的伤口。

“没事，都是小伤。”看到李火旺恢复正常，白灵淼脸上带着勉强的笑容，摇了摇头。

她双手伸出，小心翼翼地向着李火旺的断臂靠去，眼中露出极度的悲痛。

“没事，只是断了手臂，很快就能长出来的。”李火旺在她那柔顺的秀发上轻轻摸了摸。

“真的吗？”白灵淼的眼睛顿时重新亮了起来。

“当然是真的。”李火旺安慰完她，转身看向了其他人。

每个人都显得非常狼狈，他们身上的伤，李火旺已经顾不上了，因为有人死了。

那个眼力好的、只剩一只胳膊的男人，他死了，跟他一起死的还有躺在他旁边的一个小胖童。

一胖一瘦两具尸体就这么并排躺在地上，李火旺恍惚看到老莲生双手合十，一脸悲痛地站在那里，不断念着“可惜，真是可惜了”。

又死人了，看着他们那一张张铁青的脸，李火旺甚至已经麻木了。他甚至有些疑惑，自己带着他们究竟是不是正确的做法。说不定他们自己走回家，现在早就到了。

“也烧了吧。有罐子吗？没罐子就拿布包起来。”

当一切都准备完毕，李火旺带着其他人再次出发了。

“李师兄，你走错了吧，那边是回四齐的路啊。”

李火旺点了点头：“是啊，所以要快，要不然就赶不上趟了。”

一间客房内，赤裸的李火旺坐在木桶里。

“呼——呼——呼——”李火旺缓慢地喘着气，平息着心中的紧张。

他颤抖地将灵气沿着五脏六腑运转着。

好不容易找到了胃，他运起灵气想看看里面有什么。

然而他忽然发现自己现在灵力不足了，根本不够支撑他达成目的。

就在他纠结要不要喊外面的人帮忙时，一双带着长长黑尖指甲的手擦过他的皮肤，从腰后伸了过去。

“谢谢。”

二灵的手开始微微发力，胃里面的东西被缓缓显现出来，里面除了一些糜状的食物外，没有黑太岁，也没有丹阳子的那半张脸，丹阳子不见了。

看到这一幕，李火旺笑了。他猜对了，那天在山洞里，为了迷惑自己，那些坐忘道的人确实把那活着的丹阳子给解决掉了。

之后他们为了戏耍自己，又把那成仙的丹阳子隐藏到连静心宫主都无法察觉的地方。

这些骗子想看着自己一步一步，在毫无防备的情况下被丹阳子替代掉，他们体验着这种耍人的乐趣。

可是这也在无形中帮助了他。当初静心宫主说了，她们没有解决掉丹阳子，是因为他其中一部分还活着。

现在丹阳子活着的那一部分已经完全死了，他只要重新回到安慈宫找静心宫主，就可以彻底解决掉丹阳子。

李火旺颤抖地拿起一旁的金疮药，向着自己的伤口倒去。

这时，那长着黑指甲的手迅速一翻，两根红色的线头被她捏住。

红线迅速交错，把那伤口缝合。

“多谢。”当李火旺重新转头，身后已经没有任何人的踪影。

脸色有些惨白的李火旺从浴桶里走了出来，开始穿衣服。

“少侠，你这次回去，真的只为了解决你那师父的事吗？那些骗子你管不管？要管的话，不能让他们在那儿骗人了，他们继续骗下去得有多少人遭殃？替天行道也是做善事啊。”

李火旺听到莲生这话，眼中闪过一丝恨意，他懒得回答什么，继续穿着自己的衣服。

他当然没有忘记袄景宗里那些伪装的坐忘道门人。

一想到因为他们死去的两位师弟，还有他们在自己身上做的种种事情，李火旺就想把他们掏心挖骨。哪怕不算姜英子的遗愿，他也跟他们没完，这件事情几乎跟解决丹阳子同样重要。

“可他们厉害得很啊，少侠你斗得过吗？”莲生的表情很是担忧。

“我有我的办法，你能不能给我安静点！”

五个坐忘道门人，凭借李火旺一人之力无法解决，但是他在赶路时仔细琢磨后，发现自己并不需要孤军奋战。

首先，从姜英子同样被坐忘道的人欺骗可以看出，坐忘道是靠欺骗来掌控那群山中的袄景宗弟子的。

以手叁为首的那些底层袄景宗成员同样被坐忘道欺骗了，只要想办法让他们意识到受骗了，他们就能成为自己的盟友。

其次，静心宫主的儿子跟自己一样是心素，他之所以会变成现在这样，很显然跟那些坐忘道的人有关，只要解释清楚真相，相信宫主肯定会非常乐意给儿子报仇的。

不过首先要尽快解决丹阳子才行。

穿戴整齐的李火旺掏出《火袄箴经》的译文，吃力地看着上面的文字，他现在认识的字更少了。

之前李火旺一直以为自己的认字能力是被丹阳子带走了，现在回想起来，他才发现原来并不是这么回事，是因为丹阳子压根儿没死。

“根据我认字的数量，我应该能在被丹阳子彻底同化之前回到四齐。”李火旺说着，重新把手中的书合上，走了出去。

刚一出门，他就看到所有人都忧心忡忡地看着他。

“我需要回去找安慈宫的人问些事情。”这是李火旺向所有人解释重新返回四齐的理由。

几次三番去安慈宫，所有人显然知道李火旺说的话有问题，可是他们并没有询问什么。

也许他们心中有别的想法，可惜现在他们只能跟着，不敢有任何异议。

李火旺救了所有人的命是一方面，他身上那越发让所有人感到担忧的气势是另一方面。

“高智坚，脑袋没事吧？”捂着自己肚子的李火旺抬头对着脑袋被包着的大高个问道。

“没……没……没……”

“没事就好，好好养伤，这段时间吃点好的，补补身体。”

对于高智坚居然还活着，李火旺同样感到非常惊讶。

是其他人打扫战场的时候，发现他还带着气息，之后在白灵淼请来的白衣老仙的帮助下，他居然醒了过来。

之前他被淹死时也是这样，这一次又是，李火旺实在有些无法相信这会是巧合。

不过他在这个地方见过的比这邪门的事情多得多，他询问了高智坚，连高智坚都不知道是怎么回事，他便不再追问了。

不管如何，能活着总比死了好。

不过活是活了过来，那颗铁骰子却埋在了他的脑袋里面，对此李火旺也不奢求太多。

“新马车买来了吗？我去看看，不用扶着，我能走。”

看着李火旺逐渐远去的背影，大气不敢喘的狗娃猛地抖了抖，向着对面的赵五小心翼翼地说道：“哎，我咋感觉李师兄跟那疯老头越来越像了呢，你们有这感觉吗？”

李火旺单手把烤得焦黄的馒头片塞进嘴里，缓慢地咀嚼着。

他眼中无神地看着面前的篝火，脑中盘算着可能有遗漏的地方。

他们正在往四齐走的路上，在他们身边多了三辆旧马车，这是卖掉那几头骆驼再加点银子换来的。

想要继续走下去，路途遥远，没有马车是不行的。

一筷子带着几片腊肉的热气腾腾的面条送到李火旺的嘴边，等待着他张嘴。

眉头微皱的李火旺微微挪开头：“我自己能吃，不用喂。”

“李师兄，你现在只有一只手怎么吃啊？你的手长回来的这段时间内，还是由我喂你吧。对了，你这手还要多久才能长回来啊？”

听到白灵淼这充满担忧的话，李火旺抬起右臂，看着那空荡荡的袖口，他眼中露出一丝苦笑。他喃喃道：“快长回来了，很快就会长回来了。”

“可是这都断了三天了，怎么一点动静都没有啊？”白灵淼伸手挽起李火旺的袖子，看着那已经愈合的伤口。

“已经第三天了？”李火旺瞳孔一缩，似乎想起了什么，他立马站起来左右看了看贫瘠的戈壁，似乎在寻找着什么。

很快他就找到了自己的目标。他向着远处的一块大石头走去。

“李师兄，你去哪儿？再不吃，面要坨了！”

“我去放水，别跟来！”

来到那块如同小山坡的巨石边，李火旺眺望了一下远处已经变成小黑点的戈壁，走进了巨石的阴影当中。

石头后面除了贫瘠的地面什么都没有，这刚好是李火旺想要的。

他面对着巨石，双腿盘坐下来，表情里带上了一丝犹豫。可是他最终拔出手中的剑，在墙上画出了一幅人形壁画。

“妈，这段时间你辛苦了。”李火旺声音轻柔地对着那人形画说道。

“妈，我清醒了，能麻烦你把我的手机拿过来吗？今天是杨娜生日，我想给她打个电话。”

“别给我解绑，你帮我拨吧，通讯录的第二行就是她的电话。”

掏出一把锋利的小铲子，李火旺轻轻地在那幅人形画的脸上描着，没过一会儿，一张简陋但又带有几分熟悉的脸出现在他的面前。

李火旺不会画画，画得很难看，可是那幅壁画在他眼中比什么都美。

“生日快乐，娜娜。”

“祝你生日快乐——祝你生日快乐——祝你生日快乐——”

孤身一人的李火旺微笑着看着巨石上自己画出来的壁画，温柔地轻轻唱着。

这声音没传出多远，就被戈壁滩无情的狂风给撕碎了。

“抱歉，娜娜，今年的生日我无法陪在你身边，只能以这种形式给你祝贺，礼物等有时间我会补上的。”微笑的李火旺伸手过去，轻抚着那壁画的脸庞。

说完后，李火旺轻轻地靠了过去，在那壁画上轻吻后，他单手撑地站了起来。

哪知刚一转身，李火旺就跟一个红盖头来了一个面对面，那是白灵淼的二灵，刚刚她把之前那既温馨又诡异的一幕完全看在眼里了。

“闭嘴。”李火旺对着她抛下这两个字，转身向着远处的马车走去。

当他回来时，发现其他人都吃饱了，正在闲聊着。

李火旺伸手把白灵淼怀中的那碗面接过来，直接放在地上，单手拿着筷子刺溜刺溜地吸了起来。

李火旺狼吞虎咽地吃下大半后，一声清脆的金属撞击声让他下意识身体猛地一紧，这声音他在哪儿听过。

他抬头向着声音的方向望去，发现是狗娃那边发出来的。狗娃坐在地上，举着自己的那把刀，似乎在向地上撬着什么。

李火旺站起来，向狗娃身后走去：“你在干什么？”

李火旺的话吓得狗娃一哆嗦，他看向李火旺，脸上讪讪地笑着，伸手把地上的物件提了起来。

“没什么，这不是看咱们花钱这么厉害，想给大伙多捞点嘛。”

那是一排排老旧的发黑的铜钱，看起来似乎最近被烧过，李火旺认识这东西，这是之前演皮影戏的侏儒脸上的黄铜面罩。

他还记得之前它被二饼拿走并且戴过。

被烧得发黑的铜钱面罩上多了不少划痕，显而易见，狗娃似乎想把这些铜钱给撬出来用。

“我这不是看着它就这么扔在骨灰里浪费嘛，这好歹是上百枚铜板不是，扔掉太浪费了，就捡回来了。”

“我可没打算私藏，就寻思着撬出来后，把这些给白师妹保管。可真没想到啊，这连着铜钱的细链子可真硬啊，怎么撬都撬不开。”

李火旺把这东西拿过来，用手抚过那些铜钱，轻易地把上面的黑灰擦掉。

那场大火没有伤害到这东西分毫，细细的旧链子从一枚枚铜钱的孔中穿过，连成一个古怪的铜钱面罩。

这些铜钱跟寻常的铜钱一样，都是外圆内方，里面环绕着李火旺不认识的四个大字。

“道……道……道光……通……啊通……啊通宝！”高智坚给李火旺翻译道。

“道光通宝？”李火旺不知道这是哪国的货币，他也不在意。他现在考虑的是这东西本身的价值。

李火旺仔细思索后，唤来馒头，把这面罩盖在它的脑袋上，看看有没有什么隐患。

紧接着，让他感到惊讶的一幕发生了，虽然馒头就在他面前摇头晃脑地用前爪扒拉着脑袋，但是他有种眼前没狗的感觉。

那天晚上，那侏儒就是戴着这面罩，神不知鬼不觉地偷袭自己的。要不是之前二灵提醒，自己说不定还真中了他的计策。

之后，二饼戴了这东西在人群中躲藏时，自己当时居然无法迅速找到她。

从这两点可以看出，这东西似乎是某种可以遮蔽气息的法器。

“这东西……似乎对我有用呢。”

李火旺看着这东西，目光逐渐亮了起来：“这东西可不只有用，对我来说有大用！”

虽然不知道为什么，但是这个世界的人只要有点能力的，都可以轻松地看出自己是心素，而这东西或许能让这事情不再发生，自己以后再也不是唐僧肉了！

“唰啦啦——”铜钱撞击声响起，这铜钱面罩戴在了李火旺的脸上。

闻着这铜钱面罩上特有的烟火灼烧味，李火旺感到前所未有的安全感。

“等到了安慈宫，让宫主她们看看，如果连她们都可以瞒过，那这东西就价值大了。”

戴着面罩的李火旺站了起来，带着一丝兴奋地对着身后的其他人喊道：“走！尽快赶到恒华山！”

包铁的马车轱辘重新滚动了起来，向着四齐出发了。

随着逐渐靠近湖多河多的四齐，路边的草木也重新散发出生机，甚至连空气都变得湿润了。

然而回去的路并不是一帆风顺，四齐边关开始变得越发戒备。

好在四齐跟后蜀的边界线本来就长，已经被调离了一些的边军的防备根本防不住。

趁着边军轮岗的空隙，李火旺等人从后蜀重新回到了四齐。

一日清晨，李火旺被碗口粗的锁链死死地捆在树上，其他师兄弟默默地看着他胡言乱语。

经历了这么多次，他们早就习惯了，没有之前那么惊讶了，对李火旺这病他们已经非常了解。

半晌过后，李火旺的眼睛逐渐恢复清明，他抬头看了看头顶明媚的阳光，又看了一眼路边郁郁葱葱的树木，缓缓地吐了一口气。

不管路上经历了什么，总算是马上就要到了。

“吃饭吧，吃完了我们继续赶路，走快点，天黑之前应该能到恒华山。”李火旺对着给自己解绑的白灵淼说道。

看了一眼李火旺这么多天来没有任何变化的左手衣袖，白灵淼眼中闪过一丝伤心。

她转过身来，拿起木桶去旁边的河边打水。

清澈的河水很干净，提水的木桶和白灵淼的泪水一同落进了溪水。

“你心疼李师兄？”一同跟来的春小满轻声说道。

“他如今成了残疾！他的那只手再也长不回来了！”白灵淼哽咽地说道。

春小满似乎想劝说，却发现不知道从哪里开口。

对方这么伤心，这是已经完全把李师兄当成自己的男人了。

“这次只是断了一只手臂，可是万一还有下次呢？为什么我们只是想回家，就这么难呢！呜呜——”

看着跟自己最要好的白灵淼伤心成这样，春小满仿佛也感同身受。

虽然李火旺并没有向她们解释什么，但是一路相处下来，春小满能看得出，他腰间的那卷红色竹简，是邪物。

只要那东西在李火旺的身边，之后他受的伤会越来越多。

春小满看着眼前越发伤心的白灵淼，心中一软，用双手把她抱在怀里。

说到底，主要还是他们实力不足。要是有实力轻松解决这种事，哪里还会出现现在这样的局面？

可想要劝说李师兄把竹简扔掉，几乎是不可能的事情，那东西威力巨大。

她心中一横，对着自己暗道：“实在不行，就让李师兄教我怎么用那卷竹简。”

既然那东西谁都能用，那不如给自己用。

无论是白灵淼还是李师兄，他们都是彼此在乎的，他们受伤都有人心疼，而自己反正已经决心不再嫁人，也就无所谓了。

春小满小声地安慰了白灵淼一会儿后，两人又开始打水。其他人还等着吃饭呢，她们可不敢耽误赶路。

木桶重新放进清凉的水里，白灵淼开始装水。

“等等。”春小满用毛茸茸的手沾了沾水，在白灵淼眼角上轻轻擦拭起来，“这里有点灰，我给你擦擦。”

“谢谢小满姐。”

“客气什么，都是姐妹，将来我可是要当你孩子的干娘呢。”

春小满笑着刚说完这话，就看到白灵淼的表情越发惊恐：“小满姐！快看你身后！”

小满迅速单手按住腰间的剑柄，猛地一转身，就看到那清澈的河水中，横七竖八的尸体缓缓地漂了过来。

很快所有人都在河边集合了，都沉默地看着河面。

从衣着来看，这些都是四齐的兵，上游肯定有哪些地方打仗了。

“这么多，这上游得有多惨啊。”背靠着树干的狗娃感慨道。

“以后恐怕河里的水不能再喝了，只能喝井水了。”

相比起其他师兄弟所担忧的，李火旺却在考虑其他事情。

“你们不觉得他们不对劲吗？”

李火旺的话，让所有人都注意到了那些尸体的细节。

只要不是当天死的，正常情况下，水里的尸体一般模样都会非常恐怖的，绝对不会是现在这种样子。

“是啊，你们看，这些人脸上居然还有血色欸！”

李火旺看着眼前的一切，双眼微微眯起，现在他有一种强烈的不安感。

“是不是被什么特殊能力杀死才会变成这样的？有没有其他派别掺和进世俗的战争中来了？又或者是我想岔了，在这个世界，有那些古怪门派加入的战争才是正常的战争？”

站在河边琢磨了一会儿后，李火旺带着其他人离开了。

每个人的心情都有些沉重，一直走到恒华山下的小镇，都没有什么人说话。

当看到那个来过好几次的熟悉小镇景色再次出现在面前之后，所有人这才松了一口气。

“李师兄，天色这么晚了，你还上山吗？还是明天吃了早饭再去？”

“先不忙。”李火旺走进了一家飘着香气的糕点铺。

等他出来时，身后已经背着一大摞糕点盒。这家店都快要被他搬空了。

“我走了，你们还住之前的客栈吧，等我下来也好找你们。对了，狗娃呢？我刚刚还见到他了。”

“他上茅房去了。”

话音刚落，一脸舒坦的狗娃从一旁的巷子里走了出来。

“嘿，这家的茅房可够干净的，连半只苍蝇和蛆都没见着。”

背着糕点的李火旺大口大口喘着粗气，在恒华山的土路上艰难地往上爬。

他现在只有一只手，糕点买得又多，这次上山比上次更艰辛了。

为了避免糕点被自己的汗水打湿，李火旺还刻意把糕点提得远了一些，这样就更累人了。

终于在一个拐角处，李火旺实在撑不住了，他把糕点放下来，靠着一棵歪脖子树大口大口喘着气。

刚赶路抵达山下，就马不停蹄地上山，李火旺此时感到有些饿了。

李火旺想了想，伸手进糕点盒里掏出一块绿豆酥，放进嘴里开始吃起来。

外酥里绵的糕点抚慰着李火旺那饥饿的胃，他过去从来没吃过这种糕点，但是尝了之后，他发现居然意外地好吃。

这糕点似乎是今天刚做出来的，又酥又香，比自己在幻觉里吃的那些奶油蛋糕、巧克力之类的都要好吃。

至于静心宫主的糕点被自己吃了这一点，李火旺倒没觉得有什么。

他不是第一次来了，跟宫主也不用客气，想必她也不会介意的。

“这么多糕点，应该够宫主吃的了吧？”李火旺看着那一堆糕点，说完，又立马会心一笑，“不够，再多一倍，恐怕也不够宫主吃的。”

李火旺先是一笑，紧接着一愣，自己什么时候跟静心宫主的关系变得这么亲近了？

重新回想起来，宫主虽然又贪又懒又脏，但她是自己来到这个世界，除了那些师兄妹外，对自己最好的那一个人了。

之前，她没有因为他是心素而谋害他，还出手帮助他驱逐了丹阳子，而且在他临走前，怕他路上危险，她还特意送了他一把剑。

“如果不是要送白灵淼他们回家，其实在这山下的镇上住下也是一个不错的选择，这里是安慈宫的地盘，别的势力也不会来找我的麻烦。”

他想着这些有的没的，那一盒绿豆酥就被他吃了大半，他连忙收手。

看着四周郁郁葱葱的恒华山景色，李火旺缓缓松了一口气，他忽然想到了什么，把手伸进怀里掏出一本书来，这是《火袄箴经》的译文。

缓缓地翻开之后，李火旺本想看看自己受丹阳子的影响有多少，结果他震惊地发现，上面的字他一个都不认识了。

这异常的变化让刚刚喘息片刻的李火旺心情紧张起来。

“不行，要赶快！丹阳子取代我的速度正在加快！再拖下去，我就要完全被丹阳子同化了！”

李火旺迅速把手中的书塞进怀里。他重新拿起糕点，顺着土路继续向上爬。

终于，在月亮升起后，李火旺来到了安慈宫的山门。

再次看到那女书的菱形对联，李火旺顿时倍感亲切。

“宫主，我又来了！看看我给你们带来了什么！”

兴奋的李火旺一边喊着，一边朝着漆黑一片的安慈宫走去。

“宫内没点灯吗？看来是懒得点了。”

刚踏进破败的神像大殿内，李火旺突然感觉有些不对劲。

“怎么……不臭了？”

李火旺把手中的糕点扔掉，站在原地深吸了几口气后，震惊地发现原本安慈宫内那浓郁的臭味竟然消失得无影无踪！

“不对！出大问题了！”心乱如麻的李火旺顾不上其他，抬脚冲向殿内深处。

“静心宫主！妙音！妙心！你们在哪儿！”

李火旺的声音在殿内回荡，却没有引起任何人的回应，他的心彻底慌了。

突然，李火旺听到远处有动静，他连忙冲了过去，等靠近了才发现，那是猪的哼哧声。

当他来到茅厕后面的猪圈时，眼前的一幕让他当即呆住了。

一个胖子躺在猪圈里，而那些长着黑毛的肥猪像小猪围着猪妈妈一样围着她。

“滚开！”红了眼的李火旺拔剑冲了上去。

黑猪被李火旺浑身的杀气吓得四散而逃。

当李火旺来到那个胖子面前，他捧着那个脑袋缓缓跪下了，那是静心宫主的头。

“啊啊！”李火旺撕心裂肺的呐喊在整个安慈宫内回荡。

死死地抱着宫主的头颅，李火旺的泪滴在了地上。静心宫主死了，这个世界上唯一对自己好的人，带着他心中的希望一起走了。

“是谁！”近乎癫狂的李火旺如同狂风般从猪圈内冲了出来，提着剑在宫内寻找着敌人。

然而他在宫内除了找到更多女弟子的尸体外，没有找到任何人。

静心宫主已经死了有段时间了，无论那些人是谁，都早就走了。

“这到底是谁干的！”这个念头充斥着李火旺的整个脑海，当他拔剑向着山门方向冲去之后，却渐渐地停了下来。

双眼布满血丝的李火旺重新来到静心宫主面前，拿出长剑开始在旁边挖坑。他要把宫主埋起来。

要埋下宫主的坑需要挖得很大，李火旺挖了很久很久，一直挖到第二天的中午才勉强算完。

就在李火旺准备把宫主推下去的时候，却发现了一点异常，她放了一晚上了，没有任何发臭的迹象，也没有招来任何苍蝇。

看到这一切，李火旺下意识回想起那些水面上的尸体，它们同样没有发臭，同样是那么栩栩如生。

“难道他们是被同一批人杀的？被他们杀了的人都不会腐烂？他们是谁？”

“有哪里不对劲！等等！”李火旺忽然发现自己忽略了什么，思索片刻后，他迅速冲到猪圈内，看向那些之前被自己杀死的黑毛猪。

经过了一晚上加一个白天，那些被自己杀死的猪同样没有招来任何苍蝇，也没发臭。

李火旺踉跄着从猪圈内走了出来，难以置信地环视着四周没有任何打斗痕迹的一切。

在任何世界，腐败都是必不可少的一环。

然而此刻，这个世界仿佛在这瞬间出现了问题，腐烂这个功能仿佛失灵了。

“也许……宫主并不是被别人杀了。”

后知后觉的李火旺扭头看向静心宫主，她那本来应该腐烂的恶心皮肤，在这一刻却变得非常光滑白皙。

这个世界的“腐烂”消失了。

李火旺的一只手青筋暴起，他奋力一推，把静心宫主的尸体推进了他挖好的大坑中。

接着他双膝跪地，又捧着土，一捧一捧地把宫主那残破的身体埋了起来。

一块画着糕点的木板插在宫主的坟前。

面如死灰的他把那些带上山来的糕点一字排开，如同供品般摆在她的坟前。

静心宫主死了，跟着宫主一起死的，还有这个世界的“腐烂”。

一切血肉在死亡这一刻都不会腐烂、消散，他们死的时候是什么样，死后就会保持什么样，一直保持下去。

静心宫主的死肯定跟这个有关，之前女弟子们施展的神通似乎总是跟“腐烂”沾边。

“腐烂”的消失，似乎就是静心宫主她们死亡的真正原因。

无论何时，“腐烂”永远是令人作呕、令人避而远之的东西。但是，如果任何世界都没有这些东西，就会出大问题。

当尸体不再腐烂时，天道循环将被破坏，世界上的尸体也会越积越多。

然而此刻李火旺已经顾不上理会这到底是怎么一回事了，因为他自己马上就要完蛋了。

宫主死了，再也没有别人像她一样，会出手帮助他驱逐身上的丹阳子。

这个时候，他也找不到其他人帮忙了，因为已经没有时间了。

现在的他已经变成了彻底的文盲，可以预见的是，他马上就要被丹阳子彻底取代了。

如果不想让丹阳子得逞，他现在能走的路似乎只有一条。

“宫主啊，劳烦奈何桥上等我一会儿，我马上就下来陪你们！”

李火旺重重地对着面前的坟堆磕了三个响头后，失魂落魄地向着之前去过的老鼠洞走去。

之前宫主说过，唯有进入那里，才能彻底阻止丹阳子夺舍。

他不想让丹阳子活过来，哪怕去死，他也不想让丹阳子活！

然而当李火旺做好必死的决定，重新来到那座黑塔面前时，看着满地的黑色碎片，他顿时愣住了。

他走过去，把那些黑色东西捧了起来，随着他指缝微微张开，外翻的蟑螂苍蝇从他指缝间，如同黑色雪花般飘落。

跟随着女弟子们一同死去的，除了“腐烂”，还有苍蝇和蟑螂，这些最低层次的分解者。

李火旺忽然站了起来，呼吸急促地向着黑塔里面冲去。

然而他很快就看到了令人震惊的一幕，里面的那些黑老鼠同样都死了，死去的老鼠跟其他人一样，没有腐烂，没有发臭。

极度悲愤的李火旺单手握拳，重重地砸在了地上。

“我上辈子到底做了什么缺德的事情！为什么我现在想死都死不了！”

“呵呵……娃啊……”一声低沉的笑声在李火旺的身边响起。

李火旺抬头看去，就看到了丹阳子那三张恶心的面孔。

“本仙说什么来着？你做什么都是白费心机，你现在回头帮我还来得及。”

“你以为你赢定了吗？”眼中带着极度恨意的李火旺站了起来，“只要这具身体还在我手中一天，你就还没赢！”

李火旺猛地站起来，向着安慈宫的山门冲去。他几乎像疯了一样冲下山来。

刚下山，他就和嘴里叼着两根炸红薯干的杨小孩撞了个正着。

杨小孩连忙讨好地说道：“李师兄，你下来了？山上的事情办完了吗？我们一起回去怎么样？”

此刻的李火旺完全没有理会他的马屁，直接冲上了马路。

他左右看了看后，直接抢过一个读书人的马，然后跳上去。

迅速掉转马头后，双眼布满血丝的李火旺掏出一把带倒刺的尖锥刺在了马屁股上。

那匹马顿时疼得嘶鸣一声，前蹄竖立起来，然后向着袄景宗所在的群山方向冲去。

“我的马啊！那是我的马！”那读书人哭喊着在后面追赶，然而李火旺很快就消失在他的视野中。

看到眼前的这一幕，杨小孩顿时慌了，他抱着手中的油纸包就向着客栈赶去。

“师兄师姐！李师兄又犯病了！”

袄景宗所在的群山距离安慈宫的恒华山有两百多里路，平时坐马车需要很长时间。

然而在李火旺的不断刺激下，这匹马竟然两天内赶到了。

当李火旺重新来到那个死镇上时，那匹抢来的马终于支撑不住了，口吐白沫倒在地上抽搐起来。

李火旺从那一堆堆自己堆的坟包中穿过，向着山上的山洞赶去。

到现在他已经三天没睡了，再加上没吃没喝，他的脸色显得极差。

不过此时早已经把生死置之度外的李火旺不在乎这些了，他只想让丹阳子死！

无论做什么，只要能达到这个目的，他都在所不惜。

当看到李火旺重新回来，那些身上穿着宽大袍子的袄景宗弟子马上默契地拦住了洞口：“手叁有令，你……”

还没等他们说完，寒光一闪，他们立马说不出话了。

一身血气的李火旺提剑冲进了洞穴：“坐忘道的！你们给我出来！”

李火旺的声音在洞内不断回荡，吸引了所有人。

很快，在一个空旷的溶洞内，李火旺被彻底包围了。

不过他也无所谓了，他本来就没打算活着出去。

浑身被火焰包裹的手叁从人群中走出：“你这么不懂事，是真觉得我们不会动手吗？”

话音刚落，李火旺就看到那五位长老走出了人群。

看着面前坐忘道伪装的五位长老，李火旺笑了：“来啊，让我看看你们坐忘道的实力！”

李火旺说完，举起了手中的长剑。

一旁的丹阳子顿时泛起怒意，身体逐渐被黑云笼罩，他直接向着李火旺扑去。

感觉到流出的灵气不断带走自己的寿命，李火旺全然不顾。

“哗啦啦——”将《大千录》在地上铺开，李火旺直接站了上去，灵气顺着他的衣服把整卷《大千录》完全浸湿。

“小崽子，你未免有些得寸进尺了吧？”

“身本忧”长老看着面前的李火旺，脸上明显露出一丝不悦。

他身体微微一抖，一根根生锈的长钉迅速弹出，向着李火旺飞去。

可哪知，那长钉刚飞到一半，李火旺便极其灵敏地躲了过去。

此刻李火旺那极其憔悴的脸上露出诡异的笑容，他双脚在《大千录》上一踏，整个人带着劲风向着那五位长老冲去。

“保护长老！”火焰迅速点燃了手叁、头柒这些袄景宗弟子的身体。

随着他们同时一抬手，他们身上的火焰好似会传染一般出现在李火旺的身上，点燃了他身上的红色衣袍。

看起来，“李火旺”的情况不妙，然而下一秒，随着“李火旺”微微一歪头，局势瞬间倒转。

“李火旺”身上的火灭了不说，他那烈焰中焦黑的身体居然开始莫名肿胀起来。

这些袄景宗弟子根本不是他的对手，“李火旺”对付他们，如同砍瓜切菜一般。

“不对！这不是那小崽子，他入邪了，他现在是他的半仙师父丹阳子！”

五位坐忘道长老明白过来后，迅速双腿盘坐，嘴里开始念诵起来。

“夫乐者，尽雅之极，致道之初，习悦之成，持闹之事，欢喜之至。无心于乐而无所不乐……”

随着这声音响起，李火旺笑了，他不仅嘴在笑，眼睛也在笑，手指也在笑，身体上的所有器官都在笑。

随着笑声，他身上的五官都开始有些松动了。

然而下一秒，丹阳子的反击立刻到来。

一片虚无缥缈的黑云凭空出现，笼罩在丹阳子身上，逐渐屏蔽了他身上的笑声。

李火旺看着远处与坐忘道的人打得不可开交的丹阳子，虽然他脖子上剧痛无比，但他脸上笑得更开心了。

他想通过自己引起丹阳子和坐忘道之间的互相残杀，无论他们哪一方死亡，他的目的都达到了。

“不，这还不够，还差一点！”

一直跟在李火旺身边的莲生幻觉倒吸一口凉气，站在一旁指手画脚。

“道爷，你别这样，我们可以好好想想办法啊！”

李火旺却不这么认为，他可不想丹阳子死后，还能够借用自己的身体为非作歹。

血液沾在了他脚下的《大千录》上，竹简的颜色变得更加鲜艳。

但他不敢晕倒，现在晕倒了，万一醒来时，自己的伤口愈合了，被丹阳子夺舍了，那自己所做的一切都将前功尽弃。

丹阳子已经出来了，他已经没有下一次机会了。

“啊啊！”声嘶力竭的他单膝跪地。

“木肝！”

“金肺！”

“土脾！”

洞外传来一阵雷声，某种气息在洞内蔓延，李火旺周围的一切开始扭曲。

在场所有人在李火旺眼前都变成了怪物，地上的《大千录》也变成了并排串联地蠕动着的虫子。

“水肾！”这时四周的袄景宗弟子们企图冲上来阻止，然而他们刚靠近，身上的所有《大千录》纷纷飞了过去，围绕着李火旺铺开来。

空空如也的李火旺此刻却笑得越发开心。

因为他快死了。只要死了，他就再也不会感到痛了，丹阳子也无法再控制他的身体。

他深吸一口气，那充满悲愤的声音从他口中喷了出来。

“还有最后的……火心！”

这一刻，拥有了五脏的《大千录》有了生气，它再次活了起来。

而瞳孔逐渐放大的李火旺向地上倒去。

然而这并没有完全结束，这并不是召唤巴虺的苍蜣登阶，而是《大千录》上记录的另外一种仪式：闰置五行。

此时此刻，李火旺看到地上那些形成《大千录》的虫子蠕动着迅速聚集起来，向着自己空荡荡的体内钻去。

没过一会儿，之前好似破麻袋般的李火旺体内再次被填满了，并且还不断往外溢出蠕虫。

那些蠕虫在他体内肆意地钻着，不放过任何它们可以待的空隙。

李火旺踉跄地提着剑重新站了起来。

他感觉到那些虫子已经变成了自己的一部分，他甚至能感觉到那些虫子体内蕴含的奇特力量。

他已经有些分不清那些东西到底是虫子，还是自己的一部分了。

更重要的是，李火旺此刻再也没有感觉到疼痛了，一点都没有。

“等仪式的维持时间结束，我应该就会死了吧？”

李火旺缓缓提剑，虫子顺着衣袍爬到了他的断臂上来。

几息之间，他拥有了一只新的左手。

试了试自己的新手，李火旺满意地点了点头。他再次看向远处跟丹阳子缠斗的五位坐忘道长老。

此刻在李火旺的眼中，丹阳子还是那副可怖的模样，而那其他五人的脸则完全变成了麻将牌的样子。

一想到自己马上就要死了，李火旺的心反而开始平静下来，他提着剑，向着远处的他们走了过去。

冲过去的李火旺一剑砍向丹阳子。

“师父莫慌，徒儿我这就来助你！”

趁着李火旺偷袭丹阳子的瞬间，远处的坐忘道长老抓住了机会，五人迅速凌空盘坐，围绕着两人念了起来：“何为坐忘！”

声音在空旷的溶洞内不断回响，越来越大。

此话一出，李火旺和丹阳子同时默契地向着彼此的身体一蹬，两人一左一右分别向着一个坐忘道长老扑去。

一张黑色的牌九飞了过来，迅速向着李火旺手腕上打去，李火旺刚要躲闪，远处的幺鸡两根手指迅速交叉，打了一个响指。

牌九下面的黑色影子瞬间一裂，影子变成了牌九，牌九变成了影子。

猝不及防之下，那张牌九打伤了李火旺的手腕。

眼看着李火旺的手就要无力下垂，那伤口很快就被虫子填满，他手中的剑再次握得又稳又牢。

“呵呵，一分钱一分货啊。”李火旺说完，双脚一蹬，向着远处的目标冲去。

这一次，面对对方丢过来的任何东西，李火旺干脆就不躲了，直接用身体硬接。

凭借着从巴虺那儿借来的能力，李火旺一时间与他们势均力敌。

李火旺、丹阳子、坐忘道长老，这三方目的完全不同的人，混乱地战在了一起。

一会儿是李火旺跟丹阳子对付坐忘道，一会儿又是丹阳子跟坐忘道对付李火旺。

拿着铜钱剑的丹阳子实力惊人，哪怕掉了一个脑袋，他依然可以压着坐忘道长老打。

看起来坐忘道长老似乎更擅长玩弄人心，并不擅长这种正面冲突，五个人居然还被丹阳子压着打。

不过这也有李火旺的功劳。

虽然丹阳子实力更胜一筹，但现在三方相互制衡，谁都不想让其他两方赢。

李火旺在这场混战中永远都是帮助弱者，打击强者，他已经把命都豁出去了，没有理由不多拉几个一起陪葬的。

如果丹阳子和坐忘道长老跟着自己一起走，那就是再好不过的结局了。

这剧烈的战局居然一时间陷入了僵局，每个人都在盘算着自己的利益。

趁着丹阳子压制着其他人的时候，幺鸡迅速向着李火旺靠近，声音中带着明显的焦急：“老大，别玩了，没看到这半仙的实力吗？再玩下去都要死人了！”

“呵呵，喊老大就想让我放过你？你就算喊祖宗都没用！”

李火旺拉开胸口的衣服。

蠕虫向幺鸡排山倒海般扑去。

“红中老大！真的快别打了！你摸摸你后颈皮下面是什么！看看我说的是

不是真的！”

李火旺伸手向着自己的后颈一摸，里面的一块坚硬的东西被顶了出来。

那是一张麻将牌，红中。

李火旺脸上刚露出一丝迟疑之色，幺鸡便连忙焦急地解释道：“你真实的身份是坐忘道的三位老大之一，红中，是你自己觉得什么都耍过了，都耍腻了，感觉没意思，所以才把神识封印起来，让我们陪你玩的。”

“现在二饼都死了，可不能再耍下去了。都是弟兄，再斗下去可就过分了啊。也不能为了你的好玩，让我们丢了性命吧。”

“你说的都是真的？”李火旺的表情显得十分迷茫，他直直地看向手中的红中麻将牌。

“哎！没看到这麻将牌是从你身体里挖出来的吗！这难道还有假——”

话音刚落，幺鸡就感觉到不对劲，他低头一看，好几条蠕虫居然不知道什么时候钻入了他的小腿。

当他把注意力放在自己腿上时，前方寒光一闪……

看着眼前的幺鸡，李火旺脸上露出一丝讥讽的笑容，他顺着对方的瞎话就往下演。

“是啊，我想起来了，我是坐忘道三元之一的红中。我还想起来了，你当年还抢了我的女人，所以现在才会公报私仇。”

只要能确认坐忘道的身份，想要对付他们很简单，那就是直接把他们嘴里喷出来的所有东西都当屎来对待就行了。

“老大，我说的都是真的啊！”幺鸡双手死死地抓住李火旺的剑，不甘心地喊道。

“老子信了！”

李火旺单手猛地一用力，幺鸡被掀飞到空中。

完事后，李火旺扭头向着远处的战场冲去。

坐忘道的骗子死了一个，这下该削弱丹阳子了。

“师父！玄阳来帮你了！”李火旺提着剑冲向丹阳子。

在李火旺与坐忘道长老齐心协力的围攻下，丹阳子受了伤。

可是没等李火旺喘口气，一颗崭新的头颅，一条肌肤白皙细嫩如同婴孩的手臂就从丹阳子身上重新长出来。

旁边的一万看到这一幕，迅速扭头对李火旺说道：“你师父是半仙之躯，这样耗费时间是徒劳无功！你替我们挡住他一会儿！我们帮你来解决掉他！”

李火旺对他的回答则是一口带血的唾沫。

“我们之前确实欺负了你，可是用二饼和幺鸡抵债也够了吧？而且跟我们这些外人相比，你难道不应该更记恨你师父多一些吗？”

伴随着呼啸声，丹阳子的铜钱剑挥了过来，李火旺和旁边的一万非常默契地同时后退。

另外三个麻将人见状，迅速上前把丹阳子拦住。

趁着这难得的喘息时间，一万看向一旁的李火旺。

“如何？只要你帮我们对付丹阳子，大家之后好聚好散。”

然而李火旺直接把他的话当成了耳边风。李火旺双脚猛地在地上一蹬，就打算朝远处的三位坐忘道长老攻去。

见此情景，一万再次开口，而这次从他口中说出的内容，成功让李火旺停下了脚步。

“还觉得不够？那我再加上最后一笔！”

“李火旺，你不是心素吗？时刻迷惘的感觉很不好受吧？只要你帮我们这次，我们可以告诉你心素摆脱迷惘的办法，让你可以成为一个正常人！”

看着李火旺满脸的惊讶，一万再次开口解释道：“没错，心素确实可以摆脱迷惘，只是办法非常困难，寻常人根本找不到罢了！”

“少骗人了，静心宫主都找不到，你还能找得到？”李火旺的语气非常坚定，但他并没有走开。

看着远处的同伴在艰苦抵抗，一万的语速越来越快。

“陈红袖那老女人知道个屁！我实话告诉你，坐忘道四喜之一的北风就是心素！他都活了一百九十岁了，现在不是照样好好的！没有任何迷惘再缠上他！”

就在李火旺沉思之际，远处的其他三位坐忘道的长老已经撑不住了。

铜钱剑刺中了一个麻将人的胸膛。

“看看！已经死了三个人了！你再不彻底遏制丹阳子，到头来我们两边都要死，他渔翁得利，你就高兴了？”

“明说了吧！哪怕我摆明了要算计你又如何？你到底是恨他多还是恨我们多！我们已经死了三个人，你师父丹阳子可一根汗毛都没掉呢！你好好掂量掂量！”

这番话似乎说服了李火旺，要从丹阳子和坐忘道中选一个赢家，对他来说，这是个非常简单的选择题。

李火旺看着远处正在追逐剩下两位坐忘道长老的丹阳子，点了点头：“你快点！我先来顶着！”

就在丹阳子即将再次杀死一位坐忘道长老的千钧一发之际，李火旺终于及时赶到了。

此刻他压根儿懒得躲，直接双脚一蹬，向着丹阳子的大嘴里钻去。

锵的一声，丹阳子那张嘴巴在李火旺抵达之前就闭上了。

李火旺重重地砸在丹阳子的脸上。

见李火旺难缠，丹阳子想去先解决掉坐忘道长老，李火旺却不让。

双方开始逐渐变得你中有我、我中有你。

虽然看起来丹阳子要比李火旺强，但是他想吞噬掉李火旺，也并不是件容易的事情。

“师父，别来无恙啊！”李火旺看着丹阳子那近在咫尺的脸，狞笑着打招呼。

虽然在笑，但此刻李火旺心中恨不得吃他的肉，喝他的血！

看着面前的李火旺，丹阳子却自始至终脸上都挂着讥讽的笑容。

“孽徒，你真的觉得能斗过我吗？道爷我是半仙，你这个凡人又算什么？”

“那你这半仙怎么还被我这个凡人缠住了呢？师父，您的半仙能力不行啊！”

就在他们纠缠之际，剩下的三位坐忘道长老开始动手了，他们迅速围绕着师徒二人，双腿盘坐，闭眼念诵心法。

伴随着心法声，牌九、麻将、叶子牌的图案如同流水般从他们衣服下面流了出来，在地上迅速铺开。

这些图案和纹路迅速拼接成一张张古怪的符箓，那些笔画与笔画之间开始颤抖，发出或高或低的笑声。

笑声越来越大，传染到了四周观战的袄景宗弟子，同样也传染到了远处的丹阳子和李火旺。

所有人的声音开始在溶洞内产生回响，并且越来越大，李火旺的耳朵开始逐渐听到隐藏在笑声之中的东西。

那是某种阴暗晦涩、寻常人的感知器官无法理解的东西。虽然无法理解，但李火旺从中得到了某种熟悉的感觉。

“这是喜神！我记起来了，这是那胡家祠堂的喜神！坐忘道在请喜神！”

然而一旁的丹阳子察觉到了更多。

“不对！娃啊，你说错了，他们不是请！他们是在骗！”

“他们不但骗巴虺，连他们自己的喜神都骗！他们所有的神通都不是他们自己的，都是从其他地方骗来的！”

李火旺感到某些东西被笑声引来了，那些东西正在四周的墙体里死死地盯着自己，那是喜神的三道视线。

耳边的笑声越来越大了，李火旺知道，不管他们在做什么，现在都已经到了最关键的时刻。

就在那笑声即将抵达顶峰的时候，李火旺看了一眼三位盘坐的坐忘道长老，嘴角微微上扬，身体忽然一缩。

突如其来的这一情况让在场所有人都猝不及防。

恢复自由的丹阳子没有任何犹豫，直接脚踩黑云，猛虎下山般向着远处的三人扑去。

而李火旺此刻站在原地，如同看戏般看着远处的一切。

瞧见一万难以置信地看着自己，李火旺顿时一脸愧疚，双手懊恼地一拍。

“哎呀！你看看我这事干的，怎么一不留神就让丹阳子跑了呢？在下是小辈，没经验，实在对不住了，还请前辈见谅啊。”

“你居然敢骗我！”

听到对方口中居然说出这样的话，李火旺扑哧笑出声来。

“我现在有点理解你们坐忘道为什么喜欢这么干了，原来耍人真的好玩啊！哈哈！”

不管其他人怎么想，局面开始朝着不可挽回的方向发展了。

在其中一位坐忘道长老被丹阳子的剑砍死后，忽然，三位喜神从溶洞里钻了出来。

那是三团混沌黏稠、半透明的东西。

当它们出现的瞬间，四周观战的祆景宗弟子便再也逃不掉了，在场所有凡人滚在地上如痴如狂地大笑着，瞬间暴毙当场。

喜神出来后，稍稍适应片刻，立马向着丹阳子跟李火旺冲去。

参战的又多了一方，一时间场面更加混乱了。

不过李火旺懒得动了，看着远处的丹阳子把另外一位坐忘道长老杀死，他感觉自己已经做到了自己想要的，该结束了。

忽然李火旺头顶一暗，他被喜神包裹住了。

那层层叠叠的身体从李火旺身体上刮过时，李火旺瞬间感觉到自己被带走了很多东西。

他心中的所有情感、死意、绝望还有一丝丝不舍，都被带走了大半。

哗啦啦的声音响起，一些僵硬的蠕虫从李火旺的胸口滑落，无力地掉在了地上。

迟钝地看着那些死去的虫子，李火旺明白，时间快要过去了。

头顶上不断传来某种嗒嗒声，喜神的再次袭击马上就要来了，不出意外的话，那应该就是自己的死期。

可是李火旺也不打算再躲了，早死晚死都是死。

不过这样也好，丹阳子的夺舍计划算是彻底失败了。

“唉，好累啊，可以歇歇了。”

头顶的风吹得李火旺的身体不断摇摆，他缓缓闭上了眼睛，迎接自己的最终结局。

“滚！”一声惊雷炸响，李火旺疑惑地抬头，就看到了浑身被黑雾裹住的丹阳子的背影。

丹阳子悬在李火旺头顶，死死地顶着喜神，他居然在这一刻救下了李火旺。

又有一些死去的蠕虫滑落到了地上，李火旺那失去的痛觉开始逐渐回归了。

“救什么救？你以为救了我，我就能不死了吗？”

说完这话，李火旺无聊地站在原地看戏。

不出意外的话，丹阳子怕是下场也不会好，因为另外两位喜神也游了过来。

就在李火旺站在原地，打算利用临死前的这段时间来观看丹阳子受虐时，他忽然想起了什么，扭头向着之前坐忘道长老的方向看去。

只见那边地上横七竖八躺满了尸体，其他人都死了，却有一人例外。

一个方块脑袋的人正捂着自己的肚子，踉跄地沿着溶洞向前冲。

“居然跑了一个！”

坐忘道长老没死，简直比自己活着还难受，这是李火旺不能容忍的。

刚刚还满是死志的李火旺，瞬间仿佛回光返照，向着那最后一位坐忘道长老冲去。

那位坐忘道长老看起来似乎是在跟丹阳子交手的时候受伤了，走得并不快。

李火旺也追得不快，因为他的痛觉开始回归了。

一个追一个赶，忽然那坐忘道长老在前方拐角一转，居然就这么消失在李火旺面前。

当李火旺提着剑，拖着崩溃的身体走过那拐角，看到后面的一切时，他愣在了那里。

这里居然是一条死胡同，一些抱着孩子的妇人，缩在最里面瑟瑟发抖。

这些人应该都是袄景宗弟子的家眷，他们应该是被藏在这里躲难的。

之前那位逃跑的坐忘道长老似乎变了模样，就躲在其中。

弓着背的李火旺弯着腰，踉跄地向他们挪动。

李火旺的目光在这些人中一一扫过，寻找着其中躲藏的坐忘道长老。

可是这并不是一件很容易的事情，人太多了。

哗啦一声，李火旺的左手崩溃了，掉在地上化成一摊散开的、断裂的红色竹筒。

“不行了，我快要没时间了，没时间找了！”

李火旺咬着牙，对着眼前的老弱妇孺举起了手中的剑。

“等下！道爷你要干什么！他们可都是好人啊！他们没做过坏事啊！”一旁的莲生幻象忽然开口劝说了。

听到这话，李火旺眼中露出一丝犹豫，但是他忽然间握紧剑柄，用力挥下。

顿时灵气暴涨，丝毫没有哭喊声和惨叫声，李火旺身上的衣袍沾染上了一层尘屑。

搅动的灵气之中，一个妇人身体一扭，迅速变换了一张新脸，就要趁着慌乱逃跑。

可没等跑几步路，几条蠕虫就钻入她的体内。

至此，最后一位坐忘道长老也死了，当初骗过李火旺的六位坐忘道长老全部死了。

看着停下来的李火旺，气得不行的莲生用力扯下袖口的布料，狠狠地扔在了地上。

他手指颤抖地指着李火旺喊道：“道爷！我看错你了！咱们绝交！当初的李火旺根本不可能做出这样的事情！”

听到这话，几乎是油尽灯枯的李火旺缓缓地抬起头来看向莲生。

仿佛后知后觉，他恍然大悟，先四下看了看空无一人的死胡同，紧接着表情忽然变得欣喜若狂。

刚才的一切都是坐忘道长老制造的假象！

“对啊！李火旺不会做出此种事情来，但是我会啊，丹阳子会啊，哈哈！本道爷我成了！”

“哈哈！原来如此，原来如此啊！”

站在灰烬之上的丹阳子咧着嘴巴疯狂地笑着，此刻他终于明白了。

他彻底想明白了在天外天，那寿星前辈跟自己讲的斩三虫是怎么回事了，他之前一直以为要把李火旺变成三虫之一，然后再斩死，是他理解错了。

求仙之人，先去三虫，恬淡无欲，神静性明。

原来根本没有什么李火旺，李火旺就是自己过去的一部分，他就是自己的心魔，自己的三虫之一。

沾满了凡气的他一直在阻挠自己成仙，而过去的他现在彻底变成了他，这就代表着，这一虫已经被他斩除了。

而自己之前服药的那次，看起来就是斩另外一虫的时候，正因为如此，自己才会成为半仙。

最后还有一虫不知道去哪儿斩，可是丹阳子已经预感到，自己可以过南天门了。

停下手来的丹阳子重新低头打量着自己这年轻的身体，不由得又发出笑声来。他喜不自胜地说道：“呵呵！道爷我终于要成真仙了！”

在他的笑声中，一旁的莲生幻象满脸错愕地渐渐消失了。

不过没笑多久，丹阳子就把心中的喜悦按压了下来，因为现在还不是高兴的时候。

没有了《大千录》闰置五行的维持，这具身体马上就要崩溃了。

他现在可不能死，他还要跟本体融为一体才行。

“哼！小小心魔还想坏我成仙？本道爷现在可是仙人！”

丹阳子迅速掏出怀中的铃铛开始摇了起来，四周的一切开始混乱，几个“游老爷”迅速出现在他面前。

“清风日月，天地五灵，听我号令！”

丹阳子趾高气扬地对着“游老爷”嘱咐完，它们迅速地飞走了。

当它们再次回来时，除了带了朱砂笔和黄纸，还带了一块木头，一块土块，一支火把，一壶水，一个金元宝。

踉跄的丹阳子又盘坐在地，从虚空中感知到水、火、土、木、金各种灵气，他猛地睁眼，提剑汇聚这五种灵气。

然后丹阳子单手握拳一般握住朱砂笔，在黄纸上迅速画了起来。

随着最后一笔结束，他的身体顿时发出嘎吱声，刚刚的伤势愈合了一半多。

丹阳子浑身一轻，目光瞥向躺在地上、气息微弱的李火旺。

“孽徒，想死也得先问问本道爷同不同意！”

如此依法炮制，凝聚起来的灵气同样钻入李火旺的身体。

当最后一团灵气占据了李火旺心脏的位置，丹阳子满意地点了点头。他从舞狮宫偷来的这种邪法，虽然撑不了多久，但是他只要一会儿就行。

一脸得意的丹阳子重新拿出那本天书，面带感慨地看着它，哪怕他不认识上面任何一个字，可就是它带领自己成仙的。

“也不知道过了南天门，还能不能遇到那位仙人，要是遇到了，定要多多感谢才行。”

就是因为有他的帮助，自己才能进入南天门，与天地同寿。

“真是废物！”

猝不及防的骂声让丹阳子的表情猛地一凝，他迅速扭头看向声音传来的方向，然而四周空无一人，没有任何动静。

“是谁！给本仙滚出来，本仙高兴了给你留个全尸！”丹阳子暴怒的声音在洞内不断回荡，却没有得到任何回应。

表情充满戾气的丹阳子冷哼一声，拿起天书就向着洞外走去。

这洞里怪得很，而且之前的喜神不是善茬，不宜久留，还是先离开这里，找个安静的地方等本体回来再说。

别管是谁，只要自己最终成真仙了，这凡间的一切皆是蝼蚁！

当丹阳子从里面再次回到战场时，就发现外面安静得很。

“癞子头！你以为你成得了仙？你这狗东西也配！”

唰的一声，被丹阳子抛出的长剑狠狠地刺在坚硬的溶洞石壁上，嗡嗡地颤抖着。

这下丹阳子彻底坐不住了。

“丁零零！”刺耳的铃声响起，漫天的“游老爷”围着丹阳子转着。

随着他一声令下，“游老爷”向着四周疯狂地游走寻找起来，寻找着之前说话的人。

可是寻找了一炷香的时间后，能上天入地的“游老爷”居然没有找到任何人，哪怕是地下和墙壁里面都没有。

“这到底是怎么回事？莫非坐忘道给本仙下了埋伏？”表情阴晴不定的丹阳子看着陌生的四周暗自思忖。

经过了这两次的经历后，丹阳子不敢再放松警惕了。他用手中的铜铃一指，“游老爷”迅速向着洞外飞去，去寻找本体，而他自己则举着剑在原地等待。

当两炷香烧完后，丹阳子听到外面有动静，他心中顿时一喜，迅速转头望去。

然而，他发现从洞外走进来的并不是自己的本体，而是一个衣着打扮非常古怪的女人。

他走南闯北这么多年，也见过各种人，但他从来没有见过哪个地方的女人穿着是这种样子的。

她的衣服看起来像是绸制的，腋下还夹着一个古怪的方盒，头发盘在头顶。

她大概四十岁，圆脸，大眼睛，短头发，看上去有些疲惫。

“这个人是谁？刚刚那两声是她骂我的？她在这个关键时刻过来，难道是我过去的仇敌？”丹阳子心中猜测着。

就在丹阳子东猜西想的时候，他看到那个女人对着自己面带歉意地笑了笑。

“乖儿子啊，因为医院要办理一些手续，所以我才来晚了。你身上的伤差不多好了，所以我和你爸帮你找了一家新的医院。”

话音刚落，丹阳子就看到四周明亮的溶洞迅速崩塌变色，亮白色迅速填满四周，本应站在溶洞内的自己身上也开始迅速堆积东西。

等丹阳子回过神来时，发现自己原本应该断掉的左臂居然重新长出来了。

他刚想动弹，却愕然发现自己居然被困在一张铁床上，被坚韧的宽布牢牢捆住四肢，根本不能动弹一下。

丹阳子不断掐诀念心法，或者使用别的神通，却发现没有任何作用。

现在的他居然沦落到“人为刀俎，我为鱼肉”的危险处境。

这种感觉让他觉得受到了奇耻大辱，自从他十岁时抢了一把断刀学会自卫后，他就再也没有陷入如此境地。

“是谁！到底是谁对本仙使用了障眼法！”陌生的一切让丹阳子表情扭曲

地向着面前的女人咆哮道。

“我不管你是谁！你给我等着！等我本体回来，你们都跑不掉！”丹阳子咬牙切齿地对着眼前的女人怒吼着。

紧接着，丹阳子看到面前的那个女人被吓坏了，咚咚咚地向着外面跑去。

“医生！医生快来啊！我儿子出大事了！”

趁着这个机会，丹阳子猛地再一用力挣扎双手，发现宽布还是纹丝不动，阴晴不定的他又环视了一圈四周混乱的一切。

“坐忘道！也许是他们！说不定那些骗子不止六个，暗地里还藏着几个等着偷袭本仙！”

没过一会儿，丹阳子就看到那小娘子又回来了，她身边还带着两个穿着白大褂的男人。

“三个人？这三个人制住我，偏偏又不动手，他们到底有何种目的？”

就在丹阳子猜测着眼前三人的想法时，其中一个医生开口说话了。

“小李，你看看，她是你的谁？”一位戴着圆形塑料眼镜的医生，用手中的笔指了指一旁的孙晓琴问道。

此刻丹阳子也冷静了下来：“说吧，你们到底是谁派来的？为了阻挠本道爷成仙，从什么时候开始跟踪的？”

医生听到这样荒唐的话，仿佛一点都不惊讶，他淡定地点了点头，拿着笔在本子上记录着什么。

“那你还记得自己叫什么名字吗？”

这话丹阳子听明白了，他也开始改变策略，声音沉重地说道：“清风门门主丹阳子。连我是谁都不知道就敢动手？这位仙友，你是哪门哪派的？

“本道爷活了这么多年了，走南闯北哪儿都去过，也认识不少人，兴许你的长辈还是我朋友呢，快把我放开，只要本道爷最终成仙，少不了你们的好处。”

听到这话，孙晓琴急了，她连忙开口说道：“儿子，你在说什么胡话，你不是什么丹阳子，你是李火旺啊！”

“李火旺？”丹阳子眼中出现一丝迷惘，紧接着他又猛地摇头。

“不对！根本没有什么李火旺！从来都是丹阳子！那些都是假的！从头到尾都是本道爷的心魔！”

孙晓琴焦急地还想说点什么，却被医生用手拦住了：“孙女士，请稍微控制一下情绪好不好，等我们先问完再说？”

听到这话，双手死死地揪住自己挎包的孙晓琴点了点头。她强忍着心中的担忧，后退到一旁的墙角。

两位医生看着面前的少年，相互交流一会儿后，又确定了策略，开始一个问一个记。

凳子被拉了过来，负责问话的医生在李火旺的床边跷着二郎腿坐了下来。

“那好，丹阳子，方便我再问一个问题吗？一加一等于几？”

听到白大褂的话，丹阳子心中顿感疑惑，对方怎么开始说起瞎话来了？

不过丹阳子此刻乐意见到对方胡扯，只要拖到自己本体回来，自己就赢了。

两人相互试探了一番后，都没有得到自己想要的消息。

眉头紧锁的医生用笔头敲打着本子上的记录，眼中露出一丝疑惑。

“奇怪，病情稳定了这么久，突然出现了新的症状。孙女士，你儿子最近有没有受到其他外界刺激？”

“没有啊！他一直都很好！之前他还和我说话呢！”孙晓琴急切地回答道。

医生经过一番考虑后说：“如果情况不好，我们可以先转院。你儿子的内瘘已经被移除了，可以正常排便了，可以转到专业的疗养院了。”

“那里的医生比三甲医院更专业，去那里治疗会更好。你放心，我会把今天的情况记录在病历里，不会耽误治疗。”

“可是我儿子现在这样，怎么能转院呢？”

“孙女士，你别着急，病情反复是正常的，你要给你儿子一些时间。等会儿我会给他开一些镇定药物，路上应该没事的。”

没过多久，丹阳子就看到两个大汉走到自己床边，拖着床板就往外走。

“你们要带我去哪里！放本道爷下来！等本道爷成仙了，会弄死你们！”

听到这话，护工扑哧笑了起来，这下孙晓琴不高兴了。

“我儿子是病人！笑什么笑！嘲笑病人有意思吗？”

说完，孙晓琴心疼地用手轻抚着儿子的脸。

“儿子别怕，妈妈在这里，没人敢欺负你。”

愤怒地骂着的丹阳子突然愣住了，对方手上那柔软的触感和真诚的目光，让他打开了内心深处，唤醒了他尘封已久的记忆。

渐渐地，面前这个女人的脸和他模糊的记忆中的脸开始重叠。

丹阳子直直地看着面前那张充满担忧的圆脸，下巴抖了抖：“娘？”

话音刚落，丹阳子就看到四周重新变回了之前的景象，洁白的一切迅速褪色，那个充满异味的溶洞再次出现在他面前。

“这……这……到底是……怎么回事？”

丹阳子表情阴晴不定地环视着四周，他见过很多奇怪的事情，但从来没有见过像今天这样奇怪的事情。

丹阳子迅速拔出剑，警惕地观察着周围的一切。

“本体到底去哪儿了！为什么还不出现！”

有些不安的丹阳子开始焦急起来。

虽然现在看起来没有任何异常，但他明白刚才那种幻景，绝对不是普通人能做到的。

对自己下手的人肯定不简单！

“师父……”突然，一道令人毛骨悚然的熟悉声音在丹阳子的耳边响起，让他浑身的汗毛瞬间竖了起来。

“师父……”这声音响起的瞬间，丹阳子猛地一转身，紧接着他就看到一张熟悉的面孔。

那是他之前最得意的弟子——正坤。一身青色衣袍的正坤站在那里，平静地看着他，眼中没有任何恨意。

他是那么栩栩如生。

可是丹阳子分明记得，正坤已被自己亲手所杀，根本不可能还活着的！

下一刻，丹阳子仿佛反应过来一般，顿时勃然大怒：“敢跟本道爷装神弄鬼？我看你是活腻味了！”

呵斥完，丹阳子手一挥，把手中的长剑抛到空中。

他中指、食指并拢，用手指在空中落下的剑身上画起灵符来。

“天极七元，浩气统天！穿水入烟，传之三天！斩祟灭踪，回死登仙！”

符一画完，剑身瞬间变了颜色，从天上地下流出少许如同碎絮般的黑色东西，附在了剑身上。

丹阳子一握剑柄，双脚一踏，凌空向着远处站定的正坤冲去。

面对师父的攻击，正坤似乎也不躲闪，他站在原地，似乎还想说点什么。

带着怪异气息的长剑被丹阳子用力一劈，随着剑身带着罡气划过正坤身体，脸上带着浅笑的他渐渐消散了。

表情阴沉的丹阳子站在洞内，警惕地环视着四周安静的一切。

缓慢又短暂的一炷香过去了，冷清的溶洞内再也没有任何异常出现。

“哼！算你识相！管你是谁，要是得罪本道爷，我让你吃不了兜着走！”

狠话虽然放出去了，但那都是装出来的。

其实丹阳子一点都没有放松警惕，他耳听八方，眼观六路，提着剑开始缓缓向着洞外走去。

这么走出洞后，丹阳子立马施展身法向山下冲去。

他一路狂奔，一直走到山下，看到那满是坟包的死镇才停了下来。

丹阳子不打算跑太远，要不然本体回来，怕是要找不到。

他现在只需要在一个安全的地方候着就行。

被“游老爷”带来的各种东西在地上铺开，丹阳子开始迅速布阵。

“赫赫阳阳，霹雷光芒，遇咒者死，道咒者亡。吾奉道真，立斩不祥，一切鬼祟，皆离吾旁。何物敢当，水不能溺，火不能侵，三界内外，听我号令！”

咒声刚落，插在四周各坟头上的黄旗同时摆动了一下。

旗与旗之间出现一条若有若无的线来，形成一个巨大的九宫八卦。

而丹阳子此刻就蹲在阵眼当中，打算以不变应万变。

“本道爷才不急呢，有能耐你跟我玩上一晚上都行！”

坐在一座坟包上的丹阳子一脚踹掉面前的墓碑，开始等待起来。

看着四周那一座座土包，丹阳子不由得开始担心起自己的本体。

“三位喜神虽然麻烦，但本体应该能应对，哪怕斗不过，逃肯定也是能逃的，怎么还不回来？”

待在八阵图内的丹阳子琢磨了一会儿，似乎还不放心，又开始举着剑在地上画着什么。

“师父，这是什么阵啊？”听到身边带着讨好的话，丹阳子脸上露出一丝不屑。

“好好看着就行，现在还不到教你的时候……”

口中的话戛然而止，丹阳子缓缓地抬起头来，震惊地看着面前的正坤。

他现在居然跟着自己站在阵中央，自己费了半天工夫布出来的阵法，对他根本起不到任何作用。

“这绝无可能！本道爷布出的阵法，哪怕无法阻挡你，不可能连警觉都做不到！”

“唰！”剑再次劈了过去，然而这一次剑身直接从正坤的胸口穿了过去，对方根本毫发无损。

就在丹阳子打算用别的办法对付面前这古怪的弟子时，他又忽然听到了自己左侧的坟包里有别的动静。

一回头，他就看到清风门内自己的另外一位弟子——玄阴，同样站在那里。

“师父，许久不见，弟子甚是想念啊。”

就在震惊的丹阳子后退半步时，一旁身后背着长剑的两个男人迅速上前，双手结道印：“长明、长仁见过师父！恭喜师父得道成仙！”

然而这仅仅只是开始，越来越多的人从四周坟堆里冒了出来，跟丹阳子说话。

不只是清风门的，过去跟丹阳子有过交集的人同样也会出现。

随着时间推移——

“丹阳！你这个偷师的贼人，居然学起邪门歪道来戕害同门！本尊就该一巴掌拍死你！”

“癞子！兄弟一场，你敢背地里阴老子，你算什么狗屁结拜弟兄！”

“你为什么卖了俺闺女！她可是你的婆姨啊！你这个杀千刀的祸害！”

“你凭什么杀了我爹！凭什么！我爹还请你吃我们平日里舍不得吃的白面！你凭什么杀了他！呜呜呜……”

声音越来越嘈杂，也越来越乱，整个八卦阵里的人越来越多，丹阳子的心开始乱了起来。

“这……这到底是……”呼吸逐渐急促的他缓缓低下头来，看着四周越来越多的熟人，他的眼中逐渐浮现出一丝恐惧。

当看到一个壮硕的大胖子出现时，丹阳子心中的恐惧顿时达到了顶峰。

“够了！”丹阳子脚下踩着罡步，疯狂地挥舞着手中的剑。

四周组成八卦阵的那些若隐若现的线条，飘出缕缕白烟到空中，跟着剑身同样飞舞起来。

空中不知何时变得乌云密布，随着丹阳子猛地把剑往地上一插，咔嚓一声，劈下来的一道紫雷电照亮了四周的一切。

紫色的雷霆顺着地上的法阵，辐射到了四周所有的东西上面。

所有的坟堆、墓碑，甚至是四周的房子，都迅速变成焦黑色。

可当他再次抬起头来时，发现那些人连衣服都没破。

“这到底是怎么回事！你们到底是谁！坐忘道？你们当真敢惹一位真仙不

成！”丹阳子声嘶力竭地对着他们怒吼着。

他怒了，有人却笑了，是那个壮硕的大胖子。

他面带惊讶地看着丹阳子：“哎哟，这不是羊蛋子吗？都长这么大了？我告诉你们啊，这小子当初为了跟我学手艺，跪在地上给我舔鞋呢。哈哈！”

胖汉子这话一出，顿时逗乐了四周所有的人，他们同时大笑起来，笑声中充满了鄙夷和讥讽。

“你们这些凡人凭什么瞧不起本道爷！本道爷马上就要成仙了！你们凭什么瞧不起我！”

忽然变得如疯如魔的丹阳子开始使出浑身解数，企图让这些人闭嘴。

然而无论他使用何种神通，对这些人都没有丝毫作用。

几乎筋疲力尽的丹阳子瘫坐在地上，急促地呼吸着，他运起灵气插入了自己的左右耳中。

然而剧痛过后，那些讥讽的笑声不但没有消失，反而变得更响了。

“啊啊！”丹阳子捡起一块石头疯狂地对着自己的头部猛敲着。

就在这时，人群中缓缓走出一人，他也是唯一没有笑的人。

丹阳子认识那人，那是他的关门弟子——李火旺。

李火旺走到近前，面带笑意地看着面前模样非常凄惨的丹阳子。

“师父，弟子的身体可好用啊？”

看着眼前的李火旺，丹阳子的眼中充满了恨意。

“是你！你这个欺师灭祖的孽徒！这一切都是你干的！”

丹阳子怒吼着，挣扎着站了起来，提剑向着李火旺冲去。

然而两人相遇时，居然从彼此的身体中穿了过去。

等丹阳子错愕地回头，站在那儿面带浅笑的李火旺说道：“还请师父见谅，忘了告诉师父，弟子现在是幻觉，你杀不了我。”

李火旺紧接着用手向四周其他人一指：“对了，你不但杀不了我，同样也杀不了他们，他们也是幻觉，会一直跟着你，一直一直永远地跟下去。”

当惊恐的丹阳子缓缓环视四周那些幻觉时，那些“人”逐渐围拢了上来。

那一张张笑脸此刻仿佛堆成了一面面墙，把他围得死死的，让他往哪儿都逃不掉，时时刻刻备受折磨。

“这……这到底是什么东西！”丹阳子举着剑对着四方疯狂乱砍。

过去不管遇到什么问题，丹阳子永远都是用抢用骗用偷来解决。

这很有用，可以解决绝大部分问题，然而现在，他这用了一辈子的手段再也不奏效了。

“师父，这就是心素啊。既然你要这身体，那你就好好享受这一切吧。”

李火旺说到这儿，也开始跟着四周的其他幻觉笑了起来，笑声中同样充满了鄙夷和轻蔑。

“对了，师父，记得一定要跟本体一同分享分享啊，独乐乐不如众乐乐嘛，哈哈！”

看到李火旺小人得志的模样，满眼嫉恨的丹阳子把牙齿咬得嘎吱作响。

他狠狠地把手中长剑一扔：“你以为你得逞了？别做梦了！这三虫本道爷还就不斩了！等着看气急败坏的本体会如何对付你小子吧！”

唰的一声，场上所有幻觉的笑声瞬间停止，他们齐刷刷地看了过来。

丹阳子举起右手，对着自己的脸上就是一巴掌：“我不是丹阳子！我是李火旺！”

下一刻，四周的所有人逐渐消失，丹阳子的脸上渐渐露出一丝迷茫：“我是谁？”

“我是丹阳子？不，我是李火旺？”

“不，我不是李火旺，我是丹阳子？”

“滚！别想让我留在这里受罪！我是丹阳子！我不是李火旺！”

“滚！我是李火旺！我才不是丹阳子！”

随后，这个只有一只手臂的青年开始挣扎起来。

四周的人群时而出现又时而消失，其中莲生还时不时地蹿出来一下，但又很快消失。

就在这独臂青年的身体倒在地上如同虫子一般扭动着的时候，天空中飘来一片黑云，黑云之上正是被仙巾缠绕、神情疲惫的丹阳子。

不过此时他看起来有些狼狈，身体上的伤痕不说，他的脸色还有些黯淡，看起来为了摆脱喜神，他费了很大的功夫。

丹阳子缓缓地压低身子，来到了那独臂男子面前，随着那伤痕累累的手轻轻一招，那青年凌空浮了起来。

“你是哪个？”丹阳子忽然开口问道。

独臂青年拼命挣扎了许久，情绪终于逐渐趋于平静。

他重新睁开眼睛看向面前的丹阳子，平静地说：“我是丹阳子，三虫已斩。”

听到这话，那个浑身被黑云缠绕的三头怪物脸上露出满意的表情。

他丑陋的身体贴了过来，对着那独臂青年的脸上用力一吸。

一些东西从那独臂青年的七窍中飘出，飘到了丹阳子身上。

独臂青年的身体逐渐僵硬。

而此时丹阳子忽然笑了起来，他终于感觉到体内缺失的最后一点补回来了。

“本道爷终于成仙了！哈哈！”丹阳子狂笑着，双手一展，向着天上一朵滚滚黑云钻了进去。

在云层中飞得越高，丹阳子越激动。他这七十四年来苦苦在人间走了一遭，从来没有像今天这般激动过。

穿过了云层，丹阳子继续向着那点点繁星之外的天外天飞去。

穿越这些繁星之时，丹阳子看到了一些东西，一些扭曲的，但又说不清道不明的怪物。

灰白色的巨体，周围环绕着永远不灭的香气，体积自由地扩张、收缩，接近于无眼的金色仙人，在那轮廓模糊的身体前端，似乎正从四周吸收着什么。

靠近它，似乎还能听到一些礼客心中的愿望。

还有一团无定形的、闪着隐隐约约的微光、相互缠绕的黑色仙鹤，它们每一次挣扎都会发出一声沙哑的惨叫。

不仅如此，在其中，丹阳子看到了喜神，还有仙灵，以及之前教导他要斩除三虫的前辈们，他们身上都缠绕着仙气飘飘的仙带。

不过此刻丹阳子看着他们，眼中充满不屑，这些都是寻仙路无门的家伙，注定要在这里浑浑噩噩直到天人五衰。

自己却与他们不同，自己马上就可以与天地同寿，成为真仙了。

迅速加快步伐，丹阳子穿过了点点繁星，终于来到了悬在天地之中，一片混沌无色的玉牌旁边。

这玉牌仿佛是被远处极致的黑暗中的某些东西吊着，随着那些东西那无定形的身躯向前蠕动着、流淌着，那玉牌也时上时下。

这玉牌上还写着三个大字，丹阳子并不认识字，不过他猜都可以猜得到，上面写的肯定就是“南天门”。

他别的不认识，但是那最后一个“门”字，他还是认识的。

因为那个“门”字，就跟真的门长得一模一样。

都是三个字，而且最后一个字还是“门”字，这不用猜都猜得到，这里肯定就是南天门了。

围绕着这玉牌，还有不少怪物在徘徊哀号，似乎想要进去。

“滚！都滚远点！别耽误本道爷成仙！”

厌恶地把挡在自己面前的其他东西轰走，喜不自胜的丹阳子独占了整个玉牌正面。

透过玉牌，热切的丹阳子再次看到了一些朦朦胧胧的“仙人”。

那些仙气飘飘的仙人，还有仙人和罗汉，相比之前的不动禅定，此刻的他们似乎在愉悦地分吃些什么，并且都已经吃得差不多了。

玉牌内云雾缭绕，模模糊糊，让人看得不是很清楚。

“他们在吃什么？仙桃、仙丹？”

一想到他们吃的自己没得吃，丹阳子顿时感到焦急。他立即向着那玉牌冲了过去。

可眼看就要冲过去的时候，丹阳子感觉自己的身体仿佛撞到了一块硬玻璃，他硬生生地停了下来。

“放我过去！本道爷成仙了！本道爷要去仙界！”

丹阳子悬浮在那里，对着黑暗之中呐喊着什么。

混沌黑暗之中，丹阳子看到托着那南天门的两条无头无尾的巨蛇看了自己一眼，就再无任何动静。

“三虫已经斩了，本道爷明明成仙了！本道爷现在是真仙！你们凭什么不让我进！”

丹阳子声音中充满着不甘，他向着玉牌咆哮着。

就在这时，丹阳子忽然发现自己能看懂那三个字了。

“牦之门？”丹阳子震惊地看着巨大的玉牌上的三个大字。

这猝不及防的三个字摆在他面前，让他感觉到自己的脑子嗡嗡作响，各种问题瞬间堆满了他的脑海。

“怎么会是牦之门呢？这不是南天门吗？这后面不是仙界吗？这后面不是成仙的人吗？”

他低头看了看身下的群星，又抬头看了看漆黑一片的天外天。

一时间，他都不知道自己接下来该干什么，仿佛在这一瞬间，所有的一切都没有了意义。

“这还不懂？这世界根本就没有什么狗屁的仙界！你被人骗了，你这一辈子活得就是一个笑话！”

一道熟悉的声音忽然出现，让丹阳子猛地扭头，然而在声音的来源处并没有出现任何东西。

就在他以为之前的幻觉又要出现的时候，他找到了声音的来源，那是自己的三个脑袋之一。

自己左边的脑袋，不知道何时已经被替换成了李火旺的脑袋。

“这绝不可能！三虫明明已被我斩断，你到底是谁！”

被吓了一跳的丹阳子举起手中的铜钱剑，抵在了李火旺的脖子上。

李火旺却一点不在意，呵呵地笑道：“你猜啊。”

“你这个欺师灭祖的孽徒！”暴怒的丹阳子刚想要动手，却发现怎么都劈不下去，自己体内有一股力量在阻挠着。

忽然间，他未握剑的那只手举起，对着自己的脸就是一巴掌。

看着丹阳子气得几乎七窍生烟，李火旺此刻笑得越发开心。

之前，当看到满脸狞笑的丹阳子过来吸自己的时候，勉强恢复神智的他第一时间做出了一个决定，那就是绝对不能让丹阳子好过！

当他跟着另外一个丹阳子的心魔一同被吸进了本体当中时，一个念头在他脑海中跳了出来。

“你还胆敢打我！”丹阳子被刺激得如疯如魔，拼了命般对着李火旺劈。

这毕竟是丹阳子的身体，李火旺渐渐不敌，那铜钱剑很快逼近了李火旺的脖子。

对此，李火旺脸上却毫无恐惧，他畅快淋漓地大笑着。

“癞子头！你知道吗？之前一段时间，我总是想着找各种办法来置你于死地，想把你除去，可是我寻遍各种办法都不行。”

“可就在刚才，我发现我过去想岔了，我没必要弄死你，我只要让你生不如死就好了。”

“我这些年忍受的折磨和痛苦，居然派上用场了。”

还没等丹阳子想明白到底是怎么回事的时候，四周凭空又出现了别的声音。

“羊蛋子，你这个小货养的，你不得好死！后生！快杀了他，替本大爷报仇雪恨！”

“不要脸的老杂种，你怎么不去死啊！”

"道爷，快把他弄死，这个人很坏！你要替天行道啊！"

无论是李火旺的幻觉，还是丹阳子的幻觉，在这一刻都逐渐出现了。

李火旺此刻的困惑出现在了丹阳子的身上。

在这漆黑的天外天中，此刻他们的身体变得又奇怪又长，如同海草般围绕两人不断扭动着。

李火旺的心素跟随着他的意志，再次出现在丹阳子的身上，而这一次是本体。

看到丹阳子的呼吸有些乱了，李火旺继续嘲讽着面前的癞子头。

"师父，怎么样？喜欢吗？这些东西就是弟子给你的孝敬啊。你杀了我，说不准以后这心素的磨难就由你一个人来承受了！"

"你这个疯子！"这话一出口，丹阳子却不敢再劈下去了。看着四周的一切，他莫名地感到害怕。

"我疯？那还不是师父教导得好！"

就在两人僵持不下的时候，旁边那巨大的玉牌有了新的动静。

隔着一层纱般的怪物们靠了过来，隔着玉牌打量起面前的两人来。

紧接着，毫无征兆地，玉牌隐入黑暗之中，在原来的地方显现出了一系列如同万花筒般的奇妙景象。

李火旺跟丹阳子在那里看到的，是一种基于恐怖和异常之上的，令人震撼的邪异。

紧接着，从那奇景之中飘出来的淡淡微风伴随着叹息声，牵引着李火旺和丹阳子朝那边靠近。

"天上白玉京，十二楼五城，仙人抚我顶，结发受长生。这就是白玉京吗？这就是白玉京吗？"

幻觉中的一位仙风道骨的老修士看着那里的一切，激动得无法自持。

本应眼中充满不甘的丹阳子看到这一幕，顿时爆发出极大的潜力，他也懒得再与李火旺纠缠了，疯狂地朝那边冲去。

"我要去白玉京！我要成仙！我要成神仙了！"

李火旺当然不可能让他得逞，立刻动用全身的力气把他往外拉。

"你休想阻挠我成仙！休想！"丹阳子挣扎着，拼尽一切朝里面冲去。

不断挣扎的两人越来越近，近到他们已经能看到里面那些所谓正在等待着抚摸他们头顶的神仙。

在那奇妙的景象中，距离他们最近的是一位仙人，她的动作轻柔而优雅，在空中无规律地飘扬的“衣摆”，给人一种置身水下的错觉。

苍白奇异的光晕笼罩着她的后脑，让两人根本看不清她的样貌。可当距离足够近时，他们看清了那光晕其实是由大小不一的白色弯刀组成的。

这只是其中最正常的一种，放眼望去，在怪异方面，只有更高没有更低。

看着眼前无相的仙人，丹阳子心中不由得泛起一丝害怕。

他身体的一切都在暗示着他，这里绝对是一个非常危险的地方，绝对不能进去。

“不对，这不是南天门！这是牦之门！这里面也不是神仙！”被成仙迷了心智的丹阳子忽然反应过来。

然而就在他打算撤退的时候，此刻与他一体的李火旺忽然说话了。

“师父！准备好了吗？弟子助你成仙去喽！”

刚刚还往外拉的李火旺力道忽然一收，趁着丹阳子没来得及卸力的瞬间，带着他一同向着那仙人的脸撞去。

“快停下！过去了你也会死的！”

看着越发靠近的仙人，丹阳子的声音中罕见地带上了深深的恐惧，然而此时的李火旺显得豁达得很。

“无妨！为了让师父得道成仙，弟子这一条命又算得了什么！”

由于李火旺的动作，再加上那微风的牵引，哪怕丹阳子百般挣扎，他们依然缓慢又坚定地向着打开的牦之门靠去。

随着那仙人脑后的圆形白色光晕照到了两人，丹阳子开始逐渐蜕变，蜕变成跟那仙人身上一模一样的白纱。

丹阳子身上每一处地方一旦被白纱所包裹，就彻底陷入寂静的死亡。

当丹阳子感觉到自己的身体在逐渐死去时，他感到强烈的不甘心，他还没成仙，他不想这么窝窝囊囊地死去。

“火旺！何必这么绝！你的肉身还能用，咱们现在只要下去，你走你的路，我走我的桥，我们以后绝不相见！”

然而李火旺还没说话，其中一个土匪模样的心魔马上出言提醒。

“后生！莫要信他的，这老头嘴里没有一句真话，心思毒着呢！”

就在丹阳子狠狠地瞪着那幻觉的时候，一层渺渺白纱盖住了他的脑袋，那颗脑袋一歪，彻底陷入了死寂。

丹阳子的另一个少年脑袋模样的心魔看到这一幕，彻底被吓住了，他瞬间连脸都不要了，开始向李火旺哀求起来。

“火旺！你赢了，你赢了行吗？这样下去，咱们都会死的！而且天知道那是什么鬼东西！说不定我们会落得比死还惨的下场！

“我给你磕头了行吗？你是我师父行吗？你大发慈悲饶了我吧！”

点点薄纱遮住了李火旺的双眼，他此时却笑得无比开心。

“那可不行，师父，你当初说好的，咱们可要一起成仙呢。”

话音刚落，他们终于穿过了那一层看不见、摸不着的膜，进入了门后。

进门的瞬间，李火旺跟丹阳子的身体忽然分开了。

看着远处半透明的对方，李火旺还没来得及说上半句话，如同泡沫般，丹阳子的身体瞬间散开了。

折磨了李火旺这么久的丹阳子，就这样如同蝼蚁般消散了，死得无声无息。

紧接着，一些不同颜色的缥缈灵气从丹阳子的身体中散开，向着那门后深处飘去。

当李火旺看到那些东西时，他瞬间理解了那些东西是什么，却又无法用正常语言准确地表达出来。

如果硬要说的话，那就是欲望、贪婪、执念、恨意、杀意。

虽然李火旺没有像丹阳子一样死去，但是他的处境也没好到哪里去。

如同山一般巨大的仙人从那白纱中，举起一只巨爪向他抓来。

可就在那巨大的阴影即将覆盖住他之时，从极远之处，传来了一声极其细微的、好似唢呐的声音。

这声音一起，李火旺眼中的一切开始扭曲，在这一刻，他同时拥有了五种完全不同的视觉。

眼前的无相仙人，是由骸骨堆积而成的，而且她的肚脐上闪烁着一根脐带。

不仅仅是她，牦之门后面的所有东西身上都绑着一根脐带。

随着视觉的改变，李火旺的一切开始变化了，一些不属于他的感知被塞进了他的身体。

渐渐地，李火旺发现自己开始移动起来，向着白玉京的世界迅速飘去。

越往里面飘，李火旺感知到的动静就越多。

“不……不不！不！”

李火旺开始逐渐理解这个世界，可是这些东西多得几乎快把他撑爆了。

在李火旺绝望的呐喊中，逐渐理解一切的他，向着白玉京深处不断坠落。

四周一切都迅速反转，完全理解一切的李火旺看到的最后一幕，是一个东西向着自己靠近，那是巴虺！

四齐国内，一处风景秀丽的山坡上，一群披麻戴孝的人正围着一座新坟，一边撒纸钱烧着纸元宝，一边哭丧。

“李师兄！呜呜呜——你好好的怎么就死了，你死了，我们咋办啊？”

双眼通红的狗娃跪在那里大声号哭着，哭到一半，他迅速收声，悄悄地看向一旁的白灵淼。

相比他的夸张，白灵淼显得异常平静，她没有掉一滴眼泪，一张纸一张纸地烧着。

哪怕手边已经没有纸了，她依然在那里不断送着。

看到这一幕，狗娃叹了一口气，吸了一下鼻子，又扑在那墓碑前再次大声号哭起来。

“李师兄啊，没病没灾的你怎么就走了呢？没你撑腰，我们还不得被别人给欺负死？”

就在他卖力哭丧的时候，忽然看到那坟包拱了拱。

“嗯？”狗娃以为自己眼花了，等他下意识地揉眼睛时，一只手猛地从土堆里伸了出来。

“我的妈呀！诈尸了！”狗娃被吓得顿时跌倒在地。

一旁的白灵淼却第一时间反应过来，情绪忽然崩溃的她扑到坟堆上拼命扒起土来。

很快，其他师兄妹也反应了过来，纷纷冲上来帮忙。

然而还没等他们挖开，毫无征兆地，穿着寿衣的李火旺忽然出现在了坟堆上。

表情扭曲的他死死地抱住自己的脑袋，脸部抽搐着喃喃自语，模样看起来非常吓人。

“李师兄！”当泪流满面的白灵淼冲上去时，被李火旺一把抓住。

那双布满血丝的眼睛死死地盯着眼前的少女：“活的！都是活的！这个世界是活的！”

看到这一幕，一旁准备拔剑的小满顿时松了一口气："没事了，不是诈尸，是李师兄没错。"

面对如此古怪的李火旺，白灵淼却顾不上害怕，她非常担忧地看着他，问："李师兄，你到底怎么了？"

"你听我说！我知道到底哪里不对劲了！"李火旺歇斯底里的呐喊声压过了四周的一切，"这个世界是活的！是活的就代表发生在人身上的事情，同样也会发生在它身上！"

"我没疯！是这个世界疯了！它疯了啊！"

说完这些话，李火旺猛地把白灵淼摔倒在地上。

他一只手指着头顶阴沉沉的天，一只手指着自己的胸口，极度偏执地一遍一遍重复着。

"它疯了，它疯了啊！它比我疯得多了！"

这句话重复了十几遍后，绷得如同琴弦一般紧的李火旺身体忽然一软，向地上摔去。

…………

"嗒嗒嗒"，蹄铁不断踩在地上，发出有节奏的清脆的马蹄声。

后面的马车轱辘缓缓碾过马蹄印，再上来的是高智坚那宽大的脚印。

一行人跟着马车，沿着小路继续往前走。

每个人看起来都有心事，时不时有人还向着领头的李火旺偷瞧。

在他们眼中，李火旺明明已经没了气息，他们反复检查了很多遍，他绝对是死了。

可是他居然就这么突如其来地活了过来，这一切简直太古怪了。

当然，诡异的还不止这些，还包括他的身体忽然从坟堆里出现在外面，胡言乱语几句这个世界疯了之后，他又忽然昏了过去。

这一切发生得太快了，快得他们根本消化不过来。

要不是李师兄依然还是那熟悉的老样子，他们差点以为李师兄被夺舍了。

唯一让他们感到欣慰的是，重新醒来的李师兄坐在那里愣了一会儿后，又恢复了老样子。

当他们询问他到底发生了什么时，唯一得到的回答就是一切事情都过去了。

他说过去了，那就过去了，没有人敢再问，人活着就好。

"歇了，吃晚饭。"李火旺的话让马车的车轱辘停了下来。

一些人去打水，一些人去捡柴，一些人去摘野菜，经历了这么多天，他们配合得相当默契。

而李火旺什么都不干，他坐在那里，借着所剩不多的夕阳，翻开了《火祆箴经》的译文。

英子写的字逐渐在李火旺的眼前呈现，随着丹阳子的死去，李火旺消失的认知逐渐回来了，他不再是文盲，这上面写的是什么，他也已经能完全看清了。

这也能从侧面证明，丹阳子是真的死了，而不是像之前一样藏了起来。

《火祆箴经》是英子用字来标音的，透过译文，李火旺逐渐掌握了这本用蜡包裹着的奇书用法。

不过这东西也不是很好学，这上面说施展术法之时，必须心怀怜悯。

施展术法居然还需要调动情绪，这一点是李火旺没想到的。

随着李火旺念着含糊的咒语，书上的白蜡逐渐融化，并且开始慢慢成团。

然而李火旺还没练习一会儿就被打断了。

“李师兄，嘿嘿，李师兄啊？忙着呢？”胳肢窝里夹着几根枯木柴的狗娃，嬉皮笑脸地靠了过去。

他左右看了看，瞧见采野菜的白灵淼还没有回来，便凑了过去刻意压低嗓音说道：“李师兄啊，我为了孝敬你，之前趁着白师妹不在的时候，给你烧了两个纸人，女的！”

“嗯？”

看到李火旺的眉头皱起，狗娃贼眉鼠眼地四处乱瞧一下后，继续凑过来问道：“李师兄啊，那两个女人，你之前在那边收到没有啊？”

狗娃的话让李火旺实在有些无语：“我压根儿就没死。”

“我知道你现在活着，可你之前不是死了吗？我寻思如果你收到了，那我也多烧几个纸人给我自己留着。”

“我之前根本没死，什么收到没收到的？”

“可你当时明明一点气都没了，我们还特意给你放了三天才埋的，怎的，你没被牛头马面勾到地府报到啊？对了，地府长什么样啊？”

李火旺一脸不耐烦地打量着他，只想着该如何尽快结束这没有营养的废话：“我收到了。”

“哎呀！这可太好了！”狗娃一脸的喜不自禁，他双手一拍，乐得快要蹦起来了，心中已经不由自主地盘算起来。

“收到了什么？”身后传来的女声，吓了狗娃一跳。

他回过头，看着采野菜回来的白灵淼和春小满，连忙打哈哈道：“没事没事，我就跟李师兄瞎聊会儿。”

今天吃的晚饭是面疙瘩，这种吃食做起来简单，吃起来方便。

只要把面粉加入冷水，揉成半湿不干的面团，再放进掌心，从虎口处挤到锅里。

看到面疙瘩略微浮起，白灵淼拿起猪油罐子，挑起一大勺放进黑铁锅里，最后放入那些最容易熟的翠青色的野菜。

没过一会儿，白色的面疙瘩跟青色的野菜就在水中不断翻滚。

看到这一幕，再闻着飘起来的香气，所有人都不由得吞咽起口水。长途跋涉，每个人都需要补充体力。

“嘿，没想到我吕天也有天天吃白面的时候，这上哪儿说理去？”狗娃敲着筷子得意地说道。

从锅里捞出来的热气腾腾的第一碗，自然是属于李火旺的。

白灵淼把碗端到了李火旺面前，看着他伸出双手接过去，囫囵吃了起来时，她的脸上顿时洋溢着喜悦的笑容。

她的李师兄真的没骗她，他那只断掉的手已经长回来了。

“看着我干什么？你不吃吗？”

白灵淼点了点头，同样打了一碗，然后乖巧地蹲坐在李火旺的身边，开始吃了起来。

这伙人里本来没多少人，可有高智坚和白灵淼这两个大胃王，一大锅面疙瘩硬是被吃得一滴汤都没剩。

当把锅碗筷洗干净后，天色也渐渐暗了，大晚上的也没别的什么事情可做，草草地生起篝火后，大家就陆续都去睡了。

今天晚上是高智坚守夜，再加上有嗅觉敏锐的馒头，李火旺倒也没有什么好担心的，在河边洗漱一番后就躺进了马车早早地休息了。

刚闭上眼睛不久，李火旺就感觉到一具柔软的身体从被子的一角钻了进来。

闭着眼睛的李火旺抓住了她，轻轻地搂进怀里。

没过多久，李火旺感觉对方的双手抱住了自己，并且越抱越紧，几乎要把身体埋进自己的体内。没过多久，李火旺就感到自己胸口有些湿了，并且传来了令人怜悯的哽咽声。

“哭什么？”李火旺顺着白灵淼背上的秀发缓缓地抚了下去。

“我娘过去总教我，说一个好媳妇要勤快，要会持家，要大度，要会说话，还要不能管男人的事。”

“可是你知道吗？我真的怕啊！怕你哪天又忽然跟那天一样没了，而且再也醒不过来了……”

马车内陷入寂静，李火旺能感觉到对方对自己真挚的感情。

白灵淼的声音里带上了一丝哭腔。

“李师兄，你为什么总是什么事情都自己扛着？为什么不告诉我？难道在你心中，我真的什么都不是吗？”

“因为我不想让你受到伤害，不过既然一切都过去了，那我就都告诉你吧。”

李火旺低头亲了亲白灵淼的秀发，轻轻地叹了口气。他把事情的来龙去脉跟白灵淼一一道来。

絮絮叨叨地说着，一直从清风门说到最后的牦之门，他却忽然卡壳了。

“后来呢？后来怎么了？丹阳子死了没有？你又是怎么回来的？”听到关键时刻，白灵淼的心不由得悬了起来。

李火旺表情变得十分挣扎，一条条青筋在他的额头出现，他不由自主地用力抱住了头。

“那些……那些……东西！我……我不知道该如何描述！我无法用语言描述出来！”

“李师兄，你怎么了？”

看到对方如此古怪的反应，白灵淼被吓到了。

她急忙伸手摸上去，却又被吓了一大跳，他的皮肤烫手。

“李师兄，你别想了，我不问了，我不问了！”急到流泪的白灵淼双臂紧紧地抱着李火旺。

听着白灵淼的话，李火旺闭上眼睛，咬着牙拼了命地思索。

大脑中，那些刻意被隐去的片段开始不断拼接起来，拼出一幅光是想想，就能让人窒息的画卷，一些本应该被遗忘的事物再次浮出水面。

那幅画既是动的，也是静的，他打算尽可能地用对方可以理解的话来表达。

“那玉佩的背面，在那个可能叫作白玉京的地方，我看到了一些东西，一些我无法描述的东西，它们很大，也很……冷！”

李火旺的声音沙哑且沉重，说出的话也断断续续的，前后混乱。

说到这儿，李火旺的身体也不由自主地再次开始颤抖起来。

“那里不应该是人去的……人只要去那里，就会被拿走……被它们拿走属于人的东西，当被拿得什么都不剩的时候，那个人就会像丹阳子一样，彻底消失！”

“后来有什么东西，在白玉京里！在……吸引我！我过去了！我看到了整个世界！我感觉到了它！我感觉到了它在想什么！”

除了白灵淼的手外，忽然，有另外一双手从李火旺身后伸了出来，勒住了李火旺的额头。

那如同紧箍咒般的双手越勒越紧，这种压力让头疼欲裂的李火旺感受到一丝难得的轻松。

此时的李火旺根本没工夫去想那双手是谁的，他只能咬着牙继续说道：“我能理解它！你知道吗？我能理解它在想什么！不能是别人！只能是我！只有我能理解它！因为它疯了！”

刚说到这儿，李火旺仿佛感觉到，脑海中的那幅画开始逐渐脱离自己的掌控。

画卷上的一些东西，开始从那画卷中窥探自己。

“我看到了它的过去，它过去不是……不是这样的！它原来很好的！它在哭！它在喊！”

“它是谁？”一道女声从李火旺的身后传来。

李火旺的脑袋上，一条条血管膨胀着，仿佛下一刻就要爆裂。

李火旺拼尽全力把脑袋里的东西喊了出来：“大傩！它叫大傩！”

这话一出，马车内的气氛开始变得诡异，温暖的被子仿佛也无法阻挡外面的寒气。

一些极其模糊的声音出现在所有人的耳中，马车外面传来马的嘶鸣声，和馒头的犬吠声。

李火旺知道，那不是大傩，大傩疯了，它不可能注意自己，注意到自己的是一些别的东西。

“滚开！”随着李火旺的一声低喝，四周顿时一片清净，渐渐安静下来。

满头大汗的李火旺躺在地上，大口大口地喘着气，白灵淼那带着哭腔的声音在他耳边响起。

“李师兄，我错了，我真的错了，你别想了，只要你能一直待在我身边，我再也不问了！”

漆黑的马车内，先是两只手把李火旺扶了起来，又有一只手用毛巾擦着李火旺的额头，还有一只手端来一碗水，小心翼翼地倒进李火旺的嘴里。

在四只手一遍又一遍的安抚下，李火旺的呼吸慢慢平缓下来。他那嗡嗡作响的脑袋平静了，还有那尖锐刺耳的耳鸣声也渐渐消失了。

李火旺虚弱地看着眼前的少女：“事情……就是这样……”

不知道什么时候，李火旺昏昏沉沉地睡了过去。

等他再次醒来时，马车外面已经大亮了，他身上的内衣也换了一套。

看着头顶的马车顶棚，用手摸了摸旁边空空如也的被子，李火旺叹了一口气。他用手按住自己的太阳穴，一遍又一遍地按着。

昨天晚上，自己企图记忆起的一些东西已经遗忘得差不多了，有些本应该在自己脑子里的东西变得模糊了。

可是哪怕再模糊，李火旺也从中了解到了一些事情。

崇拜诡异神像的正德楼，肮脏懒惰贪婪的安慈宫，耍人耍神的坐忘道……

这些地方所有的人使用的术法都透着古怪。

更别提腊月十八，“游老爷”，大姥姥以及喜神之类的邪祸了。

之前自己还以为幻境中的世界本就如此混乱，但是现在看来，根本不是这么一回事，最根本的原因是这个世界本身出了问题。

它跟自己一样病了，要不然本不应该是这样的，它本应该……更正常一些。

“这个世界到底是怎么回事？”李火旺喃喃自语道。

“它叫大傩？跟那些跳傩戏的有关系吗？根据之前吕状元的说法，傩戏是非常古老的戏剧，是其他戏剧的祖宗。”

“听起来，那些跳傩戏的似乎在祭拜大傩，可是……”

李火旺想起了之前被坐忘道欺骗后攻击自己的那些人，他们并没有与强大背景匹配的实力，甚至不如那些土匪厉害。

“唉……”李火旺叹了口气，关于这些，他已经懒得去理解了。

不管大傩到底发生了什么，都跟自己无关。

自己这一介凡人，现在更应该考虑跟自己相关的一件事情。

自己为什么能活？这是李火旺刚获得的新问题。

自己已经深入了那极其古怪的白玉京，那种本不应该存在人的地方，却非但不像丹阳子一样消散，反而还活了下来。

“这也是心素的能力吗？还是说我看到的巴虺救了我？”

李火旺胡乱地猜测着，他想寻找答案，但是答案并不是那么容易找到的。

能活着当然是件好事，但是李火旺担心这种好事后面会跟着麻烦。

一边想着，李火旺一边重新坐了起来，从被子下面的箱子里拿出自己的衣物开始穿。

从马车里，李火旺看到了远处河边，清晨的风轻轻地拂过白灵淼的白色发丝，仿佛吹起阵阵涟漪。

她专注地洗着衣裳，那被晨光照亮的侧脸，是如此清雅灵秀。

看着远处那个跟着自己同甘共苦的少女，李火旺心中忽然触动了一下。

“不管怎样活着，既然有人陪着我，那日子总要过下去，好在事情总算告一段落了。”

…………

白灵淼跟在李火旺身边，默默地赶着路，时不时掏出手帕来擦擦自己和李火旺的汗水。

现在距离三伏天越来越近了，天气燥热起来，哪怕是在日头不大的上午赶路，身上也会不停地出汗。

又擦了一遍汗之后，白灵淼想了想，开口对着李火旺提议道：“李师兄，下午太热了，要不咱们下午歇息，明早早点起吧。”

“嗯。”李火旺从马车里掏出地图，重新看了起来。

他们现在还在四齐国境内，还好原来的地图没扔掉，依然可以用。

“今天晌午不吃了，抓紧时间，前面有个村子，今天去那儿过夜。”

一听到有床睡，所有人都精神了，脚下的步伐也快了起来。

又走了一个时辰，在每个人都走得口干舌燥之时，终于在路边看到了一片片开垦出来的田地。

田地的后面，就是一大片连在一起的黑瓦屋子，村子到了。

“你们看这田边还有花呢，这花开得真够红的啊。”

眼中带喜的白灵淼刚准备过去摘，却被李火旺一把拉住。

“别去，那花不对劲。”

李火旺警惕地看着那反卷而展开，边缘微皱的一朵朵大花。

“这是彼岸花。”

虽然不知道是听谁说的，但在李火旺的记忆里，这花似乎有些邪门。

李火旺这话一出，顿时有点冷场，所有人都一脸茫然，不知道他说的是什么意思。

“哈哈，你还没我厉害，认错了！”

一道爽朗的童声从一旁响起。

所有人闻声望去，就看到一个赤着脚的男娃背着一个比他还高的竹篮子在那里笑，看起来只有七八岁。

“这不是彼岸花，我告诉你啊，这叫螃蟹花。我娘说了，这种花不能喂猪，猪吃了会肚子疼，容易掉膘的。”

男娃伸手从背后篮子里掏出一把镰刀，随手砍倒几朵螃蟹花。

看他那不屑一顾的样子，很显然是经常见到这种花，估计是住在这个村子里的人。

李火旺思索了一会儿后走了过去：“小孩，你这是要干什么？”

“打猪草啊，我家有两头猪，天天都要吃我打的猪草！你家有几头？”

当得知李火旺家一头猪都没有后，他笑得合不拢嘴：“哈哈！你家真穷，居然还没我们家富。”

“是啊，我家穷得很。你家是住在这里吗？能带我们去看看吗？”

“行啊！”这小孩完全没有任何戒备心地带着李火旺等人向着村子里走去。

“对了，现在还在打仗吗？”

“打仗？没有打仗啊，之前被征去当兵的三叔都回来了。”

“哦，那是好事，不打仗好。”

如此单纯的小孩，他知道的一切很快就被李火旺套话套得七七八八。

这村子叫钱家村，一共几百口人，不大不小。

村子里的人都是夏天耕田，冬天去旁边的林子里打山货维持生计。

在四齐，这种山村很多，没什么特别的。

这种村子一般都比较排外，不过在铜钱的攻势下，李火旺最终还是在那小孩的家暂住了下来。

一间陈旧的客房内，将两把沉甸甸的剑放在桌子上后，李火旺瞬间轻松了不少。

他刚准备卸下腰间的《大千录》，却摸了个空。

李火旺这才反应过来，自己的《大千录》在之前交战的时候已经用完了。

“唉——”说实在的，李火旺还是有些遗憾的。没了它，现在自己应对麻烦，只能靠静心宫主送的剑了。

“对了，还有这东西。”李火旺掏出被白蜡包裹的《火祆箴经》，细细研究起来。

有得必有失，他对这东西还很生疏，还需多多练习才行。

只要练出来了，手里也就多了一个保命的手段。

端着一盘烤红薯进来的白灵淼，看到那专注的背影，轻手轻脚地退了出来。

门口的她端着这盘烤红薯想了想后，脸上露出一丝窃喜，然后她向着自己和小满的屋子走去。

“小满姐，刚烤出来的红薯，你要吃吗？”

然而白灵淼刚进屋子，就看到春小满正捂着肚子对着痰盂呕吐。

她大惊失色，放下红薯，走过去轻拍着春小满的背。

拍了好一会儿后，春小满才缓过劲来，惊魂未定地坐在床边捂着脖子大喘气。

“小满姐，你这是吃错东西了？不可能啊，大家都是一个锅里吃饭的，怎么你有事，别人没事？”

小满摇了摇头：“没事，估计昨天晚上睡觉踢被子了，得了热风寒。”

“可是我跟你一起睡的时候，你没踢过被子啊。”

看到白灵淼眼神中的疑惑，春小满连忙说道：“妹妹，你去伙房帮我煮点姜汤吧。我求你了，真的难受得很。”

“那……好吧。”

当看到白灵淼一步三回头地离开后，春小满这才松了一口气。

随后她把床上的被子掀起，一卷血红色的竹简瞬间出现在她的面前。

《大千录》，这是春小满从那洞里找到的。她偷偷地藏了起来。

多次见过李师兄使用，春小满早已明白这代表着什么。

不过她显然高估了自己的承受能力。

呕吐过后，春小满重新咬紧牙关继续看下去。

相比这些折磨，春小满更在乎欠别人人情。

她不甘心，每次出了问题都是李师兄顶上去，这样显得自己非常没用。

“李师兄撑得住，我也撑得住！”春小满双手拽过《大千录》，咬牙切齿地看了起来。

而此时，在伙房煮姜汤的白灵淼，看着灶里的柴火，满脸忧愁。

“都吐成那样，而且最近也怪怪的，她该不会真的是有喜了吧？”

“李师兄不可能，我天天跟他睡在一起。”

“那会是谁的呢？狗娃的？高智坚的？还是孙宝禄的？可是小满姐什么时候跟……”

白灵淼双腿并拢，脸上泛起一丝绯红。

不过羞涩过后，白灵淼很为自己这个姐妹的处境感到担忧。

这长途跋涉的，她要是真的怀上了，那恐怕不好赶路了。

就在白灵淼担忧的时候，她忽然感觉有人站在自己身后。

闻着那跟自己一模一样的体香，白灵淼秀眉一皱：“怎么了？”

她身后，二灵头上的红盖头微微晃动起来：“带上鼓，村子里有活干了。”

皮鼓上的彩色丝带，随着白灵淼的脚步轻微地摇晃着。

她独自一人在钱家村有些破旧的巷子里走着，时不时有牵牛的赤脚农户，还有抱小孩的妇人，向她投来诧异的目光。

这一身打扮的女娃子，他们可从来没有在村里见过，稀罕得很。

神情有些紧张的白灵淼埋头，继续向着二灵说的位置走去。

没走一会儿，白灵淼就看到一大一小两间并排的矮屋子，她深吸一口气，走进了院子。

“汪！汪汪！”看家的大花狗着实把白灵淼吓了一跳。

不过狗叫声同样让白灵淼免去了通知的尴尬。

嘎吱一声，门开了，一个憨厚的庄稼汉从里面走了出来，眼神中带着一丝恐惧地问道：“你找哪个？”

白灵淼张了张嘴，一时间不知道该怎么说了，毕竟这种事情她还真没做过几次。

犹豫了很久，白灵淼这才小心地问道：“嗯……那个……你们家有人中邪了吗？”

刚打开的门砰的一声关上了。

“啊……”白灵淼窘迫地站在原地，她侧头看向一旁的二灵，心中对她说道，“你看……他们关上了门，也许没事。”

随后白灵淼似乎听到了什么，面带难色地轻声辩解。

“我知道仙灵现在催得紧了，可这家也许没有……哎……那好吧，我知道了，我再去试试。”

她再次走了过去，用那白生生的手敲着门。

“劳烦开下门！小女子习得驱邪之法，倘若真的有那方面的麻烦，在下可以帮忙啊！”

又敲了几次，就在白灵淼以为他们不会开门的时候，木门裂开一条缝，里面忽然冒出来的一只苍老浑浊的眼睛吓了她一跳。

“你怎个知道我们遇到了撞客？”

听到声音，白灵淼才明白过来，这颗蜡黄的眼珠的主人是个老人。

“呃……”白灵淼一时间没找到什么好的理由。

“老丈，您别管我怎么知道的，这种事情我真的能帮您，拖太久了会出麻烦的。”

“请你要多少报酬？”

“五十文钱，不管多厉害的邪祸都是五十文钱。”

话音刚落，白灵淼就听到门后面传来了一道年轻的男人声音：“爹，选她吧，这搬杆子的比崔木婆还便宜不少呢！”

门猛地又关上了，里面的父子俩不知道在商量什么，就在白灵淼等得有些忐忑不安的时候，嘎吱一声，门开了。

一个五短身材、身体粗壮的老庄稼汉，心事重重地拿着扁担从门里面走了出来。

他再次打量了白灵淼一会儿后，说道：“五十个铜板子啊，你说的啊。俺们家是穷人，你可别欺负俺们。”

听到这话后，白灵淼顿时呼了一口气。她抬脚迈过门槛，走了进去。

刚一进去，白灵淼就被迎面而来的白色吓了一跳。

整个屋内布置得像灵堂一样，不，这儿除了没有棺材，就是灵堂。

“老丈，牌位不放祠堂，放家里做什么？”

听到这话，那老人深深地叹了一口气：“要是能放，俺早放了。你来吧，有些事情俺得带你去里面，细细地说。”

穿过屋子，后面是一个亮堂的小院子，院子里还养着几只鸡。

有些紧张的父子俩带着白灵淼到院子里，拉过一个竹凳放在她面前，便习惯性地蹲下来，开始诉起苦来。

“俺老婆子五天前走的……她活了七十一岁了，死前也没遭什么罪，勉强算个喜丧，结果头七都没过就出事了。守夜的外甥听到有人在敲棺材板。”

白灵淼听到这描述，心顿时揪了起来。她警惕地环视一圈，发现四周并没有异常。

“俺们怕了，就匆匆把她给埋了，结果刚埋的第二天晚上，她居然又自己回来了……”

庄稼汉的话虽然干巴巴的，但还是让白灵淼心里感到一阵寒意，手脚发凉，这似乎跟之前遇到的有些不一样。

“老婆子一推开门就说要吃肉，当时俺跟俺崽都被吓坏了。她那模样怪瘆人的。”

“后来俺们就把挂在梁上留着过年的半扇猪腿卸下来，那可是熏肉啊，结果她愣是生啃了起来。把整条猪腿啃光了，她就走了，完了还说，明天接着来。”

那老汉说到这儿，脸上的苦相更深了。

“俺倒不是小气，不给老婆子吃，可那分明不是俺们家的老婆子。她啃肉的样子跟牲畜一样，邪性得很……”

“为了送老婆子下葬，家里的两头猪都卖了，她要是再来，没得肉吃，她怕是要啃俺们爷俩了。”

“你要是能让俺老婆子安安稳稳地去投胎，那你就是俺们家的大恩人。”

说完后，那老汉蔫了吧唧地把脑袋垂下了，不再言语。

“死后复生？这是什么怪物控制了她的身体吗？”白灵淼心中暗道，她开始盘算起这件事情的危险程度。

跟二灵在脑子里议论了一番，确定危险并不大后，抬头看了看时辰，白灵淼说道：“老丈，太阳马上就要下山了，既然来了，那今天晚上我就留在这儿吧，你看怎么样？”

既然来了，那肯定要解决掉的，跟在李师兄身边经历过那么多事情，这点小事，白灵淼发现自己还是蛮有信心的。

“啥？你真有办法？”老汉顿时激动起来。

他刚刚看到这女娃娃年纪轻轻，还以为她没什么本事。

当看到白灵淼点头确定后，老汉顿时站了起来，向着院子里的鸡扑去。

“行！晚饭在俺们家吃啊！莫要客气！”

当天晚上，摆在白灵淼面前的是一整只鸡，不过她没什么心情吃。她紧张地等待着夜晚的来临。

夜晚一到，那父子俩就躲到后屋睡去了，把白灵淼一个人留在灵堂一样的大堂里。

这家看起来穷得很，屋子也就一盏油灯，把四周照得忽明忽暗。当抱着鼓的白灵淼不断平息着自己紧张的心情时，二灵已经悄无声息地站在了她的身后，默默地看着远处那被插上门闩的大门。

“我知道凡事不能靠李师兄，我没想靠他，你别说了。”白灵淼小声地抱怨道。

“我知道了，你别说了好吧，而且他跟你也没有关系。”

白灵淼话音刚落，二灵那锋利的指甲就贴上了她的脖子。

“你自己明白，这很有关系……”

听到这话，白灵淼脸色难看了几分，她没有再说什么。

大堂又安静下来，这让白灵淼有些心慌。她没话找话地问道：“如果我不帮仙灵做事，他们会怎么对我？”

“我倒不是不想帮他们，只是有时候，未必有空，腾不出手来。”

听到脑海里的话，白灵淼的表情不由得难看了几分：“这样啊……那有什么解决的办法……”

话刚说到这儿，白灵淼就被猛地响起的敲门声吓了一大跳。

“砰！”木门再次被外面的东西猛地一撞，瞬间裂开了一条缝。

白灵淼透过那条缝，看到一双瞪圆的、没有任何生气的眼睛。

“来了！”白灵淼连忙把鼓往二灵怀里一塞，掀开她的红盖头盖在了自己的脑袋上。

一道极其纤细的女声在漆黑的夜晚传出去老远：“请——灵——嘞——”

“砰！”再次一声重响，木门伴随着吱嘎声重重落地。

一个穿着红色寿衣的白发苍苍的老婆子出现在白灵淼的面前。

她表情僵硬，眼神呆滞，站在黑夜里，让人忍不住心里发怵。

“砰！”老婆子双腿一蹦，迈过了门坎，直直地跳进了屋内。

脚上连在一起的鞋子，还有脚踝处捆绑的黑绳，让她移动只能靠蹦。

面对那又急又快的请灵诀，那老婆子却一点反应都没有，她瞪着那不眨一下的双眼，在屋子里面扫视着什么。

当没有找到自己想要的东西后，老婆子看向了白灵淼，开始一蹦一蹦地向她靠近。

四根香出现在白灵淼的手中，随着她用力一挥，香头瞬间无火自燃。

伴随着节奏，点燃的香头带着白烟就向着那老婆子身上打去，可一挨到她身上的寿衣，却仿佛入了水，香瞬间熄灭了。

老婆子猛地一张嘴，在白灵淼的手上用力一咬，然而皮肤咬破了，里面却是黑色的刺猬刺。

尖刺钻了出来，直接扎穿了老婆子的下巴。

伴随着鼓声，一团团柔顺的白色毛发迅速从白灵淼的袖口处、盖头下面伸出来。

她的裙摆下也开始长出一条不断开裂的尾巴。

这些毛发如同活物一般，向着那老婆子钻去。

面对这些，那老婆子还想挣扎，却没有任何反击的机会，她的动作越来越弱。

忽然那老婆子身体一软，从她寿衣裤腿下面钻出一大团黑乎乎的东西，借着昏暗的环境，那东西迅速消失在了门外。

恢复正常的白灵淼把红盖头摘了下来，松了一口气后，她又兴奋地笑了起来。

这是她第一次独自一人应对这种事情，而且还圆满解决了。

这让她信心更足了一些，以后李师兄再碰上什么麻烦，她也可以帮得上忙了。

夫唱妇随，对于李师兄的麻烦她不能抱怨什么，她能做的就是在李师兄有麻烦的时候，去出一份力。

“请灵怎么才能变厉害啊？我感觉还有点不够用。”

“嗯？为什么要我学唱腔？明明是你唱的啊，哦……那好吧，我试试。”

看到地上不再动弹的老婆子，白灵淼在她侧面蹲下来，贴心地把她身上凌乱的寿衣整理好。

“看起来我猜得没错，确实是什么怪物在作祟，刚刚跑得太快，我没看清楚是什么。”

整理好后，白灵淼去后院把父子俩叫出来。拿到了五十文钱的报酬后，她就匆匆往回赶。

然而她刚一出门，就被一旁的黑色人影吓了一大跳：“谁在那儿！”

那人影走出来，牵着她的手，向着住处走去。

“以后这种事情事先通知我，好有个照应。”

看到李火旺因为担心自己，居然就在外面等了这么长时间，此刻白灵淼心中像吃了蜜一样甜。她有些害羞地靠了上来：“嗯……”

两人默默地沿着有些泥泞的村中小路往回赶。

两人都没有说话，享受着这份安静。

不过这份安静很快就被打破了，迎面走来一个佝着腰，手腕挎着篮子，还拿着一根竹竿子的老婆子。

“哒哒哒”，竹竿子在地上乱扫着，给她探路，这是一个瞎婆子。

当听到脚步声，那瞎婆子就停了下来，把耳朵对着他们问道：“后生啊，你们知道钱牛生家在哪儿吗？他们家遇到魑魅了，我来帮他们赶走。”

“啊？婆婆，您来晚了，他们家的邪祸没了。”

“啥？忽悠瞎子玩呢！”

气急败坏的瞎婆子一叉腰，口中的污言秽语瞬间喷了出来，全是对钱牛生的祖宗十八代的问候。

四周的狗跟着吠了起来。

看着眼前彪悍的老婆子，李火旺却一时来了兴趣。

“您这么大年纪还来驱邪？敢问贵姓？师从哪派？”

听到这话，气势汹汹的瞎婆子瞬间气势一收。

“老婆子我姓崔，你叫我崔木婆就行了。你们有事吗？要我帮忙？”

刚说完这话，崔木婆的表情就变得有些疑惑。她把手中的竹竿夹在腋下，就这么跌跌撞撞地向着李火旺摸了过来。

李火旺想躲开，却没想到对方居然跟了上来，直接把骨瘦如柴、如同鹰爪的双手按到他的脸上。

“你这……上辈子做了什么缺大德的事啊？真是稀奇啊！”

“别的人嘛，要么缺水要么缺火，再倒霉撑死就缺两样，你这后生好嘛，直接五行缺五行啊！”

“五行……缺五行？”

听到这句话的瞬间，李火旺下意识地想起了他那天使用了《大千录》上的闰置五行的事情。

如果说自己身上的所谓五行消失了，那应该就是那个时候的事了。

可要说缺少五行有什么特别的，李火旺并没有什么感觉。

李火旺的手伸进衣袍内。然而让他倍感意外的是，他胸口的皮肤光溜溜的，连一道疤都没有。

李火旺努力回想着当时发生的事情，却半点印象都没有。

“我这身体到底怎么回事？是怎么好的？”

疑惑不已的他抬头看向面前的瞎眼婆子：“崔木婆，一个人要是没有五行，他还能活吗？”

听到李火旺的话，瞎眼婆子顿时大惊小怪地说道：“没了五行？那还哪儿是人啊？那根本就是死人一个嘛。”

听到这话的瞬间，李火旺忽然感觉到自己脑海中有什么东西断掉了。一股疼痛逐渐从胸口蔓延开来，并且愈演愈烈，他开始喘不上气来了！

“怎么回事？是她动的手脚吗？言出法随的神通？她看出我是心素了？想谋财害命？”

李火旺忍着剧痛看向眼前一副乡下老太婆打扮的崔木婆。

就在脸色已经变得死灰的李火旺踉跄着要倒地时，崔木婆又开口说话了。

“不过，你这人缺了五行，却还能活得好好的，话也不能说得这么绝。”

这话一出，李火旺身体上疼痛的感觉马上消失了，他捂着自己的胸口，表情阴晴不定地看着眼前的老婆子。

此刻他实在有些弄不清楚这崔木婆的目的了，如果说刚刚那股剧痛是她引起的，那怎么又忽然消失了？

“如果说这不是她弄的，那我的身体到底出了什么问题？”李火旺心中暗自思忖。

刚刚那一下剧痛绝对不简单，他真的有一种马上就要死去的感觉。

“不过嘛，我劝你啊，还是尽快把五行找回来，要是不找回来，迟早会出大事。”

李火旺伸手把白灵淼拦在自己身后，紧接着带着几分疑问，又带着几分试探地问道：“崔木婆，那像我这样的，你可有办法解决？”

“我没法子，不过别人有，你要是想问的话，我可以帮你问问。确实是这么个理，你这五行得尽快找回来，要不然啊，哪怕你能活着也诸事不顺。”

“问谁？”

“我是木婆，那还能问谁？当然是问木啊。”

“这又是什么新东西？”

很快，这位所谓的崔木婆被李火旺和白灵淼带回了住处。

找主家要了几根柴火后，崔木婆便开始了所谓的问木。

“这又是什么套路？”看着神神道道的木婆，李火旺心中暗自提高了警惕。

经历了这么多事情，他现在有些如同惊弓之鸟了，看什么东西都带上一丝怀疑。

唱了一会儿后，崔木婆忽然停住了，她向着李火旺伸出右手，哆哆嗦嗦地张开。

看着那只如同鸡爪般的老手，李火旺显然没有明白什么意思，不过好在一旁的白灵淼明白了。

她从怀里掏出一些碎银子放在对方的手上。

闭着眼睛的崔木婆抓起银子塞进嘴里咬了咬后，脸上顿时露出满意的表情。

“后生，别愣着了，生辰八字报出来。”

“什么？生辰八字？没有。”

崔木婆叹了口气，用手指对着李火旺掐了掐指节后，继续唱了起来，这一次的词李火旺还是听不懂，不过跟上次不同。

没过多久，李火旺身体一紧，感知敏锐的他下意识地看向黑漆漆的门口，紧接着又看向空无一物的房梁。

有些东西过来了。

“嗝。”打嗝声让李火旺的目光又瞬间转向面前开始摇头晃脑的崔木婆。

他已经能明显地感觉到，面前的崔木婆给他的感觉已经完全不一样了。

“怎么感觉跟请灵的套路差不多？请灵招的是仙灵，这问木招的又是什么？”警惕的李火旺离远了一些。

“台下何人？所问——何事啊——嗝。”

一个苍老的男人声音从崔木婆的嘴里传了出来，声音中带着明显的戏腔。

“有什么办法，能补回我缺失的五行？”

“嗯？台下——何人？嗝，报上——名——来！”

崔木婆猛吸一口气，旁边的香冒出的白烟，就这么被她吸进了鼻子。

“李火旺。你是谁？又或者说……是什么东西？”警惕的李火旺刚说完，下意识地握紧了剑柄。

“哼！吾乃——金阙九穹天尊——小小心素——可笑——可笑啊——嗝。”

李火旺的瞳孔微微一缩，对方看出自己是心素了！

“莫怕，莫怕——嗯哈哈，嗝。”对方的笑声让整个屋子里刮起一道道阴森森的风。

“锵！”长剑出鞘，浓郁的杀气在屋内蔓延，迅速冲散了屋内的阴风。

黑鼎里的那些香也瞬间被熄灭了。

李火旺弄出来的动静，瞬间把崔木婆吓得清醒过来。

“哎呀，这是怎么了？你不是问木吗？咋的还较上劲了？”她声音慌张，仿佛真的不知道到底发生了什么。

本来准备斩过去的李火旺停了下来，他表情阴晴不定地看着面前诧异的崔木婆。

他不知道她到底是装的还是真的。按理来说，如果说他们真的对自己这个心素感兴趣，不应该是这种表现才对。

“你问不问啊？不问我走了啊。”说罢，崔木婆挎起篮子就要走。

见此情景，李火旺反而不想让她走了，他把一旁的木凳拖过来，拿着剑大马金刀地坐在那里：“我要接着问，你把那什么天尊叫来吧。”

崔木婆犹豫几刻，最终重新把篮子放了下来，把香点上。

又是一套跟刚才差不多的程序，那男人的声音再次出现了。

当得知李火旺缺了五行之后，他也给出了一个非常奇怪的办法：“更名改姓！缺五行——补五行！”

说完这话，他随手从篮子里抓起一把米，向着李火旺方向的地上一撒。

金灶沐，这三个字出现在李火旺的面前。

改名字？李火旺看着地上自己的新名字，实在有些摸不着头脑，名字里加上五行就可以补五行了？这家伙该不会在骗他吧？

琢磨了一番后，李火旺决定再试探一下这东西的能力。

李火旺对着面前正在饮酒喝茶的崔木婆再次问道：“多谢解惑，我心中还有一惑，可否解答？”

“问！”

“为何近日世间万物不腐？”如果这个不知道什么来历的东西，真的能回答出来，那李火旺立马当场改名。

腐烂的消失肯定跟静心宫主的死亡有关，对于宫主的死，李火旺很是耿耿于怀，他想知道到底发生了什么。

“尊者慈悲——悯天下众生受腐化之苦。”

“你这个骗子！露馅了吧！根本就没有什么尊者、仙人！天外天之上，只有那些……那些……”

李火旺却说不下去了，他不知道该如何描述那些东西。

那些从醒来后，他一直在刻意躲避、不去想的东西。

他以为只要自己不去想，就可以假装那些东西不存在，那些远比凡人大得多、强得多的存在！

再次想起它们时，李火旺再也无法无视。他的表情开始痛苦起来，呼吸越发急促，一些说不清道不明的声音开始在他耳边出现。

“师兄！别想了！别去想了！”白灵淼焦急的声音把李火旺的意识拉了回来。

看着那张写满担忧的精致面孔，李火旺深吸一口气，点了点头：“没错，我不去想，我不去想……”

“对，没错，不管那些东西到底是什么，不管她说的是真是假，反正这个世界已经疯了，我做不了什么，我只要安心过我的日子就行了。”

经过白灵淼跟自己内心的不断安慰，李火旺渐渐平静下来，他把那些不该想的东西抛之脑后。

重新冷静下来的李火旺再次看向眼前的崔木婆，对方在他心中，受信任的程度已经降低了。

“我再问你一个问题，到底什么是心素？”

李火旺的这话让对方的动作停了下来。对方用那白茫茫的双眼看了过来，李火旺能从她那瞎眼中感觉到八道注视的目光。

“本尊必然知晓，可倘若告知于你，你必将暴毙当场。”

这话吓得白灵淼拽住李火旺的袖子不断地扯着。

“哼！”李火旺冷笑了一声，他看向崔木婆的目光中已经没有任何信任。

“跟我故弄玄虚是吧？坐忘道教会我一个道理，那就是别跟着别人的路子走下去。”

锋利的、不断冒着杀气的长剑举了起来，剑尖直指崔木婆的脑袋：“滚！

不管你是什么东西，有什么目的，给我滚，听见没？”

“小小心素——可笑——可笑——既然如此，那本尊就告知于你，何为心素——嗝。”

然而不等他说完下句话，咔嚓一声，黑鼎、装米的篮子还有铜镜全部被斩成了两半，剑刃已经抵在了崔木婆的脖子上。

“哎哟，这是干什么啊！”崔木婆的声音恢复了正常。

“这又回来了？装神弄鬼做得不错啊，我再说一遍！给我滚！”

崔木婆明显被浑身杀气的李火旺吓坏了，满脸慌张地抱起滚在地上的东西，跌跌撞撞地向着外面跑去。

“锵！”剑刃入鞘，屋内逐渐回归平静。

“走吧，睡觉去吧，趁着有床好好歇歇。”干净利落地说完，李火旺走进内屋，把那铜钱面罩戴在自己的脸上。

感觉到那沉甸甸的分量，李火旺松了一口气：“以后还是戴着这东西，我这心素的身份实在太招人垂涎了。”

“相公，万一……她说的是真的呢？”

“正是因为这万一，所以我刚刚那一剑才没有劈在她身上，要不然我根本不可能让她出这个门，还有，别叫我相公！”

当天晚上，李火旺基本上没怎么睡，他生怕对方会在晚上偷袭自己。

哪怕这个晚上什么事情都没有发生，李火旺还是匆匆让所有人收拾行李，尽快离开这个是非之地。

一直到了四齐的关口小镇，来到了那热闹的大街上，李火旺这才松了一口气，总算是没有什么事情发生。

相比之前，这里的守卫明显松懈了很多，看起来似乎真的不打仗了。

李火旺等人在这个镇上休整了一番后，就准备再入后蜀。不过在这件事情之前，还需要做一件事情。

虎头镖局内，五大三粗的总镖头一边看着手中的推荐信，一边打量着这个身穿赤衣，脸上戴着铜钱面罩，身背双剑的古怪修士。

思索了好一番后，他把手中的保信放了回去：“也罢，既然是赵镖头做保，那我信你！不过事先要说好，你要押镖，每单我们得抽两成，毕竟这保单是我们签的，这样可行？”

“行。”李火旺当然同意，这镖只是顺路带的，完全就是捡来的钱。

“要是失了镖，我也不找你的麻烦，自有保人赔偿。既然你方才说赵镖头是你朋友，还望莫要让赵镖头寒心。”

既然总镖头都同意了，接下来的事情也简单了：开标单，拿定金，按手印。

看着那一件件的东西装进自己的马车，李火旺扭过头来，看向一旁的总镖头。

“对了，总镖头，劳烦问下，前些日子不是打仗吗？生意可受到影响？”

“怎么不受？要说走镖这行当，虽然世道越乱越赚钱，但要是这世道真全乱了，那可赚不了钱。不过祖师爷保佑，已经停战了。”

听到这话，李火旺顿感诧异：“镖头，可知道发生了什么，以至于忽然停战了？”

他还记得当时交战死了不少人，应该不是普通的摩擦。

按照正常的步骤，无论赢还是输，都不应该是现在这种局面，应该是某种原因促使了双方停手。不对，好像不止双方，参战的远不止两个国家。

可是他们仿佛说好了，忽然都停了，这一点就非常古怪了。

“这我哪儿知道，我要是知道，四齐皇帝的位置岂不是让我坐了？”

“不过嘛，我听被征去当兵回来的人说，刚开始还好好的，突然一下子，战场上死的人都不腐烂了，连苍蝇都不招。”

这话听得李火旺表情一凝，绕来绕去，这件事最终还是绕到了静心宫主身上。这猝不及防的停战居然也跟消失的腐烂有关。

“是不是因为在那些掌权者的眼中，腐烂的消失远比攻城略地更重要？所以那些皇帝才停战，齐心协力地解决这个问题？难道腐烂的消失会引起天下大变？”

胡乱猜测的李火旺扭头看向另一侧的街道。边陲小镇的街上很是热闹，马车、牛车还有骆驼来往不息，一点都没有受到腐烂消失的影响。

这个世界似乎在发生很重要的事情，但是这一切都跟他无关，现在的他和这些百姓一样，都是芸芸众生中的一员。

天塌下来有高个子顶着。也许在这个世界，腐烂消失很重要，但是自从静心宫主死了之后，一切已经跟李火旺一点关系都没有了。

不知不觉中，李火旺押的镖就装好了。马车装得很满，他们之后睡觉只能睡下面了。

“这位小友，你只要把这些货送到后蜀蓟城的丰腾镖局，那就有七十两的报酬。”

七十两！李火旺不由得被这个报酬惊住了，要知道当初吕家班唱一场戏才十两，看来乱世做镖局买卖果真赚钱。

“你也别嫌少，毕竟才第一次，只要手上功夫好，日后大家的生意自然越做越旺。这是镖单，还请贴身收好。”

伸手把那镖单接过来，李火旺对着对方行了一个礼，道：“总镖头，后会有期。”

“珍重，一路顺风。”

从镖局走出来后，再次看了一眼这个几次往返的小镇，李火旺惆怅地呼了一口气。他在四齐已经没有任何牵挂，这应该是他最后一次来到这个地方了。

“天下之大，哪里才是我的家呢？”

一切准备就绪后，车轱辘重新滚动了起来，他带着所有人向着贫瘠的后蜀国走去。

这当了镖师，要说跟之前有什么区别，那就是走得更慢了，毕竟东西多了，拉车的马也累了。

为了避免跳傩戏的那些人的家属来复仇，李火旺并没有在之前的镇子上停留，刻意绕了远路。

就这样，走了差不多有半个月，当再次看到一个村子之后，风尘仆仆、嘴唇开裂的李火旺等人不得不进去歇息了。

没水洗漱，邋遢点还不算什么，天天吃干粮那是真吃得上火。

此刻，李火旺的嘴角挂着一个晶莹剔透的大水疱。

“嗷呜。”嚎叫的馒头被李火旺用手在那柔顺的黄脑袋上拍了拍。

“这是别人的地方，小点声。”

一边感受馒头的舌头舔舐，李火旺一边打量着眼前这个不大的戈壁村落。

似乎是为了对抗外面凄凉荒芜的戈壁，所有的屋子都被抹上了显眼的红色，其他的倒是没什么特别的。

当看到一个穿着破烂羊皮衣的男人从村子里走出来时，李火旺立马带人迎了上去。

“这位……”李火旺的话刚开个头，就说不下去了，只因为这人的清鼻涕一直拉丝拉到胸口。

看厚度，这显然是经过不断风干才积累出来的。

“呃？外人？”此人别着内八字脚站在那里，歪着脑袋傻呵呵地看着李火旺笑。

李火旺用手拉了拉脸上的铜钱面罩，有些弄不清这人到底是真傻还是假傻。他站在原地警惕地看着对方。

“憨儿，憨儿，吴家办红事了！快点过来帮忙！干好了有烤包子！”

听到远处一位老人的吆喝，这人眼睛顿时放光，转身向着那边奔去。

“这是什么来路？”

就在李火旺一头雾水的时候，一旁的高智坚发话了：“守、守……守村人！”

“什么？”李火旺看向了他，并且从他结结巴巴的嘴里得知了其中的含义。

有些村子里会有一个傻子，这种人就叫守村人，大家声称这种人生下来，丧失一辈子神智，就是为了帮助村子里挡灾的。

不过这只是说得好听，大部分守村人的日子并不好过，平日里饱一顿饥一顿的，只要饿不死就成。

唯有村里有红白喜事，他们主动过去帮忙，才能难得地吃剩饭剩菜吃到饱。

李火旺了然地点了点头：“原来是这么回事，我之前没有遇到过，还真是第一次了解。”

就在这时，李火旺忽然心中一惊，仰头看着高智坚那张憨厚的脸。

“别的事情你什么都不知道，怎么这种事情你倒很清楚？难道你以前也是守村人？”

高智坚顿时把头摇得跟拨浪鼓似的：“没……没……没有！我、我、我、我、我不是！”

看着他那慌张的样子，李火旺点了点头：“行，别解释了，我知道你不是。”

话音刚落，狗娃在一旁帮腔：“对对对，你不是你不是。”

“我真……我真……不是！”高智坚急得满脸通红。

看高智坚似乎真的有些急眼了，驾马车的赵五开口说道：“狗娃，别逗他了，真要逗急了，给你一棒子。”

“李师兄，看起来里面好像在办喜事，要不过去瞧瞧？村子里的人应该都在那儿。”

李火旺抬头看了看夕阳如火的天，点了点头，带着一众人向着村子里走去。

“后蜀的民俗还真有点奇怪，居然在黄昏时成亲。”

“李师兄，我们那里也是这会儿成亲呐！”

“是吗？为什么？”

“不为啥啊，一直就是这么个习惯。”

一边跟着他们闲聊，李火旺一边慢慢地向着这个村子里面探。

成婚的那家并不难找，因为一些用桶挑着米和鸡蛋的村里人，给李火旺指引了方向。

也不仅仅有米跟鸡蛋，有些阔气点的，那篮子里还放了活鸡和小羊羔。

后者相比前者，脸上明显更有光彩，并且他们刻意走得很慢，扁担也晃得更厉害，似乎在向其他人炫耀。

跟着这些人，李火旺很快找到了成亲的那家。

门口的两座石狮子，证明这家跟村子里的其他人家不一样。

门口笑脸迎客的两人看到李火旺这一帮人，连忙迎上来：“几位，马车放门口就行，小的会帮忙看着的。”

当得知李火旺等人是镖师，并且看了镖单后，这两个人不但没有警惕，反而热情地拉着他们上座。

似乎在他们这儿，成婚的时候来的人越多，越有面子。

镖师的身份还有这意外的作用，李火旺越发觉得自己押镖的选择做对了。

不过对方能这么做，也许跟他们的装扮非常正常有关，为了抵御风沙，这里的人大部分都戴了斗笠和面纱。

要是在四齐，别人绝对不可能请一帮戴着黑纱斗笠的人入席。

盘坐在一个小桌的上座，李火旺先拿出筷子，每一道菜夹了一小块后，隐秘地递给了桌子底下的馒头。

虽然这么做有些难为情，但是李火旺脸皮厚，无所谓，他更怕这个村子是个土匪窝子，菜里被放了蒙汗药。

其他乱七八糟的事情都熬过来了，要是在这事情上栽了，那就有意思了。

过了一会儿，见馒头觍着脸摇着尾巴趴到自己身上，想要更多吃食，李火旺才向着其他人点了点头：“吃吧。”

这一路上长途跋涉的，此刻看到这一桌子的美食，每个人也顾不上什么吃相，纷纷狼吞虎咽起来。

李火旺没动吃的，反而先端起旁边浓浓的茶水喝了下去。

嘴巴上的水疱对于强化过感知的他来说，每时每刻都像受刑一样，他现在就想尽快把这火给降下来。

不过后蜀跟四齐的菜最大的不同，那就是素菜很少，大部分都是肉和奶，以及烤包子和枣馍。

唯一算得上素菜的，就只有漂亮盘子里的果干和茶水了，李火旺的选择很少。

“赵五，尝尝这烤包子！这烤包子真不错！外脆里香，好吃得很！”

并不是所有人都在乎吃，白灵淼伸长洁白的脖子，好奇地向着门口看去。

那盖着红盖头的新娘子，被人从喜轿上扶下来。

这时，一旁俊朗的剑眉青年用力敲了一下手中的铜锣，应景地喊道：“新娘进门！财源滚滚！”

“好！”

看到其他人都站起来拍手叫好，李火旺用手肘顶了一下旁边狼吞虎咽的高智坚，同样站了起来。

“哐！”锣声再响，

“新娘跨盆！红红火火！”

“好！说得好！”整个院子里的气氛越发喜庆。

“哐！”

“新娘跨鞍！福禄平安！”

看着四周那一张张喜笑颜开的脸，连李火旺的心情都好了起来。

紧接着，他就看到了白灵淼眼中那强烈的羡慕。

他伸手过去，在她那柔软的手上捏了捏。白灵淼回过头来，对着他报以一个安心的笑容。

“李师兄，别人都送了礼，我们是不是也应该送礼？这样才不失礼节啊。”

“好，你说了算。”

“我们可以送些四齐的特产果脯，那种东西这里没有，既代表了咱们的心意，也花不了多少银子。”

就在她刚说到这儿的时候，第四声锣再次响起：“拜囍神！”

“什么？”李火旺几乎不敢相信自己的耳朵，“他刚刚说拜什么？”

在他看来，四周刚刚还热闹温馨的气氛瞬间消失得无影无踪，刺骨的寒冷瞬间笼罩了他的全身。

“李师兄，他们刚刚说拜囍神。”嘴里塞满羊肉的孙宝禄道。

在李火旺震惊的目光中，那对新人被欢声笑语的亲戚们迎进了大堂，然后对着墙上一个圆形的红色囍字，行跪拜大礼。

满脸笑意的青年举着锣刚要敲，看到人群中的李火旺，他的表情变得有些难看。

“老二！看什么呢！快敲锣啊！”听到新郎低声的急切提醒，那青年举起手中包着红布的锣锤，重重地敲了下去。

“哐！”刺耳的锣声再次响起。

“今日侯家长子侯乔大喜！娶进罗甜为本家媳！新娘贤惠端庄，望囍神保佑家族兴旺，开枝散叶！早生贵子！”

“呵呵！好！”

气氛在这一刻达到了顶点，每个人都眉开眼笑地拍着手。

看到新郎跟新娘入了侧门，其他人慢慢坐下来，一边吃着，一边讨论起来。

这让独自站在那里的李火旺显得格外突兀。

感觉到有人拽了拽自己的袖子后，脸色变得有些难看的李火旺重新坐了下来。

按照之前他得到的消息，囍神是某种比喜神还要强大的存在，说不定它就是那些隐藏在白玉京后面的东西之一。

而这样的存在居然成了保佑红事的神仙，这无疑是非常讽刺的。

虽然不知道这个习俗是怎么来的，但是李火旺可以肯定，这些拜的人根本就不知道他们拜的到底是什么东西！

“李师兄，怎么了，这里也没出什么事情啊，怎么这副表情？您……又犯病了？”

李火旺看了说话的狗娃一眼后，指向那墙上巨大的红色圆形文字，问：“其他地方成婚都要拜那个玩意儿吗？”

“拜……拜囍神？没有，至少在咱们梁国没有。我还记得我二哥成亲的时候，新娘子进了门，都是先拜天地，再拜父母的。”

“不过成亲时，门上窗上也是跟这里一样，贴着这个圆字的。”

狗娃用手中的羊蹄子指着远处大堂内用红布裁出来的囍字说道。

听到这个回答，李火旺的脸色并没有好多少。

站在原地好一会儿，见远处那圆形的红双喜并没有出现任何异常后，他这才缓缓地坐了下来。

“快点吃吧，吃完了找个地方睡上一觉。”听到李火旺的话，其他人加快了吞咽的速度。

李火旺从身旁的枣馍上抠下一颗干枣，一边缓慢咀嚼一边警惕地看着四周的欢声笑语。

他的心没有完全放下。

不怪他惊弓之鸟，吃一堑长一智，在这已经疯掉的世界，无论多小心都不为过。

更何况，他这已经吃过好几堑了。

李火旺不想知道这是为什么，他只想带着自己身边的人，安安稳稳地活下去。

天渐渐暗了下来，随着炽热的火把点燃并插在墙上，整个婚宴越来越热闹。

看到主家在其他桌子敬酒时，李火旺本以为自己这桌都是外乡人，主家应该不会过来，谁知他们居然还真的派了一个人过来。

方才那个敲锣迎新娘子的方脸青年一手酒杯一手酒壶，笑着向李火旺这边走来。

他来到桌前，二话不说先倒满手中的酒杯，然后双手举着对李火旺说：“来来来！多谢各位赴本家大哥的婚宴，在下侯文，敬各位押镖师父一杯，祝各位万事如意，一路顺风！”

听到对方这么说了，其他人哪能干坐着，纷纷举起杯子回敬，连李火旺也以茶代酒。

按理来说，外客能得到这样的待遇已经不错了，可是侯文一只手捏着杯子，一只手托着杯底仰头喝下后，又立即倒满，单独向着李火旺敬去。

“这位道爷，在下单独敬您一杯。祝您早日驾鹤仙游，得道飞升！”

这话虽然是好词，但是李火旺怎么听都别扭得很。

“客气了，客气了。”李火旺端起茶杯仰头就喝。茶壶刚遮挡住他的视线，他立即敏锐地察觉到面前的这个男人在盯着自己。

不，确切地说，对方并不是盯着自己，而是盯着自己背上那把宫主送的剑看。

当李火旺把茶杯放下，那种视线又迅速消失了，眼前的青年笑脸相迎。

要不是李火旺的感知比其他人高出太多，说不定真的被他骗过去了。

“这人为什么要看我的剑？他认出这把剑了？”

不管李火旺怎么想，那个青年敬完酒后，并没有做别的，而是提着酒壶转身向着其他桌走去。

仿佛他这次来，真的就只是来敬酒的。

“各位吃好喝好，一定要尽兴而归啊！”

看着他那远去的背影，表情复杂的李火旺扭头对其他人说道：“吃得差不多了，我们走吧。”

其他人有些不舍地看着满桌还没吃完的菜肴，可李火旺都发话了，他们最终还是依依不舍地站了起来。

这一顿席，除了让他们吃饱喝足外，还有一个好处，那就是他们找落脚点时方便了很多。

看到是刚才一同吃席的镖师，屋主们纷纷同意暂住，连白灵淼给的房钱，对方都要装模作样地推托一番。

“哎呀，既然来了，吃了席，那就是客了嘛，啥子钱不钱的，这么客气做什么？”

说着这客套话，可那个声音洪亮的老人，最后还是面带喜色地接过了铜钱。

要说钱这东西用处确实大，很快对方就把一栋两层的旧土楼留出来，给李火旺等人住。

土楼虽然旧，但是独栋独院，刚好符合李火旺的心意。

夜渐渐深了，之前热闹的村子也慢慢地安静下来。

李火旺站在二楼窗户前，眺望着远处办红事的那家的红灯笼。

侧坐在床上的白灵淼，把线放进嘴里抿湿之后，借着一旁的烛光，小心地穿进针眼里去。

紧接着，她一点点地把一些没用的碎布缝在旁边凳子上的锁链上。

一直缝到眼睛发酸，白灵淼抬头看向窗户旁边那宽大的背影：“李师兄，兴许别人只是随便看了两眼，未必就想谋财害命。”

“我背上带了两把剑，为什么那小子偏偏只看这一把？防人之心不可无啊，你等会儿下去的时候，通知一下屋子里的其他人，还是要留个守夜的。”

白灵淼顺从地点了点头，然后铺开了被子。

“李，李，李……”

“有事？”李火旺低头，看向楼下院子里仰头看着自己的高智坚。

“我……我真不是……我真不是守……村人。”很显然，高智坚对这件事情非常在意。

“行，我知道你不是守村人了，那你是哪儿来的？你总不能是石头里蹦出来的吧？”

由于高智坚的智力低又结巴，李火旺跟其他人并不怎么乐意跟他聊天，因为他说话实在太磨叽了。

因此大家对于高智坚，除了知道他认字之外，其他都不了解。

高智坚表情非常纠结地站在原地想了一会儿，说：“李……李……李师兄！你……你信我……我……我……”

“我信我信，你快点说吧。再磨叽，等你说完，天都亮了。”

“你！你别……别打断！别打断……我说话！”高智坚第一次用这种语气跟李火旺说话，“我……我最……最讨……讨……讨厌，别人……打……打断我……我说话！”

李火旺看着他那急得通红的脸，还有他那紧紧握住的拳头，点了点头：“好，你说。”

“李……李……李师兄！你……你信得过我……我……我吗？无……无论……我的话……是多……多……多么惊世骇俗！”

“我信得过，你说。”

听到这话，高智坚表情发狠地一跺脚：“我……我……我上来说！”

看了一眼身后的白灵淼，李火旺拦住了躁动不安的高智坚：“你别上来了，你就在这儿说吧，说完了好回去睡。”

听到李火旺让他就站在院子里说，高智坚犹豫地向着空荡荡的左右看了看：“我……我可……可能……是……黄……”

高智坚的声音从高到低，变得跟蚊子叫差不多。

“什么？你是黄什么？大点声。”

高智坚听到李火旺这么说，大脸尴尬地一红。他垂着脑袋，走进了屋内。

“怎么又不说了？这家伙在搞什么名堂呢？黄什么？黄金？黄天？黄土？”

疑惑的李火旺刚要下楼询问，但是仔细琢磨了一会儿后，他便把窗户关上，向着已经铺好的床走去。

他自己的事情都一大堆呢，哪里还顾得上别人的私事？

而且自己这个心素在这方面也不怎么靠谱，并不适合开导别人，免得别人被自己带到沟里去。

对于高智坚似乎有难言之隐这件事，李火旺也没有半点挖掘的兴趣。

高智坚只是脑子转得慢，又不是真傻子，肯定有自己的考量。等哪天他想说了，自然就会说。

等了一会儿，见高智坚真的没有上来，蜡烛被吹灭了，躺在床上的李火旺看着头顶那昏暗的房梁。

“对了，你还记得高智坚要去的地方，是哪儿吗？”

闭着眼睛的白灵淼向着李火旺的怀里靠了靠，说：“我前几天问过他，他自己也说不清，上次好像说的是梁国，这次又说是青丘国。估计他自己也弄不清楚。”

“青丘国啊……”

李火旺脑海中浮现出那张地图来，后蜀过去就是青丘了，再过了青丘，就是他们的目的地梁国了。

等到了白灵淼的老家牛心山，这长途跋涉也终于要结束了，自己也可以扎根下来。

“等到了之后，我要干什么呢？也办一场像今天一样的婚宴娶了淼淼？不对，我这是去她家，应该算是入赘。”

李火旺扬了扬头，用下巴在她那柔软的发顶上蹭了蹭。

两人的这种关系没有什么刻骨铭心，也没有什么一见钟情，他也不怎么会哄女孩子，白灵淼也不会撒娇。

两人就仿佛细水长流般，流着流着就流出了这一片大湖。

李火旺没有别的感觉，他就是感觉待在对方身边很舒服，想一直待下去。

只是李火旺始终还是有些不甘心，他还在为自己身上唯一的麻烦担忧。

“难道真的就没有办法能解决心素吗？”

这不仅仅是责任的问题，更重要的是，这是个未来的隐患。

李火旺现在心中也没有底，他真的很怕自己哪天又把那边当成了真的，彻底抛弃了白灵淼。

之前有段时间，李火旺非常斩钉截铁地认定，自己既然认识到那边是假的，就绝对不会陷入迷惘了。

可是现实给他上了一课，一切皆有可能，他现在再也没有之前那么肯定了。

想着想着，李火旺不由得又想起了那坐忘道临死前说的话。

“陈红袖那老女人知道个屁！我实话告诉你，坐忘道四喜之一的北风就是心素！他都活了一百九十岁了，现在不是照样好好的！没有任何迷惘再缠上他！”

这段话李火旺琢磨了很久，越琢磨越心烦。

他忽然发现自己又钻入了对方的圈套，便暗暗地骂了一句：“这帮疯子，死都死了，还想要骗我！”

“李师兄……怎么了？”

看着睡眼蒙眬的白灵淼，李火旺刚要说话，忽然感觉到了什么，他脸色一变：“快！快拿链子来！”

白灵淼也不问，连忙越过李火旺的身体爬下床，拿起用碎布包住的铁链，开始捆绑李火旺。

“用力！使点劲！绑牢了！别让我挣脱！”

看到在自己身上不断忙活的白灵淼给了自己一个安慰的眼神，松了一口气的李火旺重重地向后一靠。

下一刻，李火旺脑后沙沙作响的谷壳枕头，变成了柔软的棉花枕头。他缓缓地抬起头来，看向四周洁白的一切，这病房有些陌生，并不是他之前住的那间。

住得多了，李火旺也对医院的布局有所了解，这明显是束缚病房的布局，普通医院可没有这个。

思索了好一会儿，李火旺才接上幻觉中的一切：“我这是……转院了？”

说到这儿，李火旺苦笑着摇了摇头，管这么多做什么，既然都是幻觉，那发生什么都不意外。

看着洁白的天花板，李火旺一时间不知道该做些什么了。

左右看了看绑着自己双手的宽布带，李火旺抬头对着床头的麦克风说道：“有护士姐姐值班吗？我这里是十三号房，能麻烦帮我把电话拿过来吗？我要打个电话。”

短暂的嘈杂声后，里面传来了一个男人的声音：“李火旺，对吧？你好，你的情况我已经了解了。”

“我姓王，你可以叫我王护士。你想打谁的电话？我可以帮你直接接到床头喇叭。”

“男护士？”李火旺撇了撇嘴道，“好的，王护士，你帮我拨给杨娜——”

这两个字一说出口，李火旺脑海中马上蹦出白灵淼那张熟悉的脸。

“我这是在干什么？我为什么要主动跟一个幻觉互动？白灵淼才是活生生的人，杨娜不过是幻觉。”

“啊！烦死了！大清早的打电话过来！”一道熟悉的声音从床头喇叭里面响起。

当听到熟悉并带着起床气的声音时，李火旺心中的一切纠结都消失了：“娜娜。”

“火旺！”杨娜顿时惊喜地叫了出来。

“都几点了？还没起床？你昨天去哪儿了，玩得这么疯？”

一听到这话，杨娜顿时开始向李火旺诉苦。

“我哪有时间玩啊，这一天天的，忙都忙死了。”

“都不用上晚自习了，而且一天也没有满课还累？”

“谁说的？你是没经历过，等你以后就知道了！”

说到这儿，杨娜一时间安静了下来，半晌之后，她的声音中带着小心地说道：“火旺，对不起啊，我不是有意刺激你的。”

李火旺看着那黑漆漆的床头喇叭，会心一笑：“就这点还想刺激我？连我的防都没破呢。对了，那天，我给你过生日，你听见了吗？”

“嗯，我听见了，谢谢你给我过生日，我还等着你的生日礼物呢。”

“生日礼物？好，你要什么礼物？”微笑的李火旺轻声对床头问道。

之前他确实跟杨娜说过，要送她生日礼物来着。

杨娜安静了一会儿，然后声音里带着一丝小心地说道：“火旺，我……我希望，哪天你病情稳定一些后，放假的时候，你能来接我，我说自己有男朋友，而且他真的很帅，可我的舍友偏偏不信。”

“我给她们看咱俩的照片了，结果她们居然认为那是合成的。唉，那三个疯女人真的是……”

病情稳定一些？听到这话，李火旺心中泛起一丝苦涩。

这个幻觉实在过于讲逻辑了，以至于跟真实世界的人没什么两样，可是再真实，它还是幻觉。

“好。”李火旺罕见地撒了谎。

“嗯！到时候，我们要羡慕死那群单身狗！”

说到这儿，双方之间冷清了下来。

“你，过得还好吗？”杨娜的问题实在让李火旺有些不知道怎么接。

回忆起之前的种种，李火旺实在说不出一个好字来：“还行。”

杨娜的声音小了一些，带着一丝委屈：“火旺，我喜欢你，真的真的很喜欢，可是这种喜欢也需要我们一起维护。”

“要是只靠我一个人，我真的怕哪天坚持不下去了，就会像我爸妈他们一样，他们在我小时候真的很恩爱，最后却渐渐憎恨起了彼此。”

李火旺深深地吸了一口气，再次说了“行”。

谁知道杨娜这一次却不买账了：“李火旺！你给我认真点！你别总是说行啊，你要做出行动来啊！阿姨说你很抗拒看医生，这样是不行的！”

“你这人我还不了解？什么事情都窝在心里！你是不是又在逃避什么？你小时候就倔，大了还这样！”

“我知道你现在很难过，你得了很重的病，可是你得了病就要去治啊。只有这样，你才能让我明白你的心意，知道你跟我一样努力，要不然我会心里不安，会乱想的。我会想你是不是又打算抛弃我了。”

听到这话，李火旺顿时双手握紧。

“娜娜，我答应你，我绝对不会放弃你。哪怕，哪怕……”

“哪怕什么？”

“哪怕你是幻觉。”这句话，李火旺深深地留在了心里。

“哪怕我的病再也不会好了，只要你还坚持，我就绝对不放弃。”

得到了李火旺的明确答复后，杨娜的声音恢复了之前的朝气。她再次跟李火旺聊起了趣闻。

双方就这样聊了半个小时。一直等到王护士提醒，李火旺才依依不舍地挂断了电话。

躺在床上的李火旺深深地叹了一口气，他知道幻觉里的事情并不是一成不变的。可是面对杨娜的生日愿望，他真的不知道该怎么办才好。

经历过上次，别说让自己暂时出院了，恐怕就是解开自己身上的束缚，也要经过医院的层层审批。

“看你跟她聊天这么正常，今天要不要尝试进行医生问诊啊？”

听着王护士的话，李火旺烦躁地把脑袋扭向一边。

“哎，小弟，我听得都有些感动了。这么好的女生，你可不能辜负啊，不要放弃治疗啊。”

“这是病人的私事好不好？我们很熟吗？”李火旺此刻烦得很。

“你对我不熟，我对你可熟得很，你洗澡、插拔尿管、端屎盆子，可都是我们几个伺候的。说真的，我对我妈都没这么孝敬。不过你也还算省事，不用翻身，年轻人就是身体好，躺这么久居然没生褥疮，十九号床的病人可就真不行了，隔几个小时就要翻一次身。”

也不知道是不是性格原因，王护士非常乐意跟他聊天。面对王护士的絮絮叨叨，李火旺烦上加烦。

“我累了，能让我歇会儿吗？”

“哟，小弟啊，你都快长在床上了，居然还会累啊，躺累了吗？陪我聊聊呗，这医院可严厉，值班时居然不让玩手机，要不是待遇不错，而且还交五险一金，我早就跳槽了。”

“小弟啊，你真不让医生来看看吗？这事情要是被你的杨娜知道了，她会怎么想？”

这话让李火旺表情微微凝重。最后他说：“行，你让医生过来吧。”

哪怕是幻觉，他也不想让杨娜伤心。

“哎呀，忘了说，今天礼拜天，侯医生休息了，你明天有空吗？”

“你玩我呢？”对于这个王护士，李火旺开始有些讨厌了。

“这话说的，我哪儿敢玩你啊，你妈妈可飒得很，谁敢玩她宝贝儿子？我可不想被她投诉，侯医生真没在，明天明天，我一定转告。”

“对了，你明天在吗？听医生说，你这种病症可罕见得很啊，他们都想把这病以你的名字命名了。”

李火旺无语地闭上眼，不想再听。

在对方絮絮叨叨的声音中，李火旺昏昏沉沉地睡了过去。

等他再次醒来之后，发现自己回到了木床上，浑身被锁链捆住，身上还盖了一层被子。他这才松了一口气。

李火旺看着一侧的白灵淼。渐渐地，她的样貌与杨娜重叠了。

幻觉终究是幻觉，经历过一次幻觉，他唯一珍惜的必须是现实里的。

看着看着，一个念头在李火旺的脑海中闪过。

“杨娜考虑的，是不是白灵淼想的？”

在他的注视中，白灵淼那长长的白色睫毛眨了眨，她缓缓地睁开了眼睛。

看到李火旺恢复清明的双眼，白灵淼淡淡地笑了：“李师兄，现在才四更天，我给你解开锁链，你再睡会儿吧。”

说完后，她掀开被子在李火旺身上忙来忙去。

看着那近在咫尺的面孔，李火旺忽然开口问：“今天，你是不是很羡慕那个新娘子？”

白灵淼的脸一红，虽然羞涩，但是她并没有假意否认：“嗯，羡慕得很呢。李师兄，等到了咱家，你……会娶我吧？你不会嫌弃我吧？”

听到这话，李火旺轻轻地一伸脑袋，轻啄了一下她那柔软的嘴唇。

白灵淼显然被他的举动吓了一跳。她愣在原地，束手无策。

李火旺坐了起来，伸手把对方拉进温暖的被子里。这一天，李火旺起得很晚。

第十七章

王德泰

村子里有井，土楼里面也有灶，把锅架上去就能用，一群人总算能吃上舒服的热饭热菜了。

喝了一口野菜汤，吃了一口杂粮馒头后，舒坦至极的李火旺感觉自己嘴边的水疱都小了不少。

吞咽下嘴里的东西，李火旺抬头对着昨天晚上守夜的高智坚问道："昨天晚上，没有谁来试探什么吧？"

"没……没……没有……一个、一个、一个人都没有。"

又瞥了一眼蹲坐在桌子下毫无异常的馒头后，李火旺再次想起了昨天晚上那场有些古怪的婚宴。

哪怕暂时没有什么异常，可他还是感觉那人的眼神有些不对劲。不知道从什么时候起，他能模糊地辨别出别人目光里的含义了。

那男人目光里绝对不是善意的好奇，而是某种忌讳和警惕。

"今天歇上一天，明天早上继续出发吧。下午狗娃你去村子里收点干粮，车上的主粮有些不够了，高智坚和春小满也去，别大意。"

"行，这些小事您就交给吕天我吧。"

又瞥了一眼正在跟春小满窃窃私语的白灵淼，李火旺不再说什么，埋头吃了起来。

当天下午，李火旺借着难得的空闲时间，再次拿出《火祅箴经》练了起来。

不过，对于如何在心中聚集怜悯，他还是没有太好的办法。

就在他勉强把那些白蜡凝聚成一团时，他忽然敏锐地察觉到外面有人在盯着自己住的地方看。

当李火旺迅速收起《火祅箴经》打开窗户时，就看到昨天见到的守村人拖着那清鼻涕，笑呵呵地站在外面。

“是他？从他嘴里是不是能撬出点什么？”

李火旺灵机一动，迅速下楼从伙房拿了几个打算晚上吃的杂粮馒头，向着守村人走了过去。

李火旺举起馒头在那人面前晃了晃，那人的眼睛直勾勾地盯着。

“我问个事，你只要答得上来，这馒头就给你，怎么样？”

“好！”呆傻的守村人连忙点头。

“你叫什么？”

“不晓得，我娘说我姓花。”

“好得很，这是你的馒头。”

看到说话真的可以换来馒头，这姓花的守村人顿时乐得鼻涕泡都出来了。

“再问一个怎么样？昨天吃席的时候，那个敲锣的男人，他是谁？干什么的？”

“是侯、侯老二，他当兵的。侯老大娶媳妇，他就赶回来了。”

“当兵？那小子是后蜀的兵？”如此一来，他岂不是官面上的人？

来这个世界这么长时间了，除了守边关的大头兵外，李火旺从来没有接触过任何官面上的人。

对此李火旺心中还是有几分困惑的，面对这个疯狂的世界，那些难以解释的邪祸，官面上的人到底是怎么维持秩序和解决麻烦的？

面对这个问题，花傻子不说话了，他望眼欲穿地看着李火旺手里的馒头。

一接到馒头，他的话匣子又打开了：“我不知道他是当什么兵的，他就是当兵，他有好大好大的铁枪。我搬不动，重得很。”

眉头微皱的李火旺目光沿着小路，远远地眺望着侯家门口的石狮子：“那他现在在哪儿？”

“他走了，侯老大娶了媳妇，他就走了。”

听说那人走了，李火旺安心了一些，不管那人什么来路，只要不是那些乱七八糟的邪祸就行。

而且自己之后应该不会再跟那人有什么交集。

如果自己没有猜错的话，现在的掌权者应该在为腐烂消失的原因焦头烂额。

就在这时，李火旺微微一侧身，一道苍老的声音从他身后传来：“憨儿，在这儿吃别人的馍馍啊？”

李火旺认出了来人，正是昨天晚上新郎的父亲，他连脑袋上的西瓜帽，还有身上的绸衣裳都没脱。

“见过老丈。”

“哎呀，都来我家吃了席，道爷千万别跟我客气，弄得生分得很。”

就在两人攀谈的时候，一旁的守村人看到没馒头了，便迈着内八字转身离开了。

看着他那脏兮兮的背影，李火旺对着一旁的老人问道：“老丈，都说守村人挡灾，是真的挡得住吗？他过去有帮你们挡过灾吗？”

虽然高智坚只是这么一提，但在这个世界，什么都有可能发生。

“唉，什么灾不灾的，真有灾，他一个傻子能挡得住？头两年旱灾了，他也没少吃啊。村里只是有这么一个说法，免得他这么一个没亲没故的傻子饿死罢了，明眼人都看得出来。”

“老丈仁义。”

“啥仁义不仁义的，祖上传下来的规矩，一个村子也就只能养一个傻子，再多了村子也拿不出来那么多粮食。那个，道爷啊，你们押镖是不是要经过蓟城啊？”

听到对方忽然转移话题，李火旺倍感意外。看来对方不是遛弯凑巧碰见的，而是专门来找他的。

“我大闺女也住在那儿，能帮我给她带个话吗？也没别的事，就是给她说下，她大弟娶婆姨了，家里马上又要添丁了。这要多少银子啊？”

“老丈客气了，去你家吃了席，那就是你家的客了。给主家带句话，哪里还需要银子？”

听到李火旺这话，那老人也不推辞，便把自己闺女家的位置告诉了他。

把地址记下来后，李火旺忽然想起了什么：“之前您二儿子不是离开了吗，为什么不让他带话？他骑马，比我们这镖车快多了。”

“老二那是归营呢，哪儿能去他姐那里？他这两天的假都是求了很久才有的呢，唉，也不知道是不是又要打仗了。”

“老丈，你儿子在营里什么职位？是个大官吧？”

李火旺这话明显挠中了对方的痒处，对方说话声音都大了一些，得意地炫耀了起来。

“那可了不得，他在营里是当短兵的。”

“短兵？这是个什么职位？”

“哎！不懂了吧？其实吧，我之前也不懂，是老二告诉我的。他说啊，这个短兵，就是大将军旁边的护卫。那个书袋子说的短兵相接，晓得吧？说的就是两边的将军撞上了。”

“你说说，大将军边上的人，那官能小？”

“你看看我们家那大宅子，我那辆牛车，还有我门口的那两座石狮子，都是我儿子置办来的。”

听着这老者一通炫耀，李火旺逐渐了解到那个敲锣青年的生平。

说起来也很是励志，侯家过去并没有这么富，穷得那叫一个惨。

他们家里那几亩薄田实在养不起一大家子，所以侯二只能出去讨吃的。

只是对于对方口中所谓的将军，李火旺还是有些怀疑，因为在对方嘴里，只要是在营里当官的，那都是将军。

“唉，以前哪有这年景？家里没吃的，没喝的，连裤子都只有一条，谁要出去就穿。”

听到对方唏嘘地说着，李火旺随意地附和着。

闲聊了一会儿后，自豪感得到了极大满足的老人，背着手弯着腰，向远处有着两尊石狮子的院子走去。

看着他离去的背影，李火旺松了一口气，然后转身离开。

了解了这么多，李火旺对那敲锣的侯老二的戒心已经减轻了很多。

倒不是因为他的身份，而是他真的已经走了。不管他对自己有什么别的想法，也已经无关紧要了。

就在这时，李火旺看到买粮的狗娃回来了，便迎了上去。

“李师兄！快看我买到了啥！一张用皮子做的地图！”

当天晚上依然没有发生任何事情，一觉睡到大天亮后，养精蓄锐的他们重新出发。

随着车轱辘在地上缓缓滚动，四周的戈壁渐渐消失了，地面开始有起伏，逐渐被各种怪石嶙峋的石山代替。

要说唯一的好处，那就是因为有石山的遮挡，这里已经没有戈壁上那么大的风沙了，路边也出现了一些褐色的矮草。

“走这儿……再走这儿……”李火旺的手指在陈旧的皮草地图上划着，最终在一个城墙图案上停了下来。

“如果没走错的话，这里就是蓟城了。只要到了这里，除了可以把镖送完外，既定的路程也走到一半了。话说这地方似乎比前两个国家小一些，是个小国。”

就在李火旺考虑时，他感觉自己的袖口被人轻轻地拉了拉。

“李师兄，你看，前面有人欸。”

李火旺刚一抬头，就看到远处路边走着的人影。

等走近了，他才发现对方是一个拄着一根竹竿，书生模样的老者。

老者虽然看起来年纪不小了，但身体非常利索，一个方形的竹篮背在他的背上，他却一点都没有劳累的感觉。

马蹄声让这名叫金山找的老人回过头来，当看到身后那一群戴着黑纱斗笠的人时，他连忙摆动双腿向旁边挪了挪，让开了道路。

“这些人为何如此打扮？尤其是那穿着红色衣袍的年轻道人，脸上居然还挂着一把铜钱遮住嘴和下巴，瞧起来不好惹啊，我还是躲着点吧。”金山找心中暗道。

他本来都想着减慢速度，让这帮人先过去再说，没想到那年轻的道人居然开口跟他攀谈了起来。

“这位老丈，可否借你的地图一观？我想瞧瞧我这地图是不是对的。”

金山找仔细琢磨一番后，伸手从身后的竹背篓里拿出了一张纸图。

“此图乃老朽自己画的，老朽走南闯北这么多年，不是自夸，这地图画得那是分毫不差。道爷想要，拿去便是。”

“多谢了，但是不用，在下只是想要校对一番，对完之后马上还与老丈。”

看到这年轻人语气和善，这么好说话，金山找稍稍安心。

“道爷这是去哪里啊？哦，老朽随便问问，兴许跟老朽同路呢。”

“押镖，去蓟城。”

听到这回答，金山找却压根儿不信，哪儿有镖师不熟悉押镖路线的？一看就是编的。

“哦？修士也押镖？这可入俗了。”

“修士也要吃饭的，总要想法子赚盘缠吧。这荒山野岭的，老丈孤身一人是去哪儿啊？”

金山找听到对方的试探，呵呵一笑，就在他琢磨着用什么假话搪塞对方的时候，旁边的山上忽然巨石滚滚，一颗大石头滚落下来，伴随着轰鸣声刚好砸在路中央。

紧接着，身后马蹄声骤然响起。

回头看到那些蒙着面、骑着马的人，金山找心中咯噔了一下：“糟糕，被响马瓮中捉鳖了！”

下意识地，他扭头看向一旁的年轻修士，却发现对方并没有什么反应，而是安静地待在马车边。

“此人如此有恃无恐，想必有应对的办法。”

琢磨了一会儿，趁着响马还没来，金山找身体微微向着年轻修士身边靠了靠。

“嗒嗒嗒”，伴随着马蹄声和扬起的尘土，一群居高临下、充满压迫感的响马来到了他们的面前。

“并肩子，我不是外码，春典开不开？”

“嗯？”金山找意外地看向一旁说出这话的修士，这人居然会江湖人的切口，来路不一般啊。

就在金山找以为那些响马准备回应时，最前面那个独眼响马居然直接一提刀，喊道：“上！哥郎们！插了他！”

马蹄声瞬间响起，这一幕是谁都想不到的，马群重新奔跑起来，向着李火旺等人冲了上来。

金山找没理会到底发生了什么，直接向着后面的巨石爬去，企图趁着他们交战的时候先逃走。

等他费劲地爬了半天，好不容易爬到巨石上的时候，却听到身后的马蹄声和厮杀声小了下来。

他一回头，愕然看到那些响马居然溃败了！

地上横七竖八地躺了很多响马的尸体，而那年轻修士这边除了马车有些瘪外，人竟是一个都没伤着。

“嗯？怎么了？我方才错过了什么？”

李火旺此时却并没有理会身后那个顺路的老人，他把锋利的长剑横在了一个土匪的脖子上：“你们这些土匪都这么没规矩吗？连切口都不对？”

然而面对李火旺的威胁，那土匪却显得非常硬气，他居然直接威胁李火旺。

“臭小子！你敢杀我弟兄，我告诉你，你完了！”

唰的一声，那土匪身上的伤口又多了一道。

这一幕看得身后的金山找眼角直抽搐。

“要了命了，这修士之前随和的样子都是装的，他也是个杀人不眨眼的杀才啊！”

李火旺也懒得废话了，他正准备动手，就被一个突如其来的声音阻止了。

一旁的孙宝禄手里拿着一个东西走了过来，李火旺望过去，发现那居然是一根磨得发亮的老烟杆。而且这烟杆子，还有那布烟袋的纹路，他怎么看怎么熟悉。

“李师兄，这是吕班主的烟袋子！绝对错不了，当初一同上路的时候，他还借我抽过几次。”

李火旺伸手接过来，仔细看看后，脸色变得凝重起来。

这么看来，吕班主十有八九是被这帮土匪抓了。

拿着烟杆子在那地上的土匪面前晃了晃，李火旺的声音变得有些冰冷：“这是哪儿来的？你们最近是不是抢劫了一伙戏班子？”

“有能耐你杀了我！老子刘歪嘴是顶天立地的好汉！休想让我出卖弟兄！”那土匪面对李火旺叫嚣道，满脸不屑的样子。

看到他这样子，一股热气瞬间涌上了李火旺的脑子。他笑了，并且解开了下摆处的羊皮包。

“要我杀了你？美死你！”

接下来一小段时间里，刘歪嘴一寸一寸地被磨没了意志。

不到一炷香的时间，满脸鼻涕眼泪的他终于彻底招了。

“我说！我说！头些日子，大当家的老母过七十大寿，我们特意抓来了一个戏班子！还在山上呢！”

李火旺随手把手中的工具扔到刘歪嘴面前，把他吓得猛地向后一缩。

“滚起来，不想受折磨，就带我去你们的寨子。”

刘歪嘴哪里还敢废话，他如同丧家之犬般爬了起来，乖乖地在前面带路。

这时，一旁用地上的碎衣服擦着剑上血迹的孙宝禄，带着一丝犹豫地说道：“李师兄，要不然算了吧，多一事不如少一事，吕班主跟我们非亲非故的……”

当看到李火旺那严厉的目光扫过来时，他躲开了视线。

“我是李火旺，不是丹阳子，不知道也就算了，既然知道吕班主被抓走了，那就一定要想办法把他救回来！而且这些人渣，一言不合就上来动手，我还要跟他们讨个说法呢！”

别的也就罢了，要是连一伙打家劫舍的土匪都能随意欺负他，那他活得也太憋屈了。

这个世界上有些东西是自己惹不起的，但是同样也有一些东西是自己惹得起的。

马车转向，跟在刘歪嘴后面往土匪山寨走去。

“修士一路顺风，咱们后会有期了。”

身后有声音传来，李火旺扭头发现是之前同行的老人，此时的他已经翻过挡路的石头了。

李火旺向他拱了拱手，然后继续跟上刘歪嘴。

这顺路的老人他转眼就抛诸脑后，他的注意力集中在接下来将要面临的事情上。

通过刘歪嘴的陈述，李火旺很快了解了这一伙山贼的情况。

他们的老大诨号叫大金龙，这一带蛮子山是他的地盘。他们不是流匪，而是有着四梁八柱的老土匪窝子。

“什么是四梁八柱？”李火旺一边走一边问。

从刘歪嘴口中，李火旺听到了一大堆名号。但是综合起来，其实就是土匪窝子里干活的身份。

抢劫的“刀头”、管物资的“粮台”、管寨内明暗哨的“水香”、出谋划策的“翻垛的”、绑富家人肉票上山的“秧子房”、恐吓肉票的家人付赎款的“花舌子”、乔装假扮平民打探消息的“插千子”，还有写勒索信和处理其他文字事务的“字匠”。

先是大当家的，二当家的，三当家的，然后是这些四梁八柱，再然后是干杂活的崽子们。

整个土匪窝如同金字塔般，次序分明，一目了然。

“明明只是土匪，弄得和军营一样规矩。你们山上有多少人？”

“没数过，应该有几百号人吧。”

刘歪嘴彻底崩溃后，如同丧家之犬般问什么说什么。

“你们大当家能力如何？可有什么神通？”

“没有神通，我们大当家块头大，兵器是狼牙棒。”

“几百号人？没有神通？只是普通的土匪……”李火旺心中默默地盘算着敌我双方的实力。

土匪们是骑马来的，李火旺靠脚走，走到天快黑了才到土匪窝附近。

很快，李火旺等人上山了。半山腰上有火光，那里应该就是目的地了。

“叽叽！叽！”忽然，一旁的山坡上传来清脆的鸟叫声。

李火旺用脚在刘歪嘴屁股上踢了一脚：“告诉他们，我就是来喊山的，大家能坐下来和和气气地谈最好，要不然就手底下见真章。你之前见识了我的手段，自己想想看，真要动手，你们得死多少人？”

捂着屁股的刘歪嘴垂头丧气地点了点头，用舌尖抵住下颌吹了起来。

相同的鸟叫声从他嘴里吹了出来。

很快，鸟叫声再次回应。

接下来一路畅通，没有任何人阻拦。

没多久，一个在半山腰的洞口就出现在李火旺等人面前，几个凶神恶煞、举着火把的土匪，站在门口瞪着李火旺。

“小子，你有种，杀了我们的弟兄，还敢来喊山！”

李火旺却懒得跟这些普通的山贼废话，直接走了进去。

很快，在所谓的聚义堂内，李火旺看到了三个喝酒吃肉的糙汉子，满嘴污言秽语地嬉笑怒骂着。

声音渐渐地小了，他们同时打量起李火旺来。

“尖局化把子，还是里腥化把子啊？”一个秃顶汉子率先发问了。

李火旺却懒得跟他们对切口了。

“既然我能来这儿，各位掌柜想必都明白，把那个戏班子交出来，之前劫我的事情就算一笔勾销。”

“哈哈！”三个人轰的一声笑了起来。

“锵！”剑刃出鞘，浓郁的杀气瞬间在整个聚义堂蔓延开来。

在场的每一个人都仿佛身处厮杀的战场中心。

拔刀声不断响起，拿着各种武器的土匪，从四面八方艰难地顶着杀气冲了上来。

不过其中有些土匪渐渐撑不住了，他们眼中的惧意越来越深。

当剑重新插回剑鞘时，四周平静了下来。

此时土匪头子的笑声也消失了，喝酒吃肉的三人仰着下巴，一动不动地盯着李火旺。

就在这气氛凝重到极点的时候，坐在正座的秃顶男人拿起一颗油炸花生米塞进嘴里。

一个笑眯眯的宽脸土匪立马从旁边闪了出来打圆场：“这位修士，别急啊，有什么事情商量着来啊。能遇到就是缘分，一起坐下来喝杯酒吧。”

李火旺也不怯场，直接过去坐下，拿起他们吃过的肉吃了起来。

那个打圆场的圆脸男人弓着腰，待在李火旺的身边，像个伙计一样小心地侍候着。

他从怀里掏出画着山水的纸扇，给李火旺轻轻地扇了扇，然后又把扇子一收，指向了大马金刀、坐在八仙桌正中的一个秃顶男人。

“这位是我们的大当家，大金龙。”

“这位是我们的二当家，下山虎。”穿着虎皮大褂的土匪冷哼一声。

圆脸男人说完这话后就停了下来，他并没有介绍最后一个人。

桌子上最后一个表情阴沉的男人，端起海碗猛地喝了一大口。

他这人非常有特点，除了模样凶神恶煞外，左侧的额头上还文了一个“囚”字。

不管这三个人是谁，他们的骨架都极大，比其他人都大上了一圈。

紧接着，那圆脸男人又用扇子点了点自己的鼻子：“在下柳项，是寨子里的字匠，见过修士。”

“那戏班子还在吗？死了几个了？”李火旺直截了当地问道。

一旁披着虎皮大褂的汉子暴躁地刚要说什么，却被大金龙一个眼神按了下来。

随着大金龙挥了挥手，没过一会儿，几个蓬头垢面的人就被带了出来，这几个人正是被抓的吕家班。

一看到李火旺跟那些土匪头子坐在一块儿，吕状元顿时跪了下来。他不断地磕头，声音极其凄惨。

“小道爷啊！小道爷救命啊！”

用舌尖剔了剔牙缝里的肉丝，李火旺视线在土匪们的脸上一一扫过后就站了起来。他准备向洞外走去。

吕状元顿时喜极而泣，他连忙拽着自己被打得头破血流的儿子就要跟上。

“慢着，老子有说让你走了吗？”

这傲慢的话一出，四周的土匪立马挡住了李火旺的去路。

李火旺回过头来，发现说话的人并不是所谓的大当家大金龙，而是那个额头带囚字的表情阴郁的男人。

他用那粗壮的关节敲了敲桌面：“来，接着喝，戏班子的事先放放，四齐右家跟你有什么关系？”

“四齐右家？”

看到李火旺一头雾水，那人笑了笑，剥了一个毛豆，又喝了一口酒。

“别装了，你那把剑是右子雄的吧？平白无故的，他会把这剑给你？”

看见那人望向自己背后的剑，李火旺开始有些回过味来了，看起来这剑上面还有不少别的故事。

在这三人脸上张望了一会儿后，李火旺察觉到有些不对劲。

虽然看起来，这寨子是所谓的大当家的，但这人说话大剌剌的，一点都没有要给大当家面子的意思。

“你又是谁？这寨子里的三当家？”

“狗屁三当家！老子叫王德裘！”

那人忽然暴起，直接一掌打在了李火旺的心窝。

这股力道极大，几乎是把李火旺整个人都击飞了出去。

一旁身材高大的高智坚迅速冲上来，用宽大的双手死死地接住了李火旺。

用手捂着疼痛难忍的胸口，李火旺顿时涌出满腔怒意，他直接拔剑向着那人冲了过去。

王德裘表情诧异地看着向自己冲来的李火旺，心中不由得暗道：“此人吃了我一掌，心肝居然还没碎？果然是有些门道。”

“做了这孙子！”大金龙用脚一踢，直接把八仙桌踢飞了出去，紧接着他掏出一根狼牙棒，迎面冲上。

这一动手，四周顿时彻底乱了，所有的土匪都冲了上来。

看起来双方实力悬殊得很，李火旺这边注定吃亏，真对上去却并不是这么回事。

高智坚怒吼一声，用力挥起手中的棍子，直接挑飞了三人。

两位手拿匕首的土匪刚要绕后，一双长着黑指甲的手插入了他们的脖子。

几个站在远处的土匪刚举起手中的弩箭，春小满就哗啦啦地把《大千录》打开了。

伴随着春小满的声音响起，那些拿着长弩的土匪纷纷身首异处。

李火旺没有理会身后的动静，他的注意力都集中在面前的这三个人身上，这三个人才是整个土匪窝子的核心。

“锵！”下山虎那巨大的大环刀与李火旺手中的长剑重重地撞在一起，巨大的力道使李火旺连退好几步。

可也就到此为止了，伴随着刺啦声，李火旺手中锋利的剑刃轻易地斩断了下山虎的大环刀，径直向着他的脸上斩去。

“老二！”大金龙怒吼着冲上来要给兄弟解围，王德裘却率先一步冲了上来。

他手握一把墨黑色的长直刀，带着残影向着李火旺握剑的手劈去。

“铛！”伴随着清脆的金属撞击声，那长直刀的刀刃上直接被砍出一个缺口来。

李火旺后退，转移攻击目标。

这三个人的身手明显高于李火旺，然而他们的短板同样致命，那就是武器，没几下就折在了李火旺手中。

对此，三人开始以牵制为主，不敢再与李火旺硬拼。

等到李火旺压力稍减，一个盖着红盖头的女人就过来解围了。

伴随着鼓声，红盖头迅速隆起三个狼头，狠狠地咬向了大金龙。对方怒吼着举起狼牙棒，发了狠地用力敲打着那红盖头下面的狼头。

狼头迅速被敲散，可又迅速凝聚，再次狠狠地咬上。

趁着这空隙，李火旺提着剑向王德裘砍去。

“都说绿林有规矩，可我发现都是屁话，规矩就是手里的剑！”

面对此种绝境，王德裘却笑了：“是有规矩，但这讲规矩也要看人的，后蜀人不跟四齐的右家讲规矩。”

“什么意思？”

“四齐右家是兵家，他们杀了多少后蜀人？你真以为我们能让你这么大摇大摆地过去？”

“呵，什么时候土匪也讲家国情义了？真要讲这个，你当初造什么反？”

面对李火旺的鄙夷，王德裘笑而不语。

李火旺看着他那张笑脸，表情渐渐冷了下来，他忽然想明白对方的身份了。

“等等，你们不是匪！你们是兵！”

“呵呵，有必要分得这么清吗？”

王德裘右脚后跟一钩，直接把地上的一把单刀提到自己手里。

他拿着这把刀，不管不顾地向着李火旺冲了上去。

“锵！”“锵！”剑与刀撞击，不断发出清脆的响声。

一股力量不断从手中的右家剑涌入李火旺全身，让他几乎是压着王德裘打。

可对方那几乎以命换命的打法，也让李火旺感到有些棘手。

不过伴随着铛的一声，声音戛然而止，一片刀刃翻滚着掉在地上，对方的刀断了。

李火旺本想留手，留下个俘虏来问话，然而手中的剑让他的气血不断上涌，他根本收不住手。

两人都受了伤，而王德裘因为不小心撞到了剑口，伤得更重。

“你到底是谁！”李火旺咬着牙瞪着眼前这个人，问道。

面对死亡，王德裘却显得一点都不在意。

他几乎是用尽最大的力气嘶吼道：“右家的畜生，你休想染指后蜀！只要有我们在，后蜀寸土不让！”

“要我说多少遍！我不是四齐右家的人！这剑是别人送的！”

这话王德裘已经听不见了，血液不断从他胸口涌出，他的身体发软，渐渐倒在地上。

气喘吁吁的李火旺咬着牙，用手在伤口上按了按。再看了一眼王德裘的尸体，暗骂了一句后，他转身去帮其他人。

整个寨子乱成了一团，不过当家的死了，剩下的一些土匪很显然撑不了多久。

面对李火旺等人，他们节节败退，慌乱地向着洞穴深处退去。

就在李火旺等人即将把最后一批人彻底解决时，伴随着轰隆一声，洞穴的一处居然塌了，在双方之间出现了一道石墙。

“铛铛铛！”高智坚用手中的铁棒用力地敲打着石头，不断撞击出点点火星。

“行了，别敲了，这一看就是事先准备好的，彻底封死了路。”

听到李火旺这话，高智坚讪讪地把手放了下来。

锵的一声，随着剑身入鞘，李火旺感觉自己脑子一清。他缓缓地呼了一口气后，用力晃了晃脑袋。

紧接着，他回过头来，看着聚义堂内的情景，顿感烦躁。

李火旺再次看了一眼王德裘的尸体，然后伸手从一旁的死人身上扯下一大块衣裳，把那把右家剑重新包裹起来。

这一切说到底都是这把剑引起的，到了现在，李火旺也已经明白过来了。

成亲那次，侯老二认出了这把剑，误以为他是四齐兵家的人，所以才会把王德裘这样的人招惹过来，要不然哪儿会有这次的麻烦。

“在后蜀，跟右家有仇的人肯定多得很，这把剑不能再轻易露出来了。而且接下来一段时间要赶紧赶路，等后蜀的兵家知道王德裘死了，绝对不会善罢甘休，肯定会派更多的人来，我不能被他们缠上。”

李火旺虽然轻松地赢了这次，但是他也不敢跟整个后蜀国对抗，这无疑是螳臂当车。

春小满提着剑在洞里走动着，虽然她胸口还有些起伏，但是遇到喘气的敌人，她还是直接提剑补刀，以免对方跳起偷袭。

就在她刚走到李火旺面前时，一只手伸了过来：“给我。”

“李师兄，给你……什么？”春小满假意茫然地说道。

“少给我装，《大千录》拿出来，那东西不是你能用的。”

春小满看了白灵淼一眼后，捂着胸口后退了几步，眼神异常坚决。

“李师兄，这不是你的那卷，这是我从其他人的身上搜出来的，这是我的东西。”

当李火旺向着春小满走去时，春小满一步一步地往后退。

“你根本不明白你在跟什么东西打交道，那东西你用不了！”李火旺的语气开始严厉起来。

眼看着春小满背已抵住墙了，退无可退，她下意识拔出了剑。

看着那横在自己面前的利剑，李火旺顿时气笑了：“出生入死这么多次，你现在跟我拔剑？”

春小满眼神有些躲闪，但她很快坚定下来：“抱歉，李师兄，我必须拥有自己的刀。”

“行啊！你这么能耐，自己一个人出去闯啊！还跟着大伙儿相依为命做什么！”

这话一出，春小满身体微微摇晃了一下，她顿时就忍不住要落泪。

在她心中，这是她现在最在乎的东西。

白灵淼连忙挡在两人之间，面带难色地说：“李师兄，你别这样啊，大家都是一家人，好好说嘛。”

“我再说一遍！把《大千录》给我！”

红着眼睛的春小满咬着牙把《大千录》掏了出来。

见李火旺把注意力集中在红色竹简上，白灵淼连忙拉着春小满到一处角落。

“小满姐，李师兄说得对，那东西危险得很，你还是别拿了。”

这话顿时激起了春小满心中的火气，她语气中带着愤慨地说：“你知道那东西危险，还给你男人帮腔？给身子给傻了吗？这种事情也依着他？好坏都拎不清吗？”

“可是小满姐，李师兄跟你不一样啊，他受伤了能复原，你可不行。”

春小满有些失望地看了白灵淼一眼后，提着剑向一旁的洞里走去。

看到对方这样子，白灵淼顿时有些慌了，连忙跟上。

“小满姐，咱们还是好姐妹吧？你不会不理我了吧？”

春小满埋头在山洞里一直走，她实在有些不想理会白灵淼的纠缠。

然而在白灵淼的哀求下，她的心逐渐又软了下来。

“我知道你中意他，可是有些事不能都依着他，这样只会让他越走越偏，到头来只会害了他。”

春小满刚要接着说，一阵悲切的哽咽声幽幽响起。春小满迅速拔剑，挡在了白灵淼的面前。

第十八章

彭龙腾

聚义堂内，李火旺打量着手中的《大千录》，用手指在这上面轻抚了几下。

当这东西重新挂在自己腰间时，李火旺感到了一丝心安。

毕竟再受尽折磨，总比死了强。

“小道爷啊！小道爷啊！你简直就是我们吕家的活祖宗啊！要不是有你帮忙，我们这一家子真要折在这里！之前我简直就是鬼迷心窍，居然跑了！我……该打！我……我该打！”

模样看起来像在逃难的吕状元毫不犹豫地举起脏兮兮的巴掌对着自己的脸上猛扇。

“行了，行了，你的人都没事吧？”

听到李火旺的阻拦，吕状元这才讪讪地放下了手。

“那个叫大金龙的土匪，他娘喜欢唱戏……我们人都没死，就是……我那儿媳妇受了不少苦……”

忽然想到什么，吕状元身体猛地一个激灵，他语气非常坚定地说：“小道爷，以后我们哪儿也不去了，就跟着你了！救命之恩没齿难忘！现在，我们吕家班就是你的私人戏班子！”

“我要戏班子做什么？我又听不懂。”

没等李火旺说完，激动不已的吕状元砰的一下就跪了下来，对着李火旺一个劲儿磕头。

“行了，行了，你要跟就跟。这里不能多待，你们唱戏的东西还在吗？收拾东西赶紧走。”

相处了这么长时间，对方的心思李火旺早就看出来了，无非是让自己当保镖，刚好等会儿还要用到他们。

听到这话，吕状元立马从地上爬了起来，用手不断抚摸胸膛。

“在呢，都在呢！而且我还知道他们的马厩在哪儿！我这就把他们的马全牵过来！”

说干就干，吕状元为了向李火旺展现自己的价值，连忙拉着家人向旁边的洞口赶去。

处理完吕状元的事情，李火旺抬头看了一眼春小满刚刚冲进去的洞穴，眼神中流露出一丝复杂。

他扭头对旁边的高智坚说：“进去催催吧，这里面是土匪寨子，不安全，让她们赶紧出来，我们要走了。”

高智坚点了点头，把手中的铁棍扔掉，拿起旁边地上一根土匪用的狼牙棒，扛在自己肩上，然后向着那洞穴走去。

然而还没等他走进去，就看到春小满和白灵淼眼睛发红地从里面走了出来，看样子不久前才哭过。

“怎么了？”李火旺眉头一皱。

春小满弯腰扯下地上土匪的衣服：“你进来看看吧……这些……这些土匪简直不是人！简直就是畜生！”

看了一眼同样在弯腰剥衣服的白灵淼，李火旺抬脚向着那洞里走去。

很快，在这洞穴的尽头，李火旺看到了一些浑身赤裸的女人，她们眼神麻木，身体颤抖地蜷缩在地上。

旁边还有几个X形的木架子。从木头上的绳子，以及那些女人乌青的手腕和脚踝可以看出，她们才刚刚被白灵淼她们从上面放下来。

在其他人的搀扶下，这些女人披上土匪的衣服，来到了插着明亮火把的聚义堂内。

如果说芦苇岛上被抢的那些女人还算是有点地位的话，那么土匪窝里的女人就只是工具。

如果仅仅是这样也就罢了，从吕状元口中可以得知，寨子里面闷得很，闲来无聊时，土匪就会把这些女人当成玩具。

这些女人的下场更是凄惨，她们被玩残了就会被扔掉，换个新的，只要能抢，寨子里是从来不缺女人的。

听到那些恶心的描述，李火旺扭过头来，狠狠地看着那块倒塌的岩石。

随着他手一翻，道铃出现在他手中。

“丁零零！”

随着刺耳的铃声响起，由线条形成的“游老爷”迅速出现在李火旺的面前。

“去！”李火旺向着那岩壁用力一指。

“游老爷”迅速点了点头，转身没入倒塌的岩壁之中。

没过一会儿，李火旺敏锐地察觉到，墙里隐隐传来叫声。

半炷香的时间过后，“游老爷”重新从岩壁里面钻了出来。再次对着李火旺点了点头后，游老爷迅速消散了。

铃声渐渐消散，李火旺扭头看着身后的这些女人，说：“放心，再没有人能伤害你们了。”

可面对这个消息，这些女人脸上没有任何表情，没有激动，没有悲痛，也没有喜悦，此刻她们的脸上只有麻木。

李火旺怜悯地看着她们。这些人受到的伤害太大了，可以说跟废人没区别。

“等等，这种感觉就是怜悯吗？”

李火旺愣住，他马上伸手从怀里拿出《火祆箴经》。

他带着此刻的这种心情，念起了译文上晦涩的咒文，那白蜡迅速凝聚成着火的蜒蚰。

这东西顺着李火旺的裤腿，向着他腹部的伤口爬去。伴随着刺啦声，伤口迅速止血，合拢在了一起。

这一刻，对于《火祆箴经》，他缺失的那一块终于补齐了。

姜英子留给他的这东西终于可以派上用场。

这本应该是一件喜悦的事情，然而此刻不是应该喜悦的时候。李火旺看向那些浑浑噩噩的女人，把此刻的情感牢牢地记在心里，以免将来忘记。

一行人在整个土匪窝子里搜刮一通后，披着月光离开了这个充满死气的地方。

如吕状元所说，土匪的马确实很多，而且他们还在洞里搜到了一些被子、粮食之类的物资。

不过就是没有银子，看起来他们藏银子的地方，应该就在那倒塌的岩壁后面。

当天晚上，一行人没睡，匆匆赶路，一直走到第二天中午，直到远离了那个土匪窝才休息下来。

其他人睡觉的时候，是李火旺跟馒头看守。

当他们在傍晚醒来后，李火旺立即倒头就睡。

李火旺再次醒来时，已经是第二天早上。他揉了揉眼睛，向着四周看去，就看到白灵淼正在给那些女人分粥。

旁边孙宝禄跟狗娃的说话声传入了他的耳朵。

“老孙啊，这些土匪眼睛可真够毒的，抢的女人个个都挺周正的，你说我要不要从这里面挑一个做媳妇呢？我不嫌她们脏，能生娃就行。”

“算了吧，她们刚从那地方出来，别欺负她们了。”

“啧！这话说的，我吕天又不是纳小妾，明媒正娶得个媳妇怎么了？我模样是不好看，可她们真要嫁给我，那也算高攀了啊。”

“老孙，你要不要也来个？错过这店，以后长这么漂亮的媳妇可就不好找了。”

“都是可怜人，算了吧。”

“我们这是帮她们啊！你想想，她们哪怕回去也会被人指指点点，一辈子嫁不出去的，只能孤独终老了！跟着我至少有口热乎饭吃。”

李火旺伸手扯下自己身上的被子，站了起来。

他没有理会闲扯淡的狗娃，而是向着正在喝粥的吕状元走去。

休息了一整晚的吕家班明显精神头好多了，至少脸上干净了，衣服也不乱了。

看到李火旺靠近，吕状元连忙站起来，把手里的碗塞到小儿子怀里，眼中满是敬意。

“这东西是你的吧？”李火旺把之前的烟杆子物归原主。

“对，对！”点头哈腰的吕状元连忙双手接过来，“让小道爷劳心了，这点小事，还要让小道爷亲自来送。”

“感觉心里过意不去，那就帮我个忙吧，刚好用得着你。”

吕状元很是诧异，这小道爷如此神通广大，还有什么事是需要他这个老头子帮忙的？

李火旺扭头看向正常用餐的其他人：“有，帮我们乔装一下。”

很快，所有人都化上了戏妆，就连李火旺的铜钱面罩上都挂上了长长的胡子。

所有人的武器都放上了马车，没过一会儿，本来有些凌乱的镖师队伍消失了，只剩下一个二十几号人的大戏班子。

“以后，这戏班子就由你带，我们都是你手底下的人。别人问话，都由你出面。”

有侯老二的指认，他们这打扮太显眼了，必须换一个身份，这就是李火旺的目的。

吕状元也是人精，马上理解了，他连忙拍着胸膛表示肯定没问题。

“李师兄，这行吗？”鼻子上面贴了一个白圆的狗娃面带苦涩地问道。

李火旺脸上的老生长须随着他的摇头来回摇晃：“总要试试的，要是那样直接在路上走，太容易被他们找到了，我们不能跟整个后蜀斗。”

此时他满脸黑色再加上胡子，还有全身的戏服，跟之前的红袍修士有着天壤之别。

“除非把妆彻底卸了，要不然根本认不出来。”化着花旦戏妆的白灵淼端着粥走了过来。李火旺端起粥刚要喝，迅速扫了一圈，他就看到只剩春小满还没有化妆了。

见李火旺看去，白灵淼连忙解释道：“小满姐脸上毛发太多，她需要修剪后才能化妆。”

“快点剃，别耽误时间，谁也不知道那些人到底还有多久赶过来。”

李火旺说着，把那把削铁如泥的长剑扔了过去，端起碗大口大口地喝了起来。

“不用那个，又不是砍头，我会修面。”吕状元的儿媳妇罗绢花放下手中的碗，从手腕处绕出两根红头绳，走过去帮忙。

线头相互交叉，迅速地把春小满脸上的黑毛从根部绞断，露出一抹白皙。

当李火旺碗里的粥喝光，小满脸上的毛发也被绞得差不多了。

这时，从清风门一同出来的其他师兄弟不由得好奇地看了过去。

春小满的脸一直都被毛发裹住，他们这是第一次见到她长什么样子。

罗绢花修面修得很细致，连春小满脖子上的毛发都修干净了。

春小满有些不安地看向其他人，心中不由得有些忐忑。

说实在的，她也不知道自己长什么样。

她迅速站起来走到铜镜前，仔细地打量着自己的脸。

紧接着她在镜子里面看到了一个十六七岁的姑娘清秀的面孔，脸蛋微圆，秀鼻挺直，说不上绝美，但称得上清秀。

别人满意不满意不知道，春小满是绝对满意的，她用那毛茸茸的双手捧着自己的脸，热泪盈眶。

没有人想当一辈子的长毛怪，她也想和别的女人一样，成亲生子。

“小满年纪原来这么小……”李火旺嘴里嘟囔了一句后，就开始催促起来，“别看了，赶紧化妆，化完了赶紧走，整个后蜀对于我们来说都不安全。”

吕举人拿起毛笔一钩一提，在小满不舍的目光中，用浓墨盖住了她的容貌。

“嗒嗒嗒！”马蹄声忽然响起，一群凶神恶煞的汉子骑着马从旁边冲过。

其中一些人迅速地打量了几眼面前的戏班子，并没有过多停留。

这可不是什么好兆头。

“走，赶紧走，那些人估计在委托土匪来找我们了。”

李火旺的一句话让刚刚轻松点的气氛又凝重起来。大家顾不上喝粥了，连忙收拾一切。

接下来的一段时间内，李火旺不敢走大路，尽可能地走小路。

不知是化了妆的原因，还是选对了路的原因，十天过后，李火旺等人居然顺利地来到了一座坐落在几座石山当中的小镇。

这个镇子不大，也就一条街的规模，不过似乎因为是交通要塞，人来人往，过客还算不少。

看到这热闹的街道，李火旺稍稍松了一口气，还行，距离离开后蜀又少了一段路程。

“我们在这儿休息一晚，明天接着走。”李火旺说着，就带着这些人向着镇里走去。

刚走没几步，李火旺忽然眼前一亮，他看到了之前在路上偶遇过的老人。

“老丈？你这是去哪儿？”

金山找一回头，看到说话的是一个长胡子的老生。

简单地辨别了一下声音后，他带着几分意外地说：“哦，原来是道爷你，这么巧啊。”

“这么巧？”李火旺瞳孔微微一缩，他迅速走到对方面前道，“打我。”

“嗯？为何？”

“砰！”李火旺一拳打在了金山找的胸口，让金山找捂着胸口连退三步。

“道爷，平白无故你为何要这般？老朽可有得罪你的地方？”金山找被这一拳打得差点背过气去。

李火旺却没有理他，而是低头看着自己的拳头喃喃自语：“我能触碰得到，而且这触感……看起来他真的不是跟莲生一样的幻觉。”

随着李火旺一番解释，加上其他人的帮助，金山找心中的火终于降了下来。

至于李火旺口中瞎编出来的理由，信不信，只有金山找自己知道了。

“老丈，既然顺路，不如结伴同行如何？路上遇到了什么麻烦也好相互照应。”

听到李火旺的话，再想起之前那些土匪的尸体，金山找犹豫片刻后，最终点了点头。

“行啊，老朽我一个人赶路，还真怕哪天被大虫叼了去。人多一起走，平安些。不过道爷啊，所谓老吾老以及人之老，老朽毕竟已过不惑之年，你要再来几下，我可就要进棺材了。”

“自然是不会，刚刚在下确实莽撞了。”

看到对方同意，李火旺顿时松了一口气。

他倒不是刻意要黏着这个陌生的老头，而是怕这人已经认出他，半路上向别人告发。

只要他待在自己身边，有什么事情，自己都可以看着。

整个镇子人来人往，很是热闹，走在其中，花脸的他们马上引起了其他人的注意。

不少人站定，好奇地对着李火旺等人指指点点。

“他们不会也认出我们是四齐的吧？”

李火旺这个念头刚一出来，又熄灭了。吕状元他们本来就不是四齐人，唱的也不是四齐的戏，外人怎么也怀疑不到这上面。

不过这些人也提醒了李火旺。相比被怀疑是四齐兵家人，如果一个戏班子不唱戏，反而更容易引起怀疑。

琢磨片刻后，李火旺马上想到了对策：“吕班主，既然咱们是戏班子，那就搭台子开唱吧，你看这么些人都等着呢。”

演戏当然要演全套。听到李火旺的话，驼背的吕状元连连点头。

“快快，没听到小道爷说吗？找个地界把台子搭起来。”他走到吕家班其他人面前说。

“啊……爹，我累死了，咱们可刚从土匪窝子里出来啊，在那里面唱得还不够多啊，歇会儿再唱吧……”

吕状元偷看了一眼不远处的李火旺，拿起烟袋杆对着自己儿子的脑袋用力敲了一下。

“让你唱你就唱，哪儿那么多废话！等你是我爹的时候，再说这话！”

这里没什么树干和竹竿，搭不起来正经的戏台子，他们只能找了一面破墙，把大红色的台布披上去就算了事。

马车被牵到破墙后面，充当后台。

虽然简陋，但是好在镇上的人不挑剔，看到有戏看，他们纷纷围了上来。

李火旺当然不会干等着：“都过去帮忙，记住我们的身份，我们现在就是戏班子的人。演完了，我们再去客栈好好休息。”

李火旺的话让金山找以外的其他人都动了起来。

对于吹拉弹唱，他们这些外行人确实帮不上忙，只能打打下手，不过就是这样，也让吕状元他们轻松了不少。

一身黑色衣服的吕举人举着刀，在戏台上一亮相，嗡嗡作响的人群逐渐安静下来。

他们没有鼓掌，眼中充满着好奇。

后蜀虽然流行傩戏，但从这次可以看出，他们似乎对其他戏曲也不排斥。

“咚锵——咚锵锵！”

伴随着吕家班的戏乐，吕举人开始唱了起来。

“今奉差遣下山岗——咚锵！为不平拔刀助仗！”

李火旺在那些观众中不断打量着，用他敏锐的感知寻找可能存在的风险。

不过还好，他找了好一会儿，除了找到一个在人群中偷钱的贼外，没有其他值得注意的。

他还看到金山找也在那儿一起看，看得非常投入。

“李师兄，之前我并不是不想给你那卷竹简，我只是……”

一道犹豫的声音从身后响起，那是春小满的声音，李火旺一抬手打断了她的话。

“我知道你因为被家人卖了，总是心里不安稳，但是《大千录》不行，这东西邪性得很。”

“那李师兄，你怎么能用？”

“我……”李火旺的手在《大千录》光滑的表面摸了摸，脸上露出一丝苦笑，“我习惯了。之前我话有些重了，你也别怪我，我就这臭脾气，多担待吧。”

李火旺伸手把铜铃拿了出来，递给春小满。

“这个你拿去用吧，虽然每次使用都需要消耗阳寿，但至少比《大千录》安全些。”

春小满伸手接过，看着手中的铜铃，表情惊讶。

相处了这么长时间，她当然明白这铜铃的威力。对方居然会把这东西给她，这让她心中的那点不快，顿时消失得无影无踪。

她想要说些什么，最终却浓缩成一句话：“多谢李师兄。”

李火旺叹了一口气，其实这些东西，他一个都不想给。倒不是他自私，只是这些东西一个比一个危险。

在这疯狂的世界，想要获得什么，总要付出什么。

就在李火旺教春小满铜铃的使用方法的时候，外面出现了意外。

不是来了敌人，而是戏台子上，吕举人的情绪不对劲。

看他那亢奋的样子，明显是入戏了。

哪怕李火旺不怎么懂戏，也察觉到他嘴里的戏词不对劲了。

“胭脂粉好比那迷人的药……鸳鸯枕上唤娇娇！”

当他唱完最后一段，敲锣的罗绢花悲愤地举起手中的铜锣，奋力向台子上砸去，流着泪冲向后台。

“哐”的一声，台上台下一时间都安静了下来。

半晌，台下轰的一声炸开了锅，掌声、叫好声响成一片。

“好！这个好！”

“再来一段，再来一段！”

“这可比傩戏带劲多了！这是哪儿的戏啊？”

“让刚刚那敲锣的小娘子一起上台，小爷我大大有赏！”

各种铜钱、碎银子还有一些吃食，逐渐铺满了地上。这是吕家班唱戏这么多年以来，讨赏最多的一次。

作为班主，吕状元看到台子上混乱的一切，还是能稳得住场子。

他先是冲上台，站在吕举人面前，赔着笑脸对看客们不断作揖。

作完揖后，他给自己的小儿子使了一个眼色，接着连忙拉着失魂落魄的吕举人，向着后台走去。

一直掉链子的吕秀才这次没掉链子，他迅速几个跟头翻到了台子上。

捡起地上的铜锣，把内凹的那面翻过来后，他一边点头哈腰，一边捡起地上的东西放进铜锣里。

“吕家这事……有点难办啊……”李火旺向马车走去。

他当然知道罗绢花在土匪窝子里遭遇了什么，只是这种事情，他帮不了什么。

刚来到马车边，他就看到吕状元正举着烟杆子对着自己大儿子的脑袋猛敲。

“她是你媳妇！你在台上这么说你媳妇，丢的是谁的脸？丢的是你自己的脸！丢的是吕家的脸！”

忽然，吕举人伸出手，直接抢过了吕状元手中的烟杆子。

吕状元被带得一个踉跄，他用陌生的眼神看着自己的大儿子。

“丢脸！丢什么脸！都是下九流的唱戏的，难道还不够丢脸！咱家已经是末流中的末流了，碰到勾栏园里的婊子都要叫姨！还有比咱们家还丢脸的？”

“你没看到在土匪窝子里她那副嘴脸？她跟那些土匪嬉笑的贱样！”

“她……甚至跟一个土匪在我面前，干那种事情！爹，我憋屈啊，我太憋屈了！憋屈死我了！”

满脸悲愤的吕举人跪在地上，用手不断地捶地。

“我为啥要跟别人赔笑脸，你还不知道？我还不是为了吕家！要不是我赔笑，秀儿早就被他们摔死了！你憋屈，我不憋屈吗？”

“你真觉得我不要脸啊？真觉得我罗绢花是个人尽可夫的婊子？可我有啥办法！”

“我心里也难受啊！可我知道，我不是大小姐，我只是一孬种戏子的媳妇！受委屈了我只能憋着！只能装作不在意！”

已经有些显肚子的罗绢花说完，在旁边号啕大哭。

看着面前混乱的一幕，李火旺缓缓地呼了一口气。

这一切的源头都是那些土匪，只要那些土匪还在，就会有千千万万个罗绢花。

“这破地方真麻烦！”

李火旺能做的不多，他侧身低声对着其他师兄妹嘱咐了几句。

很快，孙宝禄和狗娃拉着吕举人到一边，白灵淼和春小满则扶着罗绢花去另外一边。

“吕班主，别愣着了，打起精神来，戏还没唱完呢。”李火旺走到吕状元面前，用手拍了拍他的肩膀。

一时间仿佛老了好几岁的吕状元抓了抓手，驼着背向台子前面走去。

“举人那小子从来没有像今天这样……”

可他刚从后台出来，就发现外面的看客都走光了。

路上的其他人也一副人心惶惶的样子，他们都在向镇子边缘聚集。

此刻吕状元也顾不上自己的家长里短了，他连忙大声喊道：“小道爷！小道爷快出来！来麻烦事了！”

闻声赶来的李火旺看清楚外面的情况后，立即让所有人都准备好撤退，这情况明显不对劲。

“先在这儿等我，我去看看到底发生了什么！”

李火旺说完，冲回马车拿起剑藏在戏袍里，就向着镇口冲去。

穿过密密麻麻的人群和骆驼，很快，李火旺看到了外面的场景。

那是兵，一排排凶神恶煞的大头兵把整个镇子包围了。

这些兵并没有穿兵服，乱七八糟穿什么的都有，手中的武器同样五花八门。

唯一能让李火旺确认他们身份的，就是每个人的脑袋上顶着的青色“囚”字。

当看到扛着一杆重铁枪，混在其中的侯老二，李火旺马上明白了他们的来意：他们是来找自己的！

侯老二跟其他肩扛黑铁重枪的短兵一样骑着马，寸步不离地站在一位高大的将军身边。

此人很是高大，身体也比四周的人大上一圈，戴着铁面罩，身穿乌金战甲，手中一丈二寸的重戟寒光四射。

他就站在那儿，身上的煞气便一阵强过一阵地涌来，李火旺站得这么远都能感觉到。

他给李火旺的感觉非常不好，如果硬要拿东西比喻，那他就是一颗随时都有可能爆炸的雷。

看到这些人，四周的人群嗡嗡作响起来。作为后蜀本地人，他们看起来似乎比李火旺还要不安。

“老天爷啊，是贼配军，是贼配军啊！”

“这下怎么办啊？赶紧走啊！”

“走什么啊！后路也被他们堵住了！”

李火旺把身体向着人群中缩去，他的脑子运转起来。

“他们八成是来找我麻烦的，不过他们应该还不知道我们的身份，要不然早就带兵直接杀过来了。”

“待会儿要撑过他们的排查不好办，不过看起来这些人军纪不怎么样，也许可以尝试贿赂……”

就在李火旺心中打着算盘的时候，一个身穿绸衣的胖男人面带谦卑地向着远处的军队跑去。

刚到那将军的大红马前，他把帽子一摘，就开始低声说些什么。

看他这样子，应该是镇上的里正、乡绅之类的管事的。

“这里是交通要地，来往的外人不止我一个，鱼龙混杂，哪怕他们找本地人也没用。”

可下一幕发生的事情，让正在思考的李火旺心中猛地一缩。

巨大的长戟猛地举起，重重地劈下。只见那胖子脑袋一歪，身子软塌塌地倒下了。

“嗒嗒”，铁蹄上前几步，远处那位将军用那被甲片包住的手，缓缓地抬起自己的面甲。

面甲下一张清秀得像女人一样的面孔，不，那就是女人！

她的脸上也和其他贼配军一样，文了字。

“精忠报国”这四个龙飞凤舞的大字直接盖在了她的脸上，让那张本应该清秀的脸变得格外狰狞。

“各位！有四齐细作潜入你们之中，还请多担待了！”

女将军的声音很是好听，可是她接下来说的话，让所有人胆寒。

“哐！”重甲重新盖住了她的脸。

“来啊，儿郎们，一日不封刀，都屠了吧，免得走漏了四齐细作！”

“喝！”冒着寒光的刃尖对准了镇子里的所有人。

看着那些冲来的贼配军，李火旺瞬间明白过来：他们压根儿就没打算甄别！

“咚！咚！咚！”战鼓敲在了每一个人的心房上。

在一片鬼哭狼嚎声中，这些贼配军开始行动了，他们如同一群饿疯了的狼，向着手无寸铁的羔羊冲去。

李火旺看着面前密密麻麻的上千名贼配军，把要斩首的想法迅速打消了。

那样做成功率太低了，而且敌我不明，他并不清楚这个女人的实力，只是从之前王德裘的身手来看，她的实力绝对不低。

“这个时候，让其他人活着离开这个地方才是上上策。”确定好方向后，李火旺混在人群中向镇中心冲去。

他想尽快赶回去，别人也是这样想的，于是一切都乱成一团。

当李火旺好不容易来到镇内，就听到身后传来一声极其尖锐的啸声。

所有人下意识地回头看，就看到那女将军提着长戟，对着他们一指。

清脆的声音顿时在所有人的耳中炸响：“天地后冲，龙变其中，列龙飞阵！杀！”

所有贼配军怒吼着，加快步伐向镇子里冲去。

这一声怒吼让在场的平民彻底吓破了胆，他们脑子里没有任何想法，只是本能地驱动着四肢逃命。

还没等贼配军靠近，就已经有许多人被踩踏致死。

李火旺在拥挤的人群中不断穿梭，始终被人挡住去路。

最后他被逼得实在没有办法，唯有蹿上房顶，才总算找到一条回去的路。

踩着高高低低的瓦片，李火旺来到了之前的位置。

看到其他人都还在，没有跟着乱民瞎跑，李火旺顿时松了一口气。

不过这些人还不知道发生了什么，所以都有些忐忑地站在原地等着。他们看着街上奔跑的其他人。

“砰！”从天而降的李火旺重重落地，把所有人吓了一跳。

“快走！什么都别问，路上再说，他们杀过来了！先离开这个镇子！越快越好！”

虽然还是搞不清楚情况，但是看到李火旺那严肃的表情，没有人敢多话，大家连忙牵起马车。

马车开始滚动，裹着人群向前冲。

趁着这个机会，李火旺急促地把自己看到的事情说了一遍。

“他们怎么敢！他们怎么敢！这帮杀才！”金山找气得满脸铁青，手直抖。

听到这话，心中有些猜想的李火旺在他脸上扫视着：“你认识他们吗？以你的身份，有没有办法让他们停下？”

之前他一直都不知道这位老人的身份，对方总是神神秘秘的。如果对方真是个大人物，说不定可以解决这场危机。

金山找颓废地摇了摇头："贼配军都大开杀戒了，有法子也变得没法子了。"

"没有那就别废话，不想死就赶紧走！"

李火旺他们走的是北面出口。

他知道那边也有贼配军，但是至少没有那女将领，逃生的概率更大一些。

在人群中一顿摇摆，李火旺忽然看到本应该向前逃跑的人群，突然开始向后跑。

"赵五！拉住缰绳！这个时候千万别让马受惊了！"

几辆马车如同湍急河水中的木舟，在李火旺等人的努力下，艰难地向前划行。

忽然，"湍急的河水"一下子消失了。

李火旺刚一抬头，一道寒芒直刺向他的颈部。

身体迅速一侧，李火旺看到了武器的主人，那人脸上的"囚"字表明了他的身份。

他们跟在后面包围的贼配军终于是对上了。

李火旺抬剑用力一斩，那人连人带兵器全被斩断了。

"冲出去！只有冲出他们的包围圈，我们才有机会活命！"

李火旺提着剑就向着这些贼配军杀去。

其他师兄妹不敢落后，迅速跟上。

面对李火旺等人的攻击，贼配军明显被打了一个措手不及。

他们怎么也没想到一个戏班子里居然会有这么一大批实力不俗的人。

由于实力碾压，不过一会儿，地上已经躺下了几十号贼配军。

可贼配军们马上反应过来，开始相互配合，并且用长枪牵制。他们硬是靠着数量优势，顶住了李火旺等人的攻击。

"不能拖下去了。"

《大千录》铺开，密密麻麻的白色灵气钻入了所有人的身体，刚刚还站在一起的贼配军瞬间倒下一大片。

"丁零零！"刺耳的铜铃声不断响起。

飞下来的"游老爷"，在贼配军中不断穿行。

双管齐下，见效很快，李火旺很快就从稀松的贼配军中看到了那条离开的土路。

"终于——"这个念头刚起，李火旺浑身就被一股杀意包裹。

这种气息强压着他，让他投降，让他崩溃。

李火旺敏锐的直觉让他察觉到了危险，他想要动弹，可是此刻的他浑身都像被冰块包裹住一样，根本无法动弹。

一声龙吟从李火旺的剑身上响起，让他摆脱了那股气息的控制。

就在李火旺刚一个翻滚离开原地时，刺耳的呼啸声响起，一把巨大的长戟翻滚着飞了过来，重重地砸在了李火旺刚才站立的位置上。

飞溅出来的石子砸得李火旺脸上生疼。

仿佛感觉到什么，李火旺扭头向着来路望去。

“嗒嗒嗒！”浑身披着重甲片的高头大马驮着那位女将领，狂奔着向他而来。

那四条粗壮的马腿，被血染成了和李火旺的衣袍一样的颜色。

随着她靠近，战栗涌上了每个人的心头，某种力量控制着他们的身体，让他们跪在地上投降。

“呵呵，终于是逼出来了，四齐细作。”女人的声音中带着一丝舒坦。

“我再说一遍，这剑是别人送给我的！我不是四齐细作！”

“你带了右家的剑，我彭龙腾说你是细作，你就是细作！至于真的假的，又与我何干？”

高大的战马用力一跃，驮着自己的主人向着李火旺撞来。

李火旺险之又险地躲了过去。他刚提剑回头，彭龙腾已经举起手中的重戟对着他的脸砸下。

呼啸的劲风吹得李火旺向后仰。

如此重力，李火旺根本不敢拿自己的兵器硬挡。哪怕接得住，他这身体也要被碾烂。

李火旺刚躲开，那分量不轻的巨戟居然一横，再次追了上来。

忽然，一个高大的人影从旁边蹿出，那是高智坚。

他咆哮着，举起手中的狼牙棒，向着那长戟砸去。

铛的一声闷响，长戟被砸偏了一些。

可那长戟一钩，就这么轻易地把壮实的高智坚带飞了出去。

“丁零零！”铃声再响，“游老爷”从天而降，向着彭龙腾飞去。

可那由线条形成的“游老爷”在快要触碰到彭龙腾的时候，它们身体一转，又迅速飞走了。

面对杀气腾腾的、浑身着甲的彭龙腾，“游老爷”居然连碰都不敢碰一下。

李火旺迅速向后瞥了一眼，就看到高智坚的右臂上出现了一条口子。

“我挡住这女人！你们快走！她要的是我！”

然而李火旺这话没有人听从，所有人都坚定地站在李火旺的后面。

嗒嗒的马蹄声再次响起，彭龙腾牵着马在原地来回几步。透过面甲上的孔，她看到了这一幕，狰狞的脸上露出戏谑的笑容。

“小崽子，看来这些人把你看得很重啊，不如这样，咱们单挑比试一把，你要是能赢了我，我就答应让你带着你的人走，如何？”

说完，不等李火旺回答，她用力一拉缰绳，一人一马立刻如同一座矮山般再次压了过来。

看着面前的彭龙腾，李火旺奋力向左边靠去。

“不行，必须把她打下马，这样实在太被动了。”

李火旺迅速一个下腰，躲过对方横扫过来的重戟。两者交叉之际，李火旺咬牙，伸剑向后面的马腿砍去。

不知道是不是眼花了，李火旺居然感觉马身上也有眼睛在看着自己。

紧接着，暴着青筋的马腿仿佛有预知能力，先是一收，再是一蹬。

李火旺腾空而起，压塌了旁边的一座矮房。

等到李火旺踉跄地从里面走出来时，彭龙腾笑了。

“可以啊，看来你这个四齐细作有两下子，来，接着来。”

看着眼前的女人，李火旺对着地上吐了几大口血。

对方武力高超，他几乎是被压着打，再不用狠招，恐怕今天真的出不去了。

“哗啦啦”，将竹简在地上迅速铺开，李火旺心一横，把自己的左手放在上面。

彭龙腾看到这儿，表情一凝，她轻轻地一扬下巴。

下一刻，一道黑影对着李火旺的面门射了过来。

李火旺侧头躲过，没想到那黑影只是为了吸引他的注意力。

噗的一声，一根黑铁长矛扎穿了李火旺的手掌，就这么把他的手钉在了地上。

彭龙腾骑着马缓缓地来到李火旺的面前，戟尖擦着地一划，就把那在地上铺开的《大千录》甩飞到一旁屋顶上。

“想不到你这个细作居然还跟丧心病狂的袄景宗的疯子有染。”

“这就是你说的单挑？”李火旺看着彭龙腾，咬牙切齿地质问道。

“呵呵，小子，你还真信呢，我告诉你，兵法之中第一条，叫兵不厌诈。无论什么办法，只要有用就没有不用的道理，就比如说现在，我再教你一招，声东击西。来啊，儿郎们，你们去把那些戏子都杀了！”

“记得要慢慢地折磨，让他们叫得越大声越好，好让这小子无心恋战，顾头不顾尾。”

对方的话听得李火旺额上青筋暴起，他心中迅速燃起簇簇怒火。

“你这个——”李火旺话刚说到一半，彭龙腾就举起长戟向他的脸上砸了过来。

“不行！我不能死！我要是死了，天知道这些人会如何对付白灵淼他们！”

李火旺想躲，可是他的身体被铁矛钉住了，根本动弹不得。

他只能眼睁睁地看着那长戟距离自己的脸越来越近。

“动啊！动啊！你给我动起来！”

在李火旺的怒吼中，那长戟砸在了李火旺的脑袋上。

可紧接着，那长戟像是砸在了空气上一样，又砸在了地上。

本应该被彻底砸烂的李火旺的脑袋，却没有一点损伤。

李火旺忽然感觉到自己能动了。

顾不上其他，李火旺迅速提剑，在马身上用力一踏，对着彭龙腾的面甲就刺了过去。

彭龙腾提戟反击，却只是对着李火旺的左侧一味地劈砍。

铛的一声脆响，过去无往不利的右家剑居然刺不穿对方的面甲！

脑中灵光一闪，李火旺毫不犹豫地掏出《火袄箴经》盖在了对方的脸上。

他怜悯地看着彭龙腾，随后念起那生涩的咒文。

书上的蜡融化了，带着火焰顺着面甲的缝隙钻了进去，去寻找那些需要治疗的地方。

像是煎东西的嗞啦声响起，彭龙腾发出一声怒骂：“它钻进我眼睛里了！”

她迅速打开面罩，伸手向里面抓。

跟着她的手一同进去的还有李火旺的剑。

本能地感觉到危险的彭龙腾猛地一扬下巴，再次举起手中的重戟向李火旺身旁砍去。

对方空门大开，李火旺怎么可能放过机会？他脚踩马头，猛地提剑向里面一送。

噗的一声，彭龙腾的身体僵住了，她那高大的身体向着马下栽去。

“大人！大人！”无论是贼配军还是短兵，看到这一幕都肝胆俱裂，他们放下手里的一切冲了上来。

踩在马背上的李火旺一跳，拿起屋顶上的《大千录》就向着旁边的马车冲去。

“快走！趁对方大乱杀出去！那女人骨头太硬，我没刺穿！”

春小满发了疯似的用力地摇着铃铛和脑袋，几十只“游老爷”从天而降，向着挡路的人冲去。

在彭龙腾落马的情况下，其他贼配军也无心恋战。

在“游老爷”的帮助下，他们顺利地逃了出来。

不过李火旺依然不敢放松警惕，那些贼配军随时都有可能追上来。

李火旺在马屁股上用力一刺，让所有的马车向着大路奔去。紧接着，他带着其他人拿了一些必要的东西后，向着一条小路冲去。

马蹄印可以混淆对方的追踪方向。

这一路跑了很久，等其他人实在跑不动了，李火旺这才让他们靠在山边休息。

四周竖立着几块从旁边的山上滚落的大石头，刚好可以遮挡住李火旺等人的身影。

对于自己这些人能逃出来，李火旺倍感诧异。

“刚刚是怎么回事？那女人像发了病一样对着我的左侧一顿攻击，我的左侧有什么吗？”

李火旺扭头向自己的左侧看去，什么都没有，只有贫瘠的山石。

“李师兄！李师兄你在哪儿！”

看到白灵淼的样子，李火旺心中一慌，白灵淼的眼睛难道出了问题？他这么大个人，她都看不见？

他连忙站起来，向着她走去。

可他刚走几步，所有人都被吓了一跳，他们齐刷刷地往后退着。

看着他们恐惧地注视着的方向，李火旺再次扭头向自己的左侧看去。

这一次他看到了东西，一个红色的背影，和一个后脑勺。

那人身体一半在外面，一半却卡在石头里，离奇得很。

李火旺下意识地单手握住剑柄，向后退，拉开距离。

谁知李火旺后退，那人也后退，他从石头里挪了出来。

等李火旺看清楚那人的装扮，和下摆处的工具包时，他忽然明白过来，这分明是他的身体！

李火旺低头一看，却发现自己身下空空如也，仿佛现在的自己只是一个悬在空中的摄像头。

李火旺满脸震惊地再次抬头看向面前的红色背影，嘴里喃喃自语："我的天，它真的动了……"

身体动了，这一句话很容易理解，但是在李火旺身上，这一点让人异常费解。

李火旺挺直了腰，看着面前同样挺直了腰的红色背影。

紧接着他把右手举过头顶，就看到面前的红色背影做出了相同的动作。

这就是他的身体，绝对错不了。

李火旺低头再次看了看，那里空空如也，偏偏他自己能触碰到自己。

他用手摸了摸自己的胳膊，还有脸上的铜钱面罩，他前面的"李火旺"同样也在做。

他现在就像耍皮影戏的人，远处那身影就是他手中的皮影。

相比这东西是什么，李火旺现在更想弄明白这东西是怎么来的，该怎么解决。

"对了，我记起来了，就在之前我的手被钉在地上，那女人用长戟劈向我的时候，我的身体出现了错位！"

李火旺还回想起来，之前面对自己的攻击，那女人始终在攻击别的地方，所以她才会露出那么明显的破绽。

他当时根本来不及多想，现在看来，她是在攻击自己的虚影。

"这到底是怎么了？我怎么会有这种能力，仿佛是这个世界出现了错误。莫非这个世界是幻境？"

这个念头一冒出来，李火旺的脸上开始流露出一丝惊恐，并且这种惊恐越来越深。

看着旁边的自己的身体，他越看越觉得假得过分。

呼吸急促的他迅速抱住自己的头，不断地自言自语给自己施加心理暗示，企图稳住自己又摇摆起来的内心。

“不对，这个世界绝对就是真的，不可能是幻境！我这肯定是觉醒了心素的特殊能力！”

“对，没错！一定是这样！我倒霉了这么久，早该遇上好运了！这很正常，李火旺！别疑神疑鬼的！那边的世界是幻境，这个世界才是真的！”

看到李火旺那痛苦的样子，白灵淼走了过去，伸手就要去搂他。

然而她的手搂了一个空，从那虚影中穿了过去。

“我没事，我没事。”平复呼吸的李火旺后退了一步。

吕状元面带胆怯地说道：“就这还没事呢，身子都碰不到，这就是鬼啊！小道爷，你这是啥时候忘记自己死了的？”

这种情况，别人帮不了李火旺，只能靠他自己慢慢消化。

两炷香的时间后，李火旺逐渐恢复了平静。

“我没死，只是身体多了一些能力。”

趁着所有人休息的时间，李火旺把事情的经过简单地说了一遍。

“哦，原来如此，原来这是小道爷的神通啊。”吕状元脸上露出了然的表情，他不由得点了点头。

白灵淼探索着，摸到了李火旺那看不见的身体，她的脸上露出一丝担忧之色。

“李师兄，那你以后一辈子就这样吗？”

“我……等等，我试试看。”李火旺努力回想当时的感觉，他深吸一口气，闭上了眼睛。

“挪回来，赶紧给我挪回来！重新叠在一起！”

绞尽脑汁地想了好一会儿，李火旺猛地一睁眼，惊讶地发现身体回来了！

可还没高兴一会儿，李火旺就发现了别的问题。

他感觉这一次自己跟身体确实重叠在了一起，只是这个位置不太对劲，自己下半身卡在了土里。

虽然身体卡在了土里，但是李火旺自己的感觉是踩在了地上。

他的身体跟这个时空也错位了。

“这我知道啊，这神通我知道，李师兄，这是遁地术吧！”狗娃喜不自胜地说着自己的发现。

李火旺懒得理会，他闭上眼睛继续尝试。

他再次睁开眼睛时，身体确实从土里出来了，可他的视角出现在了空中，他忽然从第一视角变成了第三视角。

看着下面的红色修士在自己的控制下移动抬头，李火旺有种在玩游戏的感觉。

“不行，再来！我就不信回不去！”

李火旺开始了新一轮的尝试，控制自己身体的位置。

想要移动，并不是简单地靠想就够了，而是要靠一种强烈的、要移动的感觉。那种感觉仿佛雾里看花，十分难以把握。

在原地折腾了一个时辰，李火旺总算是勉强归位了。

之所以说是勉强，是因为此刻他的视线高了一点，在身体的额头上。

差点就差点吧，李火旺不想再试了，他们这帮人可还在逃难呢。

“休息得差不多了，我们走，尽快离开后蜀，这地方越待越危险。”

听到这话，所有人点了点头，重新拿起所剩不多的行李。

“当家的……我跑不动了，我还怀着呢。”罗娟花的窃窃私语被李火旺听得清清楚楚。

李火旺抬头看去，就看到一言不发的吕举人弯腰把自己的媳妇抱了起来。

之前硝烟四起的小镇已经彻底毁了，到处都是残垣断壁，一些屋子着火了也没人管。

在这期间，贼配军三五成群地围坐在由房屋大梁燃烧形成的篝火旁，喝酒吃肉。

一个用手绢捂住鼻子、戴着帽子、皮肤粉嫩的胖男人，缩着身子在这些东西中躲闪着。

忽然，他脚下一滑，差点摔了个四脚朝天：“哎呀！我的妈啊！”

看到这人大惊小怪的样子，四周的贼配军轰的一声笑了。

“曹监军，来尝尝啊？刚烤出来的。”一条猪腿毫无预兆地出现在曹监军面前。

“呕——”曹海再也忍不住了，扶着一旁的残垣断壁呕吐起来。

“看你那㞞样。”

曹海小心翼翼地伸出两根手指把那猪腿推开一些。

“咱家找彭将军有要紧事情商量，你知道她在哪儿吗？我去主营看了，她不在。”

“你一个监军都不知道，我怎么会知道？刚刚光顾着跟那帮牲口抢钱抢女人去了。”

就在曹海一脸为难的时候，一只带毛的手忽然从旁边伸过来，向着他的身下摸去。

慌张的曹海连忙后退好几步，这才发现那只手的主人是一个剑眉青年，他正装作一脸惊讶的样子看着他的手。

“哎呀呀，我方才好像摸到点什么。曹公公，没割干净哦，是不是留了点给曹家传宗接代啊？”

曹海看到此人，顾不上他的调侃，连忙问道：“侯文，你是彭将军的短兵，她现在在哪儿，你肯定是知道的吧？”

“嘿嘿，想知道啊？”

侯文脸上带着坏笑靠过去，轻轻地用手在他屁股上一拍。等对方捂住后面时，他又迅速打了前面一下。

“哎呀哎呀，别逗我了，咱家真的找彭将军有事啊！这关乎将军的前程！”

“将军受伤了，在那边疗伤。当心点，她现在脾气可不太好。”

曹海顾不上其他，朝着侯文指的方向，走向那一片为数不多的完好的屋子。

曹海小心地推开门，就看到彭龙腾躺在床上，任由两位大夫包扎她脖子上的伤口。

“哎呀！”曹海走了进去，来到彭龙腾旁边奋力一跺脚，“你这是疯了吗？居然干出这种事！”

闭目养神的彭龙腾说话了：“打仗不给饷，谁替他们打仗？不给赏，谁替他们打胜仗？”

“向他们要钱，比杀了他们都难，行，既然他们有难处，那我就自己讨赏！”

“在战场上拼杀了这么久，我不能亏待了我的兵！”

“你你你——”曹海气得说不出话来。

“不就一个小镇子，看把你急的。我不找个城，已经很对得起那些大头巾了。”

“说得轻巧！那可都是后蜀的子民！”曹海气得抹眼泪，在屋内来回徘徊。

“现在朝堂上都在为天灾闹得不可开交，你偏偏还要去给他们添堵！你这是把他们得罪光了啊！”

一把推开正在给自己缝合伤口的大夫，彭龙腾直接坐了起来。

“天灾不天灾的与我何干？就是天塌下来，当兵的也要拿饷！再说了，你怕什么？又不是第一次有天灾了。”

“姑奶奶啊，那你拿饷就拿饷呗，你杀人做什么？”

一脸抱怨的曹海翘着兰花指，用手帕擦拭着彭龙腾铠甲上的血迹。

“刚从战场上下来，又死了那么多人，结果还没赏没饷，儿郎们心中可憋着一股气呢，再不释放出来可就要啸营里了。”

曹海声音变小了不少：“管你说破天去，纸是包不住火的，要是被朝堂上知晓了……”

“知晓了就知晓了，你以为那帮人精不知道？”

“他们昧了贼配军的军饷，真没猜到我会有什么反应？上面不会闹大的，大头巾们会帮着遮掩，要不然闹大了，谁脸上都不好看。”

“现在多好，他们不用多掏钱，我们也有了饷，谁都没亏。再说了，我又不是瞎搞，这是师出有名，没看到我已经炸出几个四齐细作了吗？”

说到这儿，彭龙腾想到了什么，脸立马阴沉了下来。她伸手摸向了自己的左脸。

那张脸上的青色文身已经被烧伤了一大部分，弯曲的“精忠”两个字显得格外可怖。

尤其是左眼，她那只清秀的凤眼上已经盖了一层白翳，很显然已经瞎了。

“好小子，能从我手里逃出去，还能伤了我，有种！监军，你去跟监天司的人通个气，等找到他，告诉我位置，他必须由我来杀。”

“唉，将军啊，算了吧，既然那小子是袄景宗的，就不归你管了，咱们归营吧。”

“不行！我彭龙腾没有隔夜仇！谁惹到我了，谁就得死！”

“那也没由头啊。哦，你带兵在整个后蜀乱窜，你真当你是陛下吗？”

“将在外，君命有所不受。灼山土匪竖旗造反，鱼肉百姓，本将军前去讨伐。”

曹海满脸的无奈：“他哪儿就造反了？他们不是刚被你打服了吗？”

“我说他造反了，那他就造反了！”

彭龙腾被铁甲包住的手用力一砸，把结实的木床砸出一个窟窿来。

带着利齿的狼牙棒重重地砸下，把一条两米长的大蛇的脑袋砸得稀烂。

高智坚伸手捞起大蛇，憨憨地笑了笑后，将它往肩头上一扔，打道回府。

这是一片石林，虽然到处都是石头，但至少不再像之前那般贫瘠了，绿色的植物给这片地方带来了些许生气。

没多久，高智坚就看到了其他人。那是在一个山洞里。

“做……做……做……”他高举着大蛇靠过去。

“做什么做啊，李师兄不准生火，啃干粮吧你。”

然而金山找不这么想，他笑眯眯地伸手把蛇接过来。

“无火亦可炊也，这东西可做成蛇脍嘛。”

说罢，他拿出一把小刀剥开蛇皮，仔细地把新鲜的蛇肉片成一片片摆好。

金山找拿起竹筷子，夹起两片，再蘸了点辣椒面放进自己嘴里。

“嗯！端的是无比美味，各位都来尝尝。”

其他人围了上来，你一口我一口地吃了起来。

吃得正欢的狗娃停下筷子，对着远处的李火旺喊道：“李师兄，快来吃蛇肉啊，这生蛇肉吃在嘴里，还真别说，有种嚼肥肉的感觉。”

李火旺却没有理会，他抱着脑袋继续尝试着自己的新能力。

“唰！”等李火旺再次睁开眼睛时，他发现自己的视角横了过来，挂在石壁上，石壁的下方是自己的身体。

“靠近点……再靠近点……别慌，慢慢来……”

随着李火旺心中对自己不断暗示，他的视角也慢慢地变化，逐渐跟身体合为一体。

这一次没有差错，经过这么多天的训练，他已经可以分毫不差地对准了。

李火旺左右看了看，他的虚影忽然冲到了蹲坐着的馒头面前。

眼前忽然出现的东西把馒头吓了一跳，馒头直接向后栽去，摔倒在地上。

馒头爬起来，竖起的耳朵耷拉下来，对着李火旺的虚影摇头摆尾。

看到这一幕的李火旺心中暗道：“别管它是怎么来的，这种能力有大用。跟别人交战的时候来这么一下，有出其不意的作用。不过还得多练练，要练到跟用手足一样熟练才行。”

李火旺现在能让自己的虚影随意出现在距离身体一丈左右的地方，同样也可以把虚影留在原地，让自己那看不见的本体出现在距离身体一丈内的其他地方。

敌人攻击虚影，他不会受到任何伤害，就像之前和那女将军交战的时候一样。

但是这种能力不能乱用，别人不是傻瓜，吃过一次亏，肯定会小心的。

“李师兄，神通掌握得怎么样了？”白灵淼端着一碗蛇脍走了过来。

“还行。”李火旺拿起筷子，跟吃面似的吃了起来。

生蛇肉不好吃，可在吃腻了干粮的李火旺看来，还是不错的。

“李师兄，我们要多久才能出后蜀啊？”

李火旺筷子一停，从怀里掏出了金山找画的详细地图。

“大路是不能走了，我们之后只能走小路，甚至连小路都不能走。不过他们不知道我们目的地在哪儿，在这方面，我们有主动权。”

“两天后，我们能到这儿，再往上走七天左右，应该就能到边关了。我们不从关口走，从旁边绕过去，只要出了后蜀，我们就安全了。”

“可是……咱们撑不了这么久了，再省着吃，干粮最多也就只能维持两天了。”